Henryk Sienkiewicz

Pan Wolodyjowski,

der kleine Ritter

Historischer Roman

Übersetzt von Raphael Löwenfeld

Henryk Sienkiewicz: Pan Wolodyjowski, der kleine Ritter. Historischer Roman

Übersetzt von Raphael Löwenfeld.

Pan Wołodyjowski. Erstdruck: 1888. Hier in der Übersetzung von Raphael Löwenfeld, O. Gracklauer, Leipzig, 1902.

Neuausgabe mit einer Biographie des Autors
Herausgegeben von Karl-Maria Guth
Berlin 2017

Umschlaggestaltung von Thomas Schultz-Overhage unter Verwendung des Bildes: Andreas Stech und Ferdinand van Kessel, Die Schlacht von Chotyn, 1674-1679

Gesetzt aus der Minion Pro, 11 pt

Verlag: Henricus - Edition Deutsche Klassik GmbH
Mörchinger Str. 33, 14169 Berlin, info@henricus-verlag.de
Druck: Libri Plureos GmbH, Friedensallee 273, 22763 Hamburg

ISBN 978-3-7437-0602-6

Bibliografische Information der Deutschen Nationalbibliothek

Die Deutsche Nationalbibliothek verzeichnet diese Publikation in der Deutschen Nationalbibliografie; detaillierte bibliografische Daten sind im Internet über www.dnb.de abrufbar.

Einleitung

Nach dem ungarischen Kriege, nach welchem die Trauung des Herrn Andreas Kmiziz mit Fräulein Alexandra Billewitsch stattgefunden hatte, sollte auch der nicht minder berühmte und um die Republik ebenso verdiente Ritter Herr Georg Michael Wolodyjowski mit Fräulein Anna Borschobohata-Krasienska in die Ehe treten. Aber es stellten sich mancherlei Hindernisse und Schwierigkeiten ein, welche die Sache verzögerten. Fräulein Borschobohata war ein Zögling der Fürstin Jeremias Wischniowiezka, ohne deren Zustimmung sie keineswegs in die Verbindung einwilligen wollte. So mußte Herr Michael wegen der unruhigen Zeiten die Braut in Wodockt lassen und selbst nach Samoschtsch reisen, um die Erlaubnis und den Segen der Fürstin einzuholen.

Aber es leuchtete ihm kein günstiger Stern, denn er traf die Fürstin in Samoschtsch nicht an; sie war wegen der Erziehung ihres Knaben nach Wien an den kaiserlichen Hof gereist. Der geduldige Ritter folgte ihr auch nach Wien, obwohl ihm das eine tüchtige Spanne Zeit raubte. Dort erledigte er glücklich seine Angelegenheiten und kehrte frohen Mutes ins Vaterland zurück.

Aber die Zustände, die er zu Hause antraf, waren schlecht; das Heer wurde zusammenberufen, in der Ukraine dauerten die Unruhen fort – im Osten war der Brand noch nicht erloschen. Man hatte neue Truppen zusammengezogen, um die Grenzen einigermaßen zu schützen. Ehe also Herr Michael auf seiner Heimreise nach Warschau gelangt war, hatte ihn das Aufgebot getroffen, welches im Auftrag des Wojewoden von Reußen auf seinen Namen ausgestellt war. Da er der Ansicht war, daß dem Vaterland der Vorrang vor persönlichen Dingen gebühre, ließ er den Gedanken an eine schleunige Hochzeit fallen und zog nach der Ukraine. Viele Jahre verbrachte er dort in Kriegsarbeit und hatte kaum von Zeit zu Zeit Gelegenheit, an das sehnsüchtig harrende Mädchen zu schreiben, denn er lebte beständig im Feuer, in unsäglichen Mühen und Arbeiten.

Dann ging er als Abgesandter in die Krim, später kam der unglückliche Bürgerkrieg mit Herrn Lubomirski, in welchem er auf seiten des Königs gegen jenen Nichtswürdigen und Landesverräter kämpfte; dann wieder zog er unter Sobieski in die Ukraine.

Sein Ruf wuchs durch diese Taten so, daß man ihn allgemein für den ersten Krieger der Republik ansah; aber – seine Jahre flossen ihm in Sorge, in Seufzern und Sehnsucht hin. Endlich kam das Jahr 1668. Da wurde er auf Befehl des Herrn Burgvogts auf Urlaub geschickt, und er fuhr mit dem Anfang des Sommers zu seiner lieben Braut, holte sie von Wodockt und eilte mit ihr nach Krakau.

Die Fürstin Griseldis, welche aus den kaiserlichen Landen bereits heimgekehrt war, hatte ihn nämlich dorthin zur Hochzeit gebeten; sie bot sich selbst dem Fräulein als Brautmutter an.

Die Kmiziz blieben in Wodockt. Sie erwarteten nicht so bald Nachricht von Wolodyjowski und waren ganz von der bevorstehenden Ankunft eines neuen Gastes in Anspruch genommen, der sich in Wodockt angesagt hatte.

Die Vorsehung hatte ihnen bisher Kinder versagt; jetzt sollte eine glückliche, ihren Wünschen entsprechende Wendung eintreten.

Es war ein ungewöhnlich fruchtbares Jahr; das Getreide gab so reichliche Ernten, daß die Scheunen es nicht fassen konnten, und das ganze Land in seiner Länge und seiner Breite von Schobern bedeckt war. In den Gegenden, die der Krieg verwüstet hatte, wuchs der junge Wald in einem Frühjahr so bedeutend, wie er zu anderen Zeiten in zwei Jahren nicht zu wachsen vermocht hatte. In den Wäldern war ein Reichtum von Wild und Pilzen, im Wasser ein Reichtum an Fischen, als habe die ungewöhnliche Fruchtbarkeit der Erde sich allen Wesen mitgeteilt, die sie bewohnten.

Wolodyjowskis Freunde hatten daraus günstige Vorzeichen für seine Heirat geweissagt. Aber das Schicksal hatte es anders beschlossen.

1. Kapitel

An einem schönen Herbsttage saß unter dem schattigen Dache seiner Laube Herr Andreas Kmiziz, trank zum Vesper seinen Met und blickte durch die mit dichtem Hopfen bewachsenen Stäbe auf seine Gattin, die auf dem schön gefegten Stege vor der Laube auf und nieder ging.

Frau Kmiziz war über die Maßen schön. Ihr helles Haar umrahmte ein freundliches, fast engelhaftes Gesicht. Langsam und vorsichtig schritt sie einher, denn sie war erfüllt von Ernst und Segen.

Herr Andreas Kmiziz schaute ihr mit furchtbar verliebten Blicken nach. Wohin sie sich wandte, folgte sein Auge ihr mit einer solchen Anhänglichkeit, wie dasjenige eines Hundes seinem Herrn zu folgen pflegt. Von Zeit zu Zeit lächelte er, denn er war überaus froh bei ihrem Anblick und strich den Schnurrbart in die Höhe, und dann zeigte sich immer in seinem Gesicht der Ausdruck loser Schelmerei. Man sah, der Ritter war von Natur ein Schalk und mußte wohl in jüngeren Jahren so manchen tollen Streich verübt haben.

Die Stille im Garten wurde nur durch den Widerhall herabfallender überreifer Früchte und durch das Summen der Insekten unterbrochen. Das Wetter war wunderbar schön geworden. Es war im Anfang des September. Die Sonne glühte nicht mehr zu heiß, warf aber noch immer reichlich ihre goldenen Strahlen. In diesen Strahlen glänzten die roten Äpfel durch das grüne Laub in so großer Zahl, daß es aussah, als seien die Bäume ringsherum mit Früchten beklebt. Die Zweige der Pflaumenbäume bogen sich unter der Last ihrer Früchte, die wie mit grauem Wachs umhüllt schienen.

Die ersten Fäden der Spinnweben, die sich von Ast zu Ast zogen, schwankten bei dem leisen Wehen eines Windes, der nicht einmal die Bäume rauschen machte. Vielleicht mochte auch dies herrliche Wetter Herrn Kmiziz mit solcher Heiterkeit erfüllen, denn sein Antlitz leuchtete immer mehr auf. Endlich trank er seinen Met aus und sagte zu seiner Gattin:

»Komm doch einmal her, Olenka![1] Ich will dir etwas sagen.«

»Nur nicht etwas, was ich nicht gern höre«, entgegnete sie.

---

1   Olenka = Kosename für Alexandra.

»Bei Gott nicht! Höre nur!«

Bei diesen Worten faßte er sie um die Hüfte, legte seinen Schnurrbart an ihr helles Haar und flüsterte:

»Wenn es ein Knabe sein wird, soll er Michael heißen.«

Sie aber wandte das Gesicht, das ein wenig rot geworden war, ab und flüsterte:

»Du hast doch versprochen, nichts dagegen einzuwenden, daß er Heraklius heiße.«

»Ja, siehst du, wegen des Wolodyjowski.«

»Aber geht nicht das Andenken des Großvaters vor?«

»... Und meines Wohltäters ... hm, gewiß ... Aber der zweite muß Michael heißen, es geht nicht anders.«

Hier erhob sich Olenka und versuchte sich aus den Händen Kmiziz' zu befreien; er aber zog sie noch kräftiger an sich und begann sie auf Mund und Augen zu küssen, indem er immer und immer wiederholte:

»Du mein Sonnenschein, mein Tausendschön, mein einzig Geliebtes!«

Das weitere Gespräch unterbrach ein Bursche, der sich am Ende der Straße zeigte und eilig auf die Laube zuschritt.

»Was willst du?« fragte Kmiziz, indem er seine Frau losließ.

»Herr Charlamp ist gekommen; er wartet im Zimmer«, antwortete der Bursche.

»Sieh, da ist er schon selbst!« rief Kmiziz, als er den Mann gewahrte, der auf die Laube zukam. »Du lieber Gott, wie sein Bart grau geworden ist! Willkommen, teurer Freund, willkommen, alter Kriegskamerad!«

Er stürzte aus der Laube und eilte Herrn Charlamp mit ausgebreiteten Armen entgegen. Aber Herr Charlamp verneigte sich erst tief vor Olenka, die er vor langen Jahren am Hofe von Kiejdan bei dem Fürst-Wojewoden von Wilna gesehen hatte, dann drückte er ihre Hand an seinen riesigen Schnauzer, und nun erst warf er sich Kmiziz um den Hals und schluchzte an seiner Schulter.

»Beim Himmel, was ist Euch!« rief der erstaunte Hausherr.

»Dem einen hat Gott den Segen gegeben«, antwortete Charlamp, »den er dem anderen entzieht. Meiner Trauer Ursache aber kann ich nur Euch allein erzählen.«

Hier blickte er Frau Olenka an; sie aber erriet, daß er in ihrer Gegenwart nicht sprechen wolle, und sagte zu ihrem Manne:

»Ich will den Herren Met herausschicken; jetzt lasse ich euch allein.«
Kmiziz zog Herrn Charlamp in die Laube, bot ihm auf der Bank einen
Platz und rief:

»Was ist dir? Brauchst du Hilfe? Auf mich kannst du zählen wie
auf einen Bruder.«

»Mir fehlt nichts«, antwortete der alte Soldat, »ich brauche auch
keine Hilfe, solange ich mit dieser Hand und mit diesem Degen
schaffen kann; aber unser Freund, der würdigste Ritter der Republik,
ist in schwerer Not, und ich weiß nicht, ob er noch atmet.«

»Bei allen Wunden Christi! Wolodyjowski ist ein Unglück widerfahren?«

»So ist's«, antwortete Charlamp, und seine Tränen flossen in neuen
Strömen. »Wisse, Freund, Fräulein Anna Borschobohata hat dieses
Jammertal verlassen.«

»Sie ist gestorben!« schrie Kmiziz auf und faßte sich mit beiden
Händen an den Kopf.

»Wie ein Vogel vom Pfeil getroffen.«

Es trat eine Pause des Schweigens ein. Nur die herabfallenden Äpfel
schlugen hier und da schwer auf den Boden, und Charlamp stöhnte
immer vernehmlicher, da er seine Tränen hemmen wollte. Kmiziz
aber rang die Hände und wiederholte, beständig mit dem Kopfe
schüttelnd:

»Du lieber Gott, du lieber Gott, du lieber Gott!«

»Wundere dich nicht über meine Tränenströme!« begann endlich
Charlamp; »denn wenn dir auf die bloße Nachricht von dem Ereignis
der Schmerz unerträglich die Brust zusammenschnürt, was soll ich
erst, der ich ihr Hinscheiden und ihr Leiden gesehen habe, das alles
Maß überstieg.«

Jetzt trat der Diener ein, der eine Kanne und ein zweites Glas
brachte; ihm folgte Frau Olenka, die ihre Neugier doch nicht hatte
überwinden können. Da sie jetzt dem Manne ins Antlitz sah und
darin einen tiefen Schmerz wahrnahm, sagte sie sogleich:

»Was für Nachrichten habt Ihr gebracht? Schickt mich nicht fort,
ich will Euch trösten, wenn ich es vermag, oder ich will mit Euch
weinen oder Euch mit einem Rate dienen.«

»Auch in deinem Kopfe wird es wohl keinen Rat dafür geben«,
antwortete Herr Andreas; »aber ich fürchte, du könntest durch den
Schmerz deine Gesundheit schädigen.«

Sie aber antwortete: »Ich kann viel ertragen. Schlimmer ist's, in Ungewißheit zu leben.«

»Ännchen ist gestorben«, sagte Kmiziz.

Frau Kmiziz wurde bleich und sank schwer auf die Bank nieder. Kmiziz glaubte, die Kräfte verließen sie, aber der Schmerz gewann in ihr die Oberhand über die überraschende Nachricht, und sie begann zu weinen, und beide Ritter weinten mit ihr.

»Olenka«, sagte endlich Kmiziz, um den Gedanken seiner Gattin eine andere Richtung zu geben; »glaubst du denn nicht, daß sie im Paradiese ist?«

»Ich beweine sie nicht, ich weine ihr nur nach, und ich weine über das Schicksal des Herrn Michael. Denn was die ewige Glückseligkeit betrifft, so wollte ich, ich hätte so sichere Hoffnung der Erlösung für mich, wie ich sie für sie habe. Es gab kein braveres Mädchen als sie, kein besseres Herz. O mein Ännchen, mein geliebtes Ännchen.«

»Ich habe sie sterben sehen«, sagte Charlamp; »gebe Gott niemand einen minder frommen Tod!«

Dann schwiegen sie alle drei, bis endlich Kmiziz, nachdem sein Leid sich in Tränen gelöst hatte, wieder begann, von Zeit zu Zeit bei den traurigsten Stellen zutrinkend:

»Erzählt uns doch, wie es kam.«

»Ich danke«, antwortete Charlamp; »von Zeit zu Zeit will ich dir Bescheid tun, wenn du mir zutrinkst, denn der Schmerz greift nicht bloß ans Herz, sondern auch an die Gurgel, wie der Wolf, und wen er greift, kann er ohne Rettung erwürgen. Es war so: Ich fuhr von Tschenstochau in die Heimat, um meine alten Tage in Frieden hinzuleben und auf meinem Gute zu sitzen. Ich habe genug vom Krieg, denn ich begann als junger Bursche und habe jetzt einen grauen Schädel. Wenn ich's gar nicht ausgehalten hätte, so wäre ich noch einmal mitgezogen; aber jene Kriegszüge zum Schaden des Vaterlandes und zur Freude der Feinde, und jene Bürgerkriege haben mir die Bellona ganz und gar verleidet ... Du lieber Himmel, der Pelikan nährt seine Kinder mit dem eigenen Blute, es ist wohl wahr, aber dieses Vaterland hat gar kein Blut mehr in seiner Brust. Swiderski war ein großer Krieger ... mag ihn der Himmel richten.«

»Mein liebes Ännchen«, unterbrach Frau Kmiziz weinend, »wenn du nicht gewesen wärest, was wäre aus uns allen geworden? Du warst mir Zuflucht und Schutz! Mein liebes, gutes Ännchen!«

Als Charlamp dies hörte, weinte er wieder laut auf, aber Kmiziz unterbrach ihn mit der Frage:

»Und wo seid Ihr denn Wolodyjowski begegnet?«

»Wolodyjowski traf ich ebenfalls in Tschenstochau, wo sie beide zu rasten gedachten, denn sie hatten dort beide unterwegs Gelübde getan. Er sagte mir, er zöge mit der Verlobten aus eurer Gegend nach Krakau zur Fürstin Griseldis Wischniowiezka, ohne deren Zustimmung und Segen das Fräulein keineswegs getraut sein wollte. Das Mädchen war damals noch gesund und er fröhlich wie ein Vogel. »Siehst du«, sagte er, »so hat mir Gott für meine Arbeit meinen Lohn gegeben.« Wolodyjowski rühmte sich auch, Gott verzeih's ihm, und neckte mich, weil wir, ihr wißt's ja, um das Fräulein seinerzeit gestritten hatten; wir sollten uns sogar schlagen … Wo ist sie jetzt, die Arme?«

Und wieder weinte Herr Charlamp laut auf, aber wieder nur kurz, denn Kmiziz unterbrach ihn wieder:

»Sie war also gesund? Wie kam es denn so plötzlich?«

»Ja plötzlich, ganz plötzlich. Sie wohnte bei der Frau Martin Samojska, die damals mit ihrem Manne in Tschenstochau war. Wolodyjowski steckte den ganzen Tag bei ihr, klagte ein wenig über den Aufenthalt und meinte, sie würden wohl gar erst über ein Jahr nach Krakau gelangen, da alle Menschen unterwegs sie aufhielten. Kein Wunder auch! Einen solchen Kriegshelden wie Wolodyjowski bewirtet jeder gern, und wer ihn einmal hat, der hält ihn fest. Auch mich brachte er zu dem Fräulein und drohte mir lachend mich niederzuschlagen, wenn ich mich um ihre Liebe bemühte. Aber sie sah in der Welt nichts außer ihm. Mir ist wohl manchmal traurig geworden, wenn ich daran dachte, daß der Mensch im Alter wie der Nagel an der Wand vereinsamt ist. Nun, es kann nicht anders sein! Plötzlich in der Nacht stürzt Wolodyjowski in fürchterlicher Erregung zu mir herein:«

»Um Gottes willen, weißt du nicht einen Arzt?«

»Was ist geschehen?«

»Sie ist krank, sie weiß nicht, was vorgeht!«

»Ich frage, wann sie krank geworden. Soeben, sagt er, habe man's ihm von Frau Samojska gemeldet, mitten in der Nacht. Wo einen Arzt hernehmen! In der ganzen Stadt war nur das Kloster unversehrt, überall mehr Trümmerhaufen als Menschen. Endlich fand ich einen Feldscher, und der wollte nicht einmal mitgehen. Ich mußte ihn zwingen, mit an den Ort zu kommen. Aber da war der Priester schon notwendiger als der Arzt; wir trafen einen würdigen Pauliner Mönch, der sie durch sein Gebet wieder zum Bewußtsein zurückrief, so daß sie das heilige Abendmahl empfangen und von Herrn Michael herzlichen Abschied nehmen konnte. Am anderen Tag um Mittag war's schon um sie geschehen. Der Feldscher behauptete, es müsse ihr jemand etwas angetan haben, was doch nicht möglich ist, denn in Tschenstochau hat der Zauber keine Macht. Aber was nun mit Herrn Wolodyjowski vorging, was der angab ... ich will hoffen, daß ihm das nicht angerechnet werde, denn der Mensch wägt die Worte nicht, wenn ihn der Schmerz packt ... o, ich sage euch«, hier senkte Herr Charlamp die Stimme, »... er lästerte.«

»Um Gottes willen, er lästerte!« wiederholte Kmiziz leise.

»Er stürzte von ihrer Leiche fort in den Flur, vom Flur in den Hof und wälzte sich wie ein Betrunkener. Dort hob er die Fäuste in die Höhe und schrie mit entsetzlicher Stimme: »Ist das der Lohn für meine Wunden, meine Mühen, für mein Blut, für meine Liebe zum Vaterland?! Das eine Lamm«, sagte er, »hatte ich, und das hast du mir genommen, Herr. Einen streitbaren Mann hinstrecken«, sagte er, »der stolz über die Erde dahinschreitet, das ist«, sagt er, »würdig der Hand Gottes: aber die unschuldige Taube kann auch die Katze und der Habicht und der Geier erwürgen.««

»Bei allen Wunden Christi«, rief Frau Kmiziz, »wiederholt das nicht, denn Ihr bringt Unglück über unser Haus!«

Charlamp bekreuzigte sich und sprach weiter:

»Der Arme dachte sich's redlich verdient zu haben – und das war sein Lohn ... ha! Gott weiß am besten, was er tut, wenn auch der menschliche Verstand es nicht fassen, die menschliche Gerechtigkeit es nicht ermessen kann. Und gleich nach dieser Lästerung wurde er starr und sank auf die Erde, und der Priester sprach und beschwor über ihm, damit die unreinen Geister nicht in ihn fahren, die seine Lästerung ihn zu verderben benutzen könnten.«

»Kam er schnell zu sich?«

»Eine Stunde lag er wie leblos da. Dann erwachte er, ging in sein Quartier und wollte niemand sehen. Während des Begräbnisses sprach ich ihn an. ›Herr Michael‹, sage ich, ›habe Gott im Herzen!‹ Er antwortete nichts. Noch drei Tage saß ich in Tschenstochau, denn es tat mir weh, ihn allein zu lassen; aber ich pochte vergebens an seine Tür, er wollte mich nicht einlassen. Ich wußte nicht, was tun, ob noch länger an der Tür harren oder abreisen … wie kann man einen Menschen so ohne Trost zurücklassen. Da ich aber einsah, daß ich nichts erreichen würde, so beschloß ich, zu Skrzetuski zu reisen. Er ist ja sein bester Freund, er und Sagloba; vielleicht können sie ihm zu Herzen reden, besonders Herr Sagloba, denn er ist ein scharfsinniger Mann und weiß die Worte wohl zu setzen.«

»Waret Ihr bei den Skrzetuskis?«

»Ich war dort, aber auch hier gab Gott kein Glück; denn sie waren beide mit Herrn Sagloba in die Gegend von Kalisch zu Herrn Stanislaus, dem Hauptmann, gereist. Niemand wußte, wann sie wiederkommen würden; da dachte ich mir, mich führt auch so der Weg nach der Smudz, ich will bei Euch vorsprechen und erzählen, was geschehen ist.«

»Das wußt’ ich längst, das Ihr ein würdiger Ritter seid«, sagte Kmiziz.

»Nicht um mich handelt es sich, sondern um Wolodyjowski«, antwortete Charlamp, »und ich muß Euch gestehen, ich bin sehr besorgt um ihn, daß er nicht irre wird.«

»Gott möge ihn behüten!« sagte Frau Olenka.

»Wenn er ihn davor schützt, so wird er sicher ins Kloster gehen, denn das sage ich Euch, solchen Schmerz habe ich mein Lebtag nicht gesehen …. Schade um den Krieger, schade!«

»Warum schade, wenn Gottes Ruhm dabei wächst?« begann Frau Olenka wieder.

Charlamp schüttelte den Schnauzbart und rieb die Stirn:

»Seht, werte Frau, ob Gottes Ruhm wächst oder nicht wächst … zählt nur nach, wieviel Heiden und Ketzern er in seinem Leben den Garaus gemacht hat, wodurch er sicherlich unseren Heiland und die Mutter Gottes mehr erfreut hat, als so mancher Priester mit seiner Predigt … hm, es verlohnt wohl, darüber nachzudenken. Diene jeder Gottes Ruhme, so gut er kann. Seht, unter den Jesuiten findet sich immer eine ganze Menge, die klüger ist, als er, aber einen zweiten solchen Degen gibt es in der Republik nicht.«

»Das ist wahr, bei Gott!« antwortete Kmiziz. »Weißt du nicht, ob er in Tschenstochau geblieben oder abgereist ist?«

»Er war dort bis zum Augenblick meiner Abreise; was er nachher getan hat, weiß ich nicht. Ich weiß nur, wenn eine Krankheit über ihn kommt, oder der Irrsinn, der so häufig der Verzweiflung folgt, dann ist er allein, ganz allein, ohne Hilfe, ohne Verwandte, ohne Freunde, ohne Trost.«

»Möge dich die heilige Jungfrau an einen Wunderort retten, teurer Freund, der du mir so viel erwiesen hast, wie kein Bruder erweisen kann!« rief plötzlich Kmiziz.

Frau Olenka war in tiefes Sinnen versunken, und es dauerte lange, bis sie endlich ihr blondes Haupt erhob und sagte:

»Andreas, denkst du noch, wieviel wir ihm schuldig sind?«

»Wenn ich's vergesse, so will ich von einem Hund die Augen leihen, denn mit den meinigen werde ich nicht mehr wagen, einen braven Menschen anzusehen.«

»Andreas, du darfst ihn nicht so lassen!«

»Warum nicht?«

»Reise zu ihm.«

»O welch ein braves Frauenherz, was für ein braves Weib!« rief Charlamp, ergriff die Hände der Frau Kmiziz und bedeckte sie mit Küssen.

Aber Kmiziz wollte der Rat nicht gefallen. Er schüttelte den Kopf und sagte:

»Ich würde um seinetwillen bis ans Ende der Welt reisen … aber du weißt doch selbst, wenn du gesund wärst, dann sagte ich nichts, aber du weißt doch selbst! Verhüte Gott irgend einen Schrecken, einen Zufall, ich verginge vor Unruhe .... Die Frau geht über den besten Freund; mir tut es weh um Michael, aber du weißt doch selbst!«

»Ich bleibe unter dem Schutze der Laudaer Väter hier zurück. Jetzt ist's hier ruhig, und ich erschrecke ja auch nicht bei jeder Kleinigkeit. Ohne Gottes Wille fällt mir kein Haar vom Haupte, und Herr Michael braucht dort vielleicht Hilfe.«

»O, ob er sie braucht!« warf Charlamp ein.

»Hörst du, Andreas, ich bin gesund, mir wird nichts Böses geschehen. Ich weiß ja, du reisest nicht gern …«

»Ich ginge lieber mit einem Rührlöffel gegen Kanonen«, unterbrach sie Kmiziz.

»Glaubst du nicht, wenn du hierbleibst, es wird dich quälen, so oft du daran denkst: ich habe den Freund in der Not im Stich gelassen, und Gott wird in gerechtem Zorn dir seinen Segen versagen.«

»Du machst mir Angst. Gott, sagst du, wird mir seinen Segen versagen?«

»Das fürchte ich. Ein solcher Freund wie Herr Michael – ist es nicht heilige Pflicht, ihn zu retten?« »Ich liebe Michael von ganzem Herzen – es geschehe. Wenn es denn sein muß, dann gleich, denn hier handelt es sich um jede Stunde. Ich gehe sofort in die Ställe. Beim lebendigen Gott, gibt es denn keinen anderen Rat mehr? Der Teufel hieß die dort nach Kalisch reisen! Nicht um mich bin ich besorgt, aber um dich, mein Geliebtes! Ich wollte lieber ein Vermögen verlieren, als einen Tag ohne dich atmen. Wenn mir jemand sagte, daß ich dich verlasse nicht um des Vaterlandes willen – ich stieße ihm den Griff des Schwertes bis übers Kreuz in den Mund! Pflicht sei es, sagst du, nun denn – es sei! Ein Narr, wer sich lange umsieht. Wäre es nicht für Michael, für einen anderen tät ich es nicht!«

Hier wandte er sich an Charlamp.

»Lieber Freund, komm mit mir in die Ställe, wir wollen die Pferde aussuchen, und du, Olenka, laß mir das Ränzel schnüren; möge jemand von den Laudaern sich der Ernte annehmen. Herr Charlamp, zwei Wochen müßt Ihr schon hier bleiben, um mein Weib zu beschützen; vielleicht findet sich auch hier in der Gegend eine Pacht – nehmt Lubitsch, was!? Komm in den Stall; in einer Stunde geht's ab. Wenn es sein muß, muß es sein!«

Ein gutes Stück noch vor Sonnenuntergang machte sich der Ritter auf den Weg. Seine Gattin verabschiedete sich von ihm mit Tränen und segnete ihn mit einem Kreuze, in welchem Splitter vom heiligen Holz in Gold gefaßt waren. Und da Kmiziz aus alten Zeiten her an plötzlichen Aufbruch gewöhnt war, so eilte er davon, als gelte es die Verfolgung beutebeladener Tataren.

Von Wilna ging's nach Grodno, nach Bialystock, und von da zog er nach Siedlez. Als er durch Lukow kam, erfuhr er, daß die Familie Skrzetuski mit ihren Kindern und mit Herrn Sagloba gerade einen Tag zuvor heimgekehrt sei; er beschloß also, bei ihnen einzukehren, denn mit wem hätte er erfolgreicher über die Rettung Wolodyjowskis beraten können, als mit ihnen?

Sie empfingen ihn mit Verwunderung und Freude, die sich aber bald in tiefen Schmerz verwandelte, als er ihnen den Zweck seiner Reise mitteilte. Sagloba konnte sich den ganzen Tag nicht beruhigen und weinte am Teich beständig so bitterlich, daß er später selbst sagte, der Teich habe zugenommen, und man habe die Schleusen öffnen müssen. Nachdem er sich ausgeweint hatte, ging er mit sich zu Rate und dachte:

Johann kann nicht reisen, denn er ist ins Wahlkapitel gewählt, und Händel wird es die Menge geben, denn nach so viel Kriegen fehlt es nicht an unruhigen Geistern. Aus dem, was Herr Kmiziz sagt, darf man wohl annehmen, daß die Störche den Winter über in Wodockt bleiben werden, denn man hat sie dort zum Arbeitsinventar gezählt, und sie müssen ihr Amt erfüllen. Kein Wunder, daß es ihnen bei solcher Wirtschaft ungelegen kam, auf die Reise zu gehen, besonders da man gar nicht wissen kann, wie lange sie dauern mag. Es beweist Euer großes Herz, daß Ihr gereist seid, aber wenn ich aufrichtig raten soll, so sage ich, kehrt wieder heim, dort bedarf's eines näheren Vertrauten, der es sich nicht zu Herzen nimmt, wenn man ihn anschreit, wenn man ihn nicht sehen will. Dort ist Geduld nötig und große Erfahrung. Ihr aber habt nur Freundschaft für Michael, was in einem solchen Falle nicht viel nützen kann. Ärgert Euch nicht, Freund, Ihr müßt selbst gestehen, daß Johann und ich ältere Freunde sind, und daß wir mehr miteinander erlebt haben. Du lieber Gott, wie oft habe ich ihn und er mich aus der Not gerettet.

»Und wenn ich auf das Amt eines Deputierten verzichtete?« unterbrach ihn Skrzetuski.

»Johann, das ist ein Dienst für das Gemeinwohl«, antwortete Sagloba streng.

»Gott weiß«, sagte Skrzetuski in tiefem Schmerz, »meinen Oheimssohn Stanislaus liebe ich mit aufrichtiger Zuneigung, aber Michael steht mir näher als er.«

»Mir ist er lieber als ein Bruder, um so mehr, als ich nie einen Bruder hatte. Es ist nicht Zeit, um die Stärke unserer Gefühle zu streiten. Siehst du, Johann, wenn dieses Unglück eben erst Michael betroffen hätte, so würde ich dir selber gesagt haben: schick' den Henker zum Wahlkapitel und mach' dich auf den Weg! Aber rechnen wir nur nach, wieviel Zeit schon vergangen ist, ehe Charlamp von Tschenstochau nach der Smudz gekommen, und Andreas aus der Smudz zu uns. Jetzt heißt es nicht nur zu Michael hinreisen, sondern bei ihm bleiben, nicht bloß mit ihm weinen, sondern ihm gut zureden, ihm nicht bloß den Gekreuzigten als Muster vorhalten, sondern mit lustigen Possen Herz und Gemüt erheitern. Wißt Ihr, wer reisen sollte? – Ich! und ich will auch reisen, so wahr mir Gott helfe. Finde ich ihn in Tschenstochau, so bringe ich ihn hierher; finde ich ihn nicht, so gehe ich, wenn es sein muß, bis in die Moldau und will nicht aufhören, ihn zu suchen, solange ich noch aus eigener Kraft eine Prise Tabak zur Nase zu führen vermag.«

Als die beiden Ritter das hörten, umarmten sie Sagloba, und auch er war gerührt, teils über das Unglück Michaels, teils über die eigenen bevorstehenden Mühsale. Daher begann er zu weinen, und endlich, als sie sich beide genug umarmt hatten, sagte er:

»Nur dankt mir nicht für Michael, denn ihr steht ihm nicht näher als ich.«

Darauf sagte Kmiziz:

»Nicht Wolodyjowski halber danken wir dir, aber man müßte ein eisernes, man müßte gar kein menschliches Herz haben, wenn man durch solche Opferwilligkeit nicht gerührt würde, die bei der Not des Freundes Mühsale nicht scheut und das eigene Alter vergißt. Andere denken in diesem Alter nur an ihr Plätzchen am warmen Ofen, und Ihr sprecht von einer weiten Reise gerade so, als wäret Ihr in meinen oder in Skrzetuskis Jahren.«

Sagloba machte zwar kein Geheimnis aus seinen Jahren, aber er hatte im allgemeinen nicht gern, daß man in seiner Gegenwart vom Alter als von einer Zeit der Kraftlosigkeit spreche; er blickte darum, obgleich seine Augen noch rot waren, streng, mit einer gewissen Unzufriedenheit auf Kmiziz und erwiderte:

»Mein lieber Herr, als ich in mein einundsiebzigstes trat, da war's mir wehmütig ums Herz, daß die beiden Äxte über meinem Haupte schwebten, als aber das achtzigste vorüberging, da faßte ich so frohen Mut, daß ich gar noch ans Heiraten dachte, und ich hätte gern gesehen, wer von uns am meisten ein Recht gehabt hätte, stolz zu sein.«

»Ich rühme mich nicht, aber ich hätte auch Euch gern gerühmt.«

»Und ich würde Euch sicherlich so blamieren, wie ich einst den Herrn Hetman Potozki in Gegenwart des Königs blamierte. Er machte Anspielungen auf mein Alter, und ich forderte ihn heraus, wer wohl mehr Purzelbäume hintereinander schießen könne. Nun, was geschah? Er schoß drei, und die Heiducken mußten ihn aufheben, denn er konnte nicht allein aufstehen, und ich sauste rings um ihn herum: waren's wenig, so waren's fünfundreißig Purzelbäume, die ich schlug. Fragt Skrzetuski, er hat's mit eigenen Augen gesehen.«

Skrzetuski wußte, daß Sagloba seit einiger Zeit die Gewohnheit hatte, sich in allem auf ihn als Augenzeugen zu berufen; er zwinkerte daher nicht einmal mit dem Auge, sondern begann wieder von Wolodyjowski. Sagloba versank in Schweigen und sann tief über etwas nach; endlich, nach dem Abendessen, kam er in bessere Laune und sprach zu den Genossen:

»Ich will euch etwas sagen, was nicht so leicht jeder mit seinem Verstande trifft. Ich habe zu Gott die Hoffnung, daß Michael leichter aus diesem Unglück hervorgehen wird, als es uns anfangs schien.«

»Gebe Gott, aber woher kommt Euch das in den Sinn?« sagte Kmiziz.

»Hm, da bedarf's des scharfen Witzes, der ein Erbteil der Natur ist, und großer Erfahrung, wie ihr sie in euren Jahren nicht haben könnt, und genauer Kenntnis von Michaels Wesen. Jeder Mensch hat eine andere Natur. Den einen trifft das Unglück gerade so wie der Stein das Wasser, um in Gleichnissen zu reden. Das Wasser fließt scheinbar glatt und ruhig weiter, während auf seinem Grunde der Stein liegt und seinen Lauf hemmt. Du, Johann, kannst zu diesen gezählt werden, denen es oftmals schlecht in der Welt geht, denn in ihnen lebt der Schmerz und die Erinnerung fort. Ein anderer wieder nimmt ein Unglück ähnlich auf, als ob du ihm mit der Faust eins in den Nacken versetztest. Es betäubte ihn im Augenblick, dann kommt er zu sich, und wenn die Beule geheilt ist, ist's auch vergessen. O, eine solche Natur ist die bessere in dieser unglücksreichen Welt!«

Die Ritter hörten aufmerksam den weisen Worten Saglobas zu, und er sah es gern, daß sie mit solcher Teilnahme aufhorchten, und sprach weiter:

»Ich habe Michael durch und durch kennen gelernt, und Gott ist mein Zeuge: ich will ihm nichts Böses nachsagen; aber mir will scheinen, als täte es ihm mehr um die Heirat als um dieses Mädchen leid. Es will nichts sagen, daß ihn die Verzweiflung furchtbar gepackt hat, denn es ist ein furchtbares Unglück, besonders für ihn. In ihm steckt keine Habgier, kein Ehrgeiz, keine Selbstsucht; er ging von seinem Eigentum weg, ließ seinen Besitz, mahnte nicht um seinen Sold; aber für alle Mühsale, für alle seine Verdienste erhoffte er von Gott und von der Republik nichts als eine Gattin. Er hatte sich's so in seinem Herzen zurechtgelegt, daß ihm ein solcher Bissen gehören müsse; schon sollte er ihn zum Munde führen, da – als hätte es ihm der Wind weggeweht. Was Wunder, daß ihn die Verzweiflung gepackt hat? Ich sage nicht, daß ihm das Mädchen nicht leid tue, aber, so wahr ich Gott liebe, ihn schmerzt mehr, daß er nun wieder unvermählt bleiben muß.«

»Gebe Gott!« wiederholte Skrzetuski.

»Wartet! Mögen nur erst jene Herzenswunden sich schließen und mit neuer Haut bedecken, und wir wollen sehen, ob ihm die alte Lust nicht wiederkehrt. Nur darin liegt eine Gefahr, daß er jetzt unter dem Druck der Verzweiflung etwas tue oder beschließe, was ihn nachher gereuen könnte; aber was geschehen sollte, ist schon geschehen, denn im Unglück faßt man schnell Entschlüsse. Mein Bursche nimmt schon die Kleider aus dem Schrein und ordnet sie: ich sage das also nicht, weil ich etwa nicht Lust hätte, zu reisen, ich wollte euch nur trösten.«

»Und wieder wirst du, Vater, dem Michael ein Balsam sein«, sagte Skrzetuski.

»Wie ich es auch dir gewesen bin – denkst du noch? Wenn ich ihn nur bald fände, denn ich fürchte, daß er sich irgendwo in der Wüstenei oder in der fernen Steppe, an die er von Jugend auf gewöhnt ist, versteckt. Ihr, Herr Kmiziz, habt mich wegen meines Alters verspottet: ich sage Euch, wenn je ein Sendbote einen Brief so schnell fortgebracht hat, wie ich jetzt fortkommen werde, so heißt mich, wenn ich wiederkehre, Charpie zupfen, Erbsen lesen, oder gebt mir die Spindel. Mich sollen weder Unbequemlichkeiten hindern, noch soll mich fremde Gastfreundschaft in Versuchung führen, oder Essen und Trinken in meiner Eile hemmen. Solch einen Flug habt Ihr noch nicht gesehen; ich halte es auch nicht aus, hier zu sitzen, gerade als wenn jemand unter der Bank steckte und mich forttriebe. Ich habe auch schon befohlen, mein Reisehemd mit Ziegentalg einzuschmieren, um die Insekten davon abzuhalten.«

Herr Sagloba reiste doch nicht so schnell, wie er es sich und den Freunden versprochen hatte. Je mehr er sich Warschau näherte, desto langsamer kam er vorwärts. Es war die Zeit, in welcher König Johann Kasimir, der große Politiker und Heerführer, nachdem er die Feuerbrände außerhalb gelöscht und die Republik gleichsam aus der Sturmflut gerettet hatte, auf die Regierung verzichtete. Alles hatte er in Geduld getragen, alles überstanden, all den Streichen hatte er kühn die Brust entgegengestellt, welche von dem auswärtigen Feinde kamen; als er aber dann innere Reformen anstrebte und statt der erwarteten

Hilfe von der Nation nichts als Widerstand und Undank erfuhr, da nahm er freiwillig von dem geheiligten Haupte die Krone, die ihm eine unerträgliche Last geworden war.

Die Kreistage und die Generalversammlungen hatten bereits stattgefunden, und der Fürst-Primas Praschmowski hatte den Wahlreichstag auf den 5. November angesetzt.

Groß waren die Anstrengungen der verschiedenen Kandidaten, groß der Wettstreit der mannigfachen Parteien, und obgleich erst die Königswahl die Entscheidung bringen sollte, begriff doch jeder die außerordentliche Wichtigkeit des Wahlreichstages. Und so zogen die Sendboten nach Warschau zu Wagen und zu Pferde mit Gesinde und Knechten, so zogen die Senatoren mit prächtigem Gefolge. Auf den Wegen war es eng, die Wirtshäuser besetzt, und die Auffindung eines Nachtquartiers war mit Mühe und Zeitverlust verbunden. Zwar räumte man Herrn Sagloba mit Rücksicht auf sein Alter leicht einen Platz ein, aber sein außerordentlicher Ruf brachte häufig wiederum einen Verlust an Zeit mit sich. Es kam wohl vor, daß er an einem Gasthof vorfuhr, in dem die Menschen wie die Heringe zusammengepfercht waren. Da kam die Herrschaft, die es samt dem Gefolge bewohnte, aus Neugier heraus, um zu sehen, wer vorgefahren sei, und wenn sie den Greis mit weißem Bart und Haupthaar erblickten, sagten sie beim Anblick solcher Würde:

»Wir bitten den Herrn, mit uns aufs Zimmer zu kommen und einen Imbiß zu nehmen.«

Herr Sagloba war kein Grobian und sagte nicht Nein, denn er wußte, daß die Bekanntschaft mit ihm jedem angenehm sein würde. Wenn also der Wirt, nachdem er ihn über die Schwelle geführt, sagte: »Wen habe ich die Ehre ...« – so stemmte er die Hände in die Seiten und sagte, der Wirkung seiner Worte sicher, nur: »Sagloba *sum*. Ich bin Sagloba.«

Und es kam kaum vor, daß diesen Worten nicht eine große Freude folgte, ein Schwenken der Arme: Diesen Tag zähle ich zu den glücklichsten meines Lebens, und ein lautes Rufen der Genossen oder der Hofleute: »Schaut her, das ist die Zierde, *gloria et decus* der gesamten Ritterschaft der Republik«, und alles lief herbei, um Herrn Sagloba zu bewundern, und die Jüngeren kamen und küßten die Schöße seines Reisemantels. Und dann schleppte man von den Wagen die Tönnchen und die Anker herbei, und dann folgte ein Festgelage, das bisweilen tagelang dauerte.

Allenthalben glaubte man, er reise als Abgesandter zum Reichstag, und als er sagte, daß dies nicht der Fall sei, war das Erstaunen ein allgemeines. Aber er erklärte dann, er habe sein Mandat an Herrn Domaschewski abgetreten, damit auch die Jüngeren an den öffentlichen Angelegenheiten teilnähmen. Manchen sagte er auch die wahre Ursache seiner Reise, andere wiederum fertigte er, wenn sie ihn fragten, mit den Worten ab:

»Seht, von Kindheit auf bin ich den Krieg gewohnt, und so wollte ich auf meine alten Tage mit dem Doroschenko einen Gang machen.«

Nach solchen Worten bewunderte man ihn noch mehr. Er wurde auch für niemand minder teuer darum, weil er nicht als Abgesandter reiste, denn man wußte, daß unter den Neutralen sich Männer befanden, die mehr vermochten als die Landboten selber. Überdies gedachte jeder Senator, auch der hervorragendste, dessen, daß in wenigen Monaten die Wahl stattfinde, und daß dann jedes Wort eines Mannes, der einen solchen Ruf in der Ritterschaft habe, ein unschätzbares Gewicht haben würde.

Und man umarmte Herrn Sagloba und zog den Hut vor ihm, hoch und niedrig. Herr Podlaski bewirtete ihn drei Tage, die Herren Paz, die er in Kaluschin traf, trugen ihn auf den Händen.

Mancher ließ ihm auch im geheimen bedeutende Geschenke in seinen Korbwagen hineinlegen, Schnaps, Wein, ja auch kostbar beschlagene Kästchen, Säbel und Pistolen. Auch die Dienerschaft Saglobas hatte es dadurch gut, aber er selbst reiste gegen den eigenen Entschluß und gegen sein Versprechen so langsam, daß er erst in der dritten Woche in Minsk eintraf.

Dafür aber hielt er in Minsk nicht Rast. Als er auf den Markt kam, sah er ein so großes und schönes Schloß, wie er es nirgends unterwegs getroffen hatte. Die Hofleute in prächtigen Gewändern, ein halbes Regiment zwar nur zu Fuß, denn zum Wahlreichstag durfte man nicht bewaffnet kommen, aber so schmuck, daß auch der König von Schweden keine schmuckere Garde haben konnte. Eine Menge vergoldeter Wagen mit Matten und Decken, um die Gasthäuser unterwegs zu belegen, Wagen mit Speiseschränken und Mundvorräten, zudem eine fast ganz ausländische Dienerschaft, so daß kaum einer im ganzen Haufen eine verständliche Sprache sprach.

Endlich bemerkte Sagloba unter der Dienerschaft einen polnisch Gekleideten. Er ließ also Halt machen und steckte schon, einer guten Rast sicher, einen Fuß aus seinem Korbwagen und sagte:

»Wem gehört das schöne Herrenhaus, wie es auch der König nicht schöner haben kann?«

»Wem kann es gehören«, antwortete der Diener, »wenn nicht unserem Herrn, dem Fürst-Stallmeister von Litauen.«

»Wem?« wiederholte Sagloba.

»Seid Ihr taub? Dem Fürsten Boguslaw Radziwill, der zum Reichstag fährt und, so Gott will, nach der Wahl gewählt sein wird.«

Sagloba zog schnell den Fuß in den Wagen zurück.

»Weiter!« schrie er dem Kutscher zu, »hier haben wir nichts zu suchen.«

Und er reiste weiter, am ganzen Körper vor Entrüstung bebend.

»Großer Gott!« sprach er, »unerforschlich sind deine Wege, und wenn du diesem Verräter nicht mit einem Blick den Nacken spaltest, so hast du gewiß verborgene Absichten damit, die der Verstand nicht fassen kann, obgleich, die Dinge menschlich betrachtet, einem solchen aufgeblähten Fant eine gehörige Strafe ziemt. Aber es steht schlecht in dieser herrlichen Republik, wenn solche Schächer ohne Ehre und Gewissen nicht bloß ungestraft umherlaufen, sondern auch in Sicherheit und voller Macht umherreisen – bah, sogar hohe Ämter bekleiden. O gewiß, wir gehen zugrunde, denn in welchem Lande, in welchem anderen Staate könnten solche Dinge geschehen! Er war ein guter König, der Johann Kasimir, aber er verzieh zu viel und gewöhnte die Bösen daran, auf Straflosigkeit und Sicherheit zu pochen; aber es ist nicht allein seine Schuld; auch in der Nation ist das bürgerliche Gewissen und das Gefühl für Tugend ganz und gar verschwunden. Pfui, pfui! – er ein Reichsbote! In seine nichtswürdigen Hände legen die Bürger die Unversehrtheit und die Sicherheit des Vaterlandes, in dieselben Hände, mit welchen er es zerrissen und in schwedische Ketten geschmiedet hat! Wir gehen zugrunde, es kann nicht anders sein. Sie werden ihn gar noch zum König machen … nun ja, bei einem solchen Volke ist alles möglich. Er – Abgesandter! Bei Gott, sagt nicht das Gesetz ausdrücklich, daß derjenige nicht Reichsbote sein kann, der in einem fremden Lande ein Amt innehat, und er ist doch bei seinem Onkel, dem Kurfürsten von Preußen, Generalstatthalter! Aha, wartet nur – ich habe dich! Wozu sind die Wahlprüfungen da? Wenn ich nicht in den Saal hineintreten und nur als Zuhörer auf die Galerie darf, obgleich ich diesen Gegenstand nicht bespreche, so will ich mich gleich in einen Hammel verwandeln, und mein Kutscher soll der Schlächter sein! Es werden sich schon welche finden unter den Reichsboten, die mich unterstützen werden. Ich weiß nicht, Verräter, ob ich mit dir, dem Mächtigen, fertig werde, und ob ich dich aus dem Reichstag werde entfernen können; – aber daß dir das zur Wahl nicht nützlich sein wird, das ist gewiß, und Michael, der Arme, muß auf mich warten, denn das wird eine Tat zum Besten des öffentlichen Wohles sein.«

So überlegte Sagloba und gab sich das Versprechen, diese Wahlprüfung ernst in die Hand zu nehmen und unter den Boten im geheimen dafür zu werben. Aus diesem Grunde fuhr er schon eiliger von Minsk nach Warschau, da er fürchtete, zur Eröffnung des Wahltags zu spät zu kommen. Er kam aber noch ziemlich früh. Die Zahl der Reichsboten und der Fremden war so groß, daß man weder in Warschau, noch in der Vorstadt Praga, noch in der Nähe der Stadt ein Gasthaus finden konnte; man konnte sich auch schwer bei jemand unterbringen, denn fast alle Zimmer waren bereits besetzt. Die erste Nacht verbrachte Sagloba im Laden bei Fuker, und das ging noch ziemlich glatt ab; aber am anderen Morgen, nachdem er sich in seinem Korbwagen ganz ernüchtert hatte, wußte er selbst nicht, was er beginnen sollte.

»Gott, o Gott«, sagte er und verfiel in schlechte Laune, indem er sich in der Krakauer Vorstadt, durch die er gerade fuhr, umsah, »hier sind die Ruinen des Kasanowskischen Palastes. Undankbare Stadt, mit dem eigenen Blut und mit Mühsal mußte ich sie dem Feinde entreißen, und nun geizt sie mir ein Winkelchen für mein graues Haupt.«

Die Stadt aber geizte durchaus nicht um den Winkel für sein graues Haupt, sie besaß ihn einfach nicht. Indessen leuchtete Sagloba ein glücklicher Stern, denn kaum war er in die Nähe des Palastes der Koniezpolskis gekommen, als eine Stimme von seitwärts den Kutscher anrief: »Halt!«

Der Knecht hielt die Pferde an; da trat ein unbekannter Edelmann mit strahlendem Gesicht an den Wagen heran und rief:

»Herr Sagloba, erkennt Ihr mich nicht?«

Sagloba sah einen Mann von etwa dreißig Jahren vor sich, mit einer Husarenmütze aus Luchsfell, die mit Federn geschmückt war, ein unzweifelhaftes Abzeichen des Heeresdienstes, auf dem Kopfe, und in einen mohnfarbenen Überrock und ein dunkelrotes Wams mit goldenem Gürtel gekleidet. Das Gesicht des Unbekannten war von ungewöhnlicher Schönheit, seine Gesichtsfarbe blaß, hier und da vom Sturm gebräunt; er hatte blaue, schmachtende, nachdenkliche Augen und außerordentlich regelmäßige, für einen Mann fast zu schöne Gesichtszüge. Trotz der polnischen Kleidung trug er langes Haar und einen nach ausländischer Art gestutzten Bart. Er trat an den Wagen heran, öffnete weit die Arme, und obwohl Sagloba sich nicht gleich seiner erinnern konnte, neigte er sich doch vor und umhalste ihn.

Sie umarmten sich herzlich, von Zeit zu Zeit hielt der eine den anderen ein wenig zurück, um ihn genauer zu betrachten; endlich sagte Sagloba:

»Verzeiht, aber ich kann mich nicht erinnern ...«

»Haßling-Ketling.«

»Ums Himmels willen! Das Gesicht war mir bekannt, aber die Kleidung hat Euch ganz verändert; früher sah ich Euch immer im Reiterkollett. So kleidet Ihr Euch schon polnisch?«

»Weil ich diese Republik, die mich Heimatlosen, als ich noch ein Knabe war, an ihre Brust genommen und reichlich versorgt hat, zu meiner Mutter gemacht habe und eine andere Mutter nicht mehr will. Wißt Ihr, daß ich nach dem Kriege das Heimatsrecht erhalten habe?«

»Ei, da bringt Ihr mir eine liebe Neuigkeit. So ist es Euch gut gegangen?«

»Ja, hierin sowohl wie auch in anderer Hinsicht, denn in Kurland, an der äußersten Grenze der Smudz, fand ich einen Mann, einen Namensvetter von mir, der mich adoptiert hat, der mich in sein Wappen aufnahm und mich mit Vermögen beschenkt hat. Er wohnt in Swienta in Kurland; aber auch hier hat er ein Besitztum, Schkudi, das er mir überlassen hat.«

»Segne es dir Gott! So hast du also das Kriegshandwerk aufgegeben?«

»Wenn etwas vorkommt, so stelle ich mich unbedingt wieder. Darum habe ich auch das Gütchen in Pacht gegeben und warte hier auf eine Gelegenheit.«

»Das nenne ich Rittertum! Ganz wie ich, als ich jung war, obgleich ich auch jetzt noch Mark in den Beinen habe. Was machst du hier in Warschau?«

»Ich bin Reichsbote.«

»Bei den Wunden des Heilands, so bist du mit Leib und Seele Pole!«

Der junge Ritter lächelte; »ja, auch mit der Seele.«

»Bist du verheiratet?«

Ketling seufzte: »Nein.«

»Das allein fehlt dir. Halt, warte mal! Ob du wohl noch die alte Neigung zu Fräulein Billewitsch in der Erinnerung hast?«

»Da Ihr doch darum wißt, obwohl ich glaubte, es sei nur mein Geheimnis, so will ich Euch sagen, daß mir nie eine andere Neigung ...«

»Schlagt Euch das aus dem Sinne! Sie wird in kurzer Zeit der Welt einen kleinen Kmiziz schenken. Das müßt Ihr Euch aus dem Sinne schlagen! Was nutzt das Seufzen, wenn es ein anderer besser mit ihr meint. In Wahrheit ist das auch lächerlich!«

Ketling richtete seine träumerischen Augen empor.

»Ich sagte nur, daß ich keine neue Neigung gefaßt habe.«

»Das kommt schon, sei unbesorgt; wir werden dich verheiraten. Ich weiß es aus eigener Erfahrung, daß übermäßige Beständigkeit in Liebesdingen nur Kummer macht; weil ich meiner Zeit beständig war wie ein Troïlus, ist mir eine Menge von Vergnügen, eine Menge guter Gelegenheiten entgangen, – und was habe ich mich abgehärmt!«

»Erhalte Gott jedem eine so joviale Laune, wie Ihr sie Euch trotzalledem bewahrt habt!«

»Weil ich immer in Bescheidenheit gelebt habe, darum kneipt's mich nicht in den Knochen. Wo wohnst du? Hast du ein Unterkommen gefunden?«

»Ich habe ein bequemes Häuschen nach Mokotow zu, das ich mir nach dem Kriege erbaut habe.«

»Da bist du glücklich. Ich fahre schon seit gestern vergeblich in der ganzen Stadt umher.«

»Bei Gott, Freund, Ihr dürft es mir nicht abschlagen, bei mir zu wohnen! Raum ist genug. Außer dem Herrenhäuschen ein Hinterhaus, ein bequemer Stall, da finden Knecht und Pferde ein Unterkommen.«

»Du bist mir, so wahr ich lebe, vom Himmel gefallen.«

Ketling stieg in den Korbwagen, und sie fuhren weiter.

Unterwegs erzählte ihm Sagloba von dem Unglück, das Wolodyjowski so plötzlich getroffen hatte, und er rang über das Schicksal des Freundes die Hände, denn er hatte bisher nichts davon gewußt.

»Dieser Schlag ist um so empfindlicher für mich«, sagte er endlich, »weil, wie Ihr wahrscheinlich nicht wisset, in letzter Zeit gerade so innige Freundschaft zwischen uns ward. Alle die letzten Kriegsfahrten in Preußen, bei der Belagerung der Schlösser, wo nur noch schwedische Besatzung war, haben wir vereint mitgemacht; wir waren in der Ukraine, wir zogen gegen den Herrn Lubomirski, dann wieder in die Ukraine, schon nach dem Tode des Wojewoden von Reußen unter dem Kronmarschall Sobieski. Eine Satteldecke diente uns als Kissen, wir aßen aus einer Schüssel, – Kastor und Pollux nannten sie uns. Und erst, als er nach der Smudz zu Fräulein Borschobohata reiste, kam die Stunde der Trennung; wer konnte erwarten, daß seine schönsten Hoffnungen so schnell dahinschwinden würden wie der Pfeil in der Luft?«

»Nichts ist von Dauer in diesem irdischen Jammertal«, antwortete Sagloba.

»Außer einer standhaften Freundschaft. Nun heißt's beraten und erkunden, wo er jetzt ist; vielleicht erfahren wir etwas vom Herrn Kronmarschall, der Wolodyjowski wie seinen Augapfel liebt; wo nicht, finden wir hier die Boten aus allen Landstrichen. Es ist unmöglich, daß nicht irgend jemand von unserem Ritter etwas gehört hätte. Ich will Euch nach Kräften behilflich sein, mehr noch, als ob es sich um mich selbst handelte.«

Unter solchen Gesprächen kamen sie endlich an Ketlings Herrenhäuschen, das, wie sich zeigte, ein ganzes Herrenhaus war. Innen herrschte die schönste Ordnung, und eine Menge kostbarer, gekaufter und erbeuteter Geräte schmückte die Räume; besonders war die Auswahl der Waffen eine ausgezeichnete. Sagloba lachte das Herz im Leibe bei diesem Anblick, und er sagte:

»O, Ihr könntet ja zwanzig Personen unterbringen! Ein Glück für mich, daß ich Euch begegnet bin. Ich hätte auch Anton Chrapowizkis Wohnung beziehen können, denn er ist mein Bekannter und Freund, auch die Paz' wollten mich bei sich aufnehmen – sie suchen Parteigänger gegen die Radziwills –, aber ich ziehe vor, bei Euch zu bleiben.«

»Unter den litauischen Boten hörte ich«, erwiderte Ketling, »daß sie durchaus, weil doch jetzt die Reihe an Litauen kommt, Herrn Chrapowizki zum Reichstagsmarschall ernennen wollen.«

»Und mit Recht! Er ist ein braver Mann und ein Realist, nur ein wenig gutmütig; für ihn gibt's nichts Höheres als die Eintracht. Er geht immer darauf aus, die Leute zu versöhnen, und das taugt nichts. Aber sag' mir aufrichtig, was ist dir Boguslaw Radziwill?«

»Seit der Zeit, wo mich die Tataren bei Warschau gefangen nahmen – nichts!« antwortete Ketling. »Ich habe den Dienst bei ihm aufgegeben und mich nicht wieder darum bemüht, denn wenn er auch ein einflußreicher Herr ist, so ist er doch schlecht und verkehrt. Ich habe ihn zur Genüge beobachtet, als er in Tauroggen der Tugend dieses überirdischen Wesens nachstellte.«

»Welches überirdischen Wesens? Mensch, was sprichst du? Sie ist aus Ton und kann, wie das erste beste Gefäß, in Scherben gehen. Doch genug davon!« Bei diesen Worten wurde Sagloba so rot vor Zorn, daß ihm die Augen hervortraten.

»Denk’ dir, dieser Schurke ist Reichsbote!«

»Wer?« sagte Ketling, dessen Gedanken noch bei Olenka weilten, erstaunt.

»Boguslaw Radziwill. Aber die Wahlprüfungen, wozu sind die Wahlprüfungen? Hör’, du bist Reichsbote, du kannst den Gegenstand anregen, ich will dir von der Galerie schon kräftig sekundieren, fürchte dich nicht. Das Gesetz ist auf unserer Seite, und wenn sie das Gesetz antasten wollen, so könnte man unter den Wahlzeugen einen kleinen unschuldigen Tumult anregen, damit es nicht so unblutig hingehe.«

»O, tut das nicht, bei Gott! Ich will den Gegenstand vorbringen, denn Ihr habt recht; aber Gott behüte uns vor einer Störung des Reichstags!«

»Ich will auch zum Chrapowizki gehen, obgleich der alles zu lau nimmt, denn von ihm, als dem künftigen Marschall, hängt vieles ab. Ich will die Paz’ aufhetzen. Wir wollen wenigstens alle seine Schandtaten öffentlich in Erinnerung bringen. Habe ich doch unterwegs gehört, daß dieser Schuft daran denkt, sich um die Krone zu bewerben.«

»Dann müßte die Nation ihrem Ende nahe und nicht wert sein, zu existieren, wenn solche ihre Könige sein sollten«, erwiderte Ketling. – »Aber ruht jetzt, und nachher oder ein andermal wollen wir zum Herrn Kronmarschall gehen und nach unserem Freunde fragen.«

2. Kapitel

Der Wahlreichstag war einige Tage darauf eröffnet worden. Wie Ketling vorhergesehen, wurde Chrapowizki, damals Unterkämmerer von

Smolensk und später Wojewode von Witebsk, der Marschallstab anvertraut. Da es sich nur um die Bestimmung des Wahltermins und die Einsetzung des höheren Wahlkapitels handelte und die Intrigen der verschiedenen Parteien in diesen Angelegenheiten kein Feld für sich fanden, schien der Reichstag einen ruhigen Verlauf nehmen zu wollen. Nur im Anfang ging es durch die Wahlprüfungen ein wenig stürmischer her, denn als der Reichsbote Ketling die Rechtsgültigkeit der Wahl des Herrn Sekretärs von Biala und seines Kollegen, des Fürsten Boguslaw Radziwill, anzweifelte, schrie gleich eine kräftige Stimme aus der Mitte der Neutralen: »Verräter! Ausländischer Beamter!« Dieser Stimme schlossen sich andere an, auch einige Reichsboten kamen hinzu, und plötzlich zerfiel der Reichstag in zwei Parteien, von welchen die eine die Abgeordneten von Biala entfernen, die andere die Wahl als rechtsgültig anerkennen wollte. Man einigte sich endlich zu einem Beschluß, welcher die Angelegenheit zum Schweigen brachte und die Wahl anerkannte; nichtsdestoweniger war dies für den Fürst-Stallmeister ein empfindlicher Schlag, denn schon der Umstand, daß man prüfte, ob der Fürst würdig sei, in der Kammer zu sitzen, schon das allein, daß man der Öffentlichkeit alle seine Verrätereien aus der Zeit des schwedischen Krieges in Erinnerung brachte, überhäufte ihn mit neuer Schande in den Augen der Republik und untergrub von Grund aus all seine ehrgeizigen Pläne.

Er rechnete nämlich darauf, daß, wenn die verschiedenen Parteien sich gegenseitig befehden würden, die Wahl leicht auf einen einheimischen Edelmann fallen könnte.

Der Stolz aber und die Schmeichler sagten ihm, daß, wenn dieser Fall eintreten würde, dieser Einheimische kein anderer sein könne als der mit dem höchsten Genie Begabte, der Mächtigste, aus vornehmster Familie Stammende – mit anderen Worten, er selbst.

Er hielt also, bis der Zeitpunkt gekommen war, die Dinge geheim, hatte aber seine Netze in Litauen ausgeworfen und fing jetzt gerade an, in Warschau Schlingen zu legen, als er plötzlich sah, daß man ihm gleich von Anfang an sein Werk zerstörte und ein so großes Loch in sein Netz gemacht hatte, daß die Fische leicht hindurchschlüpfen konnten. Er knirschte während der ganzen Zeit der Entscheidung mit den Zähnen, und da er an Ketling, der Reichsbote war, seine Rache nicht ausüben konnte, kündigte er seinen Leuten eine Belohnung an, wenn sie ihm jenen Zuhörer zeigen könnten, der zuerst nach dem Antrage Ketlings »Verräter« und »Fremdling« gerufen habe.

Herr Sagloba war zu sehr bekannt, als daß sein Name lange hätte verborgen bleiben können. Übrigens machte er gar kein Geheimnis daraus, und der Fürst geriet noch mehr in Wut; aber er erschrak auch nicht wenig, als er hörte, daß ihm ein so populärer Mann gegenüberstehe, den man nicht so leicht über den Haufen rennen konnte.

Auch Sagloba kannte seine Macht, denn als anfangs Drohungen laut wurden, sagte er einmal auf einer großen Adelsversammlung:

»Ich weiß nicht, ob es jemand von Vorteil sein könnte, wenn mir ein Haar gekrümmt würde. Die Wahl steht bevor, und wenn hunderttausend Freundesdegen sich zusammentun, so könnte leicht ein Regen von Streichen kommen ...«

Diese Worte drangen auch zum Fürsten; er biß die Lippen zusammen und lächelte verächtlich; aber in der Seele dachte er doch, daß Sagloba recht habe. Am folgenden Tage waren seine Absichten gegen den alten Ritter offenbar schon andere, denn als eines Tages an der Tafel des Fürst-Truchseß jemand von ihm sprach, sagte Boguslaw:

»Er will mir nicht wohl, dieser Edelmann, wie ich höre, aber ich habe ritterliche Männer so gern, daß ich, selbst wenn er fortfahren sollte, mir zu schaden, nicht aufhören könnte, ihm gut zu sein.«

Und eine Woche später wiederholte er dasselbe Herrn Sagloba ins Gesicht, als sie sich bei dem Großhetman Sobieski begegneten.

Herrn Sagloba schlug, wenngleich seine Züge ruhig und voll Mut blieben, das Herz in der Brust bei dem Anblick des Fürsten. Er war doch immer ein Herr von weitreichender Gewalt und ein Menschenfresser, den alle fürchteten. Dieser aber sprach zu ihm über die ganze Tafel hinweg:

»Werter Herr Sagloba, ich habe schon erfahren, daß Ihr, obgleich Ihr nicht Reichsbote seid, mich unschuldigerweise aus dem Reichstag habt entfernen wollen. Aber ich verzeihe Euch das christlich und werde Euch, wenn es irgend nottut, meine Hilfe nicht versagen.«

»Ich habe mich streng an die Konstitution gehalten«, antwortete Sagloba, »was ein Edelmann tun muß, *quod attinet*; was die Protektion betrifft, so ist in meinem Alter wohl die göttliche am nächsten, denn ich nähere mich den neunzig.«

»Ein schönes Alter, wenn es so tugendhaft wie lang war, woran ich übrigens beileibe nicht zweifeln will.«

»Ich habe dem Vaterland und meinem Herrn gedient und habe fremde Götter nie gesucht.«

Der Fürst runzelte ein wenig die Stirn.

»Ihr habt auch gegen mich gedient, ich weiß das, aber laßt nun Frieden sein zwischen uns. Alles sei vergessen, auch das, daß Ihr fremden häuslichen Haß gegen mich geschürt habt. Mit dem Feinde dort werde ich noch abrechnen, aber Euch strecke ich meine Hand entgegen und biete Euch meine Freundschaft an.«

»Ich bin nur ein bescheidener Mann, solche Freundschaft ist für mich zu hoch. Ich müßte erst zu ihr heranklettern oder in die Höhe springen, und das fällt schwer in meinem Alter. Wenn Ew. Durchlaucht aber von einer Abrechnung mit Herrn Kmiziz, meinem Freunde, sprechen, so würde ich Euch von Herzen raten, diese Arithmetik aufzugeben.«

»Ei, warum das?« fragte der Fürst.

»Denn es gibt in der Arithmetik vier Spezies. Seht, wenn auch Herr Kmiziz ein recht schönes Vermögen hat, so ist es doch eine Fliege im Vergleich zu Ew. Durchlaucht; demnach wird Kmiziz mit Dividieren nicht einverstanden sein; mit dem Multiplizieren wird er sich selbst befassen; Subtrahieren wird er sich nichts lassen, er könnte höchstens etwas addieren, und ich weiß nicht, ob Ew. Durchlaucht danach begierig wären.«

Obgleich Boguslaw im Wortgefecht nicht ungeübt war, so setzten ihn doch die Ausführungen Saglobas oder seine Kühnheit so sehr in Erstaunen, daß ihm die Zunge im Munde starr blieb. Die Anwesenden schüttelten sich vor Lachen, und Herr Sobieski sagte unter schallendem Gelächter:

»Das ist ein alter Kämpe, er kann mit dem Säbel dreinhauen, aber er versteht auch mit der Schärfe der Zunge zu spielen. Es ist gescheiter, ihn in Frieden zu lassen.«

Boguslaw, der einsah, daß er auf einen Unversöhnlichen gestoßen war, versuchte auch nicht mehr, Sagloba für sich zu gewinnen; er begann ein Gespräch mit einem anderen und warf nur von Zeit zu Zeit dem alten Ritter böse Blicke über den Tisch zu.

Aber der Herr Hetman Sobieski war recht angeheitert und sprach weiter:

»Ihr seid ein Meister, Herr Bruder, ein rechter Meister! Habt Ihr wohl schon Euresgleichen in dieser Republik gefunden?«

»Mit dem Schwerte«, antwortete der geschmeichelte Sagloba, »kommt mir Wolodyjowski gleich; aber auch Kmiziz ist kein übler Schüler von mir.« Bei diesen Worten warf er einen schielenden Blick auf Boguslaw; aber dieser tat, als hörte er nichts, und sprach emsig weiter mit dem Nachbar.

»Bah«, sagte der Hetman, »Wolodyjowski habe ich manchmal bei der Arbeit gesehen, und ich würde für ihn bürgen, wenn es sich auch um das Schicksal der ganzen Christenheit handelte. Schade, daß ein solcher Rittersmann wie vom Blitz getroffen ward.«

»Was ist ihm geschehen?« fragte Sarbiewski, der Schwertträger von Tschiechanow.

»Seine geliebte Braut ist ihm unterwegs in Tschenstochau gestorben«, antwortete Sagloba, »und das schlimmste ist, ich kann nirgends erfahren, wo er sich jetzt befindet.«

»Beim Himmel«, rief darauf Herr Warschyzki, der Burgvogt von Krakau, »bin ich ihm doch, als ich nach Warschau kam, unterwegs begegnet! Er fuhr auch hierher und gestand mir, daß er die Welt und ihre Beschwerden satt habe und auf den *Mons Regius*[2] gehe, um in Gebet und Andacht sein verhärmtes Leben zu beschließen.«

Sagloba griff mit der Hand in die Reste seines Scheitels. »Kamaldulenser ist er geworden! So wahr ich lebe!« rief er in höchster Verzweiflung.

Die Mitteilung des Burgvogts machte auf alle übrigen einen großen Eindruck. Sobieski, der tapfere Soldaten gern hatte und selbst am besten wußte, wie sehr das Vaterland solcher bedürfe, grämte sich sehr und sagte:

»Dem freien Willen des Menschen und dem Ruhm Gottes darf man nicht zuwiderhandeln; aber es ist schade, und es wird mir schwer, den Herren zu verbergen, daß es mir weh tut. Das war ein Rittersmann aus des Fürsten Jeremias Schule, gegen jeden Feind ausgezeichnet und erst gegen die Horde und das Gesindel unvergleichlich. Es gibt wenige solcher Meister im Kleinkrieg, in der Steppe, höchstens noch Piwo unter den Kosaken und Herrn Ruschtschyz in der Linie; aber auch die sind mit Wolodyjowski nicht zu vergleichen.«

2 *Mons Regius* = Anhöhe bei Warschau, auf welcher das Kloster der Kamaldulenser Mönche steht.

»Ein Glück, daß die Zeiten etwas ruhiger sind«, erwiderte der Schwertträger von Tschiechanow, »und daß die Heiden getreulich die Verträge wahren, die das unbesiegbare Schwert meines Wohltäters ihnen abgerungen hat.«

Hier verneigte sich der Schwertträger vor Herrn Sobieski, dieser aber freute sich im Herzen über das öffentliche Lob und antwortete:

»In erster Reihe war es die Güte Gottes, die mir gestattete, mich an die Schwelle einer Republik zu legen und dem Feinde zuzusetzen, und in zweiter die stets bereite Entschlossenheit meiner guten Krieger. Daß der Khan die Verträge gern halten möchte, weiß ich, aber in der Krim selbst regt es sich gegen den Khan, und die Horde von Bialogrod versagte ihm den Gehorsam. Ich habe soeben Nachrichten erhalten, daß sich dort an der Grenze der Moldau Wolken zusammenziehen, und daß es Scharmützel geben kann; ich habe auch Späher ausgesandt, aber es sind zu wenig Mannschaften. Schicke ich hier einen Trupp hin, so werden an der anderen Seite zu wenig sein; gerade an erfahrenen Männern, die die Kriegsgebräuche der Horden kennen, fehlt es mir, und darum beweine ich Wolodyjowski so.«

Da nahm Sagloba von der Schläfe die Fäuste, mit denen er sich den Kopf zusammengedrückt, und rief laut:

»Aber er darf nicht Kamaldulenser werden, und sollte ich auch mit Gewalt auf den *Mons Regius* und ihn davonführen! Bei Gott, morgen will ich zu ihm, vielleicht läßt er sich durch meine Worte gewinnen, wo nicht, so gehe ich zum Primas, zu dem General der Kamaldulenser, – und wenn ich bis nach Rom reisen sollte, ich tu's! Ich will den Ruhm Gottes nicht schmälern, aber was kann er für ein Kamaldulenser sein? Ihm wächst ja nicht einmal ein Haar am Kinn. Er ist glatt wie meine Faust, so wahr ich Gott liebe. Er kann ja im Leben keine Messe absingen, und wenn er singen sollte, so werden die Mäuse aus dem Kloster entfliehen, denn sie werden glauben, daß der Kater miaut und Hochzeit hält. Verzeiht, ihr Herren, daß ich so hinspreche, was mir der Schmerz auf die Zunge legt; – wenn ich einen Sohn hätte, ich liebte ihn nicht mehr, als ich diesen Braven liebe. Behüt' ihn Gott, behüt' ihn Gott! Wenn er wenigstens Bernhardiner geworden wäre – aber Kamaldulenser! Daraus darf nichts werden, so wahr ich hier lebendig sitze! Gleich morgen will ich zum Primas gehen, er soll mir Briefe an den Prior geben.«

»Das Gelübde kann er doch noch nicht geleistet haben«, warf der Herr Marschall ein; »aber drängt nicht in ihn, damit er nicht schwankend werde; und auch damit müßt Ihr rechnen, ob nicht in seiner Absicht Gottes Wille sich offenbart.«

»Gottes Wille? Gottes Wille kommt nicht plötzlich; wie schon unser altes Sprichwort sagt, was plötzlich kommt, kommt von der Hölle. Wäre es Gottes Wille gewesen, so hätte ich längst in ihm eine Neigung dazu gefunden; er aber war kein Geistlicher, er war ein Dragoner. Hätte er im Besitze seines vollen Verstandes in Ruhe und mit Überlegung einen solchen Entschluß gefaßt – ich hätte nichts gesagt. Aber Gottes Wille kommt nicht über den Menschen in der Verzweiflung, wie der Blaufuß über die Kriekente. Ich will nicht in ihn drängen. Bevor ich zu ihm gehe, werde ich mir zurechtlegen, was ich ihm sagen will, um ihn nicht abzuschrecken; aber ich hoffe zu Gott. Der brave Rittersmann hat stets meinem Witz mehr getraut als seinem, und ich denke, es wird auch jetzt so sein, sonst müßte er sich ganz verändert haben.«

Am folgenden Tage zog Sagloba die Glocke an der Klosterpforte des *Mons Regius*. Er hatte sich mit Briefen des Primas versehen und den ganzen Plan mit Ketling entworfen. Das Herz schlug ihm mächtig bei dem Gedanken, wie ihn Wolodyjowski empfangen würde, und obgleich er sich vorher zurechtgelegt hatte, was er sagen wollte, sah er doch selbst ein, daß viel davon abhängen würde, wie er aufgenommen wurde. Mit diesem Gedanken beschäftigt, zog er das zweitemal die Glocke, und als der Schlüssel im Schloß knarrte und die Pforte ein wenig geöffnet wurde, drang er schnell, sogar ein wenig gewaltsam durch dieselbe ein und sagte zu dem jungen Mönch, der verwirrt dastand:

»Ich weiß, daß man eine besondere Erlaubnis haben muß, um hier einzutreten, aber ich habe einen Brief vom Herrn Erzbischof, den Ihr, lieber Bruder, dem Herrn Prior übergeben wollet.«

»Es soll nach Eurem Willen geschehen«, antwortete der Pförtner und verneigte sich beim Anblick des Siegels des Herrn Primas. Bei diesen Worten zog er den Riemen, der am Klöpfel befestigt war, und schlug zweimal an, um jemand herbeizurufen, denn er hatte nicht das Recht, sich von der Pforte zu entfernen. Bei dem Glockenschlag erschien ein zweiter Mönch, nahm den Brief und entfernte sich schweigsam;

Sagloba aber legte ein Bündel, das er mit sich hatte, auf der Bank nieder; dann setzte er sich und begann laut zu keuchen.

»Bruder«, sagte er endlich, »wie lange seid Ihr im Kloster?«

»Das fünfte Jahr«, antwortete der Pförtner.

»So jung und schon das fünfte Jahr! So wäre es, wenn Ihr auch Lust hättet, fortzugehen, schon zu spät, und Ihr müßt wohl manchmal Sehnsucht empfinden nach der Welt, denn, Freundchen, der eine sehnt sich nach dem Krieg, der andere nach Lebensfreuden, der dritte nach den Weibern.«

»*Apage*«, sagte der Mönch und bekreuzigte sich fromm.

»Wie, hat Euch nie die Versuchung angewandelt?« wiederholte Sagloba.

Der Mönch aber sah den Abgesandten des Bischofs, der so seltsame Reden führte, mit Mißtrauen an und erwiderte:

»Hinter wem sich die Tür hier schließt, der kommt nicht wieder heraus.«

»Das wollen wir noch sehen. Was geht denn mit Herrn Wolodyjowski vor? Ist er gesund?«

»Wir haben hier niemand, der also heißt.«

»Bruder Michael?« fragte Sagloba zur Probe, »der frühere Dragonerhauptmann, der unlängst hier eingetreten ist.«

»Den nennen wir Bruder Georg; aber er hat bisher das Gelübde noch nicht geleistet, und kann es vor dem Termin nicht leisten.«

»Und wird es auch sicher nicht leisten, denn Ihr glaubt nicht, Bruder, was das für ein Schürzenjäger war, einen zweiten, der so der Weibertugend feind war wie er, findet Ihr nicht in sämtlichen Klö …, ich wollte sagen in sämtlichen Regimentern der gesamten Linie …«

»Es ziemt mir nicht, das anzuhören«, erwiderte mit wachsendem Erstaunen und Mißachten der Mönch.

»Hört, Bruder, ich weiß nicht, wo es bei Euch Sitte ist, zu empfangen; wenn hier, so rate ich Euch, wenn Bruder Georg kommt, so geht lieber davon, geht dort in das Zimmer bei der Pforte, denn wir werden hier von sehr weltlichen Dingen sprechen.«

»Ich will lieber gleich fortgehen«, sagte der Mönch.

Inzwischen war Wolodyjowski erschienen, oder richtiger Bruder Georg, aber Sagloba erkannte den Heranschreitenden nicht, denn Michael hatte sich sehr verändert.

Erstens erschien er in dem langen, weißen Mönchshabit größer als im Dragonerkollett, zweitens hatte er jetzt die Enden seines Bartes, die früher in die Höhe starrten, herunterhängen und seinen Kinnbart stehen lassen, der zwei gelbe Zöpfchen bildete, nicht länger als einen halben Finger; endlich war er mager und elend geworden, und seine Augen hatten den alten Glanz verloren. Er kam langsam heran, die Hände auf der Brust unter dem Habit und das Haupt gesenkt.

Sagloba hatte ihn nicht erkannt und dachte, daß der Prior selbst käme; darum stand er auf und begann:

»*Laudetur* ...«

Plötzlich blickte er näher hin, öffnete die Arme und rief: »Michael, Michael!«

Bruder Georg ließ sich in seine Arme reißen, etwas wie Schluchzen erschütterte ihn, aber seine Augen blieben trocken. Sagloba umarmte ihn lange, endlich begann er:

»Du hast nicht allein dein Unglück beweint, auch ich habe es beweint, die Skrzetuskis und die Kmizizs haben es beweint. Möge dich der Vater der Barmherzigkeit trösten, belohnen ...! Du hast wohlgetan, daß du auf einige Zeit diese Mauern zum Ruheort gewählt hast, nichts Besseres gibt es im Unglück als Gebet und fromme Beschaulichkeit. Komm, laß dich noch einmal umarmen! Ich kann dich durch meine Tränen kaum sehen.«

Und Sagloba weinte wirklich, von Wolodyjowskis Anblick ergriffen, endlich fuhr er fort:

»Verzeih, daß ich deine Andacht unterbrochen habe, aber ich konnte nicht anders, und du wirst mir selbst recht geben, wenn ich dir meine Gründe anführe. Ei, Michael, viel Gutes und Böses haben wir miteinander erlebt! Hast du hinter diesem Gitter Trost gefunden?«

»Ich habe ihn gefunden«, antwortete Michael, »in den Worten, die ich hier täglich höre, und die ich bis an meinen Tod wiederholen will: *memento mori*. Im Tode ist mein Trost.«

»Hm, den Tod findet man leichter auf dem Schlachtfeld als im Kloster, wo das Leben sich so hinzieht, als wickle man langsam den Faden von der Spule.«

»Hier gibt es kein Leben, denn es gibt keine irdischen Dinge, und ehe die Seele den Körper verläßt, lebt sie schon wie in jener Welt.«

»Wenn dem so ist, will ich dir nicht mehr sagen, daß die Horde von Bialogrod in großer Macht gegen die Republik auszieht, denn was kann dich das noch kümmern?«

Herr Michael verzog plötzlich die Lippen und griff unwillkürlich mit der Rechten an seine linke Seite: da er aber das Schwert nicht fand, zog er gleich beide Hände unter das Habit zurück, senkte den Kopf und sagte:

»*Memento mori!*«

»Ganz recht, ganz recht!« sagte Sagloba und zwinkerte ungeduldig mit seinem einen gesunden Auge. »Gestern noch hat Herr Sobieski, der Hetman, gesagt: »Hätte wenigstens Wolodyjowski noch diesen einen Sturm mitgedient, und wäre er dann in ein beliebiges Kloster gegangen, Gott hätte darum nicht gezürnt; im Gegenteil, ein solcher Mensch hätte ein um so größeres Verdienst.« Aber es nimmt mich nicht wunder, daß du die eigene Beruhigung dem Glücke des Vaterlandes vorziehst: »zuerst die Barmherzigkeit, dann ich.««

Eine lange Pause trat ein; nur die Bartenden Michaels strebten in die Höhe und fingen an, sich schnell und leicht zu bewegen.

»Das Gelübde hast du noch nicht geleistet?« fragte endlich Sagloba, »und kannst jeden Augenblick austreten?«

»Noch bin ich nicht Mönch; ich habe auf die Gnade Gottes gewartet und darauf, daß alle irdischen Schmerzgedanken meine Seele verlassen. Aber seine Gnade ist über mir, der Friede kehrt ins Herz, – ich kann hinaus, aber ich will nicht mehr, denn der Termin kommt heran, an dem ich mit reinem Gewissen und frei von irdischer Begehrlichkeit das Gelübde werde leisten können.«

»Ich will dich nicht davon abbringen, im Gegenteil, ich lobe deinen Entschluß, obwohl ich mich erinnere, daß, als Skrzetuski zu jener Zeit die Absicht hatte, Mönch zu werden, er doch so lange damit zögerte, bis das Vaterland von der Überflutung der Feinde frei sein würde. Aber handle, wie du willst, wahrlich, ich werde dich nicht davon abbringen, denn ich selbst empfand seinerzeit den Beruf zum Klosterleben in mir. Vor fünfzig Jahren begann ich sogar schon das Noviziat – ein Schelm, wenn ich lüge. Nun, Gott hat es anders gelenkt … Nur das eine sage ich dir, Michael: jetzt mußt du mit mir hinaus, sei es auch nur auf wenige Tage.«

»Warum soll ich austreten? Laßt mich in Frieden!« sagte Wolodyjowski.

Sagloba hob den Zipfel seines Oberrockes an die Augen und begann zu schluchzen.

»Für mich«, sprach er in abgerissenen Worten, »bitte ich nicht um Rettung, obwohl mich Fürst Boguslaw Radziwill mit seiner Rache verfolgt und Mörder für mich dingt, und ich alter Mann niemanden habe, der mich verteidige und schütze … ich dachte, du würdest … doch nein, nicht doch; ich werde dich immer lieben, wenn du mich auch nicht kennen wolltest. Bete nur für meine Seele, denn ich werde Boguslaws Händen nicht entrinnen. Treffe mich, was mich treffen soll! Aber dein anderer Freund, der jeden Bissen Brot mit dir geteilt, liegt im Sterben; er will dich durchaus noch sehen. Er will ohne dich nicht sterben, denn er hat dir Bekenntnisse zu machen, von welchen der Friede seiner Seele abhängt.«

Michael, der schon die Mitteilung von der Gefahr Saglobas mit großer Teilnahme angehört hatte, sprang jetzt auf, faßte Sagloba bei den Armen und fragte:

»Skrzetuski?«

»Nicht Skrzetuski, – Ketling.«

»Um Gottes willen, was ist ihm geschehen?«

»Bei meiner Verteidigung hat ihn ein Schuß von den Leuten des Fürsten Boguslaw getroffen, und ich weiß nicht, ob er noch einen Tag leben wird. Um deinetwillen, Michael, sind wir beide in eine solche Lage gekommen, denn wir sind nur darum nach Warschau geeilt, um dir einen Trost zu ersinnen. Komme wenigstens auf zwei Tage heraus und tröste einen Sterbenden. Du kommst später wieder zurück und wirst Mönch. Ich habe vom Primas an den Prior einen Auftrag gebracht, daß man dir keine Hindernisse in den Weg lege. Eile nur, denn jeder Augenblick ist teuer.«

»So wahr ich lebe«, sagte Wolodyjowski, »was höre ich! Hindernisse kann man mir hier nicht bereiten, denn ich bin gleichsam nur zur Rekollektion hier … So wahr ich lebe, die Bitte eines Sterbenden ist eine heilige Sache, ich muß sie erfüllen.«

»Es wäre auch eine Todsünde anders!« rief Sagloba.

»So ist es! Immer und ewig dieser Verräter Boguslaw! Aber wenn ich Ketling nicht räche, so will ich nie hierher zurückkehren! Ich will sie schon finden, diese Höflinge, diese Häscher und will ihnen die Köpfe schon zurechtsetzen. Großer Gott, schon kommen todeswürdige Gedanken über mich, memento mori … Wartet nur, bis ich die alten

Kleider angelegt habe, denn im Habit ist es nicht erlaubt, in die Welt hinauszugehen.«

»Hier sind Kleider«, rief Sagloba und griff nach dem Bündel, das bisher neben ihm auf der Bank gelegen hatte. »Ich habe alles vorgesehen, alles vorbereitet; hier sind Stiefel, hier ein Rapier, hier ein Wams ...«

»Kommt in die Zelle!« sagte der kleine Ritter eilig.

Und sie gingen. Als sie wieder erschienen, trippelte nicht mehr ein weißer Mönch neben Herrn Sagloba, sondern ein Offizier in gelben Kanonenstiefeln, ein Rapier an der Seite und das weiße Degengehänge über der Schulter. Sagloba blinzelte mit dem Auge und verzog seine Lippen zu einem Lächeln beim Anblick des Bruder Pförtners, der mit sichtlicher Kränkung in den Zügen beiden das Tor öffnete.

Unweit des Klosters wartete der Korbwagen Saglobas mit zwei Knechten. Der eine saß auf dem Bock und hielt die Zügel des schönen Viergespanns, das Wolodyjowski sogleich mit dem Auge eines Kenners musterte; der andere stand neben dem Korbe mit einer schimmeligen Flasche in der einen und zwei Gläschen in der anderen Hand.

»Nach Mokotow ist's ein Stück Wegs«, sagte Sagloba, »und an Ketlings Lager wartet schweres Leid. Stärke dich, Michael, damit du die Kraft habest, alles zu ertragen, denn du bist sehr heruntergekommen.«

Bei diesen Worten nahm Sagloba die Flasche dem Burschen aus der Hand und füllte beide Gläschen mit altem Ausbruch, so alt, daß er förmlich dick war.

»Ein würdiges Getränk«, sagte er, setzte die Flasche auf die Erde und nahm die Gläschen; »auf Ketlings Wohl!«

»Auf sein Wohl!« wiederholte Wolodyjowski; »eilen wir!«

Und sie gossen den Wein mit einem Zuge hinunter.

»Eilen wir!« wiederholte Sagloba; »gieß ein, Bursche! Auf Skrzetuskis Wohl! – Eilen wir!« Wieder tranken sie in einem Zuge, denn es war wirklich Eile notwendig.

»Steigen wir ein!« rief Wolodyjowski.

»Und auf mein Wohl wirst du nicht trinken?« fragte Sagloba mit klagender Stimme.

»Nur schnell, nur schnell!«

Sie tranken schnell aus, Sagloba auf einen Zug, obwohl etwa ein halbes Quart im Glase war, dann rief er, ohne sich den Schnurrbart zu wischen:

»Ich wäre undankbar, wenn ich nicht deine Gesundheit trinken wollte. Gieß ein, Bursche!«

»Ich danke«, erwiderte Bruder Georg.

Der Boden der Flasche wurde sichtbar. Sagloba ergriff sie am Halse und schlug sie in kleine Stücke, denn der Anblick leerer Trinkgefäße war ihm peinlich. Dann stiegen sie ein und fuhren schnell davon.

Das edle Getränk erfüllte ihre Adern alsbald mit wohliger Wärme, und die Herzen mit Mut. Bruder Georgs Wangen überzogen sich mit leichtem Rot, und der Blick gewann die alte Frische wieder.

Unwillkürlich griff er mit der Hand ein über das andere Mal an seinen Schnurrbart und richtete ihn in die Höhe, so daß die Enden bis an die Augen heranreichten. Dann begann er sich in der Gegend mit großer Neugier umzusehen, als ob er sie zum ersten Male sähe.

Plötzlich schlug sich Sagloba mit den Händen auf die Knie und rief mir nichts, dir nichts, aus:

»*Hoc!* Ich glaube, wenn Ketling dich erblickt, so wird er wieder gesund, *hoc, hoc!*«

Dabei umarmte er Michael und drückte ihn mit voller Kraft an sich. Wolodyjowski wollte ihm nichts schuldig bleiben, und so umarmten sie sich aufs herzlichste. Eine Zeitlang fuhren sie in vollkommenem Schweigen dahin. Schon zeigten sich die Häuschen der Vorstadt an beiden Seiten des Weges. Vor diesen Häuschen herrschte lebhaftes Treiben, nach der einen und nach der anderen Seite zogen die Bürger, die Dienerschaft in verschiedenen Farben, Soldaten und Adel oft in schmucker Tracht.

»Zum Wahlreichstag ist eine große Zahl des Adels zusammengekommen«, sagte Sagloba, »denn wenn auch so mancher nicht zum Reichsboten gewählt ist, so will er doch dabei sein, hören und sehen. Die Häuser, die Gasthöfe, alles ist so besetzt, daß man kaum ein Zimmerchen finden kann, und wie viele Adelsfräulein sich in den Straßen tummeln, sag' ich dir, das kannst du an den Haaren deines Bartes nicht herzählen! Und hübsch sind die Bestien, daß den Menschen manchmal die Lust ankommt, mit den Händen an die Seiten zu schlagen, wie der Hahn mit den Flügeln, und loszukrähen. Schau nur, schau nur die Schwarzäugige dort, welcher der Heiduck den grünen Pelzmantel nachträgt; ist sie nicht voll Grazie, was?«

Hier versetzte Sagloba Wolodyjowski einen Stoß; dieser blickte auf, drehte seinen Schnurrbart und riß die Augen auf. Aber sogleich ergriff ihn die Scham; er senkte den Kopf und sagte nach kurzem Schweigen:

»*Memento mori!*«

Und wieder umarmte ihn Sagloba.

»*Per amicitiam nostram*, so wahr du mich liebst, so wahr du mich schätzest: heirate! Es gibt so viel brave Mädchen – heirate!«

Bruder Georg sah seinen Freund mit Staunen an. Sagloba konnte unmöglich betrunken sein, denn oft genug hatte er dreimal so viel ohne sichtliche Folgen getrunken, er sprach also wohl nur aus Rührung so. Aber jeglicher Gedanke dieser Art lag Michael jetzt so fern, daß im ersten Augenblick das Erstaunen die Oberhand gewann über die Entrüstung.

Dann aber blickte er Sagloba streng in die Augen und sagte:

»Ihr seid wohl angeheitert?«

»Ich sage dir aus vollem Herzen: heirate!«

Wolodyjowski sah ihn noch strenger an:

»*Memento mori!*«

Aber Sagloba ließ sich nicht so leicht abschrecken.

»Michael, wenn du mich lieb hast, tu's für mich! Das ist für den Hund, dein ewiges Memento, ich wiederhole, du wirst handeln, wie du willst; aber ich denke so: diene ein jeder unserem Herrgott mit dem, wozu er ihn geschaffen hat. Dich hat er für den Degen geschaffen, denn er hat seinen Willen darin geoffenbart, daß er dich in dieser Kunst zu solcher Vollkommenheit hat gelangen lassen. Und hätte er einen Geistlichen aus dir machen wollen, so hätte er dich mit gar anderem Witz ausgestattet und hätte dein Herz mehr den Büchern und zum Latein geneigt gemacht. Bedenke auch, daß die heiligen Rittersmänner nicht geringere Achtung im Himmel genießen als die heiligen Mönche, und daß sie gegen die höllische Heerschar zu Felde ziehen und Belohnungen aus Gottes Händen empfangen, wenn sie mit den erbeuteten Fahnen zurückkehren … daß alles das wahr ist, wirst du doch nicht leugnen?«

»Ich leugne es nicht und weiß auch, daß es schwer ist, gegen Euren Verstand den Kampf aufzunehmen; aber auch Ihr werdet nicht bestreiten, daß es für die Trauer besser ist, im Kloster zu leben als in der Welt.«

»Bah, wenn es besser ist, so muß die Trauer um so mehr die Klöster meiden. Ein Narr, wer die Trauer nährt, anstatt sie verhungern zu lassen, damit sie desto schneller verrecke!«

Wolodyjowski fand im Augenblick keine Worte; er verstummte also und sagte erst nach einer Weile mit sehnsüchtiger Stimme:

»Erinnert mich nicht an das Heiraten, denn eine solche Erinnerung weckt nur von neuem den Schmerz. Auch ist die alte Lust dahin, sie ist mir mit den Tränen dahingegangen, und auch mein Alter ist nicht danach: beginnt mir doch die Glatze schon zu leuchten! Zweiundvierzig Jahre und fünfundzwanzig voll von Kriegsmühsalen, das ist kein Scherz, kein Scherz.«

»Gott strafe ihn nicht für diese Lästerung! Zweiundvierzig Jahre! – Pfui! Zweimal soviel habe ich auf dem Buckel, und der Mensch muß sich bisweilen noch im Zaume halten, um die Glut aus den Adern zu schütteln, wie den Staub aus den Kleidern! Ehre das Andenken jener süßen Verstorbenen, Michael; warst du für sie gut und solltest für die anderen zu billig, zu alt sein?«

»O laßt das, laßt das!« sagte Wolodyjowski in schmerzlichem Tone, und die Tränen flossen ihm in den Bart.

»Ich will kein Wort mehr sagen«, sprach Sagloba, »aber gebt mir Euer Ritterwort, daß Ihr, was auch mit Ketling sei, einen Monat bei uns bleibet. Ihr müßt durchaus auch Skrzetuski sehen. Wollt Ihr dann wieder zum Habit zurückkehren, so soll es Euch niemand verwehren.«

»Ich gebe mein Wort«, sagte Michael. Und gleich begannen sie von etwas anderem zu sprechen. Sagloba erzählte vom Wahlreichstag, wie er die Prüfung gegen den Fürsten Boguslaw angeregt, und von Ketlings Abenteuer. Von Zeit zu Zeit indessen unterbrach er die Erzählung und versank in Gedanken; aber es müssen heitere Gedanken gewesen sein, denn er schlug sich immer wieder mit den Händen auf die Knie und wiederholte: »*Hoc, hoc!*«

Je näher sie aber Mokotow kamen, desto größer wurde die Unruhe, die sich in Saglobas Benehmen zeigte. Plötzlich wandte er sich zu Wolodyjowski um und sagte:

»Denkst du daran, du hast das Wort gegeben, was auch immer mit Ketling sei, einen Monat bei uns zu bleiben?«

»Ich habe es gegeben und ich bleibe«, unterbrach Wolodyjowski.

»Da ist auch schon Ketlings Haus«, rief Sagloba, »er wohnt stattlich.« Dann rief er dem Kutscher zu:

»Knallt tüchtig los, heute gibt's ein Fest in diesem Hause.«

Und es erscholl lauter Peitschenknall vorm Hause.

Noch war der Korbwagen nicht durch das Tor gefahren, als einige Genossen aus dem Flur stürzten, Michaels Bekannte: es waren unter ihnen alte Kriegskameraden aus den Zeiten Chmielnizkis, und jüngere aus den letzten Kriegszeiten, unter ihnen Herr Wasilewski und Herr Nowowiejski, Jünglinge noch, aber feurige Ritter, die in den Knabenjahren der Schule entflohen waren und seit einigen Jahren das Kriegshandwerk unter Herrn Wolodyjowski übten. Der kleine Ritter liebte sie ungeheuer.

Von älteren war Herr Urlik da, vom Wappen Nowina, mit einer goldenen Gehirnschale, denn eine schwedische Granate hatte ihm ein Stück fortgerissen; auch Herr Ruschtschyz, der halbwilde Steppenritter, der unvergleichliche Scharmützler, der nur Wolodyjowski im Ruhme nachstand, und einige andere. Da sie die beiden Männer im Wagen sahen, begannen sie alle zu rufen:

»Er ist's, er ist's! *Vicit* Wolodyjowski! Er ist's!«

Und sie stürzten sich auf den Wagen und nahmen den kleinen Ritter auf ihre Arme und trugen ihn in den Flur und wiederholten:

»Willkommen, es lebe unser teurer Kamerad. Nun haben wir dich und lassen dich nicht wieder! Vivat Wolodyjowski, die Zierde unseres ganzen Heeres! In die Steppe mit uns, Bruder, in die wilden Felder, dort wird der Wind die Trauer fortwehen!«

Im Flur erst setzten sie ihn wieder zu Boden. Er begrüßte alle, denn er war durch diesen Empfang sehr gerührt und begann an alle Fragen zu richten.

»Wie geht es Ketling, lebt er noch?«

»Er lebt, er lebt!« antworteten sie im Chor, und die Schnauzbärte der alten Soldaten verzogen sich in seltsamem Lachen.

»Kommt zu ihm, denn er hält es nicht mehr aus, mit solcher Ungeduld erwartet er Euch.«

»Ich sehe, der Tod ist ihm nicht so nah, wie Herr Sagloba gesagt hat«, sprach der kleine Ritter.

Inzwischen waren sie in den Flur getreten und von da in die große Stube. In der Mitte stand ein gedeckter Tisch, in einem Winkel eine Pritsche, mit weißem Pferdefell bedeckt, auf welchem Ketling lag.

»Freund!« sagte Wolodyjowski und eilte ihm entgegen.

»Michael!« rief Ketling und sprang mit beiden Füßen auf, als wäre er im Vollbesitz seiner Kräfte, und faßte den kleinen Ritter in seine Arme.

Und sie drückten sich so herzlich, daß Ketling den Wolodyjowski und Wolodyjowski den Ketling in die Höhe hob.

»Man hat mir befohlen, mich krank zu stellen«, sagte der Schotte, »den Sterbenden zu spielen; aber bei deinem Anblick konnte ich es nicht aushalten. Ich bin gesund wie der Fisch im Wasser, und mir ist nichts zugestoßen. Es handelte sich darum, dich aus dem Kloster zu bringen ... Verzeih', Michael, diese Kriegslist kam von Herzen!«

»In die wilden Felder mit uns!« riefen die Ritter wieder und schlugen mit den rauhen Händen an die Säbel, daß ein dröhnender Lärm im Zimmer entstand.

Aber Herr Michael war sehr erstaunt. Eine Zeitlang schwieg er, dann ließ er seine Blicke über alle schweifen, faßte besonders Sagloba ins Auge und sagte endlich:

»O, ihr Verräter! Ich habe geglaubt, Ketling sei tödlich verwundet.«

»Wie, Michael!« rief Sagloba, »ärgert's dich, daß Ketling gesund ist? Gönnst du ihm die Gesundheit nicht oder wünschest du ihm den Tod? Ist dein Herz so verhärtet worden, daß du lieber alle auf der Bahre sähest, Ketling und Herrn Urlik und Herrn Ruschtschyz und diese Jungen hier, ja, auch Skrzetuski und mich, auch mich, der ich dich wie einen Sohn liebe?!«

Hier schloß Sagloba sein Auge und rief noch kläglicher:

»Was soll uns das Leben, werte Herren, wenn es keine Dankbarkeit in der Welt gibt, und solche Verhärtung des Herzens.«

»Bei Gott«, antwortete Wolodyjowski, »ich wünsche Euch nichts Übles, aber meinen Schmerz habt Ihr nicht zu ehren verstanden.«

»Er gönnt uns das Leben nicht«, wiederholte Sagloba.

»Lasset das.«

»Er sagt, daß wir seinen Schmerz nicht ehren, und was für Tränen-ströme haben wir vergossen über sein unglückliches Geschick, werte Herren. Nicht wahr, Gott rufe ich zum Zeugen an, daß wir am liebsten deinen Schmerz auf Schwertern umhergetragen hätten, denn so sollten Freunde immer handeln. Da du aber das Wort gegeben hast, einen Monat bei uns zu bleiben, so liebe uns wenigstens noch diesen Monat, Michael!«

»Ich werde euch bis in den Tod lieben«, erwiderte Wolodyjowski.

Da wurde das Gespräch durch die Ankunft eines neuen Gastes unterbrochen; die Ritter, mit Wolodyjowski beschäftigt, hatten nicht gehört, wie dieser Gast vorgefahren war, und bemerkten ihn erst jetzt an der Tür. Es war ein Mann von ungewöhnlicher Größe, von prächtiger Gestalt und schönem Körperbau, mit dem Gesicht eines römischen Cäsaren, voll Macht, zudem voll königlicher Güte und Freundlichkeit. Er sah durchaus anders aus als all diese Soldaten, bedeutend größer stand er neben ihnen, wie der König der Vögel, der Adler, neben dem Habicht, dem Blaufuß und dem Falken.

»Der Herr Großhetman!« rief Ketling aus und sprang als Wirt ihm entgegen, um ihn zu begrüßen.

»Herr Sobieski!« wiederholten die anderen. Alle Häupter neigten sich in ehrfurchtsvollem Gruße.

Außer Wolodyjowski wußten alle, daß der Hetman kommen würde, denn er hatte es Ketling versprochen; und doch machte seine Ankunft einen so mächtigen Eindruck, daß eine Zeit hindurch niemand den Mund zu öffnen wagte. Es war auch eine besondere Gnade, aber Sobieski liebte die Soldaten über alles und besonders diejenigen, welche schon zu wiederholten Malen mit ihm den tatarischen Horden den Nacken gepeitscht hatten; er betrachtete sie wie seine Familie, und darum beschloß er, Wolodyjowski zu begrüßen, ihn zu trösten und endlich durch die Bezeigung der außergewöhnlichen Gunst in seinen Reihen zu erhalten.

Er streckte daher, nachdem er Ketling begrüßt hatte, gleich die Hände dem kleinen Ritter entgegen, und als dieser sich näherte und seine Knie umfaßte, drückte er ihm mit seinen Händen das Haupt.

»Nun, alter Kriegsmann«, sagte er, »nun, Gottes Hand hat dich zu Boden gedrückt, aber sie wird dich wieder erheben und trösten … Gott sei mit dir! Du bleibst wohl bei uns?«

Ein Schluchzen erschütterte Michaels Brust.

»Ich bleibe!« sagte er unter Tränen.

»Das ist gut; wir können solcher wie du nicht genug haben! Und jetzt, alter Kriegskamerad, laß uns der Zeiten gedenken, da wir in den russischen Steppen im Zelt beim Mahle saßen. Hier unter euch ist gut weilen. Frisch, Wirt, frisch!«

»*Vivat, Joannes dux!*« riefen alle Stimmen.

Die Mahlzeit begann und dauerte lange. Am folgenden Tage schickte der Hetman für Wolodyjowski einen spanischen Apfelschimmel von großem Werte.

3. Kapitel

Ketling und Wolodyjowski versprachen einander, sobald es dazu kommen sollte, wieder Steigbügel an Steigbügel zu reiten, an einem Feuer zu lagern, und auf einer Reiterdecke zu schlafen. Und doch trennte sie der Zufall schon eine Woche nach dem ersten Wiedersehen. Aus Kurland kam ein Bote mit der Meldung, daß jener Haßling, der den jungen Schotten adoptiert und ihn mit Vermögen beschenkt hatte, plötzlich erkrankt sei und den angenommenen Sohn baldigst zu sehen begehre. Der junge Ritter besann sich nicht lange; er stieg zu Pferde und ritt davon.

Vor der Abreise bat er Sagloba und Wolodyjowski, sie möchten sein Haus als das ihrige betrachten und so lange darin wohnen, als es ihnen angenehm wäre.

»Vielleicht kommen die Skrzetuskis«, sagte er. »Wenn die Wahl beginnt, so kommt er wenigstens mit Sicherheit; aber wenn sie auch mit Kind und Kegel kämen, es fände sich für die ganze Familie Raum. Ich habe keinen Verwandten, und wenn ich auch Geschwister hätte, sie ständen mir nicht näher als ihr.«

Sagloba besonders war erfreut über diese Einladung, denn er fühlte sich in Ketlings Hause sehr behaglich; aber auch Michael kam sie zurecht.

Die Skrzetuskis kamen zwar nicht, statt dessen aber kündigte eine Schwester Wolodyjowskis ihre Ankunft an, die Gattin des Herrn Truchseß Makowiezki. Ihr Abgesandter war an den Hof des Hetman gekommen, um Nachfrage zu halten, ob jemand von den Hofleuten etwas von dem kleinen Ritter wisse; natürlich wies man ihn sogleich an das Ketlingsche Haus.

Wolodyjowski freute sich sehr, denn es waren lange Jahre darüber hingegangen, daß er die Frau Truchseß nicht gesehen, und da er erfuhr, daß sie bei dem Mangel einer besseren Herberge in einem elenden Häuschen auf der Fischerei abgestiegen war, eilte er bald hin, um sie in das Haus Ketlings zu laden.

Es war schon Dämmerung, als er bei ihr eintrat, aber er kannte sie sogleich, obgleich zwei andere Frauen sich mit ihr im Zimmer befanden, denn die Frau Truchseß war von kleinem Wuchse und rund wie ein Knäuel Wolle. Sie erkannte ihn ebenfalls. Sie sanken sich in die Arme und konnten lange keine Worte finden; er fühlte ihre warmen Tränen auf seinem Antlitz und sie die seinigen. Während der ganzen Zeit standen die anderen beiden Frauen kerzengerade da und sahen der Begrüßung zu.

Zuerst gewann Frau Makowiezka[3] die Sprache wieder und begann mit dünner, ein wenig piepsender Stimme:

»Wie viele Jahre, wie viele Jahre! Gott helfe dir, mein teurer Bruder! Sobald die Nachricht von deinem Unglück kam, machte ich mich sofort auf den Weg zu dir, und mein Mann hielt mich nicht zurück, denn von Budschiak[4] droht ein Gewitter … Man spricht auch von den Tataren von Bialogrod. Und sicher werden die Wege wieder von Heerscharen wimmeln, denn man sieht ungeheure Herden von Vögeln in der Luft, und das pflegt vor jedem Einfall zu sein. Gott tröste dich, geliebter, teurer, goldener Bruder! Mein Mann soll zur Wahl hierher kommen, er hat mir gesagt: »Nimm die Mädchen und fahre voraus. Michael«, sagt er, »wirst du in seiner Trauer trösten; vor den Tataren«, sagt er, »müßten wir auch so die Häupter irgendwo schützen, denn das ganze Land wird in Flammen stehen, und so fügt sich eins zum anderen. Eile nach Warschau«, sagt er, »nimm eine gute Herberge, solange es noch Zeit ist, damit wir ein vernünftiges Unterkommen haben. Er ist mit den Leuten aus dem Kreise auf Kundschaft ausgezogen. Mannschaften sind nicht im Lande, bei uns ist das immer so.« Mein geliebter Michael, komm ans Fenster, damit ich dir ins Gesicht sehen kann. Die Wangen sind eingefallen; aber im Leid kann es nicht anders sein. Mein Mann hatte leicht sagen: Suche dir eine Herberge. Hier gibt es nirgend etwas, wir sind ganz allein hier in dieser Hütte, ich habe kaum drei Bund Stroh zum Schlafen bekommen.«

»Ich bitte dich, Schwester …« sagte der kleine Ritter.

Aber die Schwester ließ ihn nicht zu Worte kommen und sprach weiter wie ein klapperndes Mühlrad.

---

3   Die weiblichen Eigennamen haben im Polnischen immer die Endung a, die männlichen i oder y.

4   Budschiak, der südliche Teil Bessarabiens.

»Hier haben wir Wohnung genommen, wo anders bekamen wir keine. Den Wirten ist nicht recht zu trauen, vielleicht sind es auch schlechte Menschen. Zwar haben wir vier Knechte mit uns, gute Burschen, und auch wir sind nicht furchtsam, denn in unseren Gegenden muß auch die Frau ein ritterliches Herz haben, sonst könnte sie dort nicht wohnen. Ich habe auch eine Degenkoppel, die ich immer mit mir führe, und Bärbchen hat zwei Terzerole. Nur Christine hat die Waffen nicht gern ... aber da wir hier in einer fremden Stadt sind, möchten wir lieber in einer sicheren Herberge wohnen.«

»Ich bitte dich, Schwester«, wiederholte Wolodyjowski.

»Und wo wohnst du, Michael? Du mußt mir eine Wohnung suchen helfen, denn du bist in Warschau bekannt.«

»Ich habe ein Unterkommen für Euch bereit«, unterbrach sie Michael, »und ein so vortreffliches, daß der Hof eines Senators sich dessen nicht zu schämen brauchte. Ich wohne bei meinem Freunde, dem Kapitän Ketling, und ich werde dich sofort mitnehmen.«

»Aber bedenke doch, daß wir unser drei sind und zwei Diener und vier Knechte! – Aber bei Gott, ich habe dich noch gar nicht bekannt gemacht mit meinen Gesellschafterinnen!«

Nun wandte sie sich an die Genossinnen:

»Ihr wißt, wer er ist, aber er weiß nicht, wer ihr seid. Machet wenigstens in der Dunkelheit die Bekanntschaft. Noch nicht einmal den Ofen hat man geheizt ... Fräulein Christine Drohojowska und Fräulein Barbara Jesiorkowska. Mein Mann ist ihr Vormund und verwaltet ihren Besitz, und sie wohnen bei uns, denn sie sind Waisen. So junge Mädchen aber können nicht allein wohnen.«

Während die Frau Truchseß sprach, verneigte sich Wolodyjowski auf Soldatenart; die jungen Damen faßten mit den Fingern ihr Kleid, machten beide einen Knix, wobei Fräulein Jesiorkowska den Kopf zurückwarf wie ein junges Füllen.

»Laßt uns einsteigen und fahren!« sagte er. – »Mit mir wohnt Herr Sagloba, und ich habe ihn gebeten, das Abendessen anrichten zu lassen.«

»Der berühmte Herr Sagloba?« fragte plötzlich Fräulein Jesiorkowska.

»Sei ruhig, Bärbchen«, sagte Frau Truchseß; »ich fürchte nur, es wird Umstände geben.«

»Wenn Herr Sagloba sich um das Abendbrot kümmert«, versetzte der kleine Ritter, »so reicht es aus, und wenn wir auch zweimal so viele kämen. Laßt die Kisten heraustragen; ich habe auch einen kleinen Wagen für die Sachen, und Ketlings Wagen ist so geräumig, daß wir zu vieren bequem Platz finden. Wißt ihr, was mir einfällt? Wenn die Burschen keine Trunkenbolde sind, so könnten sie mit den Pferden und mit den großen Sachen bis morgen hierbleiben, und wir nehmen nur das Notwendigste mit.«

»Es ist gar nicht nötig, daß sie hierbleiben«, antwortete die Frau Truchseß; »die Wagen sind noch nicht abgeladen, sie brauchen nur die Pferde vorzuspannen und können sofort weiterfahren. Bärbchen, geh doch und sieh nach ihnen!«

Fräulein Jesiorkowska sprang in den Flur, und wenige Minuten später kam sie mit der Mitteilung, daß alles bereit sei.

»Es ist auch Zeit«, sagte Wolodyjowski. Bald saßen sie im Wagen und fuhren nach Mokotow; die Frau Truchseß und Fräulein Drohojowska nahmen den Hintersitz ein, vorne hatte der kleine Ritter neben Fräulein Jesiorkowska Platz genommen. Es war schon finster; er konnte also ihre Gesichter nicht sehen.

»Die Damen kennen Warschau?« fragte er, sich zu Fräulein Drohojowska vorneigend und die Stimme erhebend, um den Lärm des Wagens zu übertönen.

»Nein«, sagte sie mit einer tiefen aber wohlklingenden Stimme. »Wir sind wahre Kleinstädter und kennen bisher weder berühmte Städte noch berühmte Menschen.« Dabei neigte sie ihr Köpfchen ein wenig, als wollte sie damit anzeigen, daß sie zu diesen letzteren auch Herrn Wolodyjowski zähle. Er aber nahm die Antwort dankbar entgegen. »Ein artiges Mädchen!« dachte er und zerbrach sich bald den Kopf, mit welchem Kompliment er erwidern könne.

»Wäre diese Stadt noch zehnmal so groß als sie ist«, sagte er endlich, »so könnten doch die Damen immer noch ihren schönsten Schmuck bilden.«

»Und woher wißt Ihr das im Finstern?« fragte plötzlich Fräulein Jesiorkowska.

»Ei, das ist eine Ziege!« dachte Wolodyjowski.

Aber er erwiderte nichts, und sie fuhren eine Zeitlang schweigend dahin. Dann wandte sich Fräulein Jesiorkowska wieder an den kleinen Ritter:

»Wißt Ihr nicht, ob dort in den Ställen Raum genug ist? Denn wir haben zehn Pferde und zwei Füllen.«

»Und wenn es auch dreißig wären, Raum wird sich schon finden.«

Das Fräulein aber machte ungläubig: »Fi! Fi!«

»Bärbchen!« sagte Frau Truchseß im verweisenden Tone.

»Ja, ja, Bärbchen, und wer hat sonst den ganzen Tag für die Pferde gesorgt?«

So miteinander plaudernd waren sie vor Ketlings Hause angekommen.

Alle Fenster waren schon hell erleuchtet zum Empfang der Frau Truchseß. Die Dienerschaft eilte heraus, Sagloba an der Spitze; er sprang an den Wagen heran, und da er die Frauen erblickte, sagte er bald:

»In welcher der Damen habe ich die Ehre, meine besondere Wohltäterin zu erblicken, die Schwester meines besten Freundes Michael?«

»Das bin ich«, antwortete die Frau Truchseß.

Da ergriff Sagloba ihre Hand und begann sie eilig zu küssen, indem er immer wiederholte:

»Meine Reverenz, meine Reverenz!«

Dann half er ihr aus dem Wagen steigen und führte sie mit großer Liebenswürdigkeit und mit Kratzfüßen in den Flur.

»Es sei mir verstattet, noch einmal jenseits der Schwelle den Willkommengruß zu bieten«, sagte er unterwegs.

Inzwischen half Michael den jungen Mädchen aussteigen. Da der Wagen aber hoch war, und der Tritt im Finstern schwer zu finden, so umfaßte er Fräulein Drohojowska, hob sie in die Höhe und ließ sie vor sich auf die Erde nieder. Sie aber lehnte, ohne sich zu stützen, einen Augenblick mit ihrer Brust an der seinigen und sagte:

»Ich danke Euch, Herr.«

Wolodyjowski wandte sich jetzt zu Fräulein Jesiorkowska; sie war aber schon auf der anderen Seite des Wagens herabgesprungen. Er bot also seinen Arm Fräulein Drohojowska. Im Zimmer erfolgte die Bekanntschaft mit Herrn Sagloba, der beim Anblick der beiden jungen Mädchen in vortreffliche Laune kam und gleich zum Abendbrot bat. Schon dampften die Schüsseln auf dem Tische, und wie Michael vorausgesehen hatte, war alles in so reichem Maße vorhanden, daß es auch für zweimal soviel Personen ausgereicht haben würde.

Sie setzten sich also. Die Frau Truchseß nahm den obersten Platz ein, neben ihr zur Rechten Sagloba und neben diesem Fräulein Jesior-

kowska. Wolodyjowski setzte sich zur Linken neben Fräulein Drohojowska.

Hier erst konnte der kleine Ritter die Mädchen näher betrachten.
Beide waren hübsch, jede in ihrer Weise. Fräulein Drohojowska hatte
rabenschwarzes Haar, ebensolche Augenbrauen, große, blaue Augen,
eine weiche, blasse, so zarte Gesichtsfarbe, daß man an den Schläfen
die blauen Äderchen durchsah. Ein kaum bemerkbarer dunkler Flaum
bedeckte die Oberlippe und ließ die lieblichen, reizvollen Lippen her-
vortreten, die wie zum Kuß gestaltet waren. Sie war in Trauer, denn
sie hatte vor kurzem den Vater verloren, und die Farbe ihrer Tracht
gab ihr bei der Zartheit ihres Gesichts und den schwarzen Haaren einen gewissen Schein des Leids, der Trauer und der Strenge. Beim ersten
Anblick erschien sie älter als ihre Genossin, und erst, da er sie genauer
betrachtete, bemerkte Michael, daß das Blut der ersten Jugend unter
dieser durchsichtigen Haut rann. Je näher er sie betrachtete, desto
mehr bewunderte er die Vornehmheit ihrer Erscheinung, den Schwa-
nenhals, den schlanken Gliederbau voll jungfräulichen Reizes.

»Das ist eine vornehme Dame«, dachte er, »die eine herrliche Seele
haben muß; die andere dafür ist ein wahrer Bursche!«

Der Vergleich war treffend.

Fräulein Jesiorkowska war um viele Jahre älter als Fräulein Drohojowska; sie war überhaupt zierlich, wenn auch nicht hager, rot wie eine
Rosenknospe, mit blondem Haar; ihr Haar war offenbar nach einer
Krankheit abgeschnitten und unter einem goldenen Netz verborgen.
Aber diese Haare saßen auf einem unruhigen Köpfchen und wollten
sich auch nicht ruhig verhalten; immer sahen sie mit den Enden durch
alle Maschen des Netzes heraus und bildeten über der Stirn einen
ungeordneten hellen Schopf, der bis auf die Brauen herunterfiel, was
bei den feurigen, unruhigen Augen und der herausfordernden Miene
dieses rosigen Gesichtchens an das Aussehen eines Schulknaben erinnerte, der nur darauf lauert, ungestraft einen Streich zu vollführen.
Sie war so hübsch und frisch, daß man kaum die Blicke von ihr wenden konnte. Sie hatte ein feines Stumpfnäschen mit beweglichen, beständig tätigen Nasenflügeln, Grübchen in den Wangen und ein
Grübchen am Kinn – Anzeichen eines heiteren Wesens. Aber jetzt
saß sie ernst da und ließ sich's wohl schmecken, während ihre Augen
umherschweiften, bald um Herrn Sagloba, bald um Herrn Wolodyjow-

ski zu betrachten, die sie mit fast kindlicher Neugier wie Wunderdinge ansah.

Wolodyjowski schwieg, denn obgleich er empfand, daß er die Pflicht habe, Fräulein Drohojowska zu unterhalten, wußte er doch nicht, womit er anfangen solle. Der kleine Ritter war überhaupt nicht geschickt im Umgang mit Frauen, und jetzt war ihm die Seele um so trauriger, als die Mädchen ihm lebhaft die geliebte Verstorbene ins Gedächtnis zurückriefen.

Sagloba indes unterhielt die Frau Truchseß, indem er ihr von seinen und von Michaels Taten erzählte. Mitten im Abendbrot kam er auf die Erzählung, wie er einst mit der jungen Fürstin Kurzewitsch und mit Rzendzian zu vieren vor einer ganzen Tatarenschar floh, und wie er endlich, um die Fürstin zu retten und die Verfolgung abzuhalten, sich zu zweit auf die Schar gestürzt habe.

Fräulein Jesiorkowska vergaß das Essen ganz; sie stützte ihr Kinn auf die Hand und horchte auf, indem ihr Stirnhaar sich bewegte, ihre Augen blinzelten und ihre Finger bei den interessantesten Stellen schnalzten.

»Aha, aha«, wiederholte sie, »und dann, und dann?«

Bis er zu der Stelle kam, wo Kuschels Dragoner plötzlich zu Hilfe geeilt kamen, den Tataren im Nacken saßen und sie eine halbe Meile weit niederschlugen – da konnte es Fräulein Jesiorkowska nicht länger aushalten. Sie schlug aus voller Kraft die Hände zusammen und rief:

»Da wäre ich für mein Leben gern dabei gewesen!«

»Baschka!«[5] rief die wohlbeleibte Frau Makowiezka mit ausgeprägtem russischen Accent, »du bist ja hier unter feinen Leuten, du mußt dir solche Worte abgewöhnen: für mein Leben. Es hätte nur noch gefehlt, daß du gesagt hättest: daß mich eine Kugel treffe!«

Das Mädchen lachte mit einem frischen, silberhellen Lachen und schlug sich plötzlich auf die Knie.

»Ei, daß mich eine Kugel treffe, Tantchen!«

»Du lieber Gott, die Ohren tun mir weh! Bitte die ganze Gesellschaft um Verzeihung!« rief die Frau Truchseß.

Da sprang Baschka, da sie ihre Abbitte bei der Frau Truchseß beginnen wollte, von ihrem Platze auf, warf aber zugleich Messer und Löffel unter den Tisch und verschwand sogleich hinterher, um sie aufzuheben.

5   Baschka = Kosename für Barbara.

Die rundliche Frau Truchseß konnte ihr Lachen nicht mehr zurückhalten, und sie hatte ein seltsames Lachen. Denn erst begann sie sich zu schütteln und lebhaft hin und her zu wiegen, und dann piepste sie mit dünner Stimme. Alle wurden heiter, Sagloba war entzückt.

»Seht, meine Herren, was ich mit diesem Mädchen durchmache«, wiederholte die Frau Truchseß und schüttelte sich.

»Ein wahres Entzücken, so wahr ich lebe!« sagte Sagloba.

Inzwischen war Baschka unter dem Tisch hervorgekrochen; Löffel und Messer hatte sie gefunden, aber sie hatte das Netz vom Kopfe verloren, das Haar fiel ihr über die Augen.

Sie richtete sich gerade auf, bewegte die Nasenflügel und sagte:

»Aha, die Herrschaften lachen über meine Verwirrung?«

»Niemand lacht«, sagte Sagloba im Tone der Überzeugung, »niemand lacht! Wir freuen uns nur, daß uns Gott in Eurer Person Freude gesandt hat.«

Nach dem Abendbrot gingen sie in das Wohnzimmer. Als Fräulein Drohojowska dort die Laute an der Wand bemerkte, nahm sie sie herab und fing an zu klimpern. Wolodyjowski bat sie, zur Laute zu singen. Sie antwortete mit Einfachheit und Liebenswürdigkeit:

»Sehr gern, wenn ich vermag, die Sorge aus Eurer Seele zu verscheuchen.«

»Ich danke«, antwortete der kleine Ritter und erhob seine Augen dankbar zu ihr.

Kurz darauf ertönte der Gesang:

»O glaubet, Ihr Ritter,
Wohl gehet in Splitter
Auch Panzer und Stahl,
Durch Eisen und Schilde
Trifft Amor der Wilde
Ins Herz – ohne Wahl!«

»Ich weiß wirklich nicht, wie ich Euch danken soll«, sagte Sagloba, der in der Nähe der Frau Truchseß saß und beständig ihre Hände küßte, »weil Ihr selbst gekommen seid, und weil Ihr so artige Mädchen mitgebracht habt, daß die Grazien selber ihre Zofen sein könnten. Ganz besonders ist mir der kleine Heiduck ans Herz gewachsen, denn die Schelmin versteht so vortrefflich, trübe Gedanken zu verjagen, wie der Fuchs das Wiesel. Denn was sind trübe Gedanken anders als Mäuse, welche die Körner der Fröhlichkeit zernagen, die in unserem Herzen aufgehen sollten? Ihr müßt nämlich wissen, verehrte Frau, daß unser alter König Johann Kasimir meine *comparationes* so gerne hatte, daß er nicht einen Tag ohne dieselben sein konnte. Ich mußte auch Parabeln und weise Maximen für ihn ersinnen, die er sich immer vor Nacht wiederholen ließ, und nach welchen er seine Politik richtete. Aber das ist eine andere Materie. Ich habe das Vertrauen, daß auch unser Michael bei solchem Ergötzen sein unglückseliges Mädchen ganz und gar vergißt; Ihr wißt nicht, verehrte Frau, daß ich ihn erst vor einer Woche von den Kamaldulensern herausgeholt habe, wo er schon das Gelübde leisten wollte. Aber ich habe mir die Erlaubnis des Nuntius selber ausgewirkt, der dem Prior ansagte, daß er das ganze Kloster zu den Dragonern stecken würde, wenn sie den Michael nicht sofort herausgäben. Er gehörte nicht dorthin … Gott sei Dank, Gott sei Dank, ich kenne ihn! Wenn nicht heute, so wird morgen eine von diesen beiden solche Funken aus ihm schlagen, daß davon das Herz wie ein Schwämmchen sich entzündet.« Inzwischen sang Fräulein Drohojowska weiter:

»Und muß vor den Streichen
Des Lockeren weichen
Der tapfere Mann –
Die hilflosen Frauen
Erfüllet mit Grauen
Der kleine Tyrann.«

»Die Frauen fürchten diese Wunden so wie der Hund den Speck«, flüsterte Sagloba der Frau Truchseß zu; »aber gesteht, daß Ihr diese beiden Vögelchen nicht ohne verborgene Absichten mit hierhergebracht habt. Prächtige Mädchen, besonders der kleine Heiduck! Bei meinem Leben, Michael hat ein schlaues Schwesterchen, was?«

Frau Makowiezka machte wirklich ein sehr schlaues Gesicht, das übrigens gar nicht zu ihrem einfältigen, redlichen Aussehen paßte, und sagte:

»Man hat so über dies und jenes nachgedacht, wie es uns Frauen ja gewöhnlich nicht an Schlauheit fehlt. Mein Mann soll hier zur Wahl herkommen, und ich habe die Mädchen vorher mitgenommen, weil die Tataren jeden Augenblick kommen können. Sollte aber daraus etwas Glückliches für Michael entstehen, so gelobe ich eine Wallfahrt zu Fuß zu einem Wunderbilde.«

»Es wird geschehen«, sagte Sagloba.

»Beide Mädchen sind aus großem Hause, beide vermögend, und das bedeutet etwas bei den heutigen schweren Zeiten ...«

»Mir brauchte man so etwas nicht zweimal zu sagen. Michaels Vermögen hat der Krieg verzehrt, obwohl ich weiß, daß er ein paar Groschen bei großen Herren stehen hat. Wir haben manchmal ausgezeichnete Beute gemacht, und obgleich das dem Hetman abgeliefert wurde, so wurde doch manches davon geteilt, wie man bei uns Soldaten sagt, frisch vom Säbel weg. Auf Michaels Teil kam manchmal so viel, daß, wenn er alles hätte aufbewahren wollen, er heute ein schönes Vermögen hätte. Aber der Soldat denkt nicht an das Morgen und genießt das Heut', und Michael hätte alles durchgebracht, wenn ich ihn nicht immer zurückgehalten hätte. Ihr sagt also, gnädige Frau, daß die Mädchen von hohem Stande seien?«

»In der Drohojowska fließt Senatorenblut. Zwar unsere Grenzkastellane sind nicht gerade Krakauer, und es gibt manchen, von dem man in der Republik nicht spricht; aber wer doch einmal auf dem Senatorenstuhl gesessen hat, der vererbt auch seinen Glanz seinen Nachkommen. Was aber die Ahnen betrifft, so steht die Jesiorkowska fast noch höher als die Drohojowska ...«

»Ich bitte, bitte, ich selbst leite meinen Stammbaum von einem Könige der Massageten her, und darum höre ich gern von Stammbäumen.«

»Aus einem so hohen Neste ist nun die Jesiorkowska nicht, aber wenn Ihr hören wollt ... denn wir hier von unseren Gegenden können jedermanns Haus an den Fingern herzählen ... Nun, sie ist eine Verwandte der Potozkis, der Jaslowizkis und der Laschtschs. Seht, das war so ...«

Hier richtete die Frau Truchseß die Falten ihres Kleides und setzte sich bequemer, um in der beliebten Erzählung sich nicht unterbrechen zu müssen; dann breitete sie die Finger der einen Hand aus, bereitete den Zeigefinger der anderen zur Aufzählung der Urväter und Urmütter vor und begann:

»Die Tochter des Herrn Jakob Potozki, Elisabeth, von seiner zweiten Frau Jaslowizka, heiratete Herrn Johann Smiotanko, den Bannerträger von Podolien ...«

»Ich hab's mir gemerkt«, sagte Sagloba.

»Aus dieser Ehe wurde Herr Nikolaus Smiotanko geboren, gleichfalls Bannerträger von Podolien.«

»Hm, schönes Amt.«

»Dieser war verheiratet in erster Ehe mit Dorohosto ... nein, mit einer Roschynska ... nein, mit einer Woronitsch ... ei daß doch, ich hab's vergessen!«

»Gott hab' sie selig, wie sie auch geheißen hat«, sagte Sagloba ernst.

»In zweiter Ehe heiratete er eine Laschtsch.«

»Welches waren die Konsequenzen dieser Ehe?«

»Die Söhne starben ihnen.«

»Jede Freude dieser Welt ist zweifelhaft.«

»Und von den vier Töchtern hat die jüngste, Anna, einen Jesiorkowski geheiratet, der zuletzt, wenn ich nicht irre, Schwertträger von Podolien war.«

»Ja, das war er, ich erinnere mich«, sagte Sagloba mit voller Sicherheit.

»Aus dieser Ehe, seht Ihr, stammt Baschka.«

»Ich erkenne das auch daraus, daß sie in diesem Augenblick mit Ketlings Mörser zielt.«

Fräulein Drohojowska und der kleine Ritter waren im tiefen Gespräch, und Fräulein Baschka zielte wirklich zum Vergnügen mit dem Mörser in der Richtung des Fensters.

Frau Makowiezka begann bei diesem Anblick zu zittern und zu kreischen.

»Sie können sich gar nicht vorstellen, was ich mit diesem Mädchen leide; der reine Heidemak!«

»Wenn doch alle Heidemaken so wären – ich ginge bald zu ihnen.«

»Sie hat nichts im Kopf als Waffen, Pferde, Krieg. Einmal lief sie aus dem Hause zur Jagd auf Enten mit der Flinte. Sie kommt mitten in das Röhricht und sieht, das Röhricht bewegt sich auseinander, und der Kopf eines Tataren taucht auf, der sich durch das Röhricht in das Dorf schleichen wollte. Eine andere wäre erschrocken, aber das Ding, – wie es Euch losschießt, und der Tatar, patsch! ins Wasser auf der

Stelle. Denkt Euch, sie hat ihn hingestreckt! Und womit? Mit Entenschrot!«

Hier begann Frau Makowiezka wieder sich zu schütteln und zu lachen über das Abenteuer mit dem Tataren; dann fügte sie hinzu:

»Aber was wahr ist: sie hat uns alle gerettet, denn es war eine ganze Schar im Anzuge. Da sie aber zurückkam und Alarm schlug, hatten wir Zeit, mit dem ganzen Gesinde in den Wald zu flüchten. Bei uns geht's immer so.«

Saglobas Gesicht glänzte in solchem Entzücken, daß er sogar einen Augenblick das Auge schloß; dann sprang er auf, eilte zu dem Mädchen hin und küßte es, ehe es sich's versah, auf die Stirn.

»Das von einem alten Soldaten für den Tataren im Röhricht!« sagte er.

Das Mädchen warf kühn seinen blonden Kopf zurück.

»Was? Ich habe es ihm eingetränkt!« rief es mit seiner frischen Kinderstimme, die so seltsam klang bei dem Inhalt ihrer Worte.

»Du mein lieber, kleiner Heidemak!« sagte Sagloba gefühlvoll.

»Aber was bedeutet so ein Tatar! Ihr Herren habt ihrer tausend niedergehauen, und Schweden und Deutsche und die Ungarn Rakoczys! Was bedeute ich neben euch, neben solchen Rittern, die ihresgleichen in der ganzen Republik nicht haben. Ich weiß wohl, oho!«

»Wir lehren Euch den Degen führen, wenn Ihr solchen Mut habt. Ich bin schon ein wenig schwerfällig; aber Michael, er ist auch ein Meister.«

Das Mädchen sprang bei diesem Vorschlag in die Höhe, dann küßte es Sagloba auf den Arm, knickste dem kleinen Ritter zu und sagte: »Ich danke für das Versprechen! – ein wenig kann ich's schon.«

Wolodyjowski aber war im tiefen Gespräch mit Christine Drohojowska; er antwortete daher zerstreut:

»Wie Ihr befehlt, mein Fräulein.«

Sagloba setzte sich wieder mit strahlendem Gesicht zur Frau Truchseß.

»Meine liebe gnädige Frau«, sagte er, »ich weiß sehr wohl, wie süß türkische Früchte sind, denn ich habe lange Jahre in Stambul gehaust; aber auch das weiß ich, daß es viele gibt, die ihrer begehren. Wie kommt es, daß noch niemand dieses Mädchen begehrt hat?«

»Du lieber Gott, es gibt die Menge, die beiden den Hof machten. Baschka nennen wir im Scherz die Witwe von drei Männern, denn drei würdige Kavaliere haben gleichzeitig um sie gefreit, alles Edelleute aus unserer Gegend, Besitzer, deren verwandtschaftliche Beziehungen ich Euch auch ganz genau nennen kann.«

Bei diesen Worten breitete die Frau Truchseß wieder die Finger ihrer linken Hand aus und legte den Zeigefinger der Rechten an. Sagloba aber fragte so schnell als möglich:

»Und was ist aus ihnen geworden?«

»Alle drei haben im Kriege ihr Leben gelassen, deshalb nennen wir Bärbchen auch die Witwe.«

»Seht, das ist bei uns etwas Alltägliches, und selten erreicht jemand bei uns ein hohes Alter und stirbt eines natürlichen Todes. Man sagt sogar, es zieme einem Edelmann gar nicht anders, als auf dem Schlachtfelde zu sterben. Wie Bärbchen das ertragen hat?«

»Sie hat ein wenig geweint, die Arme, am meisten im Stall, denn wenn sie etwas quält, so pflegt sie immer in den Stall zu gehen. Ich ging ihr also einmal nach und fragte: »Wem gelten deine Tränen?« und sie antwortete: »Allen dreien.« Aus der Antwort konnte ich bald merken, daß ihr keiner besonders ans Herz gewachsen war. Und so denke ich auch, da ihr Kopf noch mit anderen Dingen voll ist, fühlt sie noch gar nicht den Willen Gottes. Christine schon mehr, aber Bärbchen nicht im entferntesten.«

»Sie wird ihn fühlen«, sagte Sagloba, »wir verstehen das am besten; sie wird ihn fühlen, sie wird ihn fühlen!«

»Das ist unsere Bestimmung«, antwortete die Frau Truchseß.

»Das eben ist es, Ihr habt mir diese Worte aus dem Munde genommen!«

Das weitere Gespräch unterbrach die Annäherung der jüngeren Gesellschaft. Der kleine Ritter hatte schon alle Verlegenheit Christinen gegenüber abgelegt, und sie beschäftigte sich offenbar aus Herzensgüte mit ihm und mit seinem Leide, wie ein Arzt sich mit einem Kranken beschäftigt, und vielleicht erwies sie ihm gerade darum mehr Freundlichkeit, als ihre kurze Bekanntschaft sonst gestattet hätte. Da aber Michael ein Bruder der Frau Truchseß war, und das Mädchen eine Verwandte ihres Mannes, so wunderte das niemand. Bärbchen indessen blieb gewissermaßen beiseite, nur Sagloba schenkte ihr seine beständige Aufmerksamkeit; im übrigen schien ihr das alles gleichgültig zu sein, ob sich jemand mit ihr beschäftige oder nicht. Anfangs betrachtete sie beide Ritter mit Bewunderung; aber mit gleicher Bewunderung betrachtete sie auch Ketlings prächtige Waffen, die an den Wänden herumhingen. Dann begann sie ein wenig zu gähnen, dann fielen ihr die Augen immer mehr und mehr zu, und endlich sagte sie: »Wenn ich mich jetzt schlafen lege, so wache ich gewiß nicht vor übermorgen auf.«

Nach diesen Worten trennten sich bald alle, denn die Frauen waren sehr wegmüde und warteten nur auf die Herrichtung der Betten. Als Sagloba sich endlich mit Wolodyjowski allein befand, begann er erst vielsagend mit den Augen zu zwinkern, dann traktierte er den kleinen Ritter mit einem Hagel leichter Rippenstöße.

»Michael, was Michael – he? Wie die Rüben! Was? Mönch willst du werden? Was? Und die Drohojowska, die zuckersüße Rübe, und der kleine Heiduck, der rosige, was sagst du dazu, Michael?«

»Was? – nichts!« antwortete der kleine Ritter.

»Ganz besonders hat mir der kleine Heiduck gefallen. Das kann ich dir sagen, als ich beim Abendessen neben ihr saß, schlug mir von ihr eine solche Glut entgegen wie vom Ofen.«

»Sie ist eine wilde Ziege! Die andere ist doch gesetzter.«

»Die Drohojowska ist eine ungarische Flamme, eine echte ungarische Flamme! Aber die andere ist eine kleine Ruß; bei Gott, wenn ich Zähne hätte ... ich will sagen, wenn ich eine solche Tochter hätte – nur dir würde ich sie geben! Eine süße Mandel, sage ich dir, eine süße Mandel!«

Wolodyjowski wurde plötzlich traurig, denn ihm kamen die Kosenamen in Erinnerung, welche Sagloba Ännchen Borschobohota zu geben pflegte; wie lebend stand sie plötzlich vor seinem geistigen Auge: ihre Gestalt, ihr zierliches Gesicht, ihre dunklen Zöpfe, ihre Heiterkeit, ihr Geplauder, ihr Blick. Diese beiden waren jünger, aber die andere war ihm doch zehnmal lieber als alle jüngeren.

Der kleine Ritter verbarg das Gesicht in den Händen, und es erfaßte ihn eine Traurigkeit, die um so größer war, als sie unerwartet kam.

Sagloba war erstaunt; eine Zeitlang schwieg er und blickte unruhig um sich, endlich sagte er:

»Michael, was ist dir? Sprich um Gottes willen!«

Wolodyjowski sprach: »So viele leben, so viele sind in der Welt, nur mein Lämmchen ist nicht da, nur sie allein werde ich nimmer wiedersehen!«

Dann raubte der Schmerz ihm die Stimme, er stützte die Stirn auf die Lehne der Bank und hauchte durch die schmerzlich zusammengezogenen Lippen:

»Gott, Gott, Gott!«

Fräulein Bärbchen ließ jedoch Wolodyjowski nicht locker, daß er sie das »Fechten« lehre, und er sagte nicht Nein, denn nach wenigen Tagen, wenn er auch Fräulein Drohojowska immer lieber hatte, gewann er doch auch Bärbchen sehr lieb; es war aber auch nicht gut möglich, sie nicht gern zu haben.

Eines Morgens begann denn auch der erste Unterricht, hauptsächlich durch Bärbchens Ruhmredigkeit hervorgerufen und durch ihre Versicherungen, daß sie diese Kunst schon recht gut verstehe, und daß nicht jeder Beliebige ihr standhalten könne.

»Alte Soldaten waren meine Lehrer«, sagte sie, »an denen ist bei uns kein Mangel, und es ist doch bekannt, daß nichts über unsere Fechter geht … ja, es ist noch eine Frage, ob ihr Herren dort nicht euresgleichen finden würdet.«

»Was Ihr sagt, Fräulein!« rief Sagloba. »Wir haben in der ganzen Welt nicht unseresgleichen.«

»Ich wünschte, es zeigte sich, daß ich euresgleichen bin; ich hoffe es nicht, aber ich wünschte es.«

»Im Schießen aus dem Terzerol würde auch ich mich versuchen«, sagte Frau Makowiezka lächelnd.

»Bei Gott, es wohnen wohl lauter Amazonen in Euren Gegenden?« sagte Sagloba. Und er wandte sich an Fräulein Drohojowska: »Und welche Waffe führt Ihr am besten, mein Fräulein?«

»Gar keine«, antwortete Fräulein Christine.

»Aha, gar keine!« rief Bärbchen und begann zu singen, indem sie Christinen spöttelnd nachahmte:

»O glaubet, Ihr Ritter,
es geht in Splitter
Wohl Panzer und Stahl,
Durch Eisen und Schilde
Trifft Amor der Wilde
Ins Herz – ohne Wahl.«

»Das ist die Waffe, die Ihr führt. Fürchtet euch nicht«, fügte sie hinzu, zu Wolodyjowski und Sagloba gewendet, »sie ist auch kein übler Kämpfer.«

»Legt aus, Fräulein«, sagte Michael, um eine kleine Verwirrung zu verbergen.

»Bei Gott, wenn sich jetzt zeigte, was ich denke«, rief Bärbchen und wurde rot vor Freude.

Und sie nahm sofort ihre Stellung ein, einen leichten polnischen Säbel in der Rechten, die linke Hand auf den Rücken gelegt, die Brust heraus, den Kopf hoch, die Nasenflügel lebhaft bewegend und war so hübsch und rosig, daß Sagloba der Frau Truchseß zuflüsterte:

»Keine Flasche, und sei sie mit hundertjährigem Ungar gefüllt, würde mich so mit ihrem Anblick entzücken.«

»Gebt acht, Fräulein«, sagte Wolodyjowski, »ich werde mich nur verteidigen, nicht schlagen. Ihr, Fräulein, greift an, wie es Euch gefällt.«

»Gut, wenn Ihr wollt, daß ich aufhöre, so sagt nur ein Wörtchen.«

»Es könnte auch so aufhören, wenn ich nur wollte.«

»Wieso, was?«

»Einem solchen Kämpfer würde ich leicht das Säbelchen aus der Hand schlagen.«

»Wir werden sehen.«

»Wir werden es nicht sehen, denn ich werde es aus Höflichkeit nicht tun.«

»Es bedarf keiner Höflichkeit, tut es nur, wenn Ihr es könnt. Ich weiß, daß ich weniger kann als Ihr, aber das laß ich doch nicht geschehen.«

»Ihr gestattet also?«

»Ich gestatte.«

»Laßt das doch, geliebter kleiner Heiduck«, sagte Sagloba, »er hat es mit dem größten Meister aufgenommen.«

»Wir werden sehen«, wiederholte Bärbchen.

»Fangen wir an«, sagte Wolodyjowski, ein wenig unwillig über das Selbstlob des Mädchens.

Sie fingen an.

Bärbchen schlug mächtig zu und hüpfte dabei wie ein Heupferdchen. Wolodyjowski stand fest auf seinem Platze und machte nach seiner Gewohnheit kleine, kurze Bewegungen mit dem Degen, nicht besonders auf den Angriff achtend.

»Ihr wehrt Euch gegen mich wie gegen eine lästige Fliege!« rief Bärbchen gereizt.

»Ich nehme es nicht mit Euch auf, ich unterrichte Euch nur«, erwiderte der kleine Ritter. »Sehr gut so, für ein weibliches Wesen gar nicht übel; ruhiger mit der Hand!«

»Für ein weibliches Wesen? Dies, mein Herr, für das weibliche Wesen! So! Und so!«

Aber Michael blieb, obwohl Bärbchen ihre vorzüglichsten Streiche geführt hatte, ruhig und unbewegt, er fing sogar absichtlich mit Sagloba zu plaudern an, um zu zeigen, wie wenig er sich um ihre Hiebe kümmere.

»Geht doch vom Fenster fort, denn dem Fräulein ist's zu finster, und wenn auch der Säbel größer ist als eine Nadel, so hat das Fräulein doch weniger Erfahrung mit dem Säbel als mit der Nadel.«

Bärbchens Nasenflügel bewegten sich noch aufgeregter hin und her, und ihr Stirnhaar fiel ganz über die blitzenden Äuglein.

»Ihr spottet meiner?« fragte sie schwer atmend.

»Nicht über Eure Person, Gott bewahre!«

»Ich kann Herrn Michael nicht leiden!«

»Da hast du deinen Lohn, Schulmeister«, antwortete der kleine Ritter.

Dann wandte er sich wieder zu Sagloba.

»Wahrhaftig, es beginnt zu schneien!«

»Schnee – Schnee – Schnee!« wiederholte Bärbchen höhnisch.

»Genug, Bärbchen, du kannst kaum noch atmen!« warf Frau Truchseß ein.

»Nun, Fräulein, haltet den Degen fest, sonst schlage ich ihn aus der Hand.«

»Das werden wir sehen!«

»Jetzt!«

Und der kleine Säbel entflog wie ein Vogel Bärbchens Händen und fiel klirrend in der Entfernung am Ofen nieder.

»Das habe ich von selbst getan, unwillkürlich, das ist nicht Euer Werk!« rief das Mädchen unter Tränen, ergriff im Augenblick den Degen und begann von neuem:

»Versucht es jetzt!«

»Nun wohl«, sagte Michael.

Und wieder lag der kleine Säbel am Ofen.

Michael aber sagte: »Genug für heute!«

Die Frau Truchseß begann zu zittern und zu kreischen, lauter noch als gewöhnlich; Bärbchen aber stand in der Mitte des Zimmers, verwirrt, verblüfft, schwer atmend und biß sich in die Lippen, um die Tränen zu unterdrücken, die sich mit Macht in ihre Augen drängten; sie wußte, daß man noch mehr lachen würde, wenn sie in Weinen ausbrechen würde, und wollte es durchaus unterdrücken; da sie aber sah, daß sie es nicht vermochte, stürzte sie plötzlich aus dem Zimmer.

»Bei Gott«, rief die Frau Truchseß, »sie ist gewiß in den Stall entflohen, und sie ist so erhitzt; sie wird sich noch eine Erkältung zuziehen. Man muß ihr nach; Christinchen, bleibe hier!«

Mit diesen Worten ging sie hinaus, ergriff ein warmes Jäckchen im Flur und lief damit in den Stall. Sagloba folgte ihr, besorgt um seinen kleinen Heiducken. Auch Fräulein Drohojowska wollte hinauslaufen, aber der kleine Ritter ergriff sie bei der Hand.

»Ihr habt doch den Befehl gehört, Fräulein? Ich lasse diese Hand nicht los, ehe sie wiederkommen.«

Und in der Tat ließ er sie nicht los. Die Hand war wie Atlas weich; Herr Michael fühlte einen warmen Strom aus diesen warmen Fingern in seinen Körper hinüberfließen und empfand ein ungewöhnliches Wohlbehagen. Darum hielt er sie nur noch fester.

Ein leichtes Rot huschte über Christinens dunkles Gesicht.

»Ihr haltet mich wie eine Gefangene, die man den Ungläubigen abgejagt hat«, sagte sie.

»Wer eine solche Gefangene gemacht hätte, brauchte auch den Sultan nicht zu beneiden, und der Sultan gäbe gern sein halbes Reich für sie.«

»Aber Ihr würdet mich den Ungläubigen nicht verkaufen?«

»So wenig, wie ich meine Seele dem Teufel verkaufen würde.«

Hier bemerkte Michael, daß der Eifer des Augenblicks ihn zu weit führe, und verbesserte sich:

»So wenig, wie ich meine Schwester verkaufen würde.«

Und Fräulein Drohojowska sagte ernst:

»Das habt Ihr getroffen, Herr! Eine Schwester bin ich der Frau Truchseß in der Liebe, ich will auch die Eure sein.«

»Ich danke Euch von Herzen«, sagte Michael und küßte ihre Hand, »denn ich bedarf des Trostes gar sehr.«

»Ich weiß, ich weiß«, wiederholte das Mädchen, »auch ich bin eine Waise.«

Hier fiel eine Träne von ihrer Wange und setzte sich auf den kleinen Flaum über ihrem Munde.

Und Wolodyjowski sah das Tränlein, den leicht beschatteten Mund und sagte:

»Sie sind so gut, gerade wie ein Engel! Mir ist schon leichter.«

Christine lächelte süß.

»Gebe Gott!«

»Wahrhaftig!«

Dabei empfand der kleine Ritter, daß, wenn er ihre Hand noch einmal küssen würde, ihm desto leichter wäre, aber in diesem Augenblick trat Frau Makowiezka ins Zimmer. »Bärbchen hat die Jacke genommen«, sagte sie, »aber sie ist in solcher Verwirrung, daß sie um nichts in der Welt hereinkommen will; Sagloba jagt sie im ganzen Stall herum.«

Sagloba hatte nicht bloß unter beständigem Trösten und Zureden Bärbchen im ganzen Stall herumgejagt, sondern sie endlich auch in den Hof hinausgedrängt, in der Hoffnung, sie desto schneller zur Rückkehr ins warme Zimmer zu überreden. Sie entwand sich ihm aber und wiederholte:

»Ich gehe gerade nicht, wenn ich mich auch erkälten soll, ich gehe nicht, ich gehe gerade nicht!«

Endlich, da sie am Hause eine Leiter erblickte, sprang sie hinauf wie ein Eichkätzchen und machte erst am Rande des Daches Halt. Dort ließ sie sich nieder und rief zu Herrn Sagloba gewandt halb lachend: »Gut, ich will hineingehen, wenn Ihr mir nachklettern wollt.«

»Aber bin ich denn ein Kater, kleiner Heiduck, daß ich mit dir auf den Dächern herumklettern soll? So vergiltst du mir, daß ich dich liebe?«

»Ich liebe Euch auch, aber nur vom Dache.«

»Totreden kann man sich mit dem Mädchen! So klettere doch gleich herunter!«

»Ich klettere nicht herunter!«

»Lächerlich, bei Gott! Etwas sich so zu Herzen zu nehmen! Nicht dir, Wieselchen, allein, sondern dem Kmiziz, der als ein Meister unter den Meistern gilt, hat Wolodyjowski dasselbe getan, und nicht zum Scherz, sondern im Zweikampf. Ihm haben die berühmtesten Kämpfer in Italien, Deutschland und Schweden nicht länger als wenige Minuten standhalten können, und nun will sich so ein Kiekindiewelt die Besiegung so zu Herzen nehmen. Pfui, schäme dich, komm' herunter, komm' herunter, du lernst doch erst.«

»Aber Herrn Michael kann ich nicht leiden.«

»Ach, rede nicht; weil er der *Exquisitissimus* ist in dem, was du selbst lernen möchtest, müßte er dir desto teurer sein.«

Sagloba hatte sich nicht geirrt. Bärbchens Begeisterung für den kleinen Ritter war trotz ihrer Beschämung im Wachsen; aber sie antwortete:

»Mag ihn Christel gern haben!«

»Komm' herunter, komm' herunter!«

»Ich komme nicht herunter!«

»Gut, so bleib' sitzen; ich will dir nur sagen, daß es gar nicht hübsch ist für ein junges Mädchen, auf der Leiter zu sitzen, denn das kann der Welt einen lustigen Anblick geben!«

»Das ist nicht wahr!« sagte Bärbchen und ordnete den Überwurf mit den Händen.

»Ich Alter werde mir die Augen nicht aussehen, aber ich will bald die anderen alle herrufen, die werden sich schön wundern.«

»Ich komme schon herunter!« rief Bärbchen.

In diesem Augenblick wandte sich Sagloba seitwärts in das Haus.

»Bei Gott, es kommt jemand!« sagte er.

In der Tat kam um die Ecke herum der junge Herr Nowowiejski, der eben zu Pferde angekommen war. Er hatte das Pferd an die Seitenpforte gebunden, ging um das Haus herum, in der Absicht, durch die Haupttür einzutreten.

Als Bärbchen ihn erblickte, war sie mit zwei Sätzen unten, aber es war schon zu spät gewesen. Herr Nowowiejski hatte sie von der Leiter springen sehen, er blieb verwirrt, erstaunt stehen und wurde rot wie ein junges Mädchen. Bärbchen stand ebenso vor ihm. Plötzlich rief sie: »Ein zweiter Reinfall.«

Sagloba, höchlichst erheitert, blinzelte eine Weile mit seinem gesunden Auge; endlich sagte er:

»Herr Nowowiejski, unseres Michael Freund und Unterkommandant, und dies ist Fräulein Kletterowska ... ei ... ich wollte sagen Jesiorkowska!«

Nowowiejski war schnell zu sich gekommen, und da er trotz seiner Jugend ein Soldat von scharfem Verstande war, neigte er sich, richtete seine Augen auf die wundervolle Erscheinung und sagte:

»Bei Gott, in Ketlings Garten blühen Rosen im Schnee.«

Bärbchen knickste und murmelte für sich hin: »Für eine andere Nase als für die deine.« Dann sagte sie mit Anmut: »Ich bitte näherzutreten!«

Sie selbst eilte voraus, stürzte schnell ins Zimmer, in welchem Michael und die ganze andere Gesellschaft saß, und rief, mit einer Anspielung auf den roten Oberrock Nowowiejskis:

»Ein Gimpel ist ins Haus geflogen!«

Dann setzte sie sich auf ein Bänkchen, legte die Hände in den Schoß und schloß das Mündchen, wie es einem bescheidenen, wohlerzogenen Mädchen ziemt.

Herr Michael stellte seinen jungen Freund seiner Schwester und Fräulein Drohojowska vor; dieser aber wurde, da er das zweite Fräulein bemerkte, das zwar ganz anders geartet, aber ebenfalls sehr schön war, zum zweiten Male verwirrt; er verbarg das aber mit einer Verbeugung und griff, um sich Mut zu machen, mit der Hand nach dem Schnurrbart, der ihm noch nicht recht wachsen wollte. Er drehte mit den Fingern über der Lippe, wandte sich an Wolodyjowski, Herr Hetman begehre sehr, den kleinen Ritter zu sehen. Soviel Herr Nowowiejski erraten könne, handle es sich um eine militärische Funktion; der Hetman habe nämlich soeben einige Briefe empfangen, und zwar von Herrn Wiltschkowski, von Herrn Silnizki, von dem Hauptmann Piwo und von anderen Kommandanten, die in der Ukraine und in Podolien standen, mit Nachrichten über Ereignisse in der Krim, die nichts Gutes verkündeten.

»Der Khan selbst und der Sultan Galga, die mit uns bei Podhaize Verträge geschlossen«, fuhr Nowowiejski fort, »wollen die Verträge halten; aber der Budschiak regt sich wie ein Bienenstock; die Horde von Bialogrod wogt hin und her, sie wollen weder dem Khan noch dem Galga gehorsamen ....«

»Das hat mir schon Herr Sobieski anvertraut und mich um Rat gefragt«, sagte Sagloba. »Was sagt man jetzt dort vom Frühling?«

»Man sagt, daß mit dem ersten Grase dieses Gezücht sich sicherlich regen wird, das man wieder wird zertreten müssen«, antwortete Nowowiejski.

Bei diesen Worten machte er ein furchtbar martialisches Gesicht und begann sein Schnauzbärtchen zu drehen, so daß ihm die Oberlippe ganz rot wurde.

Bärbchen, die sehr scharf beobachtete, hatte das gleich bemerkt; sie zog sich also ein wenig zurück, damit sie Herr Nowowiejski nicht sehe, und begann ebenfalls den Bart zu drehen, indem sie dem jugendlichen Ritter nachahmte.

Die Frau Truchseß rief sie sofort mit den Augen zur Ordnung. Aber gleichzeitig begann sie auch sich hin und her zu schütteln und unterdrückte mühsam ein Lachen; auch Herr Michael biß sich in die Lippen, und Fräulein Drohojowska senkte die Augen, so daß ihre langen Wimpern einen förmlichen Schatten auf ihre Wangen warfen.

»Ihr seid ein junger Mann«, sagte Sagloba, »aber ein erfahrener Soldat.«

»Ich bin zweiundzwanzig Jahre alt und diene ohne Ruhmredigkeit sieben Jahre dem Vaterlande, denn ich bin in meinem fünfzehnten der Schulbank entlaufen aufs Schlachtfeld«, antwortete der Jüngling.

»Die Steppe kennt er, und durch das hohe Gras versteht er zu schleichen, und auf die Feinde stürzt er wie der Falke auf das Schneehuhn«, fügte Wolodyjowski hinzu – »ein Scharmützler ersten Ranges! Ihm entgeht der Tatar in der Steppe nicht.«

Herr Nowowiejski erglühte vor Freude, daß ihm Lob aus so berühmtem Munde in Gegenwart der Damen gezollt wurde.

Er war überdies nicht bloß ein Steppenhabicht, sondern auch ein schöner Bursche, dunkelwangig, sturmgebräunt. Im Gesicht hatte er eine Narbe vom Ohr bis zur Nase, die von dem Hiebe von der einen Seite dünner war als von der anderen. Sein Blick war scharf, gewohnt, in die Ferne zu sehen, über den Augen hatte er tiefschwarze Brauen, die über der Nasenwurzel zusammengewachsen waren und wie der Bogen eines Tataren aussahen. Auf dem glattrasierten Vorderkopf starrte ein schwarzer, unförmlicher Schopf. Bärbchen gefiel er in Rede und Gestalt, trotzdem hörte sie nicht auf, ihm nachzuahmen.

»Ich bitte«, sagte Sagloba, »wenn man alt ist wie ich, sieht man gern, daß ein junges Geschlecht aufwächst, das unser würdig ist.«

»Noch ist es nicht würdig«, versetzte Nowowiejski.

»Ich lobe auch die Bescheidenheit; es wird nicht lange dauern, so wird man Euch kleinere Kommandos anvertrauen.«

»Wie«, rief Michael, »er war schon oft Kommandant und hat auf eigene Faust gesiegt.«

Herr Nowowiejski begann seinen Bart zu drehen, daß er sich fast die Lippe abriß.

Bärbchen aber, die kein Auge von ihm ließ, erhob ebenfalls beide Hände zum Gesicht und ahmte ihm in allem nach.

Aber der kluge Soldat hatte bald bemerkt, daß die Blicke der ganzen Gesellschaft sich nach der Seite wandten, dorthin, wo ein wenig hinter ihm das Mädchen saß, das er auf der Leiter gesehen hatte, und er erriet unschwer, daß es dort irgend etwas gegen ihn im Schilde führen müsse.

Scheinbar ganz achtlos plauderte er also weiter und suchte wie bisher nach seinem Barte; endlich aber, nachdem er den richtigen Augenblick gefunden, wandte er sich schnell um, so daß Bärbchen nicht Zeit fand, die Augen zu senken, noch die Hände vom Gesicht zu nehmen.

Sie errötete über und über, und ohne zu wissen, was sie tun sollte, erhob sie sich von ihrem Platze. Alle Anwesenden waren ein wenig verwirrt, und es trat eine Pause ein.

Plötzlich schlug Bärbchen mit den Händen auf das Kleid. Das war der dritte Reinfall!? »Zum drittenmal hineingefallen!« rief sie mit ihrer silbernen Stimme.

»Mein verehrtes Fräulein«, sagte lebhaft Nowowiejski, »ich habe längst bemerkt, daß hinter meinem Rücken etwas vorgeht. Ich gestehe gern, daß ich mich nach einem Bärtchen sehne, aber wenn ich es nicht erleben sollte, so würde es darum geschehen, weil ich vorher den Tod fürs Vaterland finde, und in diesem Falle hoffe ich, werde ich eher Tränen als Lachen bei Euch verdient haben.«

Bärbchen stand, die Augen zu Boden gerichtet, da, durch die aufrichtigen Worte des Jünglings tief beschämt.

»Ihr müßt ihr verzeihen«, sagte Sagloba, »sie ist ausgelassen, weil sie jung ist – aber ein goldenes Herz!«

Und, wie um Saglobas Worte zu bestätigen, sagte sie gleich leise: »Ich bitte um Verzeihung … sehr …«

Herr Nowowiejski aber ergriff in diesem Augenblicke ihre Hand und begann sie zu küssen.

»Du lieber Gott, nehmt es Euch doch nicht zu Herzen, ich bin ja kein Barbarus. Mir ziemt es, Euch abzubitten, weil ich gewagt habe, Euch Euer Vergnügen zu stören. Wir Soldaten haben ja selbst die

Ausgelassenheit gern! *Mea culpa!* Ich küsse noch einmal diese Händchen, und wenn ich sie so lange küssen darf, bis Ihr mir verziehen habt, so verzeiht mir – bei den Wundern Gottes – nicht vor dem Abend.«

»Welch ein höflicher junger Mann; siehst du, Bärbchen?« sagte Frau Makowiezka.

»Ich sehe«, antwortete Bärbchen.

»Nun ist's jedenfalls gut!« rief Herr Nowowiejski. Er richtete sich auf und griff aus Gewohnheit kühn an seinen Bart, aber bald überlegte er sich's und brach in lautes Lachen aus; Bärbchen folgte ihm, und die anderen folgten Bärbchen. Alle ergriff die Heiterkeit. Sagloba ließ gleich eine Flasche nach der anderen aus Ketlings Keller bringen, und sie taten sich gütlich. Herr Nowowiejski schlug mit den Sporen aneinander, richtete seinen Schopf mit den Fingern in die Höhe, immer feurigere Blicke auf Bärbchen werfend. Sie gefiel ihm ausnehmend. Er wurde auch ungewöhnlich beredt, und da er in der Nähe des Hetman lebte und die große Welt kannte, wußte er auch etwas zu erzählen.

Er erzählte auch von dem Wahlreichstag, von seinem Ende, auch davon, wie der Ofen mitten unter den neugierigen Arbeitern im Senatorenzimmer zum größten Gaudium aller eingestürzt sei. Nach dem Mittag endlich reiste er ab, die Augen und das Herz erfüllt von Bärbchen.

4. Kapitel

Noch an demselben Tage meldete sich der kleine Ritter bei dem Hetman; dieser ließ ihn sogleich vor und sagte zu ihm:

»Ich muß Ruschtschyz in die Krim schicken, damit er sich umsieht, was dort bevorsteht, und damit er bei dem Khan wegen der Einhaltung der Verträge anklopft. Willst du wieder in den Dienst treten und sein Kommando übernehmen? Du, Wiltschkowsky, Silnizki und Piwo, ihr werdet ein Auge haben auf Dorosch und auf die Tataren, denen man niemals ganz trauen kann ...«

Wolodyjowski wurde traurig. Hatte er doch die Blüte seines Lebens dem Dienste geopfert. Ganze Jahrzehnte hatte er den Frieden nicht gekannt, lebte er im Feuer, im Pulverdampf, in Mühsal, Schlaflosigkeit und Hunger, kein schützendes Dach über dem Haupte, keine Handvoll

Stroh zum Niederlegen. Gott weiß, was für Blut durch seinen Degen nicht geflossen. Weder hatte er sich irgendwo fest niederlassen noch verheiraten können. Tausendfach weniger Verdiente genossen schon *panem bene merentium* (ihr gutes Gnadenbrot), hatten Ehrenstellen, Ämter, Starosteien erreicht – er hatte reicher den Dienst begonnen, als er jetzt war, und doch wollte man ihn, den alten Haudegen, von neuem erproben. Und seine Seele war zerrissen; ehe sich die lieben, freundlichen Hände gefunden hatten, welche seine Wunden zu verbinden begannen, hieß man ihn wieder kampfbereit sein und an die wüsten fernen Grenzen der Republik eilen, ohne Rücksicht auf sein müdes, gequältes Herz. So hätte er sich wenigstens ein paar Jahre mit seinem Ännchen freuen können.

Als er über all dies jetzt nachsann, wuchs in ihm eine unermeßliche Bitterkeit; da es ihm aber eines Ritters unwürdig erschien, seine Verdienste in Erinnerung zu bringen, antwortete er kurz:

»Ich werde reisen.«

Aber der Hetman selbst sagte:

»Du bist nicht im Dienst, du kannst Nein sagen. Du mußt selbst am besten wissen, ob es für dich nicht zu früh ist.«

Wolodyjowski erwiderte:

»Mir ist's auch zum Sterben nicht zu früh.«

Sobieski ging einige Male im Zimmer auf und nieder, dann blieb er bei dem kleinen Ritter stehen und legte ihm vertraulich die Hand auf die Schulter.

»Wenn dir die Tränen bis heute nicht getrocknet sind, so wird sie dir der Wind in der Steppe trocknen. Du hast dein ganzes Leben lang gearbeitet, wackerer Kämpe – arbeite weiter. Und wenn es dir mal in den Sinn kommen sollte, daß man deiner vergessen, daß man dich nicht belohnt, daß man dir die Ruhe nicht gegönnt hat, daß du keine Leckerbissen, sondern nur trockenes Brot erworben, keine Starosteien, sondern Wunden, keine Ruhe, sondern Qual – so beiße die Zähne zusammen und sage: Für dich, Vaterland! Einen anderen Trost kann ich dir nicht geben, denn ich habe keinen; aber obgleich ich kein Priester bin, so kann ich dir doch die Versicherung geben, daß du bei solchem Dienste weiter kommst auf der schäbigen Satteldecke, als andere im sechsspännigen Wagen, und daß es Tore geben wird, die sich dir weit öffnen und ihnen verschließen.«

»Für dich, Vaterland!« sagte Wolodyjowski zu sich, verwundert gleichzeitig darüber, daß der Hetman so scharfsinnig seine geheimsten Gedanken zu durchdringen vermochte.

Und Sobieski setzte sich ihm gegenüber und sprach weiter:

»Ich will mit dir nicht sprechen wie mit einem Untergebenen, sondern wie mit einem Freunde, ja, wie ein Vater mit seinem Sohne. Noch in jenen Zeiten, als wir im Feuer standen bei Podhaize, und noch früher in der Ukraine, wenn wir kaum der Übermacht des Feindes standhalten konnten, und hier im Herzen des Vaterlandes, von unserem Rücken gedeckt, schlechte Menschen sich tummelten, um ihre eigenen Angelegenheiten streitend – da fuhr es mir manchmal durch den Sinn, daß diese Republik untergehen müsse. Allzusehr herrscht hier die Willkür über die Ordnung, allzusehr muß das öffentliche Wohl persönlichen Angelegenheiten nachstehen … nirgends in der Welt ist dies in solchem Maße … Sieh, solche Betrachtungen nagen an meinem Herzen. Am Tag auf dem Schlachtfeld, in der Nacht im Zelt, denn ich dachte bei mir: Wir Kriegsleute, nun wir mögen untergehen … gut! … das ist unsere Pflicht, unser Schicksal. Aber wenn wir wenigstens wüßten, daß mit dem Blute, welches aus unseren Wunden dahinströmt, auch die Erlösung hervorströmte! Nein, auch diesen Trost hatten wir nicht. O, schwere Tage habe ich bei Podhaize erlebt, obgleich ich auch ein heiteres Gesicht zeigte, damit Ihr nicht dächtet, daß ich am Sieg verzweifelte. An Menschen fehlt es, dachte ich bei mir, an Menschen, die dies Vaterland aufrichtig lieben! Und mir war, als stieße mir jemand ein Messer in die Brust. Bis eines Tags … es war der letzte im Lager bei Podhaize, als ich euch zweitausend Mann stark zur Attacke aussandte auf sechsundzwanzigtausend der Horde, und ihr in den offenbaren Tod, in den sicheren Untergang mit einem solchen Eifer und solchem Kampfesmut stürztet wie zur Hochzeit – da kam's mir plötzlich in den Sinn: und diese meine Krieger? Und Gott hat in diesem einen Augenblick mir einen Stein vom Herzen genommen, und vor den Augen stand es mir klar: Diese, sagte ich, sterben dort aus reiner Liebe für die Mutter, diese werden nicht zu Verschwörungen, nicht zu den Verrätern gehen; aus diesen will ich eine heilige Bruderschaft bilden, aus ihnen eine Schule bilden, in welcher junge Geschlechter lernen sollen. Ihr Beispiel, ihre Nähe wird wirken; durch sie wird dieses unglückselige Volk sich verjüngen, wird die Sonderinteressen vergessen, die Willkür verlernen, wie ein

Löwe aufstehen, der die ungeheure Macht seiner Glieder fühlt, und die Welt in Erstaunen setzen! Eine solche Bruderschaft will ich aus meinen Kriegern machen!«

Hier erglühte Sobieski selbst, hob den Kopf empor, der dem Haupte eines römischen Cäsaren glich, breitete die Hände aus und rief:

»Herr, schreibe nicht an unsere Mauern: *Mene tekel upharsin* und gib mir, mein Vaterland zu verjüngen!«

Dann trat eine Pause ein.

Der kleine Ritter saß mit gesenktem Haupte da und empfand, daß ein Zittern seinen ganzen Körper ergreife.

Der Hetman ging eine Zeitlang mit schnellen Schritten im Zimmer auf und nieder, und dann blieb er vor dem kleinen Ritter stehen:

»Der Beispiele bedarf es«, sagte er, »der täglichen Beispiele, die in die Augen springen. Wolodyjowski, dich habe ich in erster Reihe zur Bruderschaft gezählt – willst du zu ihr gehören?«

Der kleine Ritter erhob sich und umfaßte die Knie des Hetmans.

»Seht«, sagte er mit zitternder Stimme, »seht, da ich hörte, daß ich wieder hinausziehen soll, dachte ich, daß mir ein Unrecht geschieht, und daß mir Muße gezieme für meinen Schmerz; aber jetzt sehe ich, daß ich gesündigt habe … und … ich demütige mich bei dem Gedanken und kann nicht sprechen, denn ich schäme mich …«

Der Hetman drückte ihn schweigend an sein Herz.

»Wir sind nur ein kleines Häuflein«, sagte er, »aber die anderen werden unserem Beispiele folgen.«

»Wann soll ich aufbrechen?« sagte der kleine Ritter. »Ich könnte selbst in die Krim, denn ich bin schon dort gewesen.«

»Nein«, sagte der Hetman, »in die Krim schicke ich den Ruschtschyz; er hat dort Anverwandte, sogar gleichen Namens, ich glaube, Vettern, die als Kinder von der Horde gefangen wurden, zu ihnen übertraten und Würden unter den Heiden erlangt haben. Diese werden ihm hilfreich in allem zur Seite sein; dich aber brauche ich im Felde um so mehr, als es keinen zweiten gibt wie dich im Kampfe gegen die Tataren.«

»Wann soll ich aufbrechen?« wiederholte der kleine Ritter.

»Spätestens in zwei Wochen. Ich muß noch mit dem Herrn Unterkanzler sprechen und mit dem Herrn Schatzmeister, die Briefe für

Ruschtschyz fertigstellen und ihm Instruktionen geben; indessen sei bereit, denn ich werde schnell handeln.«

»Von morgen ab werde ich bereit sein.«

»Gott lohne dir deinen guten Willen! Aber solcher Eile bedarf es nicht. Du sollst auch nicht auf lange Zeit fort, denn während der Wahl, wenn es nur Frieden gibt, wirst du hier in Warschau nötig sein. Hast du etwas über die Kandidaten gehört? Was sagt man von dem Adel?«

»Ich bin erst vor kurzem aus dem Kloster in die Welt gekommen, und dort denkt man nicht an weltliche Dinge. Ich weiß nur, was mir Sagloba gesagt hat.«

»Richtig, von ihm kann ich Informationen erhalten; er ist sehr bekannt unter dem Adel. Und für wen denkst du deine Stimme zu geben?«

»Ich weiß es noch nicht, aber ich denke, wir müssen einen kriegsgeübten Herrn haben.«

»So ist es, ja, so ist es! Auch ich habe einen solchen im Sinn, der durch den bloßen Namen die Nachbarn in Schrecken setzt. Einen kriegstüchtigen Herrn brauchen wir, wie Stephan Bathory. Nun lebe wohl, wackerer Krieger! ... Einen Kriegstüchtigen brauchen wir! – wiederhole das allen. Lebe wohl, Gott lohne deine Bereitschaft!«

Michael verabschiedete sich und ging. Auf dem Wege sann er nach. Er war froh, daß er noch ein oder zwei Wochen vor sich hatte, denn die Freundschaft und der Trost, den ihm Christine Drohojowska brachte, war ihm lieb; er freute sich auch über den Gedanken, daß er zur Wahl wieder heim sein würde, und kehrte überhaupt schon ohne Kränkung nach Hause zurück. Auch die Steppe, nach der er sich unbewußt sehnte, hatte für ihn einen Reiz. Er war so an diese endlose Fläche gewöhnt, in welcher der Reiter sich mehr Vogel als Mensch fühlt.

»Nun denn«, sagte er zu sich, »ich will hinaus in die endlosen Felder, in das Land der Grenzwachten und Hügel, will das alte Leben wieder aufnehmen, mit den Soldaten Streifzüge machen, die Grenze verteidigen, im Steppengrase lagern, wenn der Frühling kommt; – nun denn, ich will hinaus, ich will hinaus!«

Er hatte dem Pferde die Sporen gegeben und ritt eilends dahin, denn er sehnte sich schon danach, daß ihm der Wind um die Ohren sause und pfeife. Es war ein schöner, trockener, frostiger Tag; der gefrorene Schnee bedeckte schon die Erde und knirschte unter den Füßen des Renners. Die kleinen Schneeschollen flogen unter seinem Hufschlag. Wolodyjowski ritt so schnell dahin, daß der Knappe, der auf einem schlechteren Pferde saß, weit hinter ihm zurückblieb.

Es war gegen Sonnenuntergang; das Abendrot leuchtete am Himmel und warf auf die schneeige Fläche seinen rosigen Abglanz. An dem glühenden Himmel stiegen die ersten Sterne schimmernd auf, und der Mond erhob sich in der Gestalt einer silbernen Sichel. Der Weg war leer. Hie und da wich der Ritter einem Lastwagen aus, ununterbrochen dahinjagend; erst als er in der Ferne Ketlings Haus sah, hielt er das Pferd zurück und ließ sich von dem Knappen einholen.

Plötzlich bemerkte er, vor sich hinblickend, daß eine schlanke Gestalt ihm entgegenkomme; es war Christine Drohojowska.

Michael erkannte sie, sprang sogleich vom Pferde und gab es dem Knappen; er selbst eilte zu ihr, ein wenig verwundert, mehr aber noch erfreut über ihren Anblick.

»Die Soldaten sagen, daß man gegen Abend verschiedene übernatürliche Gestalten treffen kann, die bald eine schlechte, bald eine gute Prophezeiung künden; aber für mich kann es wohl kaum eine bessere geben, als Euch zu begegnen.«

»Herr Nowowiejski ist angekommen«, antwortete Christine, »er unterhält sich mit Bärbchen und der Frau Truchseß; ich aber bin absichtlich Euch entgegengekommen, denn ich war beunruhigt wegen dessen, was der Hetman Euch zu sagen hatte.«

Die Offenheit in diesen Worten ergriff den kleinen Ritter außerordentlich.

»Seid Ihr wirklich so um mich besorgt?« fragte er und erhob seine Augen zu ihr.

»Ja«, erwiderte Christine mit tiefer Stimme.

Wolodyjowski ließ seine Augen nicht von ihr, denn noch nie war sie ihm so schön erschienen. Auf dem Kopfe trug sie ein Atlaskäppchen, und weißer Schwanenflaum umgab ihr kleines, blasses Gesicht, auf welches der Widerschein des Mondes fiel und die edlen Brauen, die gesenkten Augen, die langen Wimpern und jenes dunkle, kaum sichtbare Fläumchen über den Lippen mild erleuchtete. Es lag in ihrem Gesicht eine gewisse Ruhe und eine große Güte.

Michael empfand in diesem Augenblick, daß dies ein freundliches, liebes Gesicht war. Er sagte also:

»Ritte nicht der Knappe hinter uns, so würde ich Euch, Fräulein, hier im Schnee aus Dankbarkeit zu Füßen fallen!«

»Sprecht solche Dinge nicht, ich bin ihrer nicht würdig; aber zum Lohne sagt mir, daß Ihr bei uns bleiben wollt, und daß ich Euch länger werde trösten dürfen.«

»Ich werde nicht hierbleiben«, antwortete Wolodyjowski.

»Das kann nicht sein!« sagte Christine.

»So will's der Dienst! Nach Reußen gehe ich ... in die wilden Felder.«

»Der Dienst?« wiederholte Christine, dann verstummte sie und ging eilig dem Hause zu.

Michael trippelte ein wenig verwirrt neben ihr her. Es lag ihm schwer und dumpf auf der Seele; er wollte wieder etwas sagen, er wollte die Unterhaltung wieder aufnehmen – aber es ging nicht. Und doch schien ihm, als hätte er Christine tausend Dinge zu sagen, und als sei gerade jetzt die Zeit dazu, solange sie allein waren, und niemand sie störte.

»Anfangen heißt es hier«, dachte er, »es wird schon weiter gehen.«

»Ist Herr Nowowiejski schon lange da?«

»Noch nicht lange«, antwortete Fräulein Drohojowska.

Und das Gespräch brach wieder ab.

»So geht es nicht«, dachte Wolodyjowski, »wenn ich so anfange, so werde ich nie etwas sagen; aber ich sehe, daß mir mein Leid den Rest meines Witzes aufgezehrt hat«, und so schritt er eine Zeitlang schweigend neben ihr hin, immer lebhafter seinen Schnauzbart bewegend.

Endlich, als sie schon vor dem Hause standen, blieb er stehen und begann:

»Seht, Fräulein, wenn ich so lange Jahre das Glück hinausgeschoben habe, nur um dem Vaterlande zu dienen, wie sollte ich jetzt nicht den Trost hinausschieben?«

Wolodyjowski glaubte, daß ein so einfaches Argument Christine sogleich überzeugen müßte. Sie antwortete auch in der Tat betrübt und milde nach einer Weile:

»Je näher man Euch kennen lernt, Herr Michael, desto höher ehrt und schätzt man Euch.«

Nach diesen Worten gingen sie in das Haus. Schon im Flur tönten ihnen Bärbchens Rufe entgegen: »Allah, Allah!« Und als sie in das

Gastzimmer traten, sahen sie in dessen Mitte Nowowiejski mit verbundenen Augen in geneigter Stellung und mit ausgestreckten Händen. Er mühte sich, Bärbchen einzufangen, die sich in alle Winkel versteckte und mit dem Rufe »Allah!« ihre Anwesenheit verkündigte. Die Frau Truchseß war am Fenster mit Herrn Sagloba in ein Gespräch verwickelt. Aber der Eintritt Christinens und des Ritters unterbrach ihr Spiel. Nowowiejski zog das Tuch herab und lief, sie zu begrüßen. Gleichzeitig kamen die Frau Truchseß, Sagloba und Bärbchen keuchend auf sie zu.

»Was gibt's dort, was gibt's dort, was hat der Hetman gesagt?« fragten sie wirr durcheinander.

»Frau Schwester«, antwortete Wolodyjowski, »wenn du Briefe an deinen Gatten schicken willst, so hast du Gelegenheit, denn ich reise nach Reußen.«

»Schickt man dich schon zurück? Beim lebendigen Gott, laß dich noch nicht einziehen und gehe nicht hin«, rief klagend Frau Makowiezka, »daß man dir doch auch nicht einen Augenblick Zeit gönnt!«

»Wirklich, hat man dir einen Auftrag gegeben?« fragte Sagloba finster. »Mit Recht sagt die Frau Truchseß, daß man mit dir drischt wie mit einem Dreschflegel.«

»Ruschtschyz geht in die Krim, und ich soll nach ihm die Fahne führen. Denn wie schon Herr Nowowiejski gesagt hat, werden sich gewiß die Wege zum Frühling mit Menschen füllen.«

»Sollen wir in dieser Republik beständig Jagd auf Diebe halten wie der Hund im Hofe?« rief Sagloba. »Andere wissen nicht, an welchem Ende man die Muskete anfaßt, und für uns gibt es niemals Ruhe!«

»Nun laßt nur, hier gilt kein Reden«, antwortete Wolodyjowski. »Dienst ist Dienst. Ich habe dem Hetman das Wort gegeben, daß ich eintrete, ob später oder früher, das ist ganz gleich.« Hier legte er den Finger an die Stirn und wiederholte sein Argument, dessen er sich schon einmal Christine gegenüber bedient hatte:

»Denn seht Ihr, wenn ich so lange Jahre mein Glück hinausgeschoben habe, nur um der Republik zu dienen, wie würde ich nicht dem Trost entsagen, den ich in eurer Gesellschaft finde?«

Niemand erwiderte darauf ein Wort; nur Bärbchen kam schmollend heran, spitzte den Mund wie ein trotziges Kind und sagte:

»Schade um Herrn Michael!«

Wolodyjowski lachte heiter auf.

»Gott gebe Euch Glück! Erst gestern sagtet Ihr, daß Ihr mich nicht leiden könnt, daß Ihr mich so wenig lieben könnt wie einen wilden Tataren!«

»Nicht doch! Wie einen Tataren? Das habe ich gar nicht gesagt; Ihr werdet dort mit den Tataren Freude erleben, und uns hier wird bange sein.«

»Tröstet Euch doch, kleiner Heiduck – verzeiht, Fräulein, daß ich Euch so nenne, aber es paßt ausgezeichnet auf Euch. Der Herr Hetman hat mir gesagt, daß dieses Kommando nicht lange währen wird; in einer oder zwei Wochen rücke ich aus, zur Wahl soll ich durchaus in Warschau sein. Der Hetman selbst wünscht das, und es wird so sein, wenn selbst Ruschtschyz aus der Krim im Mai noch nicht zurück sein sollte.«

»O, das ist ausgezeichnet!«

»Auch ich werde mit dem Herrn Hauptmann ausziehen, gewiß, ich werde ausziehen«, sagte Nowowiejski, Bärbchen scharf anblickend.

Und sie erwiderte ihm: »Solcher wie Ihr wird es nur wenige geben; es ist eine Freude für den Soldaten, unter seinem Kommando zu dienen. Geht nur mit, geht mit, es wird Euch heiterer zumute sein.«

Der Jüngling seufzte nur und glättete mit breiter Hand seinen Schopf. Endlich sagte er, indem er seine Hände wie vorhin beim Blindekuh-Spielen ausbreitete:

»Aber erst muß ich Fräulein Bärbchen fangen, wahrhaftig, ich muß sie fangen!«

»Allah!« rief Bärbchen und wich zurück.

Inzwischen war Fräulein Christine Drohojowska zu Wolodyjowski herangetreten, ihr Gesicht strahlte vor Glück und Freude.

»Herr Michael, Ihr seid nicht gut gegen mich; gegen Bärbchen seid Ihr besser als gegen mich.«

»Ich nicht gut – ich besser gegen Fräulein Bärbchen?« fragte der Ritter erstaunt.

»Bärbchen habt Ihr gesagt, daß Ihr zur Königswahl wiederkehrt; wenn ich das gewußt hätte, würde ich mir Eure Abreise weniger zu Herzen genommen haben.«

»Mein Gold …!« rief Michael. Aber er faßte sich schnell und sagte:

»Mein lieber Freund, ich hätte Euch noch viel zu sagen, aber ich habe den Kopf verloren.«

Herr Michael begann sich allmählich zur Abreise vorzubereiten, ohne daß er indessen aufhörte, Bärbchen, die er von Tag zu Tag mehr liebgewann, Unterricht zu geben und mit Christine Drohojowska zu zweien spazieren zu gehen, um Trost bei ihr zu suchen. Er schien ihn auch zu finden, denn mit jedem Tage wurde er heiterer, und abends nahm er sogar bisweilen teil an Bärbchens Vergnügungen mit Herrn Nowowiejski.

Dieser junge Kavalier wurde in Ketlings Hause ein lieber Gast; er pflegte des Morgens oder gegen Mittag zu kommen und blieb bis zum Abend, und da ihn alle gern hatten und ihn mit Freuden sahen, begann man bald, ihn als zur Familie gehörig zu betrachten. Er brachte die Damen nach Warschau, er machte für sie Besorgungen bei den Seidenhändlern, und abends spielte er leidenschaftlich Blindekuh, indem er immer wiederholte, daß er vor der Abreise durchaus das unerreichbare Bärbchen einfangen müsse; sie aber wich immer aus, obgleich ihr Sagloba sagte:

»Fängt Euch nicht dieser, so ist's ein anderer.«

Aber es wurde immer klarer, daß gerade dieser sie einfangen wollte, selbst dem kleinen Heiducken mußte dies klar sein, denn manchmal wurde er so nachdenklich, daß ihm das Stirnhaar ganz über die Augen fiel. Sagloba aber hatte seine Gründe, aus welchen ihm dies nicht gerade erwünscht war. Eines Abends, als alle auseinandergegangen waren, pochte er an das Zimmer des kleinen Ritters und trat ein.

»Es tut mir so weh, daß wir uns trennen müssen«, sagte er, »daß ich hierher komme, um mich noch an dir satt zu sehen. Gott weiß, wann wir uns wiedersehen!«

»Zur Wahl komme ich mit aller Bestimmtheit zurück«, erwiderte Michael, indem er ihn umarmte, »und ich will Euch auch sagen warum: der Hetman will um diese Zeit so viel wie möglich von den Leuten hier haben, die der Adel gern hat, damit sie ihn für seinen Kandidaten gewinnen. Und da, Gott sei Dank, mein Name einiges Ansehen bei den Genossen hat, so wird er mich sicherlich hierher zurückrufen. Er rechnet auch auf Euch.«

»Bah, er will mich in sein Netz einfangen; aber es will mir scheinen, daß, wenn ich auch ziemlich dick bin, ich doch durch eine Masche dieses Netzes hindurchkommen werde. Ich werde nicht für den Franzosen stimmen.«

»Warum das?«

»Das wäre eine Gewalttat gegen uns selbst.«

»Condé müßte die Verträge beschwören wie jeder andere, und er soll ein großer Feldherr sein, berühmt durch große Kriegstaten.«

»Durch Gottes Gnade brauchen wir Feldherren nicht in Frankreich zu suchen. Herr Sobieski selbst ist gewiß kein schlechterer als Condé. Bedenke, Michael, die Franzosen tragen Strümpfe ebenso wie die Schweden, sie werden gewiß auch ebenso die Schwüre halten. Karolus Gustavus war dir jede Stunde bereit, einen Eid zu leisten. Das ist bei ihnen so wie eine Nuß knacken. Was nützen die Verträge, wo keine Redlichkeit ist.«

»Aber die Republik bedarf der Verteidigung. Ja, wenn Fürst Jeremias Wischniowiezki lebte – einstimmig würden wir ihn zum König wählen!«

»Es lebt sein Sohn, derselbe Stamm.«

»Aber nicht derselbe Mut. Ein Jammer ist es, ihn anzusehen; er sieht eher wie ein Knecht aus, als wie ein Fürst aus so edlem Blute. Wenn die Zeiten noch andere wären! Aber heute ist das erste die Rücksicht auf das Wohl des Vaterlandes, dasselbe wird dir auch Skrzetuski sagen. Was der Hetman tut, tue ich auch, denn an seine aufrichtige Vaterlandsliebe glaube ich wie an das Evangelium.«

»Und es ist Zeit, daran zu denken. Schlimm, daß Ihr jetzt fort müßt.«

»Und was werdet Ihr tun?«

»Ich werde zu den Skrzetuskis zurückkehren. Die Faulenzer quälen mich dort manchmal, und doch, wenn ich sie lange nicht sehe, ist mir bange nach ihnen.«

»Wenn nach der Wahl Krieg sein sollte, so wird auch Skrzetuski ausrücken. Bah, wer weiß, ob nicht auch Ihr noch einmal ins Feld zieht. Vielleicht kämpfen wir in Reußen zusammen; wir haben in jenen Ländern viel Böses und Gutes erfahren.«

»Wahrhaftig, so ist es. Dort sind uns die besten Jahre verflossen; man hat manchmal Lust, jene Orte alle wiederzusehen, welche Zeugen unseres Ruhmes waren.«

»So, kommt jetzt mit mir; zusammen wird's uns leichter sein, und in fünf Monaten kommen wir zurück zu Ketling. Dann wird er auch hier sein, und auch die Skrzetuskis.«

»Nein, Michael, jetzt ist keine Zeit für mich; aber dafür verspreche ich dir, wenn du dich mit irgend einem Fräulein, das in Reußen ihre

Besitzungen hat, vermählst, so bringe ich dich dorthin und bin bei Eurem Einzug zugegen.«

Wolodyjowski verwirrte sich ein wenig, aber er versetzte bald darauf:

»Wo sind mir Heiratsgedanken im Kopf! Den besten Beweis habt Ihr darin, daß ich zum Heere gehe.«

»Das ist es eben, was mich quält, denn ich habe geglaubt: ist's nicht die eine, so ist's die andere. Michael, denke an Gott, überlege: wo, wann findest du eine bessere Gelegenheit, als du sie in diesem Augenblicke hast. Bedenke: einst werden die Jahre kommen, in denen du dir sagen wirst: »Ein jeder hat Weib und Kind, und ich allein, ich hänge in der Luft wie eine vereinsamte Frucht.« Und der Schmerz wird dich erfassen und unsägliche Sehnsucht. Wenn du jene Verstorbene geheiratet hättest, wenn sie dir Kinder hinterlassen hätte – nun, so hätte ich nichts gesagt; du hättest für deine Gefühle schon einen Gegenstand und eine Hoffnung auf Trost. Aber so wie es jetzt steht, kann die Stunde kommen, daß du vergeblich ein fühlendes Herz um dich herum suchst, und daß du dich selbst fragst: Wohne ich in einem fremden Lande?«

Wolodyjowski schwieg und sann nach. Sagloba begann also wieder zu sprechen, indem er dem kleinen Ritter scharf ins Gesicht sah:

»In meiner Einbildung und in meinem Herzen habe ich dir den kleinen Heiducken in erster Linie ausersehen, denn erstens ist das ein goldenes Geschöpf und kein Mädchen, und zweitens, so feurige Krieger wie ihr zur Welt bringen würdet, mag wohl die Erde noch nicht gesehen haben.«

»Das ist ein Sausewind. Übrigens will ihr auch schon Nowowiejski Feuer entlocken.«

»Das ist's, das eben ist's. Heute würde sie gewiß noch dich vorziehen, da sie in deinen Ruhm verliebt ist, wenn du aber abreisest, und er hierbleibt – und ich weiß, er bleibt hier, denn es gibt keinen Krieg – wer weiß, was dann kommt.«

»Bärbchen ist ein Sausewind, mag sie Nowowiejski nehmen, ich wünsche ihm von Herzen Glück, denn er ist ein ausgezeichneter Bursche.«

»Michael«, sagte Sagloba, die Hände faltend, »bedenke, was das für eine Nachkommenschaft wäre!«

Darauf antwortete der kleine Ritter sehr naiv:

»Ich habe zwei Bals gekannt, die von einer Drohojowska stammten und doch ausgezeichnete Soldaten waren.«

»Ha, habe ich dich nun! Dahin lenkst du?« rief Sagloba.

Wolodyjowski war ganz verwirrt. Eine Zeitlang bewegte er nur die Oberlippe, um seine Verwirrung zu verbergen; endlich sagte er:

»Was sprecht Ihr, ich lenke nach gar keiner Seite! Aber da Ihr mir Bärbchens wahrhaft ritterliche Tat erwähnt habt, so kam mir ganz einfach Christine in Erinnerung, in welcher eine mehr weibliche Natur ihren Wohnsitz genommen hat. Wenn man von der einen spricht, kommt einem die andere in den Sinn, da sie zusammen sind.«

»Gut, gut. Gott gebe dir seinen Segen zu Christine, obwohl ich, wenn ich ein junger Bursche wäre – so wahr Gott lebt – Bärbchen wahnsinnig lieben würde. Hast du eine solche Frau, so brauchst du sie nicht im Falle des Krieges zu Hause zu lassen, du kannst sie mit ins Feld nehmen und an deiner Seite haben. Ein solches Weib ist auch im Zelte angenehm, und wenn ihre Zeit kommt, sei es auch während der Schlacht, so wird sie noch, und sei es mit einer Hand, Feuer geben. Und brav ist sie und gut! Ei, mein kleiner, lieber Heiduck, man hat hier deinen Wert nicht erkannt und dich mit Undankbarkeit genährt. Wenn ich so ein Schock Jahre weniger alt wäre, dann wüßte ich, wer Frau Sagloba sein sollte!«

»Ich will Bärbchen nichts absprechen.«

»Nicht darum handelt es sich, daß du ihr Tugenden nicht absprichst, sondern, daß du ihr einen Mann zusprichst. Aber du ziehst Christine vor –«

»Christine ist mein Freund.«

»Freund? nicht Freundin? Etwa weil sie ein Schnurrbärtchen hat? Freund bin ich dir, ein Freund ist dir Skrzetuski und Ketling. Du brauchst keinen Freund, sondern eine Freundin. Sage dir das klar und mache dir selbst nichts vor. Hüte dich, Michael, vor einem Freunde weiblichen Geschlechts, wenn er auch ein Schnurrbärtchen hat – entweder verrät er dich oder du ihn. Der Teufel hat keine Ruhe und läßt sich gern zwischen solchen Freunden nieder. Ein Exempel: Adam und Eva, die sich zu befreunden anfingen, bis dem Adam diese Freundschaft zum Fallstrick wurde.«

»Tretet Christine nicht zu nahe, denn ich dulde das unter keinen Umständen.«

»Ei, mag der Himmel ihre Tugend segnen! Es geht nichts über meinen kleinen Heiducken; aber auch jene ist ein gutes Mädchen, ich trete ihr durchaus nicht zu nahe, ich behaupte nur das eine: wenn du neben ihr sitzest, so glühen dir die Wangen so, als ob dich jemand gekniffen hätte, und der Schopf steht dir zu Berge, daß du ziepst und girrst wie eine Taube, und alles das sind die Zeichen der Begehrlichkeit. Rede anderen was von Freundschaft vor – ich bin doch ein zu alter Vogel.«

»So alt, daß Ihr auch das seht, was nicht vorhanden ist.«

»Gebe Gott, daß ich mich irrte, gebe Gott, daß es sich um meinen kleinen Heiducken handelte! Michael, gute Nacht! Nimm den kleinen Heiduck; der kleine Heiduck ist noch hübscher, nimm den kleinen Heiducken, nimm den kleinen Heiducken! ...«

Bei diesen Worten erhob sich Sagloba und verließ das Zimmer.

Herr Michael warf sich die ganze Nacht hin und her, und konnte nicht schlafen, denn die seltsamsten Gedanken gingen ihm durch den Kopf. Vor seinem Geist stand das Antlitz des Fräulein Drohojowska, ihre Augen mit den langen Wimpern, und die Lippen mit dem leichten Flaum bedeckt. Bisweilen erfaßte ihn ein Halbschlummer, aber die Gesichte wichen nicht. Wenn er erwachte, dachte er an Saglobas Worte und erinnerte sich, wie selten der Witz dieses Mannes in irgend etwas täuschte. Zuweilen blitzte vor ihm, halb im Schlaf, halb wach, das rosige Antlitz Bärbchens auf, und dieser Anblick beruhigte ihn; aber sofort trat an ihre Stelle wieder Christine. Ob der arme Ritter sich der Wand zuwendet, ob er sich der Dunkelheit im Zimmer zukehrt – stets sieht er ihre Augen, und über ihnen liegt es wie Sehnsucht, wie Hingebung. Von Zeit zu Zeit schließen sich die Augen, als wollten sie sagen: Dein Wille geschehe. Michael mußte sich aufrichten und bekreuzigen.

Gegen Morgen verließ ihn der Schlaf vollkommen. Es wurde ihm schwer und mißmutig. Scham ergriff ihn, und er begann sich bittere Vorwürfe zu machen, daß er nicht jene geliebte Verstorbene vor sich gesehen, daß sein Herz, seine Augen, seine Seele nicht von jener erfüllt waren, sondern von dieser, der Lebenden. Es war ihm, als sündigte er gegen das Andenken Ännchens; er warf sich ein über das anderemal hin und her, sprang aus dem Bette, obwohl es noch finster war, und sprach sein Paternoster.

Als es beendet war, legte er den Finger an die Stirn und sagte:

»Ich muß so schnell als möglich abreisen, um jener Freundschaft sofort einen Riegel vorzuschieben, denn Sagloba kann recht haben.«

Darauf ging er schon heiterer und ruhiger hinunter zum Frühstück; nach dem Frühstück machte er Fechtübungen mit Bärbchen und bemerkte, gewiß zum ersten Male, daß sie mit ihren großen Nasenflügeln und der keuchenden Brust so hübsch war, daß sie ihm in die Augen stach. Christine schien er zu vermeiden; sie bemerkte das und folgte ihm mit großen, erstaunten Augen, aber er wich sofort ihrem Blicke aus. Das Herz ging ihm in Stücke, aber er hielt stand.

Nachmittag ging er mit Bärbchen in die Vorratskammer, wo Ketling noch ein zweites Waffenlager hatte, zeigte ihr verschiedene Stücke und erklärte ihren Gebrauch. Dann schossen sie mit astrachanischen Pfeilen.

Das Mädchen war glückselig über das Spiel und plauderte so lebhaft, daß die Frau Truchseß ihr Zügel anlegen mußte.

So ging der zweite Tag hin; am dritten fuhr er mit Sagloba nach Warschau, um etwas über den Termin der Abreise zu erfahren; am Abend verkündigte Michael den Frauen, daß er in einer Woche mit Bestimmtheit ausrücke.

Er bemühte sich, dies nachlässig und heiter zu erzählen; Christine blickte er kaum an.

Das Mädchen war beunruhigt und versuchte, ihn über verschiedene Dinge auszufragen; er antwortete höflich, freundschaftlich, aber er schien sich mehr an Bärbchen zu halten.

Sagloba, welcher glaubte, daß dies die Folge seiner vorangegangenen Ratschläge sei, rieb sich erfreut die Hände; da aber vor seinem Auge nichts verborgen bleiben konnte, bemerkte er Christinens Traurigkeit.

»Es hat sie alteriert, es hat sie offenbar alteriert«, dachte er bei sich; »nun, das will nichts sagen, das ist so Frauenart. Aber Michael hat schneller Kehrt gemacht, schneller als ich erwartet hatte. Ein prächtiger Junge, aber ein Sausewind in Liebesdingen war er, und ein Sausewind wird er bleiben!«

Aber Sagloba hatte in Wirklichkeit ein gutes Herz, und so ward es ihm bald leid um Christine.

»Direkt will ich ihr nichts sagen«, sprach er zu sich, »aber einen Trost muß ich ihr ersinnen.«

Das Vorrecht, das ihm sein Alter und sein graues Haupt gab, benutzend, ging er dann nach dem Abendbrot zu ihr und begann ihre seidenen schwarzen Haare zu streicheln. Sie aber saß still da und hob ihre sanften Augen zu ihm empor, ein wenig verwundert über diese Teilnahme, aber voller Dankbarkeit.

Am Abend, als sie an der Tür des Zimmers standen, in welchem Wolodyjowski schlief, stieß ihn Sagloba in die Seite.

»Was«, sagte er, »'s geht nichts über den kleinen Heiducken?«

»Ein reizendes Kerlchen«, versetzte Wolodyjowski, »sie macht allein für vier Soldaten Lärm in den Zimmern. Ein echter Trommler!«

»Ein Trommler? Gebe Gott, daß sie so bald als möglich deine Trommel trüge! Gute Nacht!«

»Gute Nacht! Seltsame Geschöpfe diese Frauen, hast du gesehen, wie Christine aufgeregt war, als du dich nur ein wenig Bärbchen nähertest?«

»Nein, ich habe es nicht bemerkt«, versetzte der kleine Ritter.

»Als ob ihr ein Schiff untergegangen sei.«

»Gute Nacht!« wiederholte Wolodyjowski und ging schnell in sein Zimmer.

Sagloba hatte auf das ungestüme Wesen des kleinen Ritters gezählt, er hatte sich aber ein wenig verrechnet; auch hatte er überhaupt nicht geschickt gehandelt, als er von Christinens Erregung sprach, denn Michael ward bald so davon ergriffen, daß es ihm die Kehle zusammenschnürte.

»Ich werde ihr schon ihre Freundlichkeit lohnen, ich werde es ihr lohnen, daß sie mich wie eine Schwester in der Trübsal getröstet hat«, sagte er zu sich. – »Bah, was habe ich ihr denn Böses getan?« dachte er nach einer Weile der Überlegung, »was habe ich getan? Ich habe sie drei Tage hindurch zurückgesetzt, was nicht einmal höflich war; ich habe das süße Mädchen, das geliebte Geschöpf zurückgesetzt; dafür, daß sie meine Wunden heilen wollte, habe ich sie mit Undankbarkeit genährt. Wenn ich doch verstände«, fuhr er fort, »Maß zu halten und, die gefährliche Freundschaft zügelnd, sie nicht zurückzusetzen; aber mein Witz ist dafür zu stumpf ...«

Und Michael war böse auf sich selber, und ein großes Mitleid wurde laut in seiner Brust. Unwillkürlich begann er an Christine zu denken, wie an ein geliebtes, wie an ein beleidigtes Wesen; der Zorn gegen sich selbst wuchs in ihm mit jedem Augenblick.

»Ein Barbarus bin ich, ein Barbarus!« wiederholte er.

Und Christine überragte Bärbchen ganz in seinen Gedanken.

»Nehme, wer will, dies Mühlrad, diese Plaudertasche!« sagte er zu sich selber, »Nowowiejski oder der Teufel – mir ist's gleich.«

Der Zorn gegen die unschuldige, ahnungslose Barbara wurde mächtig in ihm, aber nicht einen Augenblick kam es ihm in den Sinn, daß er sie durch diesen Zorn vielleicht mehr kränke, als Christinen durch die erzwungene Gleichgültigkeit.

Christine hatte mit dem Instinkt der Frau sofort erraten, daß in Herrn Michael eine Veränderung vorgehe; es stimmte sie gleichzeitig sehr traurig, daß der kleine Ritter ihr auszuweichen schien, und doch verstand sie, daß irgend etwas zwischen ihnen das Übergewicht gewinnen müsse, und daß sie nicht, wie bisher, in Freundschaft leben könnten, sondern entweder weit mehr als das, oder ganz und gar nicht.

Es ergriff sie daher eine Unruhe, die immer größer wurde bei dem Gedanken an die bevorstehende Abreise Michaels. In Christinens Herz war die Liebe noch nicht. Noch hatte das Mädchen sich's nicht gestanden, aber in ihrem Herzen und in ihrem Blute war eine große Neigung, zu lieben. Vielleicht empfand sie auch schon eine leichte Erregung des Kopfes. Wolodyjowski umgab der Ruhm des ersten Soldaten der Republik, der Mund aller Ritter wiederholte seinen Namen mit Ehrfurcht. Die Schwester erhob seine Sitten in den Himmel, der Reiz des Unglücks umgab ihn, und überdies hatte sich das junge Mädchen, das mit ihm unter einem Dache wohnte, an seine äußere Erscheinung gewöhnt.

In Christinens Natur lag es, daß sie gern geliebt war. Als also in den letzten Tagen Michael anfing, gleichgültig gegen sie zu werden, litt ihre Eigenliebe sehr; da sie aber von Natur ein gutes Herz hatte, beschloß sie, ihm weder ein zürnendes Gesicht noch Unwillen zu zeigen und ihn durch Güte wieder auszusöhnen. Es wurde ihr dies um so leichter, als Michael am folgenden Tage die Miene der Demut zeigte, und nicht nur Christinens Blicken nicht auswich, sondern ihr in die Augen sah, als wollte er sagen:

»Gestern habe ich dich zurückgesetzt, heute bitte ich dich um Verzeihung.«

Und so sagte er soviel mit den Augen, daß unter dem Eindruck dieser Blicke dem Mädchen das Blut ins Gesicht stieg, und ihre Unruhe noch wuchs wie im Vorgefühl, daß sehr bald etwas Wichtiges eintreten müsse. Und es trat auch ein. Nachmittag reiste Frau Truchseß mit Bärbchen zu einer Verwandten, der Frau Kämmerer von Lemberg, die sich in Warschau aufhielt; Christine aber tat absichtlich so, als quälte sie der Kopfschmerz, denn die Neugier hatte sie ergriffen, zu erfahren, was ihr wohl Herr Michael sagen würde, wenn sie unter vier Augen zurückblieben.

Sagloba war zwar auch nicht zur Frau Kämmerer gereist, aber er hatte die Gewohnheit, nach Tisch zu schlafen, bisweilen sogar viele Stunden, denn er behauptete, daß dies die Schwerfälligkeit von ihm fernhalte und ihm für den Abend einen angenehmen Witz gäbe. In der Tat ging er, nachdem er noch eine halbe Stunde Schalkspossen getrieben, in sein Zimmer. Christinen schlug das Herz mächtig.

Aber welche Enttäuschung harrte ihrer! Michael sprang auf und verließ mit ihm zusammen das Zimmer.

Er wird bald wiederkommen, dachte Christine, und sie griff zu dem Stickrahmen, und begann ein goldenes Kästchen zu sticken, welches sie Herrn Michael für die Reise schenken wollte. Aber immer wieder hob sie ihre Augen von der Arbeit auf und ließ sie bis zu der Danziger Uhr hinschweifen, die in der Ecke von Ketlings Wohnzimmer stand und mit gemessenem Ernste tickte.

Aber eine Stunde um die andere verging, und Michael ließ sich nicht sehen.

Das Mädchen legte ihre Arbeit in den Schoß, kreuzte die Arme und sagte leise: »Er fürchtet sich; aber ehe er Mut faßt, können sie wieder hier sein, und wir haben uns nichts gesagt, oder Herr Sagloba erwacht ...«

In diesem Augenblick schien es ihr, als hätten sie wirklich über eine ernste Angelegenheit zu sprechen, die durch Wolodyjowskis Schuld verzögert werden könnte.

Endlich wurden Schritte in dem Nachbarzimmer vernehmbar. »Er geht hin und her«, sagte das Mädchen und begann wieder fleißig zu sticken.

Wolodyjowski ging wirklich hin und her; er schritt das Zimmer auf und ab und wagte nicht einzutreten. Unterdessen rötete sich die Sonne immer mehr und neigte sich zum Untergang.

»Herr Michael!« rief plötzlich Christine.

Er trat ein und traf sie bei der Arbeit.

»Ihr habt mich gerufen, Fräulein?«

»Ich wollte nur wissen, ob nicht ein Fremder dort herumgeht ... Ich bin seit zwei Stunden hier allein.«

Wolodyjowski rückte einen Stuhl heran und setzte sich auf den Rand desselben. Es ging eine lange Zeit vorüber; er schwieg, rückte nur ein wenig mit den Füßen und näherte sich immer mehr dem Tische. Christine hörte auf zu sticken und erhob die Augen zu ihm. Ihre Blicke trafen sich, und plötzlich ließen beide die Augen sinken.

Als Wolodyjowski sie wieder emporrichtete, fielen auf Christinens Gesicht die letzten Sonnenstrahlen; sie war schön in deren Glanze. Ihre Haare blitzten wie goldig.

»In einigen Tagen werdet Ihr abreisen«, sagte sie so leise, daß Michael es kaum hören konnte.

»Es kann nicht anders sein.«

Und wieder trat ein Schweigen ein, das Christine endlich brach.

»Ich habe in den letzten Tagen gedacht, daß Ihr mir böse seid!«

»O Gott«, rief Wolodyjowski, »ich wäre nicht würdig, einen Blick von Euch zu empfangen, wenn ich dies getan hätte. Aber nicht das war es.«

»Was war es denn?« fragte Christine und richtete wieder ihre Augen auf ihn.

»Ich will aufrichtig sprechen, denn ich denke, die Aufrichtigkeit ist immer mehr wert als die Verstellung. Aber ... aber das vermag ich nicht auszusprechen, wieviel Trost Ihr mir ins Herz gegossen habt, und wieviel Dankbarkeit ich für Euch empfunden habe!«

»O, daß es doch immer so bliebe!« antwortete Christine, indem sie über der Arbeit die Hände kreuzte.

Und Michael erwiderte in tiefer Traurigkeit:

»O, wenn es doch, wenn es doch so bliebe! Aber mir hat Herr Sagloba gesagt – ich spreche zu Euch wie zu einem Priester – mir hat Sagloba gesagt, daß die Freundschaft mit Frauen ein gefährlich Ding ist, denn leicht, wie die Glut unter der Asche, kann sich ein heißeres Gefühl darunter verbergen. Ich aber habe gedacht, Sagloba könne recht haben und – verzeiht, Fräulein, einem schlichten Soldaten, ein anderer würde es vielleicht feiner sagen können – mir, mir blutet das Herz, daß ich Euch in den letzten Tagen zurückgesetzt habe ... Und das Leben wird mir schwer, schwer.«

Bei diesen Worten bewegte sich Michaels Schnurrbart so schnell hin und her, wie kein Käfer seine Fühlhörner bewegt.

Christine ließ den Kopf sinken, und zwei kleine Tränen flossen über ihre Wangen.

»Wenn Euch das Ruhe geben kann, und Ihr glaubt, daß meine schwesterliche Neigung nichts nütz ist, so will ich sie verbergen ...«

Und wieder flossen zwei Tränen über ihre rosigen Wangen. Aber dieser Anblick zerriß Michael das Herz.

Er sprang auf Christine zu und ergriff ihre Hände. Ihr Stickrahmen fiel von ihrem Schoß bis in die Mitte des Zimmers; der Ritter aber achtete nicht darauf, er drückte nur die warmen, weichen Sammethände an seine Lippen und wiederholte:

»Weint nicht, Fräulein, um Gottes willen, weint nicht!«

Er hörte aber auch nicht auf, die Hände zu küssen, als Christine, wie das Menschen zu tun pflegen, wenn sie Kummer haben, ihre Hände auf dem Kopfe zusammenlegte; im Gegenteil, er küßte sie um so heißer, bis die Wärme, die aus Kopf und Stirn strahlte, ihn wie Wein berauschte und seine Sinne verwirrte.

Dann wußte er selbst nicht, wie und wann seine Lippen auf ihre Stirn geraten waren und sie noch heißer küßten. Dann gelangten sie auf ihre weinenden Augen, und alles tanzte um ihn her. Dann fühlte er jenen zarten, weichen Flaum über ihrem Munde, dann berührten sich ihre Lippen und drückten sich lang und kräftig aneinander. Es wurde still im Zimmer, nur die Uhr tickte in gemessenem Ernste.

Plötzlich hörte man im Flur Bärbchen trampeln, und ihre kindliche Stimme rief:

»Die Kälte, die Kälte!«

Wolodyjowski sprang von Christine zurück wie ein Luchs, der von seinem Opfer aufgescheucht wird, und in diesem Augenblick stürzte Bärbchen lärmend ins Zimmer und wiederholte unaufhörlich:

»Die Kälte, die Kälte!«

Da stolperte sie plötzlich über den Stickrahmen, welcher mitten im Zimmer lag; sie blieb stehen und blickte verwundert bald auf das Körbchen, bald auf Christine, bald auf den kleinen Ritter und sagte:

»Was, habt Ihr aufeinander gezielt wie mit dem Wurfspieß?«

»Und wo ist Tantchen?« fragte Fräulein Drohojowska, indem sie sich bemühte, aus ihrer wogenden Brust einen ruhigen, natürlichen Ton hervorzubringen.

»Tantchen kriecht aus dem Schlitten heraus«, antwortete gleichfalls mit veränderter Stimme Bärbchen, und ihre beweglichen Nasenflügel gingen lebhaft hin und her. Sie blickte noch einige Male auf Christine und Herrn Wolodyjowski, der inzwischen das Körbchen aufgehoben hatte; dann ging sie plötzlich aus dem Zimmer.

Aber in diesem Augenblick schleppte sich die Frau Truchseß durch die Tür; auch Sagloba kam von oben herunter, und das Gespräch kam auf die Frau Kämmerer von Lemberg.

»Ich habe gar nicht gewußt, daß sie die Patin des Herrn Nowowiejski ist«, sagte die Frau Truchseß, »der ihr viel gebeichtet haben muß, denn sie hat Bärbchen furchtbar mit ihm aufgezogen.«

»Und was hat Bärbchen gesagt?« fragte Sagloba.

»Ei was, Bärbchen, der Springinsfeld. Sie hat der Frau Kämmerer gesagt, er habe keinen Bart und ich keinen Verstand, und Gott wisse, wer von uns zuerst dazu komme.«

»Das wußte ich wohl, daß sie ihre Zunge nicht verlieren würde, aber wer weiß, was sie in Wirklichkeit denkt? Frauenlist!«

»Wie das Herz denkt, so spricht die Zunge – so steht's mit Bärbchen! Übrigens habe ich Euch schon gesagt, daß sie Gottes Willen noch nicht empfindet; eher Christine.«

»Tantchen!« sagte plötzlich Christine.

Das weitere Gespräch verhinderte ein Diener, welcher ankündigte, daß das Abendbrot bereit sei. Sie gingen also alle in das Speisezimmer; nur Bärbchen war nicht da.

»Wo ist Bärbchen?« fragte die Frau Truchseß den Diener.

»Das Fräulein ist im Stall. Ich habe dem Fräulein gesagt, daß das Abendbrot da sei; das Fräulein sagte »Gut!« und ging in den Stall.«

»Sollte ihr etwas Unangenehmes begegnet sein? Sie war so lustig«, sagte Frau Makowiezka zu Sagloba gewendet. Da sagte der kleine Ritter, der ein unruhiges Gewissen hatte:

»Ich will nach ihr sehen.«

Und er ging hinaus; er fand sie wirklich gleich an der Stalltür auf einem Bund Heu sitzend. Sie war so in Gedanken versunken, daß sie ihn gar nicht bemerkte, als er eintrat.

»Fräulein Barbara!« sagte der kleine Ritter und neigte sich über sie.

Bärbchen fuhr zusammen, als sei sie aus dem Schlafe erwacht, und erhob zu ihm die Augen, in welchen Wolodyjowski zu seinem größten Erstaunen zwei Tränen, groß wie Perlen, bemerkte.

»Ums Himmels willen, was ist Euch, Fräulein, Ihr weint?«

»Ich denke gar nicht daran!« rief Bärbchen aufspringend, »ich denke gar nicht daran, – das kommt von der Kälte.«

Und sie lachte heiter; aber dieses Lachen war ein wenig erzwungen. Dann zeigte sie, um die Aufmerksamkeit von sich abzulenken, auf ein Gitter, hinter welchem der Apfelschimmel stand, den Wolodyjowski von dem Hetman zum Geschenk erhalten hatte, und sagte lebhaft:

»Ihr habt gesagt, man könne zu diesem Pferde nicht hineingehen? Wir wollen doch sehen.«

Und ehe Michael sie zurückhalten konnte, sprang sie über das Gitter. Das wilde Tier begann sogleich sich zu bäumen, mit den Füßen auszuschlagen und die Ohren zu senken.

»Um Gottes willen, er kann Euch töten!« schrie Wolodyjowski und sprang ihr nach.

Aber Bärbchen hatte schon begonnen, mit der flachen Hand dem Apfelschimmel auf den Hals zu klopfen und wiederholte: »Mag er mich töten, mag er mich töten!«

Das Pferd aber wendete ihr die dampfenden Nüstern zu und wieherte leise, als freue es sich der Liebkosung.

5. Kapitel

Nichts waren alle Nächte, die Wolodyjowski durchlebt hatte, im Vergleich zu der, die er nach jenem Ereignis mit Christine verbrachte. Er hatte das Angedenken seiner Verstorbenen verraten, deren Erinnerung er doch liebte; er hatte das Vertrauen dieser Lebenden getäuscht, die Freundschaft mißbraucht; er war Verpflichtungen eingegangen, er hatte gehandelt wie ein gewissenloser Mensch. Mancher andere Soldat hätte sich aus einem solchen Kuß nichts gemacht, er hätte bei der Rückerinnerung an ihn höchstens seinen Bart gedreht; aber Wolodyjowski war, besonders seit Ännchens Tode, sehr peinlich, wie jeder Mensch, dessen Seele von Schmerz erfüllt, dessen Herz zerrissen ist. Was blieb ihm nun zu tun? Wie sollte er handeln?

Es fehlten nur noch wenige Tage zu seiner Abreise, zu der Abreise, die alles zerstören und beendigen konnte. Aber ziemte es sich, davonzugehen und Christine nicht ein Wort zu sagen, sie so zurückzulassen, wie man das erste beste Mädchen zurückläßt, der man einen Kuß gestohlen hat? Gegen diesen Gedanken sträubte sich das tapfere Herz des kleinen Ritters. Selbst in dem Widerstreit, in dem er sich in diesem Augenblick befand, erfüllte ihn der Gedanke an Christine mit Wonne, und die Erinnerung an jenen Kuß durchrieselte ihn mit einem Schauer der Wollust. Es erfaßte ihn eine Wut gegen sich selbst, und doch konnte er sich gegen dies Gefühl der Seligkeit und Wonne nicht wehren. Übrigens nahm er die ganze Schuld auf sich.

»Ich habe Christine dazu verleitet«, wiederholte er mit Bitterkeit und Schmerz, »ich habe sie dazu verleitet, deshalb geziemt es mir auch, nicht abzureisen, ohne ein Wort zu sprechen.«

Wie also? Christine einen Antrag machen und als ihr Verlobter in die Ferne ziehen?

Hier erstand vor den geistigen Augen des kleinen Ritters, in weißer Kleidung und selbst ganz weiß, wie aus Wachs geformt, die Gestalt Ännchen Borschobohatas, ganz so, wie er sie in den Sarg gelegt hatte.

»Das kommt mir zu«, sagte jene Gestalt, »daß du mich beweinst und mir nachtrauerst. Erst wolltest du Mönch werden, mich das ganze Leben hindurch beweinen, nun nimmst du eine andere, ehe mein kleines Seelchen zu den Toren des Himmels hinaufzuschweben vermocht. Ach warte, laß mich erst in den Himmel gelangen, laß mich aufhören, diese Erde zu sehen!«

Und es schien ihm, als sei er ein Meineidiger dieser reinen Seele gegenüber, deren Andenken er ehren und bewahren sollte wie ein Heiligtum. Es erfaßte ihn ein unermeßlicher Schmerz, Scham und Selbstverachtung. Er sehnte sich nach dem Tode.

»Ännchen«, wiederholte er auf den Knieen, »ich werde nicht aufhören dich zu beweinen bis in den Tod; aber was soll ich jetzt tun?«

Die weiße Gestalt antwortete nichts, sie entflatterte wie leichter Nebel, und dafür erschienen in der Phantasie des Ritters Christinens Augen und ihre Lippen, von leichtem Flaum bedeckt, und mit ihnen die Versuchungen, die der arme Kämpfer von sich abschüttelte wie die Pfeile der Tataren.

So schwankte das Herz des Ritters nach beiden Seiten in Ungewißheit, Gram und Qual. Manchmal kam ihm der Gedanke, zu Sagloba zu gehen, ihm alles zu bekennen und diesen Mann um Rat zu fragen, dessen Verstand alle Schwierigkeiten zu überwinden schien. Hatte er doch alles vorausgesehen, alles vorausgesagt, was es heiße, mit den Weibern Freundschaft pflegen.

Aber gerade diese Rücksicht hielt den kleinen Ritter zurück. Er erinnerte sich, wie streng er Sagloba zugerufen hatte: »Beleidigt Christine nicht!« Und nun, wer hatte Christine gekränkt? Wer dachte jetzt darüber nach, ob es nicht besser sei, sie wie ein beliebiges Mädchen zurückzulassen und davonzugehen?

»Wäre es nicht um jene Ärmste, so würde ich mich keine Minute bedenken«, sagte der kleine Ritter zu sich, »und ich würde mich auch gar nicht kränken, im Gegenteil, ich würde mich in der Seele freuen, daß ich solch einen Schatz gekostet habe.«

Nach einer Weile aber murmelte er:

»Ich würde ihn gern noch tausendmal kosten!«

Da er jedoch sah, daß ihn die Versuchung von neuem anfocht, schüttelte er sie von sich ab und begann zu erwägen:

»Es ist geschehen. Da ich nun einmal gehandelt habe wie jemand, der nicht Freundschaft begehrt, sondern auf Cupidos Genüsse hofft, so muß ich schon diesen Weg weitergehen und Christine sagen, daß ich sie nehmen will.«

Hier sann er einen Augenblick nach, dann fuhr er weiter fort:

»... durch welche Erklärung auch die Vertraulichkeit von heute vollkommen den Charakter der Ehrbarkeit annimmt, und morgen kann ich mir dann schon neue erlauben ...«

Hier schlug er sich mit der Hand auf den Mund.

»Pfui«, sagte er, »da sitzt mir ein ganzes Regiment Teufel im Nacken.«

Aber der Gedanke der Erklärung ließ ihn nicht mehr los; er machte sich einfach klar, daß, wenn er dadurch der geliebten Verstorbenen zu nahe träte, er sie durch Messen und Frömmigkeit versöhnen könne, wodurch er ihr zugleich beweisen würde, daß er ihrer stets gedenke und zu gedenken nicht aufhören werde.

Im übrigen, wenn sich auch die Menschen wundern werden, wenn sie darüber lachen werden, daß er vor einigen Wochen noch vor Traurigkeit ein Mönch werden wollte, und daß er jetzt schon einer zweiten seine Liebe erklärt, so würde die Schande doch nur auf ihn fallen, während im entgegengesetzten Falle die unschuldige Christine Schande und Schuld mit ihm teilen müßte.

»Ich will mich also morgen erklären, es kann nicht anders sein«, sagte er endlich.

Das beruhigte ihn sehr; er sprach sein Gebet für Ännchen mit großer Andacht und schlief ein.

Als er am anderen Morgen erwachte, wiederholte er:

»Heute will ich mich erklären.«

Aber das war nicht so einfach, denn Michael wollte es nicht allen kundgeben, er wollte zuvor mit Christine sprechen und nachher handeln, wie es sich ergeben würde. Indessen kam schon am anderen Morgen Nowowiejski und war überall.

Christine ging in seltsamer Stimmung den ganzen Tag umher; sie war blaß, müde und hielt die Augen zu Boden gerichtet; bisweilen errötete sie bis über die Stirn, bisweilen zitterten ihre Lippen, als wollten sie weinen; dann wieder war sie wie schläfrig und abwesend.

Dem Ritter wurde es schwer, sich ihr zu nähern, besonders aber längere Zeit mit ihr unter vier Augen zu bleiben. Er hätte sie ja aus dem Hause zu einem Spaziergang begleiten können, denn das Wetter war herrlich, und er hätte das auch früher ohne Skrupel getan; aber jetzt wagte er es nicht, es war ihm, als müßten alle gleich erraten, was vorging – alle gleich merken, daß er vor der Erklärung stehe.

Zum Glück trat Nowowiejski für ihn ein; er führte die Frau Truchseß zur Seite und unterhielt sich mit ihr sehr lange. Dann kamen sie beide ins Zimmer zurück, in welchem der kleine Ritter mit den beiden Damen und mit Herrn Sagloba saß, und die Frau Truchseß sagte:

»Ei, ihr Jungen solltet zu zwei Paaren eine Schlittenfahrt machen, der Schnee leuchtet nur so unter der Sonne.«

Da neigte Wolodyjowski sich schnell zu Christinens Ohr und sagte:

»Ich bitte Euch, Fräulein, mit mir einen Schlitten zu besteigen ... ich habe so viel auf dem Herzen.«

»Gut«, antwortete Fräulein Drohojowska. Sie eilte mit Nowowiejski in den Stall, Bärbchen folgte ihnen, und in wenigen Minuten fuhren zwei Schlitten vor dem Hause vor. Wolodyjowski und Christine bestiegen den einen, Nowowiejski und der kleine Heiduck den zweiten, und sie fuhren los ohne Kutscher.

Da wandte sich Frau Makowiezka zu Sagloba und sagte: »Nowowiejski hat um Bärbchen angehalten.«

»Wie das?« fragte Sagloba beunruhigt.

»Die Frau Kämmerer von Lemberg, seine Patin, soll morgen hierher kommen, um mit mir zu sprechen; nun hat mich Herr Nowowiejski gebeten, sich wenigstens ungefähr mit Bärbchen verständigen zu dürfen, denn er sieht wohl selbst ein, daß, wenn Bärbchen ihm nicht wohlgesinnt ist, alle Bemühungen und Bewerbungen vergeblich sein werden.«

»Und darum habt Ihr die Schlittenfahrt angeordnet?«

»Darum. Mein Mann ist äußerst peinlich; oft hat er mir gesagt: »Das Vermögen will ich verwalten, aber den Mann mag sich jede selbst wählen; wenn er brav ist, will ich nichts dagegen haben, wenn auch in den Verhältnissen ein Unterschied sein sollte.« Im übrigen: Bärbchen und Christine sind in dem Alter und können über sich verfügen.«

»Und was gedenkt Ihr der Frau Kämmerer von Lemberg zu antworten?«

»Mein Mann kommt im Mai her, ich werde es ihm überlassen; aber ich denke, wenn Bärbchen will, so geschieht's.«

»Nowowiejski ist sehr jung.«

»Aber Michael hat gesagt, daß er ein ausgezeichneter, durch Kriegstaten berühmter Soldat sei. Er hat ein ansehnliches Vermögen, und seine Beziehungen hat mir die Frau Kämmerer alle auseinandergesetzt. Seht Ihr, das ist so: sein Urgroßvater, von der Fürstin Sieniut geboren, war in erster Ehe ...«

»Aber was gehen mich seine verwandtschaftlichen Beziehungen an!« unterbrach Sagloba; er vermochte seine schlechte Laune nicht zu verbergen. »Er ist mir weder Bruder noch Schwester, und ich sage Euch, ich habe den kleinen Heiducken für Michael bestimmt; denn wenn es unter den Mädchen, die auf zwei Beinen in dieser Welt umherlaufen, eine Bessere und Bravere gibt als sie, so will ich von diesem Augenblick anfangen, als Ursus auf allen vieren zu laufen!«

»Michael denkt an so etwas gar nicht, und wenn er auch daran dächte, so sticht ihm Christine mehr in die Augen ... Je nun, Gott wird es fügen, seine Wege sind unerforschlich!«

»O, wenn dieser Milchbart mit einem Korbe davonginge, ich würde mich vor Freude betrinken!« fügte Sagloba hinzu.

Inzwischen wurden in beiden Schlitten die Schicksale der Ritter bestimmt. Wolodyjowski konnte lange das Wort nicht finden; endlich begann er:

»Glaubt nicht, Fräulein, ich sei ein leichtsinniger Mensch, ein Windbeutel; ich bin auch nicht mehr in den Jahren ...«

Christine antwortete nichts.

»Verzeiht mir, was ich gestern getan habe, denn das geschah aus so außerordentlicher Zuneigung zu Euch, daß ich es gar nicht unterdrücken konnte ... Mein liebes Fräulein, meine geliebte Christine, erwägt, wer ich bin! Ich bin ein schlichter Kriegsmann, dem das Leben im Kampfe dahinfloß; ... Ein anderer hätte erst eine Rede gehalten, dann wäre er vertraulicher geworden, – ich habe bei den Vertraulichkeiten angefangen … Bedenkt auch das; wenn ein Pferd, selbst ein zugerittenes, mit dem Reiter manchmal aufbäumt und mit ihm durchgeht – wie sollte die Liebe nicht mit uns durchgehen, die Liebe, deren Gewalt größer ist. So ist auch die Liebe mit mir durchgegangen, eben darum, weil Ihr mir teuer seid … Meine geliebte Christine, du bist eines Burgvogts, eines Senators würdig; wenn du aber den Kriegsmann nicht verachtest, der, wenn auch nicht hohen Standes, dem Vaterland nicht ohne Ruhm gedient hat, so liege ich hier zu deinen Füßen, küsse deine Füße und frage: willst du mich? Kannst du freundlich an mich denken?«

»Herr Michael!« antwortete Christine, und ihre Hand glitt aus dem Ärmel und sank in die Hände des Ritters.

»Du willst?« fragte Wolodyjowski.

»Ich will!« antwortete Christine, »und ich weiß, daß ich einen Braveren im ganzen Lande nicht hätte finden können.«

»Gott lohne es dir, Gott lohne es dir, Christinchen!« sagte der Ritter und bedeckte die Hand mit Küssen. »Kein größeres Glück hätte mir begegnen können! Sage mir nur, daß du nicht zürnest für die Vertraulichkeiten von gestern, damit auch mein Gewissen Ruhe habe.«

Christine senkte die Augen. »Ich zürne nicht«, sagte sie.

Eine Zeitlang fuhren sie schweigend dahin; die Eisen knirschten im Schnee, und unter den Hufen der Pferde stoben die Schollen wie Hagel.

Dann begann Wolodyjowski von neuem:

»Ist es nicht seltsam, daß du mich lieb hast?«

»Weit seltsamer«, erwiderte Christine, »daß Ihr mich so schnell lieb gewonnen habt.«

Da wurde Wolodyjowskis Antlitz ernst, und er begann zu sprechen:

»Christine, vielleicht erscheint es auch dir schlecht, daß ich kaum den Schmerz um die eine überwunden und schon eine andere liebe. Ich bekenne dir auch, als ob ich beichtete, daß ich einstmals leichtsinnig war. Aber jetzt ist es anders; ich habe jene Verstorbene nicht vergessen, und ich werde sie nicht vergessen. Ich liebe sie noch heute, und wenn du wüßtest, wieviel Leid ich um sie trage, du würdest selbst um mich leiden.«

Hier versagte dem kleinen Ritter die Stimme, denn er war sehr erschüttert und bemerkte vielleicht darum nicht, daß diese seine Worte auf Christine keinen zu großen Eindruck zu machen schienen.

Und wieder herrschte Schweigen. Dieses Mal unterbrach es Christine:
»Ich werde mich bemühen, Euch zu trösten, so gut ich kann.«

»Eben darum habe ich dich so schnell lieb gewonnen, weil du vom ersten Tage an begannst, meine Wunden zu verbinden. Was war ich dir? Nichts! Aber du gingst ans Werk, weil du im Herzen Mitleid mit dem Unglückseligen hattest. O, ich verdanke dir viel, sehr viel! Wer das nicht weiß, wird mich vielleicht tadeln, daß ich im November Mönch werden wollte und im Dezember zum Altar schreiten will. Sagloba wird der erste sein, der mich verspottet, denn er treibt gern seine Possen, wenn sich Gelegenheit bietet; aber mag er immerhin spotten, ich kehre mich nicht daran, besonders weil der Tadel nicht dich trifft, sondern mich ...« sagte der kleine Ritter.

Hier blickte Christine gen Himmel und wurde nachdenklich; endlich erwiderte sie:

»Müssen wir durchaus den Menschen von unserem Bunde Kunde geben?«

»Wie anders?«

»Ihr reist doch in wenigen Tagen fort?«

»Wenn auch ungern – ich muß!«

»Und ich trage Trauerkleider für den verstorbenen Vater. Wozu den Leuten Gelegenheit zur Verwunderung geben? Mag es zwischen uns feststehen, und mögen die Menschen nicht eher etwas davon erfahren, als bis Ihr aus Reußen zurückkehrt. Nicht wahr?«

»So soll ich auch der Schwester nichts sagen?«

»Ich will es ihr selbst sagen, aber erst nach Eurer Abreise.«

»Und Herr Sagloba?«

»Herr Sagloba würde an mir Armen seinen Witz auslassen, sagen wir lieber nichts; auch Bärbchen würde mir zusetzen, und sie ist ohnehin in der letzten Zeit so merkwürdig und hat so veränderliche Launen wie nie zuvor. Lieber gar nichts sagen!«

Hier hob Christine wieder ihre dunkelblauen Augen gen Himmel:

»Gott ist unser Zeuge, und die Menschen brauchen es nicht zu wissen.«

»Ich sehe, daß dein Verstand deiner Schönheit gleichkommt. Gut denn, Gott sei unser Zeuge – Amen! Lehne dich mit deinem Arm an mich, denn da das Versprechen feststeht, gestattet es auch die Sitte. Fürchte dich nicht; was ich gestern tat, könnte ich heut' nicht tun, selbst wenn ich es wollte, denn ich muß auf die Pferde acht haben.«

Christine genügte dem Wunsche des Ritters, und dieser sagte weiter:

»Immer, wenn wir allein sein werden, nenne mich mit dem Vornamen.«

»Es wird mir schwer«, antwortete sie lächelnd, »ich werde den Mut nicht haben.«

»Und ich habe den Mut gehabt.«

»Ja, Ihr seid ein Ritter, Ihr seid tapfer, Ihr seid ein Soldat ...«

»Christinchen, meine liebe, liebe ...«

»Mich ...«

Aber Christine wagte nicht, das Wort zu beenden, und bedeckte ihr Gesicht mit dem Ärmel. Nach einiger Zeit wendete Michael den Schlitten, um heimzufahren; sie sprachen nicht mehr viel unterwegs, nur beim Umwenden sagte der kleine Ritter noch:

»Und gestern ... weißt du? Warst du sehr betrübt?«

»Verschämt und betrübt, aber ... ein seltsames Gefühl«, fügte sie leiser hinzu.

Und bald machten sie gleichgültige Gesichter, damit niemand erkenne, was zwischen ihnen vorgegangen.

Aber diese Vorsicht war überflüssig, es achtete niemand ihrer.

Sagloba und die Frau Truchseß waren zwar in den Flur hinausgelaufen, den beiden Paaren entgegen, aber ihre Augen waren nur auf Bärbchen und Nowowiejski gerichtet.

Bärbchen war hochgerötet – ob vor Kälte oder vor Rührung, konnte niemand sagen – und Nowowiejski war verstimmt. Er nahm auch gleich im Flur Abschied von der Frau Truchseß; vergeblich redete sie ihm zu, dazubleiben, auch Wolodyjowski, der bei vortrefflicher Laune war, bat ihn, zum Abendbrot zu bleiben, er entschuldigte sich mit Dienstpflicht und fuhr davon.

Da küßte die Frau Truchseß, ohne ein Wort zu sprechen, Bärbchen auf die Stirn – sie aber eilte in ihr Zimmer und kehrte vor dem Abendbrot nicht zurück.

Erst am anderen Tage fragte sie Sagloba, da er sie allein abgefaßt hatte:

»Nun, was, kleiner Heiduck, Nowowiejski sah ja aus, als hätte ihn der Blitz getroffen?«

»Aha«, antwortete sie und nickte mit dem Kopfe und blinzelte mit den Augen.

»Sag’ mir doch, was du ihm gesagt hast!«

»Die Frage war schnell, denn er ist entschlossen; aber die Antwort war auch schnell, denn auch ich bin entschlossen: Nein!«

»Ausgezeichnet, laß dich umarmen! Und er, ließ er sich kurz abweisen?«

»Er fragte, ob er nicht mit der Zeit bei mir gewinnen könne! Es war mir leid um ihn – aber nein, nein, daraus kann nichts werden!«

Bärbchen bewegte die Nasenflügel lebhaft und schüttelte ihr Stirnhaar traurig und nachdenklich.

»Sage mir doch deine Gründe!« sagte Sagloba.

»Das wollte auch er wissen, aber vergeblich; ihm habe ich's nicht gesagt, und ich sage es niemand.«

»Und vielleicht«, sagte Sagloba, indem er ihr scharf in die Augen sah, »vielleicht trägst du im Herzen eine verborgene Liebe, he?«

»Nichts da!« rief Bärbchen.

Sie sprang von ihrem Platze auf und begann eilig, als ob sie eine Verwirrung verbergen wollte, zu wiederholen:

»Ich mag Herrn Nowowiejski nicht, ich mag ihn nicht, ich mag niemand; warum quälen sie mich, warum quälen sie mich alle?«

Und sie brach plötzlich in Tränen aus.

Sagloba tröstete sie, so gut er konnte, aber sie war den ganzen Tag traurig und mürrisch.

»Michael«, sagte Sagloba bei Tische, »du gehst fort, inzwischen kommt Ketling zurück, und er ist ein Frauenliebling seltener Art. Ich weiß nicht, wie die Mädchen mit ihm fertig werden, aber ich denke, wenn du wiederkommst, findest du beide verliebt.«

»Gut für uns«, antwortete Wolodyjowski, »wir geben ihm sogleich Fräulein Bärbchen.«

Bärbchen heftete ihre Luchsaugen auf ihn und erwiderte:

»Und warum seid Ihr um Christine weniger besorgt?«

Der kleine Ritter war sehr verwirrt und antwortete:

»Ihr kennt Ketlings Macht noch nicht, aber Ihr werdet sie erfahren.«

»Und warum soll sie Christine nicht erfahren? Ich bin's ja nicht, die da singt:

O glaubet, Ihr Ritter,
Wohl gehet in Splitter
Auch Panzer und Stahl,
Durch Eisen und Schilde

Trifft Amor der Wilde,
Ins Herz – ohne Wahl!«

Nun war Christine ihrerseits verwirrt, und der kleine Kobold sprach
weiter:

»Schließlich bitte ich Herrn Nowowiejski, mir seinen Schild zu leihen; aber wenn Ihr abreiset, weiß ich nicht, womit sich Christine
verteidigen wird, wenn es an sie herantritt.«

Wolodyjowski hatte sich wiedergefunden; er antwortete in etwas
strengem Tone:

»Vielleicht findet auch sie etwas zu ihrer Verteidigung, und nichts
Schlechteres als Ihr.«

»Und wie das?«

»Sie ist weniger leicht, sie hat mehr Stetigkeit und Überlegung ...«

Sagloba und die Frau Truchseß glaubten, der trotzköpfige kleine
Heiduck werde gleich den Kampf aufnehmen; aber zu ihrem großen
Erstaunen ließ sie den Kopf sinken und sagte erst nach einer Weile
mit ruhiger Stimme:

»Wenn Ihr mir zürnt, so bitte ich Euch und Christine um Verzeihung ...«

6. Kapitel

Michael hatte die Erlaubnis, seinen Weg zu wählen, wie er wollte; er
ging nach Tschenstochau an Ännchens Grab. Nachdem er hier den
Rest seiner Tränen ausgeweint, zog er weiter, und unter dem Eindruck
der frischen Erinnerungen kam ihm in den Sinn, daß diese geheimnisvolle Verlobung mit Christine doch vielleicht verfrüht war. Er empfand,
daß Leid und Trauer etwas Heiliges, Unantastbares in sich hätten, was
man in Frieden lassen müsse, bis es sich von selbst löst wie der Nebel,
der gen Himmel steigt, und der in den unendlichen Räumen des Äthers
verschwindet. Andere zwar, die Witwer geworden, heirateten einen
oder zwei Monate später; – aber diese hatten nicht bei den Kamaldulensern begonnen, es hatte sie auch nicht der Schlag des Schicksals an
der Schwelle ihres Glückes nach langen Jahren der Erwartung getroffen.
Und überdies, wenn Leute ohne Bildung die Heiligkeit der Trauer
nicht achteten, ziemte es sich, ihrem Beispiele zu folgen? –

Wolodyjowski zog also, begleitet von Gewissensbissen, nach Reußen. Er war aber insoweit gerecht, daß er die ganze Schuld auf sich nahm und nicht etwa auf Christine abwälzte. Im Gegenteil; zu den vielen beunruhigenden Stimmen, die ihm zuflüsterten, trat auch die, ob nicht Christine im Grunde ihrer Seele ihm diese Eile übel deuten könnte.

»Sie selbst hätte gewiß nicht so gehandelt«, sagte Michael zu sich selber, »und da sie eine große Seele hat, verlangt sie unzweifelhaft auch von anderen diese Größe.«

Und es erfaßte ihn die Furcht, ob er ihr etwa klein erschienen sein könnte. Aber es war unnütze Furcht. Was kümmerte Christine Michaels Trauer; wenn er ihr zu viel davon sprach, so erregte das nicht nur ihre Teilnahme, sondern es reizte sogar ihre Eigenliebe. War etwa sie, die Lebende, der Toten nicht wert? War sie überhaupt so wenig wert, daß die verstorbene Anna ihre Rivalin sein konnte? Wäre Sagloba in das Geheimnis eingeweiht gewesen, er hätte Michael sicherlich damit beruhigt, daß die Frauen für einander nicht allzuviel Mitleid haben.

Und doch war Christine nach der Abreise Wolodyjowskis sehr erstaunt über das, was vorgegangen, und daß das Schloß bereits in den Riegel gefallen war. Als sie nach Warschau reiste, wo sie nie vorher gewesen war, hatte sie sich vorgestellt, daß alles ganz anders sein würde. Zum Wahlreichstag und zur Wahl würden die bischöflichen Herren mit Gefolge, die Würdenträger mit ihren Leuten, eine leuchtende Ritterschaft von allen Seiten der Republik zusammenkommen. Da würde es Vergnügen, Lustbarkeiten, Wettkämpfe geben, und mitten in diesem Lärm in den Scharen der Ritterschaft würde »er« erscheinen.

Der Ritter, wie ihn nur in Träumen die Mädchen sehen; er würde in Liebe zu ihr entbrennen, unter ihrem Fenster mit der Zither stehen, lange lieben und seufzen, lange die Farbe der Geliebten im Wappen führen, ehe er nach zahlreichen Leiden und schwer überwindlichen Hindernissen ihr zu Füßen fallen und ihre Gegenliebe gewinnen würde.

Nichts von alledem war geschehen. Die farbigen, wie Regenbogen schillernden Nebel waren zerstoben, und der Ritter war erschienen, sogar ein ganz außerordentlicher Ritter, der für den ersten Kriegsmann der Republik galt, ein großer Herr, aber jenem »er« sehr wenig, ja ganz und gar nicht ähnlich. Auch keine Ritterspiele und keine Laute, keine Turniere, keine Wettkämpfe, keine farbigen Bänder im Wappen, keine Lustbarkeiten der Ritterschaft, keine Vergnügungen, all das nicht, was als ein schöner Traum des Maien, als ein wunderbares Märchen wie der Duft der Blumen berauscht; wovon das Antlitz in Röte erglüht, das Herz bebt, der ganze Körper erzittert ... Nur ein kleines Schlößchen hinter der Stadt, in diesem sie, Herr Michael, dann die Erklärung – und das war alles. Alles andere war entschwunden wie die Mondscheibe am Himmel entschwindet, wenn die Wolke ihn bedeckt ... Wenn dieser Herr Michael wenigstens am Ende des Märchens gekommen wäre, er wäre willkommen geheißen worden. Bisweilen, wenn Christine an seinen Ruhm dachte, an seine Tapferkeit, an seinen Mut, die ihn zum Stolz der ganzen Republik und zum Schrecken ihrer Feinde gemacht hatten, empfand sie, daß sie ihn doch sehr liebe, sie glaubte nur, es sei ihr etwas entgangen, es sei ihr ein Unrecht geschehen – ein wenig von ihm selber – oder richtiger durch die Eile ...

So war diese Eile für beide ein kleiner Nadelstich ins Herz, und da sie immer weiter voneinander entfernt wurden, begann der kleine Stich ein wenig zu schmerzen. So pflegt in menschlichen Empfindungen manchmal etwas wie ein ganz unbedeutender Dorn zu stechen, bald heilt es von selber zu, bald wächst der Schmerz und fügt selbst der größten Liebe Leid und Bitterkeit zu. Aber zwischen ihnen war es noch weit entfernt von Leid und Bitterkeit. Besonders für Michael war Christine eine süße, beseligende Erinnerung, und ihr Gedenken folgte ihm wie der Schatten dem Menschen. Er dachte auch, je weiter er sich von ihr entferne, desto teurer würde sie ihm werden, desto mehr würde er sich nach ihr sehnen, nach ihr seufzen. Ihr ging die Zeit schwerer dahin, denn seitdem der kleine Ritter fortgereist war, besuchte niemand mehr Ketlings Haus, und Tag um Tag ging in Einförmigkeit und Langweile dahin.

Die Frau Truchseß sah der Ankunft ihres Mannes entgegen, zählte die Tage bis zur Wahl und sprach nur von ihm! Bärbchen wurde sehr still. Sagloba zog sie auf, daß sie jetzt, nachdem sie Nowowiejski den Abschied gegeben, sich nach ihm zurücksehne. In der Tat hätte sie lieber gesehen, daß wenigstens er gekommen wäre, aber er hatte sich gesagt: Du hast hier nichts zu schaffen, und rückte kurz nach Wolodyjowski aus. Auch Sagloba wollte wieder zu den Skrzetuskis zurückkehren und sprach immer davon, wie bange ihm nach den Provinzialen sei; aber er war träge und verschob seine Abreise von Tag zu Tag. Bärbchen setzte er auseinander, sie sei die Ursache seiner Verzögerung, denn er sei in sie verliebt und habe die Absicht, um ihre Hand anzuhalten.

Inzwischen leistete er Christine Gesellschaft, wenn Frau Makowiezka mit Bärbchen zur Frau Kämmerer fuhr. Christine begleitete sie nie bei diesen Besuchen, denn die Frau Kämmerer hatte trotz ihrer Güte Christine nicht gern. Aber oft begab sich auch Sagloba nach Warschau, wo er in artiger Gesellschaft die Zeit hinbrachte. Bisweilen kehrte er erst am folgenden Tage berauscht zurück, und da war Christine ganz allein und brachte die einsamen Stunden in Gedanken hin; bald dachte sie an Wolodyjowski, bald auch daran, was da hätte geschehen können, wenn jenes Schloß nicht ein für allemal in den Riegel gefallen wäre; oft sogar, wie wohl jener unbekannte Nebenbuhler Michaels ausgesehen hätte, der Prinz aus dem Märchenland ...

So saß sie einstmals am Fenster und schaute in Gedanken auf die Tür des Zimmers hin, auf welche ein greller Schein der untergehenden Sonne fiel, als plötzlich Schlittengeläut von der anderen Seite des Hauses hörbar wurde. Christine fuhr es durch den Sinn, daß Frau Makowiezka mit Bärbchen heimgekommen sein müsse; aber das brachte sie nicht von ihren Gedanken ab, und sie wandte nicht einmal die Augen von der Tür. Indessen öffnete sich die Tür, und auf dem Grund der dunklen Tiefe erschien den Augen des Mädchens ein unbekannter Mann.

Im ersten Augenblick schien es Christine, als sähe sie ein Bild, oder als sei sie eingeschlummert und träume, so wunderbar war die Erscheinung, die vor ihr stand ... Der Unbekannte war ein junger Mann in schwarzem, fremdländischem Gewande mit einem weißen Spitzenkragen, der bis auf die Arme herabfiel. In ihrer Kinderzeit hatte Christine einmal Herrn Arzischewski, General der Artillerie, in ähnlicher Tracht gesehen, und er war ihr wegen dieser Tracht wie auch wegen seiner ungewöhnlichen Schönheit lange im Gedächtnis geblieben. Und ganz so war dieser Jüngling gekleidet, nur, daß er durch seine Schönheit bei weitem Herrn Arzischewski in den Schatten stellte und alle Männer, die auf Erden wandelten. Sein prächtiges Haar, über der Stirn gleichmäßig geschnitten, fiel in hellen Locken zu beiden Seiten seines Antlitzes herab. Seine Augenbrauen waren dunkel und hoben sich deutlich von seiner marmorweißen Stirn ab, seine Augen schwärmerisch traurig, sein Schnurrbart und sein spitzer Kinnbart blond. Es war ein Kopf ohnegleichen, in welchem Edelmut und Tapferkeit vereint waren, der Kopf eines Engels und eines Ritters.

Christine stockte der Atem im Busen, denn sie sah und glaubte ihren Augen nicht, und sie konnte nicht feststellen, ob sie eine Täuschung oder einen wirklichen Menschen vor sich habe. Er stand eine Weile unbeweglich da, erstaunt oder doch aus Höflichkeit Erstaunen heuchelnd über Christinens Schönheit; endlich trat er näher herein, neigte den Hut bis zum Fußboden und begann mit der Feder über die Diele zu fahren. Christine erhob sich; die Füße zitterten unter ihr, und ihre Augen schlossen sich, während ihr Antlitz bald bleich, bald rot wurde.

Da ertönte seine tiefe, samtweiche Stimme:

»Ich heiße Ketling of Elgin und bin Wolodyjowskis Freund und Waffenbruder. Die Dienerschaft hat mir schon gesagt, daß ich das unaussprechliche Glück und die Ehre habe, unter meinem Dache die Schwester und die Verwandten meines Kriegsherrn zu bewirten; aber verzeiht, edles Fräulein, meine Verwirrung, denn die Dienerschaft hat mir nicht gesagt, was meine Augen sehen, und diese Augen können diesen Glanz nicht ertragen ...«

Mit einem solchen Kompliment begrüßte sie der ritterliche Ketling; sie aber konnte ihm nicht mit einem gleichen heimzahlen, denn sie war keines Wortes mächtig. Sie vermutete nur, daß er nach dem Schluß dieser Rede ihr eine wiederholte Verbeugung machte, denn sie hörte in der Stille wieder das Rauschen der Feder gegen den Fußboden. Sie fühlte auch, daß sie etwas sagen müsse und die Freundlichkeit mit einer Freundlichkeit zu erwidern habe, da sie sonst für wenig höflich gelten könne; aber der Atem fehlte ihr, die Pulse in den Schläfen und in der Hand pochten, der Busen hob und senkte sich, als wäre sie ermüdet. Sie öffnet die Augenlider, er steht vor ihr mit etwas gesenktem Haupte, mit Bewunderung und Achtung in seinem wunderbaren Gesicht. Mit zitternden Händen griff Christine an ihr Kleid, um wenigstens einen Knix vor ihm zu machen. Zum Glück ertönte in diesem Augenblick hinter der Tür der Ruf »Ketling, Ketling!« und in das Zimmer stürzte mit geöffneten Armen keuchend Herr Sagloba.

Sie fielen sich um den Hals, und in dieser Zeit bemühte sich das Mädchen, zu sich zu kommen und zugleich zwei-, dreimal auf den jungen Ritter hinzublicken. Er hielt Herrn Sagloba in herzlicher Umarmung mit dem außerordentlichen Adel in jeder Bewegung, die er entweder von seinen Ahnen ererbt oder an den vornehmen Höfen der Könige und Magnaten sich angeeignet hatte.

»Wie geht es dir?« rief Sagloba; »ich heiße dich in deinem Hause willkommen wie in meinem eigenen. Laß dich ansehen – – ha, du bist heruntergekommen! … Etwa die Liebe? Bei Gott, du bist heruntergekommen! – Weißt du, Michael ist zum Heere abgereist. O, das hast du vortrefflich gemacht, daß du hergekommen bist. Michael denkt gar nicht mehr ans Kloster. Seine Schwester ist hier mit zwei jungen Mädchen – Mädchen wie die Aprikosen. Jesiorkowska heißt die eine, Drohojowska die andere. – Beim Himmel, Fräulein Christine ist hier! – o, ich bitte um Verzeihung, aber die Augen mögen dem aus dem Kopfe springen, der Euch die Schönheit absprechen wollte, und der junge Herr hier muß die Eure schon kennen.«

Ketling verneigte zum drittenmal sein Haupt und sagte lächelnd:

»Ich habe mein Haus verlassen als ein Zeughaus und treffe einen Olymp an, denn ich habe bei meinem Eintritt eine Göttin gesehen.«

»Ketling, wie geht es?« rief Sagloba zum zweitenmal, denn ihm genügte die eine Begrüßung nicht, und er faßte ihn noch einmal in seine Arme.

»Das ist noch gar nichts«, sagte er, »den kleinen Heiducken hast du noch gar nicht gesehen. Die eine ist schön, aber auch die andere ist Honig, – Honig sage ich dir! Wie geht's dir, Ketling? Erhalte dich Gott bei Gesundheit! – Ich werde zu dir »du« sagen! Einverstanden? Mir Altem ist das geschickter … Freust du dich über deine Gäste, was? … Frau Makowiezka ist hierhergekommen, denn während der Zeit des Wahlreichstags war es schwer um eine Herberge, aber jetzt ist es schon leichter, und sie wird wohl ausziehen, denn es ziemt doch nicht, mit jungen Damen in eines Junggesellen Hause zu wohnen, damit die Leute nicht den Mund verziehen und was zum Schwatzen haben.«

»Bei Gott, das gestatte ich nicht! Ich bin nicht Wolodyjowskis Freund, ich bin sein Bruder, darum kann ich Frau Makowiezka als meine Schwester unter meinem Dache aufnehmen. An Euch, mein Fräulein, wende ich mich zuerst um Fürsprache, und wenn es nötig ist, will ich auf meinen Knieen darum bitten.«

Bei diesen Worten kniete er vor Christine nieder, umfaßte ihre Hand, drückte sie an die Lippen und schaute flehend – froh und traurig zugleich – in ihre Augen. Sie aber wurde rot, besonders weil Sagloba ausrief:

»Kaum angekommen, liegt er schon vor ihr auf den Knieen – bei Gott, das sage ich Frau Makowiezka, daß ich Euch so angetroffen habe! Scharf, Ketling! … Erkennt daran seine höfischen Sitten, Fräulein!«

»Ich bin der höfischen Sitten nicht kundig«, flüsterte das Mädchen in größter Verwirrung.

»Kann ich auf Eure Fürsprache rechnen?« fragte Ketling.

»Steht doch auf!«

»Kann ich auf Eure Fürsprache rechnen? Ich bin Michaels Bruder, ihm geschieht ein Unrecht, wenn dieses Haus verödet!«

»Hier hilft mein Wollen nichts«, antwortete Christine, die schon mehr zu sich gekommen war, »wenn ich auch für das Eure dankbar sein muß.«

»Ich danke«, versetzte Ketling und drückte ihre Hand an den Mund.

»Ha, draußen ist's eiskalt, und Cupido ist nackt, aber ich denke, wenn er hierherkommt, in diesem Hause wird er nicht frieren!« rief Sagloba. »Ich sehe schon, vor lauter Seufzern wird es tauen, nur vor Seufzern.«

»Laßt das!« sagte Christine.

»Ich danke Gott, daß Ihr Euren jovialen Humor nicht verloren habt«, sagte Ketling, »denn Heiterkeit ist ein Zeichen der Gesundheit.«

»Und das reine Gewissen, das reine Gewissen!« versetzte Sagloba. »Der Weise sagt: Wen es juckt, der kratze sich – und mich juckt es nicht, darum bin ich lustig. O, bei den Ungläubigen, was sehe ich! Habe ich dich nicht in polnischer Tracht gesehen, im Luchskalpak und mit dem Säbel, und nun hast du dich wieder in so einen Engländer verwandelt und gehst auf dünnen Füßchen einher wie ein Kranich?«

»Weil ich lange Zeit in Kurland gewesen bin, wo man die polnische Tracht nicht trägt, und weil ich zwei Tage bei dem englischen Residenten in Warschau verbracht habe.«

»So kommst du aus Kurland?«

»Ja, mein Adoptivvater ist gestorben und hat mir ein zweites Gut hinterlassen.«

»Friede seiner Asche! War er ein Katholik?«

»Ja, Katholik.«

»So hast du wenigstens einen Trost. Und wirst du uns wegen jenes kurländischen Erbes nicht verlassen?«

»Hier will ich leben und sterben«, antwortete Ketling mit einem Blick auf Christine.

Und sie senkte ihre langen Wimpern zu Boden.

Frau Makowiezka kam, als es völlig dunkel geworden war, und Ketling ging ihr bis zum Tore entgegen und führte sie wie eine regierende Fürstin mit großer Achtung ins Haus. Sie wollte gleich für den anderen Tag ein anderes Unterkommen in der Stadt suchen, aber all ihr Widerstand war vergeblich. Der junge Ritter bat so lange, berief sich so lange auf seine Brüderschaft mit Wolodyjowski, kniete so lange, bis sie ihre Zustimmung gab, auch fernerhin bei ihm wohnen zu bleiben. Es wurde nur bestimmt, daß auch Herr Sagloba noch eine Zeitlang dableibe, damit er mit seiner Würde und seinem Alter die Frauen gegen böse Zungen schütze. Er ging sehr gern darauf ein, denn er hatte zu dem kleinen Heiducken eine große Zuneigung gefaßt und begann auch gewisse Pläne zu schmieden, die durchaus seine Anwesenheit erforderten. Die Mädchen waren beide froh, und Bärbchen nahm gleich von Anfang offen Partei für Ketling.

»Heute werden wir so wie so nicht davongehen«, sagte sie zu der zögernden Frau Truchseß, »und schließlich, ob wir einen Tag oder zwanzig hierbleiben, das ist schon ganz gleich.«

Ketling gefiel ihr, wie auch Christinen, denn er gefiel allen Frauen; Bärbchen hatte auch noch nie einen ausländischen Herrn gesehen außer den Offizieren von fremdem Fußvolk, Männer von geringerem Range und ziemlich niederer Stellung. Sie ging, den Kopf schüttelnd und ihre Nasenflügel bewegend, mit kindlicher Neugier um ihn herum, mit so aufdringlicher Neugier, daß sie eine leise Rüge von Frau Makowiezka anhören mußte. Aber trotz der Rüge hörte sie nicht auf, ihn mit den Augen auszuforschen, als wollte sie seinen ganzen soldatischen Wert abschätzen, und endlich fing sie an, Herrn Sagloba über ihn auszufragen.

»Ist er ein großer Krieger?« fragte sie den alten Edelmann leise.

»Es kann keinen größeren geben! Siehst du, er hat eine ungeheure Erfahrung, denn seit dem vierzehnten Lebensjahre hat er gegen die sektierenden Engländer gekämpft auf der Seite des wahren Glaubens. Er ist ein Edelmann von höchster Abkunft, was man auch an seinen vornehmen Sitten leicht erkennen kann.«

»Habt Ihr ihn im Feuer gesehen?«

»Tausendmal! Er steht fest und runzelt nicht einmal die Stirn; er streichelt nur sein Pferd am Halse, als wollte er mit ihm von Liebe sprechen.«

»Ist das Mode, in solchen Fällen von Liebe zu sprechen, was?«

»Es ist Mode, alles zu tun, wodurch man seine Verachtung für die feindliche Kugel zeigt.«

»Und im Handgemenge, im Einzelkampf ist er auch groß?«

»Kolossal!«

»Und würde er Herrn Michael standhalten?«

»Michael würde er nicht standhalten.«

»Ha!« rief Bärbchen mit freudigem Stolze aus, »ich habe es gewußt, daß er ihm nicht standhält, ich hab's gleich gedacht, daß er nicht standhält.« Und sie klatschte in die Hände.

»So tretet Ihr für Michael ein?« fragte Sagloba.

Bärbchen schüttelte den Kopf und schwieg. Nach einer Weile erst hob ein leiser Seufzer ihren Busen.

»Ei was, ich freue mich, weil er unser ist.«

»Aber das merkt Euch und haltet fest, kleiner Heiduck«, sagte Herr Sagloba, »wenn es auf dem Schlachtfelde schwerlich einen besseren gibt als Ketling, so ist er für die Frauen noch mehr gefährlich, denn sie lieben ihn wahnsinnig wegen seiner Schönheit. Er ist auch ein großer Praktiker in der Liebe!«

»Sagt das Christine, denn ich denk' an solche Dinge nicht«, sagte Bärbchen und rief, zu Fräulein Drohojowska gewandt: »Christine, Christine, auf ein Wort!«

»Nun?« sagte Fräulein Drohojowska.

»Herr Sagloba sagt, kein Mädchen sähe Ketling an, ohne sich in ihn zu verlieben. Ich habe ihn schon von allen Seiten angesehen, und mir ist gar nichts. – Und du? Fühlst du schon etwas?«

»Aber Bärbchen, Bärbchen!« sagte Christine in vorwurfsvollem Tone.

»Gefällt er dir, was?«

»Sei doch still, laß doch. Liebes Bärbchen, schwatz' doch nicht, Herr Ketling kommt gerade.«

Noch hatte Christine sich nicht niedersetzen können, als Ketling hereintrat und fragte:

»Darf man sich den Damen anschließen?«

»Wir bitten sehr«, antwortete Fräulein Jesiorkowska.

»Ich frage also schon kühner: Wovon sprachen die Damen?«

»Von der Liebe«, rief Bärbchen ohne Zögern.

Ketling nahm neben Christine Platz. Eine Weile schwiegen sie, denn Christine, die sonst immer sehr geistesgegenwärtig war, wurde diesem Ritter gegenüber sehr zaghaft.

»War wirklich von einem so anmutigen Gegenstand die Rede?« fragte Ketling.

»Ja«, antwortete Fräulein Drohojowska mit halber Stimme.

»Ich würde zu gern Ihre Meinung hören.«

»Verzeihen Sie, mein Herr, mir fehlt der Mut sowohl wie der Witz, und ich denke auch, ich würde eher von Ihnen etwas Neues hören.«

»Christine hat recht«, warf Sagloba ein; »wir hören also.«

»Fragen Sie, mein Fräulein«, antwortete Ketling.

Er richtete seine Augen halb empor, versank in Gedanken und begann, ohne daß sie fragte, als ob er zu sich selbst spräche:

»Die Liebe ist ein schweres Leid, denn durch sie wird der freie Mensch ein Sklave. Gleich wie der Vogel vom Pfeil durchbohrt zu den Füßen des Jägers niederfällt, so hat auch der Mensch, von der Liebe getroffen, nicht mehr die Kraft, von den geliebten Füßen aufzufliegen ... Lieben heißt gebrechlich sein, denn der Mensch sieht wie der Blinde die Welt über seiner Liebe nicht ... Liebe ist Traurigkeit, denn wann fließen mehr der Tränen, wann entringen der Brust sich mehr der Seufzer? Wer liebt, für den gibt es keinen Schmuck mehr, keine Lustbarkeit; dasitzen möchte er, die Hände um die eigenen Kniee geschlungen und sehnsüchtig bangend wie der, der einen teuren Angehörigen verloren hat ... Liebe ist eine Krankheit, denn wie bei der Krankheit wird das Antlitz blaß, die Augen hohl, zittern die Hände und werden die Finger hager, und der Mensch denkt an den Tod, oder er geht wie im Irrsinn einher, spricht zu dem Monde, zeichnet den teuren Namen in den Sand, und wenn der Wind ihn verweht, dann sagt er: »O Unglück!« und bricht in Seufzer aus.«

Hier versank Ketling eine Weile in Schweigen; man hätte glauben mögen, er sei untergegangen in Erinnerungen. Christine lauschte seinen Worten wie einem Liede mit ganzer Seele. Ihre beschatteten Lippen öffneten sich, ihre Augen wichen nicht von dem schneeweißen Antlitz des Ritters. Bärbchen waren die Stirnhaare ganz über die Augen gefallen, so daß man nicht erkennen konnte, was sie wohl denke; aber auch sie saß still da.

Da gähnte plötzlich Herr Sagloba laut auf, reckte sich, streckte die Füße und sagte:

»Von solcher Liebe kannst du den Hunden Stiefeln nähen lassen.«

»Und doch«, begann der Ritter von neuem, »ist lieben schwer, so ist nichtlieben noch schwerer. Denn wen mag, ohne Liebe, die Freude, der Ruhm, Reichtümer, Wohlgerüche und Kleinodien befriedigen? Wer wird der Geliebten nicht sagen: Du bist mir mehr als ein Königreich, mehr als ein Szepter, mehr als die Gesundheit, mehr als ein langes Leben? Und da jeder von uns gern sein Leben hingäbe für die Liebe, so ist die Liebe mehr wert als das Leben.«

Ketling war zu Ende gekommen. Die Mädchen saßen eine an die andere geschmiegt und bewunderten das Gefühl, das aus seiner Rede sprach, und diese Liebesdeutungen, welche den polnischen Herren fremd waren; bis endlich Sagloba, der gegen das Ende eingeschlummert war, erwachte und mit den Augen blinzelnd bald die eine, bald die andere, bald den dritten anblickte und, seine Sinne sammelnd, mit lauter Stimme fragte:

»Nun, was sagt ihr?«

»Wir sagen Euch gute Nacht!« rief Bärbchen.

»Oho, ich weiß schon, wir sprachen von der Liebe. Wie war das Ende?«

»Das Unterfutter war besser als der Mantel.«

»Ohne Zweifel! Aber es hat mich müde gemacht, denn lieben heißt weinen und greinen. Und ich habe noch einen Reim gefunden: Kummer und Schlummer … und das letzte ist gewiß das beste, denn es ist spät. Gute Nacht, die ganze Gesellschaft, und laßt die Liebe schon in Frieden … Du lieber Gott, so lange der Kater miaut, frißt er den Speck nicht, und dann beleckt er sich … Auch ich war vor Zeiten Ketling ähnlich wie ein Wassertropfen dem anderen, und liebte so wahnsinnig, daß mich ein Schafbock eine Stunde lang von hinten hätte stoßen können, ehe ich's bemerkt haben würde. Aber im Alter ziehe ich es vor, mich auszuruhen, besonders wenn der höfliche Wirt mich nicht nur begleitet, sondern auch den Betttrunk bringt.«

»Zu Euren Diensten«, sagte Ketling.

»Gehen wir, gehen wir. Seht, wie hoch der Mond schon steht! Schönes Wetter für morgen, der Himmel ist mit Sternen besäet, und es ist hell wie am lichten Tag. Ketling würde euch die ganze Nacht hindurch von der Liebe sprechen, aber bedenkt, Mädchen, daß er müde ist.«

»Ich bin nicht müde, denn ich habe zwei Tage in der Stadt geruht; ich fürchte nur, daß die Damen nicht gewohnt sind zu wachen.«

»Die Nacht würde schnell dahingehen, wenn wir Euch zuhörten«, sagte Christine.

»Eine Nacht gibt es nicht, wo die Sonne scheint«, antwortete Ketling.

Dann trennten sie sich, denn es war in der Tat schon spät. Die Mädchen schliefen zusammen und plauderten gewöhnlich, bevor sie einschliefen. An diesem Abend aber konnte Bärbchen von Christine kein Wort herauslocken; so sehr die eine Lust hatte, sich zu unterhalten, so sehr war die andere schweigsam und antwortete nur mit hingeworfenen Worten. Wenn Bärbchen, von Ketling sprechend, witzig werden wollte und ihn ein wenig verspottete, auch ein wenig nachahmte, umfaßte Christine mit großer Zärtlichkeit ihren Hals und bat sie, die Torheiten zu lassen.

»Er ist hier Wirt, Bärbchen«, sagte sie, »wir wohnen unter seinem Dache, und ich habe bemerkt, daß er dich vom ersten Augenblicke liebgewonnen hat.«

»Woher weißt du das?« fragte Bärbchen.

»Wer würde dich nicht liebgewinnen! Dich lieben alle … auch ich sehr!«

Bei diesen Worten brachte sie ihr süßes Gesicht dem Gesicht Bärbchens näher, drückte sie an sich und küßte sie auf die Augen.

Endlich gingen sie zur Ruhe; aber Christine konnte lange Zeit nicht einschlafen. Eine Unruhe hatte sie erfaßt; bisweilen schlug ihr Herz so mächtig, daß sie beide Hände an ihre atlasweiße Brust preßte, um das Pochen zu dämpfen. Bald wieder schien es ihr, besonders, wenn sie die Augen zu schließen versuchte, als neigte ein Kopf, schön wie ein Traum, sich über sie, und als flüstere ihr eine Stimme ins Ohr: »Du bist mir teurer als ein Königreich, als ein Szepter, als die Gesundheit, als langes Leben.«

Einige Tage darauf schrieb Sagloba an Skrzetuski einen Brief, der also schloß:

»Wenn ich also vor der Wahl nicht nach Hause komme, wundert Euch nicht. Es geschieht nicht aus geringer Neigung zu Euch, sondern weil der Teufel die Hand im Spiele hat, und ich nicht mag, daß mir statt eines Vogels was Garstiges in der Hand bliebe. Es müßte schlimm sein, wenn ich Michael bei seiner Heimkehr nicht bald sagen könnte: die da ist verlobt, und der kleine Heiduck ist frei. Alles liegt in der Hand Gottes, und ich denke, es wird dann nicht nötig sein, Michael zu stoßen, noch lange Beobachtungen zu machen, und Ihr kommt dann schon zur fertigen Erklärung her. Indessen werde ich wie Ulyssus handeln müssen und allerhand Kniffe gebrauchen, auch ein wenig Farbe hinzutun, was mir nicht leicht werden wird; denn ich habe mein Leben lang die Wahrheit höher gestellt als alle Kostbarkeiten und stets mich nur von ihr genährt. Aber für Michael und den kleinen Hei-ducken werde ich auch das über mich gewinnen, denn sie sind beide pures Gold. Und nun umarme ich Euch beide und drücke Euch ans Herz, und empfehle Euch der Gnade des allerhöchsten Gottes.«

Nachdem er fertig geschrieben hatte, schüttelte Sagloba Sand über den Brief, dann schlug er mit der Hand darauf, las ihn noch einmal, indem er ihn fern von den Augen hielt, dann legte er ihn zusammen, nahm den Siegelring vom Finger, leckte mit der Zunge daran und bereitete sich zum Stempeln vor. Bei dieser Tätigkeit überraschte ihn Ketling.

»Guten Tag!«

»Guten Tag, guten Tag!« erwiderte Sagloba. »Das Wetter ist Gott sei Dank vortrefflich, und ich denke bald einen Boten an die Skrzetu-skis zu senden.«

»Grüßt sie, bitte, von mir.«

»Das habe ich schon getan; ich habe mir bald gesagt: man muß von Ketling einen Gruß beifügen; die beiden werden sich freuen, wenn sie gute Nachrichten bekommen. Es ist doch klar, daß ich von dir gegrüßt habe, da die ganze Epistel von dir und dem Mädchen handelt.«

»Wie?« sagte Ketling.

Sagloba legte die Hände auf die Kniee, spielte mit den Fingern, senkte den Kopf und blickte von unten herauf zu Ketling.

»Mein lieber Ketling, man braucht nicht gerade ein Prophet zu sein, um vorherzusagen, daß, wo Feuerstein und Zunder ist, früher oder später Funken fallen werden. Du bist unter den Schönen der Schönste, und den Mädchen, denke ich, kannst du auch nichts nachsagen.«

Ketling geriet in große Verwirrung.

»Blind müßte ich sein oder ein großer Barbar«, sagte er, »wenn ich ihre Schönheit nicht sehen, nicht preisen sollte.«

»Ah, siehst du«, versetzte Sagloba, indem er Ketling lächelnd in das erglühende Antlitz schaute. »Wenn du kein Barbarus bist, so ziemt es dir nicht, beide zum Ziele zu wählen, denn so machen es nur die Türken.«

»Wie könnt Ihr vermuten ...«

»Ich vermute auch nicht, ich sage bloß so zu mir selber .... Ei, du Verräter hast ihnen so viel von Liebesdingen vorgemacht, daß Christine seit drei Tagen bleich umhergeht, als nähme sie Arznei. Ha, kein Wunder! Als ich jung war, stand ich selbst im Frost unter dem Fenster einer Schwarzbraunen (sie hatte einige Ähnlichkeit mit Fräulein Drohojowska), und ich erinnere mich noch, wie ich sang: »Schläfst dort, Mädchen, hinterm Gitter, und ich spiele hier die Zither, *hoc, hoc.*« Willst du, so leihe ich dir dies Lied, oder ich komponiere dir ein neues, denn an Genie fehlt es mir nicht. Hast du bemerkt, daß Fräulein Drohojowska eine gewisse Ähnlichkeit mit dem früheren Fräulein Billewitsch hat? – Nur daß die andere flachsblonde Haare hatte, und daß ihr der Flaum über der Lippe fehlte. Aber es gibt Menschen, die darin eine hohe Schönheit sehen und das als eine Rarität betrachten. Sie scheint dir gewogen zu sein, – ich habe das soeben den Skrzetuskis geschrieben; – nicht wahr, ist sie nicht der Billewitsch ähnlich?«

»Im ersten Augenblick habe ich die Ähnlichkeit nicht bemerkt, aber es kann sein. In Wuchs und Haltung erinnert sie an jene.«

»Nun, so höre, was ich dir sagen will. Ich will dir die Geheimnisse der Familie auftun; aber da auch du mein Freund bist, so mußt du wissen: nimm dich in acht, daß du dem Wolodyjowski nicht mit Undank lohnest, denn Frau Makowiezka und ich haben eines dieser Mädchen für ihn bestimmt.«

Hier blickte Sagloba unverwandt forschend in Ketlings Augen; dieser aber wurde bleich und fragte:

»Welche?«

»Fräulein Dro – ho – jow – ska«, sagte Sagloba langsam.

Und indem er die Unterlippe vorschob, begann er unter den zusammengezogenen Augenbrauen mit seinem gesunden Auge zu blinzeln.

Ketling schwieg, bis endlich Sagloba fragte:

»Was sagst du dazu, nun?«

Und Ketling antwortete mit veränderter, aber kraftvoller Stimme:

»Ihr könnt sicher sein, daß ich mein Herz nicht zu Michaels Schaden lenken werde.«

»Bist du dessen gewiß?«

»Viel habe ich im Leben durchgemacht«, versetzte der Ritter, – »mein Ehrenwort.«

Da schloß Sagloba ihn in die geöffneten Arme.

»Ketling, laß deinem Herzenswunsche freien Lauf, soviel du willst! Ich habe dich nur erproben wollen; nicht Fräulein Drohojowska: den kleinen Heiducken haben wir für Michael bestimmt.«

Ketlings Antlitz leuchtete in aufrichtiger, tiefer Freude auf; er umarmte Sagloba, hielt ihn lange an seiner Brust und fragte endlich:

»Ist es gewiß, daß sie sich lieben?«

»Wer würde meinen kleinen Heiducken nicht lieben, wer?« entgegnete Sagloba.

»So ist die Verlobung schon gewesen?«

»Die Verlobung ist noch nicht gewesen, denn Michael hat sich kaum von seiner Trauer freigemacht; aber sie wird sein ... überlaß das nur mir. Das Mädchen ist ihm – sie mag sich auch wie ein Wiesel drehen und wenden – höchlich geneigt, denn bei ihr gilt der Säbel.«

»Das habe ich bemerkt, bei Gott!« unterbrach ihn Ketling, vor Freude strahlend.

»Ha, hast du's bemerkt? Michael beweint noch immer die andere, aber wenn's ihm eine antut, so ist es sicher der kleine Heiduck, denn sie ist der anderen mehr ähnlich, nur daß sie weniger mit den Augen wirft, weil sie jünger ist. Das fügt sich alles gut, nicht wahr? Ich bin überzeugt, zur Wahl haben wir zwei Hochzeiten.«

Ketling sprach kein Wort. Er umarmte Sagloba wieder und legte sein schönes Gesicht an dessen rote Wangen, so daß der Alte ihn abschüttelte und fragte:

»So steckt dir Fräulein Drohojowska schon so tief im Herzen?«

»Ich weiß nicht, ich weiß nicht«, antwortete Ketling, »ich weiß nur eins: kaum, daß ihr himmlischer Anblick meine Augen erfreut hatte, sagte ich mir, daß mein gequältes Herz nur sie allein noch lieben könnte, und noch in dieser Nacht habe ich den Schlaf durch meine Seufzer weggescheucht und mich ganz der süßen Sehnsucht hingegeben. Sie hat die Herrschaft über mein ganzes Sein errungen, wie eine Monarchin über das untergebene Land und über ihre Getreuen waltet. Ist das Liebe, ist es etwas anderes – ich weiß es nicht.«

»Aber das weißt du doch, daß das kein Schlapphut und keine drei Ellen Tuch zu Pluderhosen sind, kein Gespann und keine Peitsche, keine Wurst mit Rührei noch ein Maß mit Schnaps. Wenn du dessen ganz gewiß bist, so frage über das andere Christine, und wenn du willst, so frage ich sie selbst.«

»Tut das nicht«, erwiderte Ketling lachend. »Wenn ich ertrinken soll, so laßt mich wenigstens noch ein paar Tage glauben, daß ich schwimme.«

»Ich sehe, in der Schlacht sind die Schotten tüchtig, aber in Liebesdingen taugen sie nichts. Die Frauen muß man wie den Feind tüchtig angreifen: *veni, vidi, vici* – das war meine Maxime.«

»Mit der Zeit, wenn sich meine heißesten Wünsche erfüllen sollten«, sagte Ketling, »werde ich vielleicht um die Hilfe eines Freundes bitten; obwohl ich das Heimatsrecht erhalten habe, adliges Blut in meinen Adern fließt, so ist doch mein Name hier unbekannt, und ich weiß nicht, ob die Frau Truchseß ...«

»Frau Truchseß, Frau Truchseß ...«, unterbrach ihn Sagloba, »darum sei unbesorgt; die Frau Truchseß ist eine wahre Spieldose; wie ich sie aufziehe, so spielt sie. Ich will sogleich zu ihr; man muß ihr sofort zuvorkommen, damit sie nicht scheel sehe auf deine Art mit dem Mädchen umzugehen, denn Eure schottische Art ist anders als die unsrige. Gewiß werde ich nicht gleich in deinem Namen die Werbung vorbringen, ich will nur so beiläufig erwähnen, daß dir das Mädchen in die Augen gestochen hat, und daß es gut wäre, dies Mehl zu Brot umzubacken. So wahr Gott lebt, ich gehe sofort, und du, ängstige dich nicht, ich kann ja doch sagen, was mir beliebt.«

Und obgleich Ketling noch immer zurückhielt, erhob sich Sagloba und ging.

Unterwegs begegnete er Bärbchen, die wie gewöhnlich in ausgelassener Fröhlichkeit war.

»Weißt du, Christine hat Ketling ganz und gar erobert.«

»Er ist nicht der erste!« erwiderte Bärbchen.

»Und du bist darüber nicht böse?«

»Ketling ist eine Puppe – ein artiger Kavalier, aber eine Puppe. – Da habe ich mir das Knie an der Deichsel zerschunden, das ist alles!«

Hier beugte Bärbchen sich nieder und begann das Knie zu reiben, indem sie gleichzeitig Sagloba anblickte; er aber sagte:

»Um des Himmels willen, sei vorsichtig! Wo rennst du wieder hin?«

»Zu Christine.«

»Und was macht sie?«

»Sie? Seit einiger Zeit küßt sie mich beständig und reibt sich an mir wie eine Katze.«

»Sage ihr nichts davon, daß sie Ketling erobert hat.«

»E – he, ob ich das aushalte?«

Sagloba wußte ganz gut, daß Bärbchen das nicht aushalten würde, gerade darum verbot er es ihr.

Er ging also weiter, sehr erfreut über seine Schlauheit, und Bärbchen platzte wie eine Bombe in Fräulein Drohojowskas Zimmer.

»Ich habe mir das Knie zerschunden, und Ketling ist sterblich in dich verliebt!« rief sie gleich an der Schwelle. »Ich habe nicht bemerkt, daß aus dem Wagenschuppen eine Deichsel hervorstand – schwapp, hatt' ich's! Es wurde mir ganz finster vor den Augen, aber es tut nichts. Herr Sagloba hat mich gebeten, dir nichts davon zu sagen. Habe ich nicht gleich gewußt, daß es so kommen wird? Ich hab's gleich gewußt, und du hast ihn mir einreden wollen; sei unbesorgt, man kennt dich! – Es tut noch ein wenig weh. Herrn Nowowiejski habe ich dir nicht einreden mögen, aber Ketling, oho! Der geht nun im ganzen Hause umher, hält sich den Kopf und spricht mit sich selber. Hübsch, Christine, sehr hübsch!«

»Wie bin ich unglücklich, o wie unglücklich!« rief plötzlich Christine und löste sich in Tränen auf.

Bärbchen begann sie zu trösten, aber es half nichts, das Mädchen schluchzte und weinte wie nie zuvor in ihrem Leben.

Wußte doch wirklich im ganzen Hause niemand, wie sehr sie unglücklich war. Seit einigen Tagen war sie in Fieberglut, ihr Gesicht war blaß, ihre Augen hohl, ihre Brust hob und senkte sich in kurzen Atemstößen; es war etwas Seltsames mit ihr vorgegangen. Wie eine plötzliche Krankheit war es über sie gekommen, nicht langsam zunehmend, sondern auf einmal, wie ein Sturmwind, wie ein Orkan hatte es sie mit sich gerissen, wie eine Flamme hatte es ihr Blut erhitzt, wie ein Blitz ihre Einbildung grell geblendet. Nicht einen Augenblick hatte sie vermocht, dieser Kraft Widerstand zu leisten, die so unbarmherzig plötzlich über sie hereingebrochen war. Die Ruhe hatte sie verlassen, ihr Wille war wie ein flügellahmer Vogel …

Sie wußte selbst nicht, ob sie Ketling liebe, ob sie ihn hasse, und eine furchtbare Angst vor dieser Frage hatte sie ergriffen; aber sie fühlte, daß ihr Herz nur durch ihn in so schnellen Schlägen pochte, daß ihr Kopf so haltlos nur an ihn denke, daß alles in ihr über ihn, von ihm erfüllt war. Und es gab keine Möglichkeit, sich dagegen zu wehren. Es wäre ihr leichter gewesen, ihn nicht zu lieben, als an ihn nicht zu denken, denn ihre Augen waren von seinem Anblick trunken, ihre Ohren von seiner Stimme berauscht, ihre ganze Seele voll von ihm ... Der Schlaf befreite sie nicht von diesem Aufdringlichen, denn kaum hatte sie die Augen geschlossen, so neigte sich sein Antlitz über sie und flüsterte: Du bist mir teurer als ein Königreich, als ein Szepter, als Ruhm und Reichtümer ... und dieses Haupt war so nah, daß selbst in der dunklen Nacht eine blutige Röte die Stirn des Mädchens übergoß. Sie war aus Reußenland, und ihr Blut war heiß, in ihrer Brust tobten unbekannte Gluten – von deren Dasein sie bisher nichts gewußt hatte, und unter deren Feuer sie zugleich Angst und Scham und eine große Zaghaftigkeit und Schwäche ergriff, die schmerzlich und süß war. Auch die Nacht brachte ihr keine Ruhe. Es hatte sie eine immer wachsende Müdigkeit ergriffen, wie nach einer schweren Arbeit.

»Christine, Christine, was ist mit dir geschehen!« rief sie sich selber zu. Aber sie war wie in einer Betäubung und in einer beständigen Sinnlosigkeit.

Noch war nichts geschehen, hatte sich nichts ereignet. Sie hatte mit Ketling allein noch nicht zwei Worte gewechselt, und obgleich der Gedanke an ihn sie ganz und gar erfaßt hatte, so flüsterte ihr doch ein unbestimmter Instinkt beständig zu: Hüte dich, weiche ihm aus ... und sie wich ihm aus.

Daß sie mit Wolodyjowski versprochen war, daran hatte sie bis jetzt nicht gedacht, und das war ihr Glück; sie hatte darum nicht daran gedacht, weil bisher nichts geschehen war, und weil sie an niemand dachte, weder an sich noch an andere, sondern nur an Ketling.

Und sie verbarg das in tiefer Seele; nur der Gedanke, daß niemand ahnte, was in ihr vorging, daß niemand sie mit Ketling in Verbindung brachte, war für sie eine große Erleichterung gewesen. Plötzlich überzeugten sie Bärbchens Worte, daß es anders sei, daß die Menschen sie schon beobachteten, daß man sie in Gedanken schon mit ihm in Verbindung bringe, daß man ahne, und so hatten Kummer, Schmach und Schmerz zusammen ihren Willen gebrochen, und sie brach wie ein kleines Kind in Tränen aus.

Bärbchens Worte aber waren nur der Anfang der unzähligen Anspielungen, der bedeutungsvollen Blicke, des Augenzwinkerns und

Kopfschüttelns, und endlich all der zweischneidigen Worte, die sie über sich mußte ergehen lassen. Gleich bei Tische begann das.

Die Frau Truchseß ließ ihren Blick von ihr zu Ketling und von Ketling zu ihr hinüberschweifen, was sie vorher nicht getan hatte. Herr Sagloba hüstelte bedeutungsvoll; bisweilen ward das Gespräch unterbrochen, ohne daß man wußte warum, und es trat Schweigen ein; und einmal rief Bärbchen während einer solchen Pause in ihrer Zerstreutheit über den ganzen Tisch:

»Ich weiß etwas, aber ich sage es nicht.«

Über Christinens Gesicht ergoß sich plötzlich glühende Röte: dann wurde sie blaß, als wäre eine drohende Gefahr an ihr vorübergegangen. Auch Ketling neigte den Kopf, beide empfanden sehr wohl, daß von ihnen die Rede war, und obgleich sie jede Unterhaltung miteinander vermieden, obwohl sie sich hütete, ihn anzublicken, war es doch für beide klar, daß zwischen ihnen etwas vorgehe, daß eine unbestimmte, gemeinsame Verlegenheit entstehe, welche sie verbindet, und gleichzeitig voneinander entfernt, weil sie dadurch ihre Freiheit verlieren und einander nicht mehr gewöhnliche Freunde sein können. Zum Glück für sie hatte kein Mensch Aufmerksamkeit für Bärbchens Worte, denn Sagloba rüstete sich zu einem Gange in die Stadt und sollte in zahlreicher adliger Gesellschaft zurückkehren, und das beschäftigte alle.

Am Abend erglänzte Ketlings Häuschen in hellem Lichte. Es waren viele Offiziere gekommen und Musik, die der höfliche Wirt zur Unterhaltung der Damen bestellt hatte. Tanz konnte man zwar nicht veranstalten, denn die große Faste und Ketlings Trauer gestatteten es nicht; aber man lauschte der Kapelle und vergnügte sich durch Unterhaltung. Die Damen hatten sich prächtig gekleidet, Frau Truchseß war in orientalischer Seide erschienen, der kleine Heiduck hatte sich buntfarbig geschmückt und stach den Soldaten mit seinem rosigen Mündchen und dem hellen Stirnhaar, das alle Augenblicke über die Wimpern fiel, in die Augen, erregte Lachen durch die Entschiedenheit seiner Rede und setzte sie in Erstaunen durch ein Benehmen, in welchem kosakische Kühnheit sich mit ungezwungener Anmut paarten.

Christine, deren Trauer um den Vater zu Ende ging, trug ein weißes, silberdurchwirktes Kleid. Die Ritter verglichen sie, die einen mit Juno, die anderen mit Diana, aber keiner näherte sich ihr zu sehr, keiner strich den Schnurrbart, keiner machte Kratzfüße, keiner warf die Frackschöße in die Höhe; keiner blickte sie mit blitzenden Augen an, keiner wechselte mit ihr süße Worte. Indessen hatten sie gleich bemerkt, daß diejenigen, welche sie mit Bewunderung und Hochachtung anschauten, dann gleich auf Ketling hinblickten, daß einige an ihn herantraten und ihm die Hände drückten, als wünschten sie ihm Glück, daß er die Arme hochzog und die Hände spreizte, als wiese er etwas von sich. Christine, die von Natur scharfsinnig und wachsam war, hatte die fast sichere Überzeugung, daß sie mit ihm über sie sprächen, daß sie sie beinahe als seine Verlobte betrachteten. Und da sie nicht ahnen konnte, daß Herr Sagloba schon jedem von den Gästen etwas ins Ohr geflüstert hatte, so konnte sie nicht begreifen, woher jene Vermutungen der Leute kämen.

»Steht mir etwas auf der Stirn geschrieben?« dachte sie beunruhigt, beschämt und besorgt.

Da trafen Worte ihr Ohr, die zwar nicht an sie gerichtet waren, aber doch ihr galten: »Glücklicher Ketling! … Ein Sonntagskind … kein Wunder, er ist auch ein schöner Mann …« und so weiter.

Andere höfliche Männer, die sie unterhalten und ihr etwas Angenehmes sagen wollten, sprachen mit ihr über Ketling, lobten ihn über die Maßen, rühmten seinen Mut, seine Gefälligkeit, seine höfischen Sitten und seine hohe Geburt. Und Christine mußte wohl oder übel zuhören, und ihre Augen suchten unwillkürlich den, von dem gesprochen wurde, und begegneten oft auch seinen Augen. Da erfaßte sie der Zauber mit neuer Gewalt, und ohne es selbst zu wissen, berauschte sie sich an seinem Anblick. Denn wie sehr unterschied sich Ketling von all den rauhen soldatischen Gestalten! »Der Prinz unter seinen Hofleuten«, dachte Christine, wenn sie dieses edle, aristokratische Haupt ansah und diese ehrgeizigen, melancholischen Augen und diese Stirn, die das üppige, blonde Haar umspielte. Das Herz im Busen zitterte ihr, als wäre dies für sie das teuerste Haupt auf Erden. Er hatte es gesehen, und da er ihre Verwirrung nicht vergrößern wollte, näherte er sich ihr nur, wenn auch ein anderer neben ihr saß. Wäre sie eine Königin gewesen, er hätte sie nicht mit größerer Zartheit umgeben können, als er es tat. Wenn er zu ihr sprach, neigte er den Kopf und zog einen Fuß zurück, als ob er andeuten wollte, daß er jeden Augenblick niederzuknieen bereit sei, und er sprach mit Würde, nie scherzend, obgleich er mit Bärbchen gern scherzte. In seinem Umgang mit ihr lag bei der größten Verehrung eher ein Schein süßer Traurigkeit. Dank dieser Würde wagte auch kein anderer irgend ein zu deutliches

Wort, irgend einen zu kühnen Scherz, als hätte sich allen die Überzeugung mitgeteilt, daß sie ein Mädchen sei, das an Wert und Geburt alle anderen überstrahlte, der man nie artig genug entgegenkommen könne.

Christine war ihm dafür von Herzen dankbar. Im ganzen verfloß dieser Abend für sie angstvoll, aber angenehm. Als die Mitternacht herankam, hörte die Kapelle auf zu spielen, die Damen verließen die Gesellschaft, und unter den Rittern begann der Becher zu kreisen, und die Unterhaltung, in welcher Sagloba die Würde des Hetmans übernommen hatte, lauter zu werden. Bärbchen begab sich auf ihr Zimmer, lustig wie ein Vogel, denn sie hatte sich vortrefflich unterhalten. Ehe sie zum Abendgebet niederkniete, begann sie übermütig die verschiedenen Gäste nachzuahmen, und sagte endlich in die Hände klatschend zu Christine:

»Vortrefflich, daß dein Ketling gekommen ist, nun werden wir wenigstens an Soldaten keinen Mangel haben. O, laß nur erst die Fastenzeit zu Ende gehen, dann tanze ich auf den Tod, dann wollen wir lustig sein, und auf deiner Verlobung mit Ketling und auf deiner Hochzeit – ei, wenn ich das Haus nicht auf den Kopf stelle, so sollen mich die Tataren fortschleppen. Wie wäre es, wenn sie uns so fortschleppten? das wäre lustig, ha! Der liebe Ketling! Für dich hat er die Musikanten kommen lassen, aber ich genieße mit. Er wird für dich immer neue Wunder schaffen, bis er endlich so machen wird! ...« Dabei fiel Bärbchen plötzlich vor Christine auf die Kniee, umfaßte ihre Hüften mit ihren Armen, und indem sie Ketlings Stimme nachahmte, begann sie:

»Mein Fräulein! Ich liebe Euch so, daß ich nicht atmen kann ... Ich liebe Euch zu Fuß und zu Pferde, nüchtern und nach der Mahlzeit, ich liebe Euch schottisch und auf ewige Zeiten ... Wollt Ihr die Meine werden?«

»Bärbchen, ich werde böse!« rief Christine.

Aber anstatt böse zu werden, faßte sie sie in ihre Arme, und während sie tat, als ob sie sie vom Boden aufheben wollte, küßte sie sie auf beide Augen.

7. Kapitel

Sagloba wußte sehr genau, daß der kleine Ritter mehr zu Christine als zu Bärbchen hinneige, aber gerade darum hatte er sich vorgenommen, Christine beiseite zu schieben. Er kannte Wolodyjowski durch und durch und war überzeugt, daß er, wenn ihm keine Wahl bliebe, sich unzweifelhaft Bärbchen zuwenden würde, in die der alte Graukopf selbst so blind vernarrt war, daß in seinem Kopfe der Gedanke gar nicht Raum finden konnte, wie irgend jemand ihr eine andere vorziehen könne. Er redete sich auch ein, er könne Wolodyjowski keinen größeren Dienst erweisen, als wenn er ihn mit dem kleinen Heiducken verlobe, und er schwamm in Wonne bei dem Gedanken an diese Ehe. Wolodyjowski zürnte er, Christinen auch; es war ihm zwar lieber, daß Michael Christine heirate, als daß er ledig blieb, aber er nahm sich selbst vor, alles zu tun, um ihn mit dem kleinen Heiducken zu verheiraten.

Und gerade weil ihm bekannt war, wie der kleine Ritter sich zu Fräulein Drohojowska hingezogen fühlte, wollte er nun so schnell wie möglich eine Frau Ketling aus ihr machen. Aber die Antwort, die er etliche Tage später von Skrzetuski erhielt, machte ihn in seiner Annahme ein wenig schwankend. Skrzetuski riet ihm, seine Hand davon zu lassen, denn er fürchtete, daß im anderen Falle Zwistigkeiten zwischen den Freunden entstehen könnten. Das wünschte auch Sagloba nicht, und so wurden in ihm gewisse Vorwürfe laut, die er etwa so zu beruhigen bemüht war:

»Wenn Michael und Christine sich einander versprochen hätten, und wenn ich dann Ketling wie einen Keil zwischen sie hineintriebe, so würde ich nichts sagen! Der weise Salomo sagt: stecke deine Nase nicht in fremde Dinge – und er hat recht; aber wünschen darf ein jeder. Übrigens, was habe ich eigentlich getan? – das soll mir jemand sagen, was?«

Dabei stemmte Sagloba die Hände in die Seite, schob die Lippe vor, blickte herausfordernd auf die Wände seines Zimmers, als erwarte er von diesen Vorwürfe; da aber die Wände nichts antworteten, sprach er selbst weiter:

»Ich habe Ketling gesagt, daß ich den kleinen Heiducken für Michael bestimme; soll ich dazu kein Recht haben? Ist es etwa nicht wahr?

Wenn ich Michael etwas anderes wünsche, so soll mich das Podagra kneipen!«

Die Wände drückten ihm durch vollkommenes Schweigen ihre Zustimmung aus. Er aber fuhr fort:

»Ich habe dem kleinen Heiducken gesagt, Ketling sei von Fräulein Drohojowska verwundet; – ist es etwa nicht wahr? Hat er es nicht zugestanden, hat er nicht geseufzt, als er vor dem Ofen saß, so daß die Asche ins Zimmer flog? Und was ich gesehen habe, habe ich den anderen erzählt. Skrzetuski ist ein Realist, aber auch mein Witz ist nicht für die Katze, ich weiß allein, was man sagen darf, und was man lieber verschweigt … Hm, er schreibt, ich solle die Hände davonlassen! Das kann geschehen, ich will meine Hände davonlassen, aber wenn wir mal zu dreien, Christine, Ketling und ich, im Zimmer bleiben, so will ich hinausgehen und sie allein lassen, mögen sie ohne mich fertig werden – bah, ich denke, sie werden sich zu helfen wissen, sie brauchen gar keine Hilfe, denn ohnehin drängt's einen zum anderen, daß ihnen die Augen flimmern. Und zum Überfluß kommt der Frühling, wo nicht bloß die Sonne, sondern auch die menschlichen Triebe heftiger zu brennen beginnen … Nun gut, ich will es lassen, aber wir wollen sehen, welchen Erfolg es haben wird ...«

Der Erfolg sollte sich in kurzem zeigen. In der Karwoche zog die ganze Gesellschaft aus Ketlings Hause nach Warschau und nahm im Gasthaus an der Langen Straße Wohnung, um in der Nähe der Kirchen zu sein und nach Herzenslust an der Andacht teilzunehmen, gleichzeitig aber auch die Augen an dem Festtrubel der Stadt zu weiden.

Ketling spielte auch hier den Wirt, denn obgleich Ausländer von Geburt, kannte er doch die Hauptstadt am besten und hatte überall Bekannte, durch die er alles leichter erreichen konnte. Er übertraf sich in Höflichkeiten und erriet fast die Gedanken der Gefährtinnen, besonders Christinens. Sie gewannen ihn auch alle aufrichtig lieb. Frau Makowiezka, die von Sagloba schon vorbereitet war, blickte auf ihn und auf Christine mit immer freundlicherem Auge, und wenn sie bisher kein Wort mit dem Mädchen gesprochen hatte, so war es nur geschehen, weil auch er immer noch schwieg. Aber es erschien dem braven »Tantchen« als eine so natürliche und geziemende Sache, daß der junge Ritter um das Fräulein werbe, besonders weil es sich um einen wahrhaft glänzenden Kavalier handelte, dem auf Schritt und Tritt Zeichen der Hochachtung und Freundschaft entgegengebracht wurden, nicht bloß von Niederen, sondern auch von Höheren. So verstand er durch seine wahrhaft wunderbare Schönheit und feine Sitte, durch Würde, Freigebigkeit, durch Milde im Frieden, durch Tapferkeit im Kriege alle Herzen zu gewinnen.

»Wie Gott geben und mein Mann beschließen wird, soll es werden«, dachte die Frau Truchseß bei sich, »aber ich will ihnen nicht hinderlich sein.«

Dank dieser Anschauung der Frau Truchseß war Ketling jetzt häufiger und länger mit Christine zusammen als im eigenen Hause.

Sagloba reichte gewöhnlich der Frau Truchseß selber den Arm, Ketling Christinen, und Bärbchen als die jüngste ging allein, bald ein Stück vorauseilend, bald vor den Schaukästen stehen bleibend, um die Waren und mannigfachen ausländischen Wunderdinge anzuschauen, die sie bisher nirgends gesehen hatte. Christine gewöhnte sich allmählich an Ketling, und wenn sie sich jetzt auf seinen Arm stützte, wenn sie seiner Rede zuhörte oder in sein edles Gesicht schaute, klopfte das Herz nicht mehr mit der alten Unruhe in ihrer Brust, verließ sie ihre Klarheit nicht mehr, ergriff sie nicht mehr Verlegenheit, sondern eine ungeheure und berauschende Wonne. Sie waren ununterbrochen beisammen, sie knieten nebeneinander in den Kirchen, und ihre Stimmen vereinigten sich bei der Andacht und den frommen Gesängen.

Ketling war sich über den Zustand seines Herzens vollständig klar. Christine sagte sich, sei es aus Mangel an Mut, sei es, daß sie sich selbst täuschen wollte: ich liebe ihn nicht – und doch liebten sie sich innig. Da zugleich zwischen ihnen eine große Freundschaft bestand, da sie, über die Liebe hinaus, einander noch sehr gern hatten, und über die Liebe bisher nicht ein Wort gesprochen, so ging ihnen die Zeit hin wie ein Traum, und es leuchtete ihnen beständiger Sonnenschein.

Bald sollten ihn für Christine die Schatten der Gewissensbisse verdunkeln, aber jetzt war die Zeit der Ruhe. Gerade durch die Annäherung an Ketling, durch den gewohnten Verkehr mit ihm, durch diese Freundschaft, die zugleich mit der Liebe zwischen ihnen aufgekeimt war, hatte Christinens Unruhe ein Ende, waren die Eindrücke nicht so gewaltsame, war der Zwiespalt ihres Blutes und ihrer Einbildung verstummt. Sie waren einander nahe, sie fühlten sich nebeneinander wohl, und Christine gab sich mit ganzer Seele der freundlichen Gegenwart hin und wollte nicht daran denken, daß sie je enden könne, und daß es zur Zerstreuung der Täuschung nur des einen Wörtchens von Ketling bedürfe: Ich liebe dich.

Und dieses Wort wurde bald gesprochen. Einmal, als Frau Truchseß mit Bärbchen bei einer kranken Verwandten waren, beredete Ketling Christine und Herrn Sagloba, das königliche Schloß zu besuchen, welches Christine bisher nicht gesehen hatte, und von dessen Wunderdingen man im ganzen Lande erzählte. Sie gingen also zu dreien hin; Ketlings Freigebigkeit öffnete ihnen alle Türen, und Christine wurde von so tiefen Verbeugungen der Diener begrüßt, als wäre sie eine Königin und betrete ihre eigene Residenz. Ketling, der das Schloß genau kannte, führte sie durch die prächtigen Säle und Zimmer. Sie betrachteten das Theater, die königlichen Bäder, sie blieben vor den Bildern, welche die Schlachten und Siege Siegmunds und Wladislaus' über die Barbaren des Ostens darstellten, sie gingen hinaus auf die Terrassen, von denen der Blick in unermeßliche Fernen schweifte. Christine war außer sich vor Bewunderung; er aber erklärte ihr alles. Von Zeit zu Zeit schwieg er und schaute in ihre dunkelblauen Augen, als wollte er mit dem Blicke sagen: Was bedeuten alle diese Wunder gegen dich, du Wunder, was bedeuten alle diese Schätze gegen dich, du Schatz!

Das Mädchen aber verstand diese stumme Sprache. Ehe er sie in eines der königlichen Zimmer führte, blieb er vor einer in der Wand verborgenen Tür stehen und sagte:

»Hier kann man bis in die Kathedrale gelangen; ein langer Korridor, der in einen schmalen Gang ausläuft und bis zu dem großen Altar hinführt. Hier hören der König und die Königin gewöhnlich die Messe.«

»Ich kenne diesen Weg gut«, antwortete Sagloba, »denn da ich mit Johann Kasimir in vertrauter Freundschaft lebte, und Marie Luise mich außerordentlich gern hatte, haben sie mich beide oft zur Messe eingeladen, um sich an meiner Gesellschaft zu erfreuen und an meiner Frömmigkeit zu erbauen.«

»Wünschet Ihr einzutreten?« fragte Ketling, indem er dem Türhüter ein Zeichen gab zu öffnen.

»Gehen wir hinein!« antwortete Christine.

»Geht allein«, sagte Sagloba, »Ihr seid jung und habt kräftige Beine; ich hab' mich schon müde gelaufen. Geht, geht, ich bleibe hier bei dem Diener. Wenn ihr auch mehrere Paternoster betet – ich will euch nicht zürnen wegen der Verzögerung, denn ich kann während der Zeit ausruhen.«

Sie gingen also hinein. Ketling nahm ihren Arm und führte sie durch den langen Korridor. Er drückte ihre Hand nicht ans Herz; er ging ruhig und in andächtiger Sammlung. Die Seitenfensterchen beleuchteten von Zeit zu Zeit ihre Gestalt, dann wieder tauchte sie im Dunkel unter. Ihr schlug das Herz ein wenig, denn sie waren zum erstenmal allein geblieben, aber seine Ruhe und Milde beruhigten auch sie. Endlich kamen sie in den schmalen Gang zur rechten Seite der Kirche, unmittelbar hinter dem Gitter in der Nähe des Hochaltars.

Zuerst knieten sie nieder und begannen zu beten. Die Kirche war still und leer. Zwei Lichter brannten vor dem Altar, aber der ganze Hintergrund des Kirchenschiffes lag in feurigem Halbdunkel. Nur durch die Regenbogenscheiben fiel farbiger Glanz auf diese beiden wunderbaren Gesichter, die in Andacht versunken waren, und in ihrer Ruhe Ähnlichkeit mit den Gesichtern der Cherubim hatten.

Ketling erhob sich zuerst und begann zu flüstern, denn er wagte nicht, in der Kirche seine Stimme zu erheben.

»Seht Ihr, diese Samtgewänder, hier sind die Spuren, wo die beiden Häupter des königlichen Paares sich gestützt haben. Die Königin saß auf dieser Seite, dem Altar näher. Ruht Ihr auf ihrem Platze ...«

»Ist es wahr, daß sie ihr ganzes Leben unglücklich gewesen«, flüsterte Christine, indem sie niedersaß. »Ich habe ihre Geschichte gehört, als ich noch ein Kind war; man erzählte sie in allen Adelsschlössern. Es kann wohl sein, daß sie unglücklich war, denn sie konnte nicht dem die Hand reichen, den ihr Herz liebte.« Christine stützte ihren Kopf auf dieselbe Stelle, an welcher die Vertiefung war, welche der Kopf Marie Luisens gebildet hatte, und schloß die Augen; ein schmerzliches Gefühl bedrückte ihre Brust, ein kalter Zug wehte plötzlich aus dem leeren Kirchenschiff her und machte den Frieden, der noch vor einer Weile ihr ganzes Wesen erfüllt hatte, zu Eis erstarren.

Ketling schaute sie schweigend an, es entstand eine wahrhaft kirchliche Stille. Dann beugte er sich langsam zu Christinens Füßen und begann mit tiefer, bewegter, aber ruhiger Stimme:

»Es ist keine Sünde, wenn ich an heiligem Orte vor dir niederkniee, denn wohin sollte reine Liebe segenheischend flüchten, wenn nicht in die Kirche? Ich liebe dich mehr als mein Leben, ich liebe dich mehr als alles Irdische, mit meiner ganzen Seele, mit meinem ganzen Herzen; nur hier im Angesicht dieses Altars bekenne ich dir meine Liebe!«

Christinens Antlitz wurde bleich wie Linnen; den Kopf auf den Samt der Lehne gestützt, blieb das unglückselige Mädchen unbeweglich. Er aber fuhr fort:

»Ich umfasse deine Kniee und flehe dich an um dein Urteil. Darf ich davongehen voll himmlischer Freude oder mit einem unerträglichen Schmerz, den ich nie und nimmer zu überleben vermöchte?«

Eine Weile harrte er der Antwort, als sie aber nicht kam, neigte er sein Haupt so tief, daß er fast Christinens Füße berührte, und eine sichtlich wachsende Rührung ergriff ihn ganz. Seine Stimme zitterte, als fehlte seiner Brust der Atem.

»In deine Hand empfehle ich mein Glück, mein Leben; deiner Zuneigung harre ich entgegen, denn mir ist furchtbar schwer ...«

»Laß uns um Gottes Erbarmen beten!« rief plötzlich Christine, indem sie in die Kniee sank.

Ketling hatte sie nicht begriffen, aber er wagte nicht, Widerstand zu leisten und kniete voll Erwartung und Unruhe neben ihr nieder. Und sie begannen wieder zu beten.

In dem leeren Kirchenraum hörte man manchmal ihre Stimmen sich erheben, und das Echo gab ihnen seltsamen, traurigen Widerhall.

»Gott, sei gnädig!« sagte Christine.

»Gott, sei gnädig!« wiederholte Ketling.

»Erbarme dich unser!« – »Erbarme dich unser!«

Und sie fuhren leise in ihrem Gebete fort; aber Ketling bemerkte, daß ihre ganze Gestalt vom Weinen erschüttert wurde. Sie konnte sich lange Zeit nicht beruhigen, und dann, als sie ruhig geworden, kniete sie noch lange unbeweglich. Endlich erhob sie sich und sagte:

»Gehen wir.«

Und sie traten wieder hinaus auf jenen langen Korridor. Ketling hoffte auf dem Wege eine Antwort zu erhalten und blickte ihr in die Augen, aber vergeblich. Sie ging eilig, als sehnte sie sich danach, so schnell wie möglich in das Zimmer zu gelangen, in welchem Sagloba auf sie wartete. Als sie nicht mehr weit von der Tür entfernt waren, ergriff der Ritter den Zipfel ihres Kleides.

»Fräulein Christine!« sagte er, »bei allem, was heilig ist!«

Da wandte sich Christine um, ergriff so schnell seine Hand, daß er nicht Zeit hatte, ihr Widerstand zu leisten, und drückte sie in einem Augenblick an den Mund.

»Ich liebe dich aus ganzer Seele, aber ich werde nicht die deine werden«, sagte sie.

Und ehe Ketling in seinem Erstaunen ein Wort zu sagen vermochte, fügte sie hinzu:

»Vergiß alles, was geschehen!«

Gleich darauf waren beide im Zimmer. Der Türhüter schlief in einem Stuhl, Sagloba in dem anderen; aber das Eintreten der jungen Leute weckte sie. Sagloba öffnete seine Augen und begann bei halbem Bewußtsein mit ihnen zu zwinkern; allmählich kehrte ihm das Gedächtnis an Zeit und Menschen zurück.

»Ha, ihr seid es!« sagte er und zog seinen Hut zurecht, »mir träumte, es sei ein neuer Kandidat für den Königsstuhl aufgetreten, und das war ein Piast. Waret ihr im Kirchengang?«

»So ist's.«

»Und ist euch die Seele Marie Luisens nicht erschienen?«

»O ja«, antwortete Christine mit dumpfer Stimme.

Nachdem sie aus dem Schloß getreten waren, empfand Ketling das Bedürfnis, seine Gedanken zu sammeln und sich von dem Erstaunen frei zu machen, in das ihn Christinens Benehmen versetzt hatte. Er verabschiedete sich von ihr und Sagloba gleich vor dem Tor; diese aber begaben sich zurück in das Gasthaus. Bärbchen und die Frau Truchseß waren von der Kranken schon heimgekehrt, und die Frau Truchseß begrüßte Herrn Sagloba mit folgenden Worten: »Ich habe einen Brief von meinem Manne bekommen, der bei Michael im Grenzquartier ist; sie sind beide gesund und versprechen in kurzem hier zu sein. Es liegt auch ein Brief von Michael an Euch hier, an mich nur ein Postskriptum in dem Briefe meines Mannes. Mein Mann schreibt auch, daß die Differenz, welche wegen des Guts von Bärbchen mit den Zubers bestanden, glücklich ausgeglichen ist. Jetzt stehen dort die Landtage bevor … er schreibt auch, daß dort der Name des Herrn Sobieski ungeheure Bedeutung hat, und so wird auch der Landtag in seinem Sinne ausfallen. Alle Welt rüstet sich zur Wahl, aber unsere Gegend wird auf seiten des Kronmarschalls stehen. Es ist schon warm dort und Regenwetter … In Werschutko sind einige Gebäude bei uns abgebrannt. Ein Knecht hat das Feuer angezündet, und da windiges Wetter war ...«

»Wo ist Michaels Brief an mich?« fragte Sagloba, indem er den Strom von Neuigkeiten unterbrach, den die brave Frau Truchseß in einem Atem hervorbrachte.

»Da ist er«, antwortete die Frau Truchseß, indem sie ihm den Brief reichte. – »... da Wind war, und die Leute auf dem Jahrmarkt ...«

»Wie sind die Briefe hierhergekommen?« fragte Sagloba wieder.

»Sie sind in Ketlings Haus gebracht worden, und von da hat sie ein Knecht hergebracht – nun weil aber, sage ich, Wind war ...«

»Wollt Ihr hören?«

»O gewiß, ich bitte.«

Sagloba erbrach das Siegel und begann zu lesen, erst mit halber Stimme für sich, dann lauter für alle:

»Es ist dies der erste Brief, den ich Euch sende; hoffentlich gibt es auch keinen zweiten, denn hier sind die Posten unsicher, und ich denke auch in kurzer Zeit persönlich bei Euch zu erscheinen. Es ist gut hier im Felde, aber doch zieht mich das Herz mächtig zu Euch, und die Gedanken und die Erinnerungen, die mir die Einsamkeit angenehmer machen als die zahlreiche Gesellschaft, sind ohne Ende. Die versprochene Arbeit ist vorbei, denn die Horden sitzen ruhig, nur kleinere Haufen pirschen auf den Wiesen, und wir haben sie zweimal so glücklich aufgescheucht, daß auch nicht ein Zeuge der Niederlage übrig geblieben ist.«

»Da haben sie ihnen warm gemacht«, rief Bärbchen erfreut, »es geht nichts über den Soldatenstand!«

»Die Banden des Doroschenko« – las Sagloba weiter – »möchten gern mit uns anbinden, aber ohne die Horde wagen sie's nicht, und die Gefangenen sagen aus, daß keine einzige größere Schar unterwegs sei, und auch ich denke, wenn etwas hätte kommen sollen, so wäre es schon gekommen, denn das Gras ist seit einer Woche grün, und die warmen Winde wehen, die die Pferde träge machen, und das sind die sichersten Anzeichen des Frühlings. Die Erlaubnis habe ich schon einholen lassen, und sie muß jeden Tag eintreffen: dann mache ich mich bald auf den Weg ... Herr Nowowiejski wird mich in meinem Wächteramt vertreten; es gibt so wenig zu tun, daß Makowiezki und ich den ganzen Tag die Füchse gehetzt haben, bloß zu unserem Vergnügen, denn der Pelz nützt uns zum Frühling nichts. Es fehlt auch nicht an Trappen, und mein Bursche hat einen Pelikan geschossen. – Ich umarme Euch von ganzem Herzen, küsse meiner Frau Schwester die Hand, auch Fräulein Christine, deren Zuneigung ich mich sehr empfehle, und bitte Gott nur darum, daß ich sie mit unverändertem Sinne wiederfinde. Grüßen Sie auch Fräulein Bärbchen von mir; Herr Nowowiejski hat seine Wut über den Korb, den er in Mokotow erhalten, zehnfach an den Nacken der Schurken ausgelassen, aber er ist noch immer nicht beruhigt, noch hat er es nicht ganz verwunden. – Ich empfehle Euch Gott und seiner heiligen Gnade.

P. S. Von durchreisenden Armeniern habe ich einen prächtigen Hermelinbesatz gekauft, – den bringe ich als Willkommengruß Fräulein Christine mit, und auch für unseren kleinen Heiducken werden sich türkische Südfrüchte finden.«

»Die mag Herr Michael allein aufessen, ich bin kein Kind«, versetzte Bärbchen, deren Wangen erglühten, als wäre ihr plötzlich etwas Unangenehmes widerfahren.

»So siehst du ihn nicht gerne wieder? Bist du ihm böse?« fragte Sagloba.

Aber sie brummte nur leise vor sich hin und geriet wirklich in Zorn bei dem Gedanken daran, wie leichthin Michael sie behandle; bald dachte sie wieder an die Trappen und an den Pelikan, der ganz besonders ihre Neugier erweckt hatte.

Christine saß während des Vorlesens mit geschlossenen Augen da, dem Lichte abgewandt. Es war ein wahres Glück, daß die Anwesenden ihr Gesicht nicht sehen konnten, sonst hätten sie unschwer erkannt, daß in ihr etwas Außerordentliches vorgehe. Was in der Kirche geschehen war, dann Wolodyjowskis Brief – das waren für sie gleichsam zwei kräftige Keulenschläge. Der wundervolle Traum war zerstoben, und seit diesem Augenblick stand das Mädchen von Angesicht zu Angesicht der unglückschweren Wahrheit gegenüber. Sie konnte nicht sofort ihre Gedanken sammeln, und nur unklare, dämmerhafte Gefühle tobten in ihrem Herzen. Wolodyjowski samt seinem Versprechen der Ankunft und dem Hermelinbesatz erschien ihr flach, ja nahezu widerwärtig. Ketling aber war ihr nie teurer. Teuer war ihr der bloße Gedanke an ihn, seine Worte, sein geliebtes Gesicht, teuer seine Betrübnis. Und nun wird man das Lieben, die Verehrung lassen müssen, das lassen, wozu das Herz sich drängt, dem die Arme sich entgegenstrecken; den geliebten Mann in Verzweiflung lassen, in ewiger Trauer, in Gram, und die Seele und den Körper einem anderen hingeben, der darum allein, weil er ein anderer ist, geradezu hassenswert erscheint.

»Ich werde es nicht verwinden«, rief es in Christinens Seele.

Und sie hatte die Empfindung, die eine Gefangene hat, der man die Hände bindet, und doch hatte sie sich selbst gebunden. Hätte sie doch damals Wolodyjowski sagen können, daß sie ihm eine Schwester sein wolle, nicht mehr. Hier kam ihr jener Kuß in Erinnerung, den sie empfangen und zurückgegeben, und es erfaßte sie Scham und Verachtung ihrer selbst. Hatte sie damals Wolodyjowski schon geliebt? – Nein, in ihrem Herzen war keine Liebe; neben dem Mitleid waren es nur Neugier und Leichtsinn, die sich hinter dem Schein schwesterlicher Zuneigung verbargen; jetzt erst erkannte sie, daß zwischen einem Kuß aus großer Liebe und einem Kuß aus der Erregung des Blutes ein Unterschied sei, wie zwischen Engel und Teufel. Und zu der Verachtung trat der Zorn in Christinens Herz, aber auch ihr Stolz empörte sich gegen Wolodyjowski. Auch er war schuldig; warum sollte alle Reue, warum sollten alle Gewissensbisse, alle Täuschungen auf sie zurückfallen, warum sollte nicht auch er den bitteren Trank teilen? Hätte sie nicht das Recht, ihm bei seiner Heimkehr zu sagen:

»Ich habe mich geirrt: Mitleid hielt ich für Zuneigung und auch du hast geirrt, und nun lasse mich, wie ich dich gelassen habe.«

Plötzlich erfaßte sie die Furcht vor der Rache des furchtbaren Mannes, nicht Furcht um sich selber, sondern um das geliebte Haupt, auf welches unfehlbar diese Rache zurückfallen würde. Sie sah in ihrer Einbildung Ketling, wie er zum Kampfe bereit stand mit dem furchtbaren und unvergleichlichen Kämpfer, sie sah ihn dann niedersinken, wie eine Blume hinsinkt unter der Hand des Schnitters, sie sah sein Blut, sein blasses Gesicht, seine Augen auf ewig geschlossen, und ihre Leiden überstiegen alles Maß. Sie erhob sich so schnell als möglich und ging in ihr Zimmer, um den Menschen aus den Augen zu kommen, um nicht mit anzuhören, wie sie von Wolodyjowski und seiner bevorstehenden Rückkehr plauderten. In ihrem Herzen wuchs der Zorn gegen den kleinen Ritter immer mächtiger an.

Aber die Gewissensbisse und das Leid folgten ihr auf der Spur, sie verließen sie nicht, wenn sie betete, sie setzten sich an ihr Bett, wenn sie sich müde und matt zur Ruhe begab, und begannen ihr zuzuflüstern:

»Wo ist er?« fragte das Leid – »sieh, noch ist er nicht heimgekehrt; er wandert durch die Nächte und ringt die Hände. Du wolltest ihn dem Himmel näher bringen, dein Herzblut für ihn hingeben, und du hast ihm den giftigen Trank bereitet, hast ihm das Messer ins Herz gestoßen.«

»Wärest du nicht voll Leichtsinn, würdest du nicht jeden an dich locken wollen, dem du begegnest« – so sprachen die Gewissensbisse – »wie anders könnte alles sein; nun bleibt dir nichts als die Verzweiflung, deine eigene Schuld, deine eigene große Schuld. Nun gibt es keine Hilfe mehr, keine Rettung, dir bleiben nur die Schmach, der Schmerz, die Tränen –«

»Wie er vor dir kniete in der Kirche« – sagte wieder das Leid – »ein Wunder, daß dir das Herz nicht brach, als er dir in die Augen blickte und um Erbarmen bat. War es recht, mit einem Fremden Mitleid zu haben, um wieviel mehr mit ihm, dem Geliebten, dem Teuersten! Gott segne ihn, Gott gebe ihm Trost.«

»Wärest du nicht leichtsinnig gewesen, so könnte dieser Teuerste in Freuden einhergehen« – wiederholten die Gewissensbisse – »und du könntest in seine Arme sinken als die Erwählte, als die Gattin ...«

»Und ewig mit ihm sein« – fügte das Leid hinzu.

Und die Gewissensbisse: »Deine Schuld!« –

Und das Mitleid: »Weine, Christine!«

Und wieder sagten die Gewissensbisse: »Damit tilgst du die Schuld nicht.«

Und wieder sprach das Leid: »Tue, wie du willst, aber tröste ihn.« –

»Wolodyjowski wird ihn töten«, antworteten sogleich die Gewissensbisse.

Kalter Schweiß bedeckte Christine, und sie setzte sich in ihrem Bette auf; das helle Licht des Mondes fiel in das Zimmer, das bei dem blassen Scheine seltsam gespensterhaft aussah.

»Was ist das?« dachte Christine. »Dort schläft Bärbchen; ich sehe sie, denn der Mond scheint ihr ins Gesicht, und ich weiß nicht, wann sie gekommen ist, wann sie sich entkleidet und niedergelegt hat; ich habe doch keinen Augenblick geschlafen. O, ich sehe, mein armer Kopf ist zu nichts mehr gut.«

Und wieder legte sie sich mit diesen Gedanken hin, aber bald ließen sich auch Leid und Gewissensbisse auf den Rahmen ihres Bettes nieder, zwei Göttinnen gleichend, die nach Belieben im Glanze des Mondes auftauchten oder aus dem silbernen Strom emporkamen.

»Ich werde heute gar nicht schlafen«, sagte Christine zu sich.

Und sie begann an Ketling zu denken und immer mehr zu leiden.

Plötzlich ertönte durch die Stille der Nacht die klagende Stimme Bärbchens:

»Christine! – Schläfst du nicht?«

»Mir träumte, daß irgend ein Türkenhund Herrn Michael mit einem Pfeil getroffen habe; – o Jesus Christus, Träume sind Schäume! Aber es schüttelt mich wie im Fieber – laß uns ein Gebet sprechen, damit Gott das Unheil wende!«

Christine flog wie ein Blitz der Gedanke durch den Kopf: wenn ihn doch einer getötet hätte! Aber sofort erschrak sie vor ihrer eigenen Schlechtigkeit, und obgleich sie sich zu übermenschlicher Kraft erheben mußte, um in diesem Augenblick um die glückliche Heimkehr Wolodyjowskis zu beten, antwortete sie doch: »Gut, Bärbchen.«

Dann stiegen sie beide aus ihren Betten, knieten mit nackten Beinen auf der mondbeleuchteten Diele und begannen ihre Litanei. Ihre Stimmen klangen wie Frage und Antwort zusammen, bald hoben, bald senkten sie sich, man hätte meinen können, das Zimmer habe sich in eine Klosterzelle verwandelt, in welcher zwei weiße Nonnen ihre nächtlichen Gebete verrichteten.

Am folgenden Tage war Christine schon ruhiger, denn sie hatte sich aus den verworrenen Pfaden und Irrwegen zwar einen sehr schweren, aber einen geraden Weg gewählt. Indem sie ihn beschritt, wußte sie wenigstens, wohin sie ging. Vor allem aber beschloß sie, mit Ketling zusammenzutreffen und ihn zum letzten Male zu sprechen, um ihn vor jedem Unheil zu schützen. Es wurde ihr schwer, denn Ketling hatte sich am folgenden Tage nicht sehen lassen und war auch zur Nacht nicht heimgekommen.

Christine pflegte nun vor Tag aufzustehen und in die nahe Dominikanerkirche zu gehen, da sie hoffte, daß sie ihm an einem Morgen begegnen werde und ohne Zögern mit ihm würde sprechen können.

Sie traf ihn auch wirklich einige Tage später am Kirchentor. Als er sie bemerkte, zog er den Hut, neigte schweigend den Kopf und stand regungslos da. Sein Gesicht war von Schlaflosigkeit und Leiden ermattet, die Augen hohl, und an den Schläfen waren gelbliche Flecken sichtbar. Seine zarte Gesichtsfarbe war wie Wachs geworden und sah wie eine prächtige Blume aus, die dahinwelkt. Christinens Herz riß in Stücke bei diesem Anblick, und obgleich ihr jeder entscheidende Schritt schwer wurde, da sie von Natur zaghaft war, streckte sie ihm doch zuerst die Hand entgegen und sagte:

»Möge Euch Gott trösten und Euch Vergessen schenken!«

Ketling nahm ihre Hand, zog sie an seine glühende Stirn, dann an die Lippen, an die er sie lange und mit ganzer Kraft drückte; endlich sprach er mit einer Stimme voll von tödlicher Trauer und Ergebung:

»Für mich gibt es keinen Trost, kein Vergessen!«

Christine brauchte in diesem Augenblick die ganze Herrschaft über sich selbst, um ihm nicht vor Leid die Arme um den Hals zu schlingen und auszurufen: »Ich liebe dich über alles, nimm mich hin!« – Sie fühlte, daß sie dies tun würde, wenn der Schmerz sie fortrisse. Darum stand sie lange Zeit schweigend vor ihm und rang mit ihren Tränen. Endlich überwand sie sich und begann ruhig, aber sehr schnell, weil ihr der Atem fehlte:

»Vielleicht bringt es Euch Trost, wenn ich Euch sage, daß ich keinem Manne angehören werde … Ich gehe ins Kloster … Denkt nicht schlecht von mir, denn ich bin schon so unglücklich; versprecht mir, gebt mir Euer Wort, daß Ihr niemand Eure Neigung zu mir anvertrauen werdet … daß Ihr niemand bekennen werdet … daß Ihr das, was vorgefallen, keinem Freunde, keinem Verwandten entdecken werdet. Dieses ist meine letzte Bitte. Einst kommt die Zeit, wo Ihr erfahren werdet, warum ich so handle … aber dann seid einsichtsvoll. Heute sage ich nichts mehr, denn ich kann nicht mehr vor Schmerz. – Versprecht mir das, das wird mein Trost sein, sonst sterbe ich.«

»Ich verspreche es und gebe mein Wort«, antwortete Ketling.

»Gott wird es Euch lohnen, und ich danke Euch von ganzem Herzen! Aber in Gegenwart der Menschen zeigt ein ruhiges Gesicht, damit niemand etwas ahne. Ich muß gehen; Ihr seid so gut mit mir, daß ich es mit Worten nicht sagen kann. Von nun ab werden wir uns nicht mehr ohne Zeugen sehen, immer nur vor den Menschen. Saget mir noch, daß Ihr mir nicht gram seid, denn Leiden ist ein anderes und Gramsein ein anderes … Gott allein tretet Ihr mich ab, keinem anderen … seid dessen eingedenk.«

Ketling wollte sprechen; aber weil er über die Maßen litt, drangen von seinen Lippen nur undeutliche Töne, Seufzern ähnlich. Dann berührte er mit den Fingern Christinens Schläfen und hielt sie so eine

Zeitlang, zum Zeichen, daß er ihr verzeihe, und daß er sie segne. Dann trennten sie sich; sie ging in die Kirche, er wieder auf die Straße, um niemand von den Bekannten in der Herberge zu treffen.

Christine kehrte erst gegen Mittag wieder und fand bei ihrer Heimkehr einen ausgezeichneten Gast; es war der Priester Olschowski, der Unterkanzler. Er war unerwartet zu Herrn Sagloba zu Besuch gekommen, weil er den Wunsch hegte, wie er selbst sagte, einen so großen Rittersmann kennen zu lernen, »dessen kriegerische Taten ein Muster, und dessen Verstand ein Vorbild für die gesamte Ritterschaft dieser hohen Republik sei.«

Sagloba war zwar höchlich erstaunt, aber nicht minder auch erfreut darüber, daß ihn eine so große Ehre in Gegenwart der Frauen treffe. Er blies sich also gewaltig auf, wurde rot, kam in Schweiß, und gleichzeitig bemühte er sich, der Frau Truchseß zu zeigen, daß er es gewohnt sei, solche Besuche von den größten Würdenträgern des Landes zu empfangen, und daß er sich nichts aus ihnen mache. Christine wurde dem Prälaten vorgestellt, küßte bescheiden seine Hände und setzte sich neben Bärbchen, froh darüber, daß niemand auf ihrem Gesicht die Spuren der vorangegangenen Erregungen lesen könne.

Inzwischen überhäufte der Unterkanzler Herrn Sagloba so reichlich mit Lobeserhebungen, daß es schien, als schüttle er immer neue Vorräte davon aus seinem violetten, spitzenbesetzten Ärmel.

»Glaubt nicht«, sagte er, »daß mich bloß die Neugier, den ersten Mann unter der Ritterschaft kennen zu lernen, hierhergeführt hat; denn wenn auch die Bewunderung die dem Helden gebührende Huldigung ist, so pflegen doch die Menschen, wo neben dem Mut die Erfahrung und der Scharfsinn ihren Sitz erwählt haben, auch zu ihrem eigenen Nutzen zu wallfahrten.«

»Die Erfahrung«, sagte Sagloba bescheiden, »besonders im Kriegshandwerk, mußte mit den Jahren selber kommen, und vielleicht fragte mich darum noch der selige Herr Koniezpolski, der Vater des Bannerträgers, bisweilen um Rat, dann auch Herr Nikolaus Potozki und Fürst Jeremias, und Herr Sapieha, und Herr Tscharniezki; was aber den Beinamen Ulysses betrifft, so habe ich ihn aus Bescheidenheit stets zurückgewiesen.«

»Und doch ist dieser mit Euch so verwachsen, daß die Menschen oft Euren wahren Namen gar nicht kennen. »Unser Ulysses« sagen sie, und sofort wissen alle, wen der Sprecher bezeichnen wollte. Und darum, bei den heutigen schweren und verkehrten Zeiten, wo mancher zögert und nicht weiß, wohin er sich wenden, auf welche Seite er treten soll, sagte ich mir, will ich hingehen, will seine Ansichten hören, will mich von Zweifeln befreien, will mich durch seine weisen Ratschläge erleuchten. Ihr erratet, daß ich von der bevorstehenden Wahl sprechen will, angesichts welcher jede Kandidatenzensur einen guten Zweck haben kann, um wieviel mehr erst eine solche, die Eurem Munde entströmt. Ich habe schon unter der Ritterschaft mit großem Beifall wiederholt sagen hören, daß Ihr jene Fremdlinge ungern sähet, die sich an unseren erhabenen Thron herandrängen. In den Adern der Wasas, so sollt Ihr gesagt haben, floß das Blut der Jagiellonen, darum haben wir sie nicht als Fremdlinge ansehen können; aber diese Fremdlinge – so sollt Ihr gesagt haben – kennen weder unsere alten Sitten, noch werden sie unsere alten Freiheiten zu achten verstehen, und daraus könne leicht ein absolutes Herrschertum erwachsen. – Ich erkenne an, daß diese Worte tief sind, aber verzeiht, wenn ich frage: Habt Ihr sie wirklich gesprochen, oder schreibt die öffentliche Meinung alle tiefen Sentenzen aus Gewohnheit in erster Reihe Euch zu?«

»Die Frauen sind meine Zeugen«, antwortete Sagloba, »und wenn auch der Gegenstand nicht gerade für sie geeignet ist, so mögen sie sprechen, wenn die Vorsehung in ihren unerforschlichen Ratschlüssen ihnen die Gaben der Rede gleich wie uns zuerkannt hat.«

Der Unterkanzler blickte unwillkürlich auf Frau Makowiezka hin und dann auf die beiden aneinandergeschmiegten Mädchen. Es trat eine Stille ein.

Plötzlich ertönte Bärbchens Silberstimme:

»Ich habe nichts gehört.«

Bärbchen geriet in große Verwirrung und wurde bis über die Ohren rot, besonders als Herr Sagloba sagte:

»Verzeihen, Ehrwürden, Jugend hat keine Tugend, aber betreffs der Kandidaten habe ich oft gesagt, über die Fremdlinge wird unsere Freiheit weinen.«

»Auch ich fürchte das«, versetzte der Prälat; »aber wollten wir auch einen Piasten, Blut von unserem Blut, und Fleisch von unserem Fleische wählen, – sagt mir doch, nach welcher Seite hin sollen sich unsere Herzen wenden? Schon Euer Gedanke an einen Piast ist groß und verbreitet sich gleich einer Flamme durch das ganze Land, denn ich höre, daß überall auf den Landtagen, wo die Korruption nicht überhandgenommen hat, nur eine Stimme laut wird: Ein Piast, Ein Piast!«

»Gewiß, gewiß«, sagte Sagloba.

»Indessen«, fuhr der Unterkanzler fort, »ist es leichter, einen Piasten zu wählen, als den Erwählten zu finden. Wundert Euch darum nicht, wenn ich frage: An wen dachtet Ihr?«

»An wen ich dachte?« wiederholte Sagloba; er schob die Lippen vor und runzelte die Brauen. Es wurde ihm schwer, sogleich eine Antwort zu finden, denn er hatte bisher nicht nur an niemanden gedacht, er hatte überhaupt diese Gedanken gar nicht gehabt, die ihm der geschickte Priester bereits eingeredet hatte. Er wußte das übrigens selbst und begriff, daß der Kanzler ihn nach einer bestimmten Richtung lenken wollte; aber er ließ sich absichtlich locken, denn es schmeichelte ihm das außerordentlich.

»Ich habe nur aus Grundsatz behauptet, wir müssen einen Piasten haben«, antwortete er endlich, »aber es ist wahr, ich habe noch keinen genannt.«

»Ich habe von den ehrgeizigen Absichten des Fürsten Boguslaw Radziwill vernommen«, brummte Olschowski so für sich hin.

»Solange Atem in meinem Munde, solange noch ein Tropfen Blutes in meiner Brust ist«, rief Sagloba mit der Kraft einer tiefen Überzeugung aus, »wird daraus nichts. Ich wollte nicht leben unter einem Volke, das so geschändet ist, daß es seinen Verräter und Judas zum Lohne zum Könige wählt.«

»Das ist nicht nur die Stimme der Vernunft, sondern auch der Bürgertugend«, murmelte wieder der Unterkanzler.

»Ha!« dachte Sagloba, »willst du mich fangen, so fange ich dich.«

Und Olschowski versetzte wiederum: »Wohin steuerst du, schwankendes Schifflein meines Vaterlandes, welche Stürme, welche Riffe harren dein? Wahrlich, es wird schlimm sein, wenn ein Fremdling dein Steuermann wird, aber es kann nicht anders sein, denn es gibt unter deinen Söhnen keinen Würdigeren.«

»Condé also, der Lothringer, oder der Fürst von Neuburg? ... Es gibt kein anderes Mittel.«

»Das kann nicht sein! Ein Piast!« antwortete Sagloba.

»Und wer?« fragte der Priester, dann folgte Schweigen.

Und wieder nahm der Priester das Wort:

»Gibt es auch nur einen, auf den sich alle Stimmen vereinigen würden? Wo ist jemand, der dem Adel so gefiele, daß niemand gegen seine Wahl murren sollte? Einen hat es gegeben, der Größte, der Verdienteste: Deinen Freund, braver Ritter, der wie die Sonne in Ruhm erstrahlte. Einen hat es gegeben!«

»Fürst Jeremias Wischniowiezki.«

»Ja, Fürst Jeremias! Aber er liegt im Grabe.«

»Sein Sohn lebt«, antwortete Sagloba.

Der Kanzler schloß die Augen und saß eine Zeitlang schweigend da. Dann hob er den Kopf, blickte Sagloba an und begann langsam:

»Ich danke Gott, daß er mir eingegeben hat, Eure Bekanntschaft zu suchen! Es ist wahr, der Sohn des großen Jeremias lebt, ein junger, hoffnungsvoller Fürst, gegen den die heutige Republik bis zum heutigen Tage eine unbezahlte Schuld abzutragen hat. Aber von dem ungeheuren Besitz ist ihm als einziges Erbe nur der Ruhm geblieben. Darum, in den heutigen verderbten Zeiten, wo jeder seine Augen nur dorthin lenkt, wo das Gold anlockt - wer wird seinen Namen aussprechen, wer den Mut haben, seine Kandidatur aufzustellen, Herr Sagloba? - Wohl, aber werden sich viele solcher finden? Kein Wunder, daß ein Mann, der sein ganzes Leben in heldenhaftem Ringen auf allen Schlachtfeldern dahingelebt hat, nicht zurückschreckt, und auch auf dem Felde der Wahl laut der Gerechtigkeit huldigt … Aber werden die anderen ihm folgen?«

Hier versank der Prälat in Gedanken, dann erhob er die Augen und sprach weiter:

»Gott ist mächtig über alle, - wer weiß, welches seine Entschlüsse sind, wer weiß! Wenn ich bedenke, wie der gesamte Adel Euch glaubt und vertraut, so beobachte ich wahrhaftig mit Erstaunen, daß mir Hoffnung ins Herz kommt. Sagt mir aufrichtig, hat es für Euch je etwas Unmögliches gegeben?«

»Nie!« antwortete Sagloba mit Überzeugung.

»Zu schroff darf man diese Kandidatur nicht gleich aufstellen. Mag erst der Name an die Ohren der Menschen schlagen, aber mag er den Gegnern nicht zu drohend erscheinen. Mögen sie lieber lachen und höhnen, um nicht zu kräftige Hindernisse in den Weg zu legen … Vielleicht gibt auch der Himmel, daß er plötzlich in die Höhe kommt, wenn die anderen Parteien gegenseitig ihre Bemühungen vernichten; bahnt ihm langsam den Weg, werdet nicht müde in der Arbeit, denn er ist Euer Kandidat, würdig Eures Verstandes, Eurer Erfahrung ... Gott segne Euch in diesen Bestrebungen!«

»Soll ich voraussetzen«, fragte Sagloba, »daß Ew. Hochwürden auch an den Fürsten Michael gedacht haben?«

Der Priester zog aus dem Ärmel ein kleines Büchlein, auf welchem in schwarzen Buchstaben der Titel stand: *Censura candidatorum.*

»Lest; diese Schrift soll für mich antworten.«

Bei diesen Worten schickte sich der Priester an aufzubrechen; Sagloba aber hielt ihn zurück und sagte:

»Gestattet mir, Hochwürden, noch etwas zu sagen. Vor allem danke ich Gott, daß das kleine Siegel sich in Händen befindet, welche die Menschen wie Wachs zu kneten verstehen.«

»Wie?« fragte der Kanzler verwundert.

»Dann aber sage ich Ew. Hochwürden von vornherein, daß die Kandidatur des Fürsten Michael mir sehr gefällt, denn ich habe seinen Vater gekannt und geliebt und habe mich unter seiner Führung samt meinen Freunden geschlagen, die auch aufjubeln werden bei dem Gedanken, daß sie dem Sohne die Liebe werden erzeigen können, die sie gegen den großen Vater hatten. Darum erfasse ich mit beiden Händen die Kandidatur; noch heute werde ich mit dem Herrn Unterkämmerer Krschyzki sprechen, mit dem ich nahe bekannt und befreundet bin, und der große Achtung beim Adel genießt, denn es ist wahrlich schwer, ihn nicht zu lieben. Wir werden dann beide tun, was in unseren Kräften steht, und gebe Gott, daß wir etwas erwirken!«

»Mögen Euch die Engel geleiten!« versetzte der Priester, »wenn dem so ist, so sind wir fertig.«

»Mit Erlaubnis, Hochwürden, noch sind wir nicht ganz fertig. Ich möchte nicht, daß Ew. Hochwürden denken: Ich habe ihm meine eigenen *desiderata* eingeredet, ich habe ihm eingeredet, daß er aus eigenem Verstande des Fürsten Michael Kandidatur erfunden hat; mit einem Worte, ich habe den Narren in meiner Hand geknetet, als ob es Wachs wäre ... Hochwürden, ich werde den Fürsten Michael darum aufstellen, weil ich ihn liebe – da liegt's. Daß er Euer Hochwürden, wie ich sehe, auch gefällt – desto besser ... Ich werde ihn aufstellen, der Fürstenwitwe zuliebe, meinen Freunden zuliebe, dem Vertrauen zuliebe, das ich zu dem Verstande habe« – hier verneigte sich Sagloba – »aus welchem diese Minerva entsprungen ist, aber nicht etwa deshalb, weil ich mir wie ein kleines Kind hätte einreden lassen, es wäre meine

Invention; nicht deshalb endlich, weil ich ein Narr bin, sondern deshalb, weil der alte Sagloba, wenn ihm ein kluger Mann etwas Kluges sagt, einschlägt und Topp! ruft.«

Hier verneigte sich der Edelmann noch einmal und verstummte. Der Priester war anfänglich stark verwirrt, aber da er die gute Laune des Edelmannes sah, und da die Sache den gewünschten Verlauf nahm, so lachte er aus vollem Halse, faßte sich an den Kopf und wiederholte:

»Ulysses, Ulysses, beim Himmel, ein wahrer Ulysses! Mein lieber Freund und Bruder, wer was Gutes schaffen will, muß die Menschen verschieden zu nehmen wissen; aber mit Euch, sehe ich, muß man geradezu ins Schwarze. Ihr habt mir vortrefflich gefallen!«

»Ganz wie Fürst Michael mir.«

»Schenke Euch Gott Gesundheit. Ja, ich bin geschlagen, aber ich freue mich darüber! Ihr habt wohl Grütze im Kopf … Und dieser Siegelring, wenn er sich zum Andenken an unsere Begegnung eignet …«

Sagloba fiel ihm ins Wort: »… Und dieser Siegelring bleibe an seinem Platze.«

»Tut es schon für mich!«

»Das kann nimmer sein; vielleicht ein andermal … später einmal, nach der Wahl.«

Der Priester-Unterkanzler hatte begriffen und drängte nicht länger; aber er ging mit strahlendem Gesicht hinaus.

Sagloba begleitete ihn bis vor das Tor und brummte, als er zurückkam:

»Ha! Ich habe ihm eine Lehre gegeben, in mir hat er seinesgleichen gefunden … Aber die Ehre! Hier werden die Würdenträger vor dem Tore Auffahrt halten, um einander zuvorzukommen … bin doch neugierig, was die Frauen dort denken werden.«

Die Frauen waren in der Tat voll Bewunderung, und Sagloba wuchs bis zur Decke, besonders in den Augen der Frau Makowiezka. Sie rief ihm auch, kaum daß er sich zeigte, mit großem Feuer entgegen:

»Ihr habt den weisen Salomo übertroffen!«

Und er war sehr aufgeräumt.

»Wen habe ich übertroffen? Wartet nur, meine Gnädige, Ihr werdet hier die Hetmane und die Bischöfe und die Senatoren sehen, man wird sie kaum noch loswerden können, wir werden uns noch vor ihnen verstecken müssen.«

Das weitere Gespräch unterbrach das Eintreten Ketlings.

»Ketling, willst du eine Beförderung?« rief ihm Sagloba, noch ganz von seiner eigenen Bedeutung berauscht, entgegen.

»Nein«, erwiderte der Ritter traurig, »denn ich werde wieder auf lange Zeit fort müssen.«

Sagloba sah ihn aufmerksamer an.

»Warum bist du so niedergeschlagen?«

»Eben weil ich fort muß.«

»Wohin?«

»Ich habe Briefe aus Schottland empfangen von den alten Freunden meines Vaters und den meinigen. Meine Angelegenheiten erfordern durchaus, daß ich hinkomme, vielleicht auf lange ... Es tut mir leid, von Euch zu scheiden, aber – ich muß!«

Sagloba trat in die Mitte des Zimmers, blickte bald Frau Makowiezka, bald die Mädchen an und fragte:

»Habt ihr's gehört? Im Namen des Vaters, des Sohnes und des Heiligen Geistes!«

Obwohl Sagloba die Nachricht von Ketlings Reise mit Erstaunen aufnahm, kamen ihm doch keine Vermutungen, denn man konnte leicht annehmen, daß Karl II. der Dienste gedachte, welche die Familie Ketling in den Tagen des Sturmes dem Throne erwiesen, und daß er dem letzten Abkömmling dieser Familie seine Dankbarkeit bezeigen wollte. Es konnte sogar auffällig erscheinen, wenn es anders gewesen wäre. Ketling hatte überdies Herrn Sagloba »überseeische Briefe« gezeigt und ihn schließlich ganz überzeugt. Andererseits aber drohte gerade die Reise alle Pläne des alten Edelmannes zu zerstören, und darum dachte er mit Sorge an das, was kommen würde. Wolodyjowski konnte, wie sein Brief merken ließ, jede Stunde eintreffen.

»Und die Winde haben ihm in der Steppe den letzten Rest der Trauer fortgeweht«, dachte Sagloba, »er wird froher wieder heimkehren, als er fortgereist ist; und da ihn zu Christine der Teufel weiß was hinzieht, so wird er ihr womöglich bald seine Erklärung machen ... und dann ... dann wird Christine ihr Einverständnis aussprechen, denn wie sollte sie einem solchen Manne, überdies dem Bruder der Frau Makowiezka, Nein sagen, und der arme, allerliebste kleine Heiducke bleibt auf dem Trockenen sitzen.«

Sagloba aber hatte sich mit dem Starrsinn, der alten Leuten eigen zu sein pflegt, durchaus in den Kopf gesetzt, Bärbchen mit dem kleinen Ritter zu vereinigen.

Da halfen weder die Überredungskünste Skrzetuskis noch die Einwände, die er sich selbst von Zeit zu Zeit machte; oft gab er sich das Wort, sich in nichts mehr zu mischen, dann aber kehrte er mit um so größerer Hartnäckigkeit zu dem Gedanken zurück, dieses Paar zu vereinigen. Ganze Tage überlegte er, wie man es anfangen könne, machte er Pläne, überdachte er kleine Kriegslisten, und er war so ganz davon erfüllt, daß er, wenn er glaubte, den richtigen Weg gefunden zu haben, laut aufschrie, wie nach einer glücklich vollbrachten Handlung:

»Gebe Euch Gott seinen Segen!«

Und in diesem Augenblick sah er den Zusammensturz aller seiner Wünsche vor sich. Es blieb nichts übrig, als alle Bemühungen aufzugeben und die Zukunft in Gottes Hand zu legen, denn jeder Schatten einer Hoffnung, daß Ketling vor seiner Abreise irgend einen entscheidenden Schritt Christine gegenüber tun würde, konnte in Saglobas Kopf nicht lange bestehen. In seinem Leid und aus Neugier beschloß er also, den jungen Ritter auszuforschen, sowohl über den Zeitpunkt wie über das, was er vor dem Verlassen der Republik zu tun gedenke.

Er bat ihn zu einem Gespräch und sagte mit sorgenvoller Miene:

»Es ist schlimm, ein jeder weiß am besten selbst, was er tun soll, ich will Euch also nicht zureden, zu bleiben, aber ich möchte gern etwas über Eure Rückkehr wissen.«

»Kann ich es ahnen, was meiner dort harrt«, antwortete Ketling, »welche Angelegenheiten, welche Abenteuer? Ich werde einmal zurückkehren, wenn ich es können werde; ich werde ewig dort bleiben, wenn ich müssen werde.«

»Du wirst sehen, das Herz wird dich zu uns ziehen.«

»O, wäre mein Grab nirgends anders als in diesem Lande, das mir alles gab, was es mir geben konnte.«

»Siehst du, in anderen Landen bleibt der Fremde bis an seinen Tod ein Stiefkind; unsere Mutter aber streckt dir gleich die Arme entgegen und drückt dich an ihre Brust wie das eigene Kind.«

»Wahr, sehr wahr, ach! Wenn ich nur könnte! … Denn alles kann ich im alten Vaterland finden, nur das Glück finde ich nicht.«

»Ha, hab ich's dir nicht gesagt: Mache dich ansässig, nimm ein Weib! – du wolltest nicht hören; und hättest du ein Weib, du müßtest wiederkehren, wenn du auch fortgingst, es sei denn, daß du auch dein Weib durch die empörten Wogen führen wolltest, und das nehme ich nicht an. Und ich habe dir den Vermittler gemacht; was, du wolltest nicht hören!«

Und Sagloba begann aufmerksam Ketlings Züge auszuforschen, um aus ihnen eine Erklärung zu lesen; aber Ketling schwieg, er senkte nur den Kopf und heftete die Augen auf die Erde.

»Nun, was sagst du darauf?«

»Es war keine Möglichkeit dazu vorhanden«, versetzte der junge Ritter langsam.

Sagloba begann im Zimmer auf und nieder zu gehen, dann machte er vor Ketling Halt, legte die Hände auf den Rücken und sagte:

»Und ich sage dir, sie war vorhanden. Wenn sie nicht war, will ich vom heutigen Tage an nie mehr diesen Leib mit diesem Gurt umbinden! Christine ist dir geneigt.«

»Gebe Gott, daß sie es bleibe, wenn uns auch Meere scheiden.«

»Nun also?«

»Nichts mehr, nichts mehr.«

»Hast du sie gefragt?«

»O laßt, es ist mir so schon schwer genug, reisen zu müssen.«

»Ketling, willst du, daß ich frage, solange es Zeit ist?«

Ketling dachte: wenn Christine so sehr gewünscht hat, daß ihre Empfindungen verborgen bleiben, so wird sie vielleicht froh darüber sein, eine Gelegenheit zu finden, sie offen abzuleugnen. Er sagte daher:

»Ich versichere Euch, daß es keinen Zweck hat, ich bin so fest davon überzeugt, daß ich alles getan habe, um mir diese Neigung aus dem Kopf zu schlagen; aber wenn Ihr ein Wunder erwartet, fragt.«

»Ha, wenn du sie dir aus dem Kopfe geschlagen hast«, sagte Sagloba mit einer gewissen Bitterkeit, »dann ist nichts zu tun. Aber gestatte, daß ich dir sage, daß ich dich für einen treueren Mann gehalten habe.«

Ketling erhob sich, streckte beide Hände in Fieberhast in die Höhe und erwiderte mit einer bei ihm ungewohnten Heftigkeit:

»Was würde es mir nutzen, einen jener Sterne zu begehren? Ich kann nicht zu ihnen emporfliegen, noch können sie zu mir heruntersteigen; wehe denen, die zum silbernen Mond emporseufzen!«

Aber auch Sagloba wurde zornig und begann zu fauchen. Einen Augenblick konnte er gar nicht reden, er mußte erst seine Wut überwinden; dann versetzte er in abgerissenen Worten:

»Mein Lieber, mach' mir nichts weiß; willst du mir aber Reden halten, so sprich wie zu einem Menschen, der vom Brot und Fleische lebt und nicht von Bilsenkraut ... Denn wenn ich jetzt verrückt würde und dir sagen wollte, daß diese meine Mütze *luna* sei, den man nicht mit der Hand erreichen könne, so würde ich mit bloßer Glatze in der Stadt umherlaufen, und die Kälte würde mir in die Ohren beißen wie ein Hund. Mit solchen Reden kämpfe ich nicht ... Eins aber weiß ich: daß dieses Mädchen drei Zimmer von hier entfernt sitzt, daß sie ißt und trinkt, daß sie einen Fuß vor den anderen setzt, wenn sie gehen will, daß ihre Nase bei der Kälte rot wird, und daß ihr im Sommer heiß ist; daß es sie juckt, wenn sie eine Mücke sticht, und daß sie *luna* höchstens darin ähnlich ist, daß sie keinen Bart hat. Aber auf die Art, wie du sprichst, kann man auch sagen, daß die Rübe ein Astrolog ist. Was aber Christine betrifft, so sage ich dir: wenn du es nicht versucht hast, und wenn du nicht gefragt hast, so ist das deine Sache, aber wenn du das Mädchen liebst und nun davongehst und dir dabei sagst: *luna* – so kannst du deine Treue wie deinen Verstand mit diesem Halm nähren, und damit basta!«

Ketling aber versetzte: »Mir ist nicht süß, mir ist bitter von der Nahrung, von der ich lebe. Ich gehe fort, weil ich muß; ich frage nicht, weil ich nichts zu fragen habe. Ihr aber beurteilt mich falsch ... Gott weiß, wie falsch.«

»Ketling, ich weiß ja, daß du ein braver Mann bist, aber diese deine Manier verstehe ich nicht. Zu meiner Zeit, da ging man zum Mädchen und sagte ihr ins Gesicht: Willst du, so bleiben wir beisammen, willst du nicht, so kaufe ich dich nicht, und jeder wußte, woran er sich zu halten habe ... Wenn einer aber ein Stock war und selbst nichts zu reden wußte, so schickte er einen Beredteren hin. Ich stand dir zu Diensten, und ich stehe es noch. Ich will hingehen, für dich reden, will dir Antwort bringen, und danach kannst du reisen oder hierbleiben.«

»Ich reise, es kann nicht anders sein, es wird nicht anders sein.«

»So kommst du zurück?«

»Nein. Tut mir den Gefallen und sprecht nicht mehr davon. Wollt Ihr um Eurer eigenen Neugier willen fragen, – tut's, aber nicht in meinem Namen.«

»Um Gottes willen, Ihr habt wohl schon gefragt?«

»Sprechen wir nicht davon, tut mir den Gefallen.«

»Gut, sprechen wir vom Wetter ... Hol' dich doch das Donnerwetter mit deinen Manieren! Ja, du mußt abreisen, und ich muß fluchen.«

»Leb wohl.«

»Warte, mein Zorn wird bald vorüber sein! lieber Ketling, warte, ich habe mit dir zu reden. Wann reisest du?«

»Sobald ich meine Angelegenheiten erledigt habe; ich möchte aus Kurland ein Viertel meines Erbguts abwarten und dieses Häuschen, in dem wir gewohnt haben, gern verkaufen, wenn sich ein Kauflustiger fände.«

»Makowiezki wird es kaufen, oder Michael. Du lieber Gott, ohne Abschied von Michael wirst du doch nicht abreisen?«

»Ich hätte ihm gern von ganzem Herzen Lebewohl gesagt.«

»Er kann jeden Augenblick eintreffen, jeden Augenblick; vielleicht wird er dir zu Christine zureden.«

Hier unterbrach sich Sagloba, denn es erfaßte ihn plötzlich eine Unruhe.

»Ich bin Michael in bester Absicht gefällig gewesen«, dachte er, »aber weiß der Teufel, vielleicht gegen seinen Willen; sollte aber eine Zwietracht zwischen ihm und Ketling daraus entstehen, so mag Ketling lieber fortgehen.«

Dabei rieb Sagloba seine Glatze mit der Hand.

»Man spricht so dies und das aus aufrichtiger Freundschaft zu dir. Ich habe dich so lieb gewonnen, daß ich dich auf jede mögliche Weise hierhalten wollte; darum habe ich dir Christine wie den Speck aufgestellt ... aber nur aus Freundschaft ... was kümmert mich Alten das ... gewiß nur aus Freundschaft – sonst nichts. Ich beschäftige mich ja nicht mit Ehestiften; wollte ich Ehen stiften, so hätte ich doch mir eine gestiftet ... Gib das Mäulchen, Ketling ... und ärgere dich nicht.«

Ketling schloß Sagloba, der ganz gerührt war, in seine Arme und ließ bald eine Flasche bringen. »Nun will ich zur Feier der Abreise täglich eine solche trinken.«

Und sie tranken. Dann verabschiedete sich Ketling und ging. Der Wein hatte indessen Saglobas Phantasie angeregt; er dachte sehr lebhaft über Bärbchen, über Christine, über Wolodyjowski und über Ketling nach; er verband sie zu Paaren und segnete sie. Endlich wurde ihm nach den Mädchen bange, und er sagte zu sich:

»Nun muß ich hinein, die Weiber besuchen.«

Die Mädchen saßen im Zimmer auf der anderen Seite des Flures und stickten. Sagloba begrüßte sie, ging im Zimmer auf und nieder, indem er die Beine ein wenig nachzog, denn sie folgten ihm nicht mehr wie früher, besonders nach dem Wein. Er blickte immer wieder zu den Mädchen hinüber, die ganz nahe aneinander saßen, so nahe, daß das helle Köpfchen Bärbchens sich fast an das dunkle Christinens anlehnte. Bärbchen sah ihn aufmerksam an, Christine aber stickte so fleißig, daß man kaum ihrer Nadel mit den Augen folgen konnte.

»Hm«, machte Sagloba; »hm«, wiederholte Bärbchen.

»Verspotte mich nicht, ich bin ärgerlich.«

»Ihr werdet mir gewiß den Kopf abschneiden!« rief Bärbchen, indem sie sich erschreckt stellte.

»Mühlrad, Mühlrad, Mühlrad, die Zunge sollte man dir abschneiden.«

Bei diesen Worten trat Sagloba näher an die Mädchen heran, stemmte plötzlich die Arme in die Seiten und fragte ohne weitere Einleitung:

»Willst du Ketling zum Manne haben?«

»Fünf solche!« antwortete Bärbchen sofort.

»Still, dummes Ding, ich spreche nicht zu dir. Christine, dich meine ich, willst du Ketling zum Manne haben?«

Christine wurde ein wenig blaß, obgleich sie anfangs glaubte, Sagloba frage Bärbchen, nicht sie; dann hob sie zu dem alten Edelmann ihre schönen, dunkelblauen Augen empor und sagte gelassen: »Nein!«

»Nun, ich bitte, nein! – wenigstens kurz, das lasse ich mir gefallen. Und warum wollen das Fräulein ihn nicht?«

»Weil ich niemand will.«

»Christine, sag' das anderen!« fiel Bärbchen ein.

»Was hat den Ehestand so in Verruf gebracht?« fragte Sagloba weiter.

»Das ist's nicht, das ist's nicht.«

»Mich zieht's ins Kloster«, antwortete Christine.

In ihrer Stimme lag ein solcher Ernst und eine solche Traurigkeit, daß sowohl Bärbchen wie Sagloba keinen Augenblick annahmen, daß es Scherz sein könne. Es erfaßte beide ein so großes Erstaunen, daß sie bald einander, bald Christine mit großen Augen ansahen.

»He?« machte Sagloba zuerst.

»Es zieht mich ins Kloster«, wiederholte Christine mild.

Bärbchen sah sie wieder und wieder an; plötzlich warf sie ihr die Arme um den Hals, legte ihre rosigen Lippen an ihre Wange und sprach hastig:

»Christine, ich plärre los! Sag's doch gleich, daß du nur so in den Wind hineinsprichst, sonst plärr' ich, so wahr Gott lebt, ich plärre los!«

8. Kapitel

Nach dieser Unterredung mit Sagloba war Ketling noch bei Frau Makowiezka. Er kündigte ihr an, daß er wichtiger Angelegenheiten wegen in der Stadt bleiben, vielleicht gar auch vor der großen Reise auf einige Wochen nach Kurland gehen müsse, daß er daher die Frau Truchseß nicht mehr persönlich in seinem Landhäuschen würde bewirten können. Er bat sie indes inständig, sie möchte das Häuschen wie bisher als ihre Residenz ansehen und mit ihrem Gatten und Herrn Michael während der Zeit der nahe bevorstehenden Wahl wohnen bleiben.

Frau Makowiezka war damit einverstanden, da im entgegengesetzten Falle das Häuschen leer gestanden und niemand Nutzen gebracht hätte. Ketling ging und ließ sich weder im Gasthaus noch späterhin in der Umgegend von Mokotow mehr sehen, denn Frau Makowiezka und die jungen Mädchen waren aufs Land zurückgekehrt. Aber nur Christine empfand seine Abwesenheit. Denn Sagloba war ganz und gar von der bevorstehenden Wahl in Anspruch genommen. Bärbchen und die Frau Truchseß nahmen sich den plötzlichen Entschluß Christinens so zu Herzen, daß sie an nichts anderes denken konnten.

Frau Makowiezka versuchte nicht einmal, Christine von diesem Schritte abzureden, und zweifelte auch, ob ihr Mann abreden würde, denn in jener Zeit hielt man einen Widerspruch gegen ein solches Vornehmen für eine Beleidigung und Kränkung Gottes. Nur Sagloba hätte bei aller seiner Frömmigkeit den Mut gehabt, Einspruch zu erheben, wenn ihm ein wenig daran gelegen hätte. Da ihm aber gar nichts daran lag, verhielt er sich still; ja, er war's sogar in der Seele zufrieden,

daß die Dinge sich so schickten, und daß Christine zwischen Wolodyjowski und dem kleinen Heiducken sozusagen Raum schaffte. Nun
war Sagloba überzeugt von der glücklichen Erfüllung aller seiner geheimsten Wünsche und gab sich gänzlich den Wahlarbeiten hin; er
bereiste den Adel, der in die Hauptstadt gekommen war, oder brachte
seine Zeit in Unterredungen mit dem Priester Olschowski zu, den er
schließlich sehr lieb gewonnen und dessen vertrauter Genosse er geworden war.

Nach einer jeden solchen Unterredung kehrte er als ein eifriger
Parteigänger des »Piasten« und als ein immer heftigerer Feind der
Ausländer zurück. Der Weisung des Unterkanzlers gemäß verhielt er
sich noch ganz still; aber es verging kein Tag, ohne daß er einen für
diese noch geheim gehaltene Kandidatur gewonnen hätte – und es
geschah, was gewöhnlich in solchen Fällen zu geschehen pflegt: er
selbst begeisterte sich so sehr für die Sache, daß diese Kandidatur neben
der Verbindung Bärbchens mit Wolodyjowski sein zweites Lebensziel
wurde.

Unterdessen kam der Wahltag immer näher.

Schon löste der Frühling das Eis der Gewässer; schon begannen
wärmere Winde zu wehen, unter deren Atem die Bäume sich mit
Knöspchen bedeckten und Ketten von Schwalben nach dem Aberglau-
ben des Volkes sich auseinanderlösten, um jeden Augenblick aus der
kalten Flut an das helle Licht des Tages hinaufzusteigen. Und mit den
Schwalben und den anderen Wandervögeln begannen auch die Gäste
zur Wahl einzutreffen.

Erst die Kaufleute, für die es reichliche Ernte gab, wo über eine
halbe Million Volks zusammenkommen sollte; Herren, ihr Gefolge,
Adel, Diener, Soldaten. Es kamen Engländer, Holländer, Deutsche,
Russen, es kamen Tataren, Griechen, Armenier, auch Perser und
brachten Tuch, Leinewand, Damast und Brokate, Felle, Kleinodien,
Südfrüchte und duftende Gewürze. An den Straßen und außerhalb
der Stadt wurden Buden erbaut, in denen allerlei Waren aufgestapelt
waren. Einzelne »Bazare« wurden sogar in den Dörfern bei der Stadt
errichtet, denn man wußte, daß die Gasthäuser der Residenz nicht
den zehnten Teil der Wähler aufzunehmen vermöchten, und daß eine
große Anzahl von ihnen sich außerhalb der Mauern lagern würde,
wie das übrigens stets zur Zeit der Wahl geschah.

Endlich begann auch der Adel in so großen Scharen herbeizuströmen, daß, wenn er ebenso zahlreich die bedrohten Grenzen der Republik besetzt hätte, der Fuß eines Feindes sie nie hätte überschreiten können.

Von Mund zu Munde ging es, daß die Wahl eine stürmische sein werde, denn das ganze Land war in drei Hauptparteien getrennt: für Condé, den Fürsten von Neuburg, und den Lothringer. Es hieß, jede der Parteien würde selbst mit Gewalt ihren Kandidaten durchzubringen suchen.

Ein Sturm hatte die Gemüter ergriffen; die Seelen glühten von Parteiwut. Die einen sagten einen Bürgerkrieg voraus, und diese Gerüchte fanden Glauben durch die riesigen bewaffneten Gefolge, mit denen sich die Magnaten umgeben hatten. Auch sie kamen früh herangezogen, um noch Zeit zu allerlei Machenschaften zu haben. Wenn die Republik in Gefahr war, wenn der Feind ihr das Messer an die Kehle setzte, konnte der König, konnten die Hetmane nicht mehr als eine Handvoll Soldaten gegen sie führen. Jetzt kamen die Radziwills allein trotz Gesetz und Beschlüssen mit einer Armee von etlichen hundert Kriegern herangezogen; die Patz' brachten beinahe eine gleiche Zahl mit, die mächtigen Potozkis kaum eine geringere, und mit nicht viel weniger erschienen auch die anderen »Kleinkönige« aus Polen, Litauen und Preußen. Wohin steuerst du, schwankes Schifflein meines Vaterlandes? – wiederholte der Priester Olschowski immer häufiger, und doch hatte er selbst seine eigenen Interessen im Herzen. An sich und an die Macht der eigenen Häuser nur dachten die bis ins innerste Mark verderbten Magnaten, die jeden Augenblick bereit waren, den Sturm des Bürgerkrieges anzufachen.

Die Scharen des Adels wuchsen mit jedem Tage, und man konnte jetzt schon erkennen, daß er, wenn nach dem Reichstag die Wahl selbst beginnen würde, auch die größte Macht der Magnaten übertreffen müsse. Aber auch diese Scharen waren nicht fähig, das schwanke Schiff der Republik glücklich in ruhige Strömungen zu lenken, denn ihre Geister waren in Dunkelheit und Nacht gehüllt, und ihre Herzen meist verderbt.

So drohte die Wahl unberechenbar zu werden, und niemand konnte ahnen, daß sie auch nur ein elendes Resultat geben würde, denn außer Sagloba hatten nur wenige, auch die nicht etwa für den Piast arbeiteten, die Hoffnung, einen Kandidaten wie den Fürsten

Michael durchzusetzen, denn wer konnte wissen, wieviel die Urteilslosigkeit des Adels und die Machenschaften der Magnaten vermöchten. Sagloba aber schwamm in diesem Meer wie ein Fisch. In dem Augenblick, an dem der Reichstag begann, nahm er dauernd seine Wohnung in der Stadt und besuchte Ketlings Haus nur so oft, als ihm nach seinem kleinen Heiducken bange ward. Da aber auch Bärbchen infolge von Christinens Entschlusse von ihrer Heiterkeit viel verloren hatte, nahm Sagloba sie von Zeit zu Zeit mit sich in die Stadt, damit sie sich zerstreue, und ihr Auge an dem Anblick der Bazare weide.

Am Morgen pflegte sie in die Stadt zu fahren, und am späten Abend brachte dann Sagloba das Fräulein wieder heim. Unterwegs und in der Stadt erfreute sich das Herz des Mädchens an dem Anblick der unbekannten Menschen und Dinge, der vielfarbigen Scharen der stolzen Heere. Dann glänzten ihre Augen wie zwei glühende Kohlen, ihr Köpfchen wandte sich lebhaft nach allen Seiten, sie konnte nicht genug sehen, nicht genug bewundern und überschüttete Sagloba mit tausend Fragen. Er antwortete mit Freuden, denn er konnte dadurch seine Erfahrung und seine Gelehrsamkeit beweisen. Oft auch umgab eine artige Schar von Soldaten das Wäglein, in dem sie fuhren; die Ritter bewunderten Bärbchens Schönheit, ihren schlagenden Witz und ihre Entschlossenheit, und Sagloba erzählte ihnen dazu immer noch die Geschichte vom Tataren, den sie mit Entenschrot erschossen, um die Leute vollends in Erstaunen und Entzücken zu versetzen. Eines Abends waren sie wieder sehr spät zurückgekehrt, denn sie hatten den ganzen Tag Felix Potozkis Scharen besichtigt. Die Nacht war hell und warm, über den Wiesen hingen weiße Nebel. Sagloba, obwohl er immer ermahnt hatte, bei einem so großen Zusammenfluß von Bediensteten und Soldaten fleißig acht zu haben, um nicht auf Gesindel zu stoßen, war tief eingeschlafen; auch der Kutscher schlummerte, und nur Bärbchen war wach, denn durch ihren Kopf zogen Tausende von Bildern und Gedanken.

Plötzlich drang Pferdegetrappel an ihr Ohr.

Sie zog Sagloba am Ärmel und sagte.

»Wir sind von Räubern verfolgt!«

»Was – wie – wer?« fragte Sagloba schläfrig.

»Wir sind von Räubern verfolgt!«

Da erwachte Sagloba.

»O, gleich verfolgt! – Ich höre Hufschlag; vielleicht reitet jemand denselben Weg.«

»Ich bin überzeugt, es sind Räuber.«

Bärbchen war darum davon überzeugt, weil sie sich in innerster Seele Abenteuer, Räuber und Gelegenheit, ihren Mut zu zeigen, wünschte, und als Sagloba schnarchend und brummend anfing, unter dem Sitz die Pistolen hervorzuziehen, die er »zufällig« immer mit sich führte, drängte sie ihn bald, ihr eine zu geben.

»Ich werde schon den ersten, der herkommt, treffen. Die Tante schießt ausgezeichnet mit dem Pistol, aber sie sieht in der Nacht nichts. Ich möchte schwören, es sind Räuber; – o gebe Gott, daß sie uns angriffen! Gib mir schnell das Pistol!«

»Gut«, antwortete Sagloba, »aber versprich mir, daß du nicht vor mir schießest und nicht, ehe ich »Feuer« sage. Wenn man dir eine Waffe in die Hand gibt – du hättest nicht übel Lust, den ersten besten Edelmann niederzuschießen, ohne vorher »wer da« zu rufen, und dann gibt's Händel.«

»So werde ich erst fragen: »wer da?««

»Und wenn dann Trunkenbolde vorbeikommen und die Frauenstimme erkennen und etwas Unartiges zur Antwort geben?«

»Dann schieße ich los; – schön!«

»Na, da nehme man sich solch einen Heißsporn in die Stadt mit! – Ich sage dir, du sollst nicht ohne Kommando schießen!«

»Ich werde also fragen: »wer da?«, aber mit so tiefer Stimme, daß sie mich nicht erkennen werden.«

»Na, sei's denn so! Ha, ich höre sie schon in der Nähe, – sei überzeugt, das sind gute Leute, denn Strolche wären plötzlich aus dem Graben aufgetaucht.«

Da aber wirklich viel Gesindel auf allen Wegen herumlungerte, und man viel von Unglücksfällen hörte, befahl Sagloba dem fahrenden Knecht, nicht unter den Bäumen zu halten, die am Kreuzweg standen, sondern an einem hell erleuchteten Orte.

Inzwischen waren die Reiter auf etliche zehn Schritt herangekommen, – da fragte Bärbchen in einem Baß, der ihr selbst eines Dragoners würdig erschien, und in drohendem Tone:

»Wer da?«

»Was steht ihr mitten im Wege?« gab einer der Ritter zur Antwort, dem offenbar der Gedanke gekommen war, daß die Reisenden Unglück gehabt haben müßten mit dem Gespann oder mit dem Wagen.

Aber bei diesem Ton ließ Bärbchen sofort das Pistol sinken und sprach hastig zu Sagloba:

»Wahrhaftig, das ist Onkelchen … Bei Gott!«

»Was für ein Onkelchen?«

»Makowiezki.«

»He da!« schrie jetzt Sagloba, »ist das nicht Herr Makowiezki mit unserem Wolodyjowski?«

»Herr Sagloba?« versetzte der kleine Ritter.

»Michael!«

Da begann Sagloba in großer Eile seine Füße über die Lehne des Wagens zu strecken, aber ehe es ihm gelang, mit einem hinüberzukommen, war Wolodyjowski schon vom Pferde gesprungen und stand an dem Korbwagen; da er im Mondlicht Bärbchen erkannte, ergriff er ihre beiden Hände und rief:

»Ich heiße Sie von ganzem Herzen willkommen! Wo ist Fräulein Christine, die Schwester? Sind alle gesund?«

»Gott sei Dank, alle sind gesund! – Daß Ihr endlich gekommen seid!« antwortete Bärbchen mit pochendem Herzen, »der Onkel auch? – Onkelchen!«

Sie umarmte Herrn Makowiezki, der gerade an den Wagen herangekommen war, und Sagloba hatte inzwischen Wolodyjowski seine Arme geöffnet. Nach langen Begrüßungen erfolgte die gegenseitige Vorstellung des Herrn Truchseß und Saglobas; dann stiegen die beiden Ankömmlinge, nachdem sie den Knechten ihre Pferde übergeben hatten, in den Korbwagen; Makowiezki und Sagloba nahmen die Rücksitze ein, Bärbchen und Wolodyjowski fanden vorne Platz.

Nun folgten Fragen und kurze Antworten, wie das gewöhnlich zu sein pflegt, wenn sich Menschen nach langer Trennung wieder begegnen. Makowiezki fragte nach seiner Frau, Wolodyjowski erkundigte sich noch einmal nach Christinens Wohl; dann verwunderte er sich über Ketlings Abreise, aber er hatte keine Zeit, darüber nachzudenken, denn er mußte bald Rede stehen über das, was er selbst an der Grenzstation gemacht habe, wie er die Scharen der Horden überlistet, wie bange ihm war und wie doch so erfrischend, das alte Leben wieder zu genießen.

»Seht«, sagte er, »mir war's, als wären die alten Tage wiedergekehrt, da ich noch mit Kuschel, mit Skrzetuski und Wierschul zusammen auszog. Erst wenn am Morgen der Eimer zum Waschen gebracht wurde, und ich die grauen Haare an meinen Schläfen in ihm sah, da erst trat es mir nahe, daß ich nicht mehr derselbe wie früher bin, obwohl ich wiederum dachte, solange der Jugendmut derselbe ist, ist auch der Mensch derselbe.«

»Und damit hast du ins Schwarze getroffen«, antwortete Sagloba. »Ich sehe, dort im frischen Grase hast du deinen Witz aufgefüttert, denn früher war er gar nicht so leicht beschwingt. Jugendmut, das ist die Hauptsache, – es gibt kein besseres Mittel gegen die Melancholie!«

»Was wahr ist, ist wahr«, fügte Herr Makowiezki hinzu »dort in Michaels Standquartier gibt es eine Menge Brunnenkräne, denn Quellwasser gibt es in der Nähe nicht. Und da sage ich Ihnen, wenn bei Tagesanbruch die Soldaten mit diesen Kränen zu knarren anfangen, erwacht der Mensch mit solcher Jugendfrische, daß man dem lieben Herrgott schon dafür danken möchte, daß man lebt.«

»Ach, wenn ich doch nur einen Tag dort sein könnte!« rief Bärbchen.

»Ein Mittel gibt's dafür«, antwortete Sagloba, – »heirate einen Hauptmann aus Michaels Fahne.«

»Herr Nowowiejski muß früher oder später Hauptmann werden«, warf der kleine Ritter ein.

»Schon gut!« rief Bärbchen zornig, »ich habe Euch nicht gebeten, mir statt eines Willkommens Herrn Nowowiejski mitzubringen.«

»Ich habe auch etwas anderes mitgebracht: prächtige Südfrüchte. Fräulein Bärbchen werden sie süß schmecken, und dem armen Jungen ist bitter.«

»So hätte man ihm etwas von den Süßigkeiten abgeben sollen, damit er sie verzehre, solange ihm der Bart noch nicht gewachsen ist.«

»Stellt Euch vor«, sagte Sagloba zu Makowiezki, »daß die beiden immer so miteinander sprechen; ein Glück, daß das Sprichwort sagt: Was sich liebt, das neckt sich.«

Bärbchen erwiderte nichts; Michael aber blickte ihr kleines, von einem hellen Lichtschimmer erleuchtetes Gesichtchen an, als erwarte er eine Antwort. Und sie erschien ihm so hübsch, daß er unwillkürlich bei sich dachte:

»Verteufelt hübsch! Man könnte sich leicht vergucken.«

Aber offenbar kam ihm sofort ein anderer Gedanke, denn er wandte sich an den Kutscher:

»Laß die Pferde ein wenig die Peitsche fühlen und fahre zu!«

Das Wägelchen fuhr nach diesen Worten in schnellem Laufe dahin, so schnell, daß die Insassen eine Zeitlang schweigsam dasaßen, und erst, als sie wieder auf den Sand kamen, begann Wolodyjowski von neuem:

»Diese Abreise Ketlings will mir nicht aus dem Kopfe! Mußte er gerade abreisen, wenn ich ankomme, und wenn die Wahl beginnt ...«

»Die Engländer kümmern sich ebensoviel um unsere Wahlen wie um deine Ankunft«, versetzte Sagloba. »Ketling selbst ist kopflos darüber, daß er abreisen muß und uns verlassen ...«

Bärbchen lag schon das Wort auf der Zunge: Besonders Christine! – aber plötzlich kam es über sie, daß sie davon wie auch von dem jüngst gefaßten Entschlusse Christinens kein Wort erwähnen dürfe. Mit dem Instinkt des Weibes erriet sie, daß eins wie das andere gleich zu Anfang Michael unangenehm berühren und schmerzen könne; auch sie schmerzte etwas; darum schwieg sie trotz ihrer gewohnten Voreiligkeit.

»Von Christinens Absichten wird er auch ohnehin Kunde bekommen«, dachte sie, »und es ist gewiß besser, jetzt nicht davon zu sprechen, um so mehr, als auch Herr Sagloba kein Wörtchen davon gesagt hat.«

Inzwischen hatte sich Wolodyjowski wieder an den Kutscher gewandt: »So fahr' doch zu!« sagte er.

»Die Pferde und unsere Sachen haben wir in Praga gelassen«, sagte Makowiezki zu Sagloba, »und sind zu viert schleunigst aufgebrochen, obwohl es Nacht war, denn wir hatten es beide ungeheuer eilig.«

»Das glaube ich!« versetzte Sagloba. »Habt Ihr gesehen, welche Menschenmenge in der Residenz zusammengekommen ist? Hinter den Schlagbäumen stehen Lager und Bazare, daß man Mühe hat, hindurchzukommen. Wunderbare Dinge berichten die Menschen von der künftigen Wahl; ich will sie Euch daheim bei passender Gelegenheit erzählen.«

Nun begann ein Gespräch über Politik; Sagloba bemühte sich, von ungefähr die Meinung des Herrn Truchseß zu erkunden, zum Schluß aber wandte er sich an Wolodyjowski und fragte ohne Umschweife:

»Und du, Michael, wem gibst du deine Stimme?«

Aber Wolodyjowski erbebte statt zu antworten, als sei er aus dem Schlafe geweckt worden, und sagte:

»Ich bin doch neugierig, ob sie schon schlafen, und ob wir sie noch heute sehen werden.«

»Sie schlafen gewiß schon«, antwortete Bärbchen mit süßer, etwas verschlafener Stimme, »aber sie werden aufstehen und unzweifelhaft die Herren zu begrüßen kommen.«

»Glaubt Ihr das?« fragte der kleine Ritter erfreut.

Und wieder blickte er Bärbchen an, und wieder dachte er unwillkürlich bei sich: »Sie ist verteufelt anmutig in diesem Mondesglanz.«

Sie waren schon ganz in der Nähe von Ketlings Hause und fuhren nach einer kurzen Weile ein.

Die Frau Truchseß und Christine schliefen schon, nur die Dienerschaft wachte, denn man wartete auf Bärbchen und Herrn Sagloba mit dem Abendbrot. Bald entstand im Hause eine lebhafte Bewegung. Sagloba befahl, mehr Leute zu wecken, damit den Gästen warme Speisen gereicht würden.

Der Herr Truchseß wollte sogleich seine Gattin begrüßen; aber sie hatte bereits das ungewöhnliche Geräusch gehört und erraten, wer angekommen sei. Eine Minute später kam sie schon die Treppe herab in einem eilig übergeworfenen Kleide, atemlos, mit Freudentränen in den Augen und einem herzlichen Lachen auf den Lippen; es begannen die Begrüßungen, Umarmungen und ein wirres, von Ausrufen der Freude unterbrochenes Geräusch.

Wolodyjowski blickte beständig nach der Tür, in welcher Bärbchen verschwunden war, und in welcher er jeden Augenblick die geliebte Christine zu sehen hoffte, wie sie strahlend vor stiller Freude, mit glänzenden Augen und aufgelöstem Haar eintrat; aber die Danziger Uhr, die im Speisezimmer stand, tickte und tickte, die Zeit verrann, das Abendbrot wurde gereicht, und das geliebte, teure Mädchen ließ sich nicht blicken.

Endlich trat Bärbchen ein, aber allein, ernst, ja düster, sie näherte sich dem Tisch, hielt die Hand vor das Antlitz und sprach, zu Herrn Makowiezki gewendet:

»Onkelchen, Christine ist ein wenig unwohl und wird nicht kommen, aber sie bittet, Onkelchen möchte wenigstens bis an die Tür kommen, damit sie ihn begrüßen könne.«

Makowiezki erhob sich sogleich und ging hinaus; Bärbchen folgte ihm.

Der kleine Ritter wurde sehr traurig und sagte:

»Das habe ich nicht vermutet, daß ich Fräulein Christine heut' nicht sehen sollte; ist sie wirklich krank?«

»Ei was, sie ist gesund«, versetzte Frau Truchseß, »aber sie paßt jetzt nicht unter Menschen.«

»Warum das?«

»Hat Herr Sagloba dir nichts von ihrer Absicht gesagt?«

»Von welcher Absicht, bei den Wunden Gottes?«

»Sie geht ins Kloster.«

Michael begann mit den Augen zu blinzeln wie ein Mensch, der nicht recht gehört hat, was man ihm gesagt, dann entfärbte sich sein Gesicht; er erhob sich, setzte sich wieder, perlender Schweiß stand auf seiner Stirn, und er griff mit der Hand nach ihr. Im Zimmer herrschte tiefes Schweigen.

»Michael!« rief Frau Truchseß.

Er aber sah mit irrem Blick bald sie, bald Herrn Sagloba an; endlich sagte er mit furchtbarer Stimme:

»Lastet denn ein Fluch auf mir?«

»Lästere nicht!« rief Sagloba.

Bei diesem Ausruf erriet Sagloba und die Frau Truchseß das Herzensgeheimnis des kleinen Ritters, und als er plötzlich aufstand und das Zimmer verließ, sahen sie einander in Erstaunen und Besorgnis an, bis endlich Michaels Schwester sagte:

»Um Gottes willen, folgt ihm, redet ihm zu Herzen, tröstet ihn; wo nicht, will ich gehen.«

»Tut das nicht!« versetzte Sagloba, »keiner von uns darf zu ihm. Ihm ist Christine nötig, und da das nicht sein kann, ist es besser, wir lassen ihn allein, denn Trost zur unrechten Zeit führt zu noch größerer Verzweiflung.«

»Ich sehe klar, er wollte zu Christine; seht, ich habe gewußt, daß er sie gern hat, daß er ihre Gesellschaft aufgesucht. Aber, daß er so ganz und gar in sie vernarrt sei, ist mir gar nicht in den Sinn gekommen.«

»Er ist wohl mit einem fertigen Entschluß hierhergekommen, in dem er seine ganze Seligkeit gesehen hat. Und darum traf es ihn wie ein Donnerschlag.«

»Warum hat er aber niemandem ein Wörtchen gesagt, weder mir, noch Euch, noch Christine selber? Vielleicht hätte das Mädchen das Gelübde nicht getan.«

»Seltsam, sehr seltsam!« antwortete Sagloba. »Mir vertraut er doch alles an, und meinem Kopf vertraut er mehr als seinem eigenen, und er hat mir nicht nur nichts von dieser Zuneigung gesagt, er hat sogar behauptet, es sei Freundschaft, nichts weiter.«

»Er war immer verschlossen.«

»Dann kennt Ihr ihn nicht, wenn Ihr auch seine Schwester seid. Sein Herz ist wie das Auge des Karauschen ganz nach oben gekehrt. Nie habe ich einen offeneren Menschen kennen gelernt; aber ich muß gestehen – diesmal hat er anders gehandelt. – Aber wißt Ihr gewiß, daß er auch Christine nicht gesprochen hat?«

»Du lieber Gott, Christine ist die Herrin ihrer Hand, denn mein Mann, ihr Vormund, hat ihr so oft gesagt: Wenn ein Mann kommt, der würdig ist und aus edlem Blute, so brauchst du nicht auf Vermögen zu achten. – Wenn Michael vor seiner Abreise mit ihr gesprochen hätte, so hätte sie ihm ja oder nein geantwortet, und er hätte gewußt, was er zu erwarten habe.«

»Gewiß, es ist ihm unerwartet gekommen; Eure Erklärungen kommen aus dem Herzen einer Frau und sind durchaus zutreffend.«

»Was nützen die Erklärungen, – hier heißt es Rat schaffen!«

»– Mag er Bärbchen nehmen!«

»Wenn er die andere lieber mag …! Ha, wenn mir das doch je eingefallen wäre!«

»Schade, daß es Euch nicht eingefallen ist!«

»Wie sollte es mir einfallen, wenn es einem solchen Salomon, wie Ihr seid, nicht einfiel.«

»Und woher wißt Ihr das?«

»Weil Ihr sie dem Ketling anhängen wolltet.«

»Ich? – Gott ist mein Zeuge, daß ich sie niemandem anhängen wollte! Ich habe gesagt, daß er ihr geneigt sei, denn das war die Wahrheit; ich habe gesagt, Ketling sei ein würdiger, junger Mann – das ist die Wahrheit; aber das Verheiraten überlasse ich den Frauen, Verehrteste. Ruht nicht auf meinem Haupte die Hälfte der Republik, habe ich denn Zeit, an etwas anderes zu denken als an die öffentlichen Dinge? Oft genug finde ich nicht Zeit, einen Löffel warmer Suppe in den Mund zu nehmen …«

»So ratet doch jetzt, um des Himmels willen. Überall höre ich, daß es keinen gescheiteren Kopf gibt.«

»Daß die Leute doch immer von meinem Kopfe schwatzen! Sie sollen mich in Ruhe lassen! – Was meinen Rat betrifft, so gibt es zwei Wege: entweder nimmt Michael Bärbchen, oder Christine ändert ihren Entschluß. Ein Entschluß ist kein Gelübde.«

Hier kam Makowiezki zurück, und seine Frau sagte ihm alles. Der Edelmann grämte sich sehr, denn er hatte Michael außerordentlich gern, er schätzte ihn hoch und konnte für den Augenblick keinen Ausweg finden.

»Wenn Christine es sich in den Kopf gesetzt hat«, sagte er und rieb sich die Stirn, »wie soll man ihr eine solche Sache ausreden?«

»Christine hat sich's in den Kopf gesetzt«, antwortete die Frau Truchseß, »sie war immer so.«

»Was lag wohl Michael im Sinne, daß er sich nicht vor der Reise Gewißheit verschafft hat? Es hätte ja doch noch schlimmer kommen können: es hätte ja doch auch ein anderer während dieser Zeit das Herz des Mädchens gewinnen können«, antwortete ihr Gatte.

»Dann würde sie nicht ins Kloster wollen«, antwortete die Frau Truchseß, »sie ist ja doch frei.«

»Wohl wahr«, antwortete der Truchseß.

Aber Sagloba begann es bereits im Kopfe zu dämmern. Wäre ihm Christinens und Michaels Geheimnis bekannt gewesen, so wäre ihm auch alles mit einem Schlage klar geworden; doch ohne diese Kenntnis war es in der Tat schwer, etwas zu begreifen. Aber Saglobas Scharfsinn begann den Nebel zu durchdringen und die wahren Ursachen und Absichten Christinens und Wolodyjowskis Verzweiflung zu begreifen. Bald war er fest davon überzeugt, daß Ketling in Verbindung stehe mit dem, was vorgegangen war; seinen Vermutungen fehlte nur die Sicherheit. Er beschloß also, Michael aufzusuchen und ihn genauer auszuforschen.

Auf dem Wege erfaßte ihn die Unruhe, denn er dachte bei sich:

»Das war ein wenig mein Werk; ich hätte gern Honig auf Bärbchens und Michaels Hochzeit genascht, aber ich glaube, ich habe statt des Honigs sauer Bier gebraut, denn was gilt's, Michael kommt jetzt zu seinem alten Entschluß zurück und wird, Christinens Beispiel folgend, das Mönchsgewand nehmen.«

Bei diesem Gedanken überlief es Sagloba eiskalt, er beschleunigte seine Schritte und war bald in Michaels Zimmer.

Der kleine Ritter ging in seinem Zimmer hin und her, wie ein wildes Tier in seinem Käfig; seine Stirn war drohend gerunzelt, seine Augen gläsern. Er litt unermeßlich. Als er Sagloba erblickte, blieb er plötzlich stehen und schrie, die Hände über die Brust gekreuzt:

»So sagt mir doch, was das alles bedeutet!«

»Michael«, antwortete Sagloba, »bedenke doch, wieviel Mädchen alljährlich ins Kloster gehen. Eine alltägliche Sache! Es gibt Mädchen, die gegen den Willen der Eltern ins Kloster gehen, in der Hoffnung, daß Christus mit ihnen sein wird, – und wievielmehr solche, die frei sind! ...«

»Nein, länger trage ich das Geheimnis nicht!« rief Michael, »sie ist nicht frei, denn sie hat mir ihre Liebe und ihre Hand vor meiner Abreise zugesagt.«

»Ha«, sagte Sagloba, »das habe ich nicht gewußt!«

»Es ist so« wiederholte der kleine Ritter.

»Vielleicht wird sie sich also raten lassen?«

»O, sie kümmert sich nicht mehr um mich, sie hat mich nicht sehen wollen!« rief Wolodyjowski in tiefstem Schmerz. »Ich habe Tag und Nacht hierhergestrebt, und sie will mich nicht einmal sehen! Was habe ich denn getan? Welche Sünden lasten auf mir, daß mich der Zorn Gottes verfolgt, daß der Wind mich umhertreibt wie ein welkes Blatt? Die eine ist gestorben, die andere geht ins Kloster – beide hat mir Gott genommen, weil ich verflucht bin. Für jeden gibt es Erbarmen, für jeden Gnade, nur für mich nicht!«

Sagloba zitterte in der Seele, daß der kleine Ritter von seinem Schmerz hingerissen, wieder lästern würde, wie dereinst nach dem Tode Ännchens, und um seinen Gedanken eine andere Richtung zu geben, sprach er:

»Michael, zweifle nicht daran, daß auch über dir die Gnade waltet, denn das ist sündhaft, und du kannst nicht wissen, was morgen deiner harrt. Vielleicht wird Christine bei dem Gedanken an deine Vereinsamung ihren Entschluß noch ändern und dir ihr Wort geben. Und dann, höre mich, Michael, – ist es nicht ein Trost, daß dir Gott selbst, unser allgütiger Vater, diese Taube nimmt, und nicht ein Mensch, der auf Erden wandelt? Sage selbst, wäre es so besser?«

In dem Gesicht des kleinen Ritters zuckte es fürchterlich auf, seine Zähne knirschten, und er stieß mit erstickter Stimme die abgerissenen Worte hervor:

»Wenn es ein lebendiger Mensch wäre? Ha, wenn es doch einer wäre! Ich wünschte es, – so bliebe mir die Rache!«

»– Und so bleibt das Gebet«, sagte Sagloba. »Höre Michael, alter Freund, denn einen besseren Rat gibt dir niemand, vielleicht wendet auch Gott noch alles zum Guten. Ich selbst, das weißt du, habe dir eine andere gewünscht, aber da ich deinen Schmerz sehe, leide ich mit dir und werde mit dir zu Gott flehen, daß er dich tröste und das Herz dieses lieblosen Mädchens dir wieder geneigt mache.«

Und Sagloba wischte sich die Tränen aus den Augen, Tränen aufrichtiger Freundschaft und – des Mitleids. Wenn es in seiner Macht gestanden, hätte er am liebsten in diesem Augenblick alles rückgängig gemacht, was er zwischen Christine und Michael gelegt hatte, und wäre der erste gewesen, der sie ihm in die Arme führte.

»Hör'«, sagte er nach einer kleinen Pause, »sprich noch mit Christine, stelle ihr dein Leiden vor, deinen unerträglichen Schmerz, – sie müßte ein Herz von Stein haben, wenn sie sich deiner nicht erbarmen sollte. Aber ich habe das Vertrauen, daß sie gut handeln wird. Löblich ist es, den Schleier zu nehmen, aber nicht, wenn er aus Unrecht gewoben wird. Sag' ihr das, du sollst sehen … Ei, Michael, heute weinst du, und morgen werden wir vielleicht zu deiner Verlobung trinken; ich bin gewiß, es wird so sein. Dem Mädchen ist bange geworden, und darum ist ihr der Schleier eingefallen; sie wird ins Kloster gehen, aber in ein Kloster, in dem du zur Taufe läuten wirst … Vielleicht kränkelt sie auch wirklich ein wenig und hat uns nur vom Kloster gesprochen, um uns irre zu führen. Aus ihrem Munde hast du es doch nicht gehört, und wirst es auch, so Gott will, nicht hören. Ha, ihr habt ein Geheimnis miteinander gehabt, und sie wollte es nicht verraten und hat uns etwas vorgemacht, gewiß, sie hat uns etwas vorgemacht; so wahr ich lebe, es ist nichts anderes als eine Weiberlist!«

Saglobas Worte wirkten wie Balsam auf das gramerfüllte Herz des kleinen Ritters; die Hoffnung erfüllte ihn von neuem, die Augen füllten sich mit Tränen, er konnte lange Zeit kein Wort hervorbringen, erst, als er ihrem Strome wehren konnte, warf er sich Sagloba in die Arme und sagte:

»O, daß doch solcher Freunde viele auf Erden wüchsen! Wird es aber auch so sein, wie Ihr sagt?«

»Den Himmel holte ich für dich herunter, – es wird so sein! Oder nimmst du an, daß ich je falsch prophezeit hätte? Traust du meinem Witze, meiner Erfahrung nicht?«

»O, Ihr könnt Euch gar nicht vorstellen, wie ich dies Mädchen liebe! Nicht, daß ich jene Verstorbene vergessen hätte, alltäglich bete ich für sie, – aber auch an dieser hängt das Herz wie die Klette am Baum. Du mein Geliebtes! Wieviel habe ich dort in der Steppe morgens, abends, mittags an sie gedacht; am Ende begann ich gar zu mir selber zu sprechen, da ich keinen anderen Vertrauten hatte. Bei Gott, wenn ich einen Tataren verfolgte, dachte ich noch während der Verfolgung an sie!«

»Ich glaub's wohl! Mir ist vom Weinen über ein Mädchen mein Auge in der Jugend ausgeflossen, und wenn es auch nicht ganz ausgeflossen ist, so blieb doch nur ein Schimmer zurück.«

»Wundert Euch nicht, – ich komme an, ich atme kaum auf, und das erste Wort, das ich höre, ist – Kloster. Aber ich baue noch auf die Überredung und auf ihr Herz und Wort. Wie habt Ihr doch gesagt. Löblich ist es, den Schleier zu nehmen, aber …?«

»– aber nicht, wenn er aus Unrecht gewoben wird.«

»Ein treffliches Wort! – Daß ich noch nie ein solches Sprichwort bilden konnte! Dort in den Grenzmarken wäre es eine schöne Zerstreuung. – Die Unruhe erfüllt mich ganz, und doch habt Ihr mir wieder Mut in die Glieder gegossen. In der Tat haben wir verabredet, daß die Sache ein Geheimnis bleibe; es ist also richtig, das Mädchen hat wohl nur zum Schein vom Schleier gesprochen … Und noch ein wichtiges Argument habt Ihr angeführt, aber ich kann mich nicht mehr erinnern … Nun ist mir bedeutend leichter.«

»So kommt zu mir, oder ich lasse hierher eine Flasche bringen. Das gibt Mut auf den Weg.«

Sie gingen und tranken tüchtig, bis der Morgen anbrach. Am Tage legte Michael gute Kleider an, gab seinem Antlitz Würde, rüstete sich mit allen Argumenten, die ihm selbst eingekommen waren, und die ihm Sagloba eingab, und ging so vorbereitet hinaus in das Speisezimmer, wo alles sich zum Frühstück zu versammeln pflegte. Von der ganzen Gesellschaft fehlte nur Christine, aber auch sie ließ nicht lange auf sich warten, denn kaum hatte der kleine Ritter zwei Löffel Suppe genossen, als durch die offene Tür das Rauschen eines Kleides hörbar wurde und das Mädchen in das Zimmer trat.

Sie kam eilig, fast gerannt, ihre Wangen glühten, ihre Augenlider waren gesenkt, in ihren Zügen lag Verwirrung, Zwang und Furcht. Sie trat an Wolodyjowski heran, reichte ihm beide Hände, aber sie hob die Augen nicht zu ihm auf, und als er mit Eifer ihre Hände zu küssen begann, wurde sie sehr bleich; sie konnte nicht ein Wort der Begrüßung hervorbringen. Sein Herz war ganz erfüllt von Liebe, von Unruhe und Entzücken bei dem Anblick dieses zarten Gesichts, das wie ein wundertätiges Bild seine Farbe beständig wechselte, in der Nähe dieser schlanken, lieben Gestalt, aus der ihm noch die Wärme des Schlafes entgegenströmte. Ja, sogar ihre Verwirrung und die Zaghaftigkeit, die sich in ihrem Antlitz malte, rührte ihn.

»Teuerste Blume«, dachte er in seiner Seele, »was fürchtest du dich? Ich würde ja mein Leben, mein Blut für dich hingeben ...«

Aber er sagte das nicht laut, er drückte nur seine Lippen so lange auf ihre atlasweichen Hände, daß rote Spuren auf ihnen zurückblieben.

Bärbchen, die alledem zusah, hatte absichtlich das Köpfchen in die Höhe geworfen, damit niemand ihre Rührung bemerke; aber es schenkte ihr in diesem Augenblick niemand Aufmerksamkeit, alle richteten ihre Augen auf das Paar, und es entstand ein peinliches Schweigen.

Michael war der erste, der es brach.

»Ich habe die Nacht in Trauer und Unruhe hingebracht«, sagte er, »denn alle habe ich gestern gesehen, nur Euch nicht, und man hat mir so schreckliche Dinge von Euch gesagt, daß mir das Weinen näher war als der Schlaf.«

Als Christine diese offene Rede hörte, wurde sie noch bleicher, so daß Michael einen Augenblick glaubte, eine Ohnmacht erfasse sie; darum sagte er schnell:

»Wir müssen noch darüber sprechen, aber jetzt will ich nicht weiter fragen, damit Ihr Euch beruhigen und erholen könnt. Ich bin ja kein Barbarus, kein Wolf, und Gott weiß, wie groß meine Zuneigung zu Euch ist.«

Sagloba, der Truchseß und seine Frau wechselten beständig Blicke miteinander, als wollten sie sich gegenseitig dazu anregen, die gewöhnliche Unterhaltung aufzunehmen; und doch wagte keiner zuerst das Wort zu ergreifen. Endlich begann Sagloba:

»Wir müssen heute«, sagte er, zu den Neuangekommenen gewendet, »in die Stadt fahren. Es schwirrt und summt dort schon vor der Wahl wie in einem Bienenkorb; jeder preist seinen Kandidaten. Unterwegs will ich euch sagen, wem wir nach meiner Ansicht die Stimme geben müssen.«

Da keiner ein Wort sprach, ließ Sagloba sein vereinsamtes Auge umherschweifen und wandte sich endlich an Bärbchen:

»Und du, Käferchen, kommst mit uns?«

»Gewiß, und ginge es nach Reußen!« antwortete Bärbchen schroff.

Und wieder trat Schweigen ein. So, unter immer wieder erneuten Versuchen, das Gespräch fortzuspinnen, das durchaus nicht in Gang kommen wollte, ging das Frühstück hin.

Endlich erhoben sie sich vom Tisch. Michael trat gleich zu Christine heran und sagte:

»Ich muß Euch allein sprechen, Fräulein.«

Dann bot er ihr seinen Arm und führte sie in das benachbarte Zimmer, in dasselbe Zimmer, welches Zeuge ihres ersten Kusses gewesen war.

Er ließ Christine auf das Sofa nieder, setzte sich an ihre Seite und strich kosend mit der Hand über ihr Haar, wie man ein Kind zu streicheln pflegt.

»Christine«, begann er endlich mit weicher Stimme, »ist deine Verwirrung vorüber, kannst du mir ruhig und klar antworten?«

Ihre Verwirrung war vorüber, und überdies rührte sie seine Güte; sie erhob zum erstenmal auf einen Augenblick ihr Gesicht zu ihm.

»Ich kann es«, antwortete sie ruhig.

»Ist es wahr, daß du dich dem Kloster gelobt hast?«

Christine faltete die Hände und begann flehentlich zu flüstern:

»Seid mir drum nicht böse, flucht mir nicht – aber es ist so.«

»Christine!« sagte Michael, »ziemt es sich, so die Glückseligkeit eines Menschen mit Füßen zu treten, wie du die meinige trittst? Wo blieb dein Wort, wo unser Versprechen? Ich vermag es ja nicht, den Kampf mit Gott aufzunehmen; nur das eine will ich dir sagen, was Herr Sagloba mir gestern gesagt hat: der Schleier darf nicht aus Unrecht gewoben sein. Durch das Unrecht, das du mir antust, wirst du Gottes Ruhm nicht mehren, denn der Herr thront über aller Welt, sein sind alle Nationen, sein ist Land und Meer und Strom, der Vogel in der Luft, das Tier im Walde, die Sonne und die Sterne; er hat alles, was du nur sehen und denken kannst, und noch mehr, und ich habe nur dich allein, dich Geliebtes und Teures, du bist mein Glück, du bist mein alles! Und kannst du glauben, daß Gott, er, der so reich ist, es nötig hat, einem armen Kriegsmann seinen einzigen Schatz zu entreißen? ... daß er in seiner Güte es annehmen kann, daß es ihn freut, daß es ihn nicht beleidigt ... Sieh doch, was du ihm gibst: – dich selbst; aber du bist mein, denn du hast dich selbst mir versprochen, du gibst ihm Fremdes, nicht Eigenes; du gibst ihm meinen Schmerz, meinen Harm, vielleicht meinen Tod. Hast du ein Recht dazu? – Erwäge das in deinem Herzen und in deinem Geiste, und dann endlich frage dein Gewissen ... Wenn ich dich gekränkt hätte, wenn ich dir untreu geworden wäre, wenn ich dich vergessen hätte, wenn ich eine Schuld auf mich geladen, ein Verbrechen begangen hätte – ich wollte nichts sagen, nichts; aber ich bin fortgezogen, um der Horde aufzulauern, um die Eindringlinge zu verscheuchen, dem Vaterland mit meinem Blut, meinem Leben, meiner Ruhe zu dienen, und *dich* habe ich geliebt, an dich ganze Tage und ganze Nächte gedacht, nach dir mich gesehnt wie der Hirsch nach dem Wasser, wie der Vogel nach der Luft, wie das Kind nach der Mutter ... und für all dieses hast du mir eine solche Begrüßung, solchen Lohn bereitet? Christine, mein Teuerstes, meine Freundin, mein auserwähltes Lieb, sage mir, wie ist das gekommen? Sprich mit mir so aufrichtig, so offen, wie ich mit dir spreche, wie ich dir mein Recht vorführe; halte mir dein Wort und laß mich nicht allein mit meinem Unglück. Du selbst hast mir das Recht gegeben, – treibe mich nicht in die Verbannung!«

Der unglückselige Mann wußte nicht, daß es ein Recht gibt, größer und älter als alle menschlichen Rechte, auf Grund dessen das Herz nur der Liebe folgen muß und folgt, und wenn es von der Liebe läßt, schon dadurch den herbsten Treubruch begeht, geschehe es auch so unschuldig, wie die Lampe unschuldig erlischt, in der das Öl versiegt ist. Michael wußte das nicht, und er umfaßte Christinens Kniee und bat und flehte, aber sie antwortete ihm nur mit Tränenströmen, denn mit dem Herzen konnte sie ihm nicht mehr antworten.

»Christine«, sagte endlich der Ritter, sich erhebend, »in deinen Tränen kann meine Glückseligkeit versinken, und ich bitte dich nur um eins: um meine Rettung.«

»O fragt mich nicht nach Gründen«, antwortete Christine schluchzend, »fragt mich nicht nach der Ursache! Es muß so sein und kann nicht anders sein. Ich bin nicht würdig eines Mannes wie Ihr und war nie Eurer würdig! ... Ich weiß, welches Unrecht ich Euch antue, und das schmerzt mich so unsagbar, daß ich ratlos vor Euch stehe. Ich weiß, daß es ein Unrecht ist ... o großer Gott, es schneidet mir tief ins Herz. – Verzeiht mir, Herr, geht nicht von mir im Zorn, vergebt mir, flucht mir nicht!«

Und Christine stürzte vor dem Ritter in die Kniee.

»Ich weiß, daß ich unrecht tue, aber ich bitte um deine Gnade, um dein Erbarmen.«

Hier neigte sich das dunkle Köpfchen des Mädchens bis zur Erde. Michael erhob im Augenblick das arme, weinende Geschöpf mit Gewalt und setzte es wieder aufs Sofa nieder; dann begann er wie verstört im Zimmer auf und nieder zu gehen. Von Zeit zu Zeit blieb er plötzlich stehen und drückte die Fäuste an die Schläfen; dann setzte er seinen Gang fort, und endlich trat er vor Christine hin.

»Nimm dir Zeit und gib mir ein wenig Hoffnung«, sagte er endlich, »denke, daß ich auch nicht von Stein bin! Warum legst du das glühende Eisen erbarmungslos an? Und wäre ich noch so geduldig, sollte mich der Schmerz nicht erfassen bei solcher Qual? Ich kann es ja in Worten gar nicht sagen, wie weh mir zumute ist, bei Gott, ich kann es nicht. Ich bin ein schlichter Mann, siehst du, und mein Leben ist in Krieg und Kampf dahingegangen ... Und, mein Gott, in diesem Zimmer haben wir uns geliebt; Christinchen, Christinchen, ich habe geglaubt, du werdest mein ganzes Leben die Meine sein, und nun ist alles hin, alles! Was ist dir geschehen, wer hat dein Herz gewendet, Christine? Ich bin doch derselbe geblieben! Und du weißt auch das nicht, daß diese Wunde für mich herber ist als für einen anderen, denn ich habe schon ein Liebes verloren. – Gott, was soll ich ihr sagen, um ihr Herz zu rühren! ... Gib mir wenigstens Hoffnung, nimm mir nicht alles auf einmal!«

Christine sagte kein Wort, Schluchzen erschütterte ihren Körper. Der kleine Ritter aber stand vor ihr und unterdrückte erst seinen Schmerz, dann einen furchtbaren Zorn, und nun, da er diesen ganz überwunden hatte, wiederholte er.

»Gib mir wenigstens Hoffnung, hörst du?«

»Ich kann nicht, ich kann nicht!« antwortete Christine.

Michael ging an das Fenster und drückte die Stirn an die kalte Scheibe. So stand er eine lange Zeit unbeweglich; endlich wandte er sich zurück, ging Christine einige Schritte entgegen und sagte vollkommen ruhig:

»Lebe wohl; – hier ist kein Ort für mich. – Möge es dir so gut ergehen, wie es mir schlecht ergehen wird. Wisse, daß ich dir mit den Lippen schon heute vergebe, und wenn mir Gott hilft, will ich dir auch mit dem Herzen vergeben … aber habe mehr Erbarmen mit menschlicher Qual und versprich zum zweiten Male nicht. Gewiß, ich nehme kein Glück mit von dieser Stätte! Lebe wohl!«

Er verneigte sich und ging. Im Nebenzimmer traf er Sagloba, den Truchseß und seine Gattin. Sie sprangen auf, als ob sie ihn ausfragen wollten, aber er wehrte ihnen mit der Hand.

»Umsonst –« sagte er, »alles! Lasset mich in Frieden!«

Aus diesem Zimmer führte ein schmaler Gang in das seinige; auf diesem Gang an der Treppe zu der Wohnung der Mädchen trat Bärbchen dem kleinen Ritter in den Weg.

»Möge Euch Gott trösten und Christinens Herz wenden!« rief sie mit tränenerstickter Stimme.

Er ging an ihr vorüber, ohne sie anzusehen, ohne auch nur ein Wort zu sprechen. Plötzlich ergriff ihn wahnsinniger Zorn; er wandte sich um und blieb vor dem unschuldigen Bärbchen mit entstellten, von Hohn und Bitterkeit erfüllten Zügen stehen.

»Versprecht nur Ketling Eure Hand«, sagte er rauh, »und wenn er Euch liebt, dann tretet ihn mit Füßen, zerreißt ihm das Herz – und dann geht ins Kloster!«

»Herr Michael!« rief Bärbchen erstaunt.

»Ja, laßt's Euch nur gefallen, laßt Euch küssen, und dann geht hin und büßet … o daß man Euch getötet hätte!«

Das war Bärbchen doch zu viel. Gott allein wußte, wieviel Selbstverleugnung in dem Wunsche war, den sie Michael zugerufen hatte, daß Gott Christinens Herz wenden möge – und dafür traf sie ein ungerechter Verdacht, Hohn, Beleidigung, in demselben Augenblick, in dem sie bereit gewesen wäre, ihr Leben hinzugeben, um den Undankbaren zu trösten. Da loderte ihr Herz in Flammen auf, ihre Wangen glühten, die rosigen Nasenflügel bewegten sich lebhaft, und ohne einen Augenblick des Besinnens rief sie, ihr blondes Köpfchen schüttelnd:

»So wisset denn, ich gehe nicht Ketlings wegen ins Kloster!«

Sie sprang die Treppe hinauf und entschwand den Augen des Ritters. Er stand wie eine Bildsäule da, dann rieb er sich die Augen, wie jemand, der aus dem Schlafe erwacht.

Sein Blut kam in Wallung, er griff nach dem Schwert und rief mit furchtbarer Stimme:

»Wehe dem Verräter!« –

Eine Viertelstunde später jagte er nach Warschau in solcher Eile, daß ihm der Wind um die Ohren heulte und die Schollen unter den Hufen seines Pferdes aufflogen.

Der Truchseß und seine Gattin, auch Sagloba sahen ihn davonreiten, und eine große Unruhe erfaßte ihre Herzen. Sie sagten sich gegenseitig durch Blicke, was geschehen sei, und wohin er wohl reite.

»Großer Gott!« rief die Frau Truchseß, »er zieht noch in die wilden Felder, und ich sehe ihn nicht wieder!«

»Oder er schließt sich ins Kloster ein nach dem Beispiel dieser Närrin drinnen«, sagte der verzweifelte Sagloba.

»Hier heißt es, guten Rat schaffen«, fügte der Truchseß hinzu.

Da öffnete sich die Tür, und Bärbchen stürzte wie ein Sturmwind ins Zimmer, bleich, erregt, die Hände vor den Augen, trampelte mitten im Zimmer wie ein kleines Kind mit den Füßen und begann zu kreischen:

»Hilfe, Rettung! Herr Michael ist fortgeritten, um Ketling zu töten … Wer an Gott glaubt, eile ihm nach, um ihn aufzuhalten, Hilfe, Rettung!«

»Was ist dir, Mädchen?« rief Sagloba und erfaßte ihre Hände.

»Hilfe, Herr Michael tötet den Ketling! Durch meine Schuld wird Blut fließen, und Christine wird sterben, alles durch meine Schuld!«

»So sprich doch!« schrie Sagloba und schüttelte das Mädchen. »Woher weißt du das, warum durch deine Schuld?«

»Weil ich ihm in der Wut gesagt habe, daß sie sich gern haben, daß Christine um Ketlings willen ins Kloster geht. Wer an Gott glaubt, eile ihm nach, halte ihn auf! Fahrt schnell, fahrt alle, fahren wir alle!«

Sagloba, der nicht gewohnt war, in solchen Fällen Zeit zu versäumen, stürzte nach dem Hofe und befahl, sogleich anzuspannen.

Die Frau Truchseß wollte Bärbchen über die verwunderliche Neuigkeit ausfragen, denn sie hatte bisher auch nicht im entferntesten geahnt, daß zwischen Christine und Ketling eine Neigung bestehe. Bärbchen aber war Sagloba eilig gefolgt, um das Anspannen zu überwachen. Sie half die Pferde aus dem Stall führen, sie an die Deichsel spannen; endlich fuhr sie auf dem Bock mit unbedecktem Kopf vor den Hausflur, in welchem die beiden Männer bereits warteten.

»Steige herunter!« sagte Sagloba zu ihr.

»Ich komme nicht herunter.«

»Herunter, sage ich dir!«

»Ich komme nicht! Steigt ein! Ihr sollt einsteigen, wo nicht, fahre ich allein!«

Bei diesen Worten faßte sie die Zügel zusammen, und da sie sahen, daß der Widerstand des Mädchens leicht eine Verzögerung herbeiführen konnte, ließen sie sie gewähren.

Inzwischen war der Knecht mit der Peitsche herangekommen, und die Frau Truchseß hatte noch Zeit gefunden, Bärbchen einen Überwurf und ein Mützchen herauszubringen, denn es war ein kühler Tag.

Dann ging es vorwärts.

Bärbchen blieb auf dem Bock; Sagloba, der gern mit ihr sprechen wollte, forderte sie auf, auf den Vordersitz zu steigen, aber auch das wollte sie nicht, vielleicht aus Furcht, daß man sie schelten werde, und so mußte er von unten herauf die Fragen an sie richten, und sie antwortete ihm, ohne sich umzuwenden.

»Woher weißt du«, fragte er, »was du Michael über die beiden gesagt hast?«

»Ich weiß alles.«

»Hat dir Christine etwas gesagt?«

»Christine hat mir nichts gesagt.«

»Und der Schotte?«

»Auch nichts. Aber ich weiß, daß er aus diesem Grunde nach England reist; alle hat er aufs Glatteis geführt, nur mich nicht.«

»Erstaunlich!« sagte Sagloba.

Und Bärbchen:

»Das ist Euer Werk; man hätte nicht aufeinanderhetzen sollen!«

»Sitze ruhig da oben und stecke dein Näschen nicht in fremde Angelegenheiten!« versetzte Sagloba, den am meisten das verletzte, daß ihn in Gegenwart des Truchseß ein solcher Vorwurf traf.

Darum fügte er nach einer Weile noch hinzu:

»Ich habe gehetzt? Ich aneinandergehetzt? – Das ist schön, solche Kuppeleien habe ich gern!«

Und sie fuhren schweigsam weiter.

Sagloba konnte jedoch dem Gedanken nicht wehren, daß Bärbchen recht habe, und daß er an allem, was vorgegangen war, einen beträchtlichen Teil der Schuld trage. Dieser Gedanke quälte ihn nicht wenig, und da auch der Wagen furchtbar rüttelte, verfiel der Alte in eine grämliche Laune und hörte nicht auf, sich Vorwürfe zu machen.

»Es wäre nur gerecht«, dachte er, »wenn Michael und Ketling mir die Ohren abschnitten. Jemand gegen seinen Willen verheiraten wollen, ist eigentlich so viel, wie jemand auf ein Pferd setzen mit dem Gesicht dem Schwanze zugekehrt. Hat schon recht, der Käfer; wenn die sich schlagen, kommt Ketlings Blut auf mein Haupt. Da habe ich mir auf meine alten Tage was Schönes eingebrockt – pfui Teufel! Schließlich haben sie mich noch aufs Glatteis geführt, denn ich habe kaum geahnt, warum Ketling übers Meer will und diese Eule ins Kloster, während der kleine Heiduck längst alles durchschaut hat.«

Sagloba hielt eine Weile still in seinen Gedanken, dann brummte er auf:

»Ein Teufelskind, dieses Mädchen! Michael muß Krebsaugen haben, um jene Puppe dieser vorzuziehen!«

Inzwischen hatten sie die Stadt erreicht, aber jetzt erst begannen die Schwierigkeiten, denn niemand von ihnen wußte, wo Ketling gegenwärtig wohne, oder wo Michael sich hätte hinbegeben können, und in diesem Menschengedränge suchen, hieß so viel, wie ein Körnchen aus einem Scheffel Mohn herauslesen wollen.

Zunächst begaben sie sich also an den Hof des Großhetmans. Dort wurde ihnen gesagt, Ketling habe an diesem Morgen eine überseeische Reise antreten wollen; Michael sei dagewesen und habe nach ihm gefragt, es wisse aber niemand, wohin er sich begeben habe. Man vermute, zu den Fahnen, die außerhalb der Stadt lagen.

Sagloba ließ den Wagen umkehren, aber auch im Lager konnte man nichts erfahren. Sie fuhren noch in alle Gasthäuser an der Langen Straße, sie waren in Praga – alles vergeblich.

Darüber brach die Nacht herein, und da an ein Unterkommen in der Stadt nicht zu denken war, mußten sie nach Hause zurückkehren.

Sie kehrten in schwerer Sorge heim; Bärbchen weinte ein wenig, der fromme Truchseß betete, Sagloba war wirklich beunruhigt. Er versuchte indessen, sich und die Gesellschaft zu trösten.

»Ha«, sagte er, »wir machen uns hier Sorge, und Michael ist vielleicht schon zu Hause.«

»Oder getötet«, sagte Bärbchen.

Und sie wand sich auf ihrem Sitz und wiederholte unter Tränen:

»Schneidet mir die Zunge ab, meine Schuld ist es, meine Schuld; o Jesus, ich verliere noch den Verstand!«

Und Sagloba: »Still schon, Mädchen, es ist nicht deine Schuld, und wisse, wenn jemand getötet ist, so ist es nicht Michael.«

»Mir tut auch der andere leid! Wir haben ihm schön gelohnt für seine Gastfreundschaft, man kann nicht anders sagen ... Gott, o Gott!«

»Das ist wahr«, warf der Truchseß ein.

»Haltet doch zum Teufel Ruhe! Ketling ist gewiß schon näher an Preußen als an Warschau; Ihr habt doch gehört, daß er abgereist ist. – Ich hoffe auch zu Gott, daß, wenn sie sich begegnen, sie der alten Freundschaft, der gemeinsamen Dienste eingedenk sein werden. Sind sie doch Steigbügel an Steigbügel geritten, haben auf einer Satteldecke geschlafen, sind zusammen auf Kundschaft ausgezogen, haben mit demselben Blute ihre Hand genetzt – im ganzen Heer war ihre Freundschaft so bekannt, daß man Ketling, weil er so schön war, Michaels Gattin nannte. Unmöglich, daß ihnen das nicht in den Sinn kommen sollte, wenn sie sich sehen.«

»Oft genug kommt es«, sagte der kleine Truchseß, »daß gerade die größte Freundschaft in finstersten Haß sich umwandelt. So hat in unserer Gegend Herr Deyma Herrn Ubysch getötet, mit dem er zwanzig Jahre hindurch in größter Eintracht gelebt hat. Ich kann Euch diesen unglücklichen Fall mit allen Einzelheiten erzählen.«

»Wenn ich nicht so erregt wäre, würde ich gern zuhören, gerade so, wie ich meiner lieben Wohltäterin, Eurer Gemahlin, gern zuhöre, welche die Gewohnheit hat, alles aktenmäßig zu erzählen und selbst die Genealogie nicht zu vernachlässigen; aber mich beunruhigt, was Ihr über die Freundschaft und den Haß gesagt habt ... o behüte Gott, behüte Gott, daß es auch diesmal so werde!«

»– Der eine hieß Deyma und der andere Ubysch, beide würdige Männer, Kommilitonen ...«

»O, o, o«, sagte Sagloba finster. »Vertrauen wir der Gnade Gottes, daß es jetzt nicht so kommen wird, – und wenn etwas eintritt, daß Ketling sterbe?«

»Ein Unglück!« sagte nach einer Weile des Schweigens der Truchseß. »– Ja, so war's, Deyma und Ubysch, ich denk's, als wär' es heut'. Und es handelte sich auch um ein Weib.«

»Immer und ewig diese Weiber! Die erste beste Eule braut dir einen Trank, daß dir übel danach wird«, bemerkte Sagloba.

»Kränkt Christine nicht!« rief plötzlich Bärbchen.

»Hätte sich Michael in dich verliebt, dann hätten wir all das nicht gehabt!« –

Unter solchen Gesprächen waren sie zu Hause angekommen. Die Herzen pochten ihnen, als sie des Lichts in den Fenstern ansichtig wurden, denn sie dachten, Michael könne zurückgekehrt sein.

Unterdes empfing sie die Frau Truchseß, selbst sehr beunruhigt, sehr bekümmert. Als sie hörte, daß alle Nachforschungen vergeblich gewesen waren, weinte sie bittere Tränen und jammerte, daß sie den Bruder nie wiedersehen werde; Bärbchen sekundierte ihr im Wehklagen, und auch Sagloba konnte seine Bekümmernis nicht unterdrücken.

»Ich will morgen früh noch vor Tag hinaus, aber allein«, sagte er, »vielleicht kann ich etwas über sie erfahren.«

»Forschen wir lieber zu zweien nach«, warf der Truchseß ein.

»Nein, bleibt lieber bei den Frauen; wenn Ketling lebt, lasse ich es Euch wissen.«

»Um Gottes willen, wohnen wir doch im Hause dieses Mannes!« sagte der Truchseß wieder; »wir müssen morgen irgend ein Unterkommen finden, und sollten wir auf dem Felde unsere Zelte aufschlagen, nur um hier nicht länger zu wohnen.«

»Erwartet Nachricht von mir, sonst verlieren wir uns wieder«, sagte Sagloba, »wenn Ketling getötet ist.«

»Um Gottes willen, sprecht leiser«, flüsterte die Frau Truchseß, »die Dienerschaft wird sonst noch etwas erlauschen und es Christine hinterbringen; sie ist schon halb tot.«

»Ich will zu ihr«, sagte Bärbchen.

Und sie sprang die Treppe hinauf. Die anderen blieben in Sorge und Angst zurück; im ganzen Hause blieb alles wach. Der Gedanke, daß Ketling vielleicht nicht mehr am Leben sei, erfüllte ihre Herzen mit Angst. Um das Unglück voll zu machen, war die Nacht schwül, stockfinster, der Donner grollte, und helle Blitze zerteilten den schwerbewölkten Horizont. Es war gerade Mitternacht, als das erste Gewitter dieses Frühlings zu toben begann. Auch die Dienerschaft war erwacht.

Christine und Bärbchen waren von ihrem Mädchenzimmer in den Speisesaal heruntergekommen, dort beteten alle Versammelten, dann saßen sie schweigsam da und wiederholten nach alter Sitte bei jedem Donnerschlag: »Und das Wort ist Fleisch geworden.«

Durch das Heulen des Sturmes tönte es manchmal wie Pferdegetrappel; dann machte Entsetzen und Schrecken Bärbchens Haare starren. Auch die Frau Truchseß und die beiden älteren Männer waren in angstvoller Erregung, denn es schien ihnen, als könnte jeden Augenblick die Tür sich öffnen und Wolodyjowski eintreten, von dem Blute Ketlings befleckt. –

Der stets milde Michael lastete das erstemal in seinem Leben wie ein Stein auf den Herzen der Menschen, so daß der bloße Gedanke an ihn sie mit Entsetzen erfüllte.

Aber die Nacht ging hin ohne eine Nachricht von dem kleinen Ritter. Mit der Morgendämmerung, als der Sturm sich ein wenig gelegt hatte, machte sich Sagloba zum zweitenmal nach der Stadt auf. Der ganze Tag war eine Zeit noch schwererer Unruhe; Bärbchen saß bis zum Abend am Fenster oder vor dem Tor und schaute nach dem Wege aus, auf welchem Sagloba kommen mußte. Unterdessen packte das Gesinde auf den Befehl des Herrn Truchseß langsam die Kisten und Kasten für den Weg. Christine war mit der Beaufsichtigung dieser Arbeit beschäftigt, denn auf diese Weise konnte sie sich in der Nähe des Onkels und der Tante und Herrn Saglobas halten.

Obwohl die Frau Truchseß in ihrer Gegenwart bisher nicht mit einem Worte des Bruders gedacht hatte, so belehrte sie doch das bloße Schweigen, daß sowohl Michaels Liebe zu ihr, wie ihre früheren geheimen Verabredungen und ihre jüngste Abweisung bekannt geworden waren. Und wenn dem so war, konnte sie schwerlich annehmen, daß diese Menschen, die Michael so nahe standen, ihr nicht gram seien. Die arme Christine fühlte, daß es so sein müsse und so sei, daß diese ihr bisher in Liebe zugewandten Herzen sich von ihr abwandten. Darum wollte sie lieber zurückgezogen bleiben.

Gegen Abend war alles reisefertig, so daß man zur Not noch an demselben Tage hätte aufbrechen können; aber der Truchseß wartete nur auf Nachrichten von Sagloba. Das Abendbrot wurde aufgetragen, aber niemand wollte essen, und der Abend zog sich schwer, unerträglich dumpf hin, als horchten alle nur auf das Ticken der Uhr.

»Gehen wir hinüber in das Wohnzimmer«, sagte endlich der Truchseß, »hier ist es nicht mehr auszuhalten.«

Sie gingen hinüber und setzten sich hin; aber ehe jemand ein Wort hervorbringen konnte, schlugen unter dem Fenster die Hunde an.

»Es kommt jemand!« rief Bärbchen.

»Die Hunde bellen, als käme ein zum Hause Gehöriger«, bemerkte die Frau Truchseß.

»Still doch!« sagte der Truchseß, »ich höre Getrappel.«

»Still!« wiederholte Bärbchen, »– ja, es wird immer deutlicher, das ist Herr Sagloba.«

Bärbchen und der Truchseß sprangen auf und liefen hinaus; der Frau Truchseß schlug das Herz, aber sie blieb bei Christine, um durch die übergroße Eile nicht zu verraten, daß Sagloba gar so wichtige Neuigkeiten bringen könne.

Das Pferdegetrappel wurde ganz in der Nähe des Fensters vernehmbar; dann hörte es plötzlich ganz auf, im Flure wurden Stimmen laut, und einen Augenblick später flog die Tür wie vom Sturmwind geöffnet auf, und Bärbchen stürzte in das Zimmer. Ihr Gesicht war ganz verändert, als sähe sie ein Gespenst vor sich.

»Bärbchen! Was – wer?« fragte die Frau Truchseß entsetzt.

Aber ehe Bärbchen Atem schöpfen und antworten konnte, trat der Truchseß ein; ihm folgte Michael Wolodyjowski und Ketling.

Ketling war so verändert, daß er kaum vermochte, sich tief vor den Damen zu verneigen; er stand unbeweglich da, den Hut an der Brust, die Augen geschlossen, einem wundertätigen Bilde ähnlich. Michael umarmte im Vorübergehen seine Schwester und trat zu Christine heran.

Das Antlitz des Mädchens war bleich wie Linnen und senkte sich erregt; Michael aber ergriff sanft ihre Hand und drückte sie an die Lippen. Dann sammelte er sich und begann endlich, sehr traurig, aber vollkommen ruhig:

»Mein wertes Fräulein, oder richtiger: Meine geliebte Christine, höre mich ohne Scheu an, denn ich bin kein Skyte und kein Tatar oder sonst ein Wilder, sondern ein Freund, der, wenn er auch selbst nicht glücklich ist, doch dein Glück wünscht. Es ist an den Tag gekommen, daß ihr einander liebet. Fräulein Barbara hat es mir in gerechtem Zorn auf den Kopf zugesagt, und ich will nicht leugnen, daß ich in der Wut dieses Haus verlassen habe, um Rache zu nehmen an Ketling … wer alles verliert, den packt leicht der Rachedurst, und ich, so wahr mir Gott lieb, ich habe dich so unendlich geliebt, und nicht bloß wie ein Jüngling ein Mädchen ... denn hätte ich schon ein Weib, und hätte mir Gott ein einziges Knäblein oder ein Mägdlein geschenkt, und hätte es mir dann genommen, ich hätte es nicht so beweint, wie ich dich beweine.«

Hier versagte Michael die Stimme, aber er faßte sich bald wieder und fuhr fort:

»Nun denn, ich will den Schmerz tragen, hier ist nichts zu tun. Daß Ketling dich liebgewonnen hat – kein Wunder; wer würde dich nicht liebgewinnen, und daß du ihn liebgewonnen, das ist nun mein Schicksal. Aber wundern kann ich mich auch darüber nicht, denn wie könnte ich mich mit Ketling vergleichen! Im Felde – er wird es selbst bezeugen – stehe ich ihm nicht nach; aber das ist etwas anderes. Gott der Herr hat den einen reich beschenkt, den anderen karg bedacht, aber durch Mäßigung entschädigt. Und so hat denn auch mir, als mich unterwegs der Wind umwehte und als der erste Zorn vorüber war, das Gewissen sogleich gesagt: Wofür willst du sie strafen, wofür Freundesblut vergießen? Sie haben sich liebgewonnen, es ist Gottes Wille. Die ältesten Leute sagen, gegen den Wunsch des Herzens ist auch der Befehl des Hetmans nichts; Gottes Wille war's, daß sie sich liebgewannen; daß sie keinen Verrat begingen, ist das Werk ihrer Redlichkeit. Hätte Ketling gewußt, daß du dich mir versprochen, vielleicht hätte ich ihm zugerufen: Steh' Rede! Aber selbst das hat er nicht gewußt. Was ist seine Schuld? Nichts. Und was ist deine Schuld? Nichts. Er wollte davongehen, du wolltest zu Gott ... mein Geschick ist schuld, niemand sonst, denn darin zeigt sich der Finger Gottes, daß ich in meiner Einsamkeit verbleiben soll ... Nun habe ich überwunden –«

Wieder brach Michael in seiner Rede ab und begann hastig zu atmen wie ein Mensch, der nach langem Untertauchen unter dem Wasser an die Luft gelangt, dann ergriff er Christinens Hand und sagte:

»So lieben, um alles für sich zu begehren, ist keine Kunst. Uns dreien blutet das Herz – dachte ich – so mag doch lieber einer leiden und den anderen Tröstung gewähren. Christine, gebe dir Gott Glück mit Ketling ... Amen! Gebe dir Gott Glück, Christine, schmerzt es mich auch, es tut nichts ... gebe dir Gott ... gewiß, es ist nichts, ich hab's überwunden.«

»Nichts«, sagte der Kriegsheld, und doch knirschte er mit den Zähnen und verbiß seinen Schmerz, und aus der anderen Ecke des Zimmers tönte Bärbchens Geheul.

»Ketling, sei glücklich, Bruder!« rief Michael.

Ketling näherte sich, kniete nieder, öffnete schweigend die Arme und umfaßte in höchster Ehrerbietung und Liebe Christinens Kniee.

Und Michael begann in abgerissenen Worten:

»Umfasse sein Haupt, – der Gute hat viel gelitten ... Segne Euch Gott ... Du wirst nicht ins Kloster gehen; besser, daß ihr mich segnet, als daß ihr mir fluchen solltet ... Gott wird über mir sein, wenn mir auch jetzt sehr bitter ist!«

Bärbchen konnte es nicht länger aushalten und stürzte aus dem Zimmer. Michael, der das bemerkt hatte, wandte sich an den Herrn Truchseß und an seine Schwester:

»Geht ins andere Zimmer«, sagte er, »und lasset sie allein; ich will auch wo anders hingehen, ich will niederknien und meine Seele Gott befehlen.« Und er ging.

In der Mitte des Korridors begegnete er an der Treppe Bärbchen, an derselben Stelle, an der sie, vom Zorn hingerissen, Christinens und Ketlings Geheimnis verraten hatte. Aber jetzt stand sie da, an die Mauer gelehnt und vom Weinen geschüttelt.

Bei diesem Anblick erfaßte Michael Mitleid mit seinem eigenen Schicksal. Bisher hatte er sich mit allen Kräften zurückgehalten, aber jetzt lösten sich die Schleusen seines Schmerzes, und die Tränen stürzten ihm in Strömen aus den Augen.

»Warum weint Ihr?« rief er klagend.

Bärbchen erhob ihr Köpfchen, drückte wie ein Kind bald das eine Fäustchen, bald das andere in die Augen, schluchzte auf, schöpfte mit dem offenen Munde Atem und antwortete unter Tränen:

»Mir ist so weh, o Gott, Ihr seid so brav, Herr Michael, so redlich, o Gott!«

Da ergriff er ihre Hand und küßte sie in Dankbarkeit und Rührung.

»Gott lohne es Euch, Gott lohne Euer gutes Herz!« sagte er. »Still, weint nicht.«

Aber Bärbchen begann immer mehr zu schluchzen und zu weinen, jede Fiber in ihr zitterte vor Schmerz, immer heftiger rang sie nach Atem mit den offenen Lippen; endlich stampfte sie mit den Füßchen auf den Boden und schrie so laut, daß es über den ganzen Korridor schallte:

»Törichte Christine! Ich würde einen Michael zehn Ketlings vorziehen. Ich liebe Herrn Michael aus ganzer Seele … mehr als die Tante, mehr als den Onkel, mehr als Christine!«

»Um des Himmels willen, Bärbchen!« rief der kleine Ritter.

Und er nahm sie, um ihren Schmerz zu stillen, in seine Arme, sie aber drängte sich mit voller Kraft an seine Brust, so daß er ihr Herz pochen hörte wie das Herz eines matten Vögleins; er umschloß sie noch fester, und sie hielten sich lange umfangen.

Ein Schweigen trat ein.

»Bärbchen, willst du mich?« fragte der kleine Ritter.

»Ja, ja, ja!« antwortete Bärbchen.

Bei dieser Antwort erfaßte auch ihn die Erregung; er drückte seine Lippen auf ihren rosigen, jungfräulichen Mund, und wieder hielten sie sich umfangen.

Draußen rollte eine Britschka heran, und Sagloba stürzte in den Flur, dann in das Speisezimmer, in welchem der Truchseß und seine Gattin saßen.

»Michael ist nicht da!« schrie er in einem Atem, »überall habe ich gesucht. Er ist mit Ketling zusammen gesehen worden, – sie haben sich gewiß geschlagen!«

»Michael ist hier«, antwortete die Frau Truchseß, »er hat Ketling mitgebracht und ihm Christine abgetreten.«

Die Salzsäule, in welche Lots Gattin verwandelt ward, hatte vielleicht kein so starres Gesicht als Sagloba in diesem Augenblick. Eine lange Zeit schwieg er, dann rieb er sich die Augen und sagte: »Hm!«

»Christine und Ketling sitzen hier nebeneinander, und Michael ist hinausgegangen, um zu beten«, antwortete der Truchseß.

Sagloba ging, ohne einen Augenblick zu zögern, in das Zimmer, und obwohl er schon alles wußte, staunte er zum zweiten Male, da er Ketling und Christine Stirn an Stirn dasitzen fand. Sie sprangen auf, waren sehr verwirrt und konnten kein Wort sprechen, besonders da mit Sagloba auch der Truchseß und seine Gattin hereingetreten waren.

»Meine Dankbarkeit gegen Michael dauert übers Grab«, sagte endlich Ketling. »Unser Glück ist sein Werk!«

»Segne euch Gott«, sagte der Truchseß, »wir werden Michael nicht widersprechen.«

Christine warf sich in die Arme der Frau Truchseß, und beide begannen zu weinen. Sagloba war wie betäubt. Ketling neigte sich zu den Füßen des Truchseß wie ein Sohn zu den Füßen des Vaters; dieser aber hob ihn auf und sagte unter der Last der andrängenden Gedanken und in der Verlegenheit:

»Und den Ubysch hat Deyma getötet, danke Michael, nicht mir.«

Nach einer Weile sagte er: »Weib, wie hieß doch jene Frau?«

Aber die Frau Truchseß hatte keine Zeit zur Antwort, denn in diesem Augenblick war Bärbchen hereingekommen, noch hastiger als gewöhnlich, noch rosiger als gewöhnlich, die Stirnhaare noch tiefer über die Augen als gewöhnlich; sie sprang an Ketling und Christine hinauf, streckte bald ihm, bald ihr den Finger unter die Nase und rief:

»Aha, schön, schwärmt und liebt euch – heiratet euch, glaubt ihr, Herr Michael werde allein auf der Welt bleiben? Nein, denn ich habe es auf ihn abgesehen, ich liebe ihn und habe es ihm selbst gesagt. Ich habe es ihm zuerst gesagt, und er hat gefragt, ob ich ihn haben wolle, und ich habe ihm gesagt, daß ich ihn lieber habe als zehn andere, denn ich liebe ihn und werde ihm die beste Frau sein und werde nicht von seiner Seite gehen und werde mit ihm in den Krieg ziehen! Ich habe ihn schon lange geliebt, wenn ich auch nichts gesagt habe, denn er ist der Bravste und Beste und Teuerste … und jetzt heiratet euch, und ich nehme mir Herrn Michael, und sollte es morgen sein … denn …«

Hier ging Bärbchen der Atem aus. Sie schauten sie alle an und begriffen nicht, ob sie den Verstand verloren habe, oder ob sie die Wahrheit spreche; dann sahen sie einander an. Plötzlich erschien in der Tür hinter Bärbchen Michael Wolodyjowski.

»Michael«, fragte der Truchseß, als er sich von seinem Erstaunen erholt hatte, »ist es wahr, was wir hören?«

Darauf antwortete der kleine Ritter mit großem Ernst:

»Gott hat ein Wunder getan, und dies hier ist mein Trost, meine Liebe, mein höchster Schatz!«

Bei diesen Worten sprang Bärbchen ihm entgegen wie ein Reh.

Voller Erstaunen stand Sagloba da, sein weißer Bart zitterte, er öffnete seine Arme weit und sagte:

»Nun brüll' ich los … Mein kleiner Heiduck, Michael, kommt an meine Brust!«

9. Kapitel

Er liebte sie über alle Maßen und sie ihn auch, und sie fühlten sich wohl beisammen; nur Kinder hatten sie nicht, obwohl sie das vierte Jahr verheiratet waren. Aber sie wirtschafteten unaufhörlich. Michael hatte mit seinem und Bärbchens Vermögen einige Güter in der Nähe von Kamieniez angekauft, die er billig erstand, denn Leute von furchtsamer Gemütsart hatten aus Angst vor einem türkischen Einfall ihr Besitztum mit Freuden veräußert. In diesen Besitzungen führte er militärische Ordnung und Disziplin ein, er hielt die unruhige Bevölkerung in strenger Zucht, baute die niedergebrannten Hütten wieder auf, gründete »Blockhäuser«, d. h. die befestigten Höfe, in welchen die Truppen als zeitweilige Besatzung lagen, mit einem Wort, wie er früher tüchtig in der Verteidigung des Landes war, so fing er jetzt an, es tüchtig zu bewirtschaften, ohne übrigens das Schwert aus der Hand zu legen. Der Ruhm seines Namens war der beste Schutz seines Besitztums; mit etlichen Mirzen goß er Wasser über den Säbel und schloß Brüderschaft. Andere schlug er; die zügellosen Kosakenhaufen, die lockeren Hordenführer, Räuber aus den Steppen und Bandenführer aus den bessarabischen Wüsten zitterten beim Nennen des »kleinen Falken«, und die Herden seiner Pferde und Schafe, seiner Büffel und Kamele weideten ruhig in der Wüste. Selbst seine Nachbarn wurden geschont, und sein Besitz wuchs dank der Hilfe der tüchtigen Hausfrau. Die Achtung und Liebe der Menschen umgab ihn, das Heimatland schmückte ihn mit einem Amt, der Hetman verehrte ihn, der Pascha von Chozim war sein Freund, in der fernen Krim, in Baktschissaraj nannte man seinen Namen mit Ehrfurcht.

Die Wirtschaft, der Krieg und die Liebe – das waren die drei Parzen seines Lebens.

Der glühende Sommer des Jahres 1671 traf Michael und seine Gattin auf Bärbchens Erbgut Sokol. Dieses Sokol war die Perle unter ihren Besitzungen. Dort nahmen sie mit freigebiger Gastfreundschaft Herrn Sagloba auf, der, weder die Mühe der Reise noch sein hohes Alter achtend, zu Besuch gekommen war und so das Versprechen einlöste, das er auf ihrer Hochzeit gegeben hatte.

Aber die frohen Feste und die Freude über den willkommenen Besuch wurden bald getrübt durch den Befehl des Hetmans, der Michael auftrug, ein Kommando in Chreptiow zu übernehmen, dort die Grenze der Moldau zu bewachen, auf die Gerüchte achtzugeben, die von der Wüste herdrangen, den Kosakenscharen den Weg zu verlegen und die Gegend von den Haidamaken zu säubern.

Der kleine Ritter, der stets bereit war, der Republik seine kriegerischen Dienste zu leisten, ordnete sofort an, daß das Gesinde die Herden und Kamele einbringe und sich selbst kriegsbereit halte.

Aber das Herz blutete ihm bei dem Gedanken, von der Gattin scheiden zu müssen, denn er liebte sie mit der Liebe des Gatten und eines Vaters, so daß er ohne sie nicht atmen konnte; und sie in die wilden, dumpfen Einöden mitzunehmen, sie den mannigfachen Gefahren auszusetzen – das brachte er nicht übers Herz. Sie aber bestand darauf, mit ihm zu gehen.

»Bedenke doch«, sprach sie, »ob es für mich sicherer sein wird, hier zu bleiben, als dort zu sein unter dem Schutze des Heeres, bei dir. Ich will kein anderes Dach als dein Zelt, denn ich bin deine Gattin geworden, um mit dir die Unrast und die Mühe und Gefahren zu teilen. Hier würde mich die Unruhe verzehren, und dort an deiner Seite werde ich mich sicherer fühlen als die Königin in Warschau; und wenn es nötig sein sollte, mit dir ins Feld zu ziehen, so ziehe ich mit. Hier würde ich ohne dich keinen Schlaf finden, keinen Bissen zum Munde führen, und zuletzt würde ich es nicht aushalten und zu dir nach Chreptiow eilen, und wenn du befehlen wirst, mich nicht einzulassen, so werde ich an den Toren übernachten und dich so lange bitten, so lange weinen, bist du dich erbarmst ...«

Da Wolodyjowski diese Liebe sah, faßte er seine Gattin in seine Arme und überschüttete ihr rosiges Gesicht mit Küssen, und sie zahlte ihm Gleiches mit Gleichem.

»Ich würde mich nicht dagegen sträuben«, sagte er endlich, »wenn es sich bloß um einfache Späherdienste und Züge gegen die Kosaken handelte. An Leuten wird es mir nicht fehlen, denn die Fahne des Generals von Podolien geht mit mir, und dann des Herrn Unterkämmerers, außerdem auch Motowidlo mit seinen Leuten, und die Dragoner Linkhausens, an sechshundert Mann, und mit den Troßknechten an die tausend. Aber eines fürchte ich – was die Maulhelden auf dem Reichstag in Warschau nicht glauben wollen, und was wir, die wir an der Grenze wohnen, jede Stunde erwarten: einen großen Krieg mit der ganzen Macht des Sultans. Das hat auch Herr Myslischewski bestätigt, und der Pascha von Chozim wiederholt es täglich, und der Hetman glaubt daran, daß der Sultan den Doroschenko nicht ohne Hilfe lassen, sondern der Republik einen großen Krieg erklären wird, und was beginne ich dann mit dir, mein Teuerstes, mein Liebstes, du mein Lohn, den ich aus der Hand Gottes empfangen habe?«

»Was mit dir geschieht, geschehe auch mit mir; ich will kein anderes Schicksal als das, welches dir zufällt.«

Hier brach Sagloba sein Schweigen und wandte sich an Bärbchen.

»Wenn dich die Türken kriegen, so ist dein Schicksal, ob du willst oder nicht, ein ganz anderes als dasjenige Michaels. Ha, nach den Kosaken, den Schweden, Septentrionären und der brandenburgischen Meute – der Türkenhund! Ich hab's dem Priester Olschowski gesagt: bringt den Doroschenko nicht zur Verzweiflung, denn er ist nur gezwungen zum Türken gegangen. Nun? – sie haben nicht hören wollen. Den Hanenko haben sie dem Dorosch⁶ entgegengestellt, und ob Dorosch jetzt will oder nicht, er muß dem Türken in den Rachen rennen und ihn schließlich auf uns hetzen. Erinnerst du dich, Michael, wie ich in deiner Gegenwart den Priester Olschowski gewarnt habe?«

»Ihr müßt das ein andermal getan haben, denn ich erinnere mich nicht, daß es in meiner Gegenwart geschah«, antwortete der kleine Ritter; »aber was Ihr von Doroschenko sprecht, das ist heilige Wahrheit, denn der Hetman ist derselben Meinung; ja, man sagt sogar, er habe Briefe an Dorosch fertig, gerade in diesem Sinne. Es mag dort übrigens sein, wie es will – genug, zum Verhandeln ist's jetzt zu spät. Aber Ihr habt einen so scharfen Verstand, daß ich gern Eure Ansicht höre. Soll ich Bärbchen nach Chreptiow mitnehmen, oder soll ich sie lieber hier lassen? Nur eines muß ich sagen: es ist eine entsetzliche Wüste. Das Nest war immer elend, und seit zwanzig Jahren sind die Kosaken und Tataren so oft hindurchgezogen, daß ich nicht weiß, ob wir dort zwei Bretter übereinander finden. Und Schluchten gibt es dort, Wüsteneien, Verstecke, Höhlen und was sonst an verborgenen Winkeln, in welchen Räuber zu Hunderten sitzen, von denen gar nicht zu reden, die aus der Walachei herüberkommen.«

»Räuber gegen solche Macht – Kinderspiel!« antwortete Sagloba, »die Tataren – Kinderspiel! denn kommen sie mit Macht an, so hört

---

6   Dorosch = Abkürzung für Doroschenko.

man das vorher, und kommen sie in kleinerer Zahl, so reißt du sie auf.«

»Nicht wahr«, rief Bärbchen, »ist es nicht Kinderspiel? Räuber – Kinderspiel! Tataren – Kinderspiel! Mit solcher Macht schützt Michael mich gegen die ganze Krim.«

»Störe mich nicht in meiner Überlegung«, antwortete Sagloba, »sonst entscheide ich gegen dich.«

Bärbchen legte schnell beide Hände auf den Mund und zog den Kopf zwischen die Schultern ein; sie tat so, als ob sie vor Sagloba entsetzliche Angst habe. Er aber fühlte sich, obwohl er sah, daß das junge Weibchen scherze, geschmeichelt und legte seine hagere Hand auf Bärbchens blonden Kopf.

»Nun, fürchte dich nicht, ich mache dir eine Freude.«

Bärbchen küßte ihm die Hand, denn wirklich hing sehr viel von seinen Ratschlägen ab, die so zuverlässig waren, daß nie jemand durch sie enttäuscht wurde; er aber steckte beide Hände in den Gurt, blickte mit seinem gesunden Auge bald ihn, bald sie scharf an und sagte plötzlich:

»Und Nachkommen gibt's nicht, – was?«

Dabei schob er die Unterlippe seltsam vor.

»Gottes Wille«, antwortete Michael und schlug seine Augen nieder.

»Gottes Wille«, wiederholte Bärbchen und senkte ebenfalls die Augen.

»Aber ihr möchtet welche haben?« fragte Sagloba.

»Ich will's Euch aufrichtig sagen. Ich weiß nicht, was ich darum gäbe, aber manchmal denke ich: vergebliches Seufzen! Auch so hat mir Gott Glückseligkeit herabgesandt, indem er mir hier dies Kätzchen gegeben hat, oder wie Ihr sie immer nanntet, diesen kleinen Heiducken; und da er mich noch an Ruhm und an Gut gesegnet hat, wage ich nicht, ihn um mehr zu bemühen. Denn seht, manchmal ging es mir durch den Kopf: wenn alle menschlichen Wünsche erfüllt werden sollten, gäbe es keinen Unterschied zwischen dieser irdischen Republik und der himmlischen, die allein die volle Glückseligkeit zu geben vermag. Und so denke ich mir, wenn ich hier nicht einen oder zwei Knaben habe, so werden sie dort um so sicherer sein, und werden unter dem himmlischen Hetman, dem heiligen Erzengel Michael, dienen und sich mit Ruhm bedecken in den Kämpfen gegen die höllischen Heerscharen«, sagte der kleine Ritter.

Der fromme Rittersmann war durch seine eigenen Worte und durch den Gedanken ganz gerührt, und er erhob wieder die Augen zum Himmel.

Sagloba aber hörte gleichgültig zu und fuhr fort, streng mit den Augen zu zwinkern. Endlich sagte er:

»Hüte dich zu lästern! Denn daß du dir schmeichelst, so gut die Absichten der Vorsehung zu erraten, das kann eine Sünde sein, für die du eine Zeitlang braten mußt wie die Erbsen auf einem heißen Rost. Der liebe Herrgott hat breitere Ärmel als der Herr Bischof von Krakau, aber er hat es nicht gern, daß man ihm hineingucke und sehe, was er dort für die Menschlein etwa vorbereitet; und er tut, was er will, und du kümmere dich um deine eigene Angelegenheit. Wenn ihr also Nachkommenschaft haben wollt, so dürft ihr euch nicht trennen, sondern müßt hübsch beisammen bleiben.«

Bei diesen Worten sprang Bärbchen vor Freude mitten in das Zimmer, hüpfte wie ein Schulknabe umher, schlug in die Hände und schrie ein über das andere Mal: »Nicht wahr, beisammen bleiben? Ich hab's gewußt, daß Ihr auf meiner Seite sein werdet, ich hab's gleich gewußt! Wir reisen nach Chreptiow, Michael; einmal wenigstens mußt du mich mitnehmen gegen die Tataren, ein einziges, kleines Mal, mein Süßer, mein Goldener!«

»Da seht Ihr, nun möchte sie gar schon Kriegszüge mitmachen!« rief der kleine Ritter.

»An deiner Seite würde ich die ganze Horde nicht fürchten!«

»*Silentium*«, sagte Sagloba und folgte mit verliebten Augen, oder richtiger, mit verliebtem Auge den schnellen Bewegungen Bärbchens, der er außerordentlich gut war. – »Ich hoffe, daß Chreptiow, wohin es ja übrigens nicht so weit ist, nicht die letzte Grenzwarte in den wilden Feldern sein wird.«

»Nein, die Kommandos werden noch weiter hinausstehen in Mohylow, in Jampol; das letzte soll in Raschkow sein«, antwortete der kleine Ritter.

»In Raschkow! O, Raschkow kennen wir; von dort haben wir Halschka Skrzetuski geholt. Denkst du noch, Michael, erinnerst du dich noch, wie ich jenes Monstrum niedergesäbelt habe, den Tscheremi, den Teufel, der sie bewachte? Aber wenn das letzte Präsidium bis nach Raschkow hinausstehen soll, so würden sie auch sofort davon wissen, wenn die Krim sich regt oder die ganze Macht des Sultans, und würden es nach Chreptiow melden. Darum ist auch die Gefahr nicht so groß, denn Chreptiow kann nicht plötzlich überfallen werden. Bei Gott, ich weiß nicht, warum Bärbchen dort nicht mit dir sein sollte? Ich meine das ganz aufrichtig. Du weißt ja doch, ich gebe lieber mein altes Hirn her, als daß ich sie einer Gefahr aussetzte. Nimm sie mit, es wird euch beiden gut tun. Bärbchen muß nur versprechen, daß sie für den Fall eines großen Krieges ohne Widerrede gestattet, sie nach Warschau zu bringen, denn dann beginnen die großen Märsche, hitzigen Schlachten, Belagerungen von Wagenburgen, vielleicht auch Hungersnot wie bei Sbarasch, und in solchen Nöten kann der Mann schwer sich seiner Haut wehren, um wie viel weniger ein Weib.«

»Mit Freuden würde ich fallen an Michaels Seite«, versetzte Bärbchen, »aber ich habe ja meinen Verstand, und ich weiß, was nicht geht, geht nicht, und dann: Wie Michael will, nicht wie ich will. Ist er doch in diesem Jahre schon ausgezogen unter dem Hetman Sobieski, – habe ich da gedrängt mitzugehen? Nein! Gut denn, wenn mir nur jetzt nicht verwehrt wird, mit Michael nach Chreptiow zu gehen – im Falle eines großen Krieges schickt mich, wohin ihr wollt.«

»Herr Sagloba wird dich nach Podlachien zu den Skrzetuskis bringen«, sagte der kleine Ritter, »dort wird doch der Türke nicht hinkommen.«

»Herr Sagloba, Herr Sagloba!« sagte der Alte nachäffend, »bin ich ein Transportbeamter? Vertraut Eure Frauen nicht so dem Herrn Sagloba an und denkt, er sei alt, denn es könnte sich ganz anders zeigen. Und dann – denkst du denn, daß ich bei einem Kriege mit den Türken mich schon hinter den Ofen in Podlachien setzen und nach dem Braten schauen werde, daß er nicht anbrennt? Noch bin ich kein Stock und kann noch zu was Besserem dienen. Ein Bänkchen brauche ich wohl, um zu Pferde zu steigen, aber sitze ich einmal darauf, so springe ich so gut den Feind an, wie irgend ein jüngerer. Zum Scharmützel mit den Tataren werde ich nicht mehr ausziehen, in den wilden Feldern umherspähen werde ich nicht mehr – aber bei der Generalattacke halte dich nur in meiner Nähe, wenn du kannst, und du sollst schöne Dinge sehen!«

»Wolltet Ihr noch ins Feld rücken?«

»Denkst du, ich wollte nicht mit einem ruhmreicheren Tode ein ruhmreiches Leben beschließen nach soviel Dienstjahren? Was könnte mir Würdigeres geschehen? Hast du Herrn Dsiewiontkiewitsch gekannt? Er sah zwar nicht älter aus als hundertundvierzig Jahre, aber er war schon hundertundzweiundvierzig und diente noch.«

»So alt war er nicht.«

»Er war es! – So soll ich mich hier nicht vom Platze rühren! Ich ziehe in den großen Krieg – basta! Und jetzt gehe ich mit euch nach Chreptiow, denn ich bin in Bärbchen verliebt.«

Bärbchen sprang strahlend in die Höhe und drückte Herrn Sagloba an sich. Er aber hob seinen Kopf in die Höhe und wiederholte: »Stärker, stärker!«

Michael erwog indessen noch alles eine Zeitlang; endlich sagte er:

»Es ist unmöglich, daß wir sogleich alle reisen. Dort ist ja die reine Wüste, kein Stückchen Dach finden wir über unserem Haupte. Ich will vorausgehen, will einen Ort zur Unterkunft suchen, ein artiges Blockhaus erbauen, Häuser für die Soldaten, Schuppen für die Pferde der Genossen, damit sie dort in der veränderten Luft nicht zugrunde gehen; dann will ich Brunnen graben, Wege bauen, die Höhlen von den Räuberbanden, so gut es geht, säubern. Dann schicke ich euch ein anständiges Gefolge, und ihr kommt nach. Drei Wochen wenigstens müßt ihr warten.«

Bärbchen wollte widersprechen, aber Sagloba sah die Richtigkeit von Michaels Worten ein und sagte:

»Was wahr ist, ist wahr. Bärbchen, wir bleiben hier und führen zusammen die Wirtschaft, wir werden uns dabei ganz wohl fühlen. Wir müssen auch einen kleinen Vorrat bereit halten, denn auch das wißt Ihr gewiß nicht, daß Met und Wein sich nirgend so gut erhält wie in den Höhlen.«

Michael hielt sein Wort. In drei Wochen war er mit den Gebäuden fertig und schickte eine stattliche Eskorte: hundert Lipker von der Fahne des Freiherrn von Landskron und hundert Linkhausensche Dragoner, welche Herr Snitko, der im Wappen einen verschleierten Mond führte, kommandierte. Die Lipker waren unter dem Befehl des Hauptmanns Asya Mellechowitsch, der seinen Stammbaum von den litauischen Tataren herleitete, eines sehr jungen Mannes, denn er zählte kaum einige zwanzig Jahre. Dieser brachte einen Brief vom kleinen Ritter mit, der seiner Gattin folgendes schrieb:

»Mein herzgeliebtes Bärbchen! Komm doch bald, denn ohne Dich lebe ich wie ohne Brot, und wenn ich nicht bis dahin eintrockne, so küsse ich Dir Dein rosiges Mäulchen ganz und gar weg. Ich schicke Dir nicht wenig Leute und erfahrene Offiziere, aber den ersten Platz räumt in allem dem Snitko ein, und nehmt ihn in Eure Gesellschaft; denn er ist von gutem Herkommen und ein Adelsgenoß; Mellechowitsch ist ein guter Soldat, aber Gott weiß, wo er herkommt; er hätte auch bei keiner anderen Fahne als bei den Lipkern Offizier werden können, denn es hätte ihm leicht jeder Unebenbürtigkeit vorwerfen können. – Ich umarme Dich herzlich, ich küsse Deine Händchen und Füßchen. – Ein Blockhaus habe ich aus Rundsteinen aufgeführt, – ganz vortrefflich – ungeheure Schornsteine – für uns einige Zimmer in einem besonderen Häuschen – überall riecht es nach Harz, und eine Menge Heimchen sind da, die, wenn sie abends zu zirpen anfangen, sogar alle Hunde aus dem Schlafe erwecken. Hätten wir etwas Erbsenstroh, wir könnten sie schnell los sein; aber nächstens kannst Du uns solches auf Deinem Wagen mitbringen. Scheiben von keiner Seite; die Fenster verhängen wir mit Moos; aber unter den Dragonern ist ein Glaser. Glas kannst Du in Kamieniez bei den Armeniern bekommen, aber fahre um Gottes willen behutsam, damit es nicht in Stücke gehe. Dein Zimmerchen habe ich mit Teppichen ausschlagen lassen, und es präsentiert sich vortrefflich. Von den Räubern, die wir in den Leschytzer Höhlen gefangen haben, habe ich schon neunzehn hängen lassen, und bevor Du herkommst, werde ich wohl das halbe Schock voll machen. Herr Snitko wird Dir erzählen, wie wir hier leben. – Gott und der heiligen Jungfrau empfehle ich Dich, mein Allerliebstes!«

Bärbchen las den Brief und gab ihn Herrn Sagloba, der sogleich Herrn Snitko mit großem Respekt entgegenkam, doch aber nicht mit so großem, daß jener nicht bald gemerkt hätte, er spreche mit einem berühmten Krieger und einer größeren Persönlichkeit, die nur aus Freundschaft ihn zu solcher Vertraulichkeit kommen lasse. Im übrigen war Herr Snitko ein guter Soldat, heiter, ein echter Kriegsmann, denn sein ganzes Leben war im Dienst hingegangen. Vor Michael hatte er hohe Achtung, und neben dem Ruhme Saglobas fühlte er sich klein und dachte gar nicht daran, sich zu brüsten.

Mellechowitsch war nicht zugegen, als der Brief gelesen wurde. Gleich nachdem er ihn abgegeben, war er davongegangen; er tat, als ob er nach den Leuten sehen wolle. Im Grunde aber fürchtete er, man werde ihn ins Gesindezimmer weisen.

Sagloba hatte indessen Zeit gehabt, ihn näher zu betrachten, und da ihm Michaels Worte noch frisch im Gedächtnis waren, sagte er zu Snitko:

»Wir heißen Euch willkommen, bitte, Herr Snitko ... Ich kannte einen ... vom Wappen mit verschleiertem Mond! Ich bitte, ein würdiges Wappen ... aber der Tatar ... wie nennt man ihn?«

»Mellechowitsch!«

»Aber dieser Mellechowitsch schaut wolfsmäßig drein. Michael schreibt, er sei ein Mensch von ungewisser Herkunft. Merkwürdig genug, denn alle unsere Tataren sind von Adel, wenn auch Heiden. In Litauen habe ich ganze Dörfer gesehen, die von ihnen bewohnt sind; dort nennt man sie Lipker, die hiesigen heißen Tscheremissen. Lange Zeit haben sie der Republik treu gedient und sich ihr dankbar erwiesen für das Brot, das ihnen gab. Aber schon zurzeit des Bauernaufstandes sind viele von ihnen zu Chmielnizki übergegangen, und jetzt höre ich, beginnen sie mit der Horde zu liebäugeln ... Dieser Mellechowitsch schaut wie ein Wolf drein ... kennt Michael ihn schon lange?«

»Aus der Zeit des letzten Krieges«, antwortete Herr Snitko und schob die Füße unter die Bank, »als wir mit Herrn Sobieski gegen Doroschenko und die Horde zogen und durch die Ukraine kamen.«

»Aus der Zeit des letzten Kriegszuges! Ich konnte an ihm nicht teilnehmen, denn Herr Sobieski hatte mir ein anderes Amt anvertraut, obwohl ihm später bange war in meiner Abwesenheit ... Und Euer Wappen, der verschleierte Mond ... Woher ist er, dieser Mellechowitsch?«

»Er nennt sich einen litauischen Tataren, aber seltsam, es hat ihn keiner der litauischen Tataren vorher gekannt, obwohl er gerade in ihrer Fahne dient. Daher die Gerüchte von seiner zweifelhaften Herkunft, welche seine hochfahrenden Manieren nicht zu zerstören vermochten. Er ist übrigens ein großer Krieger, wenn auch sehr schweigsam. Bei Brazlaw und bei Kalnik hat er große Dienste geleistet, wofür ihn der Herr Hetman zum Hauptmann gemacht hat, obwohl er in der ganzen Fahne der jüngste war. Die Lipker lieben ihn sehr, bei uns hat er keine Freunde – und warum? Weil er ein düsterer Mann ist, und wie Ihr treffend bemerkt habt, wie ein Wolf dreinschaut.«

»Wenn er ein tüchtiger Soldat ist«, sagte Bärbchen, »so ziemt es, ihn aufzunehmen, was mir auch mein Herr Gemahl in seinem Briefe nicht verwehrt.«

Hier wandte sie sich an Herrn Snitko:

»Ihr gestattet?«

»Zu Diensten, Frau Obristen!« rief Snitko.

Bärbchen verschwand hinter der Tür; Sagloba atmete auf und fragte Herrn Snitko:

»Nun, und hat Euch die Frau Obristin gefallen?«

Der alte Soldat preßte statt jeder Antwort die Fäuste vor die Augen, neigte sich auf seinem Stuhle vor und sagte: »Ei, ei, ei!« Dann riß er die Augen weit auf, verstopfte mit der Handfläche seinen Mund und schwieg, als schäme er sich seines eigenen Entzückens.

»Der reine Marzipan, was?« sagte Sagloba.

Inzwischen war der »Marzipan« wieder in der Tür erschienen, Asya mit sich führend, der aufgeblasen wie ein Pfau dastand.

»Aus den Briefen meines Mannes und von Herrn Snitko haben wir so viel von Euren mutigen Taten gehört, daß wir Euch gern näher kennen lernen möchten. Wir bitten Euch, bei uns zu bleiben, man wird Euch gleich das Essen auftragen«, sagte Bärbchen.

»Wir bitten, kommt näher«, sagte Sagloba.

Das düstere, wenn auch schöne Gesicht des jungen Tataren erhellte sich nicht ganz, aber man sah, daß er dankbar sei für die freundliche Aufnahme und dafür, daß man ihn nicht in das Gesindezimmer gewiesen.

Bärbchen aber bemühte sich mit Absicht, freundlich gegen ihn zu sein, denn sie hatte mit dem Herzen des Weibes erraten, daß er mißtrauisch und stolz sei, und daß Demütigungen, wie sie gewiß oft wegen seiner zweifelhaften Herkunft zu ertragen hatte, ihn tief schmerzten. Sie machte also zwischen ihm und Snitko keinen anderen Unterschied als den, welchen das reifere Alter Snitkos zu machen nötigte. Sie fragte den jungen Hauptmann nach den Diensten aus, um derentwillen er bei Kalnik einen höheren Rang erhalten hatte. Sagloba erriet Bärbchens Wünsche und wandte sich auch ziemlich oft an Asya, und er, obwohl anfangs ein wenig trotzig, gab vernünftige Antworten; seine Manieren verrieten nicht den Mann aus dem Volke, sondern sie riefen durch eine gewisse höfische Art sogar Verwunderung hervor.

Das kann kein Bauernblut sein, – dachte Sagloba, sonst wäre er nicht so stolzen Sinnes.

Dann fragte er laut:

»Und wo lebt Euer Vater?«

»In Litauen«, versetzte Mellechowitsch errötend.

»Litauen ist ein großes Land; das ist gerade so, als wenn Ihr mir geantwortet hättet: in der Republik.«

»Jetzt nicht mehr in der Republik, denn jene Lande sind abgefallen. Mein Vater hat in der Nähe von Smolensk Besitztümer.«

»Auch ich hatte dort bedeutende Güter, die mir nach dem Tode eines kinderlosen Verwandten zugefallen sind, aber ich zog es vor, sie fahren zu lassen und bei der Republik zu bleiben.«

»So tue auch ich«, antwortete Mellechowitsch.

»Ihr handelt würdig«, fiel Bärbchen ein.

Snitko, der dem Gespräch zuhörte, zuckte ein wenig die Achsel, als wollte er sagen: Gott mag wissen, wer du bist, und wo du herkommst. – Sagloba aber, der das bemerkt hatte, wandte sich wieder an Mellechowitsch:

»Und Ihr bekennet Christum oder – ich will Euch nicht beleidigen – lebt in der Sünde?«

»Ich habe den Christenglauben angenommen, und aus diesem Grunde mußte ich meinen Vater verlassen.«

»Wenn du ihn darum verlassen hast, so wird dich Gott dafür nicht verlassen, und der erste Beweis seiner Gnade ist der, daß du Wein trinken kannst, den du, im Irrtum verharrend, nicht genossen hättest.«

Snitko lachte auf, aber Asya waren diese Fragen, die seine Person und Abstammung betrafen, offenbar nicht angenehm, denn er hatte sich wieder wie vorhin aufgebläht. Sagloba aber achtete nicht darauf, um so weniger, als der junge Tatar ihm nicht gerade gefiel, denn in manchen Augenblicken erinnerte er, wenn auch nicht durch sein Gesicht, so doch durch seine Bewegungen und seinen Blick, an den berühmten Kosakenführer Bohan.

Inzwischen wurde das Mittagessen gebracht.

Den Rest des Tages nahmen die letzten Reisevorbereitungen in Anspruch; am anderen Morgen brach man auf, als es kaum dämmerte, oder richtiger, als es noch Nacht war, um in einem Tage nach Chreptiow zu gelangen.

Zahlreiche Wagen waren aufgefahren, denn Bärbchen hatte beschlossen, die Kammer in Chreptiow reichlich zu versehen; daher gingen auch hinter den Wagen reichbeladene Kamele und Pferde, die sich unter der Last der Graupen und des geräucherten Fleisches beugten. Den Schluß der Karawane machten etliche zehn Steppenrinder und eine kleine Herde Schafe. Eröffnet wurde der Zug von Asya mit seinen Lipkern. Die Dragoner ritten in nächster Nähe des gedeckten Wagens, in welchem Bärbchen und Sagloba saßen. Sie hätte am liebsten den Apfelschimmel bestiegen, der als Leitpferd mitging, aber der alte Edelmann bat sie, dies wenigstens zu Anfang und zu Ende der Reise nicht zu tun.

»Ja, wenn du ruhig säßest«, sagte er, »würde ich nichts dagegen haben, aber du fängst bald an, ausgelassen zu sein und mit dem Pferde Possen zu treiben, und das steht der Würde der Frau Kommandantin nicht an.«

Bärbchen war glücklich und heiter wie ein Vögelchen. Seit ihrer Verheiratung hatte sie zwei große Wünsche: Einmal wollte sie Michael einen Sohn schenken und dann mit dem kleinen Ritter wenigstens auf ein Jahr in einer der Grenzwarten in der Nähe der wilden Felder wohnen und dort an der Grenze der Wüste das Leben eines Soldaten leben, Krieg und Abenteuer mitmachen, an den Zügen teilnehmen, mit eigenen Augen die Steppe kennen lernen, die Gefahren erproben, von welchen sie soviel gehört hatte seit den Tagen ihrer Kindheit. Sie hatte davon geträumt, als sie noch ein kleines Mädchen war, und diese Träume sollten sich jetzt verwirklichen, und noch dazu an der Seite des geliebten Mannes und des berühmtesten Kämpfers in der Republik, von dem man sagte, daß er den Feind aus der Erde zu graben verstehe.

Die junge Frau Kommandantin fühlte Flügel an ihren Armen, und eine so große Freude in der Brust, daß sie oft Lust hatte, aufzuschreien und zu hüpfen; aber der Gedanke an ihre Würde hielt sie zurück, denn sie hatte sich das Wort gegeben, ein gesetztes Benehmen zu zeigen und sich die höchste Liebe der Soldaten zu erringen. Sie vertraute Herrn Sagloba diesen Gedanken an, und er lächelte leutselig und sagte:

»Du wirst dort schon der Stern im Auge sein und eine große Merkwürdigkeit, das ist gewiß. Ein Weib in der Grenzwarte – das ist ja eine Rarität.«

»Und in der Gefahr werde ich allen ein Beispiel geben!«

»Wovon?«

»Nun, des Mutes. Nur eins fürchte ich: daß noch über Chreptiow hinaus Kommandos stehen werden, in Mohylow, in Raschkow, bis weithin in Jahorlik, und daß wir die Tataren nicht einmal als Heilmittel gegen Langeweile sehen werden.«

»Und ich fürchte nur das eine, wenn auch nicht für mich, so doch für dich, daß wir sie gar zu häufig sehen werden. Was denkst du, haben die Tataren die Pflicht, durchaus auf Raschkow oder Mohylow loszumarschieren? Sie können geradeaus von Osten kommen oder aus den Steppen oder auch die Moldau herauf, den Dniestr entlang ziehen und in das Gebiet der Republik einfallen, wo sie wollen, sei es auch am Berge hinter Chreptiow – es müßte denn sehr bekannt werden, daß ich in Chreptiow bin, dann werden sie es umgehen, denn mich kennen sie von alters her.«

»Und kennen sie Michael etwa nicht? Werden sie Michael etwa nicht aus dem Wege gehen?«

»Auch ihm werden sie aus dem Wege gehen, sie müßten denn in großer Macht herankommen, was wohl geschehen kann. Übrigens wird er sie selbst aufsuchen.«

»Ja, das ist wahr, des bin ich gewiß. Ist wirklich in Chreptiow schon völlige Wüste, denn das ist ja gar nicht weit?«

»So sehr Wüste, daß es wüster nicht sein kann. Einst, zurzeit meiner Jugend, war die Gegend bevölkert. Man zog von Vorwerk zu Vorwerk, von Dorf zu Dorf, von Städtchen zu Städtchen. Ich habe sie kennen gelernt, ich war dort. Ich denke noch, wie Uschyz eine befestigte Stadt war, die sich sehen lassen konnte. Herr Koniezpolski, der Vater, hat mich hier zum Starosten gemacht. Dann kam der Pöbelaufstand, und alles ging in Trümmer. Als wir hier Halschka holten, da war es schon wüst, und später sind die Tataren wohl an die zwanzigmal hier hindurchgezogen … Jetzt hat Herr Sobieski den Kosaken und Tataren wieder das Land entrissen, wie man einem Hunde etwas aus dem Rachen reißt … aber Menschen gibt es noch nicht, nur Räuberbanden stecken in den Schluchten.«

Hier schaute sich Sagloba in der Gegend um und schüttelte den Kopf wie in der Erinnerung an alte Zeiten.

»Du lieber Gott«, sagte er, »damals, als wir Halschka holten, da glaubte ich, das Alter sitze mir im Nacken, und jetzt denke ich, daß ich jung war, denn es sind doch bald vierundzwanzig Jahre her. Michael war noch ein Milchbart und hatte weniger Haare auf der Oberlippe, als ich hier auf der Faust. Und dabei steht mir die Gegend so lebhaft im Gedächtnis, als wäre es gestern; aber das Gestrüpp ist größer, und die Wälder dichter, seitdem die Ackerbauer fort sind.«

Sie kamen auch bald hinter Kitajgorod in große Wälder, denn damals war jene Gegend zum größten Teil dicht bewachsen. Hier und da indessen, besonders in der Gegend von Studsienniza, gab es auch offenes Feld, und von hier aus sahen sie das Ufer des Dniestr und das Land, das sich jenseits des Flusses unendlich hinzog bis an die Anhöhen, welche nach der Moldau hin den Gesichtskreis abschlossen.

Tiefe Schluchten, der Versteck wilder Tiere und wilder Menschen, durchschnitten den Weg. Diese Schluchten waren bisweilen schmal und uneben, bald wieder offen mit leicht abfallenden Seiten und wüst bewachsen. Die Lipker des Asya tauchten vorsichtig hinunter, und wenn das Ende des Zuges noch auf dem hohen Abhang war, schien sein Anfang in die Erde versunken zu sein. Oft mußten Bärbchen und Sagloba aus dem Wagen steigen; denn obwohl Michael den Weg, so gut es ging, geebnet hatte, gab es doch gefährliche Übergänge. Am Boden der Schluchten plätscherten Quellen, oder strömten, über die Steine rauschend, reißende Flüsse, welche im Frühling das Wasser des Steppenschnees mit sich nahmen. Obgleich die Sonne die Wälder und Steppen noch stark erwärmte, herrschte doch eine strenge Kälte in diesen steinernen Schlünden und packte die Reisenden hart an. Der Wald hatte die felsigen Seitenwände ausgepolstert und säumte noch die Ufer düster ein, als wollte er jene tief versunkenen Höhlungen vor den goldenen Strahlen der Sonne schützen. Stellenweise aber waren die Bäume gebrochen, umgestürzt, die Stämme in wilder Unordnung einer über den anderen geworfen, die Zweige verbogen und zu Haufen aneinandergedrängt, vertrocknet oder auch mit welkem Laub und Nadeln bedeckt.

»Was ist mit diesem Walde vorgegangen?« fragte Bärbchen Herrn Sagloba.

»Zum Teil können das alte Verhaue sein, welche die früheren Einwohner gegen die Horden gemacht haben, oder auch die Kosaken gegen unsere Heere; anderntteils sind es die Stürme, die von der Moldau herkommen, und die im Walde so hausen, die Stürme, in welchen, wie alte Leute sagen, Vampire oder gar Teufel ihr Wesen treiben.«

»Und habt Ihr jemals die Teufel ihr Wesen treiben sehen?«

»Gesehen hab' ich es nicht, aber gehört habe ich, wie die Teufel einander belustigend zuriefen: »O-ha – o-ha!« Fragt nur Michael, denn auch er hat es gehört.«

Bärbchen war zwar mutig, fürchtete sich aber doch ein wenig vor bösen Geistern. Sie bekreuzigte sich also schnell. »Ein entsetzliches Land!« sagte sie.

In der Tat, in manchen Schluchten war es entsetzlich. Es war nicht nur düster, sondern auch stumm; kein Wind wehte, Laub und Zweige rauschten nicht, man hörte nur das Getrappel und Gewieher der Pferde, das Knarren der Wagen und die Rufe, welche die Wagenführer an den gefährlicheren Stellen ausstießen. Von Zeit zu Zeit sangen auch die Tataren oder die Dragoner; aber die Wüste selbst sprach mit keinem menschlichen, mit keinem tierischen Laut.

Während die Schluchten einen finsteren Eindruck machten, öffnete sich das Oberland heiter, selbst da, wo die Wälder sich hinzogen, vor den Augen der Karawane. Das Wetter war herbstlich still, die Sonne stieg die blaue Stufe hinauf, von keinem Wölkchen verfinstert, und ergoß reichlichen Glanz über Felsen, Felder und Wälder. In diesem Glanze erschienen die Fichten rot und goldig, und die Fäden der Spinnenweben, die an den Zweigen der Bäume und an den Gräsern hingen, leuchteten so stark, als seien sie selbst aus Sonnenstrahlen gewoben. Der Oktober war zur Hälfte abgelaufen, daher zogen die Vögel, besonders die für Kälte empfindlicheren, schon aus der Steppe dem Schwarzen Meere zu. Man sah am Himmel Züge von Kranichen, die mit lautem Krächzen dahinzogen, Gänse und Kriekenten.

Hier und da schwebten hoch am blauen Firmament mit weit geöffneten Flügeln, gefahrbringend für die Bewohner der Luft, die Adler; hier und da zogen beutegierige Habichte ihre langsamen Kreise. Aber es fehlte auch nicht an Vögeln, die an der Erde leben und im hohen Grase gern sich bergen, besonders, wo die Felder offen waren. Oft flogen unter den Hufen der Rosse Völker von rostfarbenen Rebhühnern mit Geräusch auf, oft auch sah Bärbchen, wenn auch nur von ferne, Trappen, die auf Wache standen, und bei ihrem Anblick glühten ihre Wangen und leuchteten ihre Augen.

»Die wollen wir mit Windhunden hetzen, wenn wir bei Michael sind!« rief sie, in die Hände klatschend.

»Wenn dein Mann ein Stubenhocker wäre«, sagte Sagloba, »so würde ihm der Bart bei einer solchen Frau bald grau werden, aber ich habe schon gewußt, wem ich dich geben soll. Eine andere wäre wenigstens dankbar, he?«

Bärbchen küßte Sagloba auf beide Wangen, so daß er gerührt sagte:

»Im Alter sind liebende Herzen dem Menschen so angenehm wie eine warme Ofenecke.«

Dann hielt er einen Augenblick inne und fügte hinzu:

»Seltsam, wie ich die Weiber das ganze Leben geliebt habe, und wenn ich so sagen soll warum, so weiß ich's selber nicht, denn die Teufelinnen sind leichtsinnig und untreu ... Aber weil sie schwach sind wie die Kinder, so läuft einem das Herz bald über vor Mitleid, wenn einer ein Unrecht geschieht. Umarme mich noch, wie?«

Bärbchen hätte gern die ganze Welt umarmt, darum kam sie Saglobas Wunsche gleich nach, und sie setzten ihren Weg in der trefflichsten Laune fort. Sie fuhren sehr langsam, denn die Rinder, die hinterdrein gingen, konnten nicht schneller nachkommen, und es war gefährlich, sie unter geringer Bewachung in diesen Wäldern zu lassen. Je näher sie Uschyz kamen, desto unebener wurde das Land, desto öder die Wüste, desto tiefer die Schluchten. Bald erlitten die Wagen einen Schaden, bald wurden die Pferde störrisch, und dadurch entstanden größere Verzögerungen. Die alte Heerstraße, die einst nach Mohylow geführt hatte, war seit zwanzig Jahren mit Wald bewachsen, so daß man kaum noch ihre Spuren sah. So mußte man die Wege gehen, welche die früheren und die letzten Heereszüge genommen hatten, häufig genug verschlungene und zugleich sehr schwierige Wege; es ging auch nicht ganz ohne Unglück ab.

Asya ritt an der Spitze der Lipker, sein Pferd verstrickte sich am Abhang der Schluchten und stürzte in den steinigen Grund, nicht ohne Schaden für den Reiter, der eine so schwere Verwundung des oberen Teiles des Kopfes erlitt, daß er eine Zeitlang das Bewußtsein verlor. Bärbchen und Sagloba bestiegen sogleich die Leitpferde, den Tataren ließ die junge Frau Kommandantin in den Wagen legen und vorsichtig fahren. Von jetzt ab ließ sie bei jeder Quelle den Zug Halt machen und verband ihm mit eigenen Händen den Kopf, indem sie Linnenstücke in kaltem Quellwasser anfeuchtete. Er lag eine Zeitlang mit geschlossenen Augen da, endlich öffnete er sie, und als das über ihn geneigte Bärbchen anfing, ihn auszufragen, wie es ihm gehe, ergriff er, statt Antwort zu geben, ihre Hand und drückte sie an seine bleichen Lippen.

Nach einer Weile erst, als müsse er seine Gedanken und sein Bewußtsein wieder sammeln, antwortete er: »O gut, wie nie zuvor!«

So ging ihnen der ganze Tag hin. Die Sonne neigte und rötete sich und senkte sich in mächtiger Kugel auf die moldauische Seite hinüber; der Dniestr begann zu leuchten wie ein feuriges Band, und von Osten her, von den wilden Feldern, stieg langsam die Dämmerung herauf.

Chreptiow war nicht mehr allzuweit, aber man mußte den Pferden Rast gönnen; darum wurde ein längerer Halt gemacht.

Der eine und der andere Dragoner begann die Hora zu singen; die Lipker stiegen von den Pferden, breiteten ihre Schlafvließe auf dem Boden aus und beteten knieend, die Gesichter nach Osten gewendet. Ihre Stimmen klangen bald laut, bald leise; Allah – Allah! ertönte es manchmal kräftig durch die langen Reihen, dann wurden sie wieder still, erhoben sich, hielten die Hände, umgewandt nach oben gerichtet, am Gesicht, harrten in gesammelter Andacht aus und wiederholten dabei von Zeit zu Zeit schlaftrunken, gleichsam seufzend: »Lohitschmen, ach, lohitschmen!« – Die Sonnenstrahlen, die sie beleuchteten, wurden immer röter; es erhob sich ein Wind von Westen her, und mit ihm ein lautes Rauschen von den Bäumen, als wollten auch sie vor Eintritt der Nacht den verehren, der an dem dunklen Himmel die tausend Sterne heraufführt. Bärbchen sah mit großer Neugier dem Gebet der Lipker zu; aber ihr Herz krampfte sich zusammen bei dem Gedanken, daß so viele gute Menschen nach einem Leben voll Mühsal mit dem Tode in das höllische Feuer gelangen sollten, und das um so mehr, als sie, täglich mit Menschen zusammentreffend, welche den wahren Glauben bekannten, doch freiwillig in ihrem Unglauben verharrten.

Sagloba, der mit diesen Dingen mehr vertraut war, zuckte nur die Achseln bei Bärbchens frommen Bemerkungen und sagte:

»Man würde sowieso diese Ziegensöhne in den Himmel nicht einlassen, damit sie nicht Ungeziefer mit hineinbringen.«

Dann zog er mit Hilfe eines Knechtes ein weich gefüttertes Röckchen an, welches ihn gegen die Abendkälte schützte, und befahl loszurücken. Aber kaum hatte der Zug sich in Bewegung gesetzt, als auf der gegenüberliegenden Anhöhe fünf Reiter sichtbar wurden.

Die Lipker traten sofort auseinander.

»Michael!« schrie Bärbchen, da sie ihn an der Spitze heranjagen sah.

Es war wirklich Wolodyjowski, der seiner Gattin mit einigen Begleitern entgegengeritten kam. Sie begrüßten sich mit großer Freude und erzählten einander, was sie erlebt hatten.

Bärbchen berichtete also, wie es ihnen unterwegs ergangen sei, und wie Asya sich »den Verstand an den Steinen zerschlagen« habe, und der kleine Ritter gab Rechenschaft über seine Tätigkeit in Chreptiow, wo, wie er versicherte, alles bereit stehe und dem Empfang entgegensehe, denn fünfhundert Äxte hätten drei Wochen hindurch an den Gebäuden gearbeitet.

Während dieses Gespräches neigte sich der verliebte Ritter immer wieder von der Satteldecke herab und umfaßte seine junge Gattin, die offenbar darüber nicht böse war, denn schon ritt sie an seiner Seite, so daß ihre Pferde sich bald berührten.

Das Ende der Reise war nicht mehr weit, aber inzwischen war die Nacht angebrochen, eine herrliche Nacht, von einem großen, goldenen Monde erleuchtet. Aber er wurde immer blasser, je mehr er sich von der Steppe gen Himmel erhob, und endlich wurde sein Glanz verdunkelt durch einen Feuerschein, der grell vor der Karawane aufstieg.

»Was ist das?« fragte Bärbchen. –

»Das wirst du sehen«, sagte Michael, »wenn wir erst durch dieses Wäldchen kommen, das uns von Chreptiow trennt.«

»Ist das schon Chreptiow?«

»Du würdest es wie auf der Hand vor dir sehen, wenn die Bäume es nicht verdeckten.«

Sie kamen in das Wäldchen hinein, aber ehe sie die Hälfte desselben zurückgelegt hatten, erschien an seinem anderen Ende ein Gewimmel von Lichtern, ähnlich dem Gewimmel der Johanniskäfer oder Flimmern der Sterne. Jene Sterne kamen mit großer Geschwindigkeit heran, und plötzlich erbebte das ganze Wäldchen von mächtigen Rufen: »Vivat unsere Herrin! Vivat die Frau Kommandantin! Vivat, vivat!«

Es waren die Soldaten, welche herbeigeeilt kamen, um Bärbchen zu begrüßen. Hunderte von ihnen mengten sich in einem Augenblick unter die Lipker. Jeder hielt auf einer langen Stange eine flackernde Fackel, die an dem gespaltenen Ende der Stange befestigt war. Einige hatten an Pfählen eiserne Pfannen, aus welchen brennender Harz in der Gestalt langer, feuriger Tränen herunterfiel. Sogleich umringten Bärbchen Haufen bärtiger, kühn dreinschauender, halbwilder, aber freudestrahlender Gesichter. Der größere Teil von ihnen hatte Bärbchen nie im Leben gesehen, viele hatten sich vorgestellt, eine Frau in gesetzten Jahren zu erblicken; ihre Freude war darum um so größer bei dem Anblick dieses fast einem Kinde gleichenden Wesens, das auf dem weißen Zelter ritt und anmutig dankend nach allen Seiten das hübsche, rosige, zierliche, heitere und zugleich durch den unerwarteten Empfang verlegene Gesichtchen neigte.

»Ich danke euch«, sagte Bärbchen, »ich weiß, daß das nicht meinetwegen ...«; aber ihr Silberstimmchen verlor sich unter den Vivats, und der Wald erbebte von den Rufen.

Die Leute von der Fahne des Generals von Podolien, vom Kämmerer von Prschemysl, die Kosaken Motowidlos, die Lipker und die Tscheremissen mischten sich untereinander, jeder wollte die Frau Kommandantin sehen, sich ihr nähern; einige, die von lebhafter Art waren, küßten den Saum ihres Jäckchens oder ihren Fuß im Steigbügel. Denn auch für diese halbwilden Grenzkrieger, die an Kriegszüge, an Jagden auf Menschen, an Blutvergießen und Metzeleien gewöhnt waren, war diese Erscheinung eine so ungewöhnliche, so neue, daß ihre harten Herzen bei ihrem Anblick gerührt wurden, und neue, unbekannte Gefühle in ihrer Brust erwachten. Sie waren zur Begrüßung ausgezogen aus Liebe zu ihrem Führer, um ihm eine Freude zu bereiten, vielleicht auch, ihm zu schmeicheln, und siehe, eine plötzliche Rührung hatte sie selbst erfaßt. Dieses lächelnde, süße, unschuldige Gesichtchen mit den blitzenden Augen und den lebhaften Nasenflügeln ward ihnen in einem Augenblick teuer. »Unser Kind, unser Kind!« riefen alte Kosaken, wahre Steppenwölfe, »einen Cherubim zeigt uns der Herr Regimenter!« »Morgenröte!« »Liebliches Blümchen!« schrieen die Genossen, »wir gehen alle für sie in den Tod!« und die Tscheremissen schnalzten mit den Lippen und legten die Hände an die breite Brust: »Allah – Allah!«

Michael war sehr gerührt, aber auch freudig erregt; er stemmte die Hände in die Seiten und war stolz auf sein Bärbchen.

Die Vivatrufe dauerten fort; endlich gelangte die Karawane aus dem Walde heraus, und bald zeigten sich den Neuangekommenen mächtige Holzgebäude, die im Kreise auf der Anhöhe errichtet waren. Das war die Grenzwacht von Chreptiow, hell wie am Tage, denn außerhalb des Pfahlwerks brannten riesige Holzstöße, auf die man ganze Stämme geworfen hatte. Aber auch der Platz zwischen den Häusern war mit Wachtfeuern bedeckt, sie waren nur kleiner, um Gefahr zu vermeiden.

Die Krieger verlöschten jetzt ihre Fackeln und zogen dafür der eine eine Muskete, der andere ein Terzerol, der dritte eine Pistole hervor, um durch Schüsse die Herrin zu begrüßen. Auch die Kapellen traten an das Pfahlwerk: die einheimische bestand aus Krummhörnern, die kosakische aus Flöten, Trommeln und verschiedenen vielsaitigen Instrumenten, und endlich die der Lipker, in welchen nach tatarischer Weise schrille Pfeifen die erste Stelle einnahmen. Das Bellen der Wachthunde und das Gebrüll des erschreckten Viehs vergrößerte noch den Lärm.

Der Zug blieb nun hinten, und vorn ritt Bärbchen, an der einen Seite ihr Gatte, an der anderen Herr Sagloba. Über dem mit Weißtannenzweigen schön geschmückten Tor waren auf Blasen, die mit Talk bestrichen und innen erleuchtet waren, die schwarzen Zuschriften angebracht: »Möge Cupido euch reichlich glückliche Stunden schenken!« »*Crescite*, liebe Gäste, *multiplicamini!*«

»*Vivat, floreat!*« schrieen die Soldaten, als der kleine Ritter und Bärbchen Halt machten und die Inschrift lasen.

»Um des Himmels willen«, sagte Sagloba, »ich bin ja auch Gast, und wenn der Wunsch der Multiplikation sich auch auf mich bezieht, so sollen mich die Raben fressen, wenn ich weiß, was ich damit anfange.«

Aber Sagloba fand ein besonderes Transparent, das nur für ihn bestimmt war, und las darauf mit nicht geringerer Befriedigung:

Es lebe Sagloba Onufrius,
Der ganzen Ritterschaft würdigste Zier!

Michael war sehr heiter. Er bat die Offiziere und auch die Mannschaften zu sich zum Abendessen, und für die Soldaten ließ er ein um das andere Tönnchen Branntwein bringen. Einige Ochsen wurden geschlachtet, die man bald an den Feuern zu braten begann. Für alle war reichlich vorhanden. Noch in die Nacht hinein erzitterte die Warte von den Rufen und Schüssen, so daß die Räuberbanden in den Schluchten von Uschyz ein Schrecken erfaßte.

Herr Wolodyjowski war nicht träge gewesen in seiner Warte, und auch seine Leute lebten in beständiger Arbeit. Hundert, bisweilen weniger Leute blieben als Besatzung in Chreptiow zurück, der Rest war auf beständigen Ausflügen.

Die tüchtigsten Abteilungen waren abkommandiert zur Untersuchung der Schluchten von Uschyz, und diese lebten wie in einem beständigen Krieg, denn die häufig sehr zahlreichen Räuberbanden leisteten kräftigen Widerstand, und man mußte ihnen oft förmliche Schlachten liefern. Solche Ausflüge währten einige, oft auch mehr als zehn Tage. Kleinere Abteilungen sandte Michael weit hinaus bis nach Brazlaw nach Neuigkeiten, zur Horde und zu Doroschenko. Die Aufgabe dieser Vorposten war, Spione einzubringen, das hieß, sie in den Steppen aufzufangen; andere wieder gingen den Dniestr hinunter nach Mohylow und Jampol, um die Verbindung mit den Kommandanten, die an diesen Orten standen, aufrecht zu erhalten, andere spionierten auf der Seite der Walachei, noch andere bauten Brücken und stellten die alte Heerstraße wieder her.

Das Land, in dem ein so reges Leben herrschte, beruhigte sich allmählich; die friedlicheren, weniger dem Raub ergebenen Einwohner kehrten nach und nach in die verlassenen Wohnsitze zurück, anfangs zaghaft, dann immer mutiger. Nach Chreptiow selbst zog ein Häuflein jüdischer Handwerker; von Zeit zu Zeit ließ sich auch ein großer armenischer Kaufmann blicken; immer häufiger kamen die Krämer, und so hegte Michael die zuversichtliche Hoffnung, daß, wenn ihm Gott und der Hetman längere Zeit gestatteten im Kommando zu bleiben, jene wilden Gegenden allmählich eine ganz andere Gestalt annehmen würden. Gegenwärtig war nur der Anfang gemacht; es blieb noch viel Arbeit zu tun, noch waren die Wege nicht sicher; das entartete Volk schlug sich lieber zu den Räubern als zu dem Heere und verbarg sich bei jeder Gelegenheit in den felsigen Schluchten. Durch die Furten des Dniestr schlichen sich häufig Banden aus Walachen, Kosaken, Ungarn, Tataren, und Gott weiß wem bestehend; diese sandten Scharen in das Land und überfielen in tatarischer Weise Dörfer und Städte und raubten alles, was sich rauben ließ. Noch konnte man in diesen Landen keinen Augenblick das Schwert aus der Hand legen oder die Muskete an den Nagel hängen. Aber der Anfang war gemacht, und die Zukunft verhieß viel. Am aufmerksamsten mußte man nach Osten hinspähen. Von den Banden Doroschenkos und den Hilfsscharen lösten sich immer wieder größere oder kleinere Züge los, schlichen bis zu den polnischen Kommandos heran und brachten Verwüstung und Brand in die Gegenden. Da es aber nur Einzelscharen waren, die scheinbar wenigstens nur auf eigene Faust auszogen, demütigte sie der kleine Kommandant ohne die Befürchtung, einen größeren Sturm über das Land heraufzubeschwören. Er ließ sich nicht an der bloßen Abwehr genügen, sondern suchte sie selbst in der Steppe auf mit solcher Wirkung, daß er bald auch den kühnsten die Einfälle verleidete.

Inzwischen hatte sich Bärbchen in Chreptiow häuslich eingerichtet.

Sie fand eine unermeßliche Freude an dem soldatischen Leben, das sie bisher doch nie in solcher Nähe kennen gelernt hatte, an diesem Hin- und Herziehen, diesem Aus- und Einmarsch, an dem Anblick der Gefangenen. Sie kündigte Michael auch an, daß sie an einem Zuge wenigstens teilnehmen müsse, vorläufig aber mußte sie sich damit zufrieden geben, bisweilen auf ihrem kleinen Zelter in der Begleitung ihres Mannes und Herrn Saglobas die Umgegenden von Chreptiow zu besuchen. Sie jagten auf solchen Ausflügen Füchse und Trappen; manchmal steckte ein Isegrimm seinen Kopf aus dem Grase und schoß über die Heide dahin – sie jagten ihn dann, und Bärbchen hielt sich so gut sie konnte voran, unmittelbar hinter den Windhunden, um als erste das müde Tier einzuholen und mit ihrer Flinte zwischen die roten Augen zu treffen.

Sagloba jagte am liebsten mit Falken, von welchen einige Paare, ganz ausgezeichnete, sich im Besitz der Offiziere befanden.

Bärbchen leistete ihm Gesellschaft, und hinter ihnen drein sandte Michael im geheimen eine Anzahl von Leuten, die ihr Hilfe bringen sollten bei Zufällen, denn obwohl man in Chreptiow immer wußte, was auf zwanzig Meilen ringsumher in der Wüste vorging, wollte Michael doch nicht alle Vorsicht außer acht lassen.

Die Soldaten gewannen Bärbchen mit jedem Tage lieber. Sie kümmerte sich um ihr Essen und Trinken, sie sah nach den Kranken und Verwundeten. Selbst der düstere Asya, der beständig am Kopfe litt, und dessen Herz härter und wilder war als das der anderen, heiterte sich bei ihrem Anblick auf. Die alten Soldaten vergingen vor Freude über ihre große Kenntnis soldatischer Dinge.

»Wenn der kleine Falke uns fehlen sollte«, sagten sie, »könnte sie das Kommando übernehmen, und es würde uns nicht leid sein, unter einem solchen Regimente den Tod zu finden.«

Es kam auch vor, daß, wenn während Michaels Abwesenheit im Dienst etwas versehen wurde, Bärbchen die Soldaten schalt. Und der Respekt vor ihr war groß. Eine Rüge aus ihrem Munde ging den

Grenzsoldaten mehr zu Herzen als die Strafen, die Michael nicht selten wegen Vergehen gegen die Disziplin verhängte.

Es herrschte immer große Zucht im Kommando, denn Michael, in der Schule des Fürsten Jeremias aufgewachsen, verstand die Soldaten mit eiserner Hand zu regieren; aber Bärbchens Anwesenheit milderte noch ein wenig die alten Sitten. Jedermann bemühte sich, ihr zu gefallen, jeder war besorgt um ihre Ruhe. Darum hütete man sich vor allem, was diesen Frieden trüben konnte.

In der leichten Fahne Mikolaj Potozkis gab es eine Anzahl von Offizieren, Männer, die weit herumgekommen waren, und von höfischen Rittern, die, obgleich sie in den ununterbrochenen Kriegen und Abenteuern verwildert waren, doch eine besonders artige Gesellschaft ausmachten. Diese und Offiziere von anderen Fahnen brachten häufig die Abende bei dem Kommandanten zu, wo dann aus alten Zeiten und Kriegszügen erzählt wurde, an denen sie selbst teilgenommen hatten. Den ersten Platz unter ihnen nahm Sagloba ein; er war der älteste, hatte am meisten gesehen, und selbst viel vollbracht; aber wenn er nach dem ersten und zweiten Gläschen in dem bequemen saffianbeschlagenen Bänkchen eingeschlummert war, das man besonders für ihn hergestellt hatte, dann nahmen auch die anderen das Wort, und sie hatten was zu erzählen, denn es gab unter ihnen solche, die Schweden und Moskowien besucht hatten; es gab solche, die die jungen Jahre in der Sitsch noch vor dem großen Aufstand verlebt hatten. Es waren auch solche da, die in der Krim als Sklaven Schafe gehütet, die in Baktschissaraj in der Sklaverei Brunnen gegraben, die Kleinasien besucht hatten, die im Archipel auf türkischen Galeeren gerudert, die in Jerusalem vor dem heiligen Grabe das Knie gebeugt hatten, die alle möglichen Abenteuer und alles denkbare Elend durchgemacht hatten und doch noch heimgekehrt waren zur Fahne, um bis an das Ende ihres Lebens, bis zum letzten Atemzuge, die blutüberströmten Grenzländer zu verteidigen.

Als im November die Abende länger wurden und in der Steppe Frieden herrschte, weil die Gräser welk geworden waren, versammelte man sich Tag für Tag im Hause des Kommandanten. Da kam Herr Motowidlo, Ruthene von Geburt, hager wie ein Stock, und lang wie eine Lanze, nicht mehr jung, seit zwanzig Jahren auf dem Schlachtfelde. Da kam Herr Deyma, der Bruder jenes Deyma, der Herrn Ubysch erschlagen hatte; mit ihnen kam Herr Muschalski, vor Zeiten ein wohlhabender Mann, der in jungen Jahren verwundet in die Gefangenschaft geschleppt worden, auf türkischen Galeeren gerudert, dann aus der Sklaverei entfloh, seinen Besitz fahren ließ und mit dem Schwerte in der Hand die ihm angetane Unbill an den Muhamedanern gerächt hatte. Er war ein unvergleichlicher Bogenschütze, der eine Mütze im Fluge durchbohrte. Es kam ferner Herr Wilga und Herr Nienaschyniez, tüchtige Krieger, Herr Hromyka, Herr Bawdynowitsch und viele andere. Wenn die zu erzählen begannen und ihnen die Worte reichlich strömten, so spiegelte sich in ihren Erzählungen jene ganze Welt des Orients wieder, Baktschissaraj und Stambul, die Minarets und die Tempel des falschen Propheten, die bläulichen Wogen des Bosporus, die Fontänen und der Hof des Sultans, das Menschengetümmel in der steinernen Stadt und die Heere, die Janitscharen und Derwische, die ganze entsetzliche und in Regenbogenfarben schillernde Heuschreckenschar, gegen welche die Republik die reußischen Kirchen und mit ihnen alle Kreuze und Kirchen in ganz Europa mit blutiger Brust zu schützen hatte.

Die alten Soldaten setzten sich in der Runde in dem geräumigen Zimmer nieder, wie eine Schar von Störchen, die vom Fluge ermüdet auf einer Anhöhe in der Steppe mit lautem Geklapper sich niederläßt. Im Kamin brannten harzige Kloben, die ihren hellen Glanz über das ganze Zimmer warfen. Moldauer Wein wurde auf Bärbchens Geheiß am Feuer gewärmt, und die Knappen schöpften ihn in zinnerne Gefäße und reichten ihn den Rittern. Von außerhalb hörte man den Anruf; die Heimchen, über die sich Michael beklagt hatte, zirpten im Zimmer; manchmal pfiff in den Sparren, die mit Moos gefüllt waren, der Novemberwind, der von Norden her blies und immer kälter wurde. An solchen Winterabenden war es am schönsten, in dem heimlichen, hellen Zimmer zu sitzen und den Erzählungen der Ritter zu lauschen.

An einem solchen Abend erzählte einmal Herr Muschalski das Folgende:

»Der Allmächtige schütze die ganze Republik, uns alle, und unter uns besonders die hier anwesende würdige Gemahlin unseres Kommandanten, deren Glanz zu schauen unsere Augen kaum würdig sind. Ich will nicht in einen Wettstreit mit Herrn Sagloba eintreten, dessen Abenteuer Dido selber und ihre anmutigen Frauen in die größte Verwunderung versetzen könnten, – aber, da ihr selbst, werte Herrschaften, begehrt, meinen Lebenslauf zu hören, so will ich nicht zögern, um den werten Genossen nicht nahezutreten.

In der Jugend erbte ich in der Ukraine, nicht weit von Taraschtsch, ein bedeutendes Besitztum; ich hatte auch zwei Dörfchen, ein Erbteil der Mutter in ruhigen Landen, nicht weit von Jaslow; aber ich zog es vor, in Vaters Teil zu residieren, weil die Horden näher und die Abenteuer leichter waren. Mein Rittersinn zog mich nach der Sitsch; aber dort gab es nichts mehr für uns. Doch ging ich in die wilden Felder in Gemeinschaft unruhiger Geister und genoß wahrhafte Wonnen. Ich fühlte mich wohl in meinem Besitz; nur eins quälte mich: ich hatte einen schlechten Nachbar. Er war ein gewöhnlicher Bauer aus Bialazerkiew. In seiner Jugend war er in der Sitsch gewesen, hatte dort den Rang eines Atamans erlangt und ging als Abgeordneter der Stämme nach Warschau, wo er auch geadelt wurde. Er hieß Dydiuk. Und ihr müßt wissen, meine Herrschaften, daß wir uns von einem Heerführer der Samniter herleiten, der Muska hieß, was in unserer Sprache »Fliege« bedeutet. Jener Muska kam nach unglücklichen Zügen gegen die Römer an den Hof Siemowits, des Sohnes des Piasten. Dieser nannte ihn zur größeren Bequemlichkeit Muskalski, was die Nachkommen später in Muschalski umwandelten. Von so alter Abstammung und so adligem Blute, sah ich mit großer Verachtung auf jenen Dydiuk herab. Hätte der Kerl die Ehre, die ihn getroffen hatte, zu schätzen gewußt, und die hohe Vortrefflichkeit des Adels über alle anderen Stämme anerkannt, dann hätte ich vielleicht nichts gesagt; aber er, der als Adliger seinen Besitz hatte, spottete noch über seine Würde und sagte häufig: »Ist mein Schatten jetzt größer? Ein Kosak war ich, und ein Kosak bleibe ich, und der Adel und alle Lechenhunde – können mich ...« – ich kann euch das nicht sagen, meine Herrschaften, was er an dieser Stelle für häßliche Gebärden machte, denn die Anwesenheit der gnädigen Frau erlaubt mir das nicht, aber mich packte eine wilde Wut, und ich fing an, ihm zuzusetzen. Er fürchtete sich nicht, er war mutig und zahlte mir heim; er hätte sich auf Säbel geschlagen, aber das wollte ich nicht, da ich seine niedrige Herkunft im Auge hatte.

Ich haßte ihn wie die Pest, und auch er verfolgte mich mit Haß. Einmal schoß er auf mich auf dem Markte in Taraschtsch; um ein Haar hätte er mich getötet, und ich ihm mit dem Beile den Kopf gespalten. Zweimal überfiel ich ihn mit ritterlichen Leuten, zweimal er mich mit dem Kosakenpack; er konnte mir nichts anhaben, aber auch ich konnte mit ihm nicht fertig werden. Ich wollte das Gesetz gegen ihn anrufen – bah, Gesetz in der Ukraine, in der noch die Trümmer der Städte dampfen. Wer da das Gesindel zusammenruft, braucht nach der ganzen Republik nicht zu fragen. So tat er und lästerte noch dazu gegen die gemeinsame Mutter, uneingedenk dessen, daß sie es war, die ihn in den Adelsstand erhoben, ihn dadurch an ihre Brust gezogen, ihm Privilegien gegeben, durch welche er Land besaß und diese übermäßige Freiheit, die er unter keiner anderen Herrschaft genossen hätte. Hätten wir uns in nachbarlicher Weise treffen können, so hätte es mir gewiß nicht an Argumenten gefehlt, aber wir sahen uns nicht anders, als mit der Flinte in der einen und mit der Klinge in der anderen Hand. Der Haß wuchs in mir mit jedem Tage, bis ich förmlich gelb wurde; immer und immer dachte ich nur daran, wie ich ihm beikommen könne. Ich fühlte, daß der Haß eine Sünde sei, ich wollte ihm daher nur zuerst wegen der Beschimpfung des Adels mit Stöcken das Fell gerben und dann ihm alle Sünden verzeihen und, wie einem rechten Christenmenschen geziemt, ihn einfach erschießen lassen. Aber Gott hat es anders gefügt.

Ich hatte hinter dem Dorfe einen hübschen Bienengarten, und einmal ging ich hin, ihn anzusehen. Es war gegen Abend. Ich hatte kaum zehn Paternoster lang dort zugebracht, als ein Geschrei zu meinen Ohren drang. Ich sehe mich um – da lagert Rauch wie eine Wolke über dem Dorfe. Gleich darauf kommen Menschen gelaufen. »Die Horde, die Horde!« und hinter den Menschen – ein unabsehbarer Haufen, sage ich euch. Pfeile kommen geflogen, wie der Regen vom Himmel fällt; wo ich hinblicke, Schafsfelle und die teuflischen Fratzen der Horde. Ich auf mein Pferd, – ehe ich noch mit dem Fuß den Steigbügel berühre, haben mich schon fünf oder sechs Schlingen gefangen. Ich zerriß sie zwar – ich war stark ... wie Herkules ... Drei Monate später befand ich mich hinter Baktschissaraj in einem tatarischen Dörfchen, Suhaidzig genannt, und saß mit anderen gefangen.

Mein Herr hieß Salma-Bey, ein reicher Tatar, aber unmenschlich und gegen seine Sklaven grausam. Wir mußten unter Schlägen Brunnen graben und auf dem Felde arbeiten. Ich wollte mich loskaufen, ich hatte es ja dazu. Durch einen Armenier schickte ich Briefe nach meinen Gütern bei Jaslow. Ich weiß nicht, ob meine Briefe nicht ankamen, ob das Lösegeld unterwegs geraubt wurde – genug, es traf nicht ein. Ich wurde nach Konstantinopel gebracht und auf die Galeeren verkauft.

Ich könnte viel von dieser Stadt erzählen; ich weiß nicht, ob es eine größere und schönere Welt gibt. Menschen gibt es dort wie Gras in der Steppe oder wie Steine im Dniestr … und die Riesenmauern an den Moscheen, Turm an Turm!

In der ganzen Stadt laufen die Hunde herum, den Menschen zwischen die Beine, da die Türken ihnen kein Leids zufügen, offenbar darum, weil sie sich verwandt mit ihnen fühlen, diese Hundebrüder … Es gibt keine anderen Stände bei ihnen als Herren und Sklaven, und es gibt keine schlimmere Sklaverei als bei den Heiden. Gott weiß, ob es wahr ist, aber auf den Galeeren habe ich gehört, daß die dortigen Gewässer, der Bosporus und das Goldene Horn, das tief in die Stadt hineingeht, aus den Tränen der Sklaven entstanden sind; auch ich habe nicht wenige dort vergossen …

Furchtbar ist die Macht der Türken, und keinem Potentaten sind so viele Könige untertan wie dem Sultan. Die Türken selbst aber sagen, wenn Lechistan nicht wäre – so nannten sie unser Mutterland – so wären sie längst die Herren der ganzen Erde. Im Rücken der Lechen, so sagen sie, lebt der Rest der Welt in der Lüge, denn jener, sagen sie, liegt wie der Hund vor dem Kreuze und beißt uns in die Hände, und sie haben recht, denn so war es, und so ist es. Und wir hier in Chreptiow und die weiteren Kommandos in Mohylow, in Jampol, in Raschkow – was tun wir anderes? Es gibt viel Schlimmes in unserer Republik, aber das denke ich doch, daß uns diese Leistung Gott dereinst anrechnet!

Aber ich komme zurück auf mein Abenteuer. Die Sklaven, welche auf dem Lande, in den Städten und Dörfern leben, seufzen nicht unter so schwerer Bedrückung wie die, welche auf den Galeeren rudern müssen, denn die Galeerensklaven, die einmal am Rande des Schiffes an das Ruder geschmiedet sind, werden nie befreit, weder Nacht noch Tag, noch an Festtagen, sondern müssen bis zum Tode in Ketten leben. Und geht ein Schiff unter in *pugna-navali*, so müssen sie mit ihm untergehen. Alle sind nackt, die Kälte quält sie, der Regen näßt sie, der Hunger peinigt sie, und gegen all dies gibt's kein anderes Mittel als Tränen und entsetzliche Arbeit; denn die Ruder sind so groß und schwer, daß zwei Menschen zur Bedienung eines nötig sind.

Mich hatte man in der Nacht hingebracht und angeschmiedet und hatte mich einem Genossen meines Leides gegenübergesetzt, den ich in der Finsternis nicht erkennen konnte. Als ich die Hammerschläge und das Klirren der Ketten hörte – lieber Gott, da war mir, als schlüge man die Nägel in meinen Sarg, obgleich ich das vorgezogen hätte. Ich betete, aber die Hoffnung in meinem Herzen war wie vom Winde hinweggeweht … Meine Seufzer brachten die Kawassen durch Prügel zum Schweigen; ich saß also stumm die ganze Nacht hindurch, bis der Morgen dämmerte … Da blickte ich hin auf den, der mit mir an einem Ruder sitzt – Jesus Christus – ratet, meine Herrschaften, wer mir gegenüber saß, – Dydiuk!

Ich erkannte ihn sofort, obgleich er nackt und abgemagert war, und sein Bart bis über die Hüften hinabreichte, denn er war schon vor langer Zeit auf die Galeere verkauft worden. Ich begann ihn zu mustern, er mich, er hatte mich auch erkannt. Wir sprachen kein Wort zueinander. Ja, so war es uns beiden ergangen! Aber doch steckte noch eine solche Wut in uns, daß wir uns nicht nur kein »Grüß Gott« zuriefen, sondern der alte Haß in uns wie eine Flamme aufloderte, und förmliche Freude das Herz eines jeden erfüllte, daß auch sein Feind so leiden müsse. An demselben Tage ging das Fahrzeug auf die Reise. Es war seltsam: mit dem ärgsten Feinde ein und dasselbe Ruder führen, aus einer Schüssel einen Fraß essen, den bei uns die Hunde nicht würden verschlucken wollen, – denselben Tyrannen ertragen, dieselbe Luft atmen, zusammen leiden, zusammen weinen … Wir fuhren den Hellespont hin, dann über den Archipelagus. Eine Insel liegt dort neben der anderen, und alles ist in der Hand der Türken. Auch beide Ufer … die ganze Welt! – Es war schaudervoll! Am Tage eine unerträgliche Hitze; die Sonne brennt so, daß das Wasser davon zu glühen scheint, und wenn ihre Strahlen auf den Wogen zittern und hüpfen, möchte man glauben, ein feuriger Regen komme vom Himmel. Der Schweiß lief an unserem Körper herab, die Zunge klebte am Gaumen. In der Nacht biß uns die Kälte ins Fleisch wie ein Wolf … nirgends Trost, nichts als Harm, Sehnsucht nach dem verlorenen Glück, Gram und Qual! das läßt sich in Worten nicht sagen. – In einem Hafen, schon auf griechischem Boden, sahen wir von dort aus jene berühmten Ruinen der Tempel, welche noch die alten Griechen erbaut haben; da steht Säule an Säule wie von Gold, so gelb ist der Marmor vom Alter geworden, und man kann das ganz deutlich sehen, denn er steht auf einem emporragenden Hügel, und der Himmel ist dort so blau wie Türkise. Dann fuhren wir um den Peloponnes herum.

Tag um Tag verging, Woche um Woche; wir sprachen kein Wort zueinander, denn noch wohnte Starrsinn und Wut in unserem Herzen. Aber wir begannen allmählich demütiger zu werden unter der Hand des Herrn. Von Mühsal und der Veränderlichkeit des Wetters fing unser sündiger Körper an abzumagern. Die Wunden, die uns der Kantschu geschlagen hatte, faulten in der Sonnenhitze. In der Nacht beteten wir um den Tod. Kaum wollte ich einschlummern, so hörte ich, wie Dydiuk sagte: »Christus, erbarme dich, Heilige Jungfrau habe Erbarmen, laß mich sterben!« Und auch er hörte und sah, wie ich die Hand ausstreckte zur Mutter Gottes und ihrem Kindlein. Es war, als hätte der Seewind den Haß aus dem Herzen weggeweht. Immer weniger, immer weniger ward er, und endlich, wenn ich über mich weinte, weinte ich auch über ihn. Schon sahen wir auch ganz anders einander an, ja, wir begannen einander auszuhelfen. Wenn mich der Schweiß und die Todesmattigkeit ergriffen, so ruderte er allein; traf es ihn, so ruderte ich; brachte man eine Schüssel, so achtete jeder darauf, daß auch der andere habe – seht, Herrschaften, das ist die menschliche Natur. Kurz gesagt, wir liebten einander schon, aber keiner wollte das zuerst aussprechen. In ihm steckte ein Schelm, eine ukrainische Seele. Es kam erst, als uns furchtbar elend und schwer war, und als die Leute sagten, daß wir am anderen Tage mit der venetianischen Flotte zusammentreffen würden. An Lebensmitteln war auch Mangel; in allem hielten sie uns karg, außer im Prügeln. Da kam die Nacht. Wir seufzten leise und beteten noch eifriger, er in seiner, ich in meiner Sprache. Ich sehe beim Lichte des Mondes, wie ihm die Tränen stromweis in den Bart fließen. Da schwoll mir das Herz und ich sage: »Dydiuk, wir sind doch aus einem Lande, vergeben wir uns unsere Schuld.« Wie er das hörte – lieber Gott – brüllte der Mensch los, springt auf, daß die Ketten klirren, und wir fielen uns über das Ruder in die Arme, küßten uns und weinten. Ich vermag nicht zu sagen, wie lange wir uns so umfangen hielten, denn das Gedächtnis schwand uns, so zitterten wir vor Schluchzen.«

Hier unterbrach sich Herr Muschalski und fuhr mit den Fingern nach den Augen; ein Augenblick der Stille trat ein; nur der kalte Nordwind pfiff durch die Sparren, im Zimmer knisterte das Feuer, und sangen die Heimchen. Herr Muschalski atmete auf und erzählte weiter:

»Gott der Herr segnete uns und erwies uns, wie sich bald zeigen wird, seine Gnade; aber zunächst mußten wir dieses brüderliche Gefühl bitter bezahlen. Da wir uns umarmten, hatten wir die Ketten so durcheinander geworfen, daß wir sie nicht wieder freibekommen konnten. Die Aufseher kamen und brachten uns auseinander, aber der Kantschu pfiff länger als eine Stunde über unserem Nacken. Wir wurden geschlagen, ohne daß man beachtete, wohin es traf. Das Blut floß von mir herab, auch von Dydiuk floß Blut, und beide Ströme vereinten sich und gingen zusammen ins Meer. Nun ist es schon lange her ... Gott sei Dank!

Seit dieser Zeit ist es mir nicht eingefallen, daß ich von den Samnitern abstamme, und daß er ein Bauer aus Bialazerkiew sei, der erst vor kurzem geadelt war. Meinen leiblichen Bruder hätte ich nicht mehr lieben können, als ich ihn geliebt habe. Wäre er auch nicht geadelt gewesen, mir war es gleich – wenn es mir auch so lieber war; und er, wie er einst in alter Zeit mir den Haß verdoppelt heimzahlte, so jetzt die Liebe – das lag in seiner Natur.

Am folgenden Tage war eine Schlacht; die Venetianer streuten unsere Flotte in alle vier Winde auseinander. Unsere Galeere, furchtbar von den Geschossen zugerichtet, war an einem öden Inselchen hängen geblieben, an einem Felsen, der aus dem Meere hervorragte. Man mußte sie reparieren, und da die Soldaten umgekommen waren, und es an Händen fehlte, mußte man uns losschmieden und uns Äxte geben. Wir waren kaum ans Land gestiegen, als ich Dydiuk anblickte; er hatte schon denselben Gedanken im Kopfe, wie ich – »sofort?« fragte er mich – »sofort!« sage ich, und ohne langes Besinnen versetze ich dem Aufseher einen Hieb, er dem Kapitän; die anderen Sträflinge folgten uns wie ein Lauffeuer. In einer Stunde hatten wir den Türken den Garaus gemacht; dann brachten wir die Galeere so gut es ging in Ordnung, setzten uns ohne Ketten darauf, und Gott der Erbarmer gebot den Winden, uns nach Venedig zu führen.

Am Bettelstab kamen wir in die Republik. Ich teilte mit Dydiuk das Bettelbrot, und beide traten wir wieder in den Kriegsdienst, um für unsere Tränen und unser Blut heimzuzahlen. In der Zeit von Podhaize ging Dydiuk nach der Sitsch zu Sirko und mit ihm in die Krim. Was sie dort gemacht und alles angerichtet haben, das ist euch bekannt, meine Herrschaften.

Auf der Rückkehr fiel Dydiuk, nachdem seine Rache gesättigt war, von einem Pfeil. Ich blieb übrig, und so oft ich jetzt einen Bogen anziehe, tue ich das mit dem Gedanken an ihn; und daß ich auf diese Weise seine Seele oft erfreut habe, das bezeugen viele in dieser werten Gesellschaft.«

Wieder verstummte Muschalski, und wieder hörte man nur das Pfeifen des Nordwindes und das Knistern des Feuers. Der alte Krieger heftete den Blick auf die brennenden Scheite und schloß nach einem längeren Schweigen so:

»Nalewajko und Loboda haben gelebt, Chmielnizki hat gelebt, und Dorosch lebt heute noch; der Boden wird nicht trocken von Blut; wir zanken und schlagen uns, und doch hat Gott in unsere Herzen Saaten der Liebe gestreut; aber sie liegen dort gleichsam in fruchtbarer Scholle, und erst unter dem Druck und unter dem Kantschu der Heiden, erst in der Sklaverei der Tataren geben sie unerwartet Früchte.« –

»Bauernlümmel bleibt Bauernlümmel!« sagte plötzlich Sagloba und erwachte aus seinem Schlafe.

10. Kapitel

Asya genas allmählich; da er aber an den Streifzügen keinen Anteil nahm und eingeschlossen im Zimmer saß, beschäftigte sich niemand mit ihm, als plötzlich ein Ereignis eintrat, das die allgemeine Aufmerksamkeit auf ihn lenkte.

Die Kosaken des Herrn Motowidlo hatten einen Tataren ergriffen, der auffällig um die Grenzwacht herumspionierte, und hatten ihn nach Chreptiow gebracht. Nach einem scharfen Verhör ergab sich, daß er ein Lipker war, aber von denen, die jüngst Dienst und Wohnsitz in der Republik verlassen hatten und zum Sultan übergetreten waren. Er war von jenseits des Dniestr gekommen und hatte Briefe von Krytschynski an Asya Mellechowitsch bei sich. Herr Wolodyjowski ward dadurch sehr beunruhigt und berief sofort die Ältesten zur Beratung.

»Meine Herren«, sagte er, »ihr wißt sehr gut, wie viele Lipker, selbst von denen, die vor undenkbaren Zeiten her in Litauen und hier in Reußen gesessen haben, jetzt zur Horde übergegangen sind, und der

Republik ihre Wohltaten mit Verrat heimzahlen. Darum ist es recht, ihnen allen nicht zu sehr zu vertrauen und mit aufmerksamem Auge ihr Tun zu beobachten. Wir haben auch hier eine Fahne Lipker, hundertundfünfzig tüchtige Pferde stark, die Asya Mellechowitsch führt. Diesen Asya kenne ich noch nicht von lange her, ich weiß nur, daß der Hetman ihn für ausgezeichnete Dienste zum Hauptmann gemacht und ihn mir mit den Leuten hierhergeschickt hat. Es war mir schon auffällig, daß ihn niemand von euch, meine Herren, aus der Zeit vor seinem Eintritt in den Dienst gekannt oder von ihm gehört hat. Daß ihn unsere Lipker über die Maßen lieben und ihm blindlings gehorchen, das habe ich mir mit seinem Mut und seinen berühmten Taten erklärt, aber auch sie scheinen nicht zu wissen, woher er ist, und wer er ist. Ich habe ihm bisher in nichts mißtraut, ich habe ihn nicht ausgefragt, und mir an der Empfehlung des Hetmans genügen lassen, obgleich er sich mit einem gewissen Geheimnis umgab. Die Menschen haben verschiedene Launen, ich kümmere mich um keines Art, wenn nur jeder seine Pflicht tut. Nun haben aber die Leute Motowidlos einen Tataren eingebracht, der Briefe von Krytschynski an Asya mit sich führte, und ich weiß nicht, ob euch, meine Herren, bekannt ist, wer Krytschynski ist.«

»Wie«, sagte Herr Nienaschyniez, »Krytschynski habe ich persönlich gekannt, und heute kennen ihn alle wegen seines schlechten Rufes.«

»Wir sind zusammen in die Schule ...« begann Sagloba, aber er brach plötzlich ab, da ihm einfiel, daß Krytschynski alsdann neunzig Jahre alt sein müsse, und in diesem Alter pflegen die Menschen sich nicht an Kriegszügen zu beteiligen.

»Kurz gesagt«, fuhr der kleine Ritter fort, »Krytschynski ist ein polnischer Tatar; er war Hauptmann einer von unseren Lipkischen Fahnen, bevor er das Vaterland verriet und zur Horde überging, wo er, wie ich gehört habe, eine große Bedeutung hat. Sie hoffen dort offenbar, daß er auch den Rest der Lipker zu den Heiden hinüberziehen werde. Mit einem solchen Menschen tritt Asya in Verhandlungen, und der beste Beweis ist dieser Brief, dessen Wortlaut der folgende ist.«

Hier entfaltete der kleine Kommandant die Blätter des Briefes, schlug mit der flachen Hand darauf und begann zu lesen:

»Sehr geliebter Herzensbruder! Dein Bote ist zu uns gelangt und hat Deinen Brief abgegeben.«

»Schreibt er polnisch?« unterbrach Sagloba.

»Krytschynski hat, wie alle unsere Tataren, nur ruthenisch und polnisch verstanden« – antwortete der kleine Ritter – »und Asya wird wohl auch das Tatarische nicht überwunden haben. Hört, meine Herren, und unterbrecht nicht.«

»... Deinen Brief abgegeben. Gott wird geben, daß alles gut werde, und daß Du durchführst, was Du vorhast. Wir halten hier oft Rat. Morawski, Alexandrowitsch, Tarasowski, Grocholski und ich schreiben fleißig an die anderen Brüder, holen ihren Rat ein über die Möglichkeit, das, was Du, Teuerster, willst, schnellstens zu erreichen. Da Du aber, wie ein Gerücht, das zu uns gelangt ist, besagt, Schaden an Deiner Gesundheit genommen hast, so sende ich einen anderen, damit er Dich, Teuerster, mit eigenen Augen sehe und uns Trost bringe. Wahre das Geheimnis gut, denn behüte uns Gott, daß es vor der Zeit bekannt werde. Gott vermehre Dein Geschlecht, wie die Sterne am Himmel. – Krytschynski.«

Michael schloß und ließ den Blick in die Runde schweifen; und da alle Anwesenden schwiegen und mit Aufmerksamkeit den Inhalt des Briefes erwogen, sagte er:

»Tarasowski, Morawski, Grocholski und Alexandrowitsch – das sind alles frühere tatarische Hauptleute und Verräter.«

»Ebenso Potuschynski, Tworkowski und Adurowitsch«, fügte Herr Sagloba hinzu.

»Was denkt ihr über diesen Brief?«

»Offenbar Verrat, hier braucht es keiner langen Überlegung«, sagte Muschalski. »Ganz einfach, sie strecken die Fühlhörner nach Asya aus, um auch unsere Lipker auf ihre Seite zu ziehen, und er ist einverstanden.«

»Um Gottes willen, welche Gefahr für unser Kommando!« riefen einige Stimmen. »Die Lipker sind bereit, ihr Leben für Asya Mellechowitsch hinzugeben, und wenn er befiehlt, überfallen sie uns in der Nacht.«

»Der schwärzeste Verrat unter der Sonne!« rief Herr Deyma.

»Und der Hetman selber hat diesen Mellechowitsch zum Hauptmann gemacht«, sagte Muschalski.

»Herr Snitko«, sagte Sagloba, »was habe ich gesagt, als ich Asya sah? Habe ich nicht gesagt, daß aus den Augen dieses Menschen ein Renegat und Verräter blickt? Ha, ich brauchte ihn bloß anzusehen!

Alle hat er betrügen können, nur mich nicht. Wiederholt, bitte, meine Worte, Herr Snitko, aber entstelt sie nicht! Habe ich nicht gesagt, daß er ein Verräter ist?«

Snitko schob die Füße unter die Bank und senkte den Kopf. »In der Tat, Euer Scharfsinn ist zu bewundern, obgleich ich, was wahr ist, mich nicht erinnere, daß Ihr ihn einen Verräter genannt habt. Ihr habt nur gesagt, daß ihm der Wolf aus den Augen schaue.«

»Ha, Ihr wollt also meinen, der Hund sei ein Verräter, aber der Wolf nicht, der Wolf beißt nicht in die Hand, die ihn streichelt, die ihm zu fressen gibt? Also der Hund ist ein Verräter? Ihr möchtet wohl gar den Asya noch verteidigen und uns alle zu Verrätern machen?!«

Herr Snitko war so verwirrt, daß er die Augen und den Mund weit aufriß und so erstaunt dreinschaute, daß er eine Zeitlang kein Wort hervorbringen konnte.

Herr Muschalski aber, der ein schnelles Urteil hatte, sagte sogleich:

»Zunächst müssen wir Gott danken, daß so schändliche Machenschaften aufgedeckt wurden, und dann sechs Dragoner zu Asya abkommandieren und ihm eine Kugel durch den Kopf schießen lassen.«

»Dann nur einen anderen Hauptmann ernennen«, fügte Herr Nienaschyniez hinzu. »Der Verrat ist so offenbar, daß gar kein Irrtum möglich ist.«

Hier setzte Wolodyjowski hinzu:

»Zunächst müssen wir Asya ausforschen, dann will ich dem Herrn Hetman von diesen Ränken Kenntnis geben, denn wie mir Herr Bogusch von Siembiz gesagt hat, liegen die Lipker dem Kronmarschall sehr am Herzen.«

»Aber Euch«, sagte Motowidlo zu dem kleinen Ritter gewandt, »steht die ganze Gerichtsbarkeit Asya gegenüber zu, denn er war nie ein Adelsgenosse.«

»Mein Recht kenne ich«, versetzte Wolodyjowski, »Ihr braucht es mir nicht in Erinnerung zu bringen.«

Da begannen die anderen: »Er soll uns vor die Augen geführt werden, dieser Kuppler, dieser Verräter!«

Die lauten Rufe weckten Herrn Sagloba, der ein wenig eingeschlummert war, was ihm jetzt sehr häufig begegnete; er erinnerte sich schnell, wovon die Rede war und sagte:

»Nein, Herr Snitko, der Mond in Eurem Wappen hat sich verborgen, aber Euer Witz hat sich noch mehr verborgen, denn auch mit Licht wird ihn niemand finden. Zu sagen, daß ein Hund, *canis fidelis*, ein Verräter sei, und ein Wolf kein Verräter – ich bitt' Euch, Ihr seid schon ganz um Euren Verstand gekommen!«

Herr Snitko erhob die Augen zum Himmel, zum Zeichen dessen, wie unschuldig er leide; aber er wollte nicht durch Widerspruch den Alten reizen, und Herr Michael hatte ihm inzwischen befohlen, Asya zu holen. Er ging eilig hinaus, erfreut darüber, daß er auf diese Weise davonkomme. Bald kehrte er zurück und führte den jungen Tataren mit sich, der offenbar noch nichts von der Einbringung des Lipkers wußte, denn er trat kühn herein. Sein ausdrucksvolles, schönes Gesicht war auffallend bleich, aber er war schon genesen, und verband den Kopf nicht mehr mit Tüchern. Er hatte ihn nur mit einer rotsamtnen Mütze bedeckt.

Aller Augen waren auf ihn gerichtet, wie auf ein gemeinsames Ziel. Er aber verneigte sich vor dem kleinen Ritter ziemlich tief, vor dem Rest der Gesellschaft aber mit einem gewissen Trotz.

»Mellechowitsch«, sagte Herr Wolodyjowski, indem er seine scharfen Augensterne auf den Tataren heftete, »kennst du den Hauptmann Krytschynski.«

Über Asyas Gesicht flog plötzlich ein drohender Schatten. »Ich kenne ihn«, sagte er.

»Lies«, sagte der kleine Ritter und reichte ihm den Brief, den man bei dem Lipker gefunden hatte.

Asya begann zu lesen, und ehe er fertig war, kehrte die Ruhe wieder auf seine Züge zurück.

»Ich harre deines Befehls«, sagte er und gab den Brief zurück.

»Wie lange planst du den Verrat, und welche Mitwisser hast du hier in Chreptiow?«

»So bin ich des Verrats angeklagt?«

»Antworte und frage nicht«, sagte drohend der kleine Ritter.

»So gebe ich folgende Antwort: Verrat habe ich nicht geplant, Mitwisser habe ich nicht gehabt, und wenn ich welche hatte, so sind es solche, die ihr, meine Herren, nicht richten werdet.«

Bei diesen Worten knirschten die Soldaten mit den Zähnen, und einige drohende Stimmen wurden laut.

Demütiger, du Hundesohn, demütiger! Du stehst vor Männern, die würdiger sind als du!

Asya sah sie mit einem Blick an, aus dem kalter Haß leuchtete.

»Ich weiß, was ich dem Herrn Kommandanten schuldig bin, als meinem Vorgesetzten«, antwortete er und verneigte sich zum zweiten Male vor Wolodyjowski, »ich weiß auch, daß ich leichter wiege als die Herren, darum suche ich ihre Gemeinschaft nicht. Ew. Liebden« – hier wandte er sich zu dem kleinen Ritter – »haben mich nach Mitwissern gefragt; zwei habe ich bei meiner Arbeit: der eine ist der Herr Truchseß von Nowogrod, Bogusch, und der zweite ist der Groß-Hetman.«

Bei diesen Worten gerieten alle in großes Erstaunen, und eine Weile herrschte Schweigen.

Endlich sagte Wolodyjowski: »Wie kommt das?«

»Das kommt daher«, antwortete Asya, »daß zwar Krytschynski, Morawski, Tworowski, Alexandrowitsch und alle anderen zur Horde übergegangen sind und dem Vaterlande viel Böses getan, vielleicht auch, daß sich ihr Gewissen geregt hat. Genug, der Name Verräter ist ihnen lästig geworden. Der Herr Hetman weiß darum und hat dem Herrn Bogusch, auch Herrn Myslischewski aufgetragen, sie wiederum unter die Fahnen der Republik zurückzuführen. Bogusch aber hat mich dazu ausersehen und mir befohlen, mich mit Krytschynski ins Einvernehmen zu setzen. Ich habe im Quartier Briefe von Herrn Bogusch, die ich vorzeigen kann, und welchen Ew. Liebden mehr Glauben schenken werden als meinen Worten.«

»Gehe mit Herrn Snitko nach jenen Briefen und bringe sie sofort.«

»Meine Herren«, sagte der kleine Ritter schnell, »wir haben vielleicht diesem Ritter durch allzu frühen Verdacht unrecht getan, denn wenn er diese Briefe hat und die Wahrheit spricht – und ich fange an zu glauben, daß es so ist – so ist er nicht nur ein Ritter, den Kriegstaten berühmt gemacht haben, sondern auch ein Mann, dem das Wohl des Vaterlandes am Herzen liegt, und der Belohnung und nicht Mißtrauen verdient. Bei Gott, wir werden das bald gutmachen müssen.«

Die anderen waren in Schweigen versunken und wußten nicht, was sie sagen sollten; Sagloba aber hielt die Augen geschlossen und tat diesmal so, als schlummere er.

Inzwischen war Asya zurückgekommen und reichte Wolodyjowski Boguschs Brief.

Der kleine Ritter las:

»Von allen Seiten höre ich, daß es niemand gibt, der zu diesem Dienst tauglicher wäre als Du, wegen der wunderbaren Liebe, mit der sie alle an Dir hängen. Der Herr Hetman ist bereit, ihnen zu verzeihen, und nimmt die Verzeihung der Republik auf sich. Setze Dich so schnell wie möglich mit Krytschynski in Verbindung durch sichere Männer und versprich ihm eine Belohnung; das Geheimnis wahre sorgfältig, denn bei Gott, Du könntest sie alle zugrunde richten. Herrn Wolodyjowski kannst Du das Geheimnis aufdecken, denn er ist Dein Vorgesetzter und kann Dir vieles erleichtern. Scheue Schwierigkeiten und Mühen nicht, und denke daran: der Erfolg krönt das Werk. Sei überzeugt, daß für Deine Zuneigung unser Mutterland Dir mit gleicher Liebe lohnt.«

»Das nenne ich lohnen!« murmelte düster der junge Tatar.

»Bei Gott, warum hast du niemand ein Wort davon gesagt?« rief Wolodyjowski.

»Ew. Liebden wollt' ich alles sagen, aber ich hatte noch keine Gelegenheit, da ich nach jenem Unfall krank lag. Vor den Herren«, hier wandte sich Asya zu den Offizieren, »war mir Geheimnis anbefohlen, und diesen Befehl, zu schweigen, wollen Ew. Liebden jetzt wiederum den Herren aufs ernsteste geben, um jene dort nicht ins Verderben zu stürzen.«

»Die Beweise deiner Tugend sind so offenbar, daß auch ein Blinder sie nicht ableugnen könnte«, sagte der kleine Ritter. »Führe das Werk mit Krytschynski weiter, du sollst kein Hindernis finden, vielmehr Hilfe, worauf ich dir meine Hand gebe, als einem braven Rittersmann. Komme heute zur Abendmahlzeit zu mir.«

Asya drückte die Hand, die ihm Herr Michael reichte, und verneigte sich zum dritten Male. Auch die anderen Offiziere kamen zu ihm heran und sagten: »Wir haben uns in dir getäuscht, aber niemand, der die Tugend liebt, wird dir jetzt den Händedruck versagen.«

Aber der junge Lipker richtete sich plötzlich auf, warf den Kopf in den Nacken wie ein Raubvogel, der im Begriff ist, auf seine Beute zu stoßen.

»Ich stehe vor Männern, die würdiger sind«, sagte er.

Dann verließ er das Zimmer.

Es wurde schwül, als er gegangen war. »Kein Wunder«, sagten die Offiziere zueinander, »das Herz schwillt ihm noch wegen des Verdachts, aber das wird vorübergehen; wir müssen ihn anders behandeln, er hat wahrhaft ritterlichen Mut. Der Hetman wußte, was er tat; es geschehen Zeichen und Wunder.«

Herr Snitko triumphierte im stillen und konnte es schließlich nicht mehr aushalten. Er trat an Herrn Sagloba heran, neigte sich zu ihm herab, und sagte:

»Verzeiht, Herr, so ist jener Wolf doch kein Verräter?«

»Kein Verräter?« versetzte Sagloba, »gewiß ein Verräter, ein tugendhafter Verräter, denn er verrät nicht uns, sondern die Horde … Verliert die Hoffnung nicht, Herr Snitko, ich will täglich beten für unseren Verstand, vielleicht wird sich der heilige Geist erbarmen.«

Bärbchen freute sich sehr, als Herr Sagloba ihr den ganzen Vorgang erzählte, denn sie hatte für Asya Wohlwollen und Mitleid.

»Michael und ich, wir müssen beide zur ersten gefährlichen Expedition absichtlich mit ihm hinausziehen; auf diese Weise zeigen wir ihm unser Vertrauen.«

Aber der kleine Ritter streichelte Bärbchens rosiges Gesicht und erwiderte:

»O, du kleines Mäuschen, wir kennen dich! Nicht um Asya ist dir's zu tun: du möchtest gern in die Steppe hinaus und dich am Kampf erfreuen. Daraus wird nichts.«

Und er küßte sie ein über das anderemal auf den Mund.

»Die Mehrzahl ist maßgebend«, sagte Sagloba mit Würde.

Inzwischen saß Asya mit dem Lipkischen Boten in seinem Quartier; sie sprachen leise. Sie saßen so nahe nebeneinander, daß ihre Stirnen sich fast berührten. Eine Kerze von Schafstalg brannte auf dem Tische und warf ihr gelbes Licht auf Asyas Gesicht, das trotz seiner Schönheit geradezu schrecklich war, denn es malte sich in ihm Haß, Grausamkeit und wilde Freude.

»Halim, höre«, flüsterte Asya.

»Effendi!« antwortete der Bote.

»Sage Krytschynski, daß er klug ist, denn im Briefe war nichts, was mich hätte vernichten können. Sag' ihm, daß er klug ist, daß er nie deutlicher schreibe! Sie werden mir jetzt noch mehr vertrauen – alle … der Hetman selbst, Bogusch, Myslischewski, das ganze Kommando hier – alle! Hörst du? – Daß sie die Pest erwürge!«

»Ich höre, Effendi!«

»Aber erst muß ich nach Raschkow und dann hierher zurückkommen.«

»Effendi, der junge Nowowiejski wird dich erkennen.«

»Er wird mich nicht erkennen; er hat mich schon bei Kalnik gesehen, bei Brazlaw, und hat mich nicht erkannt. Er sieht mich an, runzelt die Brauen, aber erkennt mich nicht. Er war fünfzehn Jahre alt, als er von Hause entfloh; achtmal hat der Winter seit jener Zeit die Steppen mit Schnee bedeckt, ich habe mich verändert. Der Alte würde mich erkennen, aber der Junge nicht ... Aus Raschkow geb' ich dir Nachricht. Krytschynski soll bereit sein und sich in der Nähe halten; mit den Perkulaben müßt Ihr im Einverständnis sein; in Jampol ist auch eine Fahne von uns voraus. Dem Bogusch werde ich einreden, daß er beim Hetman für mich eine Ordonnanz erwirke, damit es mir von dort aus leichter sei, den Krytschynski herüberzubringen. Aber hierher muß ich zurückkommen ... ich muß. Ich weiß nicht, was geschehen wird, wie es sich machen wird ... Ein Feuer glüht in mir, in der Nacht flieht mich der Schlaf ... Wäre sie nicht, ich wäre gestorben.«

»Gesegnet seien ihre Hände!«

Asyas Lippen begannen zu beben und sie flüsterten, zu dem Lipker hingeneigt, wie in Fieberglut:

»Halim, gesegnet seien ihre Hände, gesegnet ihr Haupt, gesegnet der Boden, auf den sie tritt. Hörst du, Halim, sage ihnen dort, daß ich schon genesen bin – durch sie ...«

11. Kapitel

Der Priester Kaminski, der in jungen Jahren Soldat und ein Herr von ritterlichen Sitten gewesen war, saß in Uschyz, um die Pfarre wieder instand zu setzen. Da aber die Kirche in Trümmern lag, und es an Pfarrkindern fehlte, fuhr dieser Seelenhirt ohne Herde häufig nach Chreptiow hinüber, saß dort ganze Wochen lang und erbaute die Ritterschaft mit frommen Lehren. Er hatte aufmerksam die Erzählungen des Herrn Muschalski mit angehört und begann einige Abende später zu den Versammelten:

»Ich habe immer gern solchen Erzählungen gelauscht, in welchen traurige Abenteuer ein glückliches Ende nehmen, weil aus ihnen hervorgeht, daß Gott den, welchen er unter seine Fittiche genommen hat, immer aus den Schlingen des Bösen befreit, und, sei es selbst aus der Krim, unter ein schützend Dach zurückzuführen vermag.

Darum möge jeder von den Herren ein für allemal sich merken, daß es für Gott den Herrn nichts Unmögliches gibt; er möge selbst in den schwersten Nöten das Vertrauen zu seinem Erbarmen nicht verlieren. – Hört mich an:

Löblich ist es von Herrn Muschalski, daß er einen einfachen Mann mit brüderlicher Liebe geliebt. Der Erlöser hat uns davon ein Beispiel gegeben; er, der aus königlichem Blute war, hat doch die Männer aus dem Volke geliebt, viele von ihnen zu Aposteln gemacht und ihnen zu einem hohen Rang verholfen, so daß sie jetzt im himmlischen Rate sitzen.

Aber ein anderes ist die persönliche Liebe, ein anderes die allgemeine, die Liebe einer Nation zu einer anderen, welche allgemeine Liebe unser Herr und Heiland nicht minder streng beobachtet hat. Und wo ist sie? Wenn du dich in der Welt umsiehst, Erdensohn, so ist in allen Herzen ein solcher Haß, als folgten die Menschen den Geboten des Teufels und nicht Gottes.«

»Verehrter Herr«, antwortete Sagloba, »Ihr werdet uns schwerlich davon überzeugen, daß wir den Türken, den Tataren oder die anderen lieben sollten, die der Herrgott selber verachten muß.«

»Ich will Euch auch nicht dazu überreden, ich behaupte nur, daß die Kinder einer Mutter sich lieben sollten. Und was geschieht statt dessen? Seit den Zeiten Chmielnizkis, seit dreißig Jahren, waren diese Lande nicht einen Augenblick trocken von Blut.«

»Und durch wessen Schuld?«

»Wer sich zuerst zu ihr bekennt, dem wird Gott zuerst verzeihen.«

»Ihr tragt heute geistliche Gewänder, und in jungen Jahren, so sagt man, habt Ihr die Rebellen als ein tüchtiger Rittersmann zu Paaren getrieben.«

»Das tat ich, weil ich mußte; ich war Soldat, und das ist keine Sünde, sondern das, daß ich sie dabei wie die Pest haßte. Ich hatte meine persönlichen Gründe, die ich nicht erwähnen will, denn die Zeiten sind lange vergangen und jene Wunden längst verharscht. Aber das bereue ich demütig, daß ich über meine Pflicht hinausgegangen bin. Ich hatte bei meinem Kommando hundert Leute von der Fahne des Herrn Niewodowski, und oft, wenn ich mit ihnen herumstreifte, sengte ich, hängte ich, hieb ich die Leute zusammen … Ihr wißt, was das für Zeiten waren! Die Tataren, von Chmielnizki zu Hilfe gerufen, brannten und metzelten alles nieder, und so taten auch wir. Die Kosaken ließen überall nur Wasser und Land und begingen noch schlimmere Grausamkeiten als wir und die Tataren. O, nichts Entsetzlicheres als der Bürgerkrieg! Was das für Zeiten waren, wer kann es in Worten sagen? Genug, wir und sie waren tollen Hunden ähnlicher als Menschen … Einst wurde unserem Kommando gemeldet, daß das Gesindel Herrn Rusiezki in seiner Feste belagere. Ich und meine Leute wurden ihm zur Hilfe gesandt. Ich kam zu spät, die Feste war bereits vom Erdboden verschwunden. Nun überfiel ich das betrunkene Bauernvolk und hieb eine Menge von ihnen nieder; aber ein Teil versteckte sich im Getreide. Diese ließ ich lebend fortführen, um sie zum Exempel aufzuknüpfen. Aber wo? Das war leichter gedacht als getan; im ganzen Dorf war nicht ein Baum geblieben. Selbst die Birnbäume, die einsam an den Beeten am Rain gestanden hatten, waren umgehauen. Ich hatte keine Zeit, einen Galgen aufzurichten, auch einen Wald gab es nirgend in der Nähe, wir waren im Steppenland. Was tun? Ich nehme meine Gefangenen und gehe weiter. Irgendwo werde ich doch einen gabelförmigen Baumstamm finden. Ich gehe eine Meile, ich gehe zwei Meilen – nichts als Steppe – man hätte kegeln können. Endlich stoßen wir auf die Spuren eines Dörfchens. Es war gegen Abend. Ich sehe, ich schaue mich um: hier und da einen Haufen Kohlen und sonst nichts als graue Asche. Wieder nichts. Und doch! Auf einem winzigen Hügel war ein Kreuz geblieben, denn das Holz war noch nicht schwarz geworden und leuchtete im Abendschein, als sei es von Feuer; ein Christus, aus Blech geschnitten und so bemalt, daß man erst von der Seite kommen und das dünne Blech sehen mußte, um zu erkennen, daß nicht wirklich ein Körper dort hänge; von vorn betrachtet war sein Gesicht wie lebend, ein wenig bleich von Schmerzen, die Dornenkrone und die Augen nach oben gerichtet mit entsetzlichem Leiden und Klagen. Als ich das Kreuz bemerkte, schoß mir ein Gedanke durch den Kopf: Das ist der Galgen, einen anderen gibt es nicht! Aber ich erschrak zugleich. Im Namen des Vaters und des Sohnes, – an das Kreuz werde ich sie nicht knüpfen. Doch ich sagte mir, daß ich Christi Augen erfreuen werde, wenn ich in seiner Gegenwart diese, die so viel unschuldiges Blut vergossen hatten, köpfen lasse, und ich sagte: »Herr Gott, glaube, daß diese die Juden seien, die dich ans Kreuz schlugen, denn sie sind nicht besser als jene.« Und ich ließ einen nach dem anderen heranschleppen, auf den Hügel bis zum Kreuze führen und köpfen. Es waren unter ihnen alte, grauköpfige Bauern und junge

Burschen. Der erste, den man heraufführte, sagte: »Bei den Leiden des Herrn, um Christi willen erbarme dich!« Und ich: »Den Kopf ihm ab!« Der Dragoner hieb, sein Kopf fiel. Man brachte den anderen heran, er sagte dasselbe: »Bei Christi Erbarmen, habe Mitleid!« Und ich: »Den Kopf ihm ab!« So ging es mit dem dritten, dem vierten, dem fünften. Vierzehn waren ihrer, und ein jeder beschwor mich bei Christo …

Die Abendröte war schon verloschen, als wir fertig waren. Ich ließ sie im Kreis um den Fuß des Kreuzes herumlegen … ich Tor! Ich wähnte, mit diesem Anblick den eingeborenen Sohn zu erfreuen. Sie aber bewegten sich eine Zeitlang bald mit den Händen, bald mit den Füßen, der eine und der andere wälzte sich umher wie ein Fisch, den man aus dem Wasser genommen; aber das dauerte nicht lange. Bald verließen die Kräfte ihren Körper, und sie lagen da im Kranze herum, still und stumm.

Da schon vollkommene Dunkelheit eingetreten war, beschloß ich zu übernachten, obwohl wir kein Holz zu Wachtfeuern hatten. Die Nacht war warm, und so legten sich meine Leute auf ihre Pferdedecken. Ich ging zum Kreuze hin, um zu Christi Füßen die üblichen Paternoster zu sprechen und mich in seine Hand zu empfehlen, und ich glaubte, mein Gebet werde um so gnädiger aufgenommen werden, als mir der Tag in Arbeit und in Taten hingegangen war, die ich mir zum Verdienst anrechnete.

Es begegnet dem ermatteten Soldaten oft, daß er während des Abendgebetes einschlummert. Auch mir ging es so. Die Dragoner, welche sahen, daß ich mit dem Kopf an das Kreuz gelehnt kniete, meinten, ich sei in fromme Andacht versunken, und keiner von ihnen wollte mich unterbrechen. Meine Augen aber hatten sich gleich geschlossen, und ein seltsamer Traum kam über mich von diesem Kreuze herab. Ich sage nicht, daß ich Gesichte hatte, denn ich bin und war dessen nicht würdig, – aber ich sah im tiefsten Schlafe, als sei ich wach, die ganze Passion des Herrn … Beim Anblick der Qual des unschuldigen Lammes war mein Herz zerknirscht, die Schleusen meiner Augen öffneten sich, und mich ergriff ein unendliches Weh. »Herr«, sagte ich, »ich habe hier ein Häuflein guter Knechte, – willst du sehen, was unsere Reiterei vermag, so nicke mit dem Haupte, und ich will diese Heidensöhne, diese deine Henker im Augenblick mit den Schwertern köpfen lassen.« Kaum hatte ich ausgesprochen, so schwand alles vor meinen Augen, nur das Kreuz war geblieben, und Christus, der blutige Tränen weinte … und ich umfasse den Fuß des heiligen Stammes und schluchze auch. Wie lange das gewährt hat, weiß ich nicht, aber da es vorbei war, und ich mich ein wenig beruhigt hatte, sagte ich wieder: »Herr, Herr, hast du nicht unter den verstockten Juden deine heilige Lehre kundgetan? Wärest du von Palästina in unsere Republik gekommen, wir hätten dich gewiß nicht ans Kreuz geschlagen, wir hätten dich freundlich aufgenommen, mit allen Gütern dich beschenkt, wir hätten dir das Bürgerrecht gegeben zur Vermehrung deines göttlichen Ruhmes. Warum hast du nicht so getan, Herr?«

Ich sprach's und hob die Augen gen Himmel – im Traume war es, vergeßt das nicht – und was sehe ich? Unser Herr blickt streng auf mich nieder, runzelt die Brauen und antwortet plötzlich mit mächtiger Stimme: »Wohlfeil ist jetzt Euer Adel, denn in Kriegszeiten kann ihn jeder Bube erwerben; aber das ist das geringste! Wert seid Ihr einander, Ihr und das Barbarengesindel; Ihr und die anderen seid schlimmer als die Juden, denn Ihr schlaget mich täglich hier ans Kreuz … Habe ich nicht Liebe gelehrt und Vergebung der Sünden auch für den Feind, und Ihr zerfleischet einander wie die wütenden Tiere. Das muß ich sehen und leide unendliche Qual. Du selbst aber, der du mich hattest befreien wollen, und mich dann in die Republik zu kommen einludest, was hast du getan? Siehe, menschliche Leichname liegen rings um mein Kreuz, und Blut bespritzt seinen Fuß, und doch waren unter ihnen unschuldige Knaben oder Verblendete, die, da sie keine Einsicht hatten, den anderen folgten, wie die vernunftlosen Schafe. Hattest du Mitleid mit ihnen, hast du sie gerichtet vor dem Tode? Nein, du ließest sie alle töten und wähntest noch, mir damit eine Freude zu bereiten. Fürwahr, ein anderes ist Rügen und Strafen, wie der Vater den Sohn straft, und der ältere Bruder den jüngeren rügt, und ein anderes Rache nehmen, als Gericht halten und kein Maß in Strafe und Grausamkeit kennen. Dahin ist es gekommen, daß auf dieser Erde die Wölfe mehr Erbarmen haben, denn die Menschen, daß hier das Gras blutigen Tau schwitzt, daß die Winde nicht wehen, sondern heulen, daß die Flüsse Tränenströme wälzen, und die Menschen bis zum Tode die Hände ringen und jammern: »Unsere Zuversicht!«

»Herr«, rief ich, »sind jene besser als wir? Wer hat die größten Grausamkeiten begangen, wer hat die Heiden hierhergeführt?«

»Liebet sie, auch wenn ihr sie straft«, antwortete der Herr, »dann werden die Schuppen von ihren Augen fallen, die Verstocktheit wird sich lösen, und meine Barmherzigkeit wird über euch sein. Wo nicht, wird die Flut der Tataren kommen und euch ihr Joch auferlegen, euch und ihnen – und ihr werdet dem Feinde dienen müssen in Verzweiflung, in Verachtung, in Tränen – bis zu jenem Tage, da ihr euch gegenseitig lieben gelernt. Wenn ihr aber im Haß das Maß überschreitet, dann wird es weder für sie noch für euch Erbarmen geben, und der Heide wird diesen Boden innehaben in alle Ewigkeit!«

Die Kräfte verließen mich, da ich diese Seherworte hörte, und ich konnte lange nicht sprechen; dann warf ich mich auf mein Antlitz und fragte:

»Herr, was soll ich tun, um meine Sünden zu tilgen?«

Darauf sagte der Herr:

»Gehe hin, wiederhole meine Worte, predige Liebe.«

Nach dieser Antwort wichen meine Gesichte. Da die Nacht im Sommer kurz ist, erwachte ich, ganz von Tau bedeckt, mit der Morgendämmerung. Ich sehe hin, die Köpfe liegen im Kranz um das Kreuz herum, aber sie sind schon ganz blau geworden. Seltsam, gestern hatte mich dieser Anblick erfreut, heute ergriff mich das Entsetzen, besonders da ich den Kopf eines Knaben erblickte, der etwa siebzehn Jahre zählen mochte und der über alle Maßen schön war. Ich befahl, die Körper geziemend unter demselben Kreuz zu begraben, und von nun an – war ich nicht mehr derselbe.

Anfangs sagte ich mir: Träume – Schäume! Aber sie hafteten in meinem Gedächtnis und umfingen mein ganzes Sein immer mehr. Ich wagte nicht zu vermuten, daß der Herr selbst mit mir gesprochen habe, denn, wie ich schon sagte, ich fühlte mich nicht würdig. Es konnte doch das Gewissen gewesen sein, welches sich im Kriege in der Seele untergeduckt hatte, wie der Tatar im Grase, daß Gott plötzlich gesprochen und mir seinen Willen kundgetan hatte. Ich ging zur Beichte, und der Priester bestätigte meine Meinung. »Offenbar«, sagte er, »ist es Gottes Wille und Gottes Mahnung. Gehorche ihr, damit es dir nicht übel ergehe.«

Und nun begann ich Liebe zu predigen.

Aber die Genossen und Offiziere lachten mir ins Gesicht. »Was«, sagten sie, »bist du ein Priester, daß du uns Lehren geben willst? Haben jene Hundesöhne Gott nicht beleidigt, haben sie wenig Kirchen in

Brand gesteckt, wenig Kreuze geschändet? Sollen wir sie darum lieben?«
– mit einem Worte, niemand wollte auf mich hören.

Darum legte ich nach der Schlacht bei Berestetsch diese geistlichen Gewänder an, um mit größerer Würde das Wort und den Willen Gottes zu verkünden. Seit zwanzig Jahren und darüber tue ich es ohne Rast und Ruhe. Meine Haare sind gebleicht … Gott der Allerbarmer wird mich nicht dafür strafen, daß meine Stimme bis jetzt die Stimme des Predigers in der Wüste gewesen.

Meine Herren, liebet eure Feinde! Strafet sie, wie der Vater straft, rüget sie, wie der ältere Bruder rügt, sonst wird ihnen wehe sein, aber wehe auch euch, wehe der ganzen Republik!

Seht, was ist der Nutzen dieses Krieges, dieses Hasses des Bruders gegen den Bruder? Wüst ist das ganze Land, nur Leichenhügel sind mir in Uschyz als Pfarrkinder geblieben, in Trümmern liegen Kirchen, Städte, Dörfer; die Macht der Heiden wächst und schlägt über uns zusammen wie das Meer, das auch dich, du Fels von Kamieniez, zu verschlingen droht.«

Herr Nienaschyniez hatte mit großer Rührung der Rede des Priesters Kaminski gelauscht, so daß der Schweiß auf seine Stirn trat, und er ergriff das Wort, als alles um ihn her in Schweigen versunken war.

»Daß es hier unter dem Kosakenvolk würdige Männer gibt, da ist uns ein Beweis der hier anwesende Herr Motowidlo, den wir alle lieben und ehren. Was aber die allgemeine Liebe betrifft, über welche Priester Kaminski so beredt gesprochen hat, muß ich gestehen, daß ich in schwerer Sünde bis heute gelebt, denn ich habe sie nicht in mir und habe mich nicht bemüht, sie zu besitzen. Jetzt hat mir der würdige Priester die Augen geöffnet. Ohne besondere Gnade des Himmels werde ich diese Liebe im Herzen nicht finden, denn ich trage die Erinnerung eines entsetzlichen Unrechts in ihm, das ich hier kurz erzählen will.«

»Trinken wir etwas Warmes!« fiel Sagloba ein.

»Schürt das Feuer«, sagte Bärbchen zu den Knechten.

Bald erglänzte das geräumige Gemach von neuem in hellem Licht, und ein Knecht stellte vor jeden der Ritter ein Quart Warmbier hin. Alle tauchten gern die Lippen hinein, und als sie ein und das anderemal getrunken hatten, nahm Herr Nienaschyniez das Wort wieder und sprach, wie wenn ein Wagen rasselt:

»Meine Mutter empfahl sterbend meinem Schutze die Schwester. Halschka hieß sie. Ich hatte keine Frau, kein Kind, darum liebte ich dieses Mädchen wie meinen Augapfel. Sie war zwanzig Jahre jünger als ich, und ich trug sie auf meinen Händen, kurz, ich betrachtete sie als mein eigen Kind. Dann zog ich in den Krieg, und die Horde nahm sie in ihre Gefangenschaft. Als ich heimkehrte, rannte ich mit dem Kopf gegen die Wand. Mein Besitz war während des Überfalles verloren; aber ich verkaufte, was ich hatte; für das letzte erwarb ich ein Pferd und ritt hinaus mit den Armeniern, um sie auszulösen. Ich fand sie in Baktschissaraj beim Harem, nicht im Harem, denn sie war erst zwölf Jahre alt. – Nie vergeß' ich, Halschka, den Augenblick, da ich dich wiederfand, wie du mich liebend umhalstest, wie du mich auf die Augen küßtest! Doch ach, zu wenig war, was ich mitgebracht hatte. Das Mädchen war schön; Jehu-Aga, der sie entführt hatte, forderte dreimal soviel. Ich wollte mich als Zugabe ausliefern – auch das half nicht. Vor meinen Augen erstand sie auf dem Markte Tuhaj-Bey, unser berühmter Feind, der sie drei Jahre lang beim Harem halten und sie dann zu seiner Gattin machen wollte. Ich kehrte ins Land zurück und raufte mir die Haare. Unterwegs erfuhr ich, daß in einer Seestadt eine von Tuhaj-Beys Gattinnen mit ihrem Lieblingssöhnchen Asya wohne – Tuhaj-Bey hatte in allen Städten und Dörfern Frauen, um überall Ruhe unter eigenem Dache zu haben. Da ich von jenem Lieblingssohn hörte, war mir's, als zeige mir Gott das letzte Rettungsmittel für Halschka, und sogleich beschloß ich, Asya zu entführen und ihn dann für mein Mädchen einzutauschen. Aber ich allein konnte das nicht vollführen. Ich mußte in der Ukraine oder in den wilden Feldern die Banden zusammenrufen, und das war nicht leicht, denn erstens war der Name Tuhaj-Bey gefürchtet in ganz Reußen, und dann hatte er den Kosaken gegen uns geholfen. Aber in den Steppen haust eine Menge Kosaken, welche nur den eigenen Gewinn im Auge haben und um der Beute willen zu allem bereit sind. Solcher sammelte ich eine bedeutende Zahl. Was wir alles durchgemacht, ehe wir die Tschaiken sämtlich ins Meer hinausbrachten, das kann keine Zunge sagen, denn auch vor den Kosaken-Ältesten mußten wir uns verbergen. Aber Gott gab uns Segen. Asya entführte ich und mit ihm köstliche Beute. Die Verfolger holten uns nicht ein, und wir kamen glücklich in die wilden Felder. Von hier wollte ich nach Kamieniez, um sogleich durch die dortigen Kaufleute die Verhandlungen zu beginnen. Ich teilte alle Beute unter die Kosaken und behielt mir selbst nur Tuhaj-Beys Jungen. Und weil ich so freigebig und redlich mit den Leuten verfahren war, weil ich soviel mit ihnen zusammen erduldet hatte, weil ich mit ihnen Hunger gelitten und für sie mein Leben gewagt hatte, meinte ich, jeder von ihnen werde für mich ins Feuer gehen, ich hatte mir ihr Herz für immer gewonnen. Bitter sollte ich enttäuscht werden!

Es war mir nicht eingefallen, daß sie ihre eigenen Atamans in Stücke reißen, um ihre Beute zu teilen. Ich hatte vergessen, daß es unter diesen Leuten keinen Glauben, keine Tugend, keine Dankbarkeit, kein Gewissen gibt ... Schon in der Nähe von Kamieniez reizte sie die Hoffnung reichen Lösegeldes für Asya. In der Nacht fielen sie über mich her wie die Wölfe, würgten mich mit einer Schnur um den Hals, zerstachen meinen Körper mit Messern und ließen mich endlich, da sie mich für tot hielten, in der Wüste liegen und gingen selbst mit dem Kinde davon.

Gott sandte mir Rettung und gab mir die Gesundheit wieder – aber meine Halschka war für immer verloren. Vielleicht lebt sie noch dort irgendwo; vielleicht hat sie nach dem Tode Tuhaj-Beys irgend ein anderer Heide genommen; vielleicht ist sie zu Mohammed übergetreten, hat vielleicht den Bruder ganz und gar vergessen – vielleicht wird dereinst ihr Sohn mein Blut vergießen ... Das ist meine Geschichte.«

Hier verstummte Herr Nienaschyniez und blickte finster zu Boden.

»Wieviel Blut und Tränen der Unseren sind für diese Lande schon geflossen!« sagte Herr Muschalski.

»Liebe deine Feinde!« warf Priester Kaminski ein.

»Und als Ihr wieder gesund waret – habt Ihr Tuhaj-Beys Jungen nicht wieder gesucht?« fragte Sagloba.

»Wie ich später erfuhr«, antwortete Nienaschyniez, »hat eine andere Bande meine Räuber überfallen, die sie bis auf den letzten Mann niedermetzelte; die schleppten Beute und Kind mit sich fort. Ich habe überall gesucht – wie ein Stein, der ins Meer gefallen, war's verloren.«

»Vielleicht habt Ihr es später einmal getroffen und habt es nicht erkannt«, sagte Frau Bärbchen.

»Das Kind – ich weiß nicht, ob es schon drei Jahre zählte – wußte kaum, daß es Asya heiße, aber ich würde es erkennen, denn es hat über jeder Brust ein Fischchen in blauer Farbe ausgestochen.«

Plötzlich sagte Mellechowitsch, der bisher ruhig im Winkel gesessen hatte, mit auffallend veränderter Stimme:

»An den Fischen würdet Ihr es nicht erkennen; viele Tataren können ein solches Zeichen haben, besonders unter denen, die an den Ufern der Flüsse wohnen.«

»Nein«, versetzte der ehrwürdige Hromyka, »nach der Schlacht von Berestetsch haben wir Tuhaj-Beys Leichnam betrachtet; er war auf dem Platze geblieben, und ich weiß, er hatte Fische auf der Brust, und alle Gefangenen trugen andere Zeichen.«

»Und ich sage Euch, viele tragen solche Fische!«

»Ja, aber aus dem feindlichen Geschlecht Tuhajs.«

Das Gespräch wurde durch den Eintritt des Herrn Leltschyz unterbrochen, der am frühen Morgen von Herrn Michael auf Vorposten ausgesandt war und eben jetzt zurückkehrte.

»Herr Kommandant«, sagte er noch in der Tür, »an der Sieroz-Furt auf der moldauischen Seite lagert ein Haufen Gesindel, der es auf uns abgesehen hat.«

»Was für Leute sind es?« fragte Herr Michael.

»Strolche, Walachen, Ungarn, von beiden ein bißchen, und am meisten von der Horde; im ganzen an zweihundert Mann.«

»Das sind dieselben, von welchen ich Kunde hatte, daß sie auf der walachischen Seite geplündert haben«, sagte Wolodyjowski. »Perkula muß sie dort bedrängen, sie fliehen zu uns. Aber dort sind allein zweihundert von der Horde; in der Nacht werden sie übersetzen, und mit der Morgendämmerung treten wir ihnen in den Weg. Herr Motowidlo und Asya werden sich von Mitternacht an in Bereitschaft halten; eine Herde Ochsen wird ihnen zur Anreizung entgegengejagt. Und jetzt in die Quartiere!«

Die Soldaten begannen auseinanderzugehen, aber noch hatten nicht alle das Zimmer verlassen, als Bärbchen zu ihrem Gatten eilte, ihre Hände um seinen Hals legte und ihm etwas ins Ohr flüsterte. Er lächelte und schüttelte verneinend den Kopf; sie aber drängte offenbar in ihn und schlang ihre Arme immer fester um seinen Nacken. Als Sagloba das sah, sagte er:

»Tu ihr doch einmal den Gefallen, dann mach' auch ich Alter mit euch mit.«

Die lockeren Banden, die sich an beiden Ufern des Dniestr mit Raub beschäftigten, bestanden aus Leuten der verschiedenen Nationalitäten, welche die Nachbarländer bewohnten. Den überwiegenden Teil machten immer die tatarischen Überläufer von den Horden der Dobrudscha und von Bialogrod aus, die noch wilder und kriegerischer waren als ihre Stammesbrüder in der Krim. Aber es fehlte auch nicht an Walachen, an Kosaken und Ungarn, an polnischen Kriegsknechten, welche aus den Grenzwarten entflohen waren, die am Ufer des Dniestr entlang lagen. Sie lauerten bald auf der polnischen, bald auf der walachischen Seite in Büschen auf, von Zeit zu Zeit den Grenzfluß überschreitend, je nachdem die Perkulabischen oder die Kommandanten der Republik sie bedrängten. In Schluchten und Wäldern, in Höhlen hatten sie ihre unzugänglichen Schlupfwinkel. Das Hauptziel ihrer Überfälle waren die Ochsen- und Pferdeherden der Grenzwarten, die auch im Winter die Steppen nicht verließen, da sie sich selbst ihre Nahrung unter dem Schnee hervorsuchten. Außerdem aber überfielen sie die Dörfer, Städtchen, Flecken, kleinere Kommandos, polnische, ja auch türkische Kaufleute und die Vermittler, die mit dem Lösegeld nach der Krim zogen. Diese Haufen hatten ihre Ordnung und ihre Führer, aber sie verbanden sich selten. Oft geschah es sogar, daß minder zahlreiche durch stärkere niedergemetzelt wurden. Sie hatten sich überall in den reußischen Landen sehr vermehrt, besonders seit der Zeit der kosakisch-polnischen Kriege, da jede Sicherheit in jenen Gegenden geschwunden war. Die Banden am Ufer des Dniestr, welche beständig durch Überläufer aus der Horde ergänzt wurden, waren besonders drohend. Manche von ihnen zählten bis zu fünfhundert Köpfe; ihre Führer nahmen den Titel von Beys an. Sie verwüsteten das Land auf ganz tatarische Weise, und oft wußten die Kommandanten selbst wirklich nicht, ob sie es mit Räubern zu tun hatten oder mit dem Vortrab einer ganzen Horde. Den regulären Truppen, besonders der Reiterei der Republik, vermochten jene Haufen im Felde nicht standzuhalten. Waren sie aber einmal in die Falle gelockt, so schlugen sie sich verzweifelt, denn sie wußten wohl, daß ihrer in der Republik der Galgen harre. Ihre Waffen waren verschieden; Bogen und Flinte fehlten ihnen; sie wären ihnen auch zu ihren nächtlichen Überfällen von geringem Nutzen gewesen. Der größte Teil war mit türkischen Handscharen und Yataganen ausgerüstet – mit tatarischen Säbeln und mit Pferdekinnbacken, die sie auf junge Eichstöcke setzten und mit Stricken befestigten. Diese letztere Waffe leistete in fester Faust furchtbare Dienste, denn sie zerschmetterte jeden Säbel. Einzelne hatten

Heugabeln, die sehr lang und stark mit Eisen beschlagen waren; einzelne führten Lanzen. Diese leisteten in Notfällen der Reiterei Widerstand.

Die Bande, welche an der Sieroz-Furt Halt gemacht hatte, mußte sehr stark an Zahl sein oder aber sich in der äußersten Not auf der moldauischen Seite befinden, wenn sie es wagte, gegen das Kommando von Chreptiow anzurücken, trotz der Furcht, welche Herrn Michaels Name allein in allen Räuberbanden beider Ufer weckte. Und so brachten auch die zweiten Vorposten die Mitteilung, daß sie aus vierhundert Köpfen bestehe unter Führung Asba-Beys, des berühmten Rottenführers, der seit einigen Jahren die polnische und moldauische Seite in Furcht und Schrecken erhielt.

Wolodyjowski war voller Freude, als er erfuhr, mit wem er es zu tun haben werde, und gab sogleich seine Befehle. Außer Mellechowitsch und Motowidlo zog noch die Fahne des Herrn Generals von Podolien und des Herrn Truchseß von Prschemysl. Noch in der Nacht brachen sie auf, und wie es hieß, nach verschiedenen Seiten. Aber wie die Fischer das große Zuggarn weithin ausbreiten, um nachher bei einer Wuhne zusammenzukommen, so sollten auch diese Fahnen, die in einem weiten Kreise herumgingen, beim Anbruch des Tages an der Sieroz-Furt zusammentreffen.

Bärbchen sah mit klopfendem Herzen dem Auszug der Truppen zu. Es sollte dies ihr erster Kriegszug sein, und das Herz schwoll ihr bei dem Anblick der Behendigkeit dieser alten Steppenwölfe. Sie gingen in solcher Stille davon, daß man im Blockhaus selbst sie kaum hätte hören können. Kein Zügel klirrte, kein Steigbügel, kein Säbel schlug an den anderen, kein Pferd wieherte. Die Nacht war hell und schön, denn es war die Zeit des Vollmondes; er beleuchtete den Hügel der Grenzwarte und die Steppe, die von allen Seiten leicht abfiel. Und doch, kaum war eine Fahne über das Pfahlwerk hinausgekommen, kaum leuchtete es auf im silbernen Feuerschein, den der Mond den Schwertern entlockte, so war sie auch schon den Augen entschwunden wie ein Volk Rebhühner, das im wogenden Grase untertaucht. Es lag etwas Geheimnisvolles in diesem Auszug. Bärbchen war es, als zögen Jäger auf eine Jagd, die mit Anbruch des Tages beginnen sollte, und als gingen sie so still und vorsichtig, um das Wild nicht aufzuscheuchen. Und so erfüllte ihr Herz eine mächtige Lust, an dieser Jagd teilzunehmen.

Herr Michael widersprach dem nicht, denn Sagloba hatte ihm seine Zustimmung abgerungen. Überdies wußte er auch, daß er doch einmal Bärbchens Willen werde Genüge tun müssen, er zog also vor, es bald zu tun, um so mehr, als diese Freibeuter Bogen und Feuergewehr nicht zu gebrauchen pflegten.

Sie brachen aber erst drei Stunden nach dem Auszug der ersten Fahne auf, denn so hatte Michael es angeordnet. Mit ihnen ging Herr Muschalski und zwanzig Linkhausensche Dragoner nebst dem Wachtmeister, alles Masuren, ausgezeichnete Leute, hinter deren Säbel die anmutige Kommandantin so sicher war wie in ihrem Ehezimmer.

Sie selbst war, da sie auf einem Männersattel reiten sollte, entsprechend gekleidet. Sie trug perlfarbige, sammetne und weite Pluderhöschen, die einem Unterrock glichen und in gelben Saffianstiefelchen steckten, ferner einen Überrock von ebenfalls grauer Farbe mit weißem Krimmer gefüttert und an den Nähten schön besetzt, dann eine silberne Patronentasche von vorzüglicher Arbeit, ein leichtes, türkisches Säbelchen an seidenen Schnüren, und Pistolen im Holster. Ihr Kopf steckte in einem kleinen Kalpak, oben von venetianischem Sammet, mit einer Reiherfeder geschmückt und ringsum mit wilder Katze besetzt. Unter dem Kalpak sah ihr helles, rosiges, fast kindliches Gesichtchen und ihre zwei neugierigen Augen, die wie glühende Kohlen leuchteten, hervor.

In dieser seltsamen Tracht, auf dem kleinen, schnellen und gleich einem Reh zahmen Pferdchen, schien sie ein Hetmanskind zu sein, das unter dem Schutze alter Krieger zum ersten Unterricht ausreitet. Sie bewunderten auch ihre Gestalt; Sagloba und Muschalski stießen einander mit den Ellbogen und küßten jeder seine Faust zum Zeichen besonderer Verehrung für Bärbchen. Beide beschwichtigten ihre Sorge um den verspäteten Aufbruch.

»Du verstehst den Krieg nicht«, sagte der kleine Ritter, »darum verdächtigst du uns, daß wir dich erst, wenn alles vorbei ist, an Ort und Stelle bringen wollen. Die einen Fahnen gehen wie ein Pfeilschuß, die anderen müssen Umwege machen, um die Stege abzuschneiden, und werden sich dann erst ganz leise vereinigen und den Feind umzingeln. Wir aber kommen zur rechten Zeit, und ohne uns wird nichts begonnen, denn jede Stunde dort ist berechnet.«

»Und wenn der Feind zur rechten Zeit aufmerksam wird und zwischen den Fahnen hindurchhuscht?«

»Schlau ist er und wachsam, aber auch uns ist ein solcher Krieg nicht neu.«

»Dem Michael kannst du glauben«, rief Sagloba, »denn es gibt keinen größeren Praktiker als ihn. Ein böser Stern hat dieses Lumpengesindel hierhergeführt.«

»In Lubnie war ich noch jung«, antwortete Michael, »und schon dort hat man mir ähnliche Funktionen aufgetragen; jetzt aber habe ich, um dir dies Schauspiel zu bieten, alles noch sorgfältiger disponiert. Die Fahnen werden sich dem Feinde gleichzeitig zeigen, gleichzeitig losschreien und gleichzeitig vorrücken – wie wenn man mit der Peitsche knallt.«

»Und! Und!« rief Bärbchen aus, richtete sich vor Freude in den Steigbügeln auf und fiel dem kleinen Ritter um den Hals. »Und werde ich auch vorrücken dürfen, wie, Michael, ja?« fragte sie mit blitzenden Augen.

»Im Getümmel gestatte ich es dir nicht, denn da gibt es leicht Unglück, kommt leicht das Pferd zum Straucheln; aber ich habe Weisung gegeben, daß sie beim Losschlagen einen Haufen auf uns zujagen; dann geben wir den Pferden die Sporen, und du kannst zwei oder drei niederhauen. Aber halte dich immer von links, denn auf diese Weise kann der Verfolgte nicht leicht über das Pferd hinüberlangen, und du hast ihn auf der entgegengesetzten Seite.«

Bärbchen sagte: »Hoho, ich fürchte mich nicht; du hast doch selbst gesagt, daß ich den Säbel weit besser führe als Onkelchen Makowiezki. Mit mir wird keiner fertig!«

»Achte nur darauf, die Zügel festzuhalten«, warf Sogloba ein. »Sie haben so ihre Kniffe, und es kann leicht kommen: du verfolgst ihn, und er wendet plötzlich sein Pferd und wirft dich zurück, und ehe du an ihm vorüberkommst, hat er dich schon erreicht. – Ein alter Praktikus läßt das Pferd nicht zu scharf gehen, sondern zügelt es je nach Bedürfnis.«

»Und den Säbel nicht zu hoch heben, um leicht zum Stich übergehen zu können«, sagte Muschalski.

»Ich werde bei ihr sein für alle Fälle«, sagte der kleine Ritter. »Siehst du, in der Schlacht ist die Hauptschwierigkeit die, daß man an alles denken muß: an sein Pferd, und an den Feind, an die Zügel, an den Säbel, an Hieb und Stich und alles zu gleicher Zeit. Wer Übung hat, der macht das ganz von selbst, aber zu Anfang pflegen selbst vortreffliche Kämpfer ungeschickt zu sein, und irgend ein Wicht, der Übung hat, wirft den Anfänger ab … darum werde ich an deiner Seite sein.«

»Aber tritt nur nicht für mich ein und befiehl auch den Leuten, daß niemand ohne Not für mich eintrete.«

»Nun, nun, wir werden ja sehen, ob dein Mut vorhält, wenn es ernst wird«, versetzte lächelnd der kleine Ritter.

»Oder ob du dich nicht einem von uns an den Schoß hängen wirst«, schloß Sagloba.

»Wir wollen sehen«, sagte Bärbchen entrüstet.

Unter solchen Gesprächen waren sie in eine Gegend gekommen, die hier und da mit Gestrüpp bedeckt war. Die Morgendämmerung war nahe, aber es hatte sich inzwischen doch verfinstert, denn der Mond war untergegangen. Von der Erde hob sich ein leichter Dunst und umschleierte die entfernteren Gegenstände. In diesem leichten Nebel und Zwielicht nahm das Dickicht, das in der Nähe hin und her schwankte, in Bärbchens erregter Phantasie Gestalten lebender Wesen an. Manchmal schien es ihr, als sähe sie deutlich Menschen und Pferde.

»Michael, was ist das?« fragte sie flüsternd und zeigte mit dem Finger auf einen Seitenpfad.

»Nichts, – Buschwerk.«

»Ich glaubte, es seien Reiter. Sind wir bald an Ort und Stelle?«

»In etwa anderthalb Stunden geht es los.«

»Ha!«

»Fürchtest du dich?«

»Nein, das Herz pocht mir vor Freude. Wie sollt' ich mich fürchten? Ganz und gar nicht! – Sieh', was für ein Reif hier liegt; man sieht's, obwohl es dunkel ist.«

Sie waren in der Tat auf einen Strich der Steppe gelangt, auf welchem die langen Stengel des Steppengrases mit Reif bedeckt waren. Michael sah hin und sagte:

»Hier diesen Weg hat Motowidlo genommen. Nicht weiter als eine halbe Meile von hier muß er versteckt liegen. Es dämmert schon.«

Der erste Lichtschimmer wurde wahrnehmbar, die Dämmerung wich, Himmel und Erde wurden grau, die Luft blasser, die Spitzen der Bäume und Sträucher überzogen sich wie mit Silber. Die fernen Gruppen Buschwerk traten aus dem Dunkel hervor, als hebe jemand langsam den Vorhang von ihnen hinweg.

Da tauchte plötzlich vor dem nächsten Busch ein Reiter auf.

»Von Herrn Motowidlo?« fragte Michael, als der Mann in seiner nächsten Nähe vom Pferde gestiegen war.

»So ist es, Ew. Liebden.«

»Was gibt's?«

»Sie haben die Sieroz-Furt überschritten, dann sind sie, dem Brüllen der Rinder folgend, nach Kalusik gegangen. Die Rinder haben sie genommen und stehen auf dem Jurgow-Feld.«

»Und wo ist Herr Motowidlo?«

»Er lagert auf der Hügelseite, und Herr Mellechowitsch bei Kalusik. Die anderen Fahnen weiß ich nicht.«

»Gut«, sagte Michael, »das weiß ich; mach' dich auf zu Herrn Motowidlo und befiehl, den Ring zu schließen; die einzelnen Leute soll er bis auf den halben Weg von Herrn Mellechowitsch zerstreuen. Sitz' auf!«

Der Mann legte sich fast auf seine Satteldecke und stob dahin, daß dem Pferde die Milz schwoll. Im Nu war er aus dem Gesichtskreis.

Sie aber ritten weiter, noch stiller, noch vorsichtiger. Inzwischen war es vollkommen Tag geworden. Der Nebel, der sich bei Tagesanbruch vom Boden erhoben hatte, war ganz gesunken, und am östlichen Horizont zeigte sich ein langer, heller Streifen, dessen leuchtender, rosiger Glanz Luft, Berge, die Abhänge ferner Schluchten und Gipfel färbte. Da schlug an die Ohren der Reiter von der Dniestr-Seite her wirres Gekrächz, und in der Höhe vor ihnen zeigte sich eine ungeheure Schar von Raben, die dem Morgenrot zuflogen. Einzelne Vögel lösten sich von Zeit zu Zeit von der Hauptmasse los und flogen über die Steppe in weitem Kreise herum, wie es die Dohlen und Habichte machen, wenn sie Beute erspähen.

Sagloba hob den Säbel in die Höhe, zeigte auf die Raben und sagte zu Bärbchen:

»Bewundere die Klugheit dieser Vögel. Wenn es irgendwo zu einer Schlacht kommt, so ziehen sie bald von allen Seiten heran, als wenn sie jemand aus einem Sacke schüttete. Wenn nur ein Heer marschiert oder Freundesheere sich treffen sollen, ist das nicht der Fall; so können diese Tiere die Absichten der Menschen erraten, wenn sie ihnen auch niemand kundtut. Der bloße Geruchssinn erklärt das nicht, deshalb hat man alle Ursache, sich höchlichst darüber zu verwundern.«

Mittlerweile waren die Vögel unter immer lauterem Krächzen näher herangekommen, und Herr Muschalski wandte sich zu dem kleinen Ritter und sagte, indem er mit der flachen Hand auf seinen Bogen schlug:

»Herr Kommandant, ist es gestattet, einen davon zur Freude der Frau Kommandantin herunterzuholen? Lärm wird es nicht machen.«

»Holt ihn herunter, holt auch zwei herunter«, sagte Herr Michael, denn er wußte, wie gern sich der alte Soldat wegen der Sicherheit seiner Geschosse bewundern ließ.

Da griff der unvergleichliche Bogenschütze nach dem Rücken, zog einen befiederten Pfeil hervor, legte ihn auf die Sehne, hob Bogen und Kopf empor und wartete.

Die Schar kam immer näher. Alle hielten die Pferde an und blickten erwartungsvoll in die Höhe. Plötzlich erklang der klagende Ton der Sehne wie das Zwitschern der Schwalbe; der Pfeil flog auf und verschwand in der Schar.

Einen Augenblick konnte man glauben, Muschalski habe gefehlt; aber siehe da, bald schoß ein Rabe einen Purzelbaum und stürzte, sich beständig überschlagend, gerade über den Köpfen der Reiter herab, um bald mit ausgebreiteten Flügeln, wie ein Blatt, welchem die Luft Widerstand leistet, langsam herniederzusinken.

Er fiel wenige Schritte vor Bärbchens Pferde zu Boden. Der Pfeil hatte ihn so durchbohrt, daß die Spitze über dem Rücken hervorleuchtete.

»Es ist ein glückliches Vorzeichen«, sagte Muschalski, sich vor Bärbchen verneigend. »Ich werde von fern auf die Frau Kommandantin, meine große Wohltäterin, ein Auge haben und im Falle der Not wieder mit Gottes Hilfe ein Pfeilchen losschnellen. Wenn es auch ganz in der Nähe schwirrt, so versichere ich doch, daß es nicht verwunden wird.«

»Ich möchte nicht der Tatar sein, den Ihr aufs Korn nehmt«, sagte Bärbchen.

Da unterbrach Wolodyjowski die Unterhaltung. Er wies auf eine ziemlich bedeutende Anhöhe in einiger Entfernung und sagte: »Dort machen wir Halt.«

Nach diesen Worten ritten sie im Galopp weiter; als sie die halbe Anhöhe erreicht hatten, befahl der kleine Ritter, langsameren Schrittes vorwärts zu rücken und endlich, nicht weit vom Gipfel, die Pferde anzuhalten.

»Wir werden nicht bis an die äußerste Spitze reiten«, sagte er, »denn an einem so hellen Morgen kann man uns aus der Ferne leicht aufs Korn nehmen. Wir werden vom Pferde steigen und uns so dem Abhang nähern, daß unsere Köpfe nicht hervorragen.«

Bei diesen Worten sprang er vom Pferd und mit ihm Bärbchen, Muschalski und die anderen. Die Dragoner blieben unterhalb des Gipfels und hielten die Pferde. Sie aber gingen langsam bis an die Stelle, wo die Anhöhe fast wie eine Wand abfiel. Am Fuße dieser etliche zehn Ellen hohen Wand stand dicht verwachsen eine Kette von Gestrüpp, weiter unten zog sich die tiefe, ebene Steppe hin, die man von dieser Höhe herab weithin überblicken konnte.

Die Ebene, die ein kleiner Fluß, der nach der Richtung von Kalusik strömte, durchschnitt, war ebenso wie der Fuß des Felsens mit schilfbewachsenen Flußinseln bedeckt; von der größten stiegen dünne Rauchstreifen zum Himmel empor.

»Siehst du«, sagte Michael zu Bärbchen, »dort hält sich der Feind versteckt.«

»Ich sehe den Rauch, aber ich sehe weder Menschen noch Pferde«, antwortete Bärbchen mit pochendem Herzen.

»Weil das Schilf sie verdeckt, obwohl ein geübtes Auge sie erreicht. Sieh' dorthin: zwei, drei, vier, eine ganze Anzahl von Pferden sieht man. Das eine ist scheckig, das andere ganz weiß, und von hier sieht es wie blau aus.«

»Werden wir bald zu ihnen hinunterreiten?«

»Man wird sie uns hierherjagen, aber wir haben Zeit, denn bis zu jener Stelle kann es eine Viertelmeile sein.«

»Wo sind die Unsrigen?«

»Siehst du dort unten in weiter Ferne den Waldstreifen? Des Herrn Kämmerers Fahne muß gerade jetzt seinen Rand erreichen. Mellechowitsch kann auf jener Seite jede Minute auftauchen. Die zweite Fahne der Genossen wird sie von diesem Felsen aus fassen. Wenn sie die Leute erblicken, werden sie von selbst auf uns losrücken, denn hier herum kann man bequem zum Fluß unterhalb des Abhanges; von der anderen Seite aber ist ein gähnender Abgrund, den niemand zu Pferde passieren kann.«

»So sind sie in der Falle?«

»Wie du siehst.«

»O Gott, ich halt' es kaum noch aus!« rief Bärbchen.

Und nach einer Weile sagte sie:

»Michael, wenn sie klug wären, was würden sie tun?«

»Sie würden sich dann wie ein Feuer auf die Fahne des Kämmerers stürzen und es aufreiben. Dann wären sie frei; aber das tun sie nicht, denn erstens kommen sie nicht gern der regulären Reiterei in die Quere, und zweitens werden sie fürchten, daß ein größeres Heer im Walde lauert, und darum werden sie hierher entwischen wollen.«

»Ja, aber wir werden sie nicht aufhalten können, wir haben nur zwanzig Mann.«

»Und Motowidlo?«

»Ach ja, wo ist er denn?«

Statt zu antworten schrie Wolodyjowski plötzlich, ganz wie der Habicht oder Falke schreit.

Alsbald antworteten ihm zahlreiche Rufe vom Fuße der Anhöhe her. Es waren Motowidlos Scharen, die sich in dem Gestrüpp so gut untergeduckt hatten, daß Bärbchen, die unmittelbar über ihnen stand, sie nicht bemerkt hatte.

Sie sah mit Erstaunen bald hinunter, bald auf den kleinen Ritter, ihre Wangen erglühten, und sie umfaßte den Hals ihres Gatten.

»Michael, du bist der größte Feldherr unter der Sonne!«

»Nicht doch, ich habe nur einige Übung«, antwortete er lächelnd. »Aber du plappere mir hier nicht vor lauter Freude und bedenke, daß ein folgsamer Soldat still sein muß.« Aber die Mahnung half nichts, Bärbchen war wie im Fieber. Sie hatte Lust, sofort das Pferd zu besteigen und den Hügel hinabzureiten, um sich mit Motowidlos Abteilung zu vereinigen. Aber Wolodyjowski hielt sie noch zurück, denn er wollte, daß sie den Beginn des Kampfes gut beobachte.

Inzwischen war die Morgensonne über der Steppe aufgestiegen und übergoß die ganze Ebene mit kühlem, blaßgoldenen Licht. Die nahen Flußinseln erstrahlten heiter, die ferneren zeigten deutlicher ihre Umrisse. Der Reif, der stellenweise in den Tälern lag, fing an schimmernd zu zerstieben, die Luft wurde sehr durchsichtig, und der Blick konnte fast grenzenlos in die Ferne schweifen.

»Des Kämmerers Fahne kommt aus dem Wäldchen hervor«, sagte Herr Michael, »ich sehe Menschen und Pferde.«

In der Tat kamen die Reiter allmählich aus der Waldbiegung hervor und hoben sich in langer Kette von der dicht mit Reif bedeckten Waldwiese ab. Der weiße Zwischenraum zwischen ihnen und dem

Walde wurde immer größer, sie eilten offenbar nicht allzusehr, um den anderen Fahnen Zeit zu lassen; Herr Michael wandte sich jetzt nach links.

»Auch Mellechowitsch ist da«, sagte er. Und dann nach einer Weile: »Auch des Herrn Jägermeisters Leute kommen heran. Keiner von ihnen ist auch nur zwei Paternoster zu spät gekommen.« Und sein Schnauzbart bewegte sich lebhaft.

»Auch nicht einer darf entgehen! – Aufs Pferd!«

Sie wandten sich schnell zu den Dragonern um, sprangen in die Sattel und ritten die Anhöhe entlang unter dem am Fuße wachsenden Gestrüpp, wo sie sich mitten unter der Mannschaft Motowidlos befanden.

So näherten sie sich schon vollzählig der Schilfkette und machten Halt, um vorwärts zu spähen.

Der Feind mußte wohl die herankommende Fahne des Kämmerers bemerkt haben, denn in diesem Augenblick strömten aus dem Dickicht, das inmitten der Ebene wuchs, große Haufen Berittener hervor, als ob jemand eine Herde Rehe aufgescheucht habe; mit jedem Augenblick kamen ihrer mehr hervor. Sie bildeten eine Kette und ritten anfangs im Schritt den Saum des Dickichts entlang; die Reiter legten sich auf den Rumpf der Pferde, so daß man aus der Ferne glauben konnte, eine hirtenlose Herde von Pferden ziehe in langer Linie den Fluß entlang. Offenbar hatten sie noch nicht die Gewißheit, ob jene Fahne auf sie losrücke und sie schon bemerkt habe, oder ob es eine Abteilung sei, die nur die Umgebung durchsuche. In diesem letzteren Falle konnten sie hoffen, daß das Schilf sie noch vor den Augen der Herankommenden verbergen werde. Von der Stelle aus, wo Michael an der Spitze von Motowidlos Leuten stand, konnte man vorzüglich die unsicheren, schwankenden Bewegungen jener Schar sehen, die vollkommen den Bewegungen wilder Tiere glichen, die eine Gefahr wittern. Nachdem die Reiter die zu durchmessende Entfernung etwa bis zur Hälfte zurückgelegt hatten, beschleunigten sie ihren Ritt zu einem leichten Galopp; plötzlich, als die erste Reihe die offene Steppe erreicht hatte, hielten sie die Pferde an, und die ganze Schar machte Halt.

Sie hatten Mellechowitsch Abteilung erblickt, die von dieser Seite kam.

Da beschrieben sie einen Halbkreis seitwärts vom Fluß, und ihren Augen zeigte sich die Fahne von Prschemysl, die im Sturmschritt herankam.

Nun wurde ihnen klar, daß alle Fahnen von ihrem Hiersein wußten und gegen sie losritten. Ein wildes Geschrei ertönte aus der Menge, und die Verwirrung begann. Die Fahnen riefen ebenfalls laut und gingen in Galopp über, so daß die Ebene von Pferdegetrappel erdröhnte.

Als sie das sahen, bildeten sie in einem Augenblick eine Querlinie und eilten, was die Pferde laufen konnten, auf die Anhöhe zu, an deren Fuß der kleine Ritter und Motowidlo mit seinen Leuten standen.

Der Zwischenraum, der die einen von den anderen trennte, nahm mit entsetzlicher Schnelligkeit ab.

Bärbchen wurde erst vor Erregung etwas blaß, und das Herz pochte immer stärker in ihrer Brust. Da sie aber sah, daß man sie beobachtete, und da sie auf keinem Gesicht die geringste Unruhe bemerkte, überwand sie sich schnell. Dann nahm die wie ein Sturmwind heranjagende Wolke ihre ganze Aufmerksamkeit in Anspruch. Sie faßte die Zügel kürzer, drückte ihr Säbelchen fester, und das Blut aus ihrem Herzen strömte immer mächtiger nach dem Gesicht.

»Gut«, sagte der kleine Ritter.

Sie blickte ihn an, bewegte die Nasenflügel und flüsterte: »Gehen wir bald los?«

»Es ist noch Zeit«, antwortete Michael.

Und die unten jagten dahin wie Hasen, denen die Hunde auf den Fersen sind. Schon sind sie nur eine halbe Hufe von dem Gestrüpp entfernt, schon sieht man die langgestreckten Pferdeköpfe mit den herabhängenden Ohren, und über ihnen die Gesichter der Tataren wie an die Mähne festgewachsen. Immer näher, immer näher kommen sie. Man hört das Schnaufen der Tiere, deren klaffende Gebisse und hervorquellende Augen bezeugen, daß sie so schnellen Laufes herankommen, daß ihnen der Atem stockt ... Wolodyjowski gibt ein Zeichen, und ein Zaun von Gewehrläufen starrt den Heraneilenden entgegen.

»Feuer!«

Ein Geknatter, eine Rauchwolke – wie ein Sturmwind in einen Haufen Spreu fährt, so fuhr es in die Horde. Augenblicklich sprengte die Bande kreischend und brüllend nach allen Seiten. Da kommt der kleine Ritter aus dem Dickicht hervor, und gleichzeitig treiben die Fahnen des Kämmerers und die Lipker, den Kreis abschließend, die Zerstreuten wiederum zu einem Haufen in der Mitte zusammen. Vergeblich suchen die Tataren ihre Zuflucht im Einzelkampf, vergeblich wenden sie sich hin und her, fliehen sie nach rechts, nach links, nach vorwärts, nach rückwärts – der Kreis ist schon geschlossen. Darum drängen sich auch die Haufen immer enger aneinander; inzwischen kommen die Fahnen heran, und es beginnt ein entsetzliches Handgemenge.

Die Freibeuter hatten begriffen, daß nur der lebendig aus diesem Ringe herauskommen könne, der sich durchschlug. Und so begannen sie, wenn auch ohne Ordnung und ein jeder auf eigene Faust, sich verzweifelt und rasend zur Wehr zu setzen. Und sie bedeckten gleich zu Beginn in dichter Zahl das Feld, so groß war die Wucht des Angriffs gewesen. Die Soldaten rückten auf sie ein und drängten trotz der Enge ihre Pferde vorwärts, hieben und stachen mit jener unerbittlichen, gräßlichen Geschicklichkeit, die nur dem Soldaten eigen sein kann, dem der Krieg zum Handwerk geworden ist. Der Widerhall der Schläge ertönte über diesem Wirrwarr von Menschen wie das Echo der Dreschflegel, die schnell und haufenweise gegen die Tenne schlagen. Man schlug sie, man hieb sie über die Köpfe, über die Nacken, über die Schultern, über die Hände, mit welchen sie ihre Köpfe bedeckten, man bedrängte sie von allen Seiten ohne Unterbrechung, ohne Mitleid und Erbarmen. Auch sie begannen um sich zu schlagen, womit sie konnten, mit Handscharen, Säbeln, dieser mit Wurfkugeln, der andere mit einem Pferdekinnbacken.

Ihre Pferde waren in die Mitte zusammengedrängt und bäumten sich oder stürzten hintenüber; andere rannten beißend und quiekend im Getümmel umher und riefen eine unbeschreibliche Verwirrung hervor. Nach einem kurzen, schweigsamen Kampfe entrang sich wildes Geheul der Brust der Tataren. Sie waren zerschmettert von der größeren Zahl, der besseren Waffe, der höheren Geschicklichkeit. Sie begriffen, daß es für sie keine Hilfe gab, daß niemand entkommen werde, nicht bloß nicht mit Beute, sondern kaum mit dem Leben. Die Soldaten, die immer mehr in Hitze gerieten, schlugen immer kräftiger drein. Manche von den Räubern sprangen von den Satteldecken herab und versuchten unter den Füßen der Rosse zu entwischen. Diese kamen unter die Hufe; bisweilen auch wandte sich ein Krieger um und versetzte dem Flüchtling von oben einen Stich. Manche warfen sich auf den Boden, weil sie hofften, wenn die Fahnen mehr in die Mitte vorrücken würden, außerhalb des Kreises zu bleiben und sich dort durch die Flucht zu retten.

Der Haufe wurde immer kleiner, denn mit jeder Minute nahmen Menschen und Pferde ab. Asba-Bey drängte, so gut er konnte, die Leute in einen Keil zusammen und stürzte sich mit ganzer Wucht auf Motowidlos Mannschaften, den Ring um jeden Preis zu durchbrechen.

Aber sie warfen ihn auf der Stelle zurück, und nun begann ein fürchterliches Blutbad. Jetzt zerriß Mellechowitsch, wütend wie ein Feuerbrand, den Haufen, überließ die eine Hälfte den beiden Fahnen der Genossen und setzte sich selbst denen in den Nacken, die mit Motowidlo kämpften.

Ein Teil der Räuber war zwar bei dieser Bewegung ins freie Feld entwichen und zerstreute sich über die Ebene wie ein Haufen Blätter, aber die Soldaten der hinteren Reihen, die wegen des zu engen Raumes an der Schlacht nicht teilnehmen konnten, setzten ihnen sofort nach, zu zweien, zu dreien oder auch einzeln. Die aber, denen es nicht gelungen war, zu entkommen, fielen unter dem Schwert, trotz der wütenden Gegenwehr, und streckten sich auf den Boden wie ein Haufe Getreide, welchen die Mäher von zwei Seiten niederzumähen beginnen.

Bärbchen rückte mit Motowidlos Leuten zugleich vor und ließ ihr zartes Stimmchen in Ausrufen ertönen, um sich Mut zu machen, denn im ersten Augenblick war es ihr dunkel vor den Augen geworden, sowohl von dem schnellen Ritt wie von der großen Erregung. Selbst als sie den Feind schon erreicht hatten, sah sie anfangs nur eine dunkle, hin und her wogende Masse vor sich. Es ergriff sie eine unüberwindliche Lust, die Augen ganz zu schließen. Sie widerstand dieser Lust, schwenkte aber den Säbel aufs Geratewohl hin und her. Doch das währte nicht lange; ihr Mut gewann endlich die Oberhand über die Verwirrung, und sie sah alles deutlich. Erst erblickte sie die Pferdeköpfe, über ihnen die glühenden, wilden Gesichter; eines von ihnen leuchtete ganz in ihrer Nähe auf. Bärbchen hieb wuchtig zu, und das Gesicht verschwand plötzlich, als sei es ein Gespenst gewesen.

Da traf Bärbchens Ohr die ruhige Stimme ihres Gatten:
»Gut!«

Diese Stimme gab ihr ungewöhnlichen Mut; noch fröhlicher schrie sie auf und teilte Hiebe aus, jetzt mit vollem, klarem Bewußtsein. Da streckt ihr wieder ein entsetzlicher Kopf mit flacher Nase und hervorstehenden Backenknochen die Zähne entgegen: Bärbchen fährt über ihm hin – weg ist er … Dort erhebt wieder eine Hand die Wurfkugel – weg ist sie. Sie sieht einen Rumpf und Nacken, im Nu sticht sie hin; sie schlägt nach rechts, nach links, geradezu, und wo sie hinhaut, fliegt ein Mensch zu Boden und reißt sein Pferd am Zaume mit sich. Bärbchen erstaunt darüber, daß das so leicht ist. Aber leicht war es nur, weil von einer Seite der kleine Ritter Steigbügel an Steigbügel mit ihr ritt, auf der anderen Herr Motowidlo. Der erste beobachtet sorgfältig seinen Schatz, und bald löscht er ein Menschenleben wie ein Licht aus, bald haut er mit flacher Klinge den Arm samt der Waffe ab, bald schiebt er sein Schwert zwischen Bärbchen und den Feind, und die feindliche Kugel fliegt plötzlich in die Höhe, als wäre sie ein beflügelter Vogel.

Motowidlo, der phlegmatische Krieger, hütete die andere Seite der tapferen Herrin, und wie ein fleißiger Gärtner unter den Bäumen dahinschreitet und da und dort einen trockenen Ast abschneidet oder umbricht, so warf er ein um das anderemal einen Menschen auf die blutgetränkte Erde und kämpfte mit einem solchen Phlegma und solcher Ruhe, als ob er an etwas anderes denke. Beide wußten wohl, wann sie Bärbchen selbst angreifen lassen konnten, und wann sie ihr zuvorkommen oder sie vertreten mußten. Auch ein dritter wachte über sie von ferne, der unvergleichliche Bogenschütze, der sich absichtlich in ihrer Nähe hielt, jede Minute den Pfeil auf die Sehne legte und den unfehlbaren Todbringer in das größte Getümmel hinübersandte.

Aber dieses Getümmel wurde so furchtbar, daß Herr Michael Bärbchen anbefahl, sich mit einigen Leuten aus dem Gewirr zurückzuziehen, besonders als die halbwilden Pferde der Tataren anfingen, um sich zu beißen und auszuschlagen. Bärbchen gehorchte ihm unverzüglich, denn obgleich sie der Eifer erfaßt hatte, und das mutige Herz sie zu weiterem Kampfe trieb, so gewann doch ihre Frauennatur die Oberhand über die Begeisterung, und sie entsetzte sich in diesem Gemetzel beim Anblick des Blutes mitten unter dem Geheul, dem Gestöhn und Geröchel der Sterbenden, in dieser Luft, die von dem Geruch von Blut und Schweiß geschwängert war.

Sie zog also langsam ihr Pferd zurück und befand sich bald außer dem Kreise der Kämpfenden. Wolodyjowski und Motowidlo aber, die jetzt von ihrer Pflicht des Schutzes befreit waren, konnten endlich ihrer

Soldatenlaune ganz die Zügel schießen lassen. Inzwischen war Muschalski, der bisher in der Nähe gestanden hatte, zu Bärbchen herangekommen.

»Ihr habt Euch wahrhaft ritterlich gehalten, verehrte Herrin«, sagte er zu ihr, »man sollte meinen, der Erzengel Michael sei vom Himmel unter die Mannschaften herabgestiegen und vertilge die Heiden ... Welche Ehre, von diesem Händchen zu fallen, das mir bei dieser Gelegenheit zu küssen gestattet sei!«

Bei diesen Worten ergriff Muschalski Bärbchens Hand und drückte sie an seine Lippen.

»Habt Ihr es gesehen? Habe ich mich wirklich brav gehalten?« sagte Bärbchen und sog mit weitgeöffneten Nasenflügeln die Luft ein.

»Die Katze kann sich nicht besser gegen die Ratten halten! Das Herz schwoll mir, so wahr ich lebe; aber Ihr tatet recht, Euch aus der Schlacht zurückzuziehen, denn gegen das Ende konnte es leicht ein Unglück geben.«

»Mein Gatte hat es mir befohlen, und ich habe bei der Abreise versprochen, ihm sofort zu gehorchen.«

»Soll ich meinen Bogen hier lassen? Ja, er nutzt mir jetzt nichts, ich will mit dem Säbel losgehen. Ich sehe drei Männer herankommen, die gewiß der Herr Hauptmann hergeschickt hat zum Schutze Eurer werten Person. Sonst hätte ich sie geschickt. Ich küsse die Hand, denn dort wird's bald zu Ende gehen, und ich muß eilen.«

Wirklich kamen drei Dragoner zu Bärbchens Schutze heran. Als Muschalski das sah, gab er seinem Pferde die Sporen und ritt davon. Bärbchen zögerte einen Augenblick, ob sie die abschüssige Wand umreiten und den Hügel hinanklimmen solle, von dem sie vor der Schlacht in die Ebene hinuntergeblickt hatten. Da sie aber eine große Ermüdung empfand, beschloß sie dazubleiben.

Ihre weibliche Natur sprach immer lauter. Etwa zweihundert Schritte von ihr metzelte man ohne Mitleid die Reste der Horde nieder, und der schwarze Haufe der Kämpfenden wogte immer furchtbarer auf dem blutigen Schlachtfeld. Verzweifelte Rufe erschütterten die Luft, und Bärbchen, die kurz vorher noch voll Begeisterung gewesen war, wurde jetzt kraftlos und schwach. Es erfaßte sie eine furchtbare Angst, daß sie ganz ohnmächtig werden könne, und nur die Scham vor den Dragonern hielt sie im Sattel aufrecht. Sie wandte aber sorgfältig ihr Gesicht von ihnen ab, damit sie ihre Blässe nicht sähen. Die frische Luft gab ihr allmählich die Kraft und den Mut wieder, aber doch nicht in dem Grade, daß sie Lust gehabt hätte, wieder unter die Kämpfenden zu dringen. Sie hätte es höchstens darum getan, um für die letzten Reste der Horde um Erbarmen zu flehen. Da sie aber doch wußte, da das umsonst sein würde, sah sie mit Sehnsucht dem Ende der Schlacht entgegen.

Und dort dauerte der Kampf fort und fort. Der Widerhall der Waffen und das Lärmen hörte nicht einen Augenblick auf. Es war vielleicht eine halbe Stunde verflossen; die Fahnen drängten sich immer dichter zusammen. Da durchbrach plötzlich ein Häuflein der Horde – es mochten zwanzig Reiter sein – den mörderischen Kreis und stürmte wie ein Orkan auf die Anhöhe zu. Wie sie so an den Klüften vorüberflogen, konnten sie wirklich leicht dorthin gelangen, wo der Hügel sanft mit der Ebene in eins verschwamm, und dort auf der hohen Steppe Rettung finden. Aber auf dem Wege stand Bärbchen mit den Dragonern. Der Anblick der Gefahr goß in demselben Augenblick Kraft in ihr Herz und gab ihr Geistesgegenwart. Sie begriff, daß Dableiben den Untergang bedeute, denn jener Haufe mußte sie durch seine Wucht allein zu Boden werfen und zermalmen; ja sie wären sicher mit den Schwertern niedergehauen worden. Der alte Wachtmeister der Dragoner war offenbar derselben Ansicht, denn er griff mit der Hand in den Zügel von Bärbchens Apfelschimmel, wandte ihn zur Flucht und schrie in nahezu verzweifeltem Tone:

»Vorwärts, gnädige Frau!«

Bärbchen floh wie der Wind, aber allein; die drei getreuen Soldaten standen wie eine Mauer auf ihrem Platze, um wenigstens einen Augenblick den Feind abzuhalten und der geliebten Herrin Zeit zu lassen, auf eine weite Entfernung vorauszueilen.

Inzwischen waren sofort jenem Haufen Soldaten gefolgt, aber der Ring, der bisher die Horde eng umschlossen hielt, war durchbrochen, und sie begannen zu zweien, zu dreien, dann immer zahlreicher zu entwischen. Eine große Zahl von ihnen lag bereits am Boden, aber etlichen derselben, darunter Asba-Bey, gelang es, zu entkommen. Alle diese Haufen jagten, so schnell die Pferde konnten, die Anhöhe hinan. Aber die drei Dragoner vermochten nicht alle Fliehenden aufzuhalten; sie fielen nach kurzem Kampfe aus dem Sattel. Die Schar der Fliehenden aber folgte Bärbchens Spuren, bog am Abhang des Hügels ein und gelangte auf die hohe Steppe. Die polnischen Fahnen, allen voran die lipkische, eilten in schnellstem Trabe etliche zehn Schritt hinter ihnen.

Auf der hohen Steppe, die vielfach von verräterischen Schluchten und Abhängen durchzogen war, bildete sich gleichsam eine Riesenschlange von Reitern. Ihr Haupt stellte Bärbchen dar, den Hals die Horde, und die Fortsetzung des Leibes Mellechowitsch mit den Lipkern, und die Dragoner, an deren Spitze Wolodyjowski ritt, die Sporen in die Seiten des Pferdes gedrückt, Entsetzen in der Brust.

In dem Augenblick, als jenem Häuflein Räuber sich der Kreis geöffnet hatte, war er auf der anderen Seite beschäftigt; darum war ihm Mellechowitsch in der Verfolgung vorausgeeilt. Jetzt standen dem kleinen Ritter die Haare zu Berge bei dem Gedanken, daß Bärbchen von den Entflohenen erreicht werden, daß sie die Geistesgegenwart verlieren und geradeaus nach der Seite des Dniestr entfliehen, daß einer von den Räubern sie mit dem Säbel, mit dem Handschar oder der Wurfkugel treffen könne, und das Herz erstarb ihm in der Brust vor Furcht um das Leben des geliebten Wesens. Er lag fest auf dem Halse seines Pferdes, bleich, mit zusammengepreßten Zähnen; ein Sturm entsetzlicher Gedanken trieb durch seinen Kopf, und er bohrte die bewaffnete Ferse in den Leib des Rosses, peitschte das Tier und schoß dahin wie eine Trappe, ehe sie sich zum Fliegen erhebt. Vor seinen Augen flimmerten die Widderkapuzen der Lipker.

»Gebe Gott, daß Mellechowitsch hinkomme! Er hat ein gutes Pferd; gebe es Gott!« wiederholte er mit Verzweiflung in der Brust.

Aber seine Befürchtungen waren grundlos, und die Gefahr nicht so bedeutend, wie es dem liebenden Ritter erschien. Den Tataren war es zu sehr um die eigene Haut zu tun, und allzu nahe saßen ihnen die Lipker im Nacken, als daß sie einen einzelnen Reiter hätten verfolgen sollen, wenn dieser Reiter auch die schönste Jungfrau aus dem Paradiese des Propheten gewesen und in einem Mantel geflohen wäre, der ganz mit Edelsteinen bedeckt war. Bärbchen brauchte nur im Kreise nach Chreptiow einzubiegen, um den Verfolgern zu entgehen, denn diese wären ihr sicherlich nicht bis in den Rachen des Löwen gefolgt, da der Fluß dicht vor ihnen lag, in dessen Schilfgebüschen sie sich verbergen konnten. Die Lipker, welche bessere Pferde hatten, waren ihnen ohnehin immer näher gekommen; Bärbchen aber saß auf ihrem Apfelschimmel, der unvergleichlich schnellfüßiger war als die gewöhnlichen zottigen Tiere der Horde, die zwar ausdauernder im Laufe, aber nicht so flink waren wie die Pferde edler Rasse. Endlich hatte sie nicht nur ihre Geistesgegenwart nicht verloren, sondern ihre abenteuerliche Natur war in ihr mit ganzer Kraft erwacht, und das ritterliche Blut rollte immer lebhafter in ihren Adern.

Der Apfelschimmel streckte sich wie ein Reh, der Wind pfiff ihr um die Ohren, und statt der Angst hatte sie ein Gefühl des Rausches ergriffen.

»Ein ganzes Jahr können sie mich verfolgen und holen mich doch nicht ein«, dachte sie, »ich will noch weiter reiten, dann wende ich um und lasse sie entweder voraus, oder, wenn sie nicht aufgehört haben, mich zu verfolgen, bringe ich sie unter das Schwert.«

Ihr war der Gedanke gekommen, daß, wenn die ihr folgende Horde sich allzu sehr in der Steppe zerstreute, sie vielleicht beim Umwenden auf einen von ihnen stoßen und einen Einzelkampf leisten würde.

»Bah«, sagte sie in ihrer tapferen Seele, »was will das sagen? Michael hat mich so gut unterrichtet, daß ich es kühn wagen darf, sonst werden sie noch denken, daß ich aus Furcht fliehe, und mich zu einem zweiten Kriegszuge nicht mitnehmen, und Herr Sagloba wird noch über mich spotten.«

Während sie so zu sich sprach, sah sie sich nach den Strolchen um, aber die waren in Haufen davongeflohen. Es war gar keine Aussicht zu einem Einzelkampf vorhanden; Bärbchen aber wollte durchaus vor den Augen des ganzen Heeres den Beweis liefern, daß sie nicht blindlings und nicht unbesonnen geflohen war. Zu diesem Zwecke begann sie, da sie sich erinnerte, daß sie im Holfter zwei vortreffliche Pistolets habe, die Michael selbst vor der Abreise sorgfältig geladen hatte, ihren Apfelschimmel zurückzuhalten, oder richtiger umzuwenden und langsam nach der Seite von Chreptiow den Weg fortzusetzen.

Aber o Wunder! Bei diesem Anblick veränderte die Horde die Richtung der Flucht und nahm den Weg mehr nach links gegen den Rand der Anhöhe zu. Bärbchen ließ sie auf hundert Schritt herankommen, feuerte zweimal auf die nächsten Pferde, dann warf sie sich in einem ganzen Kreise herum und ritt in vollem Lauf auf Chreptiow zu.

Aber kaum war der Schimmel mit der Schnelligkeit einer Schwalbe einige tausend Schritt gelaufen, als sich plötzlich vor ihm eine Riesenschlucht auftat. Bärbchen gab ohne einen Augenblick der Überlegung die Sporen, und das edle Tier scheute nicht vor dem Sprunge zurück.

Aber nur seine Vorderhufe hatten den gegenüberliegenden Felsrand erfaßt und er suchte eine Weile mit Gewalt die Hinterfüße auf der abschüssigen Wand zu stützen; da verlor er den Boden, der noch nicht fest genug gefroren war, unter seinen Füßen, und er stürzte mit Bärbchen in den Abgrund.

Zum Glück hatte das Pferd sie nicht erdrückt, denn erstens war es ihr noch gelungen, die Füße aus den Steigbügeln zu ziehen und sich mit ganzer Kraft nach der Seite zu neigen, und dann war sie auf eine dicke Schicht von Moos gefallen, das den Boden der Schlucht wie ein Pelz auspolsterte. Aber die Erschütterung war doch eine so große gewesen, daß sie ohnmächtig dalag. Wolodyjowski hatte den Unfall nicht bemerkt, da ihm die Lipker den Gesichtskreis verdeckten. Mellechowitsch aber schrie mit furchtbarer Stimme den Leuten zu, nicht Halt zu machen und die Horde weiter zu verfolgen; er selbst eilte auf den Abhang zu und stürzte sich kopfüber in die Tiefe.

In einem Augenblick sprang er aus dem Sattel und faßte Bärbchen in seine Arme. Seine Falkenaugen hatten sie in einer Minute erspäht und umhergeblickt, ob sie nicht irgendwo Blut bemerkten; dann fielen seine Blicke mit Blitzesschnelle auf den Moosteppich. Er begriff, daß dieses Moos sie und das Tier vor dem Tode bewahrt hatte.

Ein gedämpfter Schrei der Freude entrang sich der Brust des jungen Tataren.

Aber Bärbchen lastete auf seinen Armen; er drückte sie mit ganzer Kraft an seine Brust, dann begann er mit den blassen Lippen erst gierig ihre Augen zu küssen, dann wirbelte alles um ihn in wirrem Tanze umher, und die Leidenschaft, die auf dem Grunde seines Herzens verborgen war wie der Drache in der Höhle, erfaßte ihn wie ein Sturmwind.

In diesem Augenblick erdröhnte das Getrappel zahlreicher Pferde von der hohen Steppe her und kam immer näher und näher. Zahlreiche Stimmen riefen: »Hier in der Kluft – hier!« Mellechowitsch legte Bärbchen auf das Moos nieder und rief den Heranreitenden entgegen:

»Hierher, hierher!«

Eine Minute später sprang Wolodyjowski auf den Boden der Schlucht, ihm folgten Sagloba, Muschalski, Nienaschyniez und einige andere Offiziere.

»Ihr ist nichts!« rief der Tatar. »Die Moosdecke hat sie gerettet.«

Wolodyjowski nahm sein ohnmächtiges Weib in die Arme, andere eilten nach Wasser, da es in der Nähe keines gab. Sagloba faßte die Schläfen der Ohnmächtigen und begann zu rufen: »Bärbchen, liebstes Bärbchen, Bärbchen!«

»Ihr ist nichts«, wiederholte Mellechowitsch, der leichenblaß danebenstand.

Inzwischen ging Sagloba auf die Seite, erfaßte seine Feldflasche, goß Branntwein auf seine Hand und begann Bärbchens Schläfen damit zu reiben; dann hielt er die Feldflasche an ihren Mund, und das wirkte sofort, denn ehe die anderen mit dem Wasser herankamen, hatte sie die Augen geöffnet und begann mit dem Munde nach Luft zu schnappen. Sie hüstelte dabei ein wenig, denn der Branntwein hatte ihre Kehle angegriffen. In wenigen Minuten war sie völlig zu sich gekommen.

Wolodyjowski drückte sie, ohne auf die Offiziere und Soldaten zu achten, an seine Brust und bedeckte ihre Hände mit Küssen.

»Du mein Teuerstes!« sagte er, »ist dir nichts? Tut dir nichts weh?«

»Nichts!« antwortete Bärbchen; »aha, ich sehe jetzt, eine Ohnmacht hatte mich erfaßt, weil mein Pferd mit mir gestrauchelt ist … Ist die Schlacht schon vorüber?«

»Ja, vorüber! Asba-Bey ist erschlagen. – Kehren wir jetzt schnell zurück, denn ich fürchte, daß du mir krank wirst von der Anstrengung.«

»Ich fühle gar keine Ermüdung«, sagte Bärbchen.

Dann sah sie die Anwesenden scharf an und bewegte lebhaft ihre Nasenflügel.

»Denkt nur nicht, meine Herren, daß ich aus Furcht geflohen, oho, das ist mir im Traume nicht eingefallen! So wahr ich Michael liebe, ich bin nur so zum Vergnügen vor ihnen hergerannt; dann habe ich auf sie geschossen.«

»Von diesen Schüssen ist ein Pferd getroffen, und den Kerl haben wir lebendig eingefangen«, warf Sagloba ein.

»Seht ihr!« antwortete Bärbchen, »ein solcher Fall kann jedem bei einem Sprunge begegnen, nicht wahr? Keine Erfahrung schützt davor, daß das Pferd strauchelt. Ha, gut, daß ihr mich gesehen habt, denn ich hätte hier lange liegen können.«

»Herr Mellechowitsch war der erste, der dich erblickt, und der erste, der dir Hilfe gebracht hat; wir kamen hinter ihm her«, antwortete Wolodyjowski.

Da Bärbchen das hörte, wandte sie sich zu dem jungen Lipker und streckte ihm die Hand entgegen.

»Ich danke Euch für die Freundlichkeit!«

Er antwortete nichts, er drückte nur ihre Hand an seinen Mund; dann neigte er sich und umfaßte in Demut ihre Füße wie ein Bauer.

Inzwischen waren immer mehr Fahnen an dem Rande der Kluft zusammengekommen. Die Schlacht war beendet, darum gab Herr Michael nur noch Mellechowitsch Befehle, die Verfolgung der wenigen Tataren anzuordnen, welchen es gelungen war, sich vor den Verfolgern zu verbergen, und sie zogen gleich alle nach Chreptiow ab. Auf dem Wege sah Bärbchen noch einmal von der Anhöhe über das Schlachtfeld.

Leichen von Menschen und Pferden lagen da, an manchen Stellen in Haufen, an anderen einzeln; am blauen Himmel zogen immer zahlreichere Scharen von Raben mit lautem Gekrächz zu, setzten sich in der Nähe nieder und warteten darauf, daß die Soldaten, die sich noch in der Ebene tummelten, fortritten.

»Seht, das sind die Totengräber des Krieges«, sagte Sagloba und zeigte mit der Krümmung des Säbels auf die Vogelschar. »Und wenn wir fort sind, kommen die Wölfe hierher und machen den Verstorbenen mit den Zähnen ihre Musik. Es ist ein bedeutender Sieg, wenn auch über einen niederträchtigen Feind davongetragen, denn jener Asba hat seit Jahren bald hier, bald dort Schrecken verbreitet. Die Kommandanten haben ihm wie einem Wolfe aufgelauert, aber stets vergeblich, bis er endlich auf Michael traf und seine schwarze Stunde schlug.«

»Asba-Bey ist erschlagen?«

»Mellechowitsch war der erste, der auf ihn losging, und ich sage dir, er hieb ihm über die Ohren, daß ihm der Säbel bis in die Zähne fuhr.«

»Mellechowitsch ist ein tüchtiger Krieger«, sagte Bärbchen.

Hier wandte sie sich an Herrn Sagloba: »Und Ihr, was habt Ihr vollbracht?«

»Ich habe nicht gezirpt wie eine Grille, ich bin nicht gesprungen wie ein Floh oder ein Zicklein, denn solche Scherze überlasse ich den

Insekten. Dafür hat man mich aber auch nicht im Moose gesucht wie einen Pilz, hat man mich nicht an der Nase herumgezogen, hat mir auch niemand in den Mund geblasen ...«

»Ich mag Euch nicht leiden!« gab Bärbchen zurück, indem sie den Mund spitzte und unwillkürlich an ihr rosiges Näschen fuhr.

Und er sah sie an, lächelte und brummte und hörte nicht auf, sie zu necken.

»Du hast dich tapfer geschlagen«, sagte er, »du hast dich brav aus dem Staube gemacht, du hast einen Purzelbaum geschossen, und jetzt wirst du dir vor Schmerzen ebenfalls tapfer auf alle Glieder Grütze auflegen; wir aber müssen dich hüten, damit dich samt deiner Tapferkeit die Sperlinge nicht anpicken, denn sie sind auf Grütze sehr happig.«

»Ihr zielt schon darauf ab, daß mich Michael zu einem zweiten Kriegszug nicht mitnimmt, das weiß ich sehr wohl!«

»Ganz im Gegenteil, ich werde ihn immer bitten, daß er dich zum Nüssesammeln mitnehme, denn du bist zierlich, und der Zweig wird unter dir nicht zusammenbrechen. Du lieber Gott, das nenn' ich Dankbarkeit! Wer hat Michael zugeredet, daß du mit uns reiten sollst? – Ich. Ich mache mir jetzt furchtbare Vorwürfe, besonders da du mir meine Güte so heimzahlst. Warte, jetzt sollst du mit einem hölzernen Säbel Taubennesseln auf dem Markte in Chreptiow köpfen. Das ist eine Beschäftigung für dich! Jeder andere würde den Alten umarmen, und diese bissige Teufelin hat mir erst Angst eingejagt, und jetzt setzt sie mir noch zu.«

Bärbchen besann sich nicht lange und umarmte Herrn Sagloba, der sehr erfreut darüber war, und sagte:

»Nun, nun, ich muß gestehen, daß du ein wenig beigetragen hast zu dem heutigen Siege, denn die Soldaten haben sich, da jeder vor dir glänzen wollte, mit furchtbarem Mute geschlagen.«

»So wahr ich lebe«, rief Muschalski, »der Mensch stirbt auch gern, wenn solche Augen auf ihn sehen.«

»Vivat unsere Herrin!« rief Nienaschyniez.

»Vivat!« wiederholten hundert Stimmen.

»Erhalte sie Gott bei Gesundheit!«

Und Sagloba neigte sich zu ihr und murmelte: »Wenn die Schwäche vorüber sein wird.«

Und sie ritten fröhlich und unter lauten Rufen weiter, denn sie lebten der sicheren Erwartung eines Festes am Abend. Das Wetter war wundervoll, die Trompeter bei den Fahnen bliesen, die Trommler schlugen die Kesselpauken, und sie ritten mit großem Lärm in Chreptiow ein.

12. Kapitel

In Chreptiow trafen Herr Michael und seine Frau über alles Erwarten Gäste. Herr Bogusch war angekommen; er hatte beschlossen, auf einige Monate hier seine Residenz aufzuschlagen, um durch Mellechowitsch mit den tatarischen Rottenführern, die in den Dienst des Sultans übergetreten waren, Verhandlungen zu führen. Herrn Bogusch hatte sich der alte Herr Nowowiejski und seine Tochter Eva, endlich auch Frau Boska angeschlossen, eine würdige Dame, ebenfalls mit einem noch sehr jungen und sehr hübschen Töchterlein Sophie. Der Anblick der Frauen in dem öden und wilden Chreptiow erfreute und verwunderte zugleich die Soldaten; auch jene waren verwundert bei dem Anblick des Herrn Kommandanten und der Frau Kommandantin. Den ersteren hatten sie sich, aus seinem weitverbreiteten und gefürchteten Ruhme schließend, als einen Riesen vorgestellt, die zweite als eine Riesin mit immer gerunzelter Stirn und männlicher Stimme. Statt dessen sahen sie vor sich einen kleinen Soldaten mit einem freundlichen, liebenswürdigen Gesicht, und ein ebenfalls kleines, wie ein Püppchen rosiges Weibchen, die in ihren breiten Pumphöschen und mit ihrem Säbelchen einem über die Maßen schönen Knaben ähnlicher sah als einem Erwachsenen. Aber die Wirtsleute empfingen ihre Gäste mit offenen Armen. Bärbchen küßte noch vor der Vorstellung alle drei Frauen herzlich, und dann, als sie ihr mitgeteilt hatten, wer sie seien und woher sie kamen, sagte sie:

»Ich möchte gern den Himmel für euch herabholen, ich freue mich sehr über euer Kommen; ein Glück, daß mir kein Unfall auf dem Wege begegnet ist, denn hier in unserer Wüste kommt das sehr leicht vor, aber gerade heute haben wir die Horde bis auf den letzten Mann niedergemetzelt.«

Da sie aber bemerkte, daß Frau Boska sie mit immer wachsendem Erstaunen ansah, schlug sie auf das Säbelchen und fügte hinzu:

»Auch ich bin in der Schlacht gewesen, gewiß, so ist's bei uns. Um Gottes willen, gestattet mir, mich zu entfernen und Kleider anzulegen, die meinem Geschlecht mehr geziemen, und die Hände ein wenig vom Blute zu reinigen, denn wir kehren aus einer furchtbaren Schlacht zurück! Ja, ja, wäre Asba nicht vernichtet, Ihr würdet vielleicht nicht heil nach Chreptiow gelangt sein. Im Augenblick bin ich wieder hier, Michael wird euch inzwischen zu Diensten sein!«

Bei diesen Worten verschwand sie durch die Tür, und der kleine Ritter, welcher Herrn Bogusch und Herrn Nowowiejski schon begrüßt hatte, näherte sich jetzt Frau Boska.

»Gott hat mir ein Weib gegeben«, sagte er, »das nicht nur im Hause eine anmutige Genossin, sondern auch im Felde ein tapferer Gefährte zu sein versteht, und jetzt biete ich der gnädigen Frau auf ihren Befehl meine Dienste an.«

Und Frau Boska erwiderte:

»Möge sie Gott in allem segnen, wie er sie mit Schönheit gesegnet hat. Ich bin die Frau des Anton Boski; nicht darum bin ich hergekommen, um Eure Dienste zu verlangen, sondern um Euch auf den Knieen um Hilfe und Rettung in meinem Unglück zu bitten. Sophiechen, kniee auch du vor diesem Ritter nieder, denn wenn er nicht hilft, hilft niemand.«

Frau Boska stürzte sich auch wirklich in die Kniee, und Sophie folgte ihrem Beispiel. Beide riefen tränenüberströmt:

»Rettet uns, Ritter, habt Mitleid mit Verwaisten!«

Eine Schar von Offizieren näherte sich neugierig, da sie die Weiber knieen sahen, besonders aber, da sie der Anblick des hübschen Mädchens anlockte. Der kleine Ritter aber war sehr verwirrt, hob Frau Boska in die Höhe und ließ sie auf eine Bank nieder.

»O Gott«, sagte er, »was tut Ihr? Eher müßte ich vor Euch, der würdigen Frau, knieen. So sprecht doch, wenn ich Euch Hilfe erweisen kann – so wahr ein Gott im Himmel ist, es soll geschehen!«

»Er wird es tun, auch ich will dazu beitragen, – Sagloba sum. Das wird der gnädigen Frau genügen!« rief der von den Tränen der Frauen gerührte alte Krieger.

Da winkte Frau Boska Sophiechen, und diese brachte schnell aus ihrem Mieder einen Brief hervor, den sie dem kleinen Ritter reichte.

Dieser blickte auf die Schrift hin und sagte:

»Vom Herrn Hetman!«

Da erbrach er das Siegel und begann zu lesen:

»Mein sehr lieber und teurer Wolodyjowski! Durch Herrn Bogusch habe ich Dir von unterwegs meinen aufrichtigen Gruß und Instruktionen geschickt, welche Dir Herr Bogusch persönlich ankündigen wird. Jetzt, wo ich kaum nach den Mühsalen in Jaworowo Halt gemacht habe, bietet sich gleich wieder eine zweite Sache dar; sie liegt mir gar sehr am Herzen, und zwar um des Wohlwollens willen, das ich für die Soldaten habe, denn vergäße ich ihrer, so würde Gott meiner vergessen. Herrn Boski, einen Ritter von großem Ansehen und einen lieben Genossen, hat die Horde bei Kamieniez vor einigen Jahren gefangen. Seiner Frau und seiner Tochter habe ich in Jaworowo Zuflucht geboten, aber ihr Herz weint, der einen dem Gatten, der anderen dem Vater nach. Ich habe auch Herrn Piotrowitsch und Herrn Slotnizki, unseren Residenten in der Krim, geschrieben, man solle dort Boski überall suchen lassen; es heißt auch, man habe ihn gefunden, aber er werde verborgen gehalten, er könne darum mit den anderen Gefangenen nicht herausgegeben werden und frone gewiß bis zum heutigen Tage auf den Galeeren. Die Frauen sind in Verzweiflung, und da sie die Hoffnung ganz verloren haben, haben sie auch schon aufgehört, mich mit der Sache zu betrauen, aber ich, der ich eben zurückgekehrt bin und die unüberwindliche Trauer sehe, ich kann es nicht über mich gewinnen, den Mann ohne Hilfe zu lassen. Du bist dort ganz nahe, und mit vielen Mirzen hast Du, wie ich weiß, Bruderschaft geschlossen; ich schicke Dir also die Frauen, versag' ihnen die Hilfe nicht. Piotrowitsch wird in kurzem reisen; gib' ihm Briefe an Deine Bruderschafter. Ich kann weder an den Vezier noch an den Khan schreiben, denn sie sind nicht meine Freunde, und dann fürchte ich, sie könnten in Anbetracht meiner Briefe Boski für eine außerordentlich hervorragende Persönlichkeit halten und ein gar zu hohes Lösegeld fordern. Lege dem Piotrowitsch diese Angelegenheit ans Herz, befiehl ihm, ohne Boski nicht zurückzukehren, und setze alle Deine Bruderschafter in Bewegung. Wenn sie auch Heiden sind, den geschworenen Eid halten sie, und vor Dir haben sie großen Respekt. Handle im übrigen nach Gutdünken, fahre nach Raschkow, versprich drei hervorragende Männer als Gegengabe, wenn nur Boski heimkehrt. Niemand kennt all' die Mittel und Wege besser als Du, denn, wie ich höre, hast Du schon Deine eigenen Verwandten ausgelöst. Gott wird Dich segnen, und ich werde Dich noch mehr lieben, denn mein Herz wird aufhören zu bluten. Von Deinem Chreptiow habe ich gehört, daß dort bereits Ruhe herrsche, – das habe ich erwartet. Auf Asba habe wohl acht. *De publicis* wird Dir Herr Bogusch alles mitteilen. Späht um Gottes willen sorgfältig nach der Walachei aus, denn der große Einfall wird wohl nicht ausbleiben. Indem ich Deinem Herzen und Deiner Sorgfalt Frau Boska empfehle, zeichne ich mich usw.«

Frau Boska weinte beständig, während der Brief gelesen wurde, und Sophie vergoß ebenfalls Tränen und erhob ihre blauen Augen zum Himmel.

Inzwischen war, ehe noch Herr Michael zu Ende gelesen hatte, Bärbchen hereingestürzt. Sie hatte schon Frauenkleider angelegt, und da sie Tränen in den Augen der Frauen sah, fragte sie sorgenvoll, was denn geschehen. Michael las ihr noch einmal den Brief des Hetmans vor; sie hörte aufmerksam zu und unterstützte sofort eifrig die Bitten des Hetmans und der Frau Boska.

»Ein goldenes Herz hat der Herr Hetman!« rief sie, indem sie ihren Mann umarmte, »aber auch wir werden kein schlechtes haben. Michael, Frau Boska bleibt bei uns bis zur Rückkehr ihres Mannes, und du bringst ihn in drei Monaten aus der Krim zurück, in drei oder zwei, nicht wahr?«

»Oder morgen, oder in einer Stunde«, sagte Michael, ihr nachahmend.

Hier wandte er sich an Frau Boska.

»Meine Gemahlin ist, wie Ihr seht, schnell entschlossen.«

»Daß sie Gott dafür segne!« sagte Frau Boska. »Sophie, küsse der Frau Kommandantin die Hand.«

Aber die Frau Kommandantin dachte gar nicht daran, sich die Hände küssen zu lassen, vielmehr umarmte sie Sophie noch einmal, denn sie hatten sich schnell liebgewonnen.

»Zur Beratung, meine Herren«, rief sie, »zur Beratung, zur Beratung, schnell!«

»Schnell, denn der Kopf glüht ihr!« sagte Sagloba.

Und Bärbchen schüttelte ihr blondes Haar.

»Nicht mein Kopf glüht, sondern diesen Frauen glüht das Herz vor Leid.«

»Niemand wird deinem edlen Wunsche entgegen sein«, sagte Wolodyjowski, »wir müssen nur vorher genau die Mitteilungen der Frau Boska hören.«

»Sophie, erzähle du alles, wie es war, denn ich kann vor Tränen nicht«, sagte die Matrone. Sophie senkte die Augen zu Boden, indem sie sie ganz mit den Lidern verdeckte; dann errötete sie wie eine Kirsche und wußte nicht, wie sie beginnen sollte. Sie war sehr verschämt, da sie in einer so zahlreichen Versammlung das Wort nehmen sollte.

Aber Frau Wolodyjowski kam ihr zu Hilfe.

»Sophiechen, wann wurde Herr Boski in die Gefangenschaft geführt?«

»Fünf Jahre sind es her: im Jahre 1667«, antwortete Sophie mit ihrem zarten Stimmchen, ohne ihre langen Wimpern zu erheben.

Und dann fuhr sie schon in einem Atem fort:

»Man hörte damals noch nichts von Einfällen, und Papas Fahne stand bei Paniowze. Papa und Herr Bulajowski hatten die Aufsicht über die Knechte, die auf den Wiesen die Herden hüteten. Da aber kamen die Tataren auf dem walachischen Wege und umringten mein Väterchen und Herrn Bulajowski. Herr Bulajowski aber ist schon vor zwei Jahren zurückgekehrt, und Papa ist noch nicht wiedergekommen.«

Hier flossen zwei kleine Tränen über Sophiens Wangen, Herr Sagloba war von dem Anblick sehr gerührt.

»Die arme, liebe Unschuld!« sagte er. »... Fürchte dich nicht, Kind, Väterchen wird wiederkommen und wird noch auf deiner Hochzeit tanzen.«

»Und der Hetman hat an den Herrn Slotnizki durch Piotrowitsch geschrieben?« fragte Herr Michael.

»Der Herr Hetman hat an den Herrn Schwertträger von Posen durch Herrn Piotrowitsch Väterchens wegen geschrieben«, fuhr Sophie fort, »und der Herr Schwertträger und Herr Piotrowitsch haben Väterchen bei dem Aga, dem Murza-Bey, gefunden.«

»Beim Himmel, diesen Murza-Bey kenne ich! Mit seinem Bruder lebe ich in Bruderschaft«, rief Wolodyjowski, »hat er Herrn Boski nicht herausgeben wollen?«

»Es war ein Befehl vom Khan gekommen, Väterchen herauszugeben, aber der grausame, entsetzliche Murza-Bey hat Väterchen versteckt, und Herrn Piotrowitsch gesagt, daß er ihn schon vor langer Zeit nach Asien verkauft habe. Aber die anderen Gefangenen sagten Herrn Piotrowitsch, daß dies nicht wahr sei, und daß der Mirza[7] nur absichtlich so spreche, um Väterchen noch länger zu quälen, denn er ist von allen Tataren am grausamsten gegen die Gefangenen. Vielleicht war Väterchen damals nicht in der Krim, denn Murza hat seine Galeere und braucht die Leute zum Rudern. Aber verkauft war Väterchen nicht, das sagten alle: Murza tötet lieber einen Gefangenen, als daß er ihn verkaufe.«

»Ja, das ist bekannt«, sagte Muschalski, »diesen Murza Aga-Bey kennt man in der ganzen Krim; ... er ist sehr reich, dieser Tatarenhund, und furchtbar gehässig gegen unser Volk, weil vier seiner Brüder im Kampfe gegen uns gefallen sind.«

»Und ist niemand unter uns, der mit ihm Bruderschaft hält?« fragte Wolodyjowski.

»Das ist sehr zweifelhaft«, antwortete man von allen Seiten.

»Erklärt mir doch, was das bedeutet, diese Bruderschaft!« fragte Bärbchen.

»Siehst du«, sagte Sagloba, »wenn nach dem Kriege die Verhandlungen eröffnet werden, dann besuchen sich die Herren gegenseitig und treten miteinander in Verkehr. Dann kommt es vor, daß einer von den Genossen Gefallen findet an einem Mirza, und der Mirza an ihm, und da schwören sie sich Freundschaft bis in den Tod, und das nennt man Bruderschaft. Je berühmter aber jemand ist, wie zum Beispiel Michael, ich oder Herr Ruschtschyz, der jetzt in Raschkow das Kommando hat, desto begehrter ist die Bruderschaft mit ihm; natürlich wird so einer nicht Bruderschaft schließen mit jedem Hergelaufenen, sondern er wählt auch unter den berühmtesten Mirzen. Die Sitte heischt dann, daß man Wasser über die Säbel gießt und sich einander Freundschaft schwört; verstehst du?«

»Und wenn es dann zum Kriege kommt?«

»In einem allgemeinen Kampfe dürfen sie sich schlagen; wenn sie aber als Tirailleure aufeinanderstoßen, Mann gegen Mann, so begrüßen sie sich und gehen in Frieden auseinander. Wenn einer in Gefangenschaft gerät, muß sie ihm der andere erleichtern und im schlimmsten Falle das Lösegeld für ihn bezahlen; ja, es ist schon vorgekommen, daß zwei ihr Vermögen miteinander teilten. Wenn es sich um Freunde oder Bekannte handelt, jemand aufzusuchen oder zu helfen,

7 Kaukasischer Vornehmer, Prinz.

so gehen auch die Bruderschafter zueinander, und die Gerechtigkeit gebietet anzuerkennen, daß kein Volk solche Schwüre strenger einhält als die Tataren. Das Ehrenwort ist bei ihnen heilig, und auf einen solchen Freund kann man mit Sicherheit zählen.«

»Und hat Michael viele solcher?«

»Ich habe drei einflußreiche Mirzen«, antwortete Herr Michael; »einen noch aus den Zeiten vor Lubnie; ich habe ihn einmal bei dem Fürsten Jeremias losgebeten, Aga-Bey heißt er, und er würde, wenn es sich darum handelte, sein Haupt für mich auf den Block legen. Die anderen beiden sind auch zuverlässig.«

»Ei«, sagte Bärbchen, »ich möchte wohl mit dem Khan selber Bruderschaft schließen und alle Gefangenen befreien!«

»Er würde wohl auch nicht abgeneigt sein«, sagte Sagloba. »Es fragt sich nur, welche Belohnung er von dir verlangen würde.«

»Verzeiht, meine Herren«, sagte Wolodyjowski, »beraten wir, was uns zu tun geziemt. Hört also: Ich habe Nachrichten aus Kamieniez, daß spätestens in zwei Wochen Piotrowitsch mit zahlreichem Gefolge hierherkommt; er zieht nach der Krim, um einige armenische Kaufleute aus Kamieniez einzulösen, die bei der Einsetzung des neuen Khans beraubt und in die Gefangenschaft geschleppt wurden; das ist auch dem Seferowitsch, dem Bruder des Prätors, begegnet, alles sehr hervorragende Männer; sie kargen nicht mit Geld, und Piotrowitsch geht reichlich ausgestattet hin. Gefahren drohen ihm nicht; erstens ist der Winter nahe, das ist keine günstige Zeit für die Banden, und dann zieht Nawiragh, der Delegat des Patriarchen von Usmiadsin und zwei Anardraten aus Jaffa, die Geleitsbriefe vom jungen Khan haben, heran. Ich will also Piotrowitsch Briefe sowohl an die Residenten der Republik wie an meine Bruderschafter geben; außerdem ist den Herren bekannt, daß Ruschtschyz, der Kommandant von Raschkow, leibliche Verwandte in der Horde hat, die als Kinder gefangen wurden und ganz und gar zu Würden gelangt sind. Alle diese werden Himmel und Erde in Bewegung setzen, vielleicht auch gar dem Murza ganz im stillen den Hals umdrehen. Ich habe also Hoffnung, daß, wenn, was Gott geben möge, Herr Boski lebt, ich ihn unzweifelhaft in einigen Monaten herausbekomme, wie mir dies der Herr Hetman, und mein hier anwesender näherer Kommandant –, hier verbeugte er sich vor seiner Gattin – befehlen ...«

Der anwesende Kommandant sprang wieder hinzu und umarmte den kleinen Ritter; Frau und Fräulein Boska falteten nur die Hände und dankten Gott, daß er ihnen gewährt habe, zu so herzensguten Menschen zu gelangen. Sie wurden auch beide viel heiterer.

»Wenn der alte Khan lebte«, sagte Herr Nienaschyniez, »dann ginge alles noch leichter, denn er war uns sehr geneigt, und von dem jungen sagt man das Gegenteil. Auch diese armenischen Kaufleute, die von Herrn Zacharias Piotrowitsch heimgeholt werden sollen, sind schon zur Regierungszeit des jungen Khan in Baktschissaraj selber gefangen worden, und das soll, wie man sagt, auf des Khans Befehl geschehen sein.«

»Der Junge wird sich ändern, wie sich der Alte geändert hat, der, ehe er sich von unserer Redlichkeit überzeugte, der erbittertste Feind des polnischen Namens war«, sagte Sagloba. »Ich weiß das am besten, denn ich habe sieben Jahre bei ihm in der Gefangenschaft geschmachtet. Mein Anblick wird euch Mut geben; – sieben Jahre … kein Spaß. Und doch bin ich zurückgekommen, und habe so viele von diesen Hunden zusammengehauen, daß ich für jeden Tag meiner Gefangenschaft mindestens zweie in die Hölle geschickt habe, und für die Sonn- und Feiertage, weiß Gott, ob nicht drei oder vier herauskommen, ha!«

»Sieben Jahre!« wiederholte Frau Boska mit einem Seufzer.

»Sterben soll ich, wenn ich einen Tag zuviel gesagt habe! Sieben Jahre im Palast des Khans selber«, bekräftigte Sagloba, geheimnisvoll mit den Augen zwinkernd. »Und Sie müssen wissen, daß der junge Khan mein …« hier flüsterte er Frau Boska etwas ins Ohr. Plötzlich brach er in ein lautes »Ha-ha-ha!« aus, schlug mit den Händen auf die Knie, und endlich klopfte er im Eifer auch Frau Boska aufs Knie und sagte: »Fürwahr, schöne Zeiten, was? In der Jugend hieß, was auf dem Felde war, Feind, und jeden Tag gab's einen neuen Streich, ha!«

Die würdige Matrone war ganz verwirrt und entfernte sich ein wenig von dem lustigen Ritter; die jungen Frauen senkten die Augen, denn sie vermuteten, daß die Streiche, von welchen Sagloba sprach, ihrer angeborenen Bescheidenheit unangemessen seien, um so mehr, als die Soldaten in ein schallendes Gelächter ausbrachen.

»Man wird bald zu Herrn Ruschtschyz schicken müssen«, sagte Bärbchen, »damit Herr Piotrowitsch die Briefe in Raschkow schon vorfinde.«

Darauf versetzte Bogusch: »Eilt, meine Herrschaften, mit der ganzen Angelegenheit, solang es noch Winter ist; denn erstens streifen um diese Zeit keine Banden umher, und die Wege sind sicher; und dann, Gott weiß, was im Frühling kommen kann!«

»Hat der Herr Hetman Nachrichten aus Stambul gehabt?« fragte Wolodyjowski.

»Ja, und wir müssen über dieselben noch besonders sprechen. Das ist gewiß, daß man auch mit jenen Hauptleuten schnell ein Ende machen muß. Wann kommt Mellechowitsch zurück? – denn von ihm hängt viel ab.«

»Er soll nur den Rest der Horden niederhauen und dann die Leichen begraben. Er muß noch heute zurückkommen oder morgen früh. Ich habe ihm befohlen, nur die Unsrigen zu begraben: die Leute Asbas kann er allenfalls liegen lassen, denn der Winter steht bevor, und die Pest haben wir nicht zu fürchten. Übrigens werden die Wölfe sie fortschaffen.«

»Der Herr Hetman bittet«, sagte Bogusch, »dem Mellechowitsch hier in seiner Arbeit kein Hindernis zu bereiten. So oft er nach Raschkow reisen will, soll man ihn reisen lassen. Der Herr Hetman bittet auch, ihm in allem zu vertrauen, weil er seiner Liebe zu uns sicher ist. Er ist ein großer Krieger und kann viel Gutes wirken!«

»Mag er nach Raschkow reisen, und wohin er will«, antwortete der kleine Ritter. »Seit dem Augenblick, da wir Asba vernichtet haben, ist er mir gar nicht so sehr nötig. Größere Haufen werden sich jetzt nicht mehr blicken lassen, ehe das erste Gras wächst.«

»So ganz vernichtet ist Asba?« fragte Nowowiejski.

»So vernichtet, daß ich nicht weiß, ob fünfundzwanzig Mann davongekommen sind, und auch die werden wir einzeln einfangen, wenn sie Mellechowitsch nicht schon gefangen hat.«

»Ich freue mich ungeheuer darüber«, antwortete Herr Nowowiejski, »denn jetzt wird man gewiß ohne Gefahr nach Raschkow reisen können.«

Hier wandte er sich an Bärbchen:

»Wir können die Briefe an Herrn Ruschtschyz mitnehmen, von denen die gnädige Frau gesprochen hat.«

»Wir danken«, versetzte Bärbchen, »hier gibt es immer Gelegenheit, denn es werden Eilboten hingeschickt.«

»Alle Kommandos müssen beständig die Verbindung untereinander aufrecht erhalten«, fügte Herr Michael erklärend hinzu. »Sie reisen also, bitte, mit diesem schönen Fräulein nach Raschkow?«

»Sie ist ein gewöhnlicher Pudel, keine Schönheit, verehrter Herr«, antwortete Nowowiejski, »und nach Raschkow gehen wir, weil dort mein Tunichtgut von Sohn bei Herrn Ruschtschyz' Fahne dient. Zehn Jahre sind's beinahe, daß er von Hause entflohen, und nur mit Briefen meine väterliche Güte in Anspruch nahm.«

Wolodyjowski klatschte in die Hände.

»Ich habe es mir gleich gedacht, daß Ihr Nowowiejskis Vater seid, und ich hätte gefragt, wenn mich nicht die Trauer der Frauen abgelenkt hätte. Ich habe es gleich gedacht, denn auch Eure Züge ähneln sich. Ei, seht doch, so ist er Euer Sohn!«

»So versicherte mir seine Mutter selig, und da sie ein tugendhaftes Weib war, habe ich keine Veranlassung, daran zu zweifeln.«

»So freue ich mich doppelt über einen solchen Gast, bei Gott! Nur nennt mir Euren Sohn nicht einen Tunichtgut, denn er ist ein trefflicher Krieger und ein würdiger Ritter, der Euch alle Ehre macht, und nach Herrn Ruschtschyz der beste Streifzügler in der ganzen Fahne; oder solltet Ihr nicht wissen, daß er des Herrn Hetmans Augenstern ist? Ganze Kommandos hat man ihm schon anvertraut, und aus jeder Funktion ist er mit großem Ruhme hervorgegangen.«

Herr Nowowiejski errötete vor Freude.

»Mein Herr Hauptmann«, sagte er, »oft tadelt ein Vater sein Kind, nur damit ein anderer seinen Worten widerspreche, und ich meine, man kann das väterliche Herz nicht besser ergötzen, als wenn man dem Tadel widerspricht. Ich habe schon von den löblichen Taten Adams gehört, aber jetzt erst sind sie mir wahrhaft erfreulich, wo die Bestätigung seines Rufes aus so berühmtem Munde kommt. Man sagt, er soll nicht bloß ein tapferer Soldat sein, sondern auch ein ernster, was mich gar wunder nimmt, denn er war immer ein Sausewind. Lust zum Kriege hatte der Junge von Kindheit an; der beste Beweis ist, daß er als Knabe aus dem Hause entlief. Ich muß gestehen, wenn ich ihn damals gefaßt hätte, würde ich ihm ein schönes *pro memoria* gegeben haben. Aber das werde ich jetzt nicht dürfen, sonst geht er mir wieder auf zehn Jahre davon, und dem alten Vater würde bange sein.«

»Daß er aber so viele Jahre hindurch nicht einmal einen Blick in das Vaterhaus geworfen hat?«

»Ich hab's ihm verwehrt. Nun aber ist's genug, und ich gehe zuerst zu ihm, weil er im Dienste doch nicht abkommen kann. Ich wollte die verehrten Herrschaften, meine Gönner, um Gastfreundschaft für das Mädchen bitten und allein nach Raschkow gehen; da Ihr aber sagt, daß die Wege überall sicher sind, so nehme ich auch sie mit. Die Elster möchte gern die Welt sehen, – mag sie sich satt sehen.«

»Und die Menschen mögen sich an ihr satt sehen!« warf Sagloba ein.

»Das gäbe wenig zu sehen«, antwortete das Mädchen, dessen lebhafte schwarze Augen und wie zum Kuß gewölbte Lippen eine andere Sprache redeten.

»Ein gewöhnlicher Pudel, nichts anderes als ein Pudel«, sagte Nowowiejski; »wenn sie einen Offizier sieht, so ist sie vom Bändel. Darum wollte ich sie auch lieber mitnehmen, als zu Hause lassen, besonders da das Mädchen im Hause nicht sicher ist. Sollte ich aber ohne sie nach Raschkow reisen, so müssen die gnädige Frau sie an ein Schnürchen binden lassen, sonst rückt sie wohl gar aus.«

»Gab man ihr einen Spinnrocken zum Spinnen – sagte Sagloba – so tanzte sie mit ihm, wenn sie nichts Besseres hatte; aber Ihr seid ein lustiger Herr. Bärbchen, ich möchte mit Herrn Nowowiejski anstoßen, denn auch ich bin ein Freund von Kurzweil ...«

Noch ehe man das Abendbrot brachte, öffnete sich die Tür, und Mellechowitsch trat ein. Nowowiejski hatte ihn nicht sogleich bemerkt, denn er war mit Sagloba ins Gespräch gekommen; wohl aber war er Evchen ins Auge gefallen, und ihre Wangen überflog eine Flammenröte. Dann wurde sie plötzlich blaß.

»Herr Kommandant«, sagte Mellechowitsch zu Wolodyjowski, »zu Befehl, die Leute sind gefangen worden.«

»Gut, wo sind sie?«

»Ich habe sie hängen lassen, wie Ihr befohlen.«

»Gut. Und sind deine Leute zurückgekehrt?«

»Ein Teil ist dort geblieben, die Leichen einzuscharren, der Rest ist bei mir.«

In diesem Augenblick hob Nowowiejski den Kopf empor und ein ungewöhnliches Staunen malte sich in seinen Zügen.

»Bei Gott, was sehe ich!« sagte er.

Dann erhob er sich, trat direkt auf Mellechowitsch zu und schrie:
»Asya! Was machst du hier, Schurke!«

Und er erhob die Hand, um den Lipker im Nacken zu fassen. Dieser aber fuhr in demselben Augenblick zornig auf, wie wenn man eine Handvoll Pulver in eine Flamme wirft, wurde leichenblaß, ergriff mit eiserner Umklammerung Nowowiejskis Hand und sagte:

»Ich kenne Euch nicht, wer seid Ihr?«

Und er stieß ihn mit solcher Gewalt von sich, daß Nowowiejski mitten im Zimmer hinstürzte.

Eine Zeitlang konnte dieser vor Wut keinen Ton von sich geben; er rang nach Atem und schrie endlich:

»Herr Kommandant, das ist mein Leibeigener und ein Flüchtling – in meinem Hause von Kindheit an – Schurke! Er lügt, er ist mein eigen – Eva, wer ist das, sprich!«

»Asya«, sagte Eva, am ganzen Körper zitternd.

Mellechowitsch würdigte sie keines Blickes. Er heftete seine Augen auf Herrn Nowowiejski, blähte seine Nasenflügel zornig, sah den alten Edelmann mit unbeschreiblichem Hasse an und faßte mit der Hand nach dem Griff seines Dolchmessers.

Von der lebhaften Bewegung seiner Nasenflügel wurde auch sein Schnurrbart hin und her bewegt, und unter ihm traten die weißen Eckzähne hervor, ganz wie bei einem wütenden Eber.

Die Offiziere standen im Kreis umher, Bärbchen war zwischen Mellechowitsch und Nowowiejski gesprungen.

»Was bedeutet das?« fragte sie und runzelte die Brauen.

Ihr Anblick beruhigte die Gegner ein wenig.

»Herr Kommandant«, sagte Nowowiejski, »das heißt, daß dieser Mann, mit Namen Asya, mir gehört und ein Flüchtling ist. Da ich in jungen Jahren in der Ukraine diente, fand ich ihn halb tot in der Steppe und nahm ihn an mich. Er ist ein Tatar; zwanzig Jahre habe ich ihn in meinem Hause großgezogen, mit meinem Sohne habe ich ihn unterrichtet. Als mein Sohn entfloh, half er mir in der Wirtschaft, bis er mit Evchen Liebeleien begann. Als ich das merkte, ließ ich ihn peitschen; später lief er davon. Wie nennt er sich hier?«

»Mellechowitsch.«

»So hat er sich einen Namen angeeignet. Asya heißt er, nicht anders. Er sagt, er kenne mich nicht? Ich aber kenne ihn, und Eva kennt ihn auch.«

»Um des Himmels willen«, sagte Bärbchen. »Euer Sohn hat ihn doch so oft gesehen, wie kam's, daß er ihn nicht erkannte?«

»Als mein Sohn aus dem Hause entfloh, waren sie beide fünfzehn Jahre alt, und dieser hier hat noch sechs Jahre bei mir gesteckt. In dieser Zeit hat er sich sehr verändert, ist gewachsen und hat einen Bart bekommen. Aber Evchen hat ihn sofort erkannt. Ich bitt' Euch, werte Herren, so schenkt doch eher einem Landsmann Glauben, als diesem Abenteurer aus der Krim.«

»Herr Mellechowitsch ist des Hetmans Offizier«, sagte Bärbchen, »wir haben kein Anrecht an ihn.«

»Gestattet, daß ich ihn ausfrage, *audiatur et altera pars*«, bemerkte der kleine Ritter.

Herr Nowowiejski aber verfiel in rasende Wut.

»Herr Mellechowitsch! Ein schöner Herr – mein Knecht, der sich einen fremden Namen angemaßt hat! Morgen mache ich diesen »Herrn« zu meinem Hundejungen, übermorgen lasse ich diesem Herrn die Peitsche geben, und daran wird der Herr Hetman selber mich nicht hindern, denn ich bin ein Edelmann und kenne meine Rechte.«

Wolodyjowski verzog den Mund und sagte in strengem Tone:

»Und ich bin nicht nur ein Edelmann, sondern auch Kommandant, und auch ich kenne meine Rechte. Euren Leibeigenen könnt Ihr auf dem Wege des Rechts zurückfordern, und Ihr könnt auf die Entscheidung des Hetmans einwirken, – aber hier befehle ich und kein anderer.«

Nowowiejski mäßigte sich bald; er bedachte, daß er nicht nur zu dem Kommandanten, sondern auch zu dem Vorgesetzten seines eigenen Sohnes und zu dem berühmtesten Ritter der Republik sprach.

»Herr Kommandant«, sagte er in milderem Tone, »ich werde ihn gegen Euren Willen nicht nehmen; ich spreche nur mein Recht aus, und ich bitte, daß mir Glauben geschenkt werde.«

»Mellechowitsch, was hast du dazu zu sagen?« fragte Wolodyjowski.

Der Tatar schlug die Augen zu Boden und schwieg.

»Denn daß du Asya heißest, das wissen wir alle«, fügte Herr Michael hinzu.

»Wozu andere Beweise suchen?« sagte Nowowiejski; »wenn dies mein Knecht ist, so hat er Fische von blauer Farbe auf der Brust eingezeichnet!«

Als Nienaschyniez das hörte, riß er Mund und Nase auf, griff sich an den Kopf und rief:

»Asya, Tuhaj-Beys Sohn!«

Aller Augen richteten sich auf ihn; er zitterte am ganzen Leibe, als öffneten sich seine Wunden wieder, und er schrie noch einmal:

»Das ist mein Kriegsgefangener, das ist Tuhaj-Beys Sohn, bei Gott, er ist's!«

Und der junge Lipker warf stolz den Kopf zurück und ließ seinen Schlangenblick über die Versammlung schweifen; dann riß er plötzlich sein Wams auf der breiten Brust entzwei und sagte:

»Seht hier die Fische in blauer Farbe. – Ich bin der Sohn des Tuhaj-Bey!«

Im ganzen Kreise blieb es stumm, einen so mächtigen Eindruck hatte der Name des furchtbaren Kriegers gemacht. War er es doch, der in Gemeinschaft mit dem fürchterlichen Chmielnizki die ganze Republik aufgerüttelt hatte, er, der ein Meer polnischen Blutes vergossen, der die Ukraine, Wolhynien, Podolien und die galizischen Lande mit den Hufen seiner Pferde zertreten, Schlösser und Burgen vernichtet, Dörfer in Brand gesteckt und Myriaden von Menschen in die Gefangenschaft fortgeschleppt hatte. Und der Sohn dieses Mannes stand hier vor der Versammlung in der Chreptiowschen Grenzwarte und sagte den Männern ins Gesicht: ich trage die blauen Fische auf meiner Brust, ich bin Asya, Fleisch vom Fleische Tuhaj-Beys! Aber so groß war bei den Leuten jener Zeit die Achtung vor ausgezeichneter Abstammung, daß trotz der Scheu, welche der Name des berühmten Murza in der Seele eines jeden Kriegers hervorrufen mußte, Mellechowitsch in ihren Augen wuchs, als sei er mit der ganzen Größe seines Vaters angetan.

Sie blickten ihn mit Erstaunen an, besonders die Frauen, für die alles Geheimnisvolle den größten Reiz besitzt. Jener aber stand, als sei er auch in seinen eigenen Augen durch das Bekenntnis gewachsen, stolz da, er senkte den Kopf nicht und sagte endlich:

»Der Edelmann dort – er zeigte mit dem Finger auf Nowowiejski – sagt, ich sei sein eigen, und ich erwidere ihm: mein Vater stieg zu Roß mit Hilfe der Rücken Besserer, als er … Nun denn, er spricht die Wahrheit, wenn er sagt, daß ich bei ihm war, denn ich war bei ihm, und unter seiner Knute floß mir das Blut den Rücken herab, was ich ihm nicht vergessen will, so wahr ich lebe! Mellechowitsch habe ich mich genannt, um seiner Verfolgung zu entgehen, aber obgleich ich nach der Krim entfliehen konnte, diene ich jetzt diesem Vaterland mit meinem Blut und meinem Leben, und ich bin keines Herrn Diener als des Hetmans. Mein Vater war mit Khanen Bruder und Vetter, und in der Krim harrten meiner Reichtümer und Überfluß. Ich aber blieb hier in der Niedrigkeit, denn ich liebe dieses Vaterland, und ich liebe den Hetman, und ich liebe all die, die mir nicht Verachtung gezeigt haben.«

Bei diesen Worten verneigte er sich vor Wolodyjowski – vor Bärbchen so tief, daß er mit seinem Kopfe beinahe ihre Kniee berührte; sonst blickte er niemand an, nahm seinen Degen unter den Arm und ging hinaus.

Noch eine Weile dauerte das Schweigen; Sagloba ergriff zuerst das Wort:

»Ha, wo ist Herr Snitko? Habe ich nicht gesagt, daß dieser Asya wie ein Wolf dreinschaut, und daß er ein Wolfssohn ist?«

»Ein Löwensohn«, antwortete Wolodyjowski, »und wer weiß, ob er nicht dem Vater nachgeartet ist!«

»Bei Gott, habt Ihr nicht bemerkt, wie ihm die Zähne leuchteten, ganz wie dem alten Tuhaj, wenn er im Zorne war«, sagte Herr Muschalski, »daran allein hätte ich ihn erkannt, denn ich habe auch den alten Tuhaj oft gesehen.«

»Nicht so oft wie ich«, antwortete Sagloba.

»Jetzt begreife ich«, warf Bogusch ein, »warum er unter den Lipkern und Tscheremissen solche Achtung genießt. Verehren sie doch Tuhajs Namen wie den eines Heiligen. Beim lebendigen Gott, wenn dieser Mensch wollte, er könnte sie alle bis auf den letzten Mann in den Dienst des Sultans hinüberführen und uns furchtbare Niederlagen bereiten.«

»Das tut er nimmer«, versetzte Michael, »denn was er gesagt hat, daß er dieses Vaterland und den Hetman liebe, ist Wahrheit, sonst würde er nicht unter uns dienen, während ihm freisteht, nach der Krim zu gehen und dort im Überfluß zu leben. Überfluß hat er wahrlich bei uns nicht gehabt.«

»Das tut er nimmer!« wiederholte Bogusch, »denn wollte er es, so hätte er's längst getan. Nichts hätte ihn hindern können.«

»Im Gegenteil«, fügte Nienaschyniez hinzu, »jetzt glaube ich, daß er der Republik jene verräterischen Hauptleute wieder zurückgewinnt.«

»Herr Nowowiejski«, sagte plötzlich Sagloba, »wenn Ihr nur gewußt hättet, daß er Tuhaj-Beys Sohn ist – Ihr hättet vielleicht … hättet vielleicht sein … was?«

»Ich hätte ihm statt dreihundert dreizehnhundert Knutenhiebe geben lassen. Ein Donnerschlag treffe mich, wenn ich anders gehandelt hätte! Meine Herren, es ist mir verwunderlich, daß er, Tuhaj-Beys Junge, nicht in die Krim entlaufen ist. Ich meine, er hat das erst vor kurzem erfahren, denn bei mir hat er nichts davon gewußt. Es ist mir verwunderlich, sage ich; aber beim Himmel, traut ihm nicht, kenne ich ihn doch länger als Ihr, und ich sage nur so viel: Der Teufel ist nicht so ränkevoll, ein toller Hund ist nicht so wütig, der Wolf nicht so bissig und grausam wie dieser Mensch. Er wird noch allen hier furchtbar mitspielen.«

»Was sprecht Ihr«, sagte Muschalski; »wir haben ihn in der Schlacht bei Kalnik, bei Human, bei Brazlaw und in hundert anderen Gefechten erprobt.«

»Er wird nichts schuldig bleiben, er wird sich rächen.«

»Und wie hat er heut' Asbas Horden im Nacken gesessen – was sprecht Ihr!« –

Bärbchen glühte vor Erregung, so hatte sie der ganze Auftritt mit Asya beschäftigt. Aber sie wollte, daß auch das Ende des Anfangs würdig sei, sie schüttelte Eva und flüsterte ihr ins Ohr:

»Evchen, du hast ihn geliebt, gesteh' mir's, leugne nicht, du hast ihn geliebt? He, liebst ihn noch, wie? Ich bin dessen gewiß, sei aufrichtig gegen mich; wem wolltest du dich anvertrauen, wenn nicht mir, der Frau? Fast königliches Blut rollt in seinen Adern, der Herr Hetman wird ihm zehn Bürgerrechte für eins auswirken; Herr Nowowiejski wird nicht widersprechen. Unzweifelhaft liebt auch Asya dich noch; ich weiß schon, ich weiß, fürchte dich nicht, er hat Vertrauen zu mir, ich will ihn sofort ins Gebet nehmen; er sagte mir ohne Drängen, du habest ihn sehr geliebt, – liebst du ihn noch?«

Evchen war wie betäubt. Als Asya ihr zum ersten Male seine Neigung gestanden hatte, war sie fast noch ein Kind gewesen; dann hatte sie ihn viele Jahre nicht gesehen und nicht mehr an ihn gedacht, es war ihr nur die Erinnerung an einen heißblütigen Knaben geblieben, der halb ein Spielgenosse ihres Bruders, halb ein Diener gewesen war. Jetzt aber, da sie ihn wiederfand, stand ein Heldenjüngling vor ihr, ein schöner, kühner Offizier, ein berühmter Streifzügler und zudem der Sohn eines fremden, aber doch fürstlichen Geschlechts. So hatte auch in ihrer Erinnerung der junge Asya ganz anders gelebt, und sein Anblick hatte sie betäubt, zugleich aber bezaubert und berauscht. Die

Erinnerungen erwachten aus ihrem Schlummer; ihr Herz vermochte den Heldenjüngling nicht in einem Augenblick zu lieben, aber sie fühlte in einem Augenblick die süße Fähigkeit, zu lieben.

Da Bärbchen keine Antwort von ihr bekommen konnte, nahm sie Eva samt Sophiechen in den Alkoven und begann von neuem in sie zu dringen:

»Evchen, sprich schnell, furchtbar schnell, liebst du ihn?«

Eva schlug Flammenröte ins Gesicht. Das Mädchen mit dem schwarzen Haar und den schwarzen Augen hatte heißes Blut, und bei jeder Erwähnung der Liebe schlugen seine Wellen in ihre Wangen.

»Evchen«, wiederholte Bärbchen zum zehntenmal, »liebst du ihn?«

»Ich weiß nicht«, antwortete Evchen nach einem Augenblick des Zögerns.

»Aber du sagst nicht nein, oho, so weiß ich's schon! Nun, sträube dich nicht, ich habe Michael zuerst gesagt, daß ich ihn liebe – und 's tat mir gar nichts, es war gut! Ihr habt euch auch wohl früher sehr geliebt? Ha, jetzt begreife ich, so ist er aus Sehnsucht nach dir immer so düster wie ein Wolf, er ist ja beinahe eingegangen. Was war's zwischen euch? Erzähle!«

»In der Laube hat er gesagt, daß er mich liebe«, flüsterte Eva.

»In der Laube! Ei, und dann?«

»Dann umfaßte er mich und küßte mich!« fuhr das Mädchen leiser fort.

»O dieser Mellechowitsch! Und du?«

»Ich fürchtete mich zu schreien.«

»Fürchtetest dich zu schreien! Sophiechen, hörst du? Wann ist denn eure Liebe an den Tag gekommen?«

»Der Vater kam und versetzte ihm einen Schlag mit dem Beil; dann schlug er mich, und ihn ließ er peitschen, daß er zwei Wochen krank lag.«

Hier brach Evchen in Tränen aus, zum Teil aus Schmerz, zum Teil aus Verlegenheit. Bei ihrem Anblick feuchteten sich auch bald die Augen der gefühlvollen Sophie; Bärbchen aber tröstete Eva.

»Alles wird gut enden, laß' mich nur machen! Michael muß ans Werk, und Herrn Sagloba will ich schon zureden. Fürchte dich nicht, vor Herrn Saglobas Witz hält nichts stand, du kennst ihn noch nicht. Weine nicht, Evchen, es ist Zeit zum Nachtmahl.«

Mellechowitsch war zum Nachtmahl nicht erschienen; er saß in seinem Zimmer und wärmte sich am Feuer bei Branntwein mit Met, den er dann in einen kleineren Blechbecher goß und zu dem er Zwieback aß. Herr Bogusch kam zu ihm noch in später Nacht, um mit ihm über Neuigkeiten zu plaudern.

Der Tatar wies ihm sogleich einen Platz auf der schaffellbeschlagenen Bank an, setzte ihm einen vollen Becher heißen Getränkes vor und fragte:

»Will Herr Nowowiejski noch immer mich zu seinem Knechte machen?«

»Davon ist gar nicht mehr die Rede«, versetzte der Truchseß von Nowogrod; »eher noch hätte Nienaschyniez ein Anrecht an dich, aber auch er denkt nicht daran, denn seine Schwester ist wohl schon längst gestorben oder wünscht gar keine Veränderung ihres Schicksals. Herr Nowowiejski wußte nicht, wer du warst, als er dich für die Vertraulichkeiten mit seiner Tochter strafte, und geht jetzt wie betäubt umher, denn wenn auch dein Vater unserem Lande viel Böses getan hat, so war er doch ein berühmter Kriegsmann, und Geburt ist Geburt. Bei Gott, niemand wird dir ein Haar krümmen, solange du diesem Vaterlande treu dienst, um so mehr, als du überall Freunde hast.«

»Warum sollte ich ihm nicht treu dienen?« versetzte Asya, »mein Vater war euer Feind, er war ein Heide – ich aber bekenne Christum.«

»Das eben ist's, das ist's. Du kannst nicht mehr nach der Krim zurück, du müßtest denn deinen Glauben aufgeben; da du damit auch dein Seelenheil aufgäbest, so könnte dich kein irdisches Glück, keine Würde dafür entschädigen. Eigentlich bist du sowohl Herrn Nienaschyniez wie Herrn Nowowiejski Dankbarkeit schuldig, denn der eine hat dich unter den Heiden aufgelesen, und der andere hat dich im wahren Glauben erzogen.«

Darauf versetzte Asya: »Ich weiß, daß ich ihnen Dankbarkeit schulde, und ich will mich bemühen, ihnen zu vergelten. Ihr habt recht, wenn Ihr sagt, daß ich viele Wohltäter hier gefunden habe.«

»Du sprichst das so, als ob du es bitterböse meintest, zähle doch selbst einmal diejenigen, die dir geneigt sind.«

»Der Hetman und Ihr in erster Reihe, das werde ich bis in den Tod wiederholen; wer sonst noch, das weiß ich nicht ...«

»Der hiesige Kommandant! Glaubst du, er würde dich in irgend jemands Hände ausliefern, auch wenn du nicht Tuhaj-Beys Sohn wärest? Und sie, die Herrin! Ich habe doch gehört, was sie beim Nachtmahl von dir sagte ... bah, und noch vorher, als Nowowiejski dich erkannte, trat sie alsbald für dich ein. Für sie tut Michael alles, und eine Schwester kann ihren Bruder nicht mehr lieben als sie dich. Während der ganzen Abendmahlzeit war dein Name beständig in ihrem Munde.«

Der junge Tatar senkte plötzlich den Kopf und blies in den Becher seines heißen Getränks. Dabei nahm sein Gesicht, da er die bläulichen Lippen aufblies, einen so tatarischen Ausdruck an, daß selbst Bogusch sagte:

»Bei Gott, wie bist du doch in diesem Augenblick dem alten Tuhaj-Bey ähnlich, das übersteigt alle Vorstellungen! Ich habe ihn doch sehr gut gekannt, ich habe ihn oft gesehen am Hofe des Khans und im Felde, an die zwanzigmal wohl war ich in seiner Residenz.«

»Segne Gott die Gerechten, und treffe die Pest die Verräter!« antwortete Asya, »es lebe der Hetman!«

Bogusch stürzte seinen Becher hinunter und sagte:

»Er lebe! Wir sind zwar nur ein kleines Häuflein, die wir auf seiner Seite stehen, aber echte Krieger. Mit Gottes Hilfe werden wir es mit den Tagedieben, die nur raten und schwatzen können und den Hetman des Verrats gegen den König beschuldigen, noch aufnehmen. Die Schurken! Tag und Nacht bieten wir dem Feinde die Stirn, und sie sitzen an den vollen Fleischtöpfen und machen mit ihren Löffeln Musik. Ja, das ist ihre ganze Arbeit. Der Hetman schickt Boten über Boten aus, bittet um Hilfe für Kamieniez, sagt wie Kassandra den Fall von Ilium und Priamos Stamme voraus, und jene kümmern sich nicht darum und suchen und forschen, wer irgend was gegen den König getan hat.«

»Wovon sprecht Ihr?«

»O, nichts, ich habe nur einen Vergleich unseres Kamieniez mit Troja gemacht; aber du hast gewiß nie von Troja gehört. Wenn es nur erst ruhiger wird, so wird der Herr Hetman dir das Bürgerrecht auswirken. Mein Leben dafür! Es kommen Zeiten, in denen es an Gelegenheit nicht fehlen wird. Wenn du nur willst, kannst du dich mit Ruhm bedecken.«

»Entweder bedecke ich mich mit Ruhm, oder die Erde bedeckt mich. Ihr sollt von mir hören, so wahr ein Gott im Himmel ist!«

»Und jene dort? Was tut Krytschynski – kehrt er zurück, kehrt er nicht zurück? Was machen sie jetzt?«

»Sie stehen in den Lagern, die einen hier, die anderen dort; sie können sich schwer miteinander verständigen, denn die Entfernungen zwischen ihnen sind zu groß. Sie haben den Befehl, zum Frühling alle nach Adrianopel aufzubrechen und soviel Lebensmittel als möglich mitzunehmen.«

»Beim Himmel, das ist wichtig! Wenn in Adrianopel eine große Heeresversammlung stattfindet, so ist der Krieg mit uns gewiß. Man muß sogleich den Herrn Hetman davon benachrichtigen; auch er glaubt, daß der Krieg bevorsteht, – aber das wäre ein unfehlbares Anzeichen.«

»Halim hat mir gesagt, es heiße dort, der Sultan selbst wolle nach Adrianopel kommen.«

»Nun Gott sei Dank, und hier bei uns ist kaum ein kleines Häuflein. Unsere ganze Hoffnung ruht in dem Felsen von Kamieniez. Stellt Krytschynski etwa neue Bedingungen?«

»Sie schreiben mehr Klagen aus, als sie Bedingungen stellen: allgemeine Amnestie, Gewährung der Rechte und Privilegien des Adels, wie sie sie in alten Zeiten hatten, Beibehaltung des Ranges für die Hauptleute – das ist's, was sie wollen. Da ihnen der Sultan aber schon mehr zuerkannt hat, zögern sie.«

»Was sagst du, wie kann der Sultan ihnen mehr zuerkennen, als die Republik! In der Türkei ist *absolutum dominium*, und alle Rechte hängen einzig und allein von der Laune des Sultans ab. Hält auch der, der jetzt lebt und regiert, alle Versprechungen, so bricht sie sein Nachfolger, tritt sie mit Füßen, wenn er will. Bei uns aber ist ein Privileg geheiligt, und wer dem Adel angehört, dem kann der König selbst nichts nehmen.«

»Sie aber sagen, sie seien adlig gewesen, und doch habe man sie wie die Dragoner behandelt. Und die Starosten haben ihnen oft genug Dienstpflichten auferlegt, von denen nicht nur der Adel frei ist, sondern sogar die Freisassen.

Wenn ihnen der Hetman verspricht ... Keiner von ihnen zweifelt an der Großmut des Hetmans, und alle lieben ihn heimlich in ihrem Herzen; aber sie denken so: den Hetman selber hat der Adel zum Verräter gemacht; am königlichen Hofe haßt man ihn, die Konföderation droht ihm mit dem Gericht, wie sollte er etwas erwirken können?«

Bogusch rieb sich den Kopf.

»Was also wird geschehen?«

»Sie wissen selbst nicht, was sie tun sollen ...«

»... Und bleiben beim Sultan.«

»Nein.«

»Hm, wer wird ihnen befehlen, zur Republik zurückzukehren?«

»Ich.«

»– Wie?«

»Ich bin der Sohn des Tuhaj-Bey.«

»Lieber Asya«, sagte Bogusch nach einer Weile, »ich will nicht leugnen, daß sie deine Herkunft und deinen Ruhm achten können, obwohl es unsere Tataren sind, und Tuhaj-Bey unser Feind war; solche Dinge begreife ich, denn auch unter uns gibt es Edelleute, die mit einem gewissen Stolze erzählen, daß Chmiel von Adel war, und nicht von den Kosaken, sondern von unserem Volk abstammte, von den Masuren ... Nun, er war doch gewiß ein Schurke, wie es in der Hölle keinen größeren gibt, aber da er ein berühmter Krieger war, so erkennen sie ihn gern an. So ist die menschliche Natur. Daß aber deine Herkunft von Tuhaj-Bey dir ein Recht geben sollte, allen Tataren zu befehlen, dafür sehe ich keinen vernünftigen Grund.«

Asya schwieg eine Weile, dann stemmte er die Ellbogen gegen die Schenkel und sagte:

»So will ich Euch sagen, Herr Truchseß, warum Krytschynski mir gehorcht, und warum die anderen mir gehorchen. Nicht allein, daß sie einfache, glückliche Tataren sind, und ich ein Fürst, es ist noch anders: in mir wohnt Klugheit und Macht ... das wißt Ihr nicht, das weiß auch der Herr Hetman nicht.«

»Welche Klugheit, welche Macht?«

»Das kann ich nicht sagen«, antwortete Asya in ruthenischer Mundart. »Warum bin ich zu Dingen bereit, zu welchen kein anderer sich erkühnen würde? Warum habe ich Pläne gefaßt, die kein anderer fassen würde?«

»Was sagst du, was für Pläne?«

»Wenn mir der Hetman den Willen ließe und das Recht dazu gäbe, ich würde nicht nur die Hauptleute zurückführen, ich würde die Hälfte der Horde in den Dienst des Hetmans stellen. Gibt es wenig wüsten Boden in der Ukraine und in den wilden Feldern? Mag der Hetman nur verkünden, daß jeder Tatar, der in die Republik kommt, ein Edelmann wird, und daß er in seinem Glauben nicht bedrückt werden, daß er unter seiner eigenen Fahne dienen solle, daß sie alle ihren eigenen Hetman haben sollen, wie ihn die Kosaken haben – meinen Kopf gäbe ich dafür, daß in kürzester Frist die ganze Ukraine von ihnen wimmeln wird. Die Lipker werden kommen und die Tscheremissen, aus der Dobrudscha, aus Bialogrod, ebenso aus der Krim werden sie kommen, ihre Herden werden sie hertreiben, ihre Frauen und Kinder werden sie herfahren. Schüttelt nicht mit dem Kopfe, sie werden kommen, wie sie in früheren Zeiten gekommen sind, und der Republik jahrhundertelang treu gedient haben. In der Krim und überall bedrücken sie der Khan und die Mirzen, und hier sollen sie Edelleute werden und Schwerter tragen und unter ihrem eigenen Hetman ins Feld rücken. Ich schwöre es Euch, daß sie kommen, denn dort sterben sie Hungers. Und wenn es unter den Stämmen bekannt wird, daß ich im Namen des Hetmans rufe, daß Tuhaj-Beys Sohn ruft, so werden Tausende hierherkommen.«

Bogusch griff sich mit der Hand nach dem Kopfe.

»Bei den Wundern Gottes, Asya, wie kommen dir solche Gedanken? Was würde das geben!«

»Es gäbe in der Ukraine ein Volk der Tataren, wie es ein Volk der Kosaken gibt. Den Kosaken habt ihr Privilegien und einen Hetman zugestanden, warum solltet ihr das für uns nicht zugestehen? Ihr sagt, was das geben würde? Einen zweiten Chmielnizki würde es nicht geben, denn wir würden den Kosaken den Fuß auf den Nacken setzen; Bauernaufstände würde es nicht geben, Gemetzel und Verwüstungen auch nicht – Doroschenko würde nicht hier sein, denn wenn er es wagte, sich zu erheben, wäre ich der erste, der ihn zu den Füßen des Hetmans hinführt, damit er ihn peitsche. Und wollte die ganze Macht der Türken gegen euch ziehen, wir würden den Sultan bekriegen, wollte der Khan seine Scharen gegen euch loslassen, wir schlügen den Khan. Haben die Lipker und Tscheremissen nicht in früheren Zeiten so getan, obwohl sie den Glauben Mohammeds bekannten? Warum sollten wir anders handeln, wir, die Tataren der Republik, wir Edelleute ... Und nun erwägt: Die Ukraine wird Frieden haben, die Kosaken werden niedergehalten, gegen die Türken habt ihr einen Schutz und etliche zehntausend Mann mehr – das ist mein Plan, das ist's, worüber ich brüte, das ist's, weshalb Krytschynski, Adurowitsch, Morawski, Tworkowski mir folgen, das ist's, weshalb die halbe Krim auf meinen Ruf diese Steppen überfluten wird.«

Bogusch war so erstaunt und so überwältigt von Asyas Worten, daß es ihm war, als seien die Wände des Zimmers plötzlich auseinander gerückt, und als hätten sich seinen Augen plötzlich neue Länder gezeigt. Lange Zeit konnte er kein Wort sprechen; er starrte nur den jungen Tataren an, der mit großen Schritten im Zimmer auf und nieder ging. Endlich sagte dieser:

»Ohne mich könnte sich das nicht vollziehen, denn ich bin der Sohn des Tuhaj-Bey. Vom Dniepr bis zur Donau gibt es keinen ruhmreicheren Namen unter den Tataren.«

Dann fügte er nach einer Weile hinzu:

»Was gilt mir Krytschynski, Tworkowski und die anderen! Nicht um jene ist es mir zu tun, nicht um einige tausend Lipker und Tscheremissen, sondern um die ganze Republik. Es heißt, wenn der Frühling kommt, steht ein großer Krieg mit der ganzen Macht des Sultans bevor; aber lasset mich nahen, und ich will unter den Tataren ein Feuer entzünden, daß der Sultan selbst sich die Hände verbrennen soll.«

»Bei Gott, wer bist du, Asya!« rief Bogusch aus.

Und er warf den Kopf zurück und sprach:

»Der zukünftige Hetman der Tataren.«

Der Glanz des Feuerscheins fiel in diesem Augenblick auf Asya und beleuchtete sein furchtbares und zugleich schönes Gesicht. Und Bogusch war's, als stände ein anderer Mensch vor ihm, eine solche Größe, ein solcher Stolz umgab die Gestalt des jungen Tataren. Und Bogusch empfand auch, daß Asya die Wahrheit spreche. Wenn der Hetman einen solchen Aufruf erließ, unzweifelhaft würden alle Lipker und Tscheremissen zurückkehren, und viele der wilden Tataren würden sie mit sich ziehen. Der alte Edelmann kannte die Krim sehr gut, in der er zweimal als Sklave und dann, vom Hetman ausgelöst, als Gesandter gewesen war; er kannte den Hof von Baktschissaraj, er kannte die Horden, die vom Don bis zur Dobrudscha saßen, er wußte, daß im Winter zahlreiche Stämme Hungers starben, er wußte, daß den Mirzen der Despotismus und die Habgier der Basken unerträglich geworden, daß es in der Krim selber häufig zu Empörungen komme; darum begriff er sofort, daß der fruchtreiche Boden und die Privilegien unzweifelhaft alle diejenigen anziehen würden, welchen es in den alten

Wohnsitzen schlecht erging, welchen sie zu eng oder unsicher geworden waren.

Er begriff auch, daß sie um so schneller dem Rufe folgen würden,
wenn es Tuhaj-Beys Sohn war, der sie rief. Er allein konnte es vollbringen, kein anderer; er konnte mit dem Ruhme seines Vaters die Stämme
zur Empörung bringen, die eine Hälfte der Krim gegen die andere
unter die Waffen rufen, die wilden Horden von Bialogrod aufrütteln
und die ganze Macht des Khans, ja selbst die des Sultans erschüttern.

Wenn der Hetman die Gelegenheit wahrnehmen wollte, so konnte
er den Sohn des Tuhaj-Bey als einen Mann betrachten, den ihm die
Vorsehung gesandt hatte.

Bogusch begann also Asya mit anderen Augen zu betrachten, und
erstaunte immer mehr, wie solche Gedanken in seinem Kopfe entstehen
mochten. Der Schweiß lief dem Ritter in Perlen über die Stirn, so
ungeheuer erschienen ihm Asyas Pläne. Und doch blieben ihm immer
noch Zweifel in der Seele. Darum sagte er nach einer Weile:

»Und weißt du auch, daß um solcher Dinge willen Krieg mit der
Türkei kommen müßte?«

»Der Krieg kommt auch so; warum ist den Horden befohlen, nach
Adrianopel zu ziehen? Nur dann gibt es keinen Krieg, wenn im Reiche
des Sultans selber Zwistigkeiten entstehen. Wenn es aber dazu kommt,
ins Feld zu rücken, so wird die Hälfte der Horde auf unserer Seite
sein.«

Für alles hat der Schlaukopf ein Argument – dachte Bogusch.

»Es wirbelt mir im Kopfe«, sagte er nach einer Weile; »siehst du,
Asya, in jedem Falle ist das kein leichtes Ding. Was würde der König
sagen, der Kanzler, die Stände, der ganze Adel, der zum größten Teil
dem Hetman unfreundlich gesinnt ist?«

»Ich brauche nur die Erlaubnis des Hetmans schriftlich, und wenn
wir erst hier sitzen, mögen sie uns dann herausdrängen, – wer wird
uns herausdrängen, und auf welche Weise? Gern möchtet ihr die Sa-
poroger aus der Sitsch verjagen, aber ihr könnt es nicht.«

»Der Hetman wird die Verantwortlichkeit fürchten.«

»Hinter dem Hetman werden zehntausend tatarische Schwerter
stehen, außer dem Heere, das er jetzt befehligt.«

»Und die Kosaken? Die Kosaken vergißt du, diese werden sofort
Widerspruch erheben.«

»Dazu eben sind wir hier nötig, damit das Schwert über dem Haupte der Kosaken hänge. Was gibt Dorosch die Kraft? Die Tataren. Die Tataren in meiner Hand, und Dorosch muß vor dem Hetman die Kniee beugen.«

Bei diesen Worten streckte Asya die Hände von sich und breitete die Finger wie Adlerkrallen aus; dann erfaßte er den Griff seines Schwertes.

»So werden wir den Kosaken ihre Rechte anweisen; zu Bauern sollen sie werden, und wir werden die Ukraine beherrschen. Hört, Bogusch, Ihr glaubt, ich sei ein kleiner Mensch, und ich sage Euch, ich bin nicht so klein, wie Herr Nowowiejski, der hiesige Kommandant, die Offiziere und Ihr, Herr Bogusch, glaubt. Seht, ich habe Tag und Nacht darüber nachgedacht, daß ich hager wurde, daß mir die Wangen einfielen, daß sie sich dunkler färbten; aber was ich ersonnen habe, habe ich klug ersonnen, und darum habe ich Euch gesagt, daß Klugheit und Macht in mir wohnen. Ihr seht selbst, daß es sich um große Dinge handelt; fahrt zum Hetman, hurtig, stellt ihm vor, er soll es mir schriftlich geben, und ich will mich um die Stände nicht kümmern. Der Hetman hat eine große Seele, der Hetman wird wissen, daß dies Macht und Klugheit ist. Sagt dem Hetman, daß ich Tuhaj-Beys Sohn bin, daß ich allein es machen kann; stellt es ihm vor, fordert seine Zustimmung, aber um Gottes willen, solange es Zeit ist, solange der Schnee in der Steppe liegt, ehe der Frühling kommt, denn mit dem Frühling kommt der Krieg. Eilt sofort hin und kehrt sofort zurück, damit ich bald wisse, was mir zu tun bleibt.«

Bogusch bemerkte kaum, daß Asya in befehlendem Tone sprach, als sei er schon Hetman, und als gebe er seinem Offizier Weisungen.

»Morgen will ich ruhen«, sagte er, »und übermorgen gehe ich fort. Gebe Gott, daß ich den Hetman in Jaworowo finde. Er ist schnell im Entschluß, und du sollst bald Antwort haben.«

»Glaubt Ihr, daß der Hetman zustimmen wird?«

»Vielleicht befiehlt er dir, zu ihm zu kommen; verlasse deshalb Raschkow nicht, von hier kommst du schneller nach Jaworowo. Ob er zustimmt? Ich weiß es nicht, aber er wird die Sache reiflich erwägen, denn du führst gewichtige Gründe an. Bei dem lebendigen Gott, das hätte ich nicht von dir erwartet; aber jetzt sehe ich, daß du kein gewöhnlicher Mensch bist, und daß dich Gott zu großen Dingen bestimmt hat. Nun, nun – Asya, Asya, Statthalter in der Lipkischen

Fahne, nicht mehr, und solche Dinge im Kopfe, daß man hier erschrecken muß! Jetzt würde ich mich nicht mehr wundern, wenn ich die Reiherfeder auf deinem Kalpak und den Roßschweif über dir sehen würde; auch das glaube ich, was du sagst, daß dir diese Gedanken deine Nachtruhe aufgezehrt ... Gleich übermorgen gehe ich fort, ich will nur ein wenig ruhen, und jetzt will ich gehen, denn es ist spät und es geht mir wie ein Mühlrad im Kopfe herum. – Lebe wohl, Asya ... In den Schläfen pocht's mir, als wäre ich berauscht ... Behüte dich Gott, Asya, Sohn des Tuhaj-Bey!«

Hier drückte Bogusch die hagere Hand des Tataren und wandte sich zur Tür. Aber noch an der Schwelle blieb er stehen und sagte:

»Wie war's ... neue Heere für die Republik ... ein Schwert über dem Haupte der Kosaken ... Dorosch gedemütigt ... Zwist in der Krim ... die Macht der Türken geschwächt ... keine Überflutung der reußischen Lande mehr ---- bei Gott!«

Mit diesen Worten ging er hinaus, Asya blickte ihm noch eine Weile nach, dann sprach er leise:

»Und für mich der Roßschweif, das Szepter und ... willig oder mit Gewalt – sie! – -- sonst wehe euch!«

Dann trank er den Rest seines Branntweins und warf sich auf die mit Fellen bedeckte Pritsche, die im Winkel des Zimmers stand. Das Feuer im Kamin war erloschen, aber durch die Fenster fielen die hellen Strahlen des Mondes, der hoch am klaren Winterhimmel stand. Asya lag eine Zeitlang ruhig, aber er konnte nicht einschlafen. Endlich erhob er sich, trat ans Fenster und betrachtete den Mond, der wie ein einsamer Nachen durch die unermeßliche Einsamkeit des Himmels dahinglitt.

Der junge Tatar blickte lange hinaus; endlich drückte er die Fäuste über seine Brust zusammen, hob beide Daumen in die Höhe, und aus seinem Munde, der vor kaum einer Stunde sich zu Christo bekannt hatte, kam halb singend, halb sprechend ein melancholischer Ton: Allah il Allah, Allah il Allah – Mohammed Rossulah! ...

13. Kapitel

Bärbchen hielt am folgenden Morgen mit ihrem Gatten und Herrn Sagloba Rat, wie man die beiden Herzen, die sich liebten und litten, vereinigen könnte. Beide lachten über ihren Eifer und hörten nicht auf, sie zu necken. Endlich aber gaben sie ihr, wie sie gewohnt waren, wie einem verhätschelten Kinde nach, und versprachen ihr beizustehen.

»Das beste ist«, sagte Sagloba, »wir überreden Nowowiejski, das Mädchen nicht nach Raschkow mitzunehmen, weil die Kälte herankommt, und die Wege nicht ganz sicher sind; dann werden sich die jungen Leute hier sehen und sich vollends ineinander verlieben.«

»Das ist ein vortrefflicher Gedanke!« rief Bärbchen.

»Vortrefflich oder nicht«, versetzte Sagloba, »gelt, laß' sie dann nicht aus den Augen! Du bist ein Weib, und so denke ich, du wirst sie am Ende doch zusammenkoppeln, denn die Weiber setzen alles durch. Gib nur acht, daß der Teufel dabei nicht sein Spiel habe. Du würdest dich schämen, daß du ihm nachgeholfen hast.«

Bärbchen fauchte Herrn Sagloba an wie ein Kätzchen, dann sagte sie:

»Ihr rühmt Euch, daß Ihr in Euren Jugendjahren ein Türke waret und glaubt, ein jeder müsse so sein. Asya ist nicht so wie Ihr!«

»Nein, er ist kein Türke, er ist ein Tatar. Schönes Püppchen, sie will für tatarische Gefühle bürgen!«

»Ans Weinen denken sie beide in ihrem furchtbaren Schmerz … und Evchen ist das bravste Mädchen.«

»Aber sie hat ein Gesicht, als stünde ihr auf der Stirn geschrieben: Gib's Mäulchen! Hu, das ist eine Dohle! Gestern hab' ich's wohl beobachtet: wenn sie bei Tische einem hübschen Burschen gegenübersitzt, dann überkommt sie's schwül, daß sie den Teller bald fort- und bald heranrückt. Eine Dohle, sag' ich dir!«

»Wollt Ihr, daß ich gehen soll?«

»Du wirst nicht gehen, wenn es sich ums Verheiraten handelt; wir kennen dich, du gehst nicht fort. Oder ist es dir noch zu früh, die Leute zu verheiraten, weil es das Handwerk würdiger Matronen ist? Frau Boska sagte mir gestern, als sie dich in den Höschen sah, wie du aus der Schlacht zurückkamst, sie habe geglaubt, ein Söhnchen der Frau Kommandantin zu sehen, wie er am Zaune Krieg spielt. Du liebst die Würde nicht, aber die Würde liebt auch dich nicht, und das sieht man bald aus deiner zierlichen Figur. Bei Gott, der reine Schulbube! Wie sich die Weiber heute verändert haben! In meiner Zeit, wenn so ein Weibsbild sich auf eine Bank setzte, dann quietschte die Bank, als wenn jemand einem Hunde auf den Schwanz getreten habe. Und du könntest auf einer Katze reiten, ohne daß es der Bestie Beschwerde machte … Es heißt auch, daß Frauen, die anfangen, andere zu verheiraten, keine Nachkommenschaft haben.«

»Sagt man das wirklich?« fragte der kleine Ritter beunruhigt.

Sagloba aber lachte, und Bärbchen legte ihr rosiges Gesicht an das Gesicht ihres Gatten und sagte mit halber Stimme:

»Weißt du, Michael, zu gelegener Zeit gehen wir nach Tschenstochau zur heiligen Mutter Gottes.«

»Das ist wirklich das beste Mittel«, sagte Sagloba.

Sie umarmten sich, und Bärbchen sagte: »Und jetzt laß' uns von Asya und von Evchen sprechen, wie wir ihnen helfen; uns ist wohl, so soll auch ihnen wohl sein!«

»Wenn Nowowiejski fortgeht, wird ihnen besser werden«, sagte der kleine Ritter, »denn in seiner Gegenwart haben sie sich nicht sehen können, besonders da Asya den Alten haßt; aber wenn der Alte ihm Evchen gibt, vielleicht vergessen sie, was gewesen und gewinnen einander lieb, wie ein Schwiegervater seinen Schwiegersohn. Ich meine, die Hauptsache ist nicht, die Jungen aneinander zu bringen, denn die lieben sich ohnehin – sondern den Alten zu versöhnen.«

»Er ist ein ungeschlachter Mensch«, sagte Bärbchen.

»Bärbchen«, entgegnete Sagloba, »stell' dir vor, du habest eine Tochter und du solltest sie einem Tataren geben.«

»Asya ist ein Fürst«, antwortete Bärbchen.

»Ich leugne nicht, daß Tuhaj-Bey von hoher Herkunft ist, aber auch Ketling war ein Edelmann, und doch hätte Christine ihn nicht genommen, wenn er nicht Bürgerrecht bei uns besessen hätte.«

»So erwirket dem Asya das Bürgerrecht.«

»Leicht gesagt. Wenn ihn jemand in sein Wappen aufnehmen wollte, so müßte der Reichstag das bestätigen, und dazu bedarf es der Zeit und der Protektion.«

»Das höre ich nicht gern, daß es der Zeit bedarf; die Protektion würde sich schon finden. Der Herr Hetman würde sie Asya sicherlich nicht verweigern, denn er liebt die Krieger. Michael, schreibe an den Herrn Hetman! Willst du Tinte, Feder, Papier? Schreibe bald, ich bring' dir alles, Licht und Petschaft, und du setzest dich hin und schreibst unverzüglich.«

Michael lachte.

»Allmächtiger Gott«, sagte er, »ich habe dich um ein ruhiges, verständiges Weib gebeten, und du hast mir einen Sausewind gegeben.«

»Sprich nur so, sprich nur so, dann sterbe ich!«

»Pfui, pfui!« rief der kleine Ritter und spie dabei aus, »verrufe es nicht!«

Jetzt wandte er sich um zu Sagloba.

»Wißt Ihr nicht einen Spruch?«

»Ob ich einen weiß! Ich habe ihn schon gesagt«, antwortete Sagloba.

»Schreibe«, rief Bärbchen, »ich fahre sonst aus der Haut.«

»Ich schreibe ja zwanzig Briefe, wenn du es wünschest, obgleich ich nicht weiß, wozu es nutzen soll. Hier kann der Hetman selbst nichts erwirken, und mit seiner Protektion kommt er erst hervor, wenn es Zeit dazu ist. Liebes Bärbchen, Fräulein Eva hat dir ihr Geheimnis anvertraut, gut, aber mit Asya hast du noch kein Wort gesprochen, und du weißt noch gar nicht, ob er für das Mädchen Gegenliebe hat.«

»Oho, keine Gegenliebe! Wie sollte er sie nicht lieben? Er hat sie doch in der Laube geküßt, oho!«

»Goldenes Herz!« sagte Sagloba lachend, »wie ein neugeborenes Kind, nur daß sie mit der Zunge schneller ist. Liebes Kind, wenn wir, Michael und ich, alle, die wir einmal geküßt haben, hätten heiraten sollen, da hätten wir gleich zu Mohammed schwören müssen, und ich hätte Padischah und er Khan der Krim werden müssen – was, Michael, was?«

»Auf Michael hatte ich einmal Verdacht, noch ehe ich die seine war«, sagte Bärbchen. Und sie fuhr ihm mit dem kleinen Finger vor dem Auge hin und her und neckte ihn:

»Drehe nur den Schnurrbart, dreh' ihn nur: du kannst es nicht leugnen. O ich weiß, und du weißt's auch … bei Ketling! …«.

Der kleine Ritter drehte wirklich an seinem Schnurrbart, um seine Verlegenheit zu verbergen. Endlich sagte er, um dem Gespräche eine andere Wendung zu geben:

»Du weißt also nicht, ob Asya das Mädchen liebt?«

»Laßt's mich machen, ich will ihn unter vier Augen ausfragen; aber er ist verliebt, er muß verliebt sein, sonst mag ich ihn nicht leiden.«

»Wahrhaftig, sie redet's ihm noch ein«, sagte Sagloba.

»Ich red' es ihm ein, und wenn ich mich täglich mit ihm einschließen sollte.«

»Erst forsche ihn aus«, sagte der kleine Ritter. »Vielleicht wird er es nicht gleich gestehen, denn er ist ein seltsamer Mensch. Aber das tut nichts; allmählich wird er vertraulich werden, du wirst ihn näher kennen lernen, wirst klar sehen, und dann erst wirst du wissen, was geschehen muß.«

Hier wandte sich der kleine Ritter an Sagloba:

»Sie scheint oberflächlich zu sein und ist doch scharfsinnig.«

»Ziegen pflegen immer scharfsinnig zu sein«, sagte Sagloba.

Das weitere Gespräch wurde durch Herrn Bogusch unterbrochen. Er stürzte wie ein Geschoß ins Zimmer, küßte Bärbchens Hände und schrie:

»Daß in diesen Asya ein Donnerwetter fahre! Die ganze Nacht habe ich kein Auge schließen können.«

»Was hat Herr Asya Euch getan?« fragte Bärbchen.

»Wißt ihr, Herrschaften, was wir gestern gemacht haben?«

Und Bogusch riß die Augen auf und ließ sie über die Anwesenden hinschweifen.

»Geschichte, so wahr ich lebe, ich lüge nicht, Geschichte!«

»Was für Geschichte?«

»Die Geschichte der Republik. Er ist einfach ein großer Mann. Herr Sobieski selbst wird Augen machen, wenn ich ihm Asyas Gedanken vorstelle. Ein großer Mann, sage ich euch, und ich bedaure nur, daß ich nicht mehr sagen kann, denn ich bin überzeugt, ihr würdet so erstaunt sein, wie ich es war. Ich sage nur soviel, wenn das gelingt, was er vor hat – weiß Gott, wohin er es noch bringt!«

»Zum Beispiel«, sagte Sagloba, »er wird Hetman?«

Bogusch stemmte die Hände in die Seiten.

»So ist es, er wird Hetman! Ich bedaure, daß ich nicht mehr sagen kann ... er wird Hetman und damit basta!«

»Vielleicht bei den Hunden? Oder er wird hinter den Viehherden herlaufen, die Tatarenhaufen haben auch ihre Hetmans. Pfui, was schwatzt Ihr, Herr Truchseß! Er ist der Sohn des Tuhaj-Bey, schön; aber wenn er Hetman werden soll, was soll ich werden, was sollte Michael, was solltet Ihr selbst werden? Wohl gar die drei Könige nach Weihnachten, wenn Kaspar, Melchior und Balthasar abdanken? Mich wenigstens hat der Adel zum Regimentar erwählt; ich habe nur aus Freundschaft Herrn Paul Sapieha die Würde abgetreten, aber von

Euren Prophezeiungen verstehe ich bei Gott nicht ein Sterbenswörtchen!«

»Und ich sage euch, Asya ist ein großer Mann.«

»Habe ich's euch nicht gesagt«, fiel Bärbchen ein, indem sie sich zur Tür wandte, durch welche die anderen Gäste der Grenzwarte einzutreten begannen.

Frau Boska kam zuerst mit der blauäugigen Sophie, Herr Nowowiejski mit Evchen, die nach einer schlecht durchschlafenen Nacht noch reizvoller als gewöhnlich aussah. Sie hatte schlecht geschlafen, denn seltsame Träume hatten sie beunruhigt; sie hatte im Traume Asya gesehen, nur war er schöner und zudringlicher als früher. Evchen schlug die Röte ins Gesicht bei der Erinnerung an diesen Traum, denn ihr war, als müsse ihn jedermann aus ihrem Gesichte lesen. Aber es beachtete sie niemand, denn es begrüßten alle die Frau Kommandantin mit einem »Guten Morgen«; dann nahm Bogusch wieder seine Erzählung auf von der Größe und der hohen Mission Asyas, und Bärbchen freute sich, daß auch Eva und ihr Vater es anhören mußten. Der Alte hatte sich seit dem Augenblick der ersten Begegnung mit dem Tataren ausgetobt und war bedeutend ruhiger; er forderte ihn nicht mehr als seinen Knecht zurück. Die Wahrheit zu sagen: die Entdeckung, daß Asya ein tatarischer Fürst und der Sohn Tuhaj-Beys sei, hatte auch auf ihn tiefen Eindruck gemacht. Mit Bewunderung hatte er auch von seinem außerordentlichen Mut vernommen, und daß der Hetman selbst ihm einen so hervorragenden Auftrag, wie die Heranziehung aller Lipker und Tscheremissen in den alten Dienst der Republik war, anvertraut habe. Manchmal aber schien es Herrn Nowowiejski sogar, als sei von einem anderen die Rede; zu einem so ungewöhnlichen Manne war Asya in seinen Augen emporgewachsen.

Und Bogusch wiederholte immer wieder mit sehr geheimnisvoller Miene: »Das ist noch gar nichts gegen das, was ihm in Zukunft offen steht; aber ich darf darüber nicht sprechen.«

Als die anderen zweifelnd den Kopf schüttelten, rief er: »Die zwei größten Männer in der Republik sind Herr Sobieski und Tuhaj-Beys Sohn.«

»Bei Gott«, sagte endlich Nowowiejski in seiner Ungeduld, »ob er ein Fürstensohn oder kein Fürstensohn – was kann er in unserer Republik werden, da er kein Edelmann ist. Bisher hat er doch das Bürgerrecht nicht.«

»Der Hetman wird es ihm zehnmal auswirken!« rief Bärbchen.

Evchen hörte diesen Lobeserhebungen mit geschlossenen Augen und pochendem Herzen zu. Wer weiß, ob es ebenso heiß geschlagen hätte für den armen, unbekannten Asya, wie für Asya, den Ritter, den großen Mann der Zukunft? Aber dieser Glanz hatte sie überwältigt, und die Erinnerung an die Küsse, und die Träume der jüngsten Nacht durchrieselten ihren jungfräulichen Körper mit einem Schauer der Wonne.

»So groß ist er, so ausgezeichnet!« dachte Eva. »Ist es da ein Wunder, daß er glüht wie Feuer?«

Bärbchen nahm noch an demselben Tage den Tataren »ins Gebet«; sie folgte aber dem Rate ihres Gatten, der sie vor Asyas Wildheit gewarnt hatte, und beschloß, nicht gar zu plötzlich vorzugehen. Trotzdem platzte sie, da sie kaum vor ihn hingetreten war, mit den Worten heraus:

»Herr Bogusch sagt, daß Ihr ein tüchtiger Mensch seid, aber ich glaube, auch der Hervorragendste kann der Liebe nicht entgehen.«

Asya schloß die Augen und neigte das Haupt.

»Ew. Liebden haben recht«, sagte er.

»Denn seht, mit dem Herzen ist es so: plauz perdauz! – da stolpert's hin.«

Bei diesen Worten schüttelte Bärbchen ihren blonden Kopf und zwinkerte mit den Augen, als ob sie andeuten wollte, daß sie selbst ganz genau Bescheid wisse mit derlei Dingen, und daß sie gleichzeitig die Hoffnung hege, sie spreche mit keinem Unkundigen. Asya aber erhob den Kopf und umfaßte ihre anmutvolle Gestalt mit seinen Blicken. Noch nie war sie ihm so wunderschön erschienen wie jetzt, da ihre Äuglein vor Neugier lebhaft funkelten, und ihr rosiges Kindergesicht sich lächelnd zu ihm erhob. Aber gerade je mehr Unschuld sie umgab, desto größer war der Reiz für Asya, desto mehr Begierde erwuchs in seiner Seele, desto mächtiger ergriff ihn die Liebe, berauschte ihn wie starker Wein und nahm ihm jedes Wollen außer dem einen, sie ihrem Gatten zu entreißen, für sich zu gewinnen, sie für ewig an seine Brust zu drücken, die Lippen auf ihren Mund zu pressen, ihre Hände um seinen Hals geschlungen zu sehen – zu lieben, zu lieben ohne Ende und Maß, gelte es auch seinen Tod, gelte es ihrer beider Tod.

Bei dem Gedanken daran drehte sich alles um ihn her; immer neue Leidenschaften brachen aus der Höhle seiner Seele wie Schlangen aus Felsgeklüft; aber dieser Mann verfügte zugleich über eine ungeheure Kraft über sich selbst; er sagte also in seiner Seele: Noch ist's zu früh – und hielt sein wildes Herz an seinem festen Willen, wie ein scheu gewordenes Pferd an der Schlinge. So stand er vor ihr scheinbar kühl, obwohl es auf seinen Lippen und in seinen Augen glühend brannte, seine tiefliegenden Augen sagten alles, was die aufeinandergepreßten Lippen verschwiegen.

Bärbchen aber, deren Seele so rein wie das Wasser der Quelle war, und deren Gedanken mit ganz anderen Dingen beschäftigt waren, verstand diese Sprache nicht. Sie dachte in diesem Augenblick nur, was sie dem Tataren noch zu sagen habe, und begann endlich, indem sie den Finger erhob:

»So mancher trägt im Herzen verborgene Liebe und wagt nicht, mit einem anderen darüber zu sprechen; wenn er aber aufrichtig sich aussprächte, würde er vielleicht etwas Gutes erfahren.«

Asyas Gesicht verdüsterte sich einen Augenblick, eine wahnsinnige Hoffnung zuckte wie ein Blitz durch seinen Kopf; aber er beherrschte sich und sagte:

»Wovon wollen Ew. Liebden sprechen?«

Und Bärbchen antwortete:

»Manche andere würde Umwege machen, wie die Frauen ungeduldig und unbesonnen zu sein pflegen, ich aber bin anders, helfen möchte ich gern, aber ich verlange nicht sofort ein Bekenntnis, ich sage Euch nur das: Verbergt Euch nicht und kommt zu mir, sei es auch täglich, denn ich habe darüber schon mit meinem Gatten gesprochen. Allmählich werdet Ihr Euch daran gewöhnen und meine Freundlichkeit erkennen; Ihr werdet auch erkennen, daß ich nicht aus leichtfertiger Neugier frage, sondern aus Teilnahme, und da ich doch, wenn ich helfen soll, Eurer Gegenliebe sicher sein muß. Ziemt es doch übrigens Euch, sie zuerst zu bezeigen; wenn Ihr mir bekennt – vielleicht werde auch ich Euch dann etwas sagen.«

Tuhaj-Beys Sohn begriff sofort, wie töricht die Hoffnung gewesen, die ihm einen Augenblick durch den Kopf geschossen war. Ja, er erriet auf der Stelle, daß es sich um Eva handle, und alle Flüche auf ihre ganze Familie, welche die Zeit in seiner rachsüchtigen Seele angesammelt hatte, kamen ihm auf die Lippen. Der Haß tobte in ihm wie eine

Flamme, um so mächtiger, als er einen Augenblick vorher sich in ganz andere Gefühle eingewiegt hatte. Aber wieder beherrschte er sich. Er besaß nicht nur Macht über sich selbst, sondern auch die Verschlagenheit der Leute aus dem Osten. In einem Augenblick begriff er, daß, wenn er auf die Nowowiejskis seinen Geifer spritzen wollte, er Bärbchens Gunst und die Möglichkeit, sie täglich zu sehen, für immer verlieren würde; andererseits fühlte er, daß er sich nicht – wenigstens im Augenblick nicht – bis zu dem Grade überwinden könne, um dem geliebten Weibe gegenüber mit Bestimmtheit in Abrede zu stellen, daß es eine andere sei, die er liebe.

Und so warf er sich in dem Zwiespalt seiner Seele und in unverhohlener Qual plötzlich zu Bärbchens Füßen nieder, berührte ihre Füße mit den Lippen und sprach:

»Ew. Liebden Huld empfehle ich meine Seele, in Ew. Liebden Hand lege ich mein Schicksal! Nichts anderes will ich tun, als was Ew. Liebden befehlen, keinen anderen Willen will ich kennen; tun Ew. Liebden mit mir ganz nach Wunsch. In Qualen lebe ich und in Harm, ich Unglückseliger! Erbarmt Euch meiner Seele, – o daß sich die Erde öffnete, um mich zu verschlingen!«

Er stöhnte schwer, denn er empfand einen unsagbaren Schmerz, und die niedergehaltenen Leidenschaften loderten in lebendiger Flamme auf. Bärbchen aber hielt diese seine Worte für einen Ausbruch der lang und schmerzlich verborgen gehaltenen Liebe für Evchen; sie war von Mitleid mit dem ritterlichen Jüngling ergriffen, und zwei Tränen erglänzten in ihren Augen.

»Steht auf, Asya«, sagte sie zu dem knieenden Tataren, »ich war Euch immer geneigt und will Euch aufrichtig helfen. Ihr stammt aus edlem Blut, und um Eurer Verdienste willen wird man Euch das Bürgerrecht nicht versagen können; Herr Nowowiejski wird sich erbitten lassen, denn er sieht Euch schon mit anderen Augen an, und Evchen ...« hier erhob sich Bärbchen von der Bank, richtete ihr rosiges, lächelndes Gesicht empor, stellte sich auf die Zehen und flüsterte Asya ins Ohr: »Evchen liebt Euch.«

Dieser aber runzelte, von Wut erfaßt, die Stirn, griff mit beiden Händen nach seinem Schopf, und ohne zu denken, welche Wirkung seine Worte haben könnten, rief er mit heiserer Stimme: »Allah, Allah – Allah!«

Dann stürzte er aus dem Zimmer.

Bärbchen sah ihm eine Weile nach; der Ausruf setzte sie nicht allzusehr in Erstaunen, denn selbst die polnischen Soldaten gebrauchten
ihn häufig, und bei der beispiellosen Erregung des jungen Lipkers
sagte sie sich:

»Ein Feuerkopf! Er liebt sie wahnsinnig.«

Dann lief sie wie ein Sturmwind davon, um so schnell wie möglich
ihrem Gatten, Sagloba und Evchen Rechenschaft zu geben. Sie traf
Michael in der Kanzlei mit den Registern der Fahnen beschäftigt, die
im Blockhaus von Chreptiow lagen. Er saß und schrieb; sie aber
stürzte auf ihn zu und rief:

»Weißt du, ich habe mit ihm gesprochen. Er ist mir zu Füßen gefallen – er liebt sie wahnsinnig!«

Der kleine Ritter legte die Feder aus der Hand und sah sein Weibchen an. Sie war so belebt, so frisch, daß seine Augen strahlten und
ihr entgegenlachten. Dann streckte er die Hände nach ihr aus; sie aber
wehrte ihm und wiederholte noch einmal:

»Asya liebt Evchen wahnsinnig.«

»Wie ich dich!« versetzte der kleine Ritter und umschlang sie fester.
–

Noch an demselben Tage erfuhren auch Sagloba und Evchen ganz
genau das ganze Gespräch mit Asya. Das Mädchenherz ergab sich jetzt
ganz dem süßen Gefühl und pochte wie ein Hammer bei dem Gedanken an ein erstes Zusammentreffen, und noch heftiger, wenn sie sich
ausmalte, was kommen werde, wenn sie einmal unter vier Augen sich
gegenüberständen. Und sie sah schon Asyas braunes Antlitz an ihren
Knieen, fühlte seine Küsse auf ihren Händen und empfand jene Hingebung, in der sich das jungfräuliche Haupt auf den Arm des Geliebten
senkt, und ihre Lippen stammeln: Auch ich liebe dich! Indessen küßte
sie voll Rührung, Unruhe und großer Erregung Bärbchens Hände und
schaute immer von neuem nach der Tür, ob dort nicht das düstere,
aber schöne Bild des Tataren auftauchte.

Asya aber ließ sich in dem Blockhaus nicht sehen. Halim war zu
ihm gekommen, der alte Diener des väterlichen Hauses, jetzt selbst
ein angesehener Mirza unter den Tataren der Dobrudscha. Er trat
ganz offen auf, denn man wußte in Chreptiow bereits, daß er der
Vermittler zwischen Asya und den Hauptleuten der Lipker und
Tscheremissen sei, die in den Dienst des Sultans übergetreten waren.
Beide schlossen sich in Asyas Quartier ein, und Halim machte vor

dem Sohne Tuhaj-Beys die schuldigen Verbeugungen, kreuzte die Hände über der Brust und harrte gesenkten Hauptes der Fragen, die ihm vorgelegt werden würden.

»Hast du Briefe?« fragte Asya.

»Nein, Effendi, man hieß mich alles mündlich sagen.«

»Nun denn, so sprich.«

»Krieg ist gewiß; zum Frühling sollen wir alle nach Adrianopel; Heu und Gerste sollen die Bulgaren dorthin bringen.«

»Und wo wird der Khan sein?«

»Durch die wilden Felder wird er geradeswegs nach der Ukraine und zu Dorosch ziehen.«

»Was hast du aus den Lagern gehört?«

»Sie brennen auf den Krieg und sehen erwartungsvoll dem Frühling entgegen, denn es herrscht Not bei ihnen, obwohl der Winter erst begonnen hat.«

»Ist die Not groß?«

»Viele Pferde sind gefallen, in Bialogrod hat sich so mancher schon selbst als Sklave verkauft, um nur bis zum Frühling das Leben zu fristen. Viele Pferde sind gefallen, Effendi, denn im Herbst gab es wenig Gras in den Steppen … die Sonne hat es niedergebrannt.«

»Und haben sie von Tuhaj-Beys Sohne vernommen?«

»Was du mir zu sagen gestattetest, habe ich ausgerichtet; das Gerücht ging von den Lipkern zu den Tscheremissen. Aber niemand kennt die volle Wahrheit. Auch das ist bekannt, daß ihnen die Republik ihre Bedingungen erfüllen, daß sie ihnen Land geben will und sie zum Dienste unter deiner Führung aufruft. Auf das bloße Gerücht hin haben sich die ärmeren Stämme empört, sie wollen, Effendi, sie wollen, aber die anderen sagen ihnen, daß das alles nicht wahr sei, daß man in der Republik Heere gegen sie ausschicken wird, und daß es einen Sohn des Tuhaj-Bey nicht gebe. Es waren Kaufleute aus der Krim bei uns; die einen behaupteten dort, es gäbe einen Sohn des Tuhaj-Bey, die anderen, es gäbe keinen, und diese halten sie nieder; wenn es aber allgemein bekannt würde, daß du sie aufrufest, so würden sie in hellen Scharen heranströmen … wenn ich nur sprechen dürfte.«

Asyas Gesicht strahlte vor Zufriedenheit; er ging mit großen Schritten im Zimmer auf und nieder, dann sagte er:

»Sei mir gegrüßt, Halim, unter meinem Dache; laß dich nieder und iß!«

»Dein Hund und dein Diener bin ich, Effendi«, sagte der alte Tatar.

Asya schlug in die Hände; auf dieses Zeichen trat ein Lipker ein, nahm den Befehl entgegen und brachte einen Imbiß: Branntwein, geräuchertes Fleisch, Brot, etwas Südfrüchte und eine Handvoll getrockneter Kürbiskörner, eines Gerichts, das wie die Körner der Sonnenblume bei allen Tataren sehr beliebt war.

»Du bist mir Freund, nicht Diener«, sagte Asya, nachdem sich die Ordonnanz entfernt hatte, »sei mir gegrüßt, denn du bringst gute Nachrichten. Laß dich nieder und iß!«

Halim begann zu essen, und sie sprachen kein Wort miteinander, bis er sich gesättigt hatte. Aber das war bald geschehen, und er richtete wieder seine Blicke auf Asya, seinen Worten entgegenharrend.

»Man weiß hier schon, wer ich bin«, sagte dieser endlich.

»Und nun, Effendi? ...«

»Nichts, man schätzt mich um so höher. Wenn es ernst wird, werde ich es doch sagen müssen; ich habe es nur verzögert, weil ich die Nachricht von den Horden abwarten wollte, und weil ich wünschte, daß der Hetman der erste sei, der es wisse. Aber Nowowiejski ist hierhergekommen, und er hat mich erkannt.«

»Der junge?« fragte Halim erschrocken.

»Der alte, nicht der junge. Allah hat sie mir alle hierhergeschickt, auch das Mädchen ist dabei. Daß sie der böse Geist regiere! Laß mich nur erst Hetman werden, ich will's ihnen schon zeigen! Das Mädchen wollen sie mir an den Hals hängen, gut, im Harem braucht man Sklavinnen!«

»Der Alte?«

»Nein: sie, sie glaubt, daß ich nicht sie, sondern jene liebe.«

»Effendi«, sagte Halim mit tiefer Verbeugung, »ich bin der Sklave deines Hauses und habe kein Recht, vor deinem Angesichte zu reden. Aber ich habe dich unter den Lipkern erkannt, ich habe dir bei Brazlaw gesagt, wer du bist und diene dir von stundan treu; ich habe den anderen gesagt, daß sie dich als ihren Herrn ansehen sollen; aber obgleich sie dich alle lieben, niemand liebt dich wie ich. Ist es gestattet, zu reden?«

»Rede!«

»Hüte dich vor dem kleinen Ritter, er ist furchtbar, er ist berühmt in der Krim und in der Dobrudscha.«

»Und hast du, Halim, von Chmielnizki gehört?«

»Wohl habe ich gehört, und ich habe Tuhaj-Bey gedient, der mit Chmielnizki gegen die Lechen in den Krieg zog, die Schlösser erstürmte und Beute fortschleppte.«

»Und weißt du auch, daß Chmielnizki dem Tschaplinski die Frau entführt hat, daß er sie zu sich genommen und Kinder von ihr hatte, wie? Krieg hat es gegeben, und alle Heere des Hetmans und des Königs und der Republik haben sie ihm nicht entrissen. Er hat die Hetmans, die Könige und die Republik geschlagen, denn mein Vater hat ihm geholfen, und überdies war er der Hetman der Kosaken. Und wer werde ich sein? Der Hetman der Tataren! Land müssen sie mir geben, reich und viel, und eine Burg zur Residenz, und rings um die Stadt werden die Stämme lagern auf reichem Boden, und bei den Stämmen die guten Mannen der Horden mit ihren Bogen und Schwertern in großer Zahl. Und wenn ich sie dann auf meine Burg entführe, und sie, die liebliche, zum Weibe nehme und zur Hetmansgattin mache – wer wird die Macht haben? Ich! Wer wird sie von mir fordern – der kleine Ritter? Wenn er am Leben sein wird! Und wenn er auch lebte, und wenn er auch heulte wie ein Wolf, und wenn er vor den König selbst seine Klage trüge – glaubst du, daß sie mit mir einen Krieg führen werden um einen blonden Zopf? Einen solchen Krieg haben sie schon gehabt: die halbe Republik ging in Flammen auf. Wer wird sie mir rauben! Der Hetman? Dann verbünde ich mich mit den Kosaken, schließe mit Dorosch Bruderschaft und gebe das Land dem Sultan? Ich, der zweite Chmielnizki, ich, besser als Chmielnizki. Ein Löwe wohnt in mir. Wenn sie mir gestatten, sie zu nehmen, so will ich ihnen dienen, will ich gegen die Kosaken kämpfen, gegen den Khan, gegen den Sultan, wenn nicht, so will ich ganz Polen mit den Hufen zertreten, die Hetmane in das Joch nehmen, die Heere vernichten, die Schlösser in Flammen stecken, die Menschen niedermachen, ich, Tuhaj-Beys Sohn, ich, der Löwe.«

Hier glühten Asyas Augen in rotem Licht. Die weißen Eckzähne leuchteten wie dereinst die Tuhaj-Beys, er hob die Hand empor und schüttelte sie drohend nach Norden; er war groß, furchtbar und schön, so daß Halim sich schnell verbeugte und mit leiser Stimme wiederholte: »Allah Kerim, Allah Kerim!«

Ein langes Schweigen trat ein, allmählich wurde Asya ruhig, endlich sagte er:

»Bogusch war hier, ihm habe ich meine Macht und meinen Plan entdeckt, daß in der Ukraine neben dem Volk der Kosaken ein Volk der Tataren sein solle, und neben einem Hetman der Kosaken ein Hetman der Tataren.«

»Und er hat zugestimmt?«

»Er fuhr sich nach dem Kopf und lag fast zu meinen Füßen, und am folgenden Tage eilte er zum Hetman mit der glückverheißenden Neuigkeit.«

»Effendi«, sagte Halim zaghaft, »und wenn der große Löwe nicht zustimmt?«

»Sobieski?«

»So ist's.«

Wieder blitzte ein roter Schein in Asyas Augen auf, aber es dauerte nur einen Augenblick. Sein Gesicht beruhigte sich sofort wieder, dann ließ er sich auf der Bank nieder, stützte sein Haupt auf die Ellenbogen und versank in tiefes Sinnen.

»Ich habe in meinem Verstande erwogen«, sagte er endlich, »was der große Hetman sagen kann, wenn ihm Bogusch die glückliche Neuigkeit verkündet. Der Hetman ist weise und wird zustimmen, der Hetman weiß, daß es bis zum Frühling Krieg mit dem Sultan gibt, und hier in der Republik gibt es weder Geld noch Menschen zu diesem Krieg. Und wenn auch Doroschenko mit den Kosaken auf der Seite des Sultans steht, so kann für ganz Polen das Ende kommen, um so eher, als weder der König noch die Stände an den Krieg glauben und sich rüsten. Ich habe hier ein scharfes Ohr für alles, ich weiß alles, was an dem Hofe des Hetmans gesprochen wird, und Bogusch hat vor mir kein Geheimnis. Herr Sobieski ist ein großer Mann, er wird zustimmen, denn er weiß, wenn die Tataren hier Freiheit und Land bekommen, so kann auch in der Krim und in der Steppe der Dobrudscha der Bürgerkrieg beginnen. Die Macht der Horden wird schwach, und der Sultan selbst muß zunächst daran denken, jenen Sturm niederzuhalten … Inzwischen wird der Hetman Zeit haben, sich besser vorzubereiten, inzwischen werden die Kosaken und Dorosch in ihrer Treue gegen den Sultan schwankend werden. Dies ist das einzige Mittel für die Republik, die so schwach ist, daß schon die Rückkehr einiger tausend Lipker für sie eine Bedeutung hat. Der Hetman weiß das, der Hetman ist klug, der Hetman wird beistimmen.«

»Ich demütige mich vor deinem Verstande, Effendi«, antwortete Halim. »Was aber wird sein, wenn Allah dem großen Löwen das Licht nimmt, oder wenn der Satan ihn so verblenden wird in seinem Dünkel, daß er deine Pläne von sich weist?«

Asya näherte sein wildes Gesicht dem Ohre Halims und flüsterte ihm zu:

»Du bleibe jetzt hier, bis die Antwort vom Hetman kommt, und auch ich will nicht eher nach Raschkow. Wenn er dort meine Pläne verwirft, so schicke ich dich zu Krytschynski und den anderen. Du wirst ihnen den Befehl überbringen, an jener Seite des Flusses bis an Chreptiow heranzurücken und bereit zu sein, und ich will hier in der ersten besten Nacht mit meinen Lipkern das Kommando überfallen und ihnen den Garaus machen.«

Asya machte eine Gebärde mit dem Finger über den Hals und fügte nach einer Weile hinzu: »Wir wollen sie hängen, hängen, hängen!«

Halim zog den Kopf zwischen die Schultern ein, und auf seinem tierischen Gesicht lag ein unheilverkündendes Lachen.

»Allah! Und der kleine Falke … auch?«

»Auch er – zuerst.«

»Und dann in Sultans Lande?«

»Ja, mit ihr.«

14. Kapitel

Ein grausamer Winter hatte die Wälder in eine dicke Eiskruste gehüllt, und die felsigen Schluchten bis an den Rand mit Schnee gefüllt. Das ganze Land schien eine weiße Ebene zu sein. Plötzlich kamen scharfe Winde, wie sie Menschen und Herden mit ihrem eisigen Hauche erstarren machen, die Pfade wurden ungangbar und gefährlich, und doch erreichte Bogusch mit Anstrengung aller Kräfte Jaworowo, um so schnell wie möglich dem Hetman die großen Pläne Asyas zu überbringen. Als Edelmann von der Grenze in der beständigen Kosaken- und Tatarenfurcht aufgewachsen, in dem Gedanken an die Gefahr, die dem Vaterland von der Rebellion, von den Streifzügen, und von der gesamten türkischen Macht drohte, sah er in diesen Plänen nichts weniger als die Erlösung des Vaterlandes, und war des festen Glaubens, daß der von ihm und von allen Grenzbewohnern vergötterte Hetman nicht einen Augenblick zögern werde, wenn es sich um die Vermehrung der Macht der Republik handele. Und so reiste er mit Freude im Herzen trotz der Schneeverwehungen, der unwegsamen Stege und der Winterstürme.

Endlich kam er an einem Sonntag unter dichtem Schneegestöber in Jaworowo an, und da er glücklicherweise den Hetman angetroffen hatte, ließ er sich sofort anmelden, obwohl man ihm sagte, der Hetman sei Tag und Nacht mit Expeditionen und Briefen beschäftigt, er habe kaum Zeit, seine spärlichen Mahlzeiten zu halten. Aber der Hetman ließ ihn unerwartet schnell vor sich rufen. Nach einer kurzen Wartezeit unter den Hofleuten beugte der alte Krieger sein Knie vor dem Führer.

Er fand Herrn Sobieski sehr verändert, mit einem Antlitz voll Sorgen; es waren die schwersten Jahre seines Lebens gewesen. Sein Name war noch nicht bis an das Ende der christlichen Welt gedrungen, aber in der Republik umgab ihn schon der Ruf eines großen Führers und eines furchtbaren Türkenbezwingers. Dieser Ruhm war die Ursache, daß man ihm seinerseits den großen Feldherrnstab und die Verteidigung der Ostgrenze anvertraut hatte, aber zu der Würde des Hetmans hatte man weder Heere noch Geldmittel hinzugefügt; dennoch war ihm der Sieg bis zum heutigen Tage treu geblieben, er folgte ihm wie der Schatten dem Menschen. Mit einem Häuflein Soldaten hatte er bei Podhaize gesiegt, mit einem Häuflein Soldaten war er wie ein Feuer kreuz und quer durch die Ukraine gezogen und hatte tausendköpfige Tatarenscharen aufgerieben, die Burgen der Rebellen erstürmt und Zittern und Schrecken vor dem polnischen Namen verbreitet. Aber jetzt drohte der unglückseligen Republik ein Krieg mit der entsetzlichsten der Großmächte jener Zeit, ein Krieg mit der ganzen muhammedanischen Welt. Es war für Sobieski kein Geheimnis mehr, daß der Sultan, als Doroschenko die Ukraine und die Kosaken unter seine Botmäßigkeit stellte, gedroht hatte, die Türkei, Kleinasien, Arabien und Ägypten bis ins Innerste von Afrika aufzurufen, den heiligen Krieg zu predigen und in eigener Person auszuziehen, um von der Republik ein neues Paschalik[8] zu fordern. Die tödliche Gefahr schwebte wie ein Raubvogel über ganz Reußenland. In der Republik herrschte indessen Unordnung, der Adel tobte, um seinen unfähigen Wahlkandidaten zu halten, und seine bewaffneten Lager waren, wenn

8   Paschalik = Provinz, die unter einem Pascha steht.

überhaupt, um so eher zu einem Bürgerkrieg bereit. Das Land, durch die letzten Kriege und Konföderationen erschöpft, war verarmt, der Haß zerfraß es, gegenseitiges Mißtrauen wühlte in seinem Innern; an einen Krieg mit der Macht des Sultans mochte niemand ernstlich glauben, und man verdächtigte den großen Feldherrn, daß er absichtlich solche Gerüchte aussprenge, um die Geister von den inneren Angelegenheiten abzulenken. Man traute ihm sogar zu, daß er selbst die Türken heranzurufen bereit sei, nur um seiner Partei den Sieg zu sichern. Kurz, man machte ihn zum Verräter, und wären nicht seine kriegerischen Getreuen gewesen, man hätte sich nicht gescheut, ihn vor Gericht zu stellen.

Er aber stand vor dem Kriege der Zukunft, zu dem von Osten Hunderttausende wilder Völker heranziehen sollten, ohne namhafte Heeresmacht, mit einem Häuflein, welches so klein war, daß der Hof des Sultans mehr an Dienern zählte, ohne Geld, ohne die Mittel, die niedergerissenen Festungen aufzurichten, ohne Hoffnung auf Sieg, ohne die Möglichkeit einer Verteidigung, ja ohne die Überzeugung, daß sein Tod wie voreinst den Tod Solkiewskis das erstarrte Land auferwecken und den Rächer gebären werde. Darum saß die Sorge auf seiner Stirn, und das prächtige Antlitz, das dem eines römischen Triumphators glich, mit dem Lorbeer auf der Stirn, trug Spuren eines geheimen Schmerzes und schlafloser Nächte.

Bei dem Anblick Boguschs aber erhellte ein gutmütiges Lächeln das Gesicht des Hetmans. Er legte dem Knieenden die Hände auf die Schultern und sagte:

»Sei mir gegrüßt, Krieger, sei gegrüßt! Ich habe nicht gehofft, dich sobald zu sehen, desto lieber bist du mir in Jaworowo! Woher kommst du? Aus Kamieniez?«

»Nein, gnädiger Herr Hetman, ich habe nicht einmal im Vorübergehen hineingeblickt, ich komme schnurstracks aus Chreptiow.«

»Was macht dort mein kleiner Krieger, ist er gesund? Und hat er die Wüsteneien von Uschyz ein wenig gesäubert?«

»Die Wüsten sind schon so ruhig, daß ein Kind sie gefahrlos durchstreifen kann. Die Räuber sind gehängt, und in den letzten Tagen ist Asba-Bey mit seiner ganzen Bande derart aufs Haupt geschlagen, daß kein Zeuge der Niederlage übrig geblieben ist. Ich kam gerade an dem Tage an, als er vernichtet ward.«

»Daran erkenne ich Wolodyjowski! Nur Ruschtschyz in Raschkow kann sich ihm vergleichen. Und was sagen dort die Steppen, gibt es neue Nachrichten von der Donau?«

»Wohl, aber schlechte; in Adrianopel soll in den letzten Tagen des Winters eine große Heeresversammlung stattfinden.«

»Das weiß ich schon, es gibt jetzt keine anderen als schlechte Nachrichten. Schlechte aus dem Lande, schlechte aus der Krim und aus Stambul.«

»Und doch nicht so ganz, gnädiger Herr Hetman. Denn ich selbst bringe eine so freudige, wäre ich ein Türke oder Tatar, ich würde dafür eine Belohnung fordern.«

»Dann bist du für mich ein Himmelsbote. Nun denn, sprich schnell, vertreibe die Sorgen!«

»Ich bin so erfroren, gnädiger Herr, daß mir der Verstand im Kopfe erstarrt ist.«

Der Hetman klatschte in die Hände und befahl dem Knecht, Met zu bringen. Bald waren eine verstaubte Kanne und brennende Leuchter zur Stelle, denn obwohl es noch früh am Tage war, hatten die Schneewolken den Himmel so verdüstert, daß draußen und in den Zimmern Dämmerlicht herrschte.

Der Hetman schenkte ein und trank dem Gaste zu. Dieser verneigte sich tief, leerte sein Glas und sprach:

»Die erste Neuigkeit ist die, daß Asya, derselbe, der die Hauptleute der Lipker und Tscheremissen hierher zurückführen sollte in den Dienst der Republik, nicht Mellechowitsch heißt, sondern ein Sohn des Tuhaj-Bey ist.«

»Des Tuhaj-Bey?« fragte Sobieski mit Erstaunen.

»So ist es, gnädiger Herr. Es ist ans Licht gekommen, daß ihn Herr Nienaschyniez als Kind noch aus der Krim entführt hat; aber er hat ihn auf dem Rückweg verloren, und Asya kam zu den Nowowiejskis und ist dort großgezogen worden, ohne zu wissen, daß er von einem solchen Vater stamme.«

»Es war mir immer verwunderlich, daß er bei seinen jungen Jahren unter den Tataren solche Achtung genießt; jetzt aber begreife ich es. Verehren doch die Kosaken, sogar die, die unserem Lande treu geblieben sind, in Chmielnizki etwas Heiliges, und rühmen sich seiner.«

»Ja, das ist es, das ist es, dasselbe habe ich Asya gesagt«, versetzte Bogusch.

»Seltsam sind die Wege des Herrn«, antwortete der Hetman. »Der alte Tuhaj hat Ströme Blutes in unserem Vaterland vergossen, und der junge dient ihm oder hat ihm wenigstens bis heute treu gedient, denn ich weiß nicht, ob es ihn jetzt nicht gelüsten wird, die Krimsche Größe zu genießen. Jetzt, jetzt ist er noch treu.«

»Und hier beginnt eine zweite Neuigkeit, in der vielleicht die Kraft und die Rettung für die unglückselige Republik liegt. So helfe mir Gott, wie ich um dieser Nachricht willen der Mühen und Gefahren nicht achtete, um sie so schnell als möglich über meine Lippen zu bringen, und das abgehärmte Herz des gnädigen Herrn zu erfreuen.«

»Ich höre aufmerksam«, sagte Sobieski. Bogusch begann nun die Pläne des jungen Tuhaj-Bey zu entwickeln, und das mit solchem Eifer, daß er geradezu beredt wurde. Von Zeit zu Zeit goß er mit erregt zitternder Hand Met in sein Glas, es bis an den Rand mit dem edlen Getränk füllend, und hörte nicht auf zu sprechen … Vor den erstaunten Augen des großen Hetmans erstanden gleichsam lichte Bilder der Zukunft; Tausende und Myriaden von Tataren ziehen mit Weibern, Kindern und Herden in das Land und in die Freiheit ein; die erschreckten Kosaken, welche diese verjüngte Kraft der Republik sehen, beugen demütig vor ihr, vor dem König und dem Hetman das Knie, es gibt keine Rebellion mehr in der Ukraine, und auf den alten Heidenwegen fluten nicht mehr Scharen, die wie Feuer und Wasser das Land vernichten, nach Reußen; an ihrer Stelle ziehen neben den polnischen und kosakischen Heeren die Scharen des ukrainischen Tatarenadels über die endlose Steppe mit Fanfarengeschmetter und Paukenschall.

»Jahre hindurch ziehen Scharen herein, den Befehlen des Khans und des Sultans trotzend, zahlreiches Fußvolk, das Freiheit und Recht der Bedrückung und den fruchtbaren Boden und das Brot der Ukraine den kargen bisherigen Wohnsitzen vorzieht, und die Macht, die dereinst feindlich gewesen war, steht im Dienste der Republik, – die Krim wird entvölkert, den Händen des Khans und des Sultans entwindet sich die alte Macht, und ein Schrecken erfaßt sie, denn von der Steppe, von der Ukraine her schaut ihnen der neue Hetman des neuen Tatarenadels drohend ins Auge, ein Wächter der Republik und ihr treuer Verteidiger, des furchtbaren Vaters berühmter Sohn – der junge Tuhaj-Bey!«

Boguschs Gesicht glühte; die eigenen Worte schienen ihn zu berauschen, und so hob er am Ende seiner Rede beide Hände empor und rief aus:

»Das ist es, was ich bringe, das ist's, was der junge Drache in den Wüsten von Chreptiow ausgebrütet. Und nun bedarf es nur Eurer Schrift und Eurer Vollmacht, damit er nach der Krim und an die Donau den Ruf ergehen lasse. Gnädiger Herr, wenn Tuhaj-Beys Sohn nichts weiter tun sollte, als daß er in der Krim und an der Donau die Fackel der Zwietracht entzündet, daß er die Hydra des Bürgerkrieges aus dem Schlummer weckt, die einen Stamm gegen die anderen aufreizt, wahrlich, so wird er auch damit am Vorabend des Bürgerkrieges, wiederhol' ich, der Republik einen großen unsterblichen Dienst erweisen!«

Sobieski ging mit großen Schritten im Zimmer auf und nieder und schwieg; sein prächtiges Antlitz war düster, fast drohend, er schien mit sich selbst oder mit Gott zu sprechen.

Endlich schien es klar zu werden in seinem Innern, denn er wandte sich zu dem Harrenden mit den Worten:

»Bogusch, eine solche Schrift und eine solche Vollmacht, hätte ich auch das Recht, sie zu geben, ich gebe sie nie, solange ich lebe.«

Die Worte kamen so gewichtig aus seinem Munde, als seien sie aus geschmolzenem Blei oder Eisen gegossen, und drückten Bogusch so nieder, daß er einen Augenblick verstummte, den Kopf sinken ließ und erst nach langer Pause gepreßt hervorstammelte:

»Warum das, gnädiger Herr, warum?«

»Erst will ich dir antworten als Staatsmann. Der Name des jungen Tuhaj-Bey könnte zwar eine gewisse Anzahl von Tataren heranziehen, wenn man ihnen überdies Land, Freiheit und Adelsprivilegien verspräche; aber es kämen nicht so viele, wie Ihr meint, und dann wäre es eine Tat des Wahnsinns, die Tataren in die Ukraine zu rufen, ein neues Volk dort ansässig zu machen, da wir uns mit den Kosaken schon nicht zu helfen wissen. Du sagst, es werde zwischen ihnen bald Streit und Krieg entbrennen, und wir haben ein Schwert über dem Nacken der Kosaken; – wer aber bürgt dir, daß jenes Schwert nicht auch im polnischen Fleische wühlen würde? Ich habe diesen Asya bisher nicht gekannt, jetzt aber sehe ich, daß in seinem Busen der Drache des Hochmuts und des Ehrgeizes wohnt, und darum sage ich noch einmal: wer bürgt dir dafür, daß nicht ein zweiter Chmielnizki in ihm steckt? Er wird die Kosaken bändigen, gut; aber wenn die Republik ihn in irgend etwas nicht befriedigt oder für irgend eine Gewalttat mit Gesetz und Strafe bedroht, dann wird er sich mit den Kosaken verbünden und neue Scharen von Osten herbeirufen, wie einst Chmielnizki den Tuhaj-Bey hereinrief. Dann wird er sich dem Sultan selbst botmäßig machen, wie es Doroschenko getan hat, und anstatt unsere Macht erhöht zu sehen, wird neues Blutvergießen, werden neue Niederlagen auf unser Haupt fallen.«

»Gnädiger Herr, wenn die Tataren Edelleute geworden sind, werden sie treu zur Republik stehen.«

»Waren die Lipker und Tscheremissen gering an Zahl? Von alters her waren sie Edelleute und sind doch zum Sultan übergetreten.«

»Den Lipkern wurden die Privilegien nicht gehalten.«

»Und wie, wenn der Adel, wie sicher ist, von vornherein einer solchen Ausbreitung der Adelsrechte widersprechen wird? Mit welcher Stirn willst du diesen wilden, räuberischen Massen, die bisher ununterbochen dieses unser Vaterland zertreten, die Macht und das Recht geben, jetzt über ihr Los zu bestimmen, Könige zu wählen und Boten in den Reichstag zu senden? Wofür ihnen solche Belohnung? Welcher Wahnsinn ist diesem Lipker in den Kopf gestiegen, und welcher böse Geist hat dich alten Krieger erfaßt, daß du dich so verführen und hintergehen lässest, solche Unredlichkeit und solche Unmöglichkeit zu glauben?«

Bogusch senkte die Augen und antwortete mit unsicherer Stimme:

»Gnädiger Herr, das wußte ich vorher, daß die Stände widersprechen werden, aber Asya sagt doch, daß die Tataren, wenn sie erst mit Euerer Erlaubnis, gnädiger Herr, Fuß gefaßt haben, sich nicht vertreiben lassen.«

»Mensch, – er hat also schon gedroht, schon das Schwert gegen die Republik erhoben, und du hast das nicht erkannt?«

»Gnädiger Herr«, antwortete Bogusch in Verzweiflung, »man könnte doch schließlich nicht alle Tataren adeln, sondern nur die bedeutendsten, und die anderen zu Freisassen machen. Auch so kommen sie, wenn Tuhaj-Beys Sohn sie ruft.«

»Warum dann nicht lieber alle Kosaken frei erklären? Bekreuzige dich, alter Krieger, denn ich sage dir, ein böser Geist hat dich erfaßt.«

»Und noch eines sage ich dir« – hier runzelte Sobieski seine Löwenstirn, und seine Augen leuchteten – »wenn auch alles so wäre, wie du sagst, wenn selbst unsere Macht dadurch wachsen sollte, wenn selbst der Krieg mit den Türken dadurch abgewendet werden sollte, wenn selbst der Adel es verlangen sollte – solange diese Hand das Schwert führen und das Zeichen des Kreuzes mit ihm machen kann – – nimmermehr! So helfe mir Gott, wie ich das nie dulden werde!«

»Gnädiger Herr, warum?« wiederholte Bogusch, die Hände ringend.

»Weil ich nicht nur der Hetman Polens, sondern der Hetman der Christenheit bin, weil ich auf der Wacht des Kreuzes stehe, und wenn die Kosaken noch blutiger im Innern der Republik wühlen, so werde ich den Nacken des verblendeten aber christlichen Volkes nicht mit heidnischem Schwerte bedrohen. Wenn ich das täte, so würde ich zu unseren Vätern und unseren Ahnen, zu meinen eigenen Ahnen, ihrem Staube, ihrem Blute, ihren Tränen und der ganzen, alten Republik sprechen: Morsch und tot! Beim Himmel, wenn uns der Untergang droht, wenn unser Name der Name von Toten, Vernichteten sein muß, so soll der Ruhm uns bleiben und das Gedenken jenes Dienstes, den uns Gott bestimmt hat. Mögen die Nachkommen, wenn sie jene Kreuze und Hügel sehen, sagen: Sie haben das Christentum, sie haben das Kreuz gegen Mohammeds Unzucht verteidigt, solange Atem in ihrer Brust, solange Blut in ihren Adern war, und sind für die anderen Nationen in den Tod gegangen. – Das ist unser Dienst, Bogusch; wir sind die Festung, auf welcher Christus seine Leiden als Flagge gepflanzt hat. Und du willst mir sagen, ich, der Krieger des Herrn, ich, der Kommandant, sollte zuerst das Tor öffnen, die Heiden wie die Wölfe in den Schafstall hineinlassen, und die Lämmer Christi ihrer Wut ausliefern? Uns ist besser, unter den Überfällen zu leiden, die Empörungen zu erdulden, besser in jenen blutigen Krieg zu ziehen, in den Tod zu gehen, als die ganze Republik dem Untergang zu weihen, als den Namen zu schänden, den Ruhm zu verlieren und jene Wacht, jenen heiligen Dienst Gottes zu verraten.«

Bei diesen Worten richtete sich Sobieski in seiner ganzen Größe auf, und sein Gesicht erstrahlte wie dereinst das Antlitz Gottfrieds von Bouillon, als er die Mauer Jerusalems erstieg mit dem Rufe: Gott will es! Bogusch erschien sich selbst wie ein Nichts, und Asya erschien ihm Sobieski gegenüber wie ein Nichts; die feurigen Pläne des jungen Tataren wurden plötzlich vor Buguschs Augen schwarz und dünkten ihm unredlich und niederträchtig. Was hätte er auch sagen können auf die Worte des Hetmans, daß es besser sei, in den Tod zu gehen, als den Dienst Gottes zu verraten, welche Gründe hätte er noch anführen können? Und so wußte der arme Rittersmann nicht, ob er dem Hetman zu Füßen sinken, ob er sich an die Brust schlagen und sprechen sollte: Meine Schuld, meine große Schuld!

Da ertönte aus dem nahen Dominikanerkloster der Ton der Glocken.

Als Sobieski sie hörte, sagte er:

»Man ruft zur Vesper, komm, Bogusch, wir wollen uns in Gottes Hand empfehlen.«

So sehr sich Bogusch auf dem Wege von Chreptiow zum Hetman beeilt hatte, so langsam machte er jetzt die Heimreise. In jeder größeren Stadt hielt er eine oder zwei Wochen, die Feiertage verlebte er in Lemberg, und dort traf ihn auch das Neujahr. Er führte zwar Instruktionen des Hetmans für Asya mit sich; da diese aber nur den Auftrag schneller Erledigung der Angelegenheit mit den lipkischen Hauptleuten und einen trockenen, aber drohenden Befehl, die großen Pläne aufzugeben, enthielten, so hatte er keine Veranlassung, sich zu eilen, denn ohnehin konnte Asya unter den Tataren nichts beginnen ohne das Dokument des Hetmans.

So zog er säumig seines Weges, besuchte häufig die Kirchen und tat Buße für seine Zustimmung zu Asyas Plänen. Chreptiow war inzwischen unmittelbar nach Neujahr von Gästen angefüllt; Nawiragh, der Delegat des Patriarchen von Usmiadsin, war aus Kamieniez gekommen, mit ihm zwei Anardraten, treffliche Theologen aus Jaffa, und reichliche Dienerschaft. Die Soldaten waren sehr verwundert über ihre seltsame Tracht, über die violetten und roten Krimmer, die langen Sammet- und Atlas-Shawls, die gebräunten Gesichter, und die große Würde, mit der sie sich in der Grenzwacht von Chreptiow bewegten wie Trappen oder Kraniche. Auch Herr Zacharias Piotrowitsch war gekommen, berühmt durch seine wiederholten Reisen nach der Krim, ja nach Stambul selbst, berühmter noch durch den Eifer, mit dem er die Gefangenen ausfindig machte und auf den orientalischen Märkten verkaufte, als Führer Nawiraghs und der Anardraten Begleiter. Herr Michael zahlte ihm sogleich die Summe, die zur Einlösung Boskis nötig war, aus, da aber die Witwe nicht Geld genug hatte, legte er von seinem zu, und Bärbchen gab ihre Ohrgehänge mit Perlen her, um der abgehärmten Witwe und dem lieben Sophiechen desto wirksamer zu helfen. Auch Herr Seferowitsch, der Prätor von Kamieniez, war gekommen, ein reicher Armenier, dessen Bruder in tatarischen Ketten schmachtete, und zwei Frauen, jung und von großer Schönheit trotz ihrer dunklen Gesichtsfarbe, Frau Neresowitsch und Kieremowitsch; beide weinten um ihre Gatten, die in die tatarische Gefangenschaft geschleppt waren. Das waren traurige Gäste, aber es fehlte auch nicht an heiteren, denn der Priester Kaminski hatte zur Fastenzeit seine Nichte, Fräulein Kaminska, unter Bärbchens Schutz nach Chreptiow geschickt, und außerdem war eines Tages der junge Nowowiejski ganz unerwartet gekommen. Er hatte von der Ankunft seines Vaters in Chreptiow erfahren, sofort Urlaub von Herrn Ruschtschyz genommen und war ihm entgegengeeilt. Der junge Nowowiejski hatte sich in den letzten Jahren sehr verändert. Seine Oberlippe beschattete ein kurzer Schnurrbart, der zwar die weißen Wolfszähne noch nicht verdeckte, dem Jüngling aber schön zu Gesichte stand. Dann war er, der immer kräftigen Körperbau gezeigt hatte, zu förmlicher Riesengröße erwachsen. Die dichte, wirre Haarfülle schien nur einem so ungeheuren Kopfe anzustehen, und dieser ungeheure Kopf schien nur zwischen den unglaublich kräftigen Schultern die nötige Stütze zu finden. Sein Gesicht war dunkel, von den Wüstenstürmen gebräunt, seine Augen glühten wie Kohlen, die Unternehmungslust stand ihm auf der Stirne geschrieben. Einen großen Apfel verbarg er ohne Mühe in seiner mächtigen Faust, so daß er damit »Rate – rate!« hätte spielen können, und wenn er eine Handvoll Nüsse an seinen Schenkel legte und mit der Hand darauf drückte, so brachte er sie als Staub wieder ans Licht. Alles an ihm ging über das Maß hinaus; im übrigen war er hager, sein Leib, über dem indes sich die Brust wie eine Kapelle wölbte, eingefallen. Hufeisen zerbrach er ohne sonderliche Anstrengung; er band den Soldaten Eisendrähte um den Hals und erschien dabei noch größer, als er in Wirklichkeit war. Wenn er auftrat, knarrten die Dielen unter seinen Füßen, und wenn er zufällig an die Bank stieß, sprang die Rinde von ihr ab.

Mit einem Wort, es war ein stämmiger Bursche, in dem Leben und Gesundheit, Mut und Kraft überschäumten wie brodelndes Wasser über den Rand des Gefäßes, da sie selbst in diesem mächtigen Körper nicht Raum fand. Er schien in Brust und Kopf glühendes Feuer zu tragen, und unwillkürlich erwartete man, daß sein Schopf dampfen müsse. Und auch das kam vor, denn er war auch bei der Flasche ein Riese. In die Schlacht ging er mit einem Lachen, das an das Wiehern der Pferde erinnerte, und seine Hiebe waren derart, daß die Soldaten nach jedem Treffen alle seine Leichen beschauten, um die ungewöhnlichen Streiche zu bewundern. Von Kind auf an die Steppe, an die Wachten und den Krieg gewöhnt, war er trotz seines lebhaften Wesens wachsam und besonnen. Er kannte alle Kriegslisten der Tataren und galt neben Michael und Ruschtschyz für den besten Streifzügler.

Der alte Nowowiejski empfing den Sohn trotz seiner Drohungen nicht allzu streng, denn er fürchtete, jener könnte abgeschreckt wieder davongehen und weitere elf Jahre sich nicht blicken lassen. Im Grunde war der Edelmann voll Eigenliebe und Stolz auf diesen Sohn, der kein Geld von Hause brauchte, der sich selbst ausgezeichnet durch die Welt half, unter den Genossen Ruhm erworben, die Gunst des Hetmans und den Rang eines Offiziers erlangt hatte, den mancher trotz der Protektion nicht erreichen konnte. Der Vater mußte sich auch sagen, daß dieser Jüngling, in der Steppe und im Kriege verwildert, sich der väterlichen Autorität nicht beugen konnte, und darum war es besser, ihn nicht auf die Probe zu stellen. Der Sohn fiel ihm zwar zu Füßen, wie es sich ziemte, sah ihm aber mutig in die Augen und antwortete ohne Umschweife auf den ersten Vorwurf:

»Vater, den Vorwurf führt Ihr im Munde, und doch freut Ihr Euch im Herzen über mich, denn ich bin ohne Tadel, und daß ich zur Fahne entfloh – nun, ich bin ja ein Edelmann.«

»Aber wohl gar ein Heide«, antwortete der Alte, »da du dich elf Jahre hindurch nicht hast sehen lassen?«

»Ich habe mich nicht sehen lassen aus Furcht vor Strafe, die meinem Offiziersrang nicht entsprochen hätte; ich habe einen Brief erwartet, in dem Ihr mir meine Schuld vergabt. Der Brief kam nicht, und so kam auch ich nicht.«

»Und jetzt fürchtest du dich nicht?«

Der Jüngling zeigte lachend seine weißen Zähne.

»Hier herrscht die militärische Autorität, vor der die väterliche weichen muß. Wißt Ihr was, umarmt mich lieber, denn Ihr habt doch große Lust dazu.«

Damit öffnete er die Arme, und Nowowiejski der Vater wußte selbst nicht, was er tun sollte. Er konnte nicht fertig werden mit diesem Sohne, der als Bube von Hause davongelaufen war und jetzt zurückkehrte als ein reifer Mann und Offizier, der sich mit Kriegsruhm bedeckt hatte. Eines wie das andere schmeichelte dem väterlichen Stolze, und darum hätte er ihn gern an seine Brust gedrückt; er zögerte nur noch aus Rücksicht auf seine Autorität.

Aber der Sohn riß ihn an sich; in seiner Bärenumarmung knackten dem Edelmann die Knochen, und das rührte ihn vollends.

»Was tun?« rief er schweratmend, »der Schelm fühlt, daß er auf seinem eigenen Pferde sitzt und kümmert sich den Teufel um mich! Bitte, wäre es bei mir im Hause, ich würde sicherlich nicht so weich geworden sein, – aber hier, was tun! Nun so komm doch!«

Und sie umarmten sich zum zweiten Male. Dann fragte der Junge nach der Schwester.

»Ich habe ihr befohlen, sich zurückzuziehen, bis ich sie rufe«, antwortete der Vater; »das Mädchen hält es drinnen kaum aus.«

»Wo ist sie denn, bei Gott!« rief der Sohn. Er öffnete die Tür und schrie so laut, daß ihm von den Wänden ein Echo entgegentönte: »Evchen, Evchen!«

Evchen, die im Nebenzimmer gewartet hatte, stürzte sofort herein, aber sie vermochte kaum »Adam!« zu rufen, da hatten sie seine mächtigen Arme schon gefaßt und in die Höhe gehoben. Der Bruder war ihr immer in Liebe zugetan gewesen. Oft hatte er, um sie vor der Tyrannei des Vaters zu schützen, ihre Schuld auf sich genommen und für sie die Strafe erlitten. Herr Nowowiejski war im Hause ein grausamer Despot gewesen, und das Mädchen bewillkommnete in ihrem heldenhaften Bruder nicht nur den Bruder, sondern auch ihre Zuflucht und ihren Schutz für die Zukunft. Er aber küßte sie auf den Kopf, auf die Augen, auf die Arme, hielt sie vor sich hin, schaute ihr ins Gesicht und rief fröhlich ein über das anderemal: »Ein prächtiges Mädel, so wahr Gott lebt!« Und dann wieder: »Wie sie gewachsen ist! Eine Hopfenstange, das Mädchen!«

Und ihre Augen lachten ihm entgegen. Dann sprachen sie über die lange Trennung, über die Heimat, über den Krieg. Der alte Nowowiejski ging um sie herum und blinzelte mit den Augen; sein Sohn imponierte ihm gewaltig. Aber von Zeit zu Zeit erfaßte ihn eine Unruhe um die zukünftige Herrschaft; es war schon die Zeit der großen väterlichen Macht, die in der Folge bis zur grenzenlosen Übermacht anwuchs. Aber dieser Sohn war ein Krieger, ein Soldat, von den wilden Grenzwachten, der, wie der Vater gleich richtig bemerkt hatte, auf seinem eigenen Pferde saß. Nowowiejski war eifersüchtig auf seine Herrschaft; er hatte zwar die Gewißheit, daß der Sohn ihn stets achten werde, daß er ihm geben werde, was ihm zukam; ob er sich aber wie Wachs werde kneten lassen, ob er alles ertragen werde, wie er es als Knabe ertrug? – Bah! – dachte der alte Edelmann – werde ich selbst es denn wagen, ihn wie einen Knaben zu behandeln? Der Strick von Hauptmann macht Eindruck auf mich, so wahr ich lebe – Zum Überfluß empfand Nowowiejski auch, daß seine Liebe zu seinem Sohn mit jeder Minute wuchs, und daß er gegen den riesigen Sprößling schwach sein werde.

Evchen plauderte inzwischen wie ein Vögelchen und überschüttete den Bruder mit Fragen, wann er zurückkomme, und ob er sich nicht seßhaft machen, ob er nicht heiraten werde. Sie zwar wisse das nicht, aber sie habe doch gehört, daß die Soldaten sich leicht verliebten. Sie erinnerte sich sogar, daß die Frau Wolodyjowska ihr das gesagt habe; sie sei hübsch und so gut, die Frau Wolodyjowska. Eine schönere und bessere könne man mit Licht in ganz Polen suchen. Nur Sophie Boska halte einen Vergleich mit ihr aus.

»Was für eine Sophie Boska?« fragte Adam.

»Die mit der Mutter hier ist, und deren Vater die Horde fortgeschleppt hat. Du wirst sie ja selbst sehen und lieb gewinnen.«

»Bringt Sophie Boska her!« rief der junge Offizier.

Der Vater und Evchen lachten über die Schnellfertigkeit des Sohnes; er aber sagte:

»Was denkt ihr; der Liebe entgeht keiner wie dem Tode. Ich war noch ein Milchbart, und Frau Wolodyjowska ein Mädchen, als ich mich furchtbar in sie verliebte. Du lieber Gott, wie ich dies Bärbchen geliebt habe! Und was geschieht? Ich sag' es ihr einmal – schwapp, hab' ich meine Maulschelle weg: die Milch war nicht für die Katze. Ja, sie liebte Herrn Wolodyjowski schon, und das läßt sich wohl sagen – sie hatte recht!«

»Warum?« fragte der alte Nowowiejski.

»Warum? Nun weil ich, ohne Ruhmredigkeit, jedem standhalten würde, er aber hätte mit mir kurzen Prozeß gemacht. Und dann ist er ein unvergleichlicher Streifzügler, vor dem selbst Herr Ruschtschyz den Hut ziehen muß. Was ist Herr Ruschtschyz gegen ihn? Die Tataren sogar lieben ihn, er ist der erste Krieger in der Republik.«

»Und wie sich die beiden lieben, ei, ei, die Augen tun einem weh, wenn man es mit ansieht«, warf Evchen ein.

»Du bekommst Appetit, nicht, du bekommst Appetit? Es ist ja auch Zeit!« rief Adam, und er stemmte die Hände in die Seiten, warf den Kopf zurück wie ein Füllen und lachte. Sie aber antwortete bescheiden: »Das liegt mir nicht im Sinn.«

»Fehlt es hier doch nicht an artigen Offizieren und Edelleuten.«

»Nicht doch«, rief Evchen; »ich weiß nicht, ob dir der Vater gesagt hat, daß Asya hier ist.«

»Asya Mellechowitsch, der Lipker? Ich kenne ihn wohl, ein trefflicher Soldat!«

»Du weißt aber nicht«, sagte der alte Nowowiejski, »daß er nicht Mellechowitsch heißt, sondern unser Asya ist, der mit uns aufwuchs.«

»Bei Gott, was hör' ich? Seht einmal, es war mir oft durch den Kopf gegangen, aber man sagte mir, der hier hieße Mellechowitsch, und so dachte ich mir, dann ist es eben ein anderer, denn Asya ist bei ihnen ein weitverbreiteter Name. Hatte ich ihn doch so viele Jahre nicht gesehen, kein Wunder also, daß ich zweifelte. Unser Asya war ziemlich häßlich, und der hier ist stattlich.«

»Unser Asya ist es, unserer«, sagte der Alte, »oder eigentlich nicht mehr unserer, denn weißt du, was sich herausgestellt hat, wessen Sohn er ist?«

»Wie soll ich das wissen!«

»Des großen Tuhaj-Bey!«

Der Jüngling schlug mit den Händen so kräftig auf die Kniee, daß es widerhallte.

»Ich traue meinen Ohren nicht, des großen Tuhaj-Bey? So ist er ein Fürst und mit den Khanen verwandt? Es gibt kein edleres Blut in der ganzen Krim, als Tuhaj-Beys.«

»Feindesblut!«

»Feind war uns der Vater, aber der Sohn dient uns, ich habe ihn wohl selbst an die zwanzigmal in Schlachten gesehen; ha, jetzt begreife ich den Teufelsmut, der in ihm steckt. Herr Sobieski hat ihn vor dem ganzen Heere gerühmt und zum Hauptmann ernannt. Aus ganzer Seele froh begrüße ich ihn, ein tüchtiger Krieger, von ganzem Herzen sei er mir willkommen!«

»Nur sei nicht zu vertraulich mit ihm.«

»Und warum nicht? Ist er etwa mein oder unser Diener? Ich bin Soldat, so er, ich bin Offizier, er auch, bah, wäre er so ein Lump vom Fußvolk, der das Regiment mit dem Rohrstock führt, so wollte ich nichts sagen; aber wenn er Tuhaj-Beys Sohn ist, so stammt er von nicht geringem Blute, er ist ein Fürst, das genügt, und den Adel wird der Hetman selbst ihm verschaffen. Wie sollte ich stolz über ihn hinwegsehen, da ich mit Kulak-Mirza Bruderschaft geschlossen, mit Bakschi-Aga, und alle diese würden sich nicht scheuen, bei Tuhaj-Beys Sohn die Schafe zu hüten.«

Evchen wandelte plötzlich die Lust an, den Bruder von neuem zu küssen. Sie setzte sich nahe an ihn heran und streichelte mit ihrer schönen, weißen Hand sein wirres Haupthaar, aber Herrn Michaels Eintritt unterbrach diese Liebkosungen.

Der junge Nowowiejski sprang auf, begrüßte den älteren Offizier und entschuldigte sich sogleich, daß er nicht zuerst dem Kommandanten die geziemende Ehre erwiesen; er käme nicht im Dienst, sondern als Privatmann. Wolodyjowski aber umarmte ihn freundlich und antwortete:

»Wer wollte es dir verübeln, teurer Genosse, daß du nach so vielen Jahren der Trennung erst deinem Vater zu Füßen gefallen? Etwas anderes wäre es, wenn du im Dienst kamst, aber du hast gewiß keinen Auftrag von Ruschtschyz?«

»Nur Grüße; Ruschtschyz ist ausgerückt, nach Jahorlik zu, denn er erhielt Nachricht, daß im Schnee Pferdespuren gefunden seien. Euren Brief hat mein Kommandant erhalten und sofort an die Horde geschickt, an seine Verwandten und Bruderschafter, damit sie dort forschen und Nachfrage halten. Er selbst antwortet nicht, denn er sagt, er habe eine zu schwere Hand und wenig Erfahrung in der Kunst des Schreibens.«

»Er tut das nicht gern, ich weiß«, sagte Herr Michael, »der Säbel ist sein Instrument.« Er drehte seinen Schnauzbart und fügte nicht ohne Stolz hinzu:

»Und dem Asba-Bey habt Ihr zwei Monate vergeblich aufgelauert?«

»Und Ihr habt ihn verschluckt, wie der Hecht den Weißfisch«, rief Nowowiejski im Eifer. »Je nun, Gott muß ihm wohl den Verstand verwirrt haben, daß er dem Ruschtschyz entwischte und Euch in die Hände lief; da hat er das Richtige getroffen, ha!«

»Mir hat Gott noch keinen Sohn geschenkt, aber wenn er mich dereinst beglücken wollte, so wünschte ich, er möchte diesem Jüngling ähnlich sein.«

»Nichts davon, nichts davon!« versetzte der junge Edelmann, »*nequam* – und genug.«

Trotz dieses Einwandes keuchte er förmlich vor Vergnügen: »Das wäre auch 'was Besonderes! ...«

Der kleine Ritter streichelte währenddessen Evchens Wange und sagte zu ihr:

»Seht, Fräulein, ich bin kein Jüngling, aber mein Bärbchen ist nahezu in Eurem Alter, darum mach' ich ihr auch gern eine Freude, wie sie ihrem jugendlichen Alter ansteht. – Zwar lieben hier alle sie über die Maßen, aber ich hoffe, daß auch Ihr anerkennt, sie verdient's.«

»Du lieber Gott«, rief Evchen, »es gibt keine zweite in der Welt! Ich habe es eben erst gesagt.«

Der kleine Ritter war außerordentlich erfreut, sein Gesicht strahlte, und er entgegnete:

»Habt Ihr das wirklich gesagt, Fräulein, wie?«

»Wahrhaftig, sie hat's gesagt!« riefen Vater und Sohn zugleich.

»Nun, so legt nur Eure schmucksten Kleider an, denn ich habe ganz im geheimen eine Musikkapelle aus Kamieniez kommen lassen. Die Instrumente sind im Stroh verborgen, und ich habe ihr gesagt, die Zigeuner seien gekommen, um die Pferde zu beschlagen. Heute abend gibt es lustigen Tanz, sie hat das gern, obwohl sie tut wie eine gesetzte Matrone.«

Bei diesen Worten rieb sich Michael vor Freude die Hände und lächelte selbstzufrieden.

Der Schnee fiel so dicht, daß er den Graben der Grenzwacht füllte und sich auf dem Pfahlwerk wie ein Wall ansetzte. Draußen herrschte dunkle Nacht und Sturm, und drinnen im Hauptzimmer des Blockhauses von Chreptiow war heller Lichtschein. Zwei Geiger, der dritte war ein Baßgeiger, zwei Pfeifer und ein Waldhornbläser spielten auf. Die Geiger fuchtelten wie wahnsinnig mit dem Bogen, die Pfeifer und Waldhornbläser bliesen ihre Backen auf, daß ihnen die Augen übergingen. Die ältesten Offiziere und Genossen saßen auf den Bänken an den Wänden herum, einer neben dem anderen, wie weiße Tauben, die auf den Firsten der Dächer hocken, und sahen bei Met und Wein den Tanzenden zu. Das erste Paar bildete Muschalski, der trotz seiner vorgerückten Jahre ein ebenso ausgezeichneter Tänzer wie Bogenschütze war, und Bärbchen. Sie trug ein Kleid aus Silberlahn mit Hermelinbesatz und sah aus wie eine frische Rose in frischem Schnee. Jung und alt bewunderte ihre Schönheit, und unwillkürlich kamen Rufe des Erstaunens aus vieler Munde, denn obgleich Evchen und Sophie Boska ein wenig jünger waren als sie, und deren Schönheit über das gewöhnliche Maß hinausging, war sie doch unter ihnen die schönste. In ihren Augen leuchtete Freude und Lust; wenn sie an dem kleinen Ritter vorüberwirbelte, dankte sie ihm mit einem Lächeln für die bereitete Festlichkeit, und durch die geöffneten Lippen glitzerten die weißen Zähnchen; wenn sie, von Kopf bis Fuß in Silberglanz gehüllt, vorüberhuschte wie eine Flamme oder ein Sternchen, blendete sie Augen und Herz mit dem Zauber eines Kindes, eines Weibes, einer Blume.

Die offenen Ärmel, den Flügeln eines großen Schmetterlinges ähnlich, flatterten ihr nach, und wenn sie die Schöße ihres Jäckchens mit den Händen hob, um vor ihrem Tänzer einen Knix zu machen, schien sie mit dem Boden zusammenzufließen wie eine überirdische Erscheinung, oder wie eine Gebirgsquelle, die in Sommernächten über die Felsen dahinhüpft.

Draußen standen die Leute und drückten ihre wilden, bärtigen Gesichter an die erleuchteten Scheiben, um in das Gemach hineinzublicken. Es schmeichelte ihnen sehr, daß die vergötterte Herrin alle übrigen an Schönheit überstrahlte, denn alle nahmen Bärbchens Partei, und sie begrüßten sie, nicht ohne kleine Anspielungen auf Eva und Sophie, mit lauten Rufen, so oft sie sich dem Fenster näherte.

Herr Michael wuchs förmlich vor Freude und nickte mit seinem Kopf den Takt zu Bärbchens Bewegungen. Sagloba stand mit der Kanne neben ihm, schlug mit den Füßen auf, goß den Inhalt auf den Boden, dann wandten sich die beiden Männer einander zu und sahen sich mit schweigendem Entzücken an.

Und Bärbchen flog im Gemache umher, immer heiterer, immer anmutiger. Das hieß eine Wüste, – bald Schlacht, bald Jagd, bald Festlichkeit und Tanz, Musik, Soldatenlärm – und ihr Gatte der erste unter all diesen Soldaten, der Gatte, der sie liebte, und den sie wieder liebte! Bärbchen fühlte, daß ihr alle gut waren, daß man sie bewunderte, verehrte, daß der kleine Ritter dadurch immer glücklicher ward, darum fühlte sie sich selbst so glücklich wie die Vögel, wenn sie beim Eintritt des Frühlings in der Mailuft sich wiegen und laut und freudig Zwiegespräche halten.

Das zweite Paar bildete Asya und Eva, in ein karmesinrotes Jäckchen gekleidet. Der junge Tatar sprach kein Wort mit ihr, so berauscht war er von der weißen Erscheinung, die in dem ersten Paare glänzte. Sie aber glaubte, daß ihn die Rührung so stumm mache, und bemühte sich erst durch leichteres, dann durch kräftigeres Drücken seiner Hand, ihm Mut einzuflößen. Asya beantwortete auch ihren Händedruck bisweilen so kräftig, daß sie nur mit Mühe einen Aufschrei des Schmerzes unterdrückte, aber er tat das unwillkürlich, denn er dachte an nichts als an Bärbchen, sah niemand außer Bärbchen, und wiederholte in seiner Seele den furchtbaren Schwur, daß sie die Seine werden müsse, und sollte ganz Reußenland darüber in Flammen aufgehen. Dann wieder, wenn ihm auf Augenblicke die Besinnung wiederkehrte, überkam ihn die Lust, Evchen an der Kehle zu fassen, sie zu würgen und sich an ihr zu rächen für den Händedruck und dafür, daß sie zwischen seiner Liebe und Bärbchen stand. Wenn er dann das ahnungslose Mädchen mit seinen Falkenblicken durchbohrte, schlug ihr das Herz mächtiger, denn sie wähnte, daß er sie aus Liebe so mit den Augen verschlinge.

In dritten Paare tanzte der junge Nowowiejski mit Sophie Boska. Sie sah einem Vergißmeinnicht ähnlich und schritt mit gesenktem Blick neben ihm her. Er aber sprang und sah aus wie ein ausgelassenes Füllen. Seine eisenbeschlagenen Hacken sprühten Funken, sein Schopf flog hin und her, sein Gesicht überzog es glühend, seine Nasenflügel bebten, und er warf Sophiechen herum, wie ein Sturmwind das Blatt, und flog mit ihr durch den Raum. In seinem Innern jubelte es maßlos auf, und da er an den äußersten Grenzen der wilden Felder monatelang keine Frau gesehen hatte, gewann Sophiechen im Handumdrehen sein Herz. Immer wieder schaute er auf ihre gesenkten Wimpern, auf ihre rosigen Wangen und wieherte förmlich auf bei dem süßen Anblick; seine Hacken warfen immer neue Funken, immer feuriger zog er sie an seine breite Brust; in überschäumender Lust brach er in ein mächtiges Lachen aus und entbrannte immer heftiger in Liebe.

Sophie fühlte Furcht im Herzen; aber es war keine bedrückende Angst, denn sie fand Gefallen an dem Strom, der sie mit sich fortriß und davontrug. Ein wahrer Drache! Sie hatte verschiedene Ritter in Jaworowo gesehen, aber einen so feurigen hatte sie bisher nicht kennen gelernt, und keiner tanzte wie er, keiner hatte sie so an sich gezogen. Was sollte sie mit ihm beginnen, da sie ihm nicht widerstehen konnte?

Im folgenden Paare tanzte mit einem artigen Genossen Fräulein Kaminska. Dann kam Frau Kieremowitsch und Neresowitsch, die man auch eingeladen hatte, obwohl sie Bürgersfrauen waren, denn beide Frauen hatten höfische Manieren und waren sehr wohlhabend. Der ernste Nawiragy und die beiden Anardraten schauten mit wachsendem Erstaunen den polnischen Tänzen zu. Die Alten machten beim Met ein lautes Gesumme und Gesurre, wie es die Heupferdchen auf dem Stoppelfeld zu machen pflegen; die Kapelle aber übertönte allen Lärm, und die Lust in den Herzen wuchs immer mehr.

Bärbchen verließ ihren Tänzer, lief tiefatmend zu ihrem Gatten und faltete vor ihm die Hände.

»Michael«, sagte sie, »den Soldaten ist draußen so kalt, laß ihnen doch ein Tönnchen geben!«

Er war über die Maßen heiter, küßte ihre Fäustchen und rief:

»Mein Blut wollte ich hingeben, um dir eine Freude zu machen!«

Er eilte selbst hinaus, um den Leuten zu sagen, auf wessen Fürbitte sie ein Tönnchen haben sollten, denn er wünschte, daß sie Bärbchen dankbar seien und sie um so mehr liebten.

Und als sie zur Antwort schrieen, daß der Schnee vom Dache fiel, rief der kleine Ritter noch:

»Und Feuer geben aus den Musketen, vivat die Herrin!«

Bei seiner Rückkehr ins Gemach tanzte Bärbchen mit Asya. Als der Lipker ihre holde Gestalt mit seinem Arm umfaßt hielt, als er ihren Atem warm um sein Gesicht spürte, gingen ihm die Augen über, und die ganze Welt drehte sich im Kreise um ihn her. Er verzichtete in seinem Innern auf die Freuden des Paradieses, auf alle Wonnen, – nur diese eine begehrte er.

Da erblickte Bärbchen im Vorbeifliegen das Karmesinröckchen Evas, und begierig zu wissen, ob Asya dem Mädchen seine Liebe schon bekannt habe, fragte sie:

»Habt Ihr Euch erklärt?«

»Nein.«

»Warum nicht?«

»Noch ist's zu früh«, sagte er mit seltsamem Gesichtsausdruck.

»Und Ihr seid sehr verliebt?«

»Wahnsinnig!« rief Tuhaj-Beys Sohn mit leiser, aber heiserer, dem Krächzen des Raben ähnlicher Stimme.

Und sie tanzte weiter, unmittelbar hinter Nowowiejski, der jetzt als erstes Paar tanzte. Die anderen hatten ihre Tänzerinnen schon gewechselt, dieser aber tanzte noch immer mit Sophie. Von Zeit zu Zeit nur ließ er sie auf die Bank nieder, damit sie Atem schöpfe, dann stürzte er sich von neuem in den Wirbel.

Endlich machte er vor der Musikkapelle Halt, umfaßte Sophie mit der einen Hand, die andere stemmte er in die Seite und rief den Musikanten zu:

»Einen Krakowiak! Spielt auf, Musikanten!«

Sie gehorchten dem Befehl und fiedelten drauf los. Nowowiejski schlug mit den Füßen auf und sang mit machtvoller Stimme:

Tausend helle Bächlein
Hin zum Dniestr streben,
Wie zu dir mein Herze strebt,
Mein geliebtes Leben!
U-ha!

und dieses Uha schrie er so kosakenmäßig, daß Sophiechen erschreckt zusammenfuhr. Auch der ernste Nawiragh, der in der Nähe stand, erschrak, die beiden gelehrten Anardraten erschraken, Nowowiejski aber führte den Tanz weiter, flog zweimal im Gemache herum, stellte sich dann vor die Musik hin und sang so weiter:

Und in Dniestrs Fluten
Taucht das arme Dinglein,
Bis es aus der Tiefe
Fischt das goldne Ringlein!
U-ha!

»Recht artige Verse!« rief Sagloba, »ich verstehe mich darauf, ich habe auch so manche gemacht; angle nur, angle, junger Ritter, und wenn du den Ring erwischt, so will ich dir meinen Vers singen:

Jeder Bursch ist Kiesel
Zunder jedes Mädchen,
Schlag nur an den Funken,

Flackert hell das Fädchen!
U-ha!«

»Vivat, vivat, Herr Sagloba!« schrieen die Offiziere und Genossen mit so lauter Stimme, daß der ernste Nawiragh erschrak, und die beiden gelehrten Anardraten erstaunt einander ansahen. Und Nowowiejski flog noch zweimal im Zimmer herum. Endlich setzte er das müde und durch die Kühnheit ihres Kavaliers eingeschüchterte Mädchen auf die Bank. Sie hatte ihn lieb, den tüchtigen, redlichen, feurigen Burschen, aber gerade weil sie solchem noch nicht begegnet war, hatte sie eine große Verwirrung erfaßt, daß sie die Augen noch tiefer senkte und still und ruhig im Winkel saß.

»Warum schweigt Ihr, warum seid Ihr so traurig?« fragte Nowowiejski.

»Weil Väterchen in Gefangenschaft ist«, antwortete Sophie mit ihrem zarten Stimmchen.

»Nicht doch«, sagte der Heldenjüngling, »jetzt ziemt es zu tanzen! Seht Euch nur im Raume um: so viele unserer hier sind, keiner stirbt eines ruhigen Todes; von heidnischen Pfeilen oder gar in der Gefangenschaft enden wir alle, der eine heut, der andere morgen. Jeder von uns hier in diesen Grenzländern hat einen der Seinigen verloren, und doch sind wir lustig und guter Dinge, damit der liebe Herrgott nicht glaube, wir murren gegen den Dienst. Nicht wahr, hier heißt es tanzen? Lächelt doch, Fräulein, laßt mich Eure Äuglein sehen, sonst denke ich, daß Ihr mir böse seid.«

Sophie erhob zwar ihre Augen nicht, aber ihre Mundwinkel verzogen sich, und in ihren rosigen Wangen zeigten sich zwei Grübchen.

»Habt Ihr mich wenigstens ein bißchen gern?« fragte der Jüngling wieder.

Und Sophie antwortete darauf mit noch leiserer Stimme:
»Ja, gewiß.«

Hier sprang Nowowiejski in die Höhe, ergriff Sophiens Hände und bedeckte sie mit Küssen.

»Es ist aus«, rief er, »ich habe mich sterblich in Euch verliebt! Keine andere will ich als Euch, mein herziges Mädchen; Gott, wie ich Euch liebe! Morgen will ich Eurer Mutter zu Füßen fallen ... was, morgen? – heute noch, denn ich muß Gewißheit haben, daß Ihr mir wohlwollt!«

Der mächtige Donner der Schüsse draußen übertönte Sophiens Antwort. Die erfreuten Soldaten gaben Salven ab zu Bärbchens Ehren, die Scheiben zitterten, die Mauer bebte bei ihren Vivatrufen; zum drittenmal erschrak der ernste Nawiragh, erschraken die beiden gelehrten Anardraten; aber Sagloba, der neben ihnen stand, beruhigte sie in lateinischer Rede:

»*Apud Polonos*«, sagte er zu ihnen, »*nunquam sine clamore et strepitu gaudia fiunt.*«

Es schien, als hätten alle nur auf dieses Musketenfeuer gewartet, damit die Heiterkeit den höchsten Grad erreiche. Die übliche Sitte der Edelleute wich jetzt der Steppenwildheit. Die Kapelle schmetterte, der Tanz ward wilder, die Augen glühten, selbst die ältesten stürzten sich in den Tanz. Laute Rufe erfüllten das Zimmer, man trank und war ausgelassen; aus Bärbchens Schuh ward ein Vivat getrunken, man schoß auf Evchens Hacken, und Chreptiow hallte wider vom Spiel und Gesang und Tanz bis zum frühen Morgen, daß das Wild in der nahen Wüste sich in das tiefste Dickicht zurückzog.

Und da alles dies nahezu am Vorabend des entsetzlichen Krieges mit der türkischen Macht geschah, da über all' diesen Menschen der Schrecken und die Vernichtung hing, staunte der ernste Nawiragh über diese polnischen Soldaten gar sehr, und nicht minder staunten die beiden gelehrten Anardraten.

Am anderen Morgen in später Stunde schlief alles noch. Nur die Soldaten der Wacht und der kleine Ritter, der nie wegen eines Vergnügens den Dienst versäumte, waren auf ihrem Platze. Auch der junge Nowowiejski hatte sich frühzeitig erhoben, denn Sophie Boska war ihm lieber als die Ruhe. Er kleidete sich am frühen Morgen schön an und begab sich in das Gemach, in dem man gestern getanzt hatte, um zu hören, ob in den anstoßenden Kammern der Frauen nicht schon Bewegung zu vernehmen sei. In dem Zimmer, das Frau Boska innehatte, hörte man schon Leben, aber der ungeduldige Jüngling mochte nicht warten, er ergriff das Messer, um das Moos und den Lehm zwischen den Balken loszulösen, und so wenigstens durch einen kleinen Spalt mit einem Auge Sophie erspähen zu können.

Bei dieser Beschäftigung traf ihn Sagloba, der gerade mit dem Rosenkranz eintrat, und da er bald merkte, um was es sich handelte, kam er auf den Fußspitzen heran und bearbeitete den Rücken des Ritters mit den Perlen aus Sandelholz. Dieser lief davon und wandte sich lachend um, aber er war sehr verwirrt; der Alte folgte ihm, schlug ihn immer von neuem und rief ein über das anderemal:

»Ei seht doch, bist du ein Türke oder ein Tatar? *Exerciso te!* Sind das *mores?* Die Weiber willst du ansehen? Ei, daß dich!«

»Freund«, rief Nowowiejski, »es ziemt sich nicht, den heiligen Rosenkranz zum Kantschu zu machen; laßt mich, ich hatte keine sündigen Absichten ...«

»Es ziemt sich nicht, sagst du, mit dem heiligen Rosenkranz zu schlagen? Das ist nicht wahr; die Palme ist am Ostersonntag auch heilig, und doch schlägt man damit. Ha, das war einst ein heidnischer Rosenkranz und gehörte dem Subhagasi; bei Sbarasch habe ich ihm diesen abgenommen, und dann hat ihn der apostolische Nuntius geweiht. Sieh her, echtes Sandelholz.«

»Ich hatte keine sündige Absicht«, wiederholte der Jüngling, »so wahr ich lebe!«

»Nur aus Frömmigkeit hast du das Loch gebohrt, wie?«

»Nicht aus Frömmigkeit, sondern aus Liebe, aus so außerordentlicher Liebe, daß ich glaube, ich müßte auseinandergehen. Warum soll ich Umschweife machen, wenn es so ist? Die Bremsen quälen im Sommer die Pferde nicht so, wie mich die Liebe quält!«

»Ei, schau', daß das nur keine sündige Begehrlichkeit sei, denn als ich hier eintrat, konntest du dich kaum auf den Füßen halten und schlugst mit den Fersen aneinander, als ob du auf Kohlen ständest.«

»Ich habe nichts gesehen, so wahr ich lebe, denn ich hatte erst einen kleinen Spalt gebohrt.«

»Ha, die Jugend, das junge Blut! Ja, ich muß mich auch bisweilen im Zaume halten, denn noch wohnt in mir ein *leo qui querit, quem devoret.* Wenn du reine Absichten hast, so denkst du ans Heiraten?«

»Ob ich ans Heiraten denke! Großer Gott, woran sollte ich denn denken? So wisset Ihr nicht, daß ich mich schon gestern der Frau Boska erklärt habe, und daß mir mein Vater seine Zustimmung gegeben hat?«

»Ein feuriger Bursche, hol' dich der Henker, das ist etwas anderes! Aber erzähle, wie war das?«

»Frau Boska ging gestern in ihre Kammer, um für Sophie ein Tuch zu holen. Ich folgte ihr. Sie drehte sich um – Wer da? – Plauz, liege ich ihr zu Füßen! – Schlagt mich, Mutter, aber gebt mir Sophiechen, meine Glückseligkeit, meine einzige Liebe! – Frau Boska erholt sich von ihrer Überraschung und sagt so: Es loben Euch alle und halten Euch für einen würdigen Jüngling. Mein Mann ist in Gefangenschaft, und Sophie ist ohne Schutz auf dieser Welt. Indessen kann ich Euch heute noch keine Antwort geben, auch morgen nicht, – später einmal, und Ihr braucht ja auch die Einwilligung Eures Vaters. – Mit diesen Worten ging sie, weil sie glaubte, daß ich das im Rausch getan habe. Ich war ja auch ein wenig ...«

»I nicht doch, es waren alle ein wenig angeheitert, – hast du nicht bemerkt, wie dem Nawiragh und den Anardraten die spitzen Mützen schief auf dem Kopfe saßen?«

»Ich habe es nicht bemerkt, denn ich machte im Innern schon Pläne, wie ich am leichtesten die Zustimmung vom Vater erlange.«

»Und wurde es dir schwer?«

»Gegen Morgen ging ich mit ihm ins Quartier, und da man das Eisen schmieden muß, solange es heiß ist, sagte ich mir, du mußt gleich mal die Fühlhörner ausstrecken, wie der Vater es aufnehmen wird. Ich sage also: Hör', Vater, ich muß die Sophie haben, und ich brauche deine Zustimmung, und wenn du sie mir nicht gibst, so gehe ich zu den Venetianern und lasse mich dort anwerben, und dann werdet Ihr mich so viel sehen – Wie der nicht über mich herfällt in blinder Wut: Solch' ein Sohn! sagt er; du kannst ohne Erlaubnis fertig werden, geh' zu den Venetianern oder nimm dir das Mädchen, wie du willst, aber das eine sag' ich dir: keinen Heller bekommst du, weder von meinem noch von der Mutter Teil, denn alles ist mein eigen.«

Sagloba schob die Unterlippe vor: »Ei, schlimm!«

»Hört nur weiter: Wie er so spricht, sage ich gleich: Hab' ich denn darum gebeten, oder brauch ich es denn? Deinen Segen brauche ich, nichts weiter. Denn die heidnische Beute, die meinem Schwerte zufiel, reichte zu einer guten Pacht, ja zu einem mäßigen Gütchen. Was an Mutterteil da ist, mag für Evchen zur Mitgift bleiben, ich lege auch noch eine und die andere Handvoll Türkisen hinzu und Atlas und Gold- und Silbergeweb', und wenn ein schlimmes Jahr kommt, so helfe ich auch noch dem Vater mit barem aus. Da ward der Vater furchtbar neugierig.«

»So reich bist du?« fragte er, »ums Himmels willen, woher? Von der Beute? Denn fortgegangen bist du arm wie eine Kirchenmaus.«

»Ich bitte Euch, Vater«, antwortete ich ihm, »ich bin doch elf Jahre draußen und arbeite mit diesen Fäusten, und wie die Leute sagen, nicht übel, und sollte gar nichts gesammelt haben? Ich war beim Sturm der rebellischen Burgen, in denen das Gesindel und die Tataren Beute von beträchtlichem Werte aufgehäuft hatten, ich habe die Mirzen und die Räuberscharen geschlagen, und die Beute wuchs und wuchs. Ich nahm nur das, was mir zuerkannt wurde – und schädigte keinen; so wuchs es an, und wenn der Mensch nicht liederlich wäre, so besäße er zweimal soviel, wie Ihr in Eurer Hauswirtschaft braucht.«

»Und was sagte der Alte da?« fragte Sagloba belustigt.

»Der Vater war erstaunt, denn er hatte das nicht erwartet, und begann bald über meine Verschwendung zu klagen: Es sei, sagt er, vorhanden, aber solch ein Windbeutel, solch ein Tagedieb, der sich nur gern aufbläht und den Magnaten spielt, der bringe alles durch und halte nichts fest; dann übermannte ihn die Neugier, und er fragte mich eingehend aus, was ich habe; und da ich sah, daß ich nur gut zu schmieren brauchte, um gut zu fahren, so verbarg ich ihm nicht nur nichts, sondern ich log noch ein bißchen hinzu, obwohl ich nicht gern schönfärbe, denn ich meine, die Wahrheit ist Hafer, und die Lüge ist Häcksel. Der Vater griff sich mit beiden Händen an den Kopf und dachte nach: Dies und das könnte man zukaufen, sagte er, diesen und jenen Prozeß fördern; wir würden Rain an Rain wohnen, und in deiner Abwesenheit würde ich alles beaufsichtigen. Und da brach das weiche Vaterherz in Tränen aus. – Adam, sagte er, das Mädchen hat mir für dich sehr gefallen, besonders, da sie unter dem Schutze des Hetmans steht, und daraus könnte dir auch ein Nutzen erwachsen. Adam, sagt er, daß du mir aber auch meine zweite Tochter behütest und sie mir nicht zugrunde richtest, sonst würde ich es dir in meiner Todesstunde nicht verzeihen. – Und ich, wie ich nur das Wort höre von Sophiechens Kränkung, brülle los, wir fallen uns einander in die Arme und weinten akkurat, bis die Hähne krähten.«

»Alter Schelm!« brummte Sagloba. Dann fügte er laut hinzu:

»Ha, da können wir bald in Chreptiow eine Hochzeit und neue Festlichkeiten haben, besonders da der Karneval kommt.«

»Wenn es von mir abhinge, könnte es schon morgen sein!« rief Nowowiejski feurig. »Aber das geht nicht so; mein Urlaub ist in kurzem beendet, und Dienst ist Dienst, ich muß nach Raschkow zurück. Je nun, Herr Ruschtschyz gibt mir auch einen zweiten Urlaub, das weiß ich, aber ich bin nicht sicher, ob es nicht von seiten der Frauen eine Verzögerung gibt. Mache ich mich an die Mutter, so sagt sie: Mein

Mann ist in der Gefangenschaft –, mache ich mich an die Tochter, was sagt sie? – Väterchen ist in der Gefangenschaft! Was soll das heißen? Halte ich diesen Vater in Ketten, oder was? Ich fürchte, es gibt Hindernisse. Wenn das nicht wäre, faßte ich den Priester Kaminski am Gewand und ließ ihn nicht los, ehe er mich mit Sophiechen verbunden hat. Aber wenn sich die Weiber was in den Kopf setzen, so kriegt man es auch mit Zangen nicht heraus. Meinen letzten Groschen gäbe ich hin und ginge selbst hin, den Vater holen, – aber wie soll ich's anfangen? Weiß doch niemand, wo er ist; vielleicht ist er gar gestorben … da kann man lange suchen! Wenn sie mich warten lassen wollen auf diesen Vater, so kann ich bis zum jüngsten Gericht warten.«

»Die Piotrowitschs machen sich morgen mit Nawiragh und den Anardraten auf den Weg, wir werden bald Nachricht haben.«

»Himmel, hilf, ich soll erst auf diese Nachrichten warten? Vor dem Frühling könnte nichts kommen, und inzwischen gehe ich ein, so wahr ich Gott liebe! Verehrter Freund, alle Welt glaubt an Euren Verstand und Eure Erfahrung, schlagt Ihr doch den Weibern dieses Zaudern aus dem Kopf! Freund, im Frühling gibt es Krieg, Gott weiß, was geschieht. Ich will ja Sophiechen heiraten, nicht den Vater; wie sollte ich dem Liebeserklärungen machen?«

»Rede den Weibern zu, nach Raschkow mitzufahren und sich dort niederzulassen. Dort bekommen sie leichter eine Nachricht, und wenn Piotrowitsch Boski findet, wird er es nahe zu euch haben, und dann: ich will tun, was ich vermag, du aber bitte Frau Bärbchen, daß sie für Euch eintrete.«

»O das will ich, das will ich, denn mich holt der Teu...«

Da knarrte die Tür, und Frau Boska trat ein. Ehe Sagloba sich noch umsehen konnte, war der junge Nowowiejski seiner ganzen Länge nach zu ihren Füßen hingestürzt, er bedeckte mit seinem Riesenkörper einen ungeheuren Raum der Diele und rief:

»Ich habe die Einwilligung des Vaters, gebt mir Sophiechen, Mutter, gebt mir Sophiechen!«

»Gebt ihm Sophiechen, Mutter«, wiederholte Sagloba im tiefen Baß.

Der Lärm lockte die Leute aus den Nachbarkammern herein, Bärbchen kam, Michael trat aus seiner Kanzlei, und gleich hinter ihnen erschien Sophie. Das Mädchen durfte doch nicht erraten, um was es sich handle, aber ihr Gesicht übergoß ein dunkles Rot, sie drückte die Hände zusammen, machte ein Mäulchen und stand mit gesenkten

Augen im Winkel. Herr Michael lief, um den alten Herrn Nowowiejski herauszuholen. Er kam und wütete, daß sein Sohn nicht ihm das Amt übertragen, daß er nicht seiner Beredsamkeit die ganze Sache überlassen habe, stimmte aber doch seiner Bitte bei.

Frau Boska, welcher wirklich jeder nähere Schutz in der Welt fehlte, brach endlich in Tränen aus und gab ihre Zustimmung sowohl zu der Bitte Adams wie zu dem Rate, mit den Piotrowitsch nach Raschkow zu reisen und dort auf ihren Mann zu warten. Unter Tränenströmen wandte sie sich an ihre Tochter:

»Sophiechen«, sagte sie, »wie denkst du über die Absichten des Herrn Nowowiejski?«

Aller Augen richteten sich auf Sophie; sie stand im Winkel, hielt die Augen nach der Sitte auf den Fußboden geheftet und sprach nach einer Weile des Schweigens, ganz von Rot übergossen, mit kaum hörbarem Stimmchen:

»Ich will mit nach Raschkow.«

»Mein süßes ...« platzte Adam heraus, sprang zu ihr und nahm das Mädchen in seine Arme. Dann schrie er, daß die Mauer bebte:

»Mein ist Sophie, mein – mein!«

15. Kapitel

Der junge Nowowiejski reiste sofort, nachdem sie sich verlobt hatten, nach Raschkow, um ein Quartier für Frau und Fräulein Boska zu finden und herzurichten; zwei Wochen nach seiner Reise zog eine Karawane der Gäste von Chreptiow. Sie wurde gebildet von Nawiragh, den beiden Anardraten, Kieremowitsch, Neresowitsch, Seferowitsch, von Frau und Fräulein Boska, den beiden Herren Piotrowitsch und dem alten Nowowiejski, die Armenier aus Kamieniez nicht mitgerechnet, und die zahlreiche Dienerschaft und bewaffneten Knechte, welche die Wagen, die Zug- und die Saumtiere hüten sollten. Die Piotrowitschs und die geistlichen Delegaten des Patriarchen von Usmiadsin sollten in Raschkow nur Rast halten, dort Erkundigungen über den Weg einziehen und weiterreisen nach der Krim. Der Rest der Gesellschaft beschloß, sich auf eine Zeit in Raschkow niederzulassen, und wenigstens bis zum ersten Tauwetter auf die Rückkehr der Gefangenen zu warten: auf Boski, den jüngeren Seferowitsch und die beiden Kaufleute, die von ihren besorgten Gattinnen schon lange mit Sehnsucht erwartet wurden.

Es war ein mühsamer Weg, denn er führte durch Wüsteneien und Schluchten. Zum Glück hatten die reichlichen und trockenen Schneefälle eine ausgezeichnete Schlittenbahn geschaffen; die Anwesenheit des Heerkommandos in Mohylow, Jampol und Raschkow gaben Sicherheit. Asba-Bey war vernichtet, die Räuber gehenkt oder zerstreut, und die Tataren pflegten zur Winterszeit wegen des Mangels an Gras ihre Streifzüge nicht aufzunehmen.

Schließlich hatte Nowowiejski versprochen, wenn er nur die Erlaubnis von Ruschtschyz erhalte, mit etlichen zehn Pferden der Karawane entgegenzukommen. Und so reiste man denn sorglos und guter Dinge. Sophie wäre mit Herrn Adam bis ans Ende der Welt gegangen. Frau Boska und die beiden armenischen Frauen hofften in kurzer Zeit ihre Männer wiederzugewinnen. Raschkow lag zwar in entsetzlicher Einöde an der äußersten Grenze der christlichen Welt, aber man reiste ja doch nicht fürs ganze Leben hin, nicht einmal zu einem langen Aufenthalt. Zum Frühling sollte es Krieg geben; man sprach an den Grenzen allgemein davon, und darum mußte man, wenn die Geliebten wiedergewonnen, mit dem ersten warmen Winde heimkehren, um das Haupt vor tödlicher Gefahr zu schützen.

Evchen war in Chreptiow geblieben, Frau Barbara hatte sie zurückgehalten. Der Vater drängte auch nicht sehr, sie mit sich zu nehmen, da er sie im Hause so braver Leute wußte.

»Ich werde sie schon sicher hinschicken, oder ich bringe sie gar selbst«, sagte Bärbchen, »ja, eher bringe ich sie selbst, denn einmal im Leben möchte ich diese furchtbare Grenze sehen, von der ich soviel von Kindheit auf gehört habe. Im Frühling, wenn die Wege wieder von den Tatarenscharen wimmeln, wird es mein Mann nicht gestatten, aber jetzt, wenn Evchen hierbleibt, werde ich einen guten Vorwand haben. In etwa zwei Wochen werde ich anfangen, in ihn zu dringen, und in dreien habe ich sicher die Erlaubnis.«

»Euer Gatte, hoffe ich, wird Euch auch im Winter nicht ohne eine tüchtige Eskorte reisen lassen.«

»Wird er es möglich machen, so wird er selbst mit mir reisen, wo nicht, wird uns Asya mit zweihundert Pferden oder mehr begleiten, denn ich habe schon gehört, daß er nach Raschkow abkommandiert sein soll.«

Damit schloß die Unterredung, und Evchen blieb. Bärbchen hatte aber außer den wahren Gründen, die sie Herrn Nowowiejski auseinandersetzte, auch noch eine andere Absicht: sie wollte Asya die Annäherung an Evchen erleichtern, denn der junge Tatar begann sie zu beunruhigen. So oft er mit ihr zusammen war, antwortete er zwar auf ihre Fragen, daß er Evchen liebe, daß die alte Neigung noch nicht erloschen sei; so oft er sich aber mit Evchen allein befand – schwieg er. Inzwischen hatte sich das Mädchen in der Einsamkeit von Chreptiow sinnlos verliebt; seine wilde, aber prächtige Erscheinung, seine Kindheit, die er unter der rauhen Hand Nowowiejskis verbracht, seine fürstliche Abstammung, das lange Geheimnis, das darüber gewaltet hatte, und endlich sein Kriegsruhm hatten sie vollends bezaubert. Sie harrte nur des Augenblicks, um ihm das Herz, das lichterloh brannte, zu öffnen, um ihm zu sagen: »Asya, ich habe dich seit meinen Kindertagen geliebt«, in seine Arme zu fallen, und ihm Liebe zu schwören bis in den Tod. Er aber biß die Zähne zusammen und schwieg.

Evchen glaubte anfangs, die Anwesenheit des Vaters und des Bruders halte Asya vor dem Geständnis zurück; später aber erfaßte sie Unruhe, denn wenn auch der Vater und der Bruder unzweifelhaft Hindernisse bereitet haben würden, solange Asya das Bürgerrecht nicht besaß, so konnte er doch vor ihr sein Herz öffnen, ja mußte er es um so schneller, um so aufrichtiger öffnen, je mehr Hindernisse auf ihrem Wege lagen. Und er schwieg.

Endlich stahlen sich Zweifel in die Seele des Mädchens, und sie klagte Bärbchen ihr Geschick. Diese beruhigte sie aber und sagte:

»Ich leugne nicht, daß er ein seltsamer, furchtbar verschlossener Mensch ist, aber ich bin gewiß, daß er dich liebt, denn erstens hat er es mir oftmals gesagt, und dann sieht er dich mit anderen Blicken an als die anderen.«

Evchen aber schüttelte den Kopf und sagte traurig:

»Anders wohl, aber ich weiß nicht, ob Liebe oder Haß in diesem Blicke ist.«

»Gutes Evchen, sprich doch nicht so! Weshalb sollte er dich hassen?«

»Weshalb mich lieben?«

Bärbchen streichelte ihr mit ihrer kleinen Hand die Wange.

»Und weshalb hat Michael mich geliebt? Und weshalb hat dein Bruder Sophie liebgewonnen, da er sie kaum gesehen hatte?«

»Adam war immer schnell entschlossen.«

»Asya aber ist stolz und fürchtet eine Zurückweisung, besonders von deinem Vater, denn dein Bruder, der selbst liebt, würde eher die Qual der Liebe begreifen. Das ist es; sei nicht töricht, Evchen, fürchte dich nicht, ich will Asya tüchtig ausschelten, und du sollst sehen, er wird entschlossen sein.«

Noch an demselben Tage sprach Bärbchen mit Asya, und gleich nach dieser Unterredung lief sie eiligen Schrittes zu Evchen.

»Schon geschehen!« rief sie an der Schwelle.

»Was?« fragte Evchen, purpurrot.

»Ich habe so zu ihm gesagt: Was denkt Ihr Euch, wollt Ihr undankbar gegen mich sein, wie? Ich habe Evchen absichtlich hier behalten, damit Ihr die Gelegenheit benutzt; wenn Ihr sie aber nicht benutzt, so wißt, daß ich sie in zwei, höchstens drei Wochen nach Raschkow schicke und vielleicht selbst mit ihr reise, und Euch bleibt dann der Korb. – Sein Gesicht veränderte sich, als er von dieser Reise nach Raschkow hörte, und er sank mir zu Füßen. Ich frage ihn also, was er zu tun gedenke. – »Unterwegs«, sagt er, »will ich bekennen, was ich im Busen trage, unterwegs«, sagt er, »wird die beste Gelegenheit sein, unterwegs wird geschehen, was geschehen soll, was Bestimmung ist. Alles«, sagt er, »will ich bekennen, alles aufdecken; ich kann nicht länger leben in dieser Qual.« – Und seine Lippen zitterten förmlich, denn er hatte vorher Kränkung gehabt, er hatte heute früh ungünstige Briefe aus Kamieniez empfangen. Er sagte mir, er müsse ohnehin nach Raschkow, es sei bei meinem Manne schon lange ein Befehl des Hetmans zu dieser Reise, nur sei in dem Befehl die Zeit nicht angegeben, weil diese von den Verhandlungen abhänge, die er dort mit den Hauptleuten der Lipker führe. – »Und jetzt gerade«, sagt er, »kommt die Zeit heran, und ich muß ihnen entgegengehen bis über Raschkow hinaus, und so kann ich gleichzeitig Ew. Liebden und Fräulein Eva begleiten.« – Ich sagte ihm darauf, es sei noch unbestimmt, ob ich auch reise, denn das hänge von Michaels Erlaubnis ab. Bei diesen Worten erschrak er sehr; – ach, bist du töricht, Evchen! Du sagst, er liebe dich nicht, und er ist mir zu Füßen gefallen und hörte nicht auf zu bitten, daß ich mitreisen solle. Ich sage dir, er lallte förmlich, ich hätte aus Mitleid weinen mögen. Und weißt du, weshalb er das tat? Er hat es mir gleich gesagt: »Ich will bekennen«, sagt er, »was ich im Herzen trage, aber ohne Ew. Liebden Eintreten werde ich bei dem Herrn Nowowiejski nichts ausrichten; ich werde nur Zorn und Haß in ihnen und in mir wecken. In Ew. Liebden Händen liegt mein Schicksal, meine Qual, meine Erlösung, denn wenn Ew. Liebden nicht mitreisen, so wollte ich lieber, die Erde verschlänge mich, oder ein Blitz erschlüge mich!« – So liebt er dich, es ist kaum auszudenken! Und wenn du ihn gesehen hättest, wie er da aussah, du wärest erschrocken.«

»Nein, ich fürchte ihn nicht«, antwortete Evchen. Und sie küßte Bärbchens Hände.

»Fahrt mit uns!« wiederholte sie begeistert. »Ihr allein könnt uns retten, Ihr allein werdet Euch nicht fürchten, es dem Vater zu sagen, Ihr allein werdet etwas durchsetzen können. Fahrt mit uns; ich will Herrn Wolodyjowski zu Füßen fallen, damit er Euch die Erlaubnis gebe. Ohne Euch werden der Vater und Asya mit Messern aufeinander losstürzen, – fahrt mit uns, fahrt mit uns!«

Sie sprach's und sank zu Bärbchens Füßen und umfaßte sie schluchzend.

»So Gott will, fahre ich mit«, antwortete Bärbchen; »ich will Michael alles vorstellen, und will nicht aufhören, ihn zu quälen; auch allein kann man jetzt sicher reisen, um wie viel mehr unter so zahlreicher Bewachung. Vielleicht reist auch Herr Michael mit, er hat ein Herz und wird es erlauben. Erst wird er mich anschreien; aber wenn ich traurig sein werde, wird er bald um mich herumscharwenzeln, mir in die Augen sehen und – ja sagen. Ich würde es lieber sehen, daß er selbst mitreiste, denn mir wird furchtbar bange nach ihm sein, – aber was tun? Ich reise auch so, um Euch die Sache zu erleichtern … handelt es sich doch nicht mehr um meinen Wunsch, sondern um euer beider Schicksal. Michael ist dir gut, und ist Asya gut – er wird's erlauben!«

Asya aber war nach jener Unterredung mit Bärbchen voller Freude und Hoffnung auf sein Zimmer gestürzt, als sei er nach langer Krankheit plötzlich genesen und neu belebt. Kurz zuvor hatte wahnsinnige Verzweiflung sein Herz erfaßt. Gerade an diesem Morgen hatte er von Herrn Bogusch einen trockenen, kurzen Brief folgenden Inhalts erhalten:

»Mein lieber Asya! Ich habe in Kamieniez Halt gemacht und komme jetzt nicht nach Chreptiow. Erstens, weil Müdigkeit mich ergriffen hat, und zweitens, weil ich dort nichts zu tun habe. In Jaworowo bin ich gewesen. Der Herr Hetman will Dir nicht nur seine schriftliche Erlaubnis nicht geben, und Deine wahnsinnigen Pläne mit seiner Autorität nicht decken, sondern befiehlt Dir streng und bei Verlust seiner Gunst, daß Du sie auf der Stelle aufgebest. Ich habe auch die Überzeugung gewonnen, daß alles das, was Du mir gesagt hast, unnütz ist. Für ein christlich gebildetes Volk ist es sündhaft, sich mit den Heiden in solche Machenschaften einzulassen, und es wäre auch eine Schmach vor der ganzen Welt, Adelsprivilegien an Diebe, Räuber und Mörder, die unschuldiges Blut vergießen, zu verteilen. Erwäge es selbst und denke nicht mehr an die Hetmanswürde, sie ist nicht für Dich, wenn Du auch Tuhaj-Beys Sohn bist. Willst Du aber die Gunst des Hetmans ganz wiedererlangen, so gib Dich zufrieden mit Deinem Range, besonders aber beschleunige Dein Werk mit Krytschynski, Tworkowski, Adurowitsch und den anderen, denn dadurch wirst Du Dir das größte Verdienst erwerben. Eine Weisung des Hetmans über das, was Du tun sollst, sende ich mit diesem Briefe, und an Herrn Michael den Befehl von oben, daß er Dich gehen und kommen lasse mit Deinen Leuten, wann's Dir beliebt. Den Hauptleuten wirst Du sicher entgegeneilen müssen – und beschleunige das – und gib mir nach Kamieniez eilig Nachricht, was man drüben auf der anderen Seite hört. Indem ich Dich der göttlichen Gnade empfehle, bleibe ich mit unveränderlichem Wohlwollen Martin Bogusch aus Siembiz, Untertruchseß von Nowogrod.«

Als der junge Tatar diesen Brief gelesen hatte, verfiel er in eine entsetzliche Wut; erst zerrieb er das Schriftstück zu Staub in der Hand, dann bohrte er sein Dolchmesser ein über das anderemal in den Tisch, endlich ging er auf sein eigenes Leben los und auf den treuen Halim, der ihn auf Knieen flehentlich bat, nichts zu unternehmen, ehe sich seine Wut und seine Verzweiflung gelegt habe. Gewiß war dieser Brief für ihn ein tödlicher Stoß; der Bau, den sein Stolz, sein Ehrgeiz aufgeführt hatte, war wie von Pulver in die Luft gesprengt, alle seine Pläne vernichtet; er konnte der dritte Hetman in der Republik werden und gewissermaßen ihr Schicksal in seinen Händen halten, und nun sah er ein, daß er ein unbekannter Offizier bleiben müsse, für dessen Ehrgeiz das Bürgerrecht das höchste Ziel darstellte. Schon hatte er in seiner glühenden Einbildungskraft täglich die Massen gesehen, die ihm huldigend zu Füßen sanken, und nun würde er ihnen huldigen müssen. Wertlos war es für ihn, daß er Tuhaj-Beys Sohn war, daß das Blut fürstlicher Krieger in seinen Adern rollte, daß er ungeheure Gedanken in seiner Seele geboren hatte, – wertlos, alles wertlos; verkannt würde er nun leben, und vergessen sterben in irgend einem fernen Grenzblockhaus. Ein einziges Wort hatte seine Flügel gelähmt, ein einziges Nein hatte es zu Wege gebracht, daß er von nun an sich nicht mehr frei in die Lüfte erheben durfte, wie der Adler am Himmelszelt, sondern dahinkroch wie der Wurm am Boden.

Aber alles das bedeutete noch nichts im Vergleich zu dem Glück, das er mit den Augen, mit dem Herzen, mit der Seele, mit seinem Leben liebte. Sie wird niemals die Seine werden. Dieser Brief hatte ihm nicht nur den Hetmansstab, sondern auch sie entrissen, denn konnte Chmielnizki die Frau Tschaplinskis entführen, so konnte auch der mächtige Asya, der Hetman, das fremde Weib in seinen Besitz bringen und schützen, wenn nötig gegen die ganze Republik. Wie aber sollte Asya, der lipkische Hauptmann, der unter dem Kommando ihres Gatten diente, wie sollte dieser Asya sie seiner Gewalt entreißen?

Wenn er daran dachte, ward die Welt um ihn her schwarz und wüst, und Tuhaj-Beys Sohn wußte nicht, ob es nicht besser für ihn sei zu sterben, als zu leben ohne ein Recht zum Leben, ohne Glück, ohne Hoffnung, ohne das geliebte Weib. Das drückte ihn um so furchtbarer nieder, als er eine solche Wunde nicht erwartet hatte, vielmehr bei der Betrachtung des Zustandes der Republik mit jedem Tage mehr die Überzeugung in sich befestigte, daß der Hetman auf seine Pläne eingehen müsse. Und nun waren alle seine Hoffnungen auseinandergestoben, wie der Nebel vor dem Sturmwind. Was blieb ihm nun zu tun? – Dem Ruhm, dem Glück, der Größe zu entsagen. Aber daran dachte er nicht; im ersten Augenblick hatte ihn eine Raserei des Zorns und der Verzweiflung erfaßt; ein Feuer ging durch seinen Körper und brannte ihn schmerzhaft, er heulte und knirschte mit den Zähnen, rachsüchtige Gedanken wirbelten durch seinen Kopf. Rache wollte er nehmen an der Republik, an dem Hetman, an Michael, an Bärbchen sogar. Seine Lipker wollte er aufrufen, die ganze Besatzung niedermetzeln, alle Offiziere, ganz Chreptiow, Michael töten, Bärbchen mit Gewalt fortführen, mit ihr an das Moldauische Ufer fliehen und dann weit, weit in die Dobrudscha hinein und noch weiter, sei es auch nach Stambul selber, sei es auch in die asiatischen Wüsten.

Aber der treue Halim wachte über ihn, und er selbst sah, nachdem er sich von der ersten Wut und Verzweiflung erholt hatte, die ganze Unmöglichkeit dieser Pläne ein. Asya war auch hierin Chmielnizki ähnlich, daß in ihm ein Löwe neben der Schlange wohnte. Er würde mit den treuen Lipkern Chreptiow überfallen – und was dann? Würde Michael, der wachsam war wie ein Wächterhund, sich so plötzlich umzingeln lassen, und, wenn das gelänge, würde sich dieser treffliche Krieger besiegen lassen, der überdies noch eine größere Zahl von Soldaten, und von besseren Soldaten unter seiner Führung hatte? Und endlich, wenn Asya ihn auch besiegte, was dann? Wenn er den Fluß entlang ginge nach Jahorlik, so mußte er unterwegs die Kommandos in Mohylow, Jampol und Raschkow aufreiben, und gelangte er an das Moldauische Ufer, so saßen dort die Perkulaben, Michaels Freunde, und Habareskul von Chozim, sein geschworener Feind. Zöge er Dorosch entgegen, so ständen bei Brazlaw die polnischen Kommandos, und die Steppe war auch im Winter voll von Streifzüglern. All dem gegenüber empfand Tuhaj-Beys Sohn seine Machtlosigkeit; seine rachsüchtige Seele, die erst Flammen gespieen hatte, verkroch sich in dumpfer Verzweiflung, wie ein verwundetes Wild sich in die dunkle Höhle verkriecht – und blieb still.

Und wie maßloser Schmerz sich selbst tötet und in Erstarrung vergeht, so erstarrte auch er endlich ganz. Gerade in diesem Augenblick wurde ihm gemeldet, daß die Frau Kommandantin ihn zu sprechen wünsche.

Halim erkannte Asya kaum wieder, als er von dieser Unterredung zurückkehrte. Die Erstarrung war aus dem Gesicht des Tataren gewichen, seine Augen funkelten wie die einer Wildkatze, sein Gesicht glänzte, und die weißen Eckzähne traten unter seinem Schnurrbart hervor, – in seiner wilden Schönheit glich er ganz dem furchtbaren Tuhaj-Bey.

»Herr«, fragte Halim, »womit hat Gott dein Herz erfreut?«

Und Asya antwortete: »Halim, nach dunkler Nacht schafft Gott den Tag und befiehlt der Sonne, aus dem Meer emporzusteigen. Halim«, – hier faßte er den alten Tataren an den Schultern – »in einem Monat wird sie mein sein auf ewig!«

Und sein dunkelbraunes Gesicht strahlte in solchem Glanze, daß er schön erschien, und Halim verbeugte sich viele Male vor ihm.

»Sohn des Tuhaj-Bey, du bist groß und mächtig, und die Schlechtigkeit der Ungläubigen vermag nichts über dich.«

»Höre!« sagte Asya.

»Ich höre, Sohn des Tuhaj-Bey!«

»Wir werden ans blaue Meer ziehen, wo der Schnee nur auf den Bergen liegt, und wenn wir einmal heimkehren in diese Lande, so geschieht es an der Spitze der Scharen, zahlreich wie der Sand am Meere, wie die Blätter in diesen Wüsten – Feuer und Schwert vor uns hertragend. Du, Halim, Sohn des Kurdluk, machst dich noch heute auf den Weg; du gehst zu Krytschynski und sagst ihm, daß er gen Raschkow von jenseits mit seiner Schar kommen soll, und Adurowitsch, Morawski, Alexandrowitsch, Grocholski, Tworkowski und was von Lipkern und Tscheremissen lebt, solle mir auch entgegenziehen, und den Scharen, die mit Dorosch in den Winterlagern sind, sollen sie Meldung machen, damit sie von Human her plötzlich große Unruhen machen, damit die lechischen Kommandos aus Mohylow, Jampol und Raschkow hinausziehen in die weite Steppe. Auf dem Wege, den ich ziehe, soll kein Heer sein, dann wird, wenn ich hinausziehe nach Raschkow, nichts zurückbleiben als Asche und Trümmer.«

»Helfe dir Gott!« antwortete Halim.

Und er verbeugte sich wieder, und Asya neigte sich über ihn und wiederholte noch viele Male: »Sende Boten umher, denn wir haben nur einen Monat Zeit.«

Dann schickte er Halim fort, und als er sich allein befand, begann er zu beten, denn seine Brust war übervoll von Glück und Dankbarkeit gegen Gott.

Während des Gebets blickte er unwillkürlich durch das Fenster hinaus auf seine Lipker, die gerade die Pferde hinausführten, um sie am Brunnen zu tränken. Der Schloßhof wimmelte von ihnen, sie sangen leise ihre eintönigen Lieder, zogen die knarrenden Kräne und schöpften das Wasser in die Tröge. Der Dampf stieg in Doppelsäulen aus den Nüstern der Pferde und hüllte das Bild ein. Plötzlich trat aus dem Hauptgebäude Michael Wolodyjowski, in einen Schafspelz und Kalbstiefel gekleidet. Er ging zu den Lipkern heran und sprach mit ihnen; sie standen kerzengerade vor ihm, nahmen gegen die Sitte des Ostens die Kapuze von ihren Köpfen und horchten seinen Worten. Bei seinem Anblick hörte Asya auf zu beten, und murmelte vor sich hin:

»Ein Falke bist du, aber ich werde auf meinen Flügeln weiter gelangen als du, und du wirst in Chreptiow bleiben in Leid und Harm.«

Michael kehrte in fein Zimmer zurück, und auf dem Schloßhof ertönten wieder die Lieder der Lipker, das Wiehern der Pferde, das klagende, durchdringende Knarren der Brunnenkräne.

Der kleine Ritter schrie anfangs, ganz wie Bärbchen vorhergesehen hatte, auf, als sie von ihren Absichten sprach, er werde es nie dulden, denn er selbst könne nicht reisen, und ohne ihn werde er sie nicht reisen lassen; aber da begannen von allen Seiten Bitten und Zureden, die endlich seinen Entschluß wankend machten.

Bärbchen drängte zwar weniger, als er erwartet hatte, denn sie wollte überaus gern mit ihrem Gatten reisen, und ohne ihn verlor der Zug einen Teil seines Reizes. Evchen aber kniete vor ihm, küßte ihm die Hände und beschwor ihn bei seiner Liebe zu Bärbchen, seine Zustimmung zu geben.

»Niemand sonst wird es wagen, vor meinem Vater zu treten«, sagte sie zu ihm, »und ihm dies mitzuteilen. Weder ich noch Asya, nicht einmal mein Bruder, nur Frau Bärbchen kann das tun, denn ihr wird er nichts versagen.«

Darauf antwortete Wolodyjowski.

»Das Werben ist Bärbchens Sache nicht, und außerdem müßt Ihr doch hier herum zurückkehren, sie kann das also bei der Rückreise tun.«

Evchen antwortete durch Weinen: »Gott wisse, was bis zur Rückreise geschehe, sie sei sogar sicher, daß sie vor Gram sterben werde; aber für eine Waise, mit welcher niemand Mitleid habe, sei das wohl das beste.«

Der kleine Ritter besaß ein überaus weiches Herz; er drehte den Schnurrbart und ging im Zimmer auf und nieder; er konnte sich bei Leibe nicht von seinem Bärbchen trennen, nicht auf einen Tag, geschweige auf einige Wochen.

Und doch hatten ihn diese Bitten sehr gerührt, denn einige Tage nach diesem Ansturm sagte er abends:

»Wenn ich mitreisen könnte, wollte ich nichts sagen, aber es kann nicht sein, mich hält der Dienst hier fest.«

Bärbchen sprang zu ihm hin, legte ihre rosigen Lippen an seine Wange und wiederholte:

»Komm mit, Michael, komm mit, komm mit!«

»Das kann keineswegs sein«, antwortete Herr Michael entschieden.

Und wieder vergingen einige Tage. Während dieser Zeit beriet sich der kleine Ritter mit Sagloba, was er tun solle; dieser aber wollte ihm keinen Rat geben.

»Wenn es keine anderen Hindernisse gibt, als deine Gefühle«, sagte er, »was soll ich da reden? Beschließe selbst. Gewiß wird es hier öde sein, ohne den kleinen Heiducken; wäre ich nicht zu alt, und der Weg zu beschwerlich, so würde auch ich mitreisen, denn ohne sie mag ich nicht bleiben.«

»Nun, seht Ihr, Hindernisse gibt es in Wirklichkeit nicht; das Wetter ist ein wenig kalt, das ist alles, sonst ist es still, die Kommandos überall unterwegs; – aber ohne sie mag auch ich nicht bleiben.«

»Darum sage ich dir auch, beschließe selbst.«

Nach dieser Unterredung zögerte Michael wieder und erwog die Sache nach allen Seiten. Um Evchen tat es ihm leid; er dachte auch darüber nach, ob man das Mädchen mit Asya auf eine so weite Reise allein schicken könne, und darüber noch mehr, ob es nicht geboten sei, guten Menschen zu helfen, wenn sich eine so günstige Gelegenheit dazu biete. Denn worum handelte es sich: um Bärbchens Reise auf zwei bis drei Wochen, und sei es auch nur, um ihr das Vergnügen zu bereiten, Mohylow, Jampol und Raschkow zu sehen. Warum sollte das nicht geschehen? Asya mußte so oder so mit seiner Fahne nach Raschkow gehen, an Schutz mangelte es also nicht, ja er war fast überflüssig, da die Räuber vernichtet waren, und die Horde Frieden hielt.

Immer schwankender wurde der kleine Ritter in seinem Entschluß, und da die Frauen das bemerkten, erneuerten sie ihr Drängen, die eine, indem sie die Reise als eine gute Tat und ihre Pflicht darstellte, die andere weinend und klagend. Endlich brachte auch Tuhaj-Beys Sohn dem Kommandanten seine Bitte vor. Er wisse, sagte er, er sei dieser Gunst nicht würdig, aber er habe doch soviel Treue und Anhänglichkeit an die Wolodyjowskis gezeigt, daß er um die Gnade zu bitten wage. Er fühle eine große Schuld der Dankbarkeit gegen sie beide, denn sie haben nicht zugegeben, daß man ihn mißachte zu einer Zeit, wo noch niemand wußte, daß er Tuhaj-Beys Sohn sei. Er werde nicht vergessen, daß die Frau Kommandantin seine Wunden gepflegt, daß sie ihm nicht nur eine gnädige Herrin, sondern gleichsam eine Mutter gewesen sei. Beweise seiner Dankbarkeit habe er schon in der Schlacht mit Asba-Bey abgelegt, und er werde auch in Zukunft, wenn es nötig sein sollte, was Gott verhüte, mit Freuden für seine Herrin sein Haupt hingeben und seinen letzten Tropfen Blutes vergießen.

Dann erzählte er von seiner alten, unglücklichen Liebe zu Evchen. Er könne nicht leben ohne dieses Mädchen, er habe sie geliebt die ganze Zeit der Trennung hindurch, wenn auch ohne jede Hoffnung, und er werde nicht aufhören sie zu lieben. Aber zwischen ihm und dem alten Nowowiejski bestehe eine alte Feindschaft, und das alte Verhältnis des Dieners und des Herrn trenne sie gleichsam wie eine breite Schlucht. Die »Herrin« allein könne etwas erwirken, und wenn sie auch nichts durchsetzen sollte, so werde sie wenigstens das geliebte Mädchen vor der Tyrannei des Vaters, vor Kerker und Kantschu schützen.

Michael hätte vielleicht lieber gesehen, daß Bärbchen sich nicht in diese Angelegenheit mische; aber da er selbst gern wohltat, wunderte er sich auch nicht über das Herz seiner Gattin. Er antwortete zwar Asya noch nicht zustimmend, widerstand sogar Evchens erneuten Tränen, aber er schloß sich in seine Kanzlei ein und überlegte.

Endlich kam er an einem Abend mit heiterem Gesicht heraus und fragte plötzlich nach der Abendmahlzeit Tuhaj-Beys Sohn:

»Asya, wann ist der Zeitpunkt deiner Reise?«

»In einer Woche, gnädiger Herr«, versetzte der Tatar beunruhigt, »Halim muß die Verhandlungen mit Krytschynski dort schon beendet haben.«

»Befiehl auch den großen Schlitten auszupolstern, denn du wirst die beiden Frauen nach Raschkow bringen.«

Als Bärbchen das hörte, klatschte sie in die Hände und stürmte hüpfend zu ihrem Manne. Ihr folgte Evchen, und hinter dieser warf sich auch Asya mit einem wahnsinnigen Ausbruch der Freude zu seinen Füßen, so daß der kleine Ritter sich ihrer kaum erwehren konnte.

»Laßt mich«, sagte er, »was soll das heißen? Wenn man Menschen helfen kann, so fällt es einem schwer, nicht zu helfen, man müßte geradezu ein Herz von Stein haben; ich aber bin kein Tyrann. Du, Bärbchen, komm mir nur schnell wieder zurück, mein Lieb, und du, Asya, sorge mir gut für sie, auf diese Weise dankt Ihr mir am besten. Nun, nun laßt mich!«

Dann fügte er heiterer, um sich Mut zu machen, hinzu:

»Das Schlimmste ist dieses Weibergeheul; wenn ich Tränen sehe, bin ich ein verlorener Mann. Und du, Asya, sollst nicht nur mir und meiner Frau danken, sondern auch dem Fräulein, die wie ein Schatten hinter mir hergegangen ist, und mir ihr Leid beständig vor Augen gehalten hat. Du mußt ihr solche Liebe vergelten!«

»Ich will ihr vergelten, ich will ihr vergelten!« antwortete Asya mit seltsamer Stimme, und er griff dabei Evchens Hände, und küßte sie mit solcher Leidenschaft, daß man meinen konnte, er wolle sie beißen.

»Michael«, rief plötzlich Sagloba, auf Bärbchen zeigend, »was werden wir hier beginnen ohne dies Kätzchen?«

»Nun, es wird schlimm sein«, versetzte der kleine Ritter, »wahrhaftig, sehr schlimm.«

Dann fügte er leiser hinzu:

»Aber vielleicht wird Gott der Herr die gute Tat später segnen ... versteht Ihr mich? ...«

Indessen hatte das »Kätzchen« das neugierige blonde Köpfchen zwischen sie geschoben.

»Was sagt ihr?«

»Ei nichts«, gab Sagloba zurück, »wir sagen nur, zum Frühling werden gewiß die Störche kommen.«

Bärbchen rieb ihr Gesicht an dem Gesicht ihres Mannes wie eine echte Katze.

»Michael, ich werde dort nicht lange bleiben«, sagte sie.

Nach dieser Unterredung begannen von neuem Beratungen über die Reise, die tagelang währten. Michael sorgte selbst für alles; in seiner Gegenwart wurde der Schlitten hergerichtet und mit Fellen ausgepolstert, die man im Herbst den Füchsen abgenommen hatte; Sagloba brachte seine eigenen Decken zum Wärmen der Füße. Es sollten Wagen mit Betten und Lebensmitteln mitgehen, auch Bärbchens Apfelschimmel sollte mit, damit sie an gefährlichen, schluchtreichen Orten aus dem Schlitten auf das Pferd steigen konnte, denn Michael fürchtete besonders den Abstieg auf Mohylow zu, der wirklich lebensgefährlich war. Obgleich nicht die geringste Wahrscheinlichkeit für einen Überfall vorhanden war, befahl der kleine Ritter Asya, jegliche Vorsicht zu gebrauchen, immer eine Anzahl von Menschen auf eine gewisse Entfernung vorauszuschicken, und Nachtruhe unterwegs nur dort zu halten, wo Kommandos ständen, um die Dämmerung aufzubrechen, vor Nacht Rast zu halten, und unterwegs nicht unnütz zu säumen. Der kleine

Ritter ging so weit in seiner persönlichen Sorge um alles, daß er mit eigener Hand die Terzerole lud, die in Bärbchens Satteldecke im Holfter steckten.

Endlich kam der Augenblick der Abreise. Es war noch finster, als zweihundert Pferde der Lipker auf dem Schloßhof in Reisebereitschaft standen. In dem Hauptgemach des Kommandantenhauses herrschte schon Leben, in den Kaminen brannten in hellen Flammen die harzigen Scheite, alle Offiziere, der kleine Ritter, Sagloba, Muschalski, Nienaschyniez, Hromyka und Motowidlo, mit ihnen die Genossen von den oberen Fahnen waren zum Abschied versammelt. Bärbchen und Evchen, noch warm und rosig vom Schlaf, aßen vor der Abreise ihre Weinsuppe; Michael saß neben seiner Gattin und hielt sie umfaßt, Sagloba goß ihnen die Suppe ein und wiederholte jedesmal: »Noch einen Teller, denn es ist kalt!« Beide waren wie Männer gekleidet, denn so pflegten die Frauen in den Grenzländern zu reisen. Bärbchen trug einen kleinen Säbel, ein Pelzchen aus Wildkatzenfell mit Wieselbesatz, einen Hermelinkalpak, sehr breite Höschen, die wie ein Unterrock aussahen, und weiche, gefütterte Kniestiefelchen. Über die Kleidung sollten noch warme Regenmäntel und Pelze mit Kapuzen zum Schutze des Gesichts kommen. Für jetzt aber war es noch unverhüllt, und die Soldaten bewunderten, wie immer, seine Schönheit. Die einen betrachteten begierig Evchen, deren feuchte Lippen sich wie zum Kusse wölbten, andere wiederum wußten nicht, wen sie zuerst ansehen sollten, so reizvoll erschienen ihnen beide, und sie flüsterten einander ins Ohr:

»Ein schweres Leben hier in dieser Einöde ... glücklich ist der Kommandant, glücklich Asya ... ach!«

Das Feuer in den Kaminen knisterte lustig, und die Hähne begannen zu krähen. Allmählich wurde es Tag, ein ziemlich kalter, heller Tag; die Dächer der Schuppen und der Soldatenquartiere, die mit dichtem Schnee bedeckt waren, erglänzten hellrot. Vom Schloßhof her tönte das Wiehern der Pferde und der Tritt der Soldaten, die von den Schuppen und Schenken herangekommen waren, um von Bärbchen und den Lipkern Abschied zu nehmen.

Endlich sagte Wolodyjowski: »Es ist Zeit!«

Bärbchen sprang auf und fiel ihrem Gatten in die Arme; er drückte seine Lippen auf die ihrigen, zog sie mit aller Kraft an seine Brust, und küßte sie auf Augen, Stirn und Mund; es währte lange, denn sie liebten sich beide sehr.

Nach dem kleinen Ritter kam die Reihe an Herrn Sagloba. Dann traten die anderen Offiziere heran, um Bärbchen die Hand zu küssen, und sie wiederholte immer mit ihrem klangvollen, kindlichen Silberstimmchen:

»Lebet wohl, meine Herren, lebet wohl!«

Dann gingen Bärbchen und Evchen, um die ärmellosen Regenmäntel überzuwerfen, und die Pelze mit den Kapuzen, so daß sie ganz in den Kleidern verschwanden. Man öffnete ihnen die Türe, durch welche ein kalter Wind hereinkam, und die ganze Versammlung trat hinaus auf den Schloßhof. Immer heller wurde es vom Schnee und der aufgehenden Sonne, ein dichter Reif lag auf den Fellen der lipkischen Rosse und auf den Pelzen der Soldaten, so daß es schien, als sei die ganze Fahne weiß gekleidet und säße auf weißen Pferden.

Bärbchen und Evchen stiegen in den ausgepolsterten Schlitten, die Dragoner und die Fahnen der Genossen riefen den Abreisenden eine glückliche Fahrt zu.

Bei diesem Ruf flatterten die zahlreichen Scharen der Krähen und Raben, die der grausame Winter in die Nähe der menschlichen Wohnsitze gezogen hatte, von den Dächern auf und kreisten in der rosig leuchtenden Luft mit lautem Krächzen. Der kleine Ritter neigte sich über den Schlitten und vergrub sein Gesicht in die Kapuze, die den Kopf seiner Gattin bedeckte.

Es währte lange; endlich riß er sich von Bärbchen los, machte mit der Hand das Zeichen des Kreuzes und rief:

»In Gottes Namen!«

Da erhob sich Asya im Steigbügel, sein wildes Gesicht strahlte vor Freude und vom Widerschein der Sonne. Er fuhr mit dem Streitkolben durch die Luft, so daß sein Übermantel sich wie die Flügel eines Raubvogels ausbreitete, und rief mit gellender Stimme:

»Ma-a-rsch!«

Die Hufe knarrten im Schnee, Dampf strömte aus den Nüstern der Pferde; die ersten Reihen der Lipker rückten langsam vor, die anderen folgten, dann kam der Schlitten, dann wieder Reihen der Lipker – und der ganze Zug entfernte sich langsam den abschüssigen Schloßhof entlang dem Tore zu.

Der kleine Ritter verabschiedete sich mit dem Zeichen des heiligen Kreuzes. Endlich, als der Schlitten durch das Tor gekommen war, hob er die Hände zum Munde und rief:

»Lebe wohl, Bärbchen!«

Aber nur die Stimmen der Pfeifen und das laute Krächzen der schwarzen Vogelschar antwortete ihm.

16. Kapitel

Die Abteilung Tscheremissen, etliche zehn Pferde stark, war eine Meile vorausgeritten, um die Wege zu besichtigen und die Kommandanten von der Durchreise der Frau Wolodyjowska zu benachrichtigen, damit überall die Quartiere bereit gehalten würden. Dieser Abteilung folgte die Hauptmacht der Lipker, dann kam der Schlitten mit Bärbchen und Evchen, ein zweiter mit dem weiblichen Gesinde, dann wieder eine kleinere Abteilung, die den ganzen Zug schloß. Der Weg war ziemlich beschwerlich, denn es hatten Schneewehungen stattgefunden. Die Fichtenwälder, die im Winter ihren stachligen Schmuck nicht verlieren, lassen den Schnee nicht so reichlich auf die Erde fallen; aber die Einöden, die sich längs des Dniestrufers hinziehen, die zumeist mit Eichen und anderen Laubhölzern besetzt sind, waren jetzt ihrer natürlichten Schutzwölbung beraubt, und die Baumstämme bis zur Hälfte von Schnee verschüttet. Auch die engeren Schluchten waren voller Schnee. Hier und da hob er sich wie Meereswogen, deren hochgegipfelte Rücken herabhingen, als wollten sie jeden Augenblick zusammenstürzen und sich vereinigen mit der großen, weißen Fläche. Wenn man durch die beschwerlichen Schluchten und über die Abhänge fuhr, hielten die Lipker den Schlitten mit Stricken zurück; nur auf den Hochebenen, auf welchen die Winde die Schneedecke geglättet hatten, fuhr man schnell und folgte den Spuren der Karawane, welche unter Führung von Nawiragh und den beiden Anardraten vorher nach Chreptiow ausgerückt waren.

Der Weg war beschwerlich, aber doch nicht so beschwerlich, wie häufig in diesen öden Landen voll Ruinen, Bächen, Strömen und Schluchten. Sie freuten sich also, noch ehe die Nacht anbrach, den Abhang hinunterzugelangen, an dessen Fuße Mohylow lag; das Wetter schien auf lange Zeit hinaus schön bleiben zu wollen. Nach einem prächtigen Morgenrot erhob sich die Sonne; sogleich erstrahlten die Schluchten, Ebenen und Wüsteneien in ihrem Glanze. Die Zweige der Bäume schienen mit glühenden Funken besprengt, Fünkchen leuchteten im Schnee, daß die Augen vom Glanze schmerzten. Von den hohen Spitzen flog der Blick über die Lande hin, wie durch Fenster der Wüste, weit, weit bis in die Moldau hinein, und verlor sich auf dem weißen und bläulichen, vom Sonnenglanz übergossenen Horizont. Die Luft war trocken, rein. Bei solcher Witterung fühlen Menschen und Tiere Kraft und Gesundheit, und so wieherten auch die Pferde mächtig in den Reihen und stießen aus den Nüstern Dampfsäulen aus; die Lipker sangen fröhliche Lieder, obwohl der Frost sie in die Füße kniff, die sie beständig unter ihre Mäntel zogen.

Die Sonne erhob sich endlich zur höchsten Höhe des Himmelsgewölbes und begann ein wenig zu wärmen. Bärbchen und Evchen war es sogar zu warm unter den Fellen im Schlitten. Sie lockerten ihren Kopfbund, entfernten die Kappen und zeigten der Welt ihre rosigen Gesichter. Sie begannen umherzuschauen; Bärbchen betrachtete die Umgegend, Evchen sah sich nach Asya um, der sich nicht in der Nähe der Schlitten befand. Er war vorn bei der Abteilung der Tscheremissen, welche den Weg untersuchte, und wenn es nötig war, den Schnee auseinanderschippte. Evchen war sogar mißmutig deswegen, aber Bärbchen, die den Heeresdienst von Grund aus kannte, sagte ihr zum Troste:

»So sind sie alle, Dienst ist Dienst; mein Michael kümmert sich auch nicht um mich, wenn die Heerespflicht ihn ruft, und es wäre schlimm, wenn es anders wäre; wenn wir einen Soldaten lieben, dann muß es ein tüchtiger sein.«

»Aber an der Raststelle wird er bei uns sein!« fragte Evchen.

»Sieh' zu, daß du ihn nicht zuviel habest; hast du bemerkt, wie heiter er war, als er abreiste?« Er glänzte förmlich.

»Ja, ich hab's gesehen, er war sehr heiter.«

»Und wie wird es erst sein, wenn er Urlaub von Herrn Nowowiejski bekommt?«

»O, was erwartet mich noch! Gottes Wille geschehe, obwohl das Herz im Busen mir erstarrt, wenn ich an meinen Vater denke. Wie, wenn er ihn anschreit, wenn er ihm den Urlaub versagt, dann wird es mir schön ergehen, wenn wir nach Hause zurückkehren!«

»Weißt du, Evchen, was ich denke?«

»Nun was?«

»Mit Asya ist nicht zu scherzen; dein Bruder könnte sich ihm mit Macht entgegenstellen, aber dein Vater hat kein Kommando. Ich denke, wenn er sich auch widersetzt, Asya nimmt dich doch.«

»Wie das?«

»Nun, er entführt dich. Man sagt, er verstehe keinen Scherz ... Blut von Tuhaj-Bey ... Ihr laßt euch bei dem ersten besten Priester unterwegs trauen ... wo anders bedarf es einer öffentlichen Ankündigung, der Geburtszeugnisse, Zustimmung; aber hier in diesen wilden Gegenden geht alles auf tatarische Art.«

Evchens Züge hellten sich auf.

»Das eine fürcht' ich: Asya ist zu allem bereit, das fürcht' ich!« sagte sie.

Bärbchen aber wandte ihren Kopf, sah sie scharf an und brach endlich in ihr anmutiges, kindliches Lachen aus.

»Das fürchtest du gerade so, wie die Maus den Speck, o, man kennt dich!«

Evchen, die schon von der kühlen Luft rotwangig war, errötete noch mehr und antwortete:

»Den väterlichen Fluch würde ich fürchten, und ich weiß, Asya achtet nichts.«

»Sei guten Mutes!« sagte Bärbchen darauf, »außer mir hast du noch den Bruder zu Hilfe. Wahre Liebe gelangt immer zum Ziele; Herr Sagloba hat mir das gesagt zu einer Zeit, als Michael noch nicht im entferntesten an mich dachte.«

Und so gerieten sie ins Schwatzen und plauderten um die Wette, die eine von Asya, die andere von ihrem Michael.

Es waren einige Stunden vergangen, als die Karawane zum ersten Male einen kurzen Halt in Jarischow machte. In dem Städtchen, das immer recht elend gewesen war, stand nach dem Bauerneinfall nur noch eine Schenke, welche wieder aufgebaut worden war zu der Zeit, wo die häufigen Heereszüge einen sicheren Gewinn hoffen ließen. Bärbchen und Evchen fanden hier einen armenischen Kaufmann, aus Mohylow gebürtig, der Saffian nach Kamieniez brachte.

Asya wollte ihn samt den Walachen und Tataren, die ihn begleiteten, auf den Hof hinauswerfen, aber die Frauen gestatteten ihm zu bleiben, und nur die Wache mußte sich zurückziehen. Als der Kaufmann erfuhr, daß die reisende Frau die Gattin Michael Wolodyjowskis war, verneigte er sich tief vor ihr und begann ihren Mann in den Himmel zu erheben, was sie mit großer Freude anhörte. Endlich ging er zu seinen Waren, und als er wiederkehrte, bot er ihr ein Gefäß mit wundervollen Früchten und eine kleine Schachtel an, gefüllt mit duftigen türkischen Heilmitteln, die gegen mannigfache Krankheiten wirksam waren.

»Dies lege ich Ihnen aus Dankbarkeit zu Füßen«, sagte er. »Vorher durften wir nicht wagen, den Kopf aus Mohylow herauszustecken, so hauste Asba-Bey und viele Räuber in allen Schluchten und jenseits in den Abhängen; jetzt ist der Weg wieder sicher und der Handel geschützt, jetzt können wir wieder umherreisen. Möge der Himmel die Tage des Kommandanten von Chreptiow vermehren und jeden Tag so lang machen, daß er hinreicht für den Weg von Mohylow nach Kamieniez, und jede Stunde so verlängern, daß sie wie ein Tag erscheint. Unser Kommandant, der Herr Feldschreiber, sitzt lieber in Warschau, und der Herr Kommandant von Chreptiow allein hatte ein wachsames Auge und fegte die Räuber hinweg, daß ihnen jetzt der Tod lieber ist, als der Dniestr.«

»So ist Herr Rschewuski nicht in Mohylow?« fragte Bärbchen.

»Er hat das Heer nur hergeführt, und ich weiß nicht, ob er auch nur drei Tage hier verweilt hat. – Bitte Euer Gnaden, hier sind trockne Weintrauben in diesem Körbchen, und an dieser Seite sind so vortreffliche Früchte, wie man sie selbst in der Türkei nicht hat. Aus dem fernen Asien kommen sie her, dort wachsen sie auf Palmen … Der Herr Schreiber ist nicht da, und auch die Reiterei ist fort; sie ist gestern plötzlich nach Brazlaw gezogen … Und hier sind Datteln, mögen sie Euer Gnaden beide zur Gesundheit dienen. Nur Herr Gorschenski mit dem Fußvolk ist hiergeblieben, die ganze Reiterei ist fortgezogen.«

»Es erscheint mir seltsam, daß die ganze Reiterei fort ist«, sagte Bärbchen und sah Asya mit einem fragenden Blicke an.

»Sie ist fortgezogen, damit die Pferde nicht träge werden«, antwortete der Sprößling des Tuhaj-Bey, »jetzt ist's ruhig.«

»In der Stadt sagten die Leute, Dorosch habe sich unverhofft gezeigt«, sagte der Kaufmann.

Asya lächelte.

»Und womit will er die Pferde füttern – mit Schnee?« sagte er zu Bärbchen.

»Herr Gorschenski wird es Euer Gnaden am besten erklären«, fügte der Kaufmann hinzu.

»Ich denke auch, es ist nichts«, antwortete Bärbchen nach einem Augenblick der Überlegung, »wäre irgend etwas, so hätten wir es doch zuerst gewußt.«

»Unzweifelhaft wäre die Nachricht zuerst in Chreptiow gewesen«, sagte Asya, »fürchten Ew. Liebden nichts.«

Bärbchen erhob ihr holdes Antlitz zu dem Tataren und bewegte ihre rosigen Nasenflügel.

»Ich fürchten? Das ist vortrefflich! Was kommt Euch in den Sinn? – Hörst du, Evchen, ich soll mich fürchten!«

Evchen konnte nicht antworten, denn da sie von Natur ein wenig naschhaft war und Süßigkeiten über alles liebte, hatte sie den Mund voll von Datteln, was sie übrigens durchaus nicht abhielt, Asya unverwandt anzusehen; erst nach einiger Zeit sagte sie daher:

»In Gegenwart eines solchen Offiziers fürchte auch ich mich ganz und gar nicht.«

Dann blickte sie Asya gefühlvoll und bedeutsam in die Augen; er aber hatte seit der Zeit, da sie ihm ein Hindernis geworden war, einen geheimen Widerwillen gegen sie und zürnte ihr. Er blieb unbeweglich und antwortete ihr mit gesenkten Blicken:

»In Raschkow wird es sich zeigen, ob ich dies Vertrauen verdient habe.« In seiner Stimme lag etwas beinahe Drohendes, aber beide Frauen waren schon so sehr gewohnt, alles, was der junge Tatar sprach oder tat, anders zu sehen, als bei anderen Menschen, daß es kaum ihre Aufmerksamkeit erregte. Überdies begann Asya bald auf die Weiterreise zu dringen, weil vor Mohylow Berge lagen, die wegen ihrer Abschüssigkeit schwer passierbar waren, und die man darum bei Tageslicht überwinden mußte. Unverzüglich fuhr man weiter.

Bis zu jenen Bergen ging es sehr schnell; dort wollte Bärbchen das Pferd besteigen, aber auf Zureden des jungen Beys blieb sie Evchen zur Gesellschaft im Schlitten; dieser wurde an Taue gelegt und mit äußerster Vorsicht den Abhang hinuntergelassen. Asya ging die ganze Zeit zu Fuß neben dem Schlitten, aber er sprach fast kein Wort, weder mit Bärbchen noch mit Evchen, denn er war ganz von der gefährlichen Lage und überhaupt von seinem Kommando in Anspruch genommen. Aber die Sonne ging unter, ehe sie das Gebirge zu passieren vermochten. Die Abteilung Tscheremissen, die im Vortrab ging, schürte das

Feuer aus trockenen Zweigen. So kamen sie langsam vorwärts durch die glühenden Brände, und durch die wilden Gestalten, die um sie lagerten. Hinter diesen Gestalten sah man im nächtlichen Dunkel und im Halblicht der Flammen furchtbare Schluchten von unbestimmten, grauenerregenden Umrissen. Alles das war neu, anziehend: alles machte den Eindruck einer gefährlichen, geheimnisvollen Unternehmung. Darum war Bärbchen im siebenten Himmel, und ihr Herz füllte sich mit Dankbarkeit für ihren Mann, der diesen Zug in die fremden Lande gestattet hatte, und für Asya, der ihn so zu führen verstand. Jetzt erst begriff Bärbchen, was Heereszüge bedeuten, von deren Beschwerlichkeiten sie so oft von den alten Soldaten gehört hatte, und was zerklüftete, gefahrvolle Wege seien. Eine sinnlose Freude erfaßte sie; sie hätte sicherlich ihren Apfelschimmel bestiegen, wenn sie nicht lieber im Schlitten neben Evchen gesessen, um mit ihr zu plaudern und sie mit ihrer Angst zu necken. Wenn in den Engpässen, die sich in Schlangenwindungen hinzogen, die vorderen Abteilungen, ihren Blicken entzogen, sich mit wilden Stimmen gegenseitig zuriefen, das gedämpfte Echo in den Abhängen widerhallte, wandte sich Bärbchen zu Evchen, ergriff ihre Hände und sagte:

»Huhu, das sind die wilden Tiere oder die Horden!«

Aber Evchen dachte an Asya, den Sohn des Tuhaj-Bey, und das beruhigte sie auf der Stelle. »Auch die Tiere und Horden ehren und fürchten ihn«, sagte sie, und dann neigte sie sich zu Bärbchens Ohr und flüsterte:

»Und ging es nach Bialogrod, und ging es bis in die Krim – nur mit ihm!«

Der Mond war schon hoch am Himmelsgewölbe emporgestiegen, als sie aus den Bergen herauskamen. Da sahen sie fern unten im Tal, wie am Boden eines Abgrundes, eine Menge Lichtchen.

»Mohylow zu unseren Füßen!« ließ sich eine Stimme hinter Bärbchen und Evchen vernehmen. Sie schauten sich um, es war Asya, der hinter dem Schlitten stand.

»So liegt jene Stadt also auf dem Grunde des Talkessels?« fragte Bärbchen.

»So ist's, und Berge stützen sie vor kalten Winden«, sagte er, indem er seinen Kopf zwischen ihre Köpfe drängte. »Beobachten Ew. Liebden, daß auch die Luft hier eine andere ist, es ist gleich wärmer und windstiller. Der Frühling kommt auch um zehn Tage früher hierher, als jenseits der Berge, und die Bäume bekommen schneller Laub. Das Graue, was man dort am Abhange sieht, sind Weinreben, sie stecken jetzt unter dem Schnee.«

Schnee lag überall, aber es war in der Tat hier wärmer und windstiller. Je mehr sie langsam ins Tal hinabkamen, desto mehr Lichter zeigten sich; eines nach dem anderen blitzte auf.

»Eine hübsche Stadt und ziemlich groß«, sagte Evchen.

»Weil die Tataren sie zur Zeit des Bauernaufstandes nicht verbrannt haben. Die Kosakenheere haben hier überwintert, und die Lechen sind fast nie hier gewesen.«

»Und wer wohnt hier?«

»Tataren wohnen hier, die ihr hölzernes Minaret haben, denn in der Republik darf jeder seinem Glauben leben. Es wohnen Walachen, Armenier und Griechen hier.«

»Griechen habe ich einmal in Kamieniez gesehen«, sagte Bärbchen, »denn wenn sie auch fern von hier wohnen, der Handel führt sie überall hin.«

»Die Stadt ist auch anders als alle übrigen gebaut«, sagte Asya, »allerlei Volk kommt hierher zum Handel. Der Flecken, den wir hier seitwärts vom Wege gesehen haben, heißt Serby.«

»Wir sind schon da!« sagte Bärbchen. Ein seltsamer Geruch von Fellen und Quas[9] -Getränk drang ihnen gleich beim Eintritt entgegen. Es war der Geruch von Saffian, mit dessen Bearbeitung sich fast alle Bewohner Mohylows beschäftigen, im besonderen aber die Armenier. Wie Asya gesagt hatte, war diese Stadt durchaus verschieden von allen anderen. Die Häuser waren auf asiatische Weise gebaut, ihre Fenster mit dichten Holzstäben verdunkelt. Bei vielen fehlten die Fenster, die zur Straße führten, gänzlich, und nur von den Höfen sah man den Feuerschein der Herde. Die Straßen waren nicht gepflastert, obgleich es an Steinen in der Umgegend nicht fehlte. Hier und da erhoben sich Gebäude von seltsamer Gestalt mit gitterartigen, durchsichtigen Mauern; das waren die Trockenplätze, auf welchen die frischen Weintrauben in Rosinen umgewandelt wurden. Der Duft des Saffians erfüllte die ganze Stadt.

9   Quas (Kwas) = Sauerteig, wie er zum Brotbacken bereitet wird, aus welchem in Polen und polnischen Landesteilen noch heute ein wohlschmeckendes Getränk bereitet wird.

Herr Gorschenski, der Führer des Fußvolks, war durch die Tscheremissen von der Ankunft der Kommandantin in Kenntnis gesetzt und ihr zum Empfang entgegengeritten. Er war nicht mehr jung, stotterte und stieß mit der Zunge an, denn sein Gesicht war von einer Janitscharenbüchse zerschossen; als er nun anfing, unter beständigem Stottern von dem Sterne zu sprechen, »welcher am Himmel von Mohylow aufgegangen sei«, konnte Bärbchen das Lachen kaum unterdrücken. Aber er nahm sie so gastfreundlich auf, als es in seiner Macht stand; in dem Blockhause erwartete sie eine Abendmahlzeit und ein außerordentlich bequemes Nachtlager von frischen und reinen Daunen, welche den reichsten Armeniern abgenommen waren. Beim Abendbrot erzählte Gorschenski, wenn auch stotternd, so interessante Geschichten, daß man gern zuhörte. Nach seiner Erzählung wehte plötzlich unerwartet ein unruhiger Wind von der Steppe her. Es kamen Gerüchte, daß eine mächtige Schar von der Krimschen Horde, welche bei Dorosch stand, sich mit einigen tausend Kosaken unvermutet auf Hayssyn zu und noch höher hinauf in Bewegung gesetzt habe. Außerdem kamen allerhand andere beunruhigende Nachrichten; man wußte nicht recht woher, Herr Gorschenski aber schenkte allen keinen rechten Glauben.

»Wir haben Winter«, sagte er, »und seit der liebe Herrgott diesen Erdball gegründet, sind die Tataren immer nur im Frühling aufgebrochen; sie haben keine Wagenburgen und gehen immer die große Heerstraße, darum nehmen sie nie Futter für ihre Pferde mit und können es auch nicht. Wir wissen das alle schon, daß der Krieg mit der türkischen Macht nur vom Winter im Banne gehalten wird, und daß wir mit dem ersten Grase Gäste haben werden; aber daß jetzt etwas vorgehen sollte, das glaube ich nimmermehr.«

Bärbchen wartete geduldig und lange, bis Gorschenski mühsam seine Sache hervorgestottert hatte, denn er hielt immer wieder inne und bewegte den Mund, als ob er mit Essen beschäftigt sei.

»Was also haltet Ihr von jenem Vorrücken gegen Hayssyn?«

»Ich meine, daß dort, wo die Tataren gestanden haben, die Pferde alles Gras unter dem Schnee ausgegraben haben, und nun wollen sie an einem anderen Orte ihr Lager aufschlagen. Es kann auch sein, daß die Horde in der Nähe von Doroschs Leuten steht und mit ihnen in Streit geraten ist; das war immer so; sie gelten zwar als Bundesgenossen und ziehen gemeinsam in den Krieg, aber wenn sie in zu naher

Nachbarschaft sind, so liegen sie sich auf den Weiden oder im Bazar in den Haaren.«

»Gewiß, so ist es«, sagte Asya.

»Und noch eins«, fuhr Gorschenski fort, »diese Nachrichten kamen nicht direkt von den Grenzlern; die Bauern brachten sie her, die Tataren hier am Ort begannen ohne Grund davon zu schwatzen. Erst vor drei Tagen hat Herr Jakubowitsch aus der Steppe Nachrichten hergebracht, welche die Gerüchte bestätigen, und darum ist die ganze Reiterei ausgerückt.«

»So seid Ihr nur mit dem Fußvolk hier zurückgeblieben?« fragte Asya.

»Gott sei es geklagt, vierzig Mann! Kaum daß jemand da ist, das Blockhaus zu schützen; und wenn sich nun die Tataren regten, die hier in Mohylow wohnen, ich weiß nicht, wie ich mit ihnen fertig würde!«

»Aber die werden doch stille sitzen?« fragte Bärbchen.

»Sie werden stille sitzen, denn sie haben keinen Grund zum Gegenteil. Viele von ihnen sind in der Republik dauernd ansässig mit Weib und Kind, und die stehen auf unserer Seite. Und was von Fremden hier ist, ist um des Handels willen hier und scheut den Krieg. Gutes Volk!«

»Ich lasse Euch fünfzig Pferde von meinen Lipkern hier«, sagte Asya.

»Gott lohn's Euch, Ihr tut uns einen großen Dienst damit, so werde ich jemanden unserer Reiterei nachschicken können, um Nachrichten einzuholen. Aber könnt Ihr sie auch hier lassen?«

»Gewiß! Nach Raschkow kommen die Mannschaften der Hauptleute, die vor Zeiten zum Sultan übergegangen sind und jetzt in den Gehorsam der Republik zurückkehren wollen. Über alle habe ich im Auftrag des Hetmans das Kommando zu übernehmen, und zum Frühling kommt die ganze Division zusammen.«

Gorschenski verneigte sich vor Asya. Er kannte ihn schon lange, aber er schätzte ihn geringer als einen Mann von unbestimmter Herkunft. Jetzt aber wußte er schon, daß er ein Sprößling des Tuhaj-Bey sei, denn die Nachricht davon hatte die erste Karawane gebracht, die, mit welcher Nawiragh zog. Darum achtete Gorschenski jetzt in dem jungen Tataren das Blut des großen, wenn auch feindlichen Kriegers, und außerdem verehrte er in ihm den Offizier, dem der Hetman so hervorragende Befugnisse übertragen hatte.

Asya aber ging hinaus, um Befehle zu erteilen; er rief den Hauptmann David und sagte ihm:

»David, Sohn des Skander, du bleibst mit fünfzig Pferden in Mohylow und wirst mit den Augen sehen und mit den Ohren hören, was um dich vorgeht; wenn der kleine Falke mir Briefe aus Chreptiow nachsenden sollte, so hältst du den Boten an, nimmst ihm die Briefe ab und schickst sie mir durch deinen eigenen Boten. Du bleibst aber so lange hier, bis ich den Befehl schicke, daß du zurückkehrst. Dann, wenn dir der Bote sagt, es ist Nacht, so ziehst du geräuschlos ab, und wenn er dir sagt, der Tag ist nahe, so zündest du die Stadt an, setzest selbst an das Moldauische Ufer hinüber und gehst, wohin man dich schicken wird ...«

»Wie du sagst, mein Herr und Gebieter«, erwiderte David, »ich werde mit den Augen sehen und mit den Ohren hören; die Boten von dem kleinen Falken werde ich anhalten, werde ihnen die Briefe abnehmen und sie dir durch einen von den unsrigen schicken. Ich werde hierbleiben, bis ich den Befehl empfange, und dann, wenn mir dein Bote sagt: es ist Nacht, werde ich geräuschlos davongehen, sagt er aber: der Tag ist nahe, so werde ich die Stadt anzünden, nach dem Moldauischen Ufer übersetzen und hingehen, wohin man mir befehlen wird.«

Am anderen Tage um die Morgendämmerung setzte die Karawane, um fünfzig Pferde vermindert, ihren Weg fort. Gorschenski begleitete Bärbchen bis über den Engpaß von Mohylow hinaus. Dort stotterte er eine Abschiedsrede und kehrte dann zurück; sie aber reisten sehr eilig nach Jampol. Asya war überaus fröhlich und trieb die Leute so an, daß selbst Bärbchen sich wunderte.

»Warum habt Ihr es so eilig?« fragte sie.

Er aber erwiderte: »Ein jeder eilt seiner Glückseligkeit entgegen, und die meinige soll in Raschkow beginnen.«

Evchen, die diese Worte auf sich bezog, lachte gerührt, sie nahm all' ihren Mut zusammen und antwortete:

»Aber mein Vater ...«

»Herr Nowowiejski wird mir in nichts im Wege stehen«, antwortete Asya.

Und ein düsterer Blitz huschte über sein Angesicht.

In Jampol traf man fast gar keine Soldaten an, Fußvolk war nie dort gewesen, und die ganze Reiterei war ausgezogen, kaum, daß etliche zehn Mann im Schlosse oder besser in seinen Ruinen lagen ... das Nachtlager war vorbereitet, aber Bärbchen schlief schlecht, weil sie die Gerüchte beunruhigten. Besonders quälte sie der Gedanke, welche Unruhe den kleinen Ritter erfassen würde, wenn sich bestätigen sollte, daß Doroschenkos Schar wirklich aufgebrochen sei; sie tröstete sich nur damit, daß es vielleicht nicht wahr sei. Es kam ihr auch der Gedanke, ob es nicht besser sei, zur Sicherheit einen Teil der Soldaten Asyas mitzunehmen und zurückzukehren, – aber es gab mannigfache Hindernisse; erstens hätte Asya, der die Besatzung von Raschkow verstärken sollte, ihnen nur eine sehr geringe Leibwache geben können – im Falle einer wirklichen Gefahr hätte diese Wache sich als ungenügend erwiesen –; zweitens waren zwei Drittel des Weges schon zurückgelegt. In Raschkow befand sich ein unbekannter Offizier und eine starke Besatzung, welche durch die Verstärkung, die ihr jetzt wurde, zu einer stattlichen Macht anwachsen konnte. Da Bärbchen alles dies erwog, beschloß sie, weiter zu reisen. Aber sie fand keinen Schlaf. Das erste Mal auf diesem ganzen Wege hatte sie eine Unruhe erfaßt, als hinge eine unbekannte Gefahr über ihrem Haupte; vielleicht trug auch das Nachtlager in Jampol zu dieser Unruhe bei, denn Jampol war ein entsetzlicher, blutiger Ort. Bärbchen kannte ihn aus den Erzählungen ihres Gatten und des Herrn Sagloba. Hier hatte zurzeit des blutigen Chmielnizki die Hauptmacht der podolischen Aufständischen unter Burlaj gestanden, hier wurden die Gefangenen hergeführt und nach den orientalischen Märkten verkauft oder auf gräßliche Weise hingemordet; hier endlich war es, wo im Frühjahr 1651 während eines reichbesuchten Jahrmarktes Herr Stanislaus von Landskron, der Wojewode von Brazlaw, einen Überfall gemacht und ein blutiges Gemetzel veranstaltet hatte, das noch in frischer Erinnerung im ganzen Dniestrlande fortlebte.

Überall also, über dem ganzen Flecken schwebten blutige Erinnerungen; hier und da lagen noch die Trümmerhaufen, und aus den halb eingestürzten Mauern des Schlosses schienen die fahlen Gesichter der hingemordeten Kosaken und Polen hervorzublicken. Bärbchen hatte Mut, aber sie fürchtete die Geister, und das Volk sagte, daß man in Jampol selber, bei der Mündung der Schumilowka und an dem nahen »Porogen«[10] des Dniestr allnächtlich ein großes Weinen und Stöhnen

10   »Porogen« = Wasserstrudel, Stromschnellen.

vernehme, daß sich das Wasser bei Mondlicht rot färbe, als sei es vom Blut getränkt. Dieser Gedanke erfüllte Bärbchens Herz mit großer Furcht. Unwillkürlich horchte sie, ob nicht durch die Stille der Nacht, mitten durch das Schäumen der Dniestrschnellen Weinen und Stöhnen vernehmbar sei. Nichts war zu hören, als das gedehnte Ha–a–lt! der Soldaten. Und so trat vor Bärbchens Geist das stille Gastzimmer in Chreptiow, ihr Gatte, Sagloba, die Gesichter der Freunde – und zum erstenmal empfand sie, daß sie fern von ihnen sei, sehr fern, in fremden Landen, – und es erfaßte sie eine solche Sehnsucht nach Chreptiow, daß sie weinen wollte. Erst gegen Morgen schlief sie ein, aber sie hatte seltsame Träume. Burlaj, die Aufständischen, die Tataren, blutige Bilder zogen an ihrem geistigen Auge vorüber, und mitten in diesen Bildern sah sie beständig das Gesicht Asyas; aber es war nicht derselbe Asya, er erschien als wilder Tatar, als Tuhaj-Bey selber.

Am Morgen stand sie auf, froh, daß die Nacht und ihre gräßlichen Gesichte vorübergegangen waren. Den Rest des Weges beschloß sie auf ihrem Apfelschimmel zurückzulegen, erstens um Bewegung zu haben, zweitens um Asya und Evchen Gelegenheit zu bequemerer Unterhaltung zu geben, denn die beiden hatten gewiß, da Raschkow so nahe lag, das Bedürfnis, sich zu beraten, auf welche Weise man dem alten Nowowiejski alles mitteile, und seine Erlaubnis erlange. Asya hielt ihr mit eigener Hand den Steigbügel; er setzte sich aber nicht zu Evchen in den Schlitten, sondern ritt gleich an die Spitze der Abteilung und hielt sich dann in Bärbchens Nähe.

Sie aber bemerkte bald, daß sie in geringerer Anzahl seien, als da sie nach Jampol gekommen waren. Sie wandte sich an den jungen Tataren und sagte:

»Ich sehe, daß Ihr auch in Jampol einen Teil Eurer Leute gelassen habt.«

»Fünfzig Pferde, gerade so wie in Mohylow«, antwortete Asya.

»Und wozu das?«

Er lächelte seltsam, seine Lippen hoben sich wie bei einem bösartigen Hunde, der die Zähne zeigt – und erst nach einer kurzen Pause antwortete er:

»Weil ich diese Kommandos in meiner Hand haben und den Rückweg Ew. Liebden decken will.«

»Wenn die Truppen aus den Steppen zurückkommen, so wird ohnehin dort eine große Macht sein?«

»Die Truppen kommen nicht sobald zurück.«

»Woher wißt Ihr das?«

»Weil sie sich erst vergewissern müssen, was bei Dorosch los ist, und das wird ihnen drei oder vier Wochen Zeit nehmen.«

»Wenn dem so ist, so habt Ihr recht gehandelt, daß Ihr die Leute zurückließet.«

Sie ritten eine Zeitlang schweigend nebeneinander. Asya blickte immer wieder in Bärbchens rosiges Gesichtchen, das durch den aufgeschlagenen Kragen des Waffenröckleins und den Kalpak halb verdeckt war, und bei jedem Blick kniff er die Augen zusammen, als wollte er sich ihr anmutiges Bild besser ins Gedächtnis prägen.

»Ihr solltet mit Evchen sprechen«, sagte sie, von neuem die Unterhaltung aufnehmend. »Ihr sprecht überhaupt zu wenig mit ihr, so daß sie sich schon wundert. Bald werdet Ihr vor Herrn Nowowiejskis Antlitz stehen … mich selbst erfaßt Unruhe … Ihr müßtet beraten, was Ihr zu tun habt.«

»Ich möchte erst mit Ew. Liebden sprechen«, antwortete Asya in seltsamem Tone.

»Warum beginnt Ihr nicht?«

»Ich warte auf den Boten aus Raschkow; ich habe geglaubt, ihn schon in Jampol zu finden, jeden Augenblick erwarte ich ihn.«

»Und was hat der Bote mit unserer Unterredung zu tun?«

»Ich glaube, dort kommt er gerade«, antwortete der junge Tatar ausweichend.

Er sprengte voraus, kam aber nach einer Weile wieder zurück. »Nein, das ist er nicht«, sagte er.

In seiner ganzen Gestalt, in seiner Rede, in seinem Blick, in seiner Stimme lag etwas Unruhiges und Fieberhaftes, und diese Unruhe teilte sich auch Bärbchen mit. Aber noch war nicht der geringste Verdacht in ihr aufgestiegen. Asyas Unruhe ließ sich sehr wohl durch die Nähe von Raschkow und dem gefürchteten Vater Evchens erklären, und doch ward Bärbchen so schwer zumute, als handle es sich um ihr eigenes Schicksal.

Sie näherte sich dem Schlitten und ritt einige Stunden in Evchens Nachbarschaft, plauderte mit ihr über Raschkow, über den alten und jungen Herrn Nowowiejski, über Sophie Boska und endlich über die Gegend, die immer wilder, immer furchtbarer, immer wüster wurde. Schon unmittelbar hinter Chreptiow hatte die Wüste begonnen. Aber es erhob sich wenigstens von Zeit zu Zeit am Horizont eine Rauchsäule, die eine Hütte ankündigte, einen menschlichen Wohnsitz. Hier gab es gar keine Spur von Menschen; und wenn Bärbchen nicht gewußt hätte, daß sie nach Raschkow reite, wo Menschen wohnen, und eine polnische Besatzung lag, sie hätte glauben können, man führe sie irgendwo in unbekannte Wüsteneien, in fremde Länder, ans Ende der Welt. Sie sah sich in der Gegend um, hielt unwillkürlich an und blieb bald hinter dem Schlitten und der ganzen Abteilung zurück. Asya kam nach einer kurzen Weile zu ihr, und da er die Gegend gut kannte, zeigte er ihr die verschiedenen Orte und nannte sie mit Namen. Aber das dauerte nicht lange, denn der Boden begann zu dampfen. Der Winter hatte offenbar in diesen südlichen Strichen nicht die Kraft, die er im waldigen Chreptiow hatte. Es lag zwar noch ein wenig Schnee in den Schluchten und Klüften, an den Felsgraten, und auch an den nach Norden gerichteten Abflachungen der Höhen, aber im allgemeinen war der Boden nicht von Schnee bedeckt; er war mit niedrigem Gestrüpp besetzt oder glänzte von feuchtem, welkem Gras. Von diesen Gräsern stieg ein leichter, weißlicher Dunst auf und zog sich den Boden entlang, so daß es das Aussehen großer Wasserflächen hatte, welche die Täler erfüllten und weithin über die Ebene ergossen waren; dann hob sich dieser Dunst und stieg immer höher, den Glanz der Sonne verdeckend und den lichten Tag in düsteren Nebel verwandelnd.

»Morgen wird es Regen geben«, sagte Asya.

»Wenn es nur heute nicht regnet. – Wie weit ist es noch bis Raschkow?«

Asya blickte nach dem nächsten, durch den Nebel kaum erkennbaren Punkt, und antwortete:

»Von hier ist es schon näher nach Raschkow als zurück nach Jampol«, und er atmete tief auf, als sei eine große Last von seiner Schulter gefallen.

In diesem Augenblick erklang Pferdegetrappel von der Abteilung her, und ein Reiter tauchte im Nebel auf. »Halim? ich erkenne ihn!« rief Asya.

Halim hatte Asya und Bärbchen erreicht, sprang vom Pferde und verneigte sich vor dem jungen Tataren.

»Aus Raschkow?« fragte Asya.

»Aus Raschkow, mein Herr und Gebieter«, antwortete Halim.

»Was gibt es dort?«

Der Alte erhob sein häßliches, von unsäglichen Mühen abgemagertes Gesicht zu Bärbchen, als wollte er fragen, ob er in ihrer Gegenwart sprechen dürfe; aber Asya sagte sogleich:

»Sprich ohne Scheu, sind die Truppen abgezogen?«

»So ist es, Herr, nur ein Häuflein ist zurückgeblieben.«

»Wer hat sie geführt?«

»Herr Nowowiejski.«

»Die Piotrowitsch sind nach der Krim gezogen?«

»Schon lange; nur die zwei Frauen und der alte Herr Nowowiejski sind bei ihnen.«

»Wo ist Krytschynski?«

»Jenseits des Flusses; er wartet.«

»Wer ist mit ihm?«

»Adurowitsch mit seinem Häscher. Beide verneigen sich vor dir, Sohn Tuhaj-Beys, und empfehlen sich in deine Hand – sie und alle jene, die noch nicht angelangt sind.«

»Gut«, sagte Asya und es blitzte auf in seinen Augen, »fliege zu Krytschynski und befiehl ihm, Raschkow zu nehmen.«

»Dein Wille geschehe, Herr!«

Halim sprang auf sein Pferd und verschwand wie ein Gespenst im Nebel. Ein entsetzlicher, unheilverkündender Glanz lag auf Asyas Gesicht; der entscheidende Augenblick, der Augenblick der Erwartung, der Augenblick seines höchsten Glückes – er war gekommen. Das Herz schlug ihm so, daß ihm der Atem stockte ... Eine Zeitlang ritt er schweigend neben Bärbchen her, und erst, als er fühlte, daß die Stimme ihm nicht versagen werde, wandte er ihr seine tiefen, glänzenden Augen zu und sagte:

»Jetzt will ich offen mit Ew. Liebden sprechen ...«

»Ich höre«, gab Bärbchen zurück und sah ihn forschend an, als wollte sie in seinen veränderten Zügen lesen.

Asya brachte sein Pferd so nahe an Bärbchens Apfelschimmel heran, daß er beinahe mit seinem Steigbügel den ihrigen berührte, und ritt so noch eine Weile schweigend neben ihr. Er wollte sich ganz beruhigen und wunderte sich, daß er die Ruhe so schwer finden konnte, da doch Bärbchen in seiner Gewalt war, und es keine menschliche Kraft gab, welche sie ihm zu entreißen vermocht hätte. Aber es war ihm selbst kaum bewußt, daß trotz aller Unwahrscheinlichkeit und trotzdem die Wirklichkeit das Gegenteil zu sagen schien, ein Fünkchen Hoffnung in ihm glühte, das begehrte Weib könne ihm Gegenliebe schenken. War diese Hoffnung auch schwach, so war doch der Wunsch, daß es so sei, so mächtig, daß es ihn wie ein Fieber schüttelte. Die Begehrte wird ihre Hand nicht öffnen, sie wird ihm nicht in die Arme stürzen, sie wird die Worte nicht sprechen, die er ganze Nächte hindurch träumte: »Asya, ich bin dein!«, sie wird nicht an seinem Munde mit ihren Lippen hängen – das wußte er. Aber wie wird sie seine Worte aufnehmen? Was wird sie sagen? Wird sie alles Gefühl verlieren, wie die Taube in den Klauen des Raubvogels? Und wird sie sich so fassen lassen, wie das verlassene Täubchen dem Habicht sich hingibt? Wird sie in Tränen um Mitleid betteln, wird sie mit einem Schrei des Entsetzens die Wüste erfüllen? Wird von alledem mehr oder weniger geschehen? … Solche Fragen tobten in der Seele des Tataren. Und doch war die Zeit gekommen, da die Verstellung, der Schein aufhören mußte, da er das wahre, entsetzliche Gesicht zeigen mußte … Das war die Furcht, das die Unruhe … noch einen Augenblick – und alles war geschehen.

Endlich aber wandelte sich diese dumpfe Angst in der Seele des Tataren zu dem, wozu sich meist die Angst eines wilden Tieres wandelt, zu Wut … Und er selbst schürte diese Wut. Was auch geschehen mag, dachte er, sie ist mein, ganz mein, mein wird sie heute noch sein, und mein ist sie morgen, und dann kehrt sie nicht mehr heim zu ihrem Gatten, sondern bleibt bei mir.

Bei diesem Gedanken erfaßte ihn eine wilde, rasende Freude, und er sprach plötzlich mit einer Stimme, die ihm selbst fremdartig klang:

»Ew. Liebden haben mich bis heute nicht gekannt.«

»In diesem Nebel klingt Eure Stimme so verändert«, sagte Bärbchen etwas beklommen, »daß ich wirklich glaube, es spreche ein anderer.«

»In Mohylow liegen keine Truppen, in Jampol keine, in Raschkow keine – ich allein bin hier Herr. Krytschynski, Adurowitsch und jene anderen sind meine Sklaven, denn ich bin ihres Herrschers Sohn – ich ihr Vezier, ich der höchste Mirza, ich bin ihr Führer, wie Tuhaj-Bey ihr Führer war, ich bin ihr Khan, ich allein habe die Macht, und alles hier ist in meiner Macht.«

»Wozu sagt Ihr mir das?«

»Ew. Liebden haben mich bis heute nicht gekannt. Raschkow ist nicht fern, ich wollte Tatarenhetman werden und der Republik dienen, aber Herr Sobieski wollte das nicht. Ich mag nicht länger ein Sohn der Wüste sein, unter eines anderen Kommando dienen, ich will selbst große Scharen führen gegen Dorosch oder gegen die Republik, wie Ew. Liebden wollen, wie Ew. Liebden befehlen.«

»Wie ich befehle? Asya, was geht mit Euch vor?«

»Das geht mit mir vor, daß alle hier meine Sklaven sind, und ich der Eure. Was gilt mir der Hetman, was seine Erlaubnis, sein Widerspruch! Sprecht ein Wort, und ich lege Ew. Liebden Akerman[11] zu Füßen, und die Debrudscha, und diese Horden, die hier wohnen, und die, die in den wilden Feldern umherschweifen, und die, die weit und breit hier ihre Winterlager haben, werden Eure Sklaven sein, wie ich Euer Sklave bin! Befehlt, und ich kündige dem Khan der Krim den Gehorsam, und ich kündige dem Sultan den Gehorsam, und ich will sie mit dem Schwerte bekämpfen und der Republik Hilfe bringen, und eine neue Horde in dieser Gegend begründen, über die ich Khan bin, und über mir dürft Ihr allein sein, Euch allein werde ich dienen, um Eure Gnade, Euer Erbarmen bitten.« Und er neigte sich auf seiner Satteldecke vor, faßte das erschreckte und von seinen Worten betäubte Weib um die Hüfte und sprach schnell mit heiserer Stimme weiter:

»Hast du es nicht gewußt, daß ich dich allein liebe, und wie ich gelitten habe ... Und ich nehme dich auch so, du bist schon die meine, und bleibst die meine; niemand wird dich hier meinen Armen entreißen ... du bist mein ... du bist mein ... du bist mein!«

»Jesus Maria!« schrie Bärbchen auf.

Aber er preßte sie in seinen Armen, als wollte er sie erwürgen. Kurzer Atem hob seine Brust, seine Augen wurden trübe; endlich zog er sie aus dem Steigbügel, aus der Satteldecke und setzte sie vor sich, drückte ihre Brust an die seine, und seine bläulichen Lippen öffneten sich begehrlich wie der Mund eines Fisches, und begannen die ihrigen zu suchen. Sie stieß keinen Schrei aus, aber sie leistete mit unerwarteter Kraft Widerstand. Es begann ein Kampf zwischen ihnen, in dem man nur ihren gedämpften Atem hörte. Seine gewaltsamen Bewegungen, und die Nähe seines Gesichts gaben ihr die Geistesgegenwart wieder. Ein Augenblick des Hellsehens kam über sie, wie es bei Ertrinkenden zu kommen pflegt; mit einem Schlage ward ihr alles in hellster Klarheit bewußt, daß sich die Erde unter ihren Füßen aufgetan und eine bodenlose Kluft sich geöffnet hatte, in die er sie gewaltsam hineinzog.

11 Akerman = Landkreis in Bessarabien.

Sie sah seine Liebe, seinen Verrat, ihr entsetzliches Schicksal, ihre Schwäche, ihre Ratlosigkeit. Sie empfand Angst, furchtbaren Schmerz und Leid – und gleichzeitig loderte in ihr die Flamme einer maßlosen Entrüstung der Wut und der Rache empor. So groß war die Tapferkeit in der Seele dieses ritterlichen Kindes, dieser erwählten Gattin des mutigsten Ritters der Republik, daß sie selbst in diesem entsetzlichen Augenblick zuerst dachte: Räche dich! und dann erst: Rette dich. Alle Kräfte ihres Geistes spannte sie an, und sie sah alles mit wunderbarer Klarheit. Während des Ringkampfes begannen ihre Hände an seinem Körper eine Waffe zu suchen und trafen endlich auf den Hornknopf eines orientalischen Pistols. Aber gleichzeitig hatte sie die Geistesgegenwart, daran zu denken, daß selbst, wenn das Pistol geladen sei, wenn es ihr gelänge, den Stein anzuschlagen, er doch, ehe sie die Hand zurückziehen, ehe sie den Lauf auf sein Haupt richten konnte, unzweifelhaft ihre Hand erfassen würde und ihr so das letzte Mittel der Rettung nehmen könnte; und sie beschloß, anders vorzugehen.

Alles das währte nur einen Augenblick. Er hatte in der Tat einen Streich vorausgesehen und streckte ihr mit blitzartiger Schnelligkeit die Hand entgegen. Aber er vermochte nicht ihre Bewegung zu berechnen, und so glitten ihre Hände aneinander vorüber, und Bärbchen schlug ihn mit der ganzen verzweifelten Kraft ihrer jungen, kräftigen Faust mit dem Schaft seines Pistols zwischen die Augen.

Der Schlag traf so fürchterlich, daß Asya nicht einmal zu schreien vermochte, und rücklings hinfiel, sie selbst im Falle mit sich ziehend.

Bärbchen erhob sich im nächsten Augenblick, sprang auf ihren Apfelschimmel und jagte wie ein Sturmwind dahin nach der dem Dniestr entgegengesetzten Seite in die ferne Steppe.

Ein nebeliger Vorhang senkte sich hinter ihr nieder, der Apfelschimmel ließ die Ohren hängen und rannte blindlings dahin durch die Felsen und Schluchten, durch die Klüfte und Abhänge. Jeden Augenblick konnte er in eine Spalte versinken, jeden Augenblick konnte er und seine Reiterin an den Felsspalten zerschellen, aber Bärbchen achtete nichts, die furchtbarsten Gefahren waren für sie die Lipker und Asya … Seltsam, jetzt, da sie sich befreit hatte aus der Hand des Raubtieres, und da jener wahrscheinlich tot lag inmitten der Felsen, herrschte über alle ihre Empfindungen die Angst. Jetzt, da sie mit dem Gesicht auf der Mähne des Tieres lag, und durch den Nebel dahinschoß wie ein von Wölfen verfolgtes Reh, begann sie Asya mehr zu fürchten, als in jenem Augenblick, da sie in seinen Armen lag, und sie empfand Angst, Kraftlosigkeit und das, was ein schwächliches Kind empfindet, das verirrt ist auf Gottes weiter Welt, einsam und verlassen. Weinende Stimmen erhoben sich in ihrem Herzen und begannen zu stöhnen, furchtsam klagend, hilferufend: »Michael, hilf – Michael, hilf!«

Der Apfelschimmel flog dahin. Von einem wunderbaren Instinkt geleitet, sprang er über die Klüfte, vermied mit gelenkiger Bewegung die hervorragenden Felskanten, bis endlich der steinerne Boden unter seinen Hufen zu klingen aufhörte. Er war offenbar zu einer der offenen »Lugen« gelangt, die sich hier und da durch die Felsen hinzogen. Schweiß bedeckte ihn, die Nüstern blähten sich auf, aber trotzdem lief er weiter.

Wohin fliehen? – dachte Bärbchen.

Und in diesem Augenblick sagte sie sich: »Nach Chreptiow!«

Aber von neuem schnürte die Angst ihr Herz ein bei dem Gedanken an diesen weiten, durch entsetzliche Wüsteneien führenden Weg. Bald erinnerte sie sich auch, daß Asya in Mohylow und Jampol Abteilungen der Lipker gelassen hatte. Unzweifelhaft waren sie alle verschworen, alle dienten sie Asya und würden sie sicherlich gefangen und nach Raschkow bringen. Darum mußte sie tief in die Steppe hinein, dann erst sich nach Norden wenden und die Flecken am Dniestr umgehen. Sie mußte um so mehr diesen Weg wählen, als die Verfolger unbedingt den Weg am Ufer entlang einschlagen würden, während sie in der weiten Steppe vielleicht auf ein polnisches Kommando stoßen konnte, das in das Blockhaus zurückkehrte.

Allmählich wurde der Lauf des Schimmels langsamer. Bärbchen, als erfahrene Reiterin, begriff sogleich, daß man ihm Zeit zur Rast gewähren müsse, daß er sonst zusammenbrechen würde; auch sie fühlte, daß sie verloren wäre, wenn sie in dieser Wüste ohne Pferd bliebe.

Sie hielt seinen Lauf an und ritt eine Zeitlang im Schritt. Der Nebel löste sich, aber das arme Tier stand ganz in heißem Dampf. Bärbchen begann zu beten.

Plötzlich ließ sich durch die Nebel auf einige hundert Schritt von ihr entfernt das Wiehern eines Pferdes vernehmen. Da starrte das Haar auf ihrem Haupte.

»Meines bricht zusammen, aber auch jene brechen zusammen«, sagte sie laut.

Und wieder trieb sie das Pferd zur Eile. Eine Zeitlang schoß der Schimmel dahin, wie eine Taube, die der Blaufuß verfolgt, und wieder lief er lange, fast bis zur Erschöpfung seiner Kräfte; aber das ferne Wiehern tönte immer noch hinter ihm. Es lag in diesem Wiehern, das durch den Nebel drang, etwas unendlich Sehnsüchtiges und Drohendes. Nach dem Augenblick der ersten Angst kam Bärbchen der Gedanke: wenn auf diesem verfolgenden Pferde irgend jemand säße, so würde das Pferd nicht wiehern, denn der Reiter wurde sein Wiehern dämpfen, um sich nicht zu verraten.

»Nicht anders«, dachte Bärbchen, »das ist Asyas Pferd.«

Sie nahm beide Terzerole aus den Holftern; aber es war eine überflüssige Vorsicht; bald sah sie es deutlich durch den dünnen Nebel schimmern: Asyas Pferd kam mit wallender Mähne und fliegenden Nüstern herbeigestürzt. Da es den Apfelschimmel erblickte, näherte es sich hüpfend, kurz und abgerissen wiehernd, und der Apfelschimmel antwortete sogleich.

»He, – he!« rief Bärbchen.

Das Tier, gewohnt der Menschenhand zu folgen, näherte sich und ließ sich beim Zügel fassen. Bärbchen erhob ihre Augen gen Himmel und sagte: »Gottes Schutz!«

Wirklich war das Einfangen von Asyas Roß für sie ein außerordentlich günstiger Glücksfall. Sie hatte nun die beiden besten Pferde der ganzen Abteilung, sie konnte ferner die Pferde wechseln, und endlich gab ihr die Anwesenheit von Asyas Pferd die Gewißheit, daß die Verfolger nicht sobald aufbrechen würden. Wäre das Pferd der ganzen Abteilung gefolgt, so würden unzweifelhaft die Tataren, beunruhigt durch seinen Anblick, sofort zurückgekehrt sein, um ihren Führer zu suchen; jetzt konnte man voraussehen, daß es ihnen gar nicht in den Sinn kommen werde, daß Asya etwas zugestoßen sei, und daß sie erst auf Nachforschungen ausgehen würden, wenn seine allzulange Abwesenheit sie beunruhigte.

»Dann werde ich schon weit von hier sein«, setzte Bärbchen in Gedanken hinzu.

Hier erinnerte sie sich zum zweitenmal, daß Asyas Abteilungen in Jampol und Mohylow stehen.

»Ich muß die weite Steppe herum und fern vom Flusse bleiben, bis ich mich in der Gegend von Chreptiow befinden werde. Schlau hat dieser entsetzliche Mensch mich umstellt, aber Gott wird mich retten.«

Sie faßte Mut und begann die Vorbereitungen zur Weiterreise. An Asyas Sattelholz fand sie eine Muskete, ein Pulverhorn, ein Beutelchen mit Kugeln und ein Beutelchen mit Hanfsamen, den der Tatar beständig zu kauen pflegte. Bärbchen schnallte die Steigbügel kürzer, für sie passend, und gedachte, sich den ganzen Weg über wie ein Vogel von diesem Samen, den sie sorgfältig aufbewahrte, zu ernähren. Sie beschloß, Menschen und Hütten zu umgehen, denn in diesen Wüsten kann man von jedem Menschen eher Böses als Gutes erwarten. Ihr Herz bedrückte die Sorge, womit sie die Pferde füttern werde; wollte sie auch selbst das Gras unter dem Schnee aufscharren, und die Moose in den Felsritzen hervorkratzen – aber wenn sie nun von bösem Kraut und von dem lästigen Wege zusammenbrächen? Schonen konnte sie die Pferde doch nicht. Eine zweite Furcht war die, ob sie sich in der Wüste nicht verirren werde. Es war leicht, den Weg zu finden, wenn man am Ufer entlang ritt, aber diesen Weg durfte sie nicht wählen. Wenn sie in die dämmrige, ungeheure, wegelose Wüste hinausritt, wie wollte sie erkennen, ob sie nach Norden oder nach einer anderen Richtung reiten sollte, wenn die nebeligen, sonnenlosen Tage kamen, und die sternenlosen Nächte? Daß die Wüste von reißenden Tieren erfüllt war, machte ihr weniger Sorge, denn sie hatte Mut im kühnen Herzen und – eine Waffe. Die Wölfe, die in Scharen zogen, konnten zwar gefährlich werden, aber im allgemeinen fürchtete sie die Menschen mehr als die Tiere, und am meisten das Verirren.

»Ha, Gott wird mir den Weg zeigen, und wird mir gewähren, zu Michael zurückzukehren«, sagte sie laut.

Sie bekreuzigte sich und wischte mit dem Ärmel die Feuchtigkeit von ihrem Gesicht, die ihre blassen Wangen frieren machte, schaute mit ihren scharfen Augen in der Gegend umher und gab dem Pferde die Sporen.

17. Kapitel

Den Sprößling des Tuhaj-Bey zu suchen, fiel niemandem ein. Er aber setzte sich auf, schaute sich in der Gegend um und suchte zu begreifen, was mit ihm vorgehe. Er sah nur wie durch einen Nebel und erkannte, daß er nur mit einem Auge sehe, und auch mit diesem nur unklar; das andere war herausgeschlagen oder mit Blut angefüllt. Asya erhob die Hände zu seinem Gesicht, seine Finger trafen auf Blutstückchen, die geronnen in seinem Barte hingen. Auch der Mund war mit Blut angefüllt, das ihn zu ersticken drohte, so daß er aufhusten und ausspeien mußte. Ein entsetzlicher Schmerz durchzuckte sein Gesicht bei diesem Speien, er hob die Finger zum Gesicht empor, aber bald zog er sie mit schmerzlichem Stöhnen zurück. Bärbchens Schlag hatte ihm den oberen Teil der Nase zertrümmert und den Backenknochen verwundet.

Eine Weile saß er unbeweglich da; dann begann er mit dem Auge, in dem noch ein Lichtschimmer geblieben war, umherzuschauen, und da er in der Bergritze einen Streifen Schnee erblickte, so kroch er hin, ergriff eine Handvoll davon und legte ihn an sein zerfetztes Gesicht.

Das brachte ihm sofort große Linderung. Als sich der Schnee löste und in roten Tropfen in seinen Bart hinabfloß, nahm er wieder eine Faust voll und legte ihn von neuem auf sein glühendes Gesicht; auch zu essen begann er ihn, denn das brachte ihm Linderung. Nach einiger Zeit wurde die ungeheure Last, die er auf seinem Kopfe fühlte, bedeutend leichter, und es trat ihm alles in Erinnerung, was geschehen war. Aber im ersten Augenblick empfand er weder Wut, noch Zorn, noch Verzweiflung. Der körperliche Schmerz betäubte alle anderen Gefühle und ließ nur das Begehren nach schneller Rettung zurück.

Asya schlang noch einige Hände voll Schnee hinunter und begann sich nach seinem Pferde umzusehen, aber das Pferd war nicht da. Da begriff er, daß, wenn er nicht warten wollte, bis die Tataren ihn holten, er zu Fuß gehen müsse. Er stützte sich also mit den beiden Händen auf den Boden und versuchte aufzustehen; doch er heulte auf vor Schmerz und sank wieder zurück.

So saß er wohl eine Stunde, dann begann er von neuem seine Bemühungen. Dieses Mal gelang es ihm insoweit, als er sich zu erheben und, mit dem Rücken an den Fels gelehnt, auf den Beinen zu stehen vermochte. Aber wenn er daran dachte, daß er die Stütze aufgeben und einen Schritt vorwärts tun müsse, erst einen, dann den zweiten und dritten, in die große, weite Wüste hinaus, so ergriff ihn das Gefühl der Ohnmacht und des Entsetzens so mächtig, daß er beinahe wieder zurücksank. Doch er überwand sich, zog seinen Säbel, stützte sich auf ihn und schleppte sich langsam vorwärts; es ging. Nach einigen Schritten empfand er, daß seine Füße und sein ganzer Körper Kraft besäßen, daß er vollkommen ihrer Herr sei, und daß nur sein Kopf von einer Dumpfheit befangen, wie eine riesige Woge bald nach rechts, bald nach links, bald nach vorn, bald nach hinten hin und her schwanke. Er hatte auch das Gefühl, als trüge er diesen schweren, schwankenden Kopf mit ungewöhnlicher Vorsicht und mit ungewöhnlicher Angst, daß er ihm nicht zu Boden falle und am Stein zerschelle. Bisweilen schien der Kopf sich ganz mit ihm zu drehen, als habe er den Willen, ihn im Kreise herumzuführen, bald wieder umnachtete sich sein einziges Auge. Dann stützte er sich mit beiden Händen auf das Schwert.

Aber der Schwindel ging allmählich vorüber – der Schmerz dagegen wuchs beständig und bohrte in der Stirn, in den Augen, im ganzen Kopfe, so daß sich Asyas Brust ein winselndes Geheul entrang. Das Echo der Felsen gab sein Stöhnen zurück, und so schritt er durch die Wüste, blutig, entsetzenerregend, eher einem Vampir ähnlich, denn einem Menschen.

Schon dämmerte es, als ihm Pferdegetrappel entgegentönte. Ein Führer der Tataren war es, der herangeritten kam, um Befehle zu empfangen. An diesem Abend fand Asya noch soviel Kraft, daß er die Verfolgung anbefahl. Gleich darauf aber legte er sich auf die Felle und konnte die drei folgenden Tage niemanden sehen als den Griechen, seinen Wundarzt, der seine Wunden verband, und Halim, der dem Wundarzt zur Seite stand; erst am vierten Tage gewann er die Sprache wieder, und mit ihr das Bewußtsein der jüngsten Ereignisse.

Alsbald eilten seine fieberhaften Gedanken Bärbchen nach. Er sah sie, wie sie durch die Felsen, durch die Wüste dahineilte; sie erschien ihm wie ein Vogel, der dahingeflogen war, um nicht wiederzukehren; er sah sie in den Umarmungen ihres Gatten, und bei diesem Anblick packte ihn der Schmerz, grausamer als die Wunde, und mit diesem ein Sehnen, und mit dem Sehnen die Schmach der erlittenen Niederlage.

»Entflohen, entflohen!« wiederholte er unaufhörlich; die Wut drohte ihn zu ersticken, und das Bewußtsein ihm zu schwinden. »Wehe!« antwortete er Halim, als dieser ihn beruhigen wollte und versicherte, daß Bärbchen der Verfolgung nicht entgehen könne; er stieß mit den Füßen gegen die Felle, mit welchen der alte Tatar ihn zudeckte, drohte ihm und dem Griechen mit dem Messer und heulte wie ein wildes Tier, sprang auf, um selbst ihr nachzueilen, sie zu ergreifen und sie dann im Zorn und in seiner wilden Liebe mit eigenen Händen zu erdrosseln.

Bald wieder phantasierte er im Fieber; er rief Halim zu, ihm sobald als möglich das Haupt des kleinen Ritters zu bringen und seine Gattin gebunden nebenan in der Kammer einzuschließen. Bald wieder sprach er mit ihr, bat, drohte, bald streckte er ihr im Fieberwahn die Hände entgegen, um sie an sich zu ziehen. Endlich fiel er in tiefen Schlaf und erwachte Tag und Nacht nicht. Dann, als der Schlaf von ihm gewichen war, hatte ihn auch das Fieber ganz verlassen, und er konnte Krytschynski und Adurowitsch sprechen.

Diese hatten es eilig, ihren Führer zu sehen, denn sie wußten nicht, was sie beginnen sollten. Die Truppen, welche unter der Führung des jungen Nowowiejski ausgezogen waren, sollten zwar vor zwei Wochen nicht zurückkehren; aber Asya leitete die ganze Bewegung; er allein konnte ihnen Fingerzeige geben, was sie in jedem Falle zu tun hatten; er allein konnte ihnen erklären, auf welcher Seite der größte Vorteil sei, ob sie gleich in das Land des Sultans zurückkehren, oder ob sie Verstellung üben sollten, und wie lange sie den Schein, als dienten sie der Republik, zu wahren hatten.

Sie wußten beide wohl, daß schließlich auch Asya die Republik verraten wolle, aber sie vermuteten, daß er ihnen befehlen werde, ihren Verrat erst mit Beginn des Krieges offenkundig werden zu lassen, damit er desto erfolgreicher sei. Seine Weisungen sollten überdies für sie Befehl sein, denn er hatte sich ihnen zum Führer aufgeworfen, als das Haupt der ganzen Sache, als der Hinterlistigste, der Einflußreichste, endlich als der Sohn des Tuhaj-Bey, des einst unter allen Horden weithin berühmten Kriegsfürsten.

So standen sie besorgt an seinem Bette in tiefster Untertänigkeit, und er begrüßte sie, zwar noch schwach, mit verbundenem Gesicht, und mit einem Auge, aber schon gänzlich gesund. Und gleich zu Anfang sagte er ihnen:

»Ich bin krank; das Weib, welches ich entführen und für mich behalten wollte, hat sich meiner Gewalt entrissen und mich mit dem Schaft meines Pistols verwundet. Es war die Frau des Kommandanten Wolodyjowski ... daß die Pest ihn treffe, ihn und sein ganzes Gezücht!«

»Es sei, wie du sagst«, gaben die beiden Hauptleute zur Antwort.

»Gebe Gott euch Getreuen Heil und Glück!«

»Auch dir, o Herr!«

Nun begannen sie über das zu verhandeln, was jetzt zu tun sei.

»Wir dürfen nicht zögern und dürfen den Dienst des Sultans nicht bis zum Kriege hinausschieben«, sagte Asya, »denn nach dem, was mit diesem Weib geschehen ist, werden sie uns nicht mehr trauen, sondern mit dem Schwerte gegen uns losgehen. Aber ehe sie das tun, greifen wir die Stadt an und lassen sie in Feuer aufgehen zu Gottes Ehre. Jenes Häuflein Soldaten, das hier geblieben, und die Einwohner, welche Untertanen der Republik sind, nehmen wir in Gefangenschaft, und in das Gut der Walachen, der Armenier und Griechen teilen wir uns und ziehen jenseits des Dniestr in die Lande des Sultans.«

In den Augen Krytschynskis und Adurowitsch, die schon seit längerer Zeit mit der wildesten Horde räubernd hin und her zogen und gänzlich verwildert waren, leuchtete es auf.

»Danke dir, o Herr«, sagte Krytschynski. »Man hat uns hier in Raschkow eingelassen, das Gott uns nun in die Hände liefert ...«

»Nowowiejski hat euch keinen Widerstand geleistet?« fragte Asya.

»Nowowiejski wußte, daß wir zur Republik übergehen, er wußte auch, daß du im Anzuge bist, um dich mit uns zu verbinden, darum betrachtete er uns als Freunde, wie er dich als Freund betrachtet.«

»Wir standen auf der Moldauischen Seite«, warf Adurowitsch ein, »aber wir ritten zu ihm als Gäste, und er empfing uns wie Männer von Adel, denn er sprach:

›Durch diese Tat habt ihr die alten Sünden getilgt, und da der Hetman euch auf Asyas Bürgschaft hin verzeiht, ziemt es auch mir nicht, euch zu zürnen.‹ Er wollte sogar, daß wir in der Stadt Quartier nähmen, aber wir sagten: ›Das tun wir nicht, ehe Asya, Sohn des Tuhaj-Bey, uns des Hetmans Erlaubnis bringt ...‹ Und als er fortging, gab er uns noch ein Mahl und bat, über der Stadt zu wachen ...«

»Bei jenem Fest«, fügte Krytschynski hinzu, »haben wir seinen Vater gesehen, auch die Alte, die die Heimkehr ihres Gatten aus der Gefangenschaft erwartet, und das Fräulein, welches Nowowiejski zu heiraten gedenkt.«

»Ah«, sagte Asya, »noch habe ich nicht daran gedacht, daß sie alle hier sind ... und Fräulein Nowowiejski habe ich mitgebracht.«

Er schlug in die Hände, und als Halim sofort erschien, sagte er ihm:

»Meine Tataren sollen, sobald sie die Flammen in der Stadt emporsteigen sehen, sofort die Soldaten, die in dem Blockhause sind, angreifen oder niedermetzeln, die Weiber und den alten Edelmann binden und gut beobachten, bis ich weitere Befehle gebe.«

Dann wandte er sich an Krytschynski und Adurowitsch:

»Ich selbst werde nicht mit helfen können, denn ich bin schwach; aber ich will zu Pferde sitzen und zuschauen. Jetzt aber, liebe Genossen, beginnt das Werk.«

Krytschynski und Adurowitsch stürzten sofort der Tür zu, er folgte ihnen, ließ sich ein Pferd geben und ritt zum Pfahlwerk hin, um von dem hohen Tore der Zitadelle hinunterzublicken auf das, was in der Stadt geschehen würde.

Eine Schar Lipker kletterte auch den Wall hinauf über das Pfahlwerk, um sich an dem Anblick des Blutbades zu weiden.

Als die Soldaten Nowowiejskis, welche nicht in die Steppe hinausgezogen waren, sahen, wie die Tataren sich sammelten, glaubten sie, es gäbe in der Stadt etwas zu sehen, und mengten sich unter sie ohne einen Schatten von Furcht oder Verdacht. Übrigens waren von diesem Fußvolk kaum zwanzig vorhanden, der Rest war in der Stadt, in den Schenken.

Inzwischen hatten sich die Häscher Adurowitschs und Krytschynskis in einem Augenblick über das Städtchen zerstreut. Es befanden sich unter ihnen fast ausschließlich Lipker und Tscheremissen, also frühere Bewohner der Republik, teils von Adel; aber da sie schon lange das Gebiet der Krone verlassen hatten, waren sie in der Zeit ihres Wanderlebens den wilden Tataren ähnlich geworden. Ihre alten Oberröcke waren zerrissen, sie kleideten sich daher allgemein in Widderpelze, die Wolle nach außen, die sie auf den nackten, von den Stürmen der Steppe und von dem Rauch der Feldfeuer welken Körpern trugen; aber ihre Waffen waren besser als die der wilden Tataren. Alle hatten Säbel, alle im Feuer gehärtete Bogen, viele Feuergewehre. Aber ihre Gesichter trugen dieselbe Grausamkeit, denselben Blutdurst zur Schau, wie die Gesichter ihrer Brüder in der Dobrudscha oder der Krim. Diese hatten sich über das ganze Städtchen zerstreut und durchschweiften es in den verschiedensten Richtungen mit entsetzlichem Geschrei, als wollten sie sich gegenseitig durch die Rufe anfeuern zu Mord und Raub. Aber trotzdem viele von ihnen schon nach Tatarensitte das Messer zwischen die Zähne genommen hatten, betrachtete die Einwohnerschaft, die wie in Jampol aus Walachen, Armeniern, Griechen, und zum Teil aus tatarischen Kaufleuten bestand, sie noch immer ohne jedes Mißtrauen. Die Verkaufsbuden waren geöffnet, die Kaufleute saßen vor ihren Läden nach türkischer Art auf den Bänken und leierten den Rosenkranz ab. Das Geschrei der Tataren bewirkte nur, daß man ihnen neugieriger nachsah in der Vermutung, daß sie Kampfspiele veranstalteten.

Plötzlich erhoben sich an den Ecken des Marktes Rauchsäulen, und aus dem Munde der Tataren ertönte ein so entsetzliches Geheul, daß der bleiche Schrecken die Walachen, Armenier und Griechen, Weiber und Kinder erfaßte. Nun ergoß sich auch ein Hagel von Pfeilen auf die ruhige Bürgerschaft. Ihr Wehegeschrei, das Gepolter der schnell geschlossenen Türen und Fensterläden vermischte sich mit dem Getrappel der Pferde und dem Gebrüll der Räuber. Der Markt überzog sich mit Rauch, von allen Seiten tönte es »Feuer – Feuer!« Läden, Häuser wurden aufgebrochen, erschreckte Weiber an den Haaren herausgezerrt; Geräte, Saffiane, Verkaufswaren, Betten flogen auf die Straße, und die Federn erhoben sich Wolken gleich empor; das Stöhnen hingeschlachteter Männer, Klagelaute und Heulen der Hunde, das Brüllen des Viehes, das vom Feuer in den hinteren Gebäuden ergriffen wurde, das Züngeln der Flammen, die selbst am Tage auf dem Hintergrund der dunklen Rauchsäulen sichtbar waren, und immer höher zum Himmel emporschossen; in dem Blockhause aber hatten sich Asyas Räuber gleich beim Beginn des Gemetzels auf die zum größten Teil waffenlosen Soldaten gestürzt.

Einen Kampf gab es kaum; unzählige Messer stießen unerwartet in jede polnische Brust; dann schnitt man den Unglücklichen die Köpfe ab und legte sie zu Füßen von Asyas Pferde nieder.

Der Sohn des Tuhaj-Bey gestattete dem größten Teil der Lipker, hinabzugehen und sich der blutigen Arbeit der Brüder anzuschließen. Er selbst stand da und schaute zu.

Der Rauch verschleierte Krytschynskis und Adurowitschs Werk. Der Dunst der Brände drang bis zum Blockhaus, die Stadt loderte auf wie ein riesiger Scheiterhaufen, und der Rauch verdeckte ihren Anblick. Von Zeit zu Zeit nur drang durch den Rauch der Schuß eines Gewehrs, wie ein Blitz in der Wolke, von Zeit zu Zeit blitzte es auf: ein fliehender Mann oder eine Schar Lipker in der Verfolgung begriffen.

Asya stand unbeweglich da und schaute zu; sein Herz war von Freude erfüllt. Ein grausames Lächeln verzerrte seine Lippen, und die weißen Zähne starrten daraus hervor, ein Lächeln, das um so furchtbarer war, als es sich mit dem Schmerz der trockenen Wunde vermischte. Und neben der Freude wogte Stolz in dem Herzen Asyas. Hatte er doch jene Bürde der Verstellung von sich geworfen, hatte er doch zum ersten Male dem Haß, den er jahrelang verborgen trug, freien Lauf gelassen. Jetzt fühlte er sich wieder als der wahre Asya, als der Sohn Tuhaj-Beys. Aber gleichzeitig erhob sich in ihm ein wilder Schmerz, daß Bärbchen diesen Brand, diese Metzelei nicht sehe, daß sie ihn nicht sehen könne in seinem neuen Berufe. Er liebte sie, und doch tobte in seinem Herzen die wilde Begier der Rache an ihr.

Stände sie hier neben meinem Pferde – dachte er bei sich – ich würde sie bei den Haaren festhalten, und meine Füße müßten sie berühren, und dann wurde ich sie nehmen und würde sie küssen und sie wäre mein, meine – Sklavin.

Vor der Verzweiflung schützte ihn nur die Hoffnung, daß die Abteilung, die zur Verfolgung ausgeschickt, oder die, die unterwegs zurückgeblieben waren, sie wiederbringen würden. Diese Hoffnung ergriff er wie ein Ertrinkender das Brett, und sie gab ihm Kraft. Er vermochte den Gedanken endgültiger Verzichtleistung nicht auszudenken, sondern gedachte lebhaft des Augenblicks, da er sie wiedergewinnen und sich zu eigen machen werde.

Er stand am Tor, bis die hingeschlachtete Stadt ruhig war; das war schnell geschehen, denn Adurowitschs und Krytschynskis Scharen zählten fast so viele Köpfe, wie das ganze Städtchen – und nur das Feuer überdauerte das Stöhnen der Menschen und wütete noch bis zum Abend. Asya war vom Pferde herabgeglitten und ging langsamen Schrittes in das geräumige Zimmer. In der Mitte hatte man Widderfelle für ihn ausgebreitet; er ließ sich nieder und erwartete die Ankunft der beiden Heerführer.

Sie kamen bald, mit ihnen die Hauptleute. Aller Gesichter waren von Freude erfüllt, denn die Beute überstieg ihre Erwartungen. Das Städtchen hatte sich seit der Zeit des Bauerneinfalls sehr gehoben und war wohlhabend. Man hatte auch etwa hundert junge Weiber und eine Schar Kinder von zehn Jahren an erbeutet, die man günstig in den Bazaren des Orients verkaufen konnte. Die Männer, alte Weiber und Kinder, die nicht fähig waren, weite Wege zu machen, hatte man hingemordet. Die Hände der Lipker dampften von Menschenblut, und an ihren Widderfellen haftete der Brandgeruch. Alle setzten sich um Asya herum, und Krytschynski begann:

»Nur ein Häufchen Asche bleibt nach uns zurück. Ehe die Kommandos zurückkehren, könnten wir noch nach Jampol ausrücken, dort ist
an Gütern ebensoviel vorhanden wie in Raschkow.«

»Nein«, antwortete der Sohn des Tuhaj-Bey, »in Jampol sind meine
Leute, die die Stadt in Brand setzen werden. Wir müssen jetzt in die
Lande des Khans und des Sultans.«

»Wie du befiehlst. Wir kehren mit Ruhm und Beute heim«, sagten
die Hauptleute und Führer.

»Hier im Blockhaus sind noch Weiber und jener Edelmann, der
mich gepflegt hat«, sagte Asya; »ihm geziemt eine Belohnung.«

Bei diesen Worten schlug er in die Hände und befahl, die Gefangenen vorzuführen.

Man brachte sie sofort, Frau Boska, von Tränen überströmt, Sophie,
bleich wie Linnen, Evchen und den alten Herrn Nowowiejski. Ihm
waren Hände und Füße mit Bast geknebelt. Alle waren entsetzt, mehr
aber noch erstaunt über das, was geschehen, und was ihnen vollkommen unverständlich war. Evchen allein hatte die dumpfe Empfindung
– obwohl sie sich in Vermutungen verlor über das Schicksal Bärbchens,
weshalb Asya sich bisher nicht hatte sehen lassen, warum man in der
Stadt ein Gemetzel angerichtet und sie als Sklaven gebunden hatte –
daß es sich um ihre Entführung handle, daß Asya geradezu rase aus
Liebe zu ihr und, da er in seinem Hochmut ihren Vater um ihre Hand
nicht bitten wolle, beschlossen habe, sie mit Gewalt zu entführen. All'
das war an sich entsetzlich, aber Evchen zitterte wenigstens nicht um
das eigene Leben.

Die Gefangenen, die man hergeführt hatte, erkannten Asya nicht,
denn sein Gesicht war ganz verbunden. Aber die Angst ergriff die
Weiber um so stärker, da sie im ersten Augenblick meinten, daß wilde
Tataren auf irgend eine unerklärliche Weise die Lipker aufgerieben
und Raschkow genommen hätten. Erst der Anblick Krytschynskis und
Adurowitschs überzeugte sie, daß sie sich in der Hand von Asyas
Leuten befanden. Eine Zeitlang sahen sie einander schweigend an.
Endlich sprach der alte Nowowiejski mit unsicherer, aber kräftiger
Stimme:

»In wessen Händen sind wir?«

Asya löste die Binden von seinem Haupte, und sein Gesicht, das
trotz seiner Wildheit einst schön gewesen, erschien, für immer entstellt,
mit gebrochenem Nasenbein, und mit einem schwarzblauen Fleck auf

der Stelle des einen Auges – ein entsetzliches Gesicht, von kalter Rachgier und einem krampfhaften Zuckungen ähnlichen Lachen gezeichnet. Eine Weile noch schwieg er, dann heftete er sein glühendes Auge auf den alten Edelmann und antwortete:

»In meinen, in den Händen des Sohnes Tuhaj-Beys.«

Aber der alte Nowowiejski hatte ihn erkannt, ehe er sich genannt hatte; auch Evchen hatte ihn erkannt, obwohl ihr Herz sich zusammenzog in Entsetzen und Abscheu bei dem Anblick dieses gräßlichen Kopfes.

Das Mädchen verdeckte ihre Augen mit den Händen. Der Edelmann öffnete die Lippen, begann vor Verwunderung mit den Augen zu blinzeln und auszurufen: »Asya, Asya!«

»Den Ihr aufgezogen, dem Ihr Vater waret, und der unter Eurer väterlichen Hand in Strömen Blutes ...«

Dem Edelmann stieg das Blut zu Kopfe: »Verräter«, sagte er, »vor dem Gericht wirst du für deine Taten Rede stehen ... Natter! ... ich habe noch einen Sohn –«

»Und eine Tochter«, antwortete Asya, »um deretwillen du mich mit dem Ochsenziemer tödlich geißeln ließest; und diese Tochter schenke ich jetzt dem letzten meiner Knechte, damit sie ihm Dienerin zur Wollust sei.«

»Feldherr, schenke sie mir!« rief plötzlich Adurowitsch.

»Asya, Asya, ich habe dich immer ...« schrie Evchen auf und stürzte zu seinen Füßen nieder.

Aber er stieß sie von sich, und Adurowitsch faßte sie in seine Arme und zog sie auf dem Fußboden zu sich hin. Herr Nowowiejski wechselte die Farbe, und sein rotes Gesicht lief bläulich an. Die Fesseln knarrten an seinen Händen, und seinen Lippen entrangen sich unverständliche Worte. Asya erhob sich von seinen Fellen und schritt auf ihn zu, erst langsam, dann immer schneller, wie ein wildes Tier, das sich auf seine Beute stürzen will; endlich, als er ganz nahe herangekommen war, faßte er ihn mit den zusammengekrallten Fingern seiner mageren Hand am Barte, mit der anderen Hand schlug er ihn erbarmungslos auf Gesicht und Kopf.

Ein heiseres Gekrächz drang aus seiner Kehle. Endlich, als der Edelmann zu Boden sank, kniete Asya auf seiner Brust nieder, und der helle Glanz seines Messers durchzuckte plötzlich das Dämmerlicht des Zimmers.

»Erbarmung! Rettung!« schrie Evchen.

Aber Adurowitsch schlug sie auf den Kopf und legte dann seine breite Hand auf ihren Mund; inzwischen hatte Asya Nowowiejski hingemordet.

Der Anblick war so entsetzlich, daß selbst den Tataren das Blut in den Adern erstarrte; denn Asya hatte mit berechneter Grausamkeit das Messer ganz langsam über die Kehle des unglücklichen Edelmannes geführt, und dieser gurgelte und röchelte entsetzlich. Aus den offenen Adern tröpfelte das Blut immer mächtiger auf die Hände des Mörders und floß in Strömen auf den Fußboden. Endlich wurde das Röcheln und das Gurgeln allmählich still, nur der Atem pfiff in der durchschnittenen Kehle, und die Füße des Sterbenden schlugen in krampfhaften Zuckungen gegen den Boden.

Asya stand auf. Sein Gesicht fiel jetzt auf das bleiche und süße Gesichtchen Sophies, die tot zu sein schien, denn sie hing ohnmächtig über den Armen des Tataren, – und er sagte:

»Dieses Mädchen behalte ich für mich, bis ich es verschenke oder verkaufe.« Dann wandte er sich an die Tataren:

»Und jetzt, sobald die Verfolger zurückkehren, geht's in die Lande des Sultans.«

Die Verfolger kamen zwei Tage später zurück, aber mit leeren Händen, und so zog denn der Sohn Tuhaj-Beys in die Lande des Sultans, Verzweiflung und rasende Wut im Herzen, hinter sich einen grauen, bläulichen Aschenhaufen zurücklassend.

Zehn bis zwölf ukrainische Meilen trennten jene Städte, durch welche Bärbchen ihren Weg von Chreptiow nach Raschkow nahm, oder die ganze Reise betrug, wenn man dem Dniestr folgte, etwa dreißig Meilen. Zwar war man von dem Nachtlager noch vor Tag aufgebrochen und hatte nicht Halt gemacht, ehe die Nacht eingetreten war – und doch hatte der ganze Marsch mit der Rastzeit, trotz der Schwierigkeiten, Übergänge und Überführen drei Tage gedauert. Da Bärbchen dies überdachte, rechnete sie sich aus, daß der Rückweg, der Weg nach Chreptiow, ihr noch weniger Zeit rauben müsse, besonders da sie ihn zu Pferde zurücklegte, und da er doch eine Flucht bedeutete, in welcher die Rettung von der Schnelligkeit abhing.

Aber schon am ersten Tage bemerkte sie, daß sie sich täusche, denn da sie nicht den Dniestr entlang fliehen konnte, sondern Umwege durch die Steppen machte, war sie genötigt, ungeheure Strecken zuzugeben, und überdies konnte sie sich noch verirren; es war sogar wahrscheinlich, daß sie sich verirrte.

Sie konnte auf versumpfte Flüsse stoßen, auf undurchdringliche Waldesdickichte, auf Brüche, die selbst im Winter nicht froren, auf Hindernisse von Mensch und Tier; und wenn sie auch die Absicht hatte, die Nächte hindurch weiter zu reiten, so befestigte sich doch unwillkürlich in ihr die Überzeugung, daß sie selbst bei einem glücklichen Ausgang Gott weiß wann in Chreptiow ankommen werde.

Es war ihr gelungen, sich den Armen Asyas zu entreißen, aber was nun? Gewiß war alles besser als diese schmachvollen Arme, und doch erstarrte das Blut in ihren Adern zu Eis, wenn sie an das dachte, was sie jetzt erwartete. Schonte sie das Pferd, so konnte sie eingeholt werden. Die Lipker kannten diese Steppe wie ihre Tasche, und sich vor ihren Augen, vor ihrer Verfolgung verbergen, war fast eine Unmöglichkeit. Verfolgten sie doch sogar im Frühling und im Sommer ganze Tage hindurch die Tataren, wenn die Pferdehufe nicht die geringsten Spuren im Schnee oder in der weichen Erde zurückließen; sie lasen in der Steppe wie in einem offenen Buche. Sie schweiften über diese Ebenen hin wie Adler, sie verstanden in ihnen zu wittern wie Jagdhunde, das ganze Leben ging ihnen hin unter Streifzügen. Vergeblich nahmen die Tataren häufig ihren Weg zu Wasser, um keine Spur zurückzulassen – die Kosaken, die Lipker und Tscheremissen verstanden gerade so wie die polnischen Steppenkämpfer sie aufzufinden, ihrer List mit List zu begegnen, und so plötzlich hereinzubrechen, als seien sie aus dem Boden herausgewachsen. Wie sollte man vor einem solchen Volke fliehen? Man konnte sie nur so weit hinter sich lassen, daß die Entfernung selbst die Verfolgung unmöglich machte. Aber in diesem Falle mußten die Pferde zusammenbrechen.

Sicher mußten sie zusammenbrechen, wenn sie beständig wie bisher angestrengt werden würden, dachte Bärbchen mit Entsetzen, wenn sie ihre feuchten, dampfenden Seiten sah, und den Schaum, der in Bällen zu Boden fiel.

Sie hemmte also von Zeit zu Zeit ihren Lauf und horchte auf; da vernahm sie in jedem Wehen des Windes, in jedem Rauschen des Laubes, das auf den Felsengraten wuchs, in dem trockenen Geräusch, mit welchem die welken Stengel der Steppennesseln aneinanderschlugen, im Rauschen der Flügel der vorübereilenden Vögel, selbst in der Stille der Wüste, die in die Ohren klang, den Widerhall verfolgender

Rosse. In ihrem Schrecken gab sie wieder den Pferden die Sporen und eilte in rasendem Laufe dahin, bis das Keuchen der Tiere ihr anzeigte, daß sie nicht weiter konnten.

Die Bürde der Einsamkeit und der Ohnmacht lastete immer schwerer auf ihr. Ach, wie fühlte sie sich verwaist, welch ein Leid, so groß wie ungerecht, wuchs in ihrem Herzen gegen alle Menschen, gegen die Nächsten und Teuersten, die sie so verlassen hatten!

Dann dachte sie wieder, daß Gott sie wohl strafe für ihre Begier nach Abenteuern, für ihre Sucht, an allen Jagden, allen Kriegszügen teilzunehmen gegen den Wunsch ihres Gatten, für ihre Ausgelassenheit und Leichtfertigkeit, und bei diesen Gedanken weinte sie bitterlich, hob das Auge zum Himmel, und wiederholte weinend:

»Strafe, aber verlaß' mich nicht, straf' Michael nicht, Michael ist unschuldig!«

Inzwischen war die Nacht hereingebrochen, und mit ihr die Kühle und Dämmerung, die Unsicherheit des Weges und erneute Unruhe. Die Gegenstände begannen zu verschwimmen, sich gleichsam geheimnisvoll zu beleben und gespensterhaft zu lauern. Die Unebenheiten an den Spitzen der hohen Felsen sahen wie Köpfe aus, die spitze oder runde Mützen trugen und die über Riesenmauern hinweg sich verneigten und schweigsam und unhold ausschauten, wer wohl dort unten vorüberreite. Die Zweige der Bäume, die der Wind hin und her schaukelte, nahmen menschliche Bewegungen an; die einen nickten Bärbchen lockend zu, als wollten sie ihr ein furchtbares Geheimnis anvertrauen, andere schienen zu sprechen und zu warnen: Komm nicht heran! Die Bäume auf den Abhängen sahen wie sprungbereite Ungeheuer aus. Bärbchen war mutig, sehr mutig, aber wie alle Menschen jener Zeit abergläubisch; darum stand ihr, als völlige Dunkelheit eingebrochen war, das Haar zu Berge, ein Schauer durchrieselte ihren Körper bei dem Gedanken an die unreinen Mächte, die diese Gegenden bewohnen konnten. Besonders fürchtete sie die Vampire. Der Glaube an diese war in den Dniestrländern wegen der Nähe der Moldau sehr verbreitet, und gerade diese Gegenden um Jampol und Raschkow herum hatten einen schlechten Ruf. So viele Menschen schieden hier durch unerwarteten Tod von der Welt, ohne Beichte, ohne Sündenvergebung. Bärbchen rief sich alle Erzählungen ins Gedächtnis, die an den Abenden in Chreptiow die Ritter zum besten gaben: von den Talschluchten, aus welchen bei Windeswehen plötzlich Stöhnen erklang:

Jesus, Jesus!, von den neckenden Flammen, aus denen es schnarchte, – von den lachenden Felsen, von den blassen Kindern mit grünen Augen und ungeheuerlichen Köpfen, welche baten, sie mit aufs Pferd zu nehmen, und die dann dem Reiter das Blut aussogen, endlich von den Köpfen ohne Rumpf, die auf Spinnenfüßen einhergingen, und von den schrecklichsten all' dieser Schrecknisse, den ausgewachsenen Vampiren, oder den im Welschen sogenannten Brukolaken, die ohne weiteres die Menschen anfielen.

Sie machte das Zeichen des Kreuzes so lange, bis ihre Hand müde war, und dann sprach sie die Litanei, denn durch keine andere Waffe konnte man die unreinen Mächte abwehren. Mut gaben ihr die Pferde, die keine Furcht verrieten und fröhlich wieherten. Von Zeit zu Zeit klopfte sie mit der Hand den Nacken ihres Apfelschimmels, als wollte sie sich auf diese Weise überzeugen, daß sie sich in der wirklichen Welt befinde.

Die Nacht, die anfangs sehr finster gewesen war, wurde allmählich heller, und endlich schimmerten die Sterne durch die dünnen Nebel. Für Bärbchen war dies ein ungewöhnlich günstiger Umstand, denn erstens nahm ihre Angst ab, und dann konnte sie, wenn sie den Großen Wagen im Auge behielt, auf den Norden zureiten, in der Richtung nach Chreptiow. Sie schaute sich in der Gegend um und berechnete, daß sie sich schon bedeutend vom Dniestr entfernt haben müsse, denn es gab hier weniger Felsen, das Land hatte eine größere Ausbreitung, es waren mehr mit Eichen bestandene Hügel und weit ausgedehnte Ebenen vorhanden.

Doch mußte sie immer wieder durch Schluchten, und jedesmal entstand neue Angst in ihrem Herzen, denn in der Tiefe war es dunkel, und eine strenge, durchdringende Kälte lagerte unten. Manche Täler waren so abschüssig, daß sie umgangen werden mußten, und das verursachte großen Verlust an Zeit und eine Erschwerung des Weges.

Schlimmer noch war es mit den Strömen und Flüßchen, die ein ganzes Netz bildeten vom Osten zum Dniestr hin. Alle waren vom Eise frei, und die Pferde wieherten furchtsam, wenn sie in der Dunkelheit durch ein Wasser wateten, dessen Tiefe sie nicht kannten. Bärbchen setzte nur an den Stellen über, wo ein ausgedehntes Ufer vermuten ließ, daß das breite Wasser flach sei; in den meisten Fällen war es auch so, zuweilen aber reichte das Wasser bis zur Hälfte der Pferdeleiber; dann kniete Bärbchen nach Soldatenart auf der Satteldecke, hielt sich mit den Händen an dem Vorderknauf und bemühte sich, die Füße nicht ins Wasser tauchen zu lassen. Aber dies gelang ihr nicht vollkommen, und bald erfaßte sie von Fuß bis Kopf eine empfindliche Kälte.

»Wenn mit Gottes Hilfe der Tag kommt, reite ich schneller vorwärts«, wiederholte sie immer wieder.

Endlich gelangte sie auf eine große Ebene, die von einem dünnen Walde bestanden war, und da sie sah, daß die Pferde kaum noch vorwärts konnten, machte sie Halt und rastete. Beide Renner streckten alsbald die Hälse gegen den Boden, setzten einen der Vorderfüße vor und begannen begierig das Moos und welke Gras aufzukratzen. Im Walde herrschte vollkommene Ruhe, die nur das hörbare Schnaufen der Pferde und das Knistern des Grases in ihren Mäulern unterbrach.

Nachdem sie den ersten Hunger gestillt oder richtiger getäuscht hatten, zeigten beide Pferde offenbar Lust, sich hinzustrecken; aber Bärbchen konnte dem nicht willfahren, sie wagte nicht einmal, die Zügel aus der Hand zu lassen und selbst abzusitzen, denn sie wollte jeden Augenblick zur weiteren Flucht bereit sein.

Sie bestieg aber Asyas Pferd, denn ihr Apfelschimmel trug sie schon seit der letzten Rast, und obwohl er tüchtiges, edles Blut in den Adern hatte, war er doch zarter als Asyas Tatarenpferd. Nachdem sie dies getan, empfand sie Hunger; ihren Durst hatte sie wiederholt bei den Übergängen über die Flüsse löschen können. Sie begann nun von dem Samen zu essen, von dem sie ein Beutelchen voll an Tuhaj-Beys Satteldecke gefunden hatte. Er schmeckte ihr sehr gut, wenn auch ein wenig bitter, sie aß also und dankte Gott für diese unerwartete Stärkung. Aber sie aß sparsam, damit er bis Chreptiow ausreiche. Dann schloß der Schlaf mit unüberwindlicher Macht ihre Lider; aber gleichzeitig ging, als die Bewegung des Pferdes sie nicht mehr erwärmte, eine empfindliche Kälte durch ihren ganzen Körper. Ihre Füße waren vollkommen erstarrt, sie fühlte eine unendliche Ermattung, besonders im Kreuz und in den Armen, welche durch das Ringen mit Asya überangestrengt waren. Eine große Schwäche erfaßte sie, und ihre Augen schlossen sich. Nach einer Weile öffnete sie dieselben mit großer Kraftanstrengung.

»Nein, am Tage, während des Reitens will ich schlafen«, dachte sie, »denn wenn ich jetzt einschlafe, so erfriere ich.«

Aber ihre Gedanken wurden immer unklarer, gingen immer mehr einer in den anderen über und führten ihr wirre Bilder vor die Seele, in welchen die Wüste, die Flucht und die Verfolgung, Asya, der kleine Ritter, Evchen und die letzten Ereignisse sich vermischten, – es war ein Traum im halben Wachen. Alles das floh gleichsam vorwärts wie eine Woge, die der Wind peitscht, und sie, Bärbchen, eilte mit, ohne Angst, ohne Freude, als müsse sie mit. Asya schien sie zu verfolgen, und gleichzeitig sprach er mit ihr und machte sich Sorge um die Pferde; Sagloba zürnte, daß das Abendbrot kalt werde, Michael zeigte ihr den Weg, und Evchen fuhr hinter ihnen her im Schlitten und aß Datteln.

Dann vermischten sich die Bilder dieser Personen immer mehr, als umschleiere sie ein nebliger Vorhang oder die Dämmerung, und allmählich schwanden sie ganz. Es blieb nur eine seltsame Finsternis, die der Blick nicht durchdrang, und die ins Unendliche zu gehen schien; überall drang sie hinein, selbst bis in Bärbchens Köpfchen und verlöschte alle Gesichte, alle Gedanken, wie das Wehen des Windes die Fackeln löscht, die in der Nacht in freier Luft brennen.

Bärbchen schlief ein; aber zum Glück erweckte sie, noch ehe die Kälte das Blut in ihren Adern erstarren ließ, ein ungewöhnlicher Lärm. Die Pferde rissen sich plötzlich los, – es war offenbar in der Wüste etwas Außerordentliches geschehen. Bärbchen gewann im Augenblick die Geistesgegenwart wieder, ergriff Asyas Muskete und horchte über das Pferd geneigt mit gespannter Aufmerksamkeit. Sie war eine so geartete Natur, daß jede Gefahr im ersten Augenblick Wachsamkeit, Mut und Kampfbereitschaft in ihr weckte.

Diesmal beruhigte sie sich sogleich wieder; die Stimmen, die sie erweckt hatten, waren nichts anderes als das Grunzen von Wildschweinen. Mochten die Wölfe die Frischlinge überschleichen, oder die Schweine sich um die Bachen[12] streiten – die ganze Wüste hallte plötzlich von dem Lärm wieder. Das Getöse war sicherlich in weiter Ferne, aber in der nächtlichen Stille und dem allgemeinen Frieden schien es so nah, daß Bärbchen nicht nur das Grunzen und Quieken hörte, sondern auch das laute Pfeifen der mächtig atmenden Rüssel. Plötzlich ertönte ein Knattern, ein Knistern durchbrochener Sträucher,

12   Bache = Wildsau.

und ein ganzes Rudel jagte, wenn auch für Bärbchen unsichtbar, in der Nähe vorüber und tauchte in das Dunkel der Wüste.

In dem unverbesserlichen Bärbchen schlug, trotz ihrer trostlosen Lage, auf einen Augenblick die Ader des Jägers, und es tat ihr leid, daß sie dies vorübereilende Rudel nicht gesehen hatte.

»Ich hätte doch ein wenig zuschauen können«, sagte sie zu sich, »von hier aber ist nichts zu sehen. Wenn ich in den Wald hineinreite, werde ich vielleicht noch etwas erspähen können.«

Erst nach dieser Erwägung fiel es ihr ein, daß es besser sei, nichts zu sehen und so schnell als möglich davonzukommen, und so setzte sie ihren Weg fort. Sie konnte auch nicht länger auf der Stelle stehen, schon darum nicht, weil die Kälte immer empfindlicher wurde, und die Bewegung der Pferde sie stark erwärmte, ohne sie verhältnismäßig zu ermüden. Die Pferde aber, die nur ein wenig Moos und erfrorenes Gras erwischt hatten, gingen unwillkürlich und mit gesenktem Kopf vorwärts. Der Reif hatte ihnen die Seiten bedeckt, als sie standen, und sie schienen kaum die Füße vorwärts zubringen; trotzdem ging es seit der Mittagsrast fast ohne Unterbrechung weiter.

Bärbchen ritt über die Heide hin, die Augen auf den Großen Wagen geheftet, immer tiefer in die Wüste hinein, die nicht allzu dicht war, aber hügelig und von engen Rissen durchschnitten. Es wurde auch immer finsterer, nicht nur infolge des Schattens, den die laubreichen Bäume warfen, sondern auch, weil Ausdünstungen dem Boden entstiegen und die Sterne verdeckten. Sie mußte auf gut Glück weiter reiten. Nur die Felsenrisse gaben Bärbchen einen Fingerzeig dafür, daß sie in der gewünschten Richtung vorwärts komme, denn das wußte sie, daß sie alle von Osten nach dem Dniestr zu verliefen, daß sie also, indem sie einen nach dem anderen überwand, in der Richtung nach Norden reite. Und doch dachte sie, daß trotz dieses Wegweisers ihr immer die zu große Entfernung oder eine allzu große Annäherung zu ihm drohe; eines wie das andere konnte gefährlich werden, denn im ersten Falle hätte sie ein ungeheures Stück Weges zuviel gemacht, im entgegengesetzten konnte sie nach Jampol gelangen und dort in die Hände des Feindes fallen. Ob sie sich aber noch vor Jampol befand, ob sie gerade auf seiner Anhöhe stand, ob es schon hinter ihr lag – davon hatte sie nicht die geringste Vorstellung.

»Eher schon werde ich wissen, wenn ich Mohylow hinter mir habe«, sagte sie sich, »denn dies liegt in einer großen, breiten Schlucht, die ich vielleicht erkennen werde.«

Dann blickte sie zum Himmel empor und dachte:

»Hilft mir Gott nur erst über Mohylow hinaus, dort beginnt Michaels Herrschaft, dort schreckt mich nichts mehr.«

Die Nacht wurde immer dunkler; zum Glück lag hier auf dem Boden des Waldes schon Schnee, auf dessen weißem Grunde man die dunklen Stämme der Bäume, die niedrigen Äste erkennen konnte, um sie zu vermeiden; aber Bärbchen mußte langsamer reiten, und wieder fiel ihre Seele die Furcht vor den unreinen Mächten an, die zu Beginn der Nacht ihr Blut zu Eis hatten gerinnen lassen.

»Wenn ich unten Augen leuchten sehe«, sagte sie zu ihrem erschreckten Herzen, »so bedeutet das nichts, das ist ein Wolf; sehe ich sie aber in Menschenhöhe ...«

In diesem Augenblick schrie sie laut auf.

»Im Namen des Vaters und des Sohnes!«

War es Täuschung oder war es eine wilde Katze, die auf einem Äste saß, genug, Bärbchen sah deutlich ein Paar glänzender Augen in der Höhe eines Menschen.

Vor Angst gingen ihr die Augen über. Als sie wieder klar sehen konnte, war nichts mehr da; nur ein Geräusch ließ sich zwischen den Zweigen hören, ihr Herz pochte so laut in der Brust, als wollte es seine Wände sprengen. Und so ritt sie weiter ohne Ende, ohne Ziel, und sehnte das Tageslicht herbei. Die Nacht zog sich unendlich in die Länge. Bald verlegte ihr wieder ein Fluß den Weg. Bärbchen war schon ziemlich weit hinter Jampol am Ufer der Rosawa; aber sie wußte nicht, wo sie sich befand und vermutete nur, daß sie sich beständig nach Norden fortbewege, da sie wieder auf einen neuen Fluß gestoßen war. Die Nacht mußte bald ihr Ende erreicht haben, denn die Kühle nahm beständig zu; es trat offenbar Frost ein, der Nebel senkte sich, und die Sterne zeigten sich wieder, nur blasser und in einem unsicheren Lichte flimmernd.

Endlich begann die Dunkelheit allmählich zu bleichen, die Stämme, die Äste und Zweige traten immer deutlicher aus dem Dunkel hervor, im Walde herrschte vollkommene Stille – es war Tag.

Nach kurzer Zeit konnte Bärbchen schon die Farbe der Pferde unterscheiden. Endlich zeigte sich im Osten ein lichter Streifen, ein schöner, heller Tag war angebrochen.

Bärbchen empfand eine unendliche Müdigkeit; ihre Lippen öffneten sich zu unterbrochenem Gähnen, und ihre Augen fielen zu. Bald schlief sie fest ein, aber nur auf kurze Zeit, denn ein Zweig, an den sie ihren Kopf stieß, weckte sie wieder auf. Zum Glück gingen die Pferde sehr langsam, während des Schreitens nach Moos suchend, darum war der Schlag ein so leichter, daß er ihr keinen Schaden zufügte. Die Sonne war schon emporgestiegen, und ihre blassen, freundlichen Strahlen fielen durch die blattlosen Zweige. Bei ihrem Anblick erfüllte Bärbchens Herz neuer Mut; schon lag zwischen ihr und ihren Verfolgern eine große Strecke, so viele Berge, Schluchten, die ganze Nacht. »Wenn mich nur die Leute hinter Jampol oder Mohylow nicht fassen, jene dort holen mich gewiß nicht mehr ein«, sagte sie sich. Sie rechnete auch damit, daß sie im Anfang ihrer Flucht über felsigen Boden geritten war, auf dem die Hufe keine Spuren zurückließen. Aber bald erfaßte sie wieder Verzweiflung.

Die Lipker finden die Spur auch auf Felsen und Steinen, und es lag nahe, daß sie diese wütend verfolgen würden, wenn ihnen nicht etwa die Pferde fielen. Diese letztere Vermutung war sehr wahrscheinlich; Bärbchen brauchte ja nur ihre Pferde anzusehen, der Apfelschimmel wie das Tatarenpferd hatten eingefallene Seiten, gesenkte Häupter, einen erloschenen Blick. Während sie dahinschritten, hielten sie beständig die Köpfe zu Boden geneigt, um etwas Moos zu erhaschen, oder sie erfaßten im Vorübergehen das rötliche Laub, das hier und da auf niedrigen Eichensträuchern welkte. Sie wurden wohl auch vom Fieber gequält, denn bei allen Flußübergängen tranken sie begierig.

Trotzdem trieb Bärbchen, da sie wieder auf das freie Feld zwischen zwei Wäldchen gelangt war, die müden Rosse an und jagte so einem anderen Wäldchen entgegen.

Als sie auch dieses durchritten hatte, kam sie auf eine zweite Heide, die noch größer, noch hügeliger war. Hinter den Hügeln, in einer Entfernung von etwa einer Viertelmeile, sah sie Rauch, der wie eine Fichte schnurstracks gen Himmel stieg. Es war der erste bewohnte Ort, den Bärbchen antraf, denn im übrigen war dieses Land, mit Ausnahme des Uferstrichs, eine Wüste, oder vielmehr es war in eine Wüste verwandelt worden, nicht bloß infolge der Tatareneinfälle, sondern auch durch die ununterbrochenen polnisch-kosakischen Kriege. Nach dem letzten Kriegszug Tscharniezkis, dem Buscha zum Opfer gefallen war, waren die Städtchen zu elenden Flecken herabgesunken, die Dörfer mit jungem Wald bewachsen, und seit diesen Zeiten hatte es noch so viele Kriege, so viele Schlachten, so viele Metzeleien gegeben bis in die letzten Tage, in welchen der große Sobieski diese Lande dem Feinde entrissen hatte. Schon begann sich wieder Leben anzusiedeln, aber die Strecke, welche Bärbchen ritt, war besonders öde, nur Räuber hausten hier; aber auch diese hatten die Kommandos, die in Raschkow, Jampol, Mohylow und Chreptiow standen, schon beinahe ganz aufgerieben.

Bärbchens erster Gedanke beim Anblick dieser Rauchsäule war, auf sie zuzureiten, eine Ansiedelung, eine Hütte oder auch nur einen einfachen Herd zu finden, sich zu erwärmen und zu stärken. Aber bald schoß es ihr durch den Kopf, daß es in dieser Gegend besser sei, einer Herde Wölfe als Menschen zu begegnen; die Menschen waren hier wilder, furchtbarer als die Tiere, es war ratsamer, die Pferde anzutreiben und die Niederlassung zu umgehen, denn hier konnte sie nur der Tod erwarten.

Am äußersten Saume des gegenüberliegenden Waldes bemerkte Bärbchen einen kleinen Heuschober; sie machte Halt, um die Pferde zu füttern. Diese fraßen begierig, indem sie die Köpfe bis über die Ohren in den Schober hineintauchten und ganze Strähnen Heu herauszogen. Zwar störten sie die Zügel sehr, aber Bärbchen wollte sie nicht davon befreien, da sie ganz richtig erwog:

»Dort, wo der Rauch aufsteigt, muß eine Ansiedelung sein, und da hier ein Heuschober steht, müssen in der Ansiedelung Pferde gehalten werden, mit denen man mich verfolgen könnte; darum heißt es, bereit sein.«

Sie brachte bei dem Heuschober eine Stunde zu, so daß die Pferde sich tüchtig stärkten; sie selbst aß von ihren Samenkörnern. Dann ritt sie weiter. Sie war kaum eine Strecke Wegs vorwärts gelangt, als sie plötzlich zwei Menschen vor sich gewahrte, die auf ihren Schultern Bündel von Reisig trugen.

Der eine war ein Mann in mittleren Jahren, pockennarbig und schielend, ein häßlicher, entsetzlicher Mensch mit einem furchtbaren, tierischen Gesichtsausdruck. Der andere, ein junger Bursche, war gestörten Geistes. Man konnte das auf den ersten Blick an seinem blöden Lachen und seinem irrenden Blick erkennen.

Beide erschraken bei dem Anblick der Reiterin und der Waffen und warfen ihre Reisigbündel zu Boden; aber das Zusammentreffen war so plötzlich, und sie standen einander so nahe, daß sie nicht fliehen konnten.

»Gelobt sei Gott«, rief Bärbchen, »in alle Ewigkeit, Amen! – Wie heißt die Ansiedelung dort?«

»Wie sollte sie heißen? Eine Hütte ist es.«

»Ist es weit nach Mohylow?«

»Wir wissen nicht.« Hier blickte der Alte aufmerksam Bärbchen ins Gesicht; da sie männliche Kleidung trug, hielt er sie für einen Knaben, und alsbald zeigte sein Gesicht an Stelle des ersten Schreckens Frechheit und Wildheit.

»Was seid Ihr so jung, Herr Ritter!« sagte er in kleinrussischer Mundart.

»Was geht das Euch an!«

»Und Ihr reitet so allein?« fragte der Bauer und näherte sich um einen Schritt.

»Das Heer folgt mir.«

Der Bauer blieb stehen, warf einen Blick über die weite Ebene und sagte:

»Das ist nicht wahr, man sieht niemand.«

Und er kam noch ein paar Schritte näher heran. Seine schielenden Augen blitzten auf, zugleich verzog er die Lippen und begann den Ruf der Wachtel nachzuahmen, offenbar, um auf diese Weise jemand heranzurufen.

All’ dies schien Bärbchen gefahrdrohend; sie hielt ihm unverzüglich das Terzerol vor die Brust.

»Schweig, sonst stirbst du!«

Der Bauer verstummte, ja noch mehr, er warf sich sofort seiner ganzen Länge nach auf den Boden, dasselbe tat der blödsinnige Knabe und heulte dabei vor Schrecken wie ein Wolf. Vielleicht war vor Zeiten sein Geist durch einen Schrecken umnachtet worden, denn sein Heulen klang jetzt furchtbar und entsetzlich.

Bärbchen gab den Pferden die Sporen und schoß dahin wie ein Pfeil. Zum Glück war der Wald frei von Jungholz, und die Bäume standen nicht dicht; bald zeigte sich ihr auch eine neue schmale, aber sehr lange Ebene. Die Pferde hatten durch die Rast am Heuschober neue Kräfte gewonnen und jagten wie der Wind dahin.

»Sie werden auf das Haus zueilen, die Pferde besteigen und mich verfolgen«, dachte Bärbchen.

Nur das tröstete sie, daß die Pferde rüstig vorwärts gingen, und daß von der Stelle, an der sie die Menschen getroffen hatte, bis zur Ansiedelung eine ziemliche Entfernung war.

»Ehe sie zur Hütte gelangen und die Pferde heraus führen, habe ich, wenn ich so weiter reite, eine oder zwei Meilen Vorsprung.«

Wirklich war es so, und als einige Stunden verflossen waren, und Bärbchen sich überzeugt hatte, daß sie nicht verfolgt werde, ritt sie langsamer. Ein großer Schrecken, eine große Niedergeschlagenheit überkam ihr Herz, und in die Augen traten ihr gewaltsam Tränen.

Diese Begegnung hatte ihr gezeigt, wie die Menschen in diesen Gegenden waren, und was man von ihnen erwarten dürfe. Zwar war ihr das nicht überraschend, sie wußte aus eigener Erfahrung, und aus den Erzählungen in Chreptiow, daß die früheren ruhigen Ansiedler diese Wüsten verlassen oder daß sie der Krieg aufgerieben hatte, und daß die, welche zurückgeblieben waren, in beständiger Furcht vor dem Kriege inmitten der furchtbaren Stürme im Innern und der Tatareneinfälle in Verhältnissen lebten, in welchen der Mensch für den Nebenmenschen ein Wolf war, ohne Kirche, ohne Glauben, ohne andere Beispiele als Mord und Brand, kein anderes Gesetz kennend, als das Recht der Faust, der alle menschlichen Empfindungen abgestreift hatte, und wie das Getier des Waldes verwildert war. Bärbchen wußte das wohl, und doch sucht der einsame Mensch, der in der Wüste verirrt ist, unter dem Drucke von Hunger und Kälte unwillkürlich zunächst Hilfe bei den ihm verwandten Wesen. So war es auch ihr ergangen. Da sie Rauch erblickte, der ihr die Wohnstatt von Menschen ankündigte, wollte sie, der ersten Empfindung des Herzens folgend, unwillkürlich dorthin eilen, die Bewohner mit dem Namen Gottes begrüßen, und unter ihrem Dache das müde Haupt bergen. Indessen hatte die entsetzliche Wirklichkeit ihr gleich die Zähne gezeigt wie ein toller Hund, darum floß ihr das Herz von Bitterkeit über, und Tränen des Leids und der Enttäuschung drängten sich in ihre Augen.

»Von nirgends Hilfe als von Gott«, dachte sie, »wenn ich doch keine Menschen mehr träfe!«

Dann überlegte sie, warum der Bauer wohl der Wachtel habe nachahmen wollen. Sicher waren in der Nähe noch andere Menschen, und er wollte sie heranrufen. Es kam ihr in den Sinn, daß sie auf dem Schleichwege von Räubern sei, die sich offenbar, nachdem sie aus den Uferschluchten verjagt waren, in die Wüste geflüchtet, die tiefer im Lande lag, wo ihnen die Nachbarschaft der breiten Steppen größere Sicherheit und eine leichtere Flucht in der Not gewährte.

»Was nun«, fragte sich Bärbchen, »wenn ich auf Räuber in größerer Zahl stoße? Die Muskete – das ist einer, die beiden Terzerole – zwei, der Säbel vielleicht noch zwei; wenn ihrer aber noch mehr sind, so sterbe ich eines jämmerlichen Todes.«

Wie sie vorher in den Schrecknissen der Nacht gewünscht hatte, daß es so schnell als möglich Tag werde, schaute sie jetzt sehnsüchtig nach der Dämmerung aus, die sie leichter vor bösen Blicken verbergen konnte.

Noch zweimal kam sie während ihres langen Rittes in der Nähe von Menschen vorüber, einmal erblickte sie am Saume einer Hochebene eine Anzahl Hütten; vielleicht wohnten darin gar nicht Räuber von Handwerk, aber sie zog es vor, sie in Eile zu umgehen, denn sie wußte, daß auch die Landleute nicht um vieles besser waren als die Räuber. Das andere Mal schlug an ihr Ohr der Widerhall von Äxten, die Holz bearbeiteten.

Endlich bedeckte die ersehnte Nacht die Erde. Bärbchen war schon so ermattet, daß sie sich sagte, als sie auf die freie, waldlose Steppe hinausgelangte: »Hier werde ich mich nicht an Bäumen stoßen, ich will also einschlafen, wenn ich auch erfrieren sollte.«

Als sie die Augen geschlossen hatte, schien ihr, als sähe sie in weiter, weiter Ferne auf dem weißen Schnee schwarze Punkte, die sich nach verschiedenen Richtungen hin bewegten. Noch überwand sie eine Weile den Schlaf. »Das sind gewiß Wölfe«, sagte sie leise.

Als sie aber einige Schritte vorwärts gekommen war, verschwanden die Punkte, und sie schlief bald so fest ein, daß sie erst erwachte, als Asyas Tatarenpferd, auf dem sie saß, laut aufwieherte.

Sie sah sich rings um. Sie befand sich am Saume eines Waldes und war zur rechten Zeit erwacht, sonst hätte sie einen Schlag gegen den Kopf erhalten.

Plötzlich bemerkte sie, daß das zweite Pferd nicht bei ihr war.

»Was ist geschehen?« rief sie in großer Angst aus.

Es war etwas sehr einfaches geschehen. Bärbchen hatte zwar den Zaum des Schimmels an die Satteldecke gebunden auf der sie saß, aber ihre erstarrten Hände hatten den Dienst versagt und nicht vermocht, den Knoten fest zu schlingen; so hatte sich der Zaum gelöst, und das erschöpfte Tier war zurückgeblieben, um unter dem Schnee Nahrung zu suchen oder sich niederzulegen.

Zum Glück hatte Bärbchen ihre Terzerole nicht in den Holftern, sondern im Gurt; auch das Pulverhorn und das Beutelchen mit dem Rest der Samenkörner hatte sie bei sich, und am Ende war das Unglück nicht allzu groß, denn wenn auch Asyas Pferd in der Schnelligkeit dem Apfelschimmel nachstand, so übertraf es ihn doch an Ausdauer. Bärbchen war es leid um das Pferd, und im ersten Augenblick beschloß sie, es zu suchen.

Nur das eine verwunderte sie, als sie sich in der Steppe umsah, daß sie es überhaupt nicht erblicken konnte, obwohl die Nacht sehr hell war.

»Nun«, dachte sie, »es ist gewiß nicht weiter gegangen und hat sich in eine Vertiefung gelegt, darum sehe ich es nicht.«

Das Tatarenpferd wieherte von neuem, schüttelte sich dabei und ließ die Ohren über den Nacken hängen; aber von der Steppe her ward ihm keine Antwort.

»Ich will zurückreiten und es suchen«, sagte Bärbchen.

Schon hatte sie das Pferd umgewandt, als eine plötzliche Angst sie erfaßte; es war ihr, als riefe eine menschliche Stimme: Kehre nicht um, Bärbchen!

Und in diesem Augenblick wurde die Stille durch andere, unheilvolle Stimmen unterbrochen, die ganz in der Nähe gleichsam aus dem Boden drangen. Heulen, Schnarchen, Stöhnen, Seufzen, endlich ein entsetzlicher, kurzer, abgerissener Aufschrei ... Alles das war um so grauenerregender, als man in der Wüste nichts sah. Bärbchen lief ein kalter Schweiß über den ganzen Körper, und ihren erfrorenen Lippen entrang sich der Schrei:

»Was ist das, was ist geschehen!«

Sie erriet zwar bald, daß die Wölfe über ihr Pferd hergefallen seien, aber sie konnte nicht begreifen, warum sie das nicht sehe, da es doch, nach den Stimmen zu schließen, in einer Entfernung von nicht mehr als fünfhundert Schritten geschehen sein mußte.

Aber es war bereits zu spät, zu Hilfe zu eilen, denn das Pferd war gewiß schon zerfleischt, und dann mußte sie auch an die eigene Rettung denken. Sie feuerte einen Schuß aus dem Terzerol ab, um die Tiere zu erschrecken und machte sich weiter auf den Weg. Nun kam ihr der Gedanke, daß es vielleicht nicht Wölfe gewesen seien, die ihr Pferd überfallen hatten, da die Stimmen wie unterirdisch klangen. Es überlief sie eiskalt; als sie aber noch nachsann, erinnerte sie sich, daß es ihr im Schlafe gewesen sei, als ritte sie erst einen Berg hinab, dann wieder hinauf.

– Ja, so war es, sagte sie, so war es. Ich bin schlafend quer durch eine mäßig abschüssige Schlucht geritten; dort ist mein Schimmel geblieben, und dort haben ihn die Wölfe überfallen.

Der Rest der Nacht ging ohne Abenteuer hin. Das Tatarenpferd, das am vergangenen Morgen Heu gefressen hatte, ging sehr ausdauernd, so daß Bärbchen seine Rüstigkeit bewunderte. Es war ein sogenannter »Wolf« von großer Schönheit und fast grenzenloser Ausdauer. Während der kurzen Ruhepause, die Bärbchen machen mußte, fraß es alles ohne Wahl, Moos, Blätter und selbst die Rinde von den Bäumen, und ging ruhig seinen Weg. In der freien Ebene ließ Bärbchen es schneller laufen; dann keuchte es ein wenig und atmete lauter, blieb stehen, schöpfte Luft, schüttelte sich, ließ den Kopf vor Müdigkeit sinken – aber es fiel nicht. Der Apfelschimmel hätte, wenn er auch nicht unter den Zähnen der Wölfe sein Ende gefunden, einen solchen Ritt nicht ausgehalten.

Am anderen Morgen berechnete Bärbchen, nachdem sie ihr Gebet gesprochen, die Zeit.

Asyas Armen habe ich mich am Donnerstag Mittag entrissen – sagte sie – und bin ohne Aufenthalt bis in die Nacht geritten, dann ist unterwegs eine Nacht vergangen, dann der ganze Tag, dann wieder eine Nacht, und heute hat der dritte Tag begonnen. Die Verfolger müssen längst umgekehrt sein, und Chreptiow kann nicht mehr fern sein, denn ich habe doch die Pferde nicht geschont.

Und nach einer Weile fügte sie hinzu:

– O, es ist Zeit, schon lange Zeit, Herr Gott, erbarme dich meiner! –

Manchmal erfaßte sie der Wunsch, in die Nähe des Flusses zu reiten, denn am Ufer hätte sie eher erkannt, wo sie war; aber die Furcht hielt sie davon ab, denn sie wußte, daß fünfzig Lipker von Asyas Leuten bei Herrn Gorschenski in Mohylow zurückgeblieben waren, und sie konnten vielleicht, da sie im weiten Bogen herumgeritten waren, noch nicht bei Mohylow vorbeigekommen sein. Unterwegs hatte sie, soweit der Schlaf ihre Augen nicht geschlossen hielt, sorgfältig darauf geachtet, ob sie nicht auf eine ausgedehnte Talschlucht stoße, ähnlich der, in welcher Mohylow lag, aber sie hatte nichts derartiges bemerkt. Die Schlucht konnte auch enger erscheinen und ganz anders bei Mohylow beschaffen sein, als tiefer im Lande, genug, Bärbchen hatte nicht die geringste Vorstellung davon, wo sie sich befinde.

Sie bat nur unaufhörlich Gott, es möchte schon in der Nähe sein, denn sie empfand, daß sie nicht länger die Mühe, die Kälte, die Schlaflosigkeit und den Hunger ertragen könne. Seit drei Tagen lebte sie nur von Samenkörnern, und obgleich sie sehr sparsam damit umgegangen war, war doch das letzte Körnchen heute morgen verzehrt, und der Beutel leer.

Nun konnte sie sich nur durch die Hoffnung stärken und erwärmen, daß Chreptiow in der Nähe sei. Sonst erhielt sie nur ein beständiges Fieber warm. Bärbchen fühlte, daß sie fiebere, denn obgleich es immer kälter wurde, ja sogar Frost herrschte, glühten ihre Hände und Füße, die zu Anfang ihrer einsamen Reise starr gewesen waren, und ein furchtbarer Durst plagte sie.

– Wenn ich nur nicht das Bewußtsein verliere, sprach sie zu sich, wenn ich wenigstens mit dem letzten Atemzug nach Chreptiow gelange und Michael sehe, dann geschehe Gottes Wille …

Immer wieder mußte sie über zahlreiche Ströme und Bäche setzen; aber sie waren entweder flach oder zugefroren. In manchen floß oberhalb Wasser, und unten war hartes, festes Eis. Am meisten aber fürchtete sie die Übergänge deshalb, weil auch ihr Tatarenpferd, so unerschrocken es sonst war, eine sichtliche Angst zeigte. Wenn es in das Wasser oder auf das Eis trat, schnob es, senkte die Ohren, blieb oft stehen und schritt dann, wenn es angetrieben wurde, vorsichtig, langsam Fuß vor Fuß setzend, und mit aufgeblähten Nüstern witternd.

Es war schon weit gegen Mittag, als Bärbchen durch einen dicht bestandenen Wald ritt und an einem Fluße Halt machte, der um ein bedeutendes breiter als die anderen war. Nach ihrer Annahme konnte dies die Latwa oder der Kaluschik sein. Bei diesem Anblick pochte ihr Herz freudig, denn Chreptiow konnte nicht mehr fern sein. Und selbst wenn Bärbchen es umging, konnte sie sich als gerettet betrachten, denn dort war das Land bewohnt, und die Menschen nicht mehr so zu fürchten. Der Fluß hatte, soweit Bärbchens Auge reichte, abschüssige Ufer; nur an einer Stelle war eine Furt. Das vom Eise gebannte Wasser war übergetreten und ergoß sich flach wie in einem breiten Gefäß; die Ufer waren vollkommen gefroren. In der Mitte zog sich ein breiter Wasserstreifen hin; Bärbchen hoffte aber, unter ihm, wie gewöhnlich, Eis zu finden.

Das Pferd schritt widerstrebend wie bei jedem Flußübergang mit vorgeneigtem Nacken vorwärts und beroch den Schnee, der vor ihm lag. Als Bärbchen an den Wasserstreifen gelangte, kniete sie nach ihrer Gewohnheit auf der Satteldecke und hielt sich mit beiden Händen an dem Vorderknauf.

Das Wasser plätscherte unter den Hufen, und wirklich lag hartes Eis darunter; die Hufe schlugen hinein wie in Gestein, aber die Eisen waren durch den langen, an vielen Stellen felsigen Weg stumpf geworden, das Pferd glitt aus, die Kräfte versagten, und plötzlich stürzte es nach vorn, so daß sein Maul unter das Wasser kam. Es raffte sich auf, fiel wieder zurück, machte noch einen Versuch, sich aufzurichten, und warf sich endlich geängstigt hin und her, verzweifelt mit den Hufen schlagend. Bärbchen riß am Zügel, aber zugleich vernahm sie ein dumpfes Krachen, und die Vorderfüße des Tieres versanken in die Tiefe.

– Jesus, Jesus! rief Bärbchen aus.

Das Pferd, das mit den Hinterfüßen noch auf festem Grunde stand, machte die äußersten Anstrengungen, aber die Eisschollen, auf welche es sich stützte, begannen allmählich unter seinen Hufen fortzurücken, denn es sank keuchend und schwer atmend immer tiefer ein.

Bärbchen hatte noch soviel Zeit und Geistesgegenwart, daß sie das Pferd an der Mähne ergriff und über seinen Nacken auf das ungebrochene Eis vor ihm gelangen konnte. Dort fiel sie ins Wasser. Aber sie erhob sich, und da sie festen Grund unter den Füßen spürte, ward ihr klar, daß sie gerettet sei. Noch wollte sie das Pferd befreien; sie neigte sich hinüber, ergriff die Zügel und zog, indem sie auf das jenseitige Ufer zustrebte, aus Leibeskräften an.

Aber das Pferd versank nur immer tiefer und vermochte die Vorderfüße nicht mehr frei zu bekommen, um sich auf das bisher unbeweglich gebliebene Eis zu stützen. Die Zügel spannten sich immer straffer, und endlich versank das Tier im Wasser, so daß nur Hals und Kopf darüber hervorragte. Dann begann es mit fast menschlicher Stimme zu stöhnen, und zeigte knirschend die Zähne. Seine Augen waren mit unbeschreiblichem Ausdruck auf Bärbchen gerichtet, als wollte es ihr zurufen: – Für mich gibt es keine Rettung mehr, laß' die Zügel fahren, sonst reiße ich dich noch mit! –

Und es gab wirklich für das Pferd keine Rettung, Bärbchen mußte die Zügel loslassen.

Als es ganz vom Eise bedeckt war, ging sie an das andere Ufer, setzte sich dort an einen laublosen Strauch und begann wie ein Kind zu schluchzen.

Ihre Energie war auf einen Augenblick ganz gebrochen, und auch die Bitterkeit und das Leid, das nach der Begegnung mit den Menschen ihr Herz erfüllt hatte, schlug jetzt in Wogen über sie zusammen. Alles war wider sie: die Unsicherheit der Wege, die Dunkelheit, die Elemente, Menschen und Tiere, nur die Hand Gottes schien bisher schützend über ihr ausgestreckt zu sein; in diese gute, milde, väterliche Hut hatte sie ihr ganzes kindliches Vertrauen gesetzt, und nun hatte auch diese sie getäuscht. Es war eine Empfindung, der Bärbchen nicht Worte zu leihen wagte, die sie aber desto klarer in ihrem Herzen empfand.

Was blieb ihr? – Klagen und Tränen, und doch hatte sie noch soviel Mut, soviel Tatkraft, soviel Ausdauer, wie ein armes, schwaches Geschöpf in solcher Lage haben kann. Ihr Pferd war ertrunken, die letzte Hoffnung auf Rettung, der letzte Strohhalm, den sie ergreifen konnte – das einzige lebende Wesen, das die Gefahren mit ihr teilte. Ohne dieses Pferd fühlte sie sich kraftlos in dieser Wildnis, die sie von Chreptiow trennte, in diesen Wäldern, Schluchten und Steppen, nicht bloß wehrlos gegen Nachstellung von Mensch und Tier, sondern mehr noch einsam, mehr noch verlassen.

Sie weinte, bis ihr die Tränen versiegten; dann kam die Erschöpfung und Ermüdung, das Gefühl der Ratlosigkeit so mächtig über sie, daß es beinahe der Ruhe glich. Sie seufzte ein über das andere Mal tief auf und sagte zu sich: »Gegen den Willen Gottes vermag ich nichts ... hier will ich sterben.«

Und sie schloß die Augen, die früher so hell und heiter gewesen, heute waren sie eingefallen, umrändert.

Und doch, obgleich ihr Körper mit jeder Minute hinfälliger wurde, waren ihre Gedanken lebendig, und ihr Herz pochte wie das eines aufgescheuchten Vogels. Wenn niemand in der Welt sie geliebt hätte, würde der Tod sie nicht so erschreckt haben, aber es liebten sie doch alle so sehr ... Und sie malte sich aus, was geschehen werde, wenn Asyas Verrat und ihre Flucht bekannt würden, wie man sie suchen, wie man sie endlich finden würde, blau und erfroren, den ewigen Schlaf schlafend unter dem Gesträuch am Fluß. Und plötzlich sagte sie laut:

»O, wie wird Michael verzweifeln, ach ... ach!«

Und dann bat sie ihn um Verzeihung, es sei nicht ihre Schuld.

»Ich, Michael, habe alles getan«, sagte sie, indem sie ihn im Geiste umarmte, »was in meiner Macht stand, aber Gott wollte nicht, mein Geliebter!«

Und eine so innige Liebe zu dem teuren Manne erfaßte sie, eine solche Sehnsucht, wenigstens in der Nähe dieses geliebten Hauptes zu sterben, daß sie alle Kräfte zusammennahm, sich aufraffte und weiter ging.

Anfangs ward es ihr sehr beschwerlich; ihre Füße waren durch den andauernden Ritt des Gehens entwöhnt, und sie hatte die Empfindung, als ginge sie auf fremden Füßen. Zum Glück fühlte sie keine Kälte, ja es war ihr eigentlich warm, denn das Fieber verließ sie keinen Augenblick.

Sie kam tief in den Wald hinein und ging ausdauernd vorwärts, indem sie darauf achtete, die Sonne zur Linken zu behalten. Sie mußte schon auf die Moldauische Seite hinübergegangen sein, denn es war die zweite Hälfte des Tages gekommen, wohl die vierte Stunde. Bärbchen achtete nun schon weniger darauf, dem Dniestr fernzubleiben, denn sie glaubte immer, sie sei schon über Mohylow hinaus.

»O, wenn man das sicher wissen könnte«, wiederholte sie, indem sie ihr bläuliches und zugleich glühendes Gesichtchen zum Himmel wandte. »Wenn ein Tier, ein Baum sprechen könnte, um mir zu sagen: bis Chreptiow ist eine Meile oder zwei, dann erreiche ich es noch.«

Aber die Bäume schwiegen, ja sie schienen ihr sogar feindlich gesinnt und verlegten ihr den Weg mit ihren Wurzeln; alle Augenblicke stieß Bärbchen gegen schneebedeckte Knorren derselben. Nach einiger Zeit ward sie unerträglich matt; sie warf den warmen Übermantel von den Schultern und blieb nur im Jäckchen. Nachdem sie sich so erleichtert hatte, ging sie immer hastiger, bald über die Wurzeln strauchelnd, bald in den tiefen Schnee fallend. Die pelzgefütterten Stiefelchen aus dünnem Saffian, ohne besondere Sohlen und vortrefflich für die

Schlittenfahrt oder die Reise zu Pferde, schützten ihre Füße nicht genügend vor Steinen oder Erdschollen; sie waren überdies durch die vielfachen Flußübergänge naß geworden, und in dieser Feuchtigkeit und bei der Wärme der fieberheißen Füße konnten sie leicht zerreißen.

»Ich gelange barfuß entweder nach Chreptiow oder in den Tod«, dachte Bärbchen. Ein trübes Lächeln erhellte ihr Gesichtchen, denn sie empfand doch Freude darüber, daß sie so ausdauernd vorwärts schreite, und daß Michael, wenn sie unterwegs sterben sollte, ihrem Andenken nichts würde vorwerfen können.

Da sie jetzt unaufhörlich in Gedanken mit ihrem Gatten sprach, sagte sie:

»O Michael, eine andere hätte das nicht zustande gebracht, Evchen zum Beispiel.«

An Evchen hatte sie manchmal während dieser Flucht gedacht, sie hatte wohl auch für sie gebetet, denn das war ihr klar: wenn Asya das Mädchen nicht liebte, dann war ihr Los, wie das aller Gefangenen in Raschkow, ein entsetzliches.

»Ihr ist schlimmer als mir«, wiederholte sie, und bei diesem Gedanken wuchsen ihre Kräfte.

Aber jetzt, als eine, die zweite und die dritte Stunde vergangen war, nahmen ihre Kräfte mit jedem Schritte ab. Langsam war die Sonne hinter dem Dniestr versunken, sie übergoß den Himmel mit glänzendem Abendrot und verlosch. Der Schnee nahm einen violetten Glanz an, dann wurde der goldige Streifen am Himmel immer dunkler, immer schmaler, der Ozean, der zwischen Himmel und Erde ergossen schien, wandelte sich in einen See, der See wurde zum Fluß, der Fluß zum Bach, endlich glänzte nur noch ein lichter Streifen am Himmel – und wich der Finsternis. Die Nacht brach an.

Wieder verging eine Stunde, der Wald wurde schwarz und geheimnisvoll, er schwieg, von keinem Lüftchen bewegt, als habe er sich gesammelt, um zu erwägen, was er mit dem armen, verirrten Wesen beginnen solle. Aber es lag nichts Gutes in seiner Totenstille, es war vielmehr Fühllosigkeit und Starrheit. Bärbchen ging immer weiter, immer schneller, mit ihren glühenden Lippen nach Luft haschend. In der Finsternis und bei ihrer Übermüdung fiel sie immer häufiger hin.

Ihren Kopf hielt sie gewaltsam emporgerichtet, aber sie blickte nicht mehr nach dem führenden Großen Wagen, denn sie hatte schon ganz das Gefühl der Richtung verloren. Sie ging, um zu gehen, sie ging, weil über ihr Gesichte des Todes schwebten, hell und lieblich.

Die vier Seiten des Waldes laufen eilig zusammen, verbinden sich zu vier Wänden und bilden das Gastzimmer in Chreptiow. Bärbchen ist darin und sieht alles ganz deutlich: im Kamin brennt ein großes Feuer, auf den Bänken sitzen wie immer die Offiziere; Sagloba neckt Herrn Snitko, Motowidlo sitzt schweigend da, schaut in die Flammen, und wenn sie knistern, sagt er mit gedehnter Stimme: »Seele im Fegefeuer, was ist dir not?« Muschalski und Hromyka spielen mit Michael Würfel, Bärbchen tritt an sie heran und spricht: »Michael, ich will auf der Bank niedersitzen und mich, ein wenig an dich lehnen, mir ist so seltsam.« Michael umfaßt sie: »Was ist dir, Kätzchen, vielleicht ...« Und sie nähert sich seinem Ohr, flüstert ihm etwas zu, und er antwortet: »O, wie ist mir seltsam!« Wie licht, wie friedlich ist diesem Gastzimmer, wie lieb ist Michael, – aber Bärbchen ist so seltsam, o, so seltsam zumute, daß eine große Angst sie befällt ...

Bärbchen ist so seltsam, daß das Fieber plötzlich nachläßt, denn schon hat sie eine Schwäche ergriffen wie vor dem Tode.

Die Gesichte schwinden, das Bewußtsein und mit ihm die Erinnerung kehren zurück.

»Ich bin auf der Flucht vor Asya« – sagte Bärbchen zu sich – »ich bin im Walde in tiefer Nacht, ich kann nicht mehr nach Chreptiow gelangen und muß sterben ...«

Kälte erfaßt ihren ganzen Körper und dringt bis ins Mark. Die Füße wanken, und sie kniet im Schnee unter einem Baume nieder.

Kein Wölkchen umschleiert jetzt ihren Geist; namenloses Leid erfaßt sie, aber sie weiß genau, daß sie stirbt, und beginnt in abgerissenen Worten ihre Seele Gott zu empfehlen.

»Im Namen des Vaters und des Sohnes ...«

Plötzlich wird ihr Gebet durch seltsame, schrille, knarrende Töne unterbrochen; sie dringen weithin und vernehmlich durch die nächtliche Stille.

Bärbchen öffnet den Mund, die Frage: »Was ist das?« erstirbt auf ihren Lippen, sie legt die zitternden Finger ans Gesicht, als könne sie's nicht glauben, und ihrem Munde entringt sich plötzlich der Schrei:

»O Gott, das sind die Kräne am Brunnen von Chreptiow – das ist Chreptiow, o Gott!«

Da springt sie auf, sie, die vor einem Augenblick zum Tode bereit war, rennt keuchend, bebend, tränenüberströmt, mit wogender Brust durch den Wald. Sie sinkt hin und erhebt sich wieder und wiederholt immer für sich hin:

»Dort tränkt man die Pferde ... das ist Chreptiow ... das sind unsere Brunnen. Nur bis ans Tor – o Gott ... Chreptiow, Chreptiow!«

Der Wald lichtet sich, das schneeweiße Feld tut sich auf, und der Hügel, von dem viele leuchtende Augen auf das eilende Bärbchen herunterschauen. Aber das sind nicht Wolfsaugen, ach, es sind die Fenster von Chreptiow, die so lieblich, so hell in ihrem erlösenden Lichte schimmern, das ist das Blockhaus dort auf dem Hügel, mit seiner Ostseite gegen den Wald gekehrt.

Es war noch eine gute Strecke bis dahin; Bärbchen wußte gar nicht, wie sie dieselbe zurückgelegt hatte. Die Soldaten, die am Tore nach der Seite des Dorfes standen, erkannten sie im Finstern nicht und ließen sie ein, weil sie glaubten, es sei ein Knabe, der ausgeschickt war und zum Kommandanten zurückkehre. Sie raffte die letzten Kräfte zusammen, stürzte hinein, rannte über den Maidan[13] an dem Brunnen vorüber, an welchem die eben von einem Ausritt zurückgekehrten Dragoner die Pferde tränkten – und hielt in der Tür des Hauses.

Der kleine Ritter und Sagloba saßen gerade rittlings auf der Bank vor dem Feuer, aßen ihre Suppe und sprachen von Bärbchen. Sie sei dort in Raschkow, meinten sie, und lasse es sich gut gehen. Sie waren beide mißgestimmt, denn sie sehnten sich sehr nach ihr und stritten jeden Tag um den Zeitpunkt ihrer Rückkehr.

»Behüte uns Gott vor plötzlichem Tauwetter, vor Regen und Schneeschmelzen, denn sonst kehrt sie, weiß Gott wann, zurück«, sagte Sagloba grämlich.

»Der Winter hält noch vor«, antwortete der kleine Ritter, »und in acht oder zehn Tagen werde ich schon einen Blick nach Mohylow hineintun.«

»Ich wollte, sie wäre nicht gereist. Was bin ich hier in Chreptiow ohne sie?«

»Und warum habt Ihr zur Reise geraten?«

»Schilt nicht, Michael, dein Kopf war's ...«

---

13   Maidan = öffentlicher Platz, Waffenplatz.

»Wenn sie nur gesund zurückkommt.« Hier seufzte der kleine Ritter und fügte hinzu: »Gesund und so schnell als möglich.«

Da knarrte die Tür, und ein kleines, dürftiges, zerlumptes, mit Schnee bedecktes Geschöpf begann kläglich an der Schwelle zu wimmern: »Michael, Michael!«

Der kleine Ritter sprang auf, aber im ersten Augenblick war er so erstaunt, daß er wie versteinert auf der Schwelle stehen blieb, die Arme ausbreitete, mit den Augen zwinkerte – und sich nicht rührte.

»Michael ... Asya ist ein Verräter ... Er hat mich entführen wollen ... ich bin entflohen ... Hilfe!«

Sie schwankte und fiel wie tot zu Boden; da sprang er hinzu, erfaßte sie, hob sie wie eine Feder mit seinen Armen empor und schrie:

»Allmächtiger Gott, hab' Erbarmen!«

Aber ihr armes, blau gefrorenes Köpfchen hing leblos über seinem Arm herab; er glaubte eine Tote zu halten und schrie mit entsetzlicher Stimme:

»Bärbchen ist tot ... tot – Hilfe!«

Das Gerücht von Bärbchens Ankunft verbreitete sich mit Windeseile in Chreptiow, aber niemand außer dem kleinen Ritter, Sagloba und den bedienenden Frauen sah sie am Abend nach ihrer Ankunft noch an den folgenden Tagen. Nach der Ohnmacht an der Schwelle des Zimmers hatte sie noch soviel Bewußtsein wiedergewonnen, um wenigstens in einigen Worten erzählen zu können, was vorgefallen war. Aber bald traten neue Ohnmachten ein, und eine Stunde darauf erkannte sie sogar ihren Mann nicht mehr, obgleich man durch alle möglichen Mittel versuchte, sie ins Leben zurückzurufen, obgleich man sie wärmte, ihr Wein einflößte und ihr Nahrung zuzuführen bemüht war; es konnte kein Zweifel darüber bestehen, daß für sie eine lange, schwere Krankheit beginne.

In ganz Chreptiow herrschte große Aufregung. Die Soldaten stürzten, nachdem sie erfahren hatten, daß die »Herrin« halb tot heimgekehrt sei, auf den Maidan hinaus wie eine Schar Bienen, die Offiziere versammelten sich alle im Gastzimmer, flüsterten halblaut und harrten ungeduldig auf neue Nachrichten aus dem Alkoven, in den man Bärbchen gebettet hatte. Lange Zeit war nichts zu erfahren; die Dienstfrauen liefen eilig hin und her, bald aus der Küche warmes Wasser zu holen, bald in die Apotheke nach Pflaster, Salben und Arzeneien. Aber sie ließen sich in ihrer Eile nicht aufhalten. Die Ungewißheit lag wie Blei auf aller Herzen; auf dem Maidan versammelte sich eine immer größere Menge, auch aus den Dörfern liefen sie herbei, und Fragen gingen von Mund zu Mund. Bald verbreitete sich das Gerücht von Asyas Verrat und von der Rettung der »Herrin« durch die Flucht; man wußte auch, daß sie eine ganze Woche auf der Flucht gewesen war ohne Speise, ohne Schlaf. Bei diesen Nachrichten schwoll der Zorn der Hörer; die Schar der Krieger erfaßte eine seltsame, fürchterliche Unruhe, fürchterlich darum, weil man besorgt war, durch einen lauten Ausbruch die Gesundheit der Herrin zu gefährden.

Endlich, nach langem Harren, trat Sagloba zu den Offizieren heraus; seine Augen waren gerötet, der Rest seiner Haare stand ihm zu Berge; die Offiziere stürzten ihm entgegen, und fieberhaft kreuzten einander die Fragen:

»Lebt sie? Lebt sie?«

»Sie lebt«, versetzte der Alte, »aber Gott allein weiß, ob sie in einer Stunde ...« hier erstarb ihm das Wort im Munde, seine Unterlippe begann zu beben, er griff plötzlich mit der Hand nach dem Kopfe und sank schwer auf die Bank nieder.

Dann schüttelte unterdrücktes Schluchzen seine Brust.

Bei diesem Anblick umarmte Muschalski Herrn Nienaschyniez, obgleich er ihn sonst nicht besonders liebte, und beide weinten leise. Herr Motowidlo riß die Augen auf, als wollte er etwas hinunterwürgen, ohne es zu können, Snitko knöpfte mit zitternden Händen seinen Überrock auf, und Hromyka hob die Hände gen Himmel und ging so im Zimmer auf und nieder.

Die Soldaten bemerkten durch die Fenster diese Zeichen der Verzweiflung, und da sie glaubten, die Herrin sei schon gestorben, erhoben sie lautes Klagen. Als Sagloba den Lärm vernahm, verfiel er plötzlich in Wut und stürzte auf den Maidan hinaus.

»Still, Schelme, daß euch das Donnerwetter hole!« rief er mit unterdrückter Stimme.

Sie schwiegen sogleich und begriffen, daß die Klage verfrüht war, aber sie verließen den Maidan nicht. Sagloba kehrte ein wenig beruhigt in das Gastzimmer zurück und ließ sich wieder auf die Bank nieder. In diesem Augenblick erschien eine der bedienenden Frauen auf der Schwelle des Alkovens.

Sagloba sprang auf sie zu.

»Wie steht's?«

»Sie schläft.«

»Schläft? Gott sei Dank!«

»Vielleicht gibt Gott ...«

»Was macht der Herr Kommandant?«

»Der Herr Kommandant ist am Bette.«

»Gut. Hole, wonach man dich geschickt hat.«

Sagloba wandte sich zu den Offizieren und sagte, die Worte der Frau wiederholend:

»Vielleicht hat der Allmächtige Erbarmen. Sie schläft – so habe ich noch Hoffnung ... uff!«

Alle atmeten tief auf. Dann drängten sie sich in engem Kreis um Sagloba und fragten von allen Seiten:

»Ums Himmels willen, wie ist das geschehen? Was war das? Wieso ist sie zu Fuß entflohen?«

»Anfangs ist sie nicht zu Fuß entflohen«, versetzte Sagloba leise, »sondern mit zwei Pferden, denn sie hat diesen Hund – die Pest soll ihn holen – aus dem Sattel geworfen.«

»Wir trauen unseren Ohren nicht!«

»Mit dem Schaft der Pistole hat sie ihm einen Schlag auf die Stirn versetzt, und da sie weit zurückgeblieben waren, hat es niemand bemerkt und sie verfolgt. Das eine Pferd haben ihr die Wölfe zerrissen, das andere ist unterm Eise ertrunken. O Jesus, All-Erbarmer! So ist das arme Kind allein durch die Wälder gegangen, ohne Nahrung!«

Wieder weinte Sagloba laut auf und unterbrach seine Erzählung, und auch die Offiziere wußten sich nicht zu lassen vor Bewunderung, Entsetzen und Schmerz über die von allen geliebte Frau.

»Als sie sich Chreptiow näherte«, fuhr Sagloba nach einer Weile fort, »erkannte sie den Ort nicht mehr und bereitete sich zum Tode. Erst als sie das Knarren der Brunnen hörte, merkte sie, daß sie in der Nähe war, und schlich heran mit den letzten Kräften.«

»Gott hat sie in solcher Not geschützt«, sagte Motowidlo und rieb seinen Bart, »er wird sie auch fernerhin schützen!«

»Ja, so ist's, Ihr habt das rechte getroffen«, sagten einige Stimmen.

Da tönte wieder von dem Maidan lauter Lärm herein: sofort sprang Sagloba wütend auf und stürzte vor die Tür.

Kopf an Kopf standen sie hier. Die Soldaten zogen sich, da sie Sagloba und zwei andere Offiziere erblickten, langsam im Halbkreis zurück.

»Still sollt ihr mir sein, Hundeseelen!« begann Sagloba, »sonst lasse ich ...«

Da trat aus dem Halbkreis Sydor Luschnia hervor, der Dragonerwachtmeister, ein echter Masur und ein Lieblingssoldat Michaels. Nachdem er einige Schritte vorwärts getan hatte, stellte er sich stramm hin und sagte mit fester Stimme:

»Ich bitte Ew. Liebden, nichts anderes darf geschehen, als daß wir gegen diesen Kerl, der unsere Herrin hat kränken wollen, losziehen, um unsere Rache zu nehmen. Was ich sage, das wünschen alle; wenn der Herr Kommandant nicht kann, so werden wir unter einem anderen Kommando hinziehen, um ihn zu fassen, und müßte es bis in die Krim sein.«

In der Stimme des Wachtmeisters sprach sich eine wütende, kalte Bauerndrohung aus; die anderen Dragoner aber und die Linie aus der Genossenschaftsfahne knirschten mit den Zähnen, schlugen leise an die Säbel und murrten. Dieses dumpfe Murren, dem Brummen des Bären in der nächtigen Dämmerung ähnlich, hatte etwas Erschreckendes. Der Wachtmeister stand kerzengerade und harrte auf Antwort, mit ihm die ganzen Reihen, und man konnte eine so furchtbare Wut und Rachsucht an ihnen wahrnehmen, daß ihr gegenüber selbst die gewohnte Manneszucht nicht standhielt.

Eine Weile dauerte das Schweigen, endlich ließ sich in den entfernteren Reihen eine Stimme vernehmen:

»Sein Blut ist für die Herrin die beste Arzenei!«

Saglobas Zorn legte sich, denn diese Anhänglichkeit der Soldaten an Bärbchen rührte ihn; zugleich blitzte in seinem Kopfe bei der Erwähnung der Arzenei ein anderer Plan auf, der Plan, einen Medikus für Bärbchen holen zu lassen. Im ersten Augenblicke hatte in dem öden Chreptiow niemand daran gedacht; aber in Kamieniez wohnten doch einige Ärzte, unter ihnen auch ein Grieche, ein berühmter, wohlhabender Mann, der einige Häuser besaß, und so gelehrt war, daß man ihn allgemein für einen Schwarzkünstler hielt.

Sagloba war nur im Zweifel, ob dieser, den selbst die Magnaten mit dem Titel »Herr« beehrten, bei seinem Reichtum für einen beliebigen Preis in eine solche Wüste werde kommen wollen.

Er überlegte eine Weile, dann sagte er:

»Die gerechte Rache wird an diesem Erzhund nicht vorbeigehen, ich verspreche es euch, und er wird gewiß lieber sehen, daß ihm der

König Rache schwört als Sagloba. Aber ich weiß nicht, ob er noch am Leben ist, denn die Herrin hat ihm, da sie sich seinen Händen entriß, mit dem Schaft seiner Pistole gerade in den Kopf geschlagen. Jetzt aber ist nicht Zeit, daran zu denken, erst gilt es, die Herrin zu retten.«

»Und koste es unser Leben«, versetzte Luschnia, und wieder ging ein Gemurmel durch die Menge, um die Worte des Wachtmeisters zu bekräftigen.

»Höre, Luschnia«, sagte Sagloba, »in Kamieniez wohnt ein Medikus namens Rodopul; eile zu ihm, sage ihm, der Herr General von Podolien habe sich vor der Stadt den Fuß verrenkt und harrt seiner Hilfe; wenn er jenseits der Mauer ist, so fasse ihn beim Kragen, setze ihn aufs Pferd oder stecke ihn in einen Sack und bringe ihn nach Chreptiow. Ich werde auf verschiedenen Stationen Pferde bereit halten lassen, damit Ihr ohne Unterbrechung reitet; sorge nur, daß er lebendig hier ankommt, denn tot könnte er uns nichts nützen.«

Ein Gemurmel der Befriedigung ging durch die Reihen; Luschnia schüttelte seinen mächtigen Schnauzbart und sagte: »Ich will ihn schon bekommen, und ich verliere ihn nicht bis Chreptiow.«

»So mach' dich auf den Weg.«

»Ich bitte Ew. Liebden ...«

»Was noch?«

»Und wenn er mir ohnmächtig wird?«

»Laß ihn, wenn er nur lebendig herkommt. Nimm sechs Leute und mach' dich auf den Weg.«

Luschnia eilte. Die anderen, froh, etwas für die »Herrin« tun zu können, stürzten in die Ställe, um die Pferde zu satteln, und in wenigen Minuten rückten sechs Mann nach Kamieniez aus; ihnen folgten andere mit losen Pferden, die sie unterwegs bereit halten wollten.

Sagloba kehrte, zufrieden mit sich, in das Gastzimmer zurück.

Nach einer Weile trat Michael aus dem Alkoven. Er war verändert, halb abwesend, gleichgültig gegen Worte der Teilnahme und des Trostes. Er teilte Sagloba mit, daß Bärbchen beständig schlafe, dann ließ er sich auf die Bank nieder und blickte scheu nach der Tür, hinter der sie lag. Die Offiziere glaubten, er horche auf, darum hielten sie alle den Atem an, und es herrschte im Zimmer eine lautlose Stille.

Nach Verlauf einiger Zeit näherte sich Sagloba auf den Zehen dem kleinen Ritter.

»Michael«, sagte er, »ich habe einen Medikus aus Kamieniez holen lassen, aber … aber vielleicht soll man noch jemand holen?«

Wolodyjowski blickte starr vor sich hin, er suchte seine Gedanken zu sammeln. Er hatte offenbar nichts begriffen.

»Den Geistlichen«, sagte Sagloba. »Priester Kaminski könnte bis morgen hier sein.«

Da schloß der kleine Ritter die Augen, wandte das bleiche Gesicht zum Kamin und wiederholte schnell:

»Jesus, Jesus … Jesus!«

Sagloba fragte also nicht weiter, er ging hinaus und gab seine Befehle. Als er zurückkehrte, war Michael nicht mehr im Gastzimmer; die Offiziere teilten Sagloba mit, die Kranke habe ihren Gatten gerufen, sie wußten nicht, ob im Fieber oder bei Bewußtsein.

Der Alte überzeugte sich sogleich selbst, daß es im Fieber geschehen war.

Bärbchens Wangen glühten in hellem Rot, sie hatte das Aussehen einer Gesunden; aber ihre Augen, die zwar den Glanz nicht verloren hatten, waren trübe, als seien die Augensterne mit dem Weißen verschwommen; ihre weißen Hände tasteten mit eintöniger Bewegung auf der Decke umher. Michael lag halb bewußtlos zu ihren Füßen. Von Zeit zu Zeit murmelte die Kranke leise etwas, oder sie sprach gewisse Worte lauter, wie »Chreptiow«, das sie am häufigsten wiederholte. Offenbar wähnte sie sich noch auf der Reise. Sagloba beunruhigte besonders die Handbewegung auf der Decke, denn in ihrer bewußtlosen Einförmigkeit sah er die Anzeichen des herannahenden Todes. Er war ein erfahrener Mann, viele Menschen waren vor seinen Augen gestorben; aber nie war sein Herz von solchem Schmerz zerrissen wie bei dem Anblick dieser Blume, die so früh dahinwelkte.

Er begriff, daß nur Gott allein dieses verlöschende Leben retten könne; er kniete am Boden nieder und begann eifrig zu beten.

Aber Bärbchens Atem wurde immer schwerer und verwandelte sich allmählich in ein Keuchen. Wolodyjowski sprang auf, Sagloba richtete sich empor; beide sprachen kein Wort miteinander, sie blickten sich nur an, aber in diesem Blick lag ein entsetzlicher Ausdruck. Sie glaubten, der Tod sei nahe. Das währte aber nur einen Augenblick; bald wurde der Atem der Kranken ruhiger und sogar langsamer.

Von jetzt ab schwebten sie beständig zwischen Furcht und Hoffnung. Die Nacht zog sich träge hin; auch die Offiziere gingen nicht zur Ruhe, sie saßen im Gastzimmer, blickten nach der Tür des Alkovens, sprachen leise miteinander oder schlummerten. Von Zeit zu Zeit trat ein Bursche herein und warf Holz in den Kamin. Bei jeder Bewegung der Türklinke sprangen sie von den Bänken auf, denn sie fürchteten, Michael oder Sagloba werde eintreten und die entsetzlichen Worte sprechen:

»Sie lebt nicht mehr.«

Inzwischen krähten die Hähne, und Bärbchen kämpfte noch immer mit dem Fieber. Am Morgen brach ein entsetzlicher Sturmwind mit Regenschauern los und tobte durch das Gebälk, heulte unter dem Dache, spielte mit den Flammen im Kamin und warf dichte Rauchwolken und Funken in das Gemach. Beim ersten Lichtschimmer verließ Motowidlo leise das Zimmer, um seinen Umritt zu machen; ein blasser, wolkiger Tag war endlich angebrochen und beleuchtete die müden Gesichter.

Auf dem Maidan begann die übliche Bewegung; durch das Pfeifen des Windes tönte das Getrappel der Pferde in den Ställen, das Ziehen der Brunnenkräne und die Stimmen der Soldaten; bald aber ließ sich ein Glöckchen vernehmen: Priester Kaminski war angekommen.

Als er eintrat in seinem weißen Meßhemd, knieten die Offiziere nieder. Allen schien der feierliche Augenblick gekommen, dem unabwendbar der Tod folgen mußte. Die Kranke hatte das Bewußtsein nicht wiedergewonnen, und so konnte der Priester die Beichte von ihr nicht hören. Er gab ihr nur die letzte Ölung, dann suchte er den kleinen Ritter zu trösten und sprach ihm zu, sich dem göttlichen Willen zu fügen. Aber dieser hörte den Trost kaum, kein Wort vermochte seinen Schmerz zu durchdringen.

Den ganzen Tag schwebte der Tod über Bärbchen wie eine Spinne, die in dunklem Winkel sich verborgen hält, bisweilen ans Tageslicht hervorkriecht und sich an einem unsichtbaren Faden herunterläßt; oft glaubten die Anwesenden, daß die Schatten des Todes schon über Bärbchens Stirn fielen, daß diese lichte Seele die Flügel ausbreite, um von Chreptiow zu entschweben in den unendlichen Äther, in ein anderes Land; dann wieder verbarg sich der Tod wie die Spinne unter der Decke, und Hoffnung erfüllte die Herzen.

Es war aber keine dauernde, keine vollständige Hoffnung, denn daß Bärbchen diese Krankheit überleben werde, wagte niemand zu hoffen, auch Michael nicht; sein Schmerz war so groß, daß Sagloba, obgleich auch er furchtbar abgehärmt war, um ihn ernstlich besorgt ward und ihn dem Schutz der Offiziere empfahl.

»Um Gottes willen, habt ein Auge auf ihn«, sagte er, »er stößt sich ein Messer ins Herz.«

Michael wäre zwar dergleichen nicht in den Sinn gekommen, aber in dem Kampf mit seinem Schmerz und Leid fragte er sich beständig: »Wie soll ich hierbleiben, wenn sie von hinnen geht, wie kann ich dies liebe Wesen allein ziehen lassen? Was wird sie sagen, wenn sie sich umsieht und mich nicht in ihrer Nähe findet?«

Und so begehrte er aus innerster Seele gemeinsam zu sterben, denn wie er sich kein Leben auf Erden ohne sie vorstellen konnte, so begriff er auch nicht, daß sie in jenem Leben ohne ihn glücklich sein könne und nach ihm nicht Sehnsucht tragen werde.

Am Nachmittag verbarg sich die unheilvolle Spinne wieder unter der Decke, die Glut auf Bärbchens Wangen erlosch, und das Fieber nahm so weit ab, daß die Kranke ein wenig zum Bewußtsein kam.

Eine Zeitlang lag sie mit geschlossenen Augen da, dann öffnete sie dieselben, schaute dem kleinen Ritter ins Gesicht und fragte:

»Michael, bin ich in Chreptiow?«

»So ist es, mein Lieb«, antwortete Michael und verbiß seinen Schmerz.

»Und du stehst wirklich neben mir?«

»So ist es. Wie fühlst du dich?«

»O, gut.«

Sie war offenbar selbst nicht sicher, ob ihr nicht das Fieber täuschende Gesichte vor die Augen führe; aber von diesem Augenblick an gewann sie ihr Bewußtsein immer mehr zurück.

Am Abend kam der Wachtmeister Luschnia mit seinen Leuten zurück und brachte den Medikus aus Kamieniez samt Arzneien. Dieser war halb tot; aber da er erkannte, daß er nicht in Räuberhänden sei, wie er geglaubt hatte, sondern daß er auf diese seltsame Weise zu einer Kranken gerufen war, ging er nach kurzer Erholung schnell an das Werk der Rettung, um so schneller, als Sagloba ihm in der einen Hand einen Beutel voll Goldstücke, in der anderen ein geladenes Pistol zeigte:

»Dies dein Lohn für das Leben, dies für den Tod.«

Noch in derselben Nacht, genau um die Dämmerung, verbarg sich die unheimliche Spinne ein für allemal, und der Ausspruch des Arztes:

»Sie wird lange krank liegen, aber gesund werden«, verbreitete sich im frohen Echo über ganz Chreptiow. Als Michael es zum ersten Male hörte, stürzte er zu Boden und weinte so, daß das Schluchzen ihm die Brust zu sprengen drohte. Sagloba wurde vor Freude halb ohnmächtig, sein Gesicht bedeckte sich mit Schweiß, und er vermochte kaum auszurufen: »Trinken!« Die Offiziere umarmten sich gegenseitig.

Auf dem Maidan versammelten sich wieder die Dragoner, die Linie und die Kosaken des Herrn Motowidlo. Man konnte sie kaum davon zurückhalten, in laute Rufe auszubrechen; sie wollten durchaus auf irgend eine Weise ihre Freude bezeigen, und sie baten um einige in den Kellern von Chreptiow verborgen gehaltene Gefangene, um sie auf das Wohl der Herrin zu henken.

Aber der kleine Ritter gab ihrem Verlangen nicht nach.

18. Kapitel

Bärbchen war noch eine ganze Woche so schwer krank, daß, wenn der Arzt nicht das Gegenteil versichert hätte, der kleine Ritter und Herr Sagloba gefürchtet haben würden, ihr Lebensflämmchen müsse jeden Augenblick verlöschen. Erst nach Verlauf dieser Zeit besserte sich ihr Zustand bedeutend. Das Bewußtsein kehrte vollständig zurück, und obwohl der Arzt vorhersagte, daß sie einen ganzen Monat oder gar anderthalb werde zu Bette liegen müssen, so war es doch sicher, daß sie ihre Gesundheit und ihre früheren Kräfte ganz wiedergewinnen werde.

Herr Michael, der während ihrer Krankheit nicht von ihrer Seite gewichen war, gewann sie in diesen Zeiten der Not, wenn dies überhaupt möglich war, noch inniger lieb und sah in ihr seine ganze Welt. Wenn er so bei ihr saß, wenn er ihr in das abgemagerte, kranke, aber heitere Gesichtchen schaute, wenn er in ihre Augen blickte, die mit jedem Tage mehr ihren alten Glanz wiedergewannen, dann erfaßte ihn die Lust zu weinen, zu lachen, und vor Freude aufzujubeln: Mein einziges Bärbchen genest wieder, mein Bärbchen genest!

Er warf sich über ihre Hände oder küßte die armen, kleinen Füßchen, die so rüstig durch den Schnee bis nach Chreptiow gewandert waren, – mit einem Wort, er liebte und verehrte sie über die Maßen.

Er fühlte sich auch in tiefer Schuld gegen die Vorsehung, und eines Tages sagte er in Gegenwart Saglobas und der Offiziere:

»Ich bin ein einfacher Mann, aber sollte ich mir auch die Hände abarbeiten bis zu den Ellbogen – ein kleines Kirchlein aus Holz werde ich noch schaffen können, und so oft in ihm die Glocken ertönen, so oft will ich der Barmherzigkeit Gottes gedenken, so oft soll meine Seele in Dankbarkeit sich demütigen.«

»O, helfe uns Gott erst glücklich den türkischen Krieg überstehen«, antwortete ihm Sagloba.

Und der kleine Ritter antwortete: »Gott weiß am besten, was ihn erfreuen mag; ist ihm ein Kirchlein lieber, so wird er mich behüten, und wird er mein Blut fordern, so will ich es ihm freudig dahingeben.«

Mit der Gesundheit gewann Bärbchen auch ihre Heiterkeit wieder. Zwei Wochen später befahl sie eines Abends, die Tür vom Alkoven ein wenig zu öffnen, und als die Offiziere im Gastzimmer versammelt waren, wandte sie sich mit ihrem Silberstimmchen zu ihnen:

»Guten Abend den Herren! Ich sterbe doch nicht, aha!«

»Gott im Himmel sei Dank!« antworteten die Offiziere im Chor.

»Dank sei Gott, mein liebes Kind!« rief Motowidlo in kleinrussischer Mundart; er liebte Bärbchen mit ganz besonderer Zuneigung, und in Augenblicken großer Rührung bediente er sich immer der heimischen Mundart.

»Gott hat über der Unschuld gewacht«, ließ sich wieder der Chor hinter der Tür vernehmen.

»Herr Sagloba hat mich oft genug verspottet, daß ich mehr Lust zum Säbel habe als zum Rocken. Schön! Der Spinnrocken und die Nadel hätten mir viel geholfen, und so habe ich mich doch recht ritterlich benommen, nicht wahr?«

»Der Engel Michael hätte es nicht besser können.«

Die Fortsetzung des Gespräches verhinderte Sagloba, indem er die Tür des Alkovens schloß, denn er fürchtete, Bärbchen könne sich zu sehr anstrengen. Sie aber neckte ihn wie ein Kätzchen, denn sie hatte Lust, noch lange zu plaudern, besonders hätte sie gern noch mehr Lob für ihren Mut und ihre Tapferkeit eingeheimst. Jetzt, da die Gefahr vorüber war und nur noch der Erinnerung angehörte, war sie sehr stolz auf ihre Tat gegen Asya, und sie verlangte durchaus, gerühmt zu werden. Oft tippte sie dem kleinen Ritter mit dem Finger gegen die Brust und sagte mit der Miene eines verzärtelten Kindes:

»Lobe mich für meinen Mut!«

Und er gehorchte, lobte sie, koste und küßte sie auf die Augen, auf die Hände, so daß sogar Sagloba, obgleich er selbst tiefes Mitgefühl in der Seele empfand, sich wie gekränkt stellte und murrte:

»Ha, sie wird sich noch ganz auflösen wie weicher Schnee.«

Die allgemeine Freude, die in Chreptiow über Bärbchens Rettung herrschte, wurde nur getrübt durch den Gedanken an den Verlust, den Asyas Verrat der Republik zugefügt, und an das schreckliche Schicksal des alten Nowowiejski, und der beiden Frauen Boska und Evchen. Bärbchen grämte sich sehr darüber und mit ihr auch alle anderen, denn die Ereignisse in Raschkow waren nicht bloß in Chreptiow, sondern in Kamieniez und darüber hinaus schon sehr genau bekannt. Vor einigen Tagen hatte Myslischewski in Chreptiow Rast gemacht, der trotz Asyas, Krytschynskis und Adurowitschs Verrat die Hoffnung noch nicht aufgegeben hatte, daß es ihm gelingen werde, die anderen lipkischen Hauptleute auf die Seite Polens hinüberzuziehen. Myslischewski war Herrn Bogusch auf dem Fuße gefolgt, und ihm folgten unmittelbar Nachrichten aus Mohylow, aus Jampol und aus Raschkow selber.

In Mohylow hatte sich Herr Gorschenski, der offenbar ein tüchtigerer Soldat als Redner war, nicht überlisten lassen. Er hatte Asyas Weisungen an die als Besatzung zurückgebliebenen Lipker übernommen, überfiel sie mit einer Handvoll masurischen Fußvolkes und hieb sie nieder oder nahm sie in Gefangenschaft. Überdies hatte er eine Warnung nach Jampol gesandt, wodurch auch diese Stadt gerettet wurde. Kurz darauf waren die Heere zurückgekehrt, und so war nur Raschkow zum Opfer gefallen. Michael hatte gerade von dort einen Brief des Herrn Bialoglowski empfangen, der über die Ereignisse am Ort und über andere Dinge Nachricht gab, welche die gesamte Republik betraf.

– Gut, daß ich hergekommen bin – so schrieb er unter anderem –, denn Nowowiejski, den ich vertreten habe, wäre jetzt nicht imstande gewesen, seine Pflichten zu erfüllen. Er gleicht schon mehr einem Gerippe als einem Menschen, und wir werden sicher einen tüchtigen Rittersmann verlieren, denn der Schmerz hat ihn über die Maßen niedergebeugt. Den Vater hat man hingeschlachtet, die Schwester leidet die schrecklichste Schmach, Asya hat sie dem Adurowitsch geschenkt, und Fräulein Boska hat er sich selbst genommen. Sie sind verloren, wenn es auch gelänge, sie aus der Gefangenschaft zu befreien. Wir wissen das von einem Lipker, der sich bei dem Übergang über den Fluß das Genick verstaucht, von den unsrigen gefangen wurde, und auf glühenden Kohlen alles gebeichtet hat. Asya, Tuhaj-Beys Sohn, Krytschynski und Adurowitsch sind fortgezogen bis nach Adrianopel. Nowowiejski will ihm durchaus folgen; er wolle Asya, sagt er, und müßte es aus der Mitte des türkischen Lagers sein, ergreifen und seine Rache an ihm kühlen. Er war immer hitzig und entschlossen, und jetzt ist er's um so mehr, als er um Fräulein Boska trauert, deren Jammer wir alle mit Tränenströmen beweinen, denn das Mädchen war lieblich und hat hier alle Herzen gewonnen. Ich halte Nowowiejski zurück, denn ich sage ihm, Asya werde selbst zu ihm kommen; der Krieg ist gewiß, und auch das ist sicher, daß die Horde im Vortrab marschieren wird. Ich habe Nachrichten aus der Moldaugegend von den Perkulaben, ja von türkischen Kaufleuten, daß bei Adrianopel die Heere bereits zusammenströmen. Zahlreiche Horden, auch türkische Reiterei, »Spahis« wie sie es nennen, und der Sultan selbst soll mit den Janitscharen heranziehen, – o, werter Freund, zahllos wie die Heuschrecken werden sie sein, der ganze Osten wird lebendig, und bei uns kaum eine Handvoll Soldaten! Alle Hoffnung ruht auf dem Felsen von Kamieniez. Wenn er nur, was Gott geben mag, tüchtig versehen ist. In Adrianopel ist schon Frühling, auch bei uns drängt er heran, es regnet unaufhörlich, und das Gras beginnt zu sprießen. Ich gehe nach Jampol, denn Raschkow ist nur ein Aschenhaufen, es gibt keinen Ort, wo man sein Haupt niederlegen kann, und kein Brot, den Hunger zu stillen. Auch denke ich, daß man bald alle Kommandos zusammenberufen wird. –

Der kleine Ritter hatte seine eigenen Nachrichten, die ebenfalls zuverlässig waren, ja noch zuverlässiger, denn sie stammten aus Chozim und lauteten dahin, daß der Krieg unabwendbar sei. Noch vor kurzem hatte er dies dem Hetman gemeldet, und doch machte Bialoglowskis Brief, der von der äußersten Grenze kam, gerade weil er seine Nachrichten bestätigte, einen tiefen Eindruck auf ihn. Nicht den Krieg fürchtete der kleine Ritter; er war nur um Bärbchen besorgt.

»Der Befehl des Hetmans, die Kommandos zusammenzuberufen« – sagte er zu Sagloba – »kann jeden Tag eintreffen und – Dienst ist Dienst. Dann heißt es vorwärts, unverzüglich vorwärts, und Bärbchen liegt noch immer, und das Wetter ist schlecht.«

»Und wenn noch zehn Befehle kämen«, antwortete Sagloba, »Bärbchen ist die Hauptsache. Wir sitzen still, bis sie ganz gesund wird. Der Krieg wird doch nicht beginnen, ehe der Winter zu Ende geht, und ehe der Eisgang vorüber ist, um so mehr, als sie schweres Geschütz gegen Kamieniez aufführen werden.«

»In Euch steckt noch immer der alte Freiwillige«, versetzte ungeduldig der kleine Ritter. »Ihr glaubt, man könne den Befehl seiner eigenen Sache nachsetzen.«

»Je nun, wenn dir der Befehl lieber ist als Bärbchen, so lade sie auf den Wagen und fahre davon. Ich weiß wohl, du könntest ihr um des Befehls willen mit einer Heugabel auf den Wagen helfen, wenn sie nicht aus eigenen Kräften hinein könnte. Hol' Euch der Teufel mit solcher Disziplin! In alten Zeiten, da machte der Mensch, was er konnte, und was man nicht konnte, das ließ man sein. Auf der Zunge führst du die Barmherzigkeit, aber wenn es heißt: Hurra, auf den Türken! so spuckst du sie aus wie einen Kern und führst das arme Ding an der Schlinge mit deinem Pferde mit.«

»Ich, keine Barmherzigkeit für Bärbchen? Sei eingedenk Gottes!« schrie der kleine Ritter.

Sagloba fauchte zornig; aber als er in Wolodyjowskis abgehärmtes Gesicht blickte, sagte er:

»Michael, du weißt: was ich sage, das sage ich aus wahrhaft väterlicher Liebe zu Bärbchen. Wenn dem nicht also wäre, würde ich hier sitzen unter dem türkischen Schwerte, anstatt mir Muße zu gönnen im sicheren Lande, was mir in meinen Jahren niemand übel deuten könnte? Und wer hat dir Bärbchen zur Frau gegeben? Wenn's nicht so ist, so laß' mich kochendes Wasser trinken und tu' nichts dazu, daß es besser schmecke.«

»Meine Dankbarkeit für Euch ist ohne Grenzen«, antwortete der kleine Ritter.

Sie umarmten sich, und gleich herrschte zwischen beiden die schönste Eintracht.

»Ich habe es mir schon zurechtgelegt«, sagte der kleine Ritter. »Wenn es Krieg gibt, so nehmt Ihr Bärbchen und geht mit ihr zu den Skrzetuskis ins Lukower Land, bis dorthin werden die Tataren nicht kommen.«

»Ich will es tun, um deinetwillen, obgleich ich gerade an dem Türken mein Mütchen kühlen möchte. Für mich gibt es nichts Jämmerlicheres als dies Schweinevolk, das keinen Wein trinkt.«

»Ich fürchte nur eins: Bärbchen wird durchaus nach Kamieniez wollen, um in meiner Nähe zu sein. Mich überläuft es kalt, wenn ich daran denke; und doch wird sie's wollen, so wahr Gott lebt.«

»So wirst du es nicht zugeben. Ist es nicht schon schlimm genug gekommen, daß du ihr in allem nachgibst, und daß du die Expedition nach Raschkow gestattet hast, obwohl ich gleich dagegen geeifert habe?«

»Ei, das ist nicht wahr, Ihr habt gesagt, Ihr wolltet keinen Rat geben.«

»Wenn ich sage, ich will keinen Rat geben, so heißt das schlimmer als abraten.«

»Bärbchen sollte eine Lehre daraus gezogen haben, aber sie ist doch einmal so; wenn sie das Schwert über meinem Haupte weiß, wird sie nicht nachgeben.«

»So wirst du es nicht zugeben, wiederhole ich. Ums Himmels willen, was für ein Strohmann!«

»Ich bekenne ja, wenn sie die Händchen an die Augen legt und zu weinen beginnt, oder wenn sie auch nur so tut, da wird mein Herz so weich wie Butter in der Pfanne. Es ist einmal so, sie hat mich behext. Fortschicken werde ich sie gewiß, denn ihre Sicherheit ist mir lieber, als das eigene Leben; aber wenn ich daran denke, daß ich sie so werde kränken müssen – bei Gott, der Atem stockt mir vor Schmerz.«

»Michael, so denke doch an Gott und laß' dich nicht an der Nase herumführen.«

»Bah, das tu' ich nicht; und wer hat gesagt, daß ich kein Mitleid mit ihr habe? Wart Ihr's nicht?«

»He?« machte Sagloba.

»Ihr meint, Ihr habt die Schlauheit gepachtet, und nun kratzt Ihr Euch selbst hinter den Ohren.«

»Ich denke darüber nach, mit welcher Überredung man es versuchen könnte.«

»Und wenn sie plötzlich die Händchen vor die Augen hält?«

»Ja, das wird sie tun«, sagte Sagloba mit sichtlicher Angst, und beide waren sehr bekümmert, denn in Wirklichkeit hatte Bärbchen sie ganz und gar in ihrer Hand. Sie hatten sie während der Krankheit aufs äußerste verzärtelt und liebten sie so, daß die Notwendigkeit, gegen ihren Wunsch und gegen ihr Herz zu verfahren sie mit Kummer erfüllte. Daß Bärbchen keinen Widerstand leisten und demütig sich ihrem Ausspruch fügen werde, wußte der eine so gut wie der andere; aber, von Michael ganz zu schweigen, selbst Sagloba hätte es vorgezogen, ganz allein ein ganzes Regiment Janitscharen zu überfallen, als Bärbchen zu widerstehen, wenn sie zu weinen drohte.

Noch an demselben Tage kam ihnen Hilfe, und wie sie hofften, sichere Hilfe in der Person unerwarteter, überaus lieber Gäste. Gegen Abend kamen ohne jede weitere Anmeldung Ketling und seine Gemahlin an. Die Freude und das Erstaunen bei diesem Wiedersehen war unbeschreiblich, und auch jene freuten sich sehr, da sie auf ihre ersten Fragen hörten, daß Bärbchen der Genesung entgegengehe. Christine eilte bald nach dem Alkoven, und gleich darauf drangen von dorther Freudenrufe, die den Rittern verkündeten, wie sehr Bärbchen durch den Besuch beglückt war.

Ketling und Herr Michael hielten sich lange umschlungen, immer wieder ließen sie voneinander, immer wieder schlossen sie sich in die Arme.

»Beim Himmel, Ketling«, sagte der kleine Ritter, »über den Marschallstab würde ich mich weniger freuen als über dich; aber was hast du hier in dieser Gegend vor?«

»Der Herr Hetman hat mich zum Vorgesetzten der Artillerie von Kamieniez gemacht«, antwortete Ketling, »da bin ich mit meiner Frau nach Kamieniez gereist. Wir haben dort von den schweren Tagen gehört, die Euch betroffen, und so haben wir uns unverzüglich nach Chreptiow aufgemacht. Gott sei Dank, lieber Michael, daß alles ein glückliches Ende genommen hat! Wir sind mit großer Kümmernis und mit bangem Herzen hergekommen, denn wir wußten nicht, ob wir hier zur Freude oder zur Trauer ...«

»Zur Freude!« warf Sagloba ein.

»Wie ist das nur gekommen?« fragte Ketling.

Der kleine Ritter und Herr Sagloba begannen nun um die Wette zu erzählen; Ketling horchte auf, hob Augen und Hände gen Himmel und bewunderte Bärbchens Mut.

Nachdem sie sich genug erzählt hatten, begann der kleine Ritter Ketling auszufragen, wie es ihm ergangen sei, und dieser gab ihm einen ausführlichen Bericht. Nach der Hochzeit hatten sie an der kurländischen Grenze gewohnt; sie fühlten sich so wohl beieinander, »wie es im Himmel nicht schöner sein könne«. Als Ketling Christine heimführte, wußte er, daß er »ein himmlisches Wesen« nehme, und diese Meinung hatte er auch jetzt noch.

Sagloba und Michael erkannten an jedem Ausdruck den alten Ketling wieder, der sich immer höfisch auszudrücken pflegte, – und wiederholt drückten sie ihn an sich. Als sie ihre alte Freundschaft zur Genüge durch Umarmungen gesättigt hatten, fragte der alte Edelmann:

»Ist diesem himmlischen Wesen nicht ein irdischer Kasus zugestoßen, der mit den Füßen strampelt und mit den Fingerchen im Munde nach Zähnen sucht?«

»Gott hat uns einen Sohn geschenkt«, antwortete Ketling, »und jetzt ...«

»Ich hab's bemerkt«, fiel Sagloba ein; »hier bei uns ist alles noch beim alten.«

Bei diesen Worten heftete er sein gesundes Auge auf den kleinen Ritter und verzog verlegen den Mund.

Da trat Christine ein und sagte in der Tür:

»Bärbchen bittet die Herren.«

Nun gingen alle in den Alkoven, und die Begrüßung begann von neuem. Ketling küßte Bärbchens Hände, Michael die Christinens, und sie schauten alle einander neugierig an, wie Leute zu tun pflegen, die sich lange nicht gesehen haben.

Ketling hatte sich fast gar nicht verändert, nur sein Haar war kurz geschoren, und das ließ ihn jünger erscheinen. Christine dagegen war, wenigstens jetzt, sehr verändert. Sie sah nicht so schlank und anmutig aus wie ehedem, und ihr Gesicht war blasser, wodurch der schwache Flaum über der Oberlippe dunkler erschien. Nur die schönen Augen mit den langen Wimpern waren ihr geblieben und die frühere Sanftmut in ihrem Gesichtsausdruck. Aber die einst so wunderbaren Gesichtszüge hatten ihre Feinheit eingebüßt. Das mochte zwar nur vorübergehend sein, aber doch verglich Michael sie mit Bärbchen und sagte unwillkürlich zu sich:

Bei Gott, wie konnte ich diese lieben, damals, da ich beide nebeneinander sah! Wo hatte ich meine Augen?

Dagegen erschien Bärbchen Herrn Ketling wunderhübsch. Sie war es auch mit ihrem hellen, wirren Schopf, der bis über die Brauen fiel, mit ihrer Gesichtsfarbe, die durch ihre Krankheit von ihrer Röte verloren hatte und an die Farbe der weißen Rosen erinnerte. In diesem Augenblick war ihr Gesichtchen vor Freude ein wenig gerötet, und ihre zarten Nasenflügel bewegten sich lebhaft. Sie sah so jung aus, wie ein halb erwachsenes Mädchen, und auf den ersten Blick hätte man glauben können, sie sei um zehn Jahre jünger als Ketlings Gemahlin.

Aber ihre Schönheit wirkte derart auf den tief empfindenden Ketling, daß er nur noch inniger für seine Frau fühlte, weil er sich ihr gegenüber schuldig wußte.

Die beiden Frauen hatten sich schon alles erzählt, was sie sich in so kurzer Zeit erzählen konnten; darum ließ sich die ganze Gesellschaft jetzt an Bärbchens Bette nieder und begann von den alten Zeiten zu plaudern. Aber die Unterhaltung wollte nicht recht vorwärts gehen, denn es hatte in jenen Jahren so manche heikle Dinge gegeben: Michaels Vertraulichkeit mit Christine, seine Gleichgültigkeit gegen das jetzt so geliebte Bärbchen, mancherlei Versprechungen und mancherlei Verzweiflung. Der Aufenthalt in Ketlings Hause hatte für alle seinen Zauber gehabt und dankbare Erinnerungen in aller Herzen zurückgelassen; aber über ihn zu sprechen, ging nicht gut an.

Ketling begann auch gleich andere Saiten aufzuziehen.

»Ich habe noch nicht erzählt, daß wir unterwegs die Skrzetuskis besucht haben, die uns zwei Wochen hielten und uns eine Gastfreundschaft erwiesen, wie sie im Himmel nicht schöner sein kann.«

»Du lieber Gott, wie geht's den Skrzetuskis?« rief Sagloba. »Habt ihr auch ihn zu Hause angetroffen?«

»Ja, er war zu Hause. Er war auf Urlaub vom Hetman gekommen mit seinen drei ältesten Söhnen, die in der Linie dienen.«

»Skrzetuski habe ich seit unserer Hochzeit nicht gesehen«, sagte der kleine Ritter; »er war mit seinen Söhnen hier in den »Wilden Feldern«, aber wir trafen uns nicht.«

»Es ist ihnen allen dort furchtbar bange nach Euch«, sagte Ketling, zu Herrn Sagloba gewendet.

»Ach, und wie bang ist mir nach ihnen!« versetzte der alte Edelmann. »Aber das geht so: sitze ich hier, so ist mir nach ihnen bange, geh' ich dorthin, so wird mir bange sein nach diesem Eichkätzchen … So ist das Leben; saust der Wind nicht um das eine Ohr, so saust er ums andere; und am schlimmsten hat's der Verwaiste, denn hätte ich jemand, der mir angehörte, so brauchte ich nicht Fremde zu lieben.«

»Euch würden auch die leiblichen Kinder nicht mehr lieben als wir«, antwortete Bärbchen.

Als Sagloba das hörte, freute er sich sehr; er ließ die trüben Gedanken fahren und ließ bald seinen jovialen Humor wieder hören.

»Ei, ich war damals bei Ketling recht dumm, daß ich Christine und Bärbchen euch angehängt und an mich gar nicht gedacht habe. Es war noch Zeit ...« Hier wandte er sich zu den Frauen. »Gesteht nur ein, ihr würdet mich beide geliebt haben, und daß eine jede von euch mich lieber genommen hätte als Michael oder Ketling.«

»Das versteht sich!« rief Bärbchen.

»Halschka Skrzetuska hätte mich auch lieber genommen; ja, jetzt ist's vorbei. Das nenn' ich ein braves Weib, kein Springinsfeld, der den Tataren die Zähne ausschlägt; ist sie wohlauf?«

»Es geht ihr wohl; sie grämt sich nur, weil ihnen die beiden mittleren Jungen, die in Lukow auf der Schule waren, zu den Soldaten entlaufen sind«, antwortete Ketling. »Er freut sich wenigstens noch, daß in den Burschen solche Lust zum Kriegshandwerk steckt, – aber die Mutter ist eben wie alle Mütter.«

»Haben sie viel Kinder?« fragte Bärbchen mit einem Seufzer.

»Es sind zwölf Knaben dort – und jetzt beginnt das schöne Geschlecht«, antwortete Ketling.

Und Sagloba versetzte: »Ha, auf diesem Hause ruht ein besonderer Segen Gottes. Alles das habe ich an meiner eigenen Brust aufgezogen, wie der Pelikan ... Den mittleren Buben dreh' ich den Hals um, denn wenn sie schon davongelaufen sind, hätten sie hierherkommen sollen zu Michael ... wartet einmal! ... Es müssen Michael und Hans sein, die ausgerissen sind! Es gibt ihrer dort eine solche Menge, daß der Vater selbst ihre Vornamen vergißt. Krähen sieht man dort eine halbe Meile im Umkreis nicht, alles haben die Bengel mit ihren Terzerolen vertilgt; bah', eine solche Frau kann man mit Licht suchen. Wenn ich ihr sagte: Halschka, die Tölpel wachsen heran, nun heißt's neuen Nachwuchs, da schrie sie mich zornig an – aber zur rechten Zeit war er da, wie auf Befehl. Denkt euch, es kam soweit, wenn ein Weibsbild in der Gegend keine Mutterfreuden hatte, so lieh sie sich von Halschka Kleider – und das half, so wahr ich lebe.«

Alle waren so erstaunt darüber, daß für eine Weile Stillschweigen herrschte; plötzlich sagte der kleine Ritter:

»Hörst du, Bärbchen?«

»Willst du wohl stille sein, Michael!« gab Bärbchen zurück.

Aber Michael wollte nicht stille sein, denn es gingen ihm viele gewichtige Gedanken durch den Kopf, und besonders fiel ihm ein, man könnte bei dieser Angelegenheit noch eine andere, nicht minder wichtige, erledigen; darum begann er so von ungefähr, als spräche er von der allergewöhnlichsten Sache in der Welt:

»Bei Gott, wir sollten auch die Skrzetuskis besuchen; er wird zwar nicht zu Hause sein, denn er muß zum Hetman; aber sie ist ja doch vernünftig und pflegt Gott nicht zu versuchen, sie wird also zu Hause geblieben sein ...« Hier wandte er sich zu Christine: »Der Frühling kommt, das Wetter wird schön werden; jetzt ist's für Bärbchen noch zu früh, aber etwas später. Ich würde wahrhaftig nichts dagegen haben, denn es ist Freundespflicht; Herr Sagloba könnte euch beide dorthin bringen, und zum Herbst, wenn es wieder ruhiger wird, würde auch ich euch folgen ...«

»Das ist ein vortrefflicher Gedanke!« rief Sagloba, »ich muß ohnehin reisen, denn ich war schon recht undankbar gegen sie. Ja, ich habe vergessen, daß sie auch noch auf der Welt sind, ich schäme mich fast.«

»Was sagt Ihr dazu?« fragte Michael, Christine aufmerksam in die Augen sehend.

Sie antwortete ganz unerwartet mit der ihr eigenen Ruhe:

»Ich tät' es gern, aber es kann nicht sein, denn ich bleibe in Kamieniez bei meinem Manne und lasse ihn keineswegs allein.«

»Ums Himmels willen, was höre ich!« rief Herr Michael, »Ihr wollt in der Feste bleiben, die sicherlich belagert werden wird von einem Feinde, der keine Gnade kennt? Ich würde nichts sagen, wenn wir wenigstens mit einem ehrlichen Feinde kämpften, aber hier haben wir es mit Barbaren zu tun. Wißt Ihr auch, was das heißt, eine eroberte Stadt, türkische oder tatarische Gefangenschaft? Ich traue meinen Ohren nicht!«

»Und doch kann es nicht anders sein«, antwortete Christine.

»Ketling«, rief der kleine Ritter in Verzweiflung, »so läßt du dich beherrschen? Mensch, denke doch an Gott!«

»Wir haben lange erwogen«, antwortete Ketling, »und es ist dabei geblieben.«

»Unser Sohn ist schon in Kamieniez unter dem Schutze einer Verwandten. Muß denn Kamieniez durchaus erobert werden?«

Hier hob Christine ihre sanften Augen zum Himmel.

»Gott ist stärker als der Türke und wird unsere Hoffnung nicht zu Schanden werden lassen; da ich meinem Gatten geschworen, ihn bis in den Tod nicht zu verlassen, so ist mein Platz an seiner Seite.«

Der kleine Ritter geriet in arge Verlegenheit, denn er hatte von Christine etwas ganz anderes erwartet. Bärbchen aber, die schon zu Anfang der Unterredung bemerkt hatte, worauf Michael abzielte, lächelte listig, heftete ihre scharfen Augen auf ihn und sagte:

»Michael, hörst du?«

»Bärbchen, wirst du wohl stille sein!« rief der kleine Ritter in höchster Verzweiflung und warf ängstliche Blicke auf Sagloba, als erwarte er von ihm Hilfe. Aber dieser Verräter erhob sich plötzlich und sagte:

»Man muß auch an einen Imbiß denken, denn der Mensch lebt nicht vom Wort allein.«

Er verließ den Alkoven, doch Michael eilte ihm nach und trat ihm in den Weg.

»Nun, was soll jetzt geschehen?« fragte Sagloba.

»Nun, was?«

»Treffe Frau Ketling das Donnerwetter! Bei Gott, wie soll die Republik nicht untergehen, wenn die Weiber in ihr herrschen!«

»Wißt Ihr mir gar nichts zu raten?«

»Wenn du deine Frau fürchtest, was soll ich dir raten? Geh' zum Hufschmied und laß dich beschlagen!«

Ketling und seine Gattin blieben etwa drei Wochen. Nach Verlauf dieser Zeit versuchte Bärbchen das Bett zu verlassen, aber sie konnte noch nicht fest auf den Beinen stehen; die Gesundheit war schneller wiedergekehrt, als die Kräfte, und der Arzt befahl ihr liegen zu bleiben, bis sie ihre volle Kraft wiedererlangt habe. Inzwischen war es Frühling geworden; von den »Wilden Feldern«, vom Schwarzen Meer her wehte ein starker, warmer Wind, der den Wolkenschleier zerriß und hin und her schleuderte wie ein abgetragenes Kleid, und der dann die Wölkchen am Himmel zusammen und auseinander trieb, wie ein Schäferhund die Herde. Die Wolken, die vor ihm wichen, ergossen häufig reichlichen Regen über die Erde in dicken, beerengroßen Tropfen; die Überreste des Schnees und Eises tauten auf und bildeten in der ebenen Steppe Seen. Von den Abhängen floß das Wasser herab, auf dem Boden der Schluchten bildeten sich Ströme, die mit Rauschen und Gebrause zum Dniestr strebten, wie die Kinder freudig an den

Busen der Mutter eilen. Durch die Wolken hindurch schimmerte immer wieder die Sonne, hell verjüngt in feuchtem Schleier, als habe sie in dieser allgemeinen Flut gebadet.

Da begannen die hellgrünen Grasähren aus dem Boden ihre Köpfchen zu erheben, an den dünnen Zweigen der Bäume schwollen üppige Blüten. Die Sonne wärmte immer stärker, am Himmel zeigten sich Scharen von Vögeln, Züge von Kranichen, wilden Gänsen, Störchen, dichte Wolken von Schwalben; die Frösche quakten in mächtigem Chor in dem erwärmten Gewässer, die kleinen, grauen Vögel hörten nicht auf zu singen, und durch Wald und Feld, durch Steppen und Schluchten tönte ein lautes Jauchzen, als rufe die ganze Natur in Jubel und Begeisterung: Der Frühling! U-ha, der Frühling!

Aber für diese unglückseligen Lande brachte der Frühling Trauer, nicht Freude – Tod, nicht Leben. Wenige Tage nach Ketlings Abreise empfing der kleine Ritter folgende Nachrichten von Herrn Myslischewski:

»Auf der Aue von Kantschukar ist eine beständige Ansammlung der Heere. Der Sultan hat große Summen in die Krim geschickt, der Khan kommt dem Doroschenko mit fünfzigtausend Mann von der Horde zu Hilfe. Die Lawine wird, sobald die Wasser sich verlaufen, die schwarze Heerstraße und die Straße von Kutschmin einherrollen. Gott sei der Republik gnädig!«

Wolodyjowski schickte sofort seinen Burschen Pientka mit dieser Nachricht zum Hetman; er selbst aber beeilte sich nicht, Chreptiow zu verlassen. Erstens konnte er als Soldat die Grenzwacht ohne Befehl des Hetmans nicht zurücklassen, und dann hatte er auch zu viele Jahre im Kampfe mit den Tataren gelebt, um nicht zu wissen, daß ihre Schar so rasch nicht vorwärts rückte. Noch hatte das Wasser sich nicht verlaufen, noch war das Gras nicht hoch genug gewachsen, noch standen die Kosaken in ihrem Winterlager. Die Türken erwartete der kleine Ritter nicht vor dem Sommer, wenngleich sie sich jetzt bei Adrianopel sammelten; eine so riesige Wagenburg, so zahlreiche Scharen von Soldaten, Lagerknechten, Lastpferden, Kamelen und Büffeln konnte sich nur langsam fortbewegen. Die tatarische Reiterei durfte er früher erwarten, gegen Ende des April oder Anfang Mai. Zwar pflegten von dem Gros der Armee, das viele zehntausend Krieger zählte, das Land kleinere, lockere Scharen und mehr oder minder zahlreiche Banden zu überziehen, wie einzelne Regentropfen dem großen Regenschauer vorausgehen, aber diese fürchtete der kleine Ritter nicht. Selbst die trefflichste tatarische Reiterei konnte auf offenem Felde den Berittenen der Republik nicht die Spitze bieten, um wie viel weniger diese Haufen, die bei dem bloßen Gerücht von dem Herannahen der Heere auseinanderstoben, wie der Staub vor dem Sturmwind.

In jedem Falle war noch Zeit genug. Selbst wenn es daran gemangelt hätte, wäre Herr Michael nicht abgereist, ohne sich ein wenig mit den Tatarenscharen zu reiben, so daß sie es fühlten und daran denken sollten. Er war Soldat vom Wirbel bis zur Zehe, Soldat von Beruf, darum erweckte die Nähe des Heeres in ihm nur den Durst nach Feindesblut und gab ihm zugleich die Ruhe wieder.

Sagloba war, obwohl er sein langes Leben hindurch vielen Gefahren ausgesetzt gewesen, doch viel weniger ruhig. In unvorhergesehenen Fällen fand er Mut; er hatte ihn schließlich durch lange, wenn auch ungewollte Praxis entwickelt, und manchen Sieg im Leben erfochten. Aber immer machte die erste Nachricht von Kriegsgefahr einen großen Eindruck auf ihn. Als der kleine Ritter ihm seine Ansicht darlegte, faßte er Mut, ja er forderte den ganzen Osten heraus, und erhob drohend seine Hände gegen ihn.

»Wenn die christlichen Nationen untereinander Krieg führen«, sagte er, »dann ist auch Christus im Himmel traurig, und alle Heiligen kratzen sich den Kopf; denn so pflegt es immer zu sein: wenn der Herr betrübt ist, ist auch das Gesinde betrübt. Aber wer den Türken schlägt, der tut dem Himmel einen Wohlgefallen. Ich habe es von einer geistlichen Persönlichkeit gehört, daß die Heiligen im Himmel gerade Übelheiten bekommen, wenn sie jene Hundeseelen sehen, so daß ihnen das himmlische Manna nicht bekommt, und ihre ewige Glückseligkeit einen Stoß erhält.«

»Gewiß ist es so«, versetzte der kleine Ritter, »aber die Macht der Türken ist unermeßlich, und unser Heer könnte man auf einer flachen Hand halten.«

»Die ganze Republik werden sie doch nicht erobern. Hatte Karolus Gustavus etwa eine kleine Macht? Damals hatten wir Krieg mit den Septentrionären, und mit den Kosaken, mit Rakoczy, und mit dem Kurfürsten – und wo sind sie heute? Haben wir nicht bis in ihre Schlupfwinkel Feuer und Schwert getragen?«

»Wohl wahr! Persönlich würde ich den Krieg nicht fürchten, um so weniger, als ich etwas tun muß, um Christus und der heiligen

Jungfrau ihr Erbarmen mit Bärbchen zu vergelten. Gebe Gott nur die Gelegenheit! Aber um diese Lande ist es mir leid, die mit Kamieniez leicht in die Hände der Heiden fallen können, wenn auch nur auf kurze Zeit. Malt es Euch nur aus, welche Schändung der Kirche, welche Bedrückung des christlichen Volkes das zur Folge haben würde.«

»Sprich nur nicht von dem Kosakenpöbel, diesen Schurken! Gegen die eigene Mutter haben sie ihre Hände erhoben. Mag sie das treffen, was sie gewollt haben. Das wichtigste ist, daß Kamieniez sich hält. Wie denkst du, Michael, wird es sich halten?«

»Ich denke, der General von Podolien hat es nicht genügend gerüstet, und die Bürger, die sich durch ihre Lage sicher fühlen, haben auch ihre Pflicht nicht getan. Ketling hat mir erzählt, daß dort gut ausgerüstete Regimenter des Bischofs Trebizki hingekommen seien. Beim Himmel! Haben wir uns doch bei Sbarasch hinter einem elenden Wall gegen eine gleiche Übermacht gehalten, warum sollten wir uns jetzt nicht halten in diesem Adlerhorst?«

»Ja, ein Adlerhorst. Aber wer weiß, ob sich in ihm ein Adler finden wird, wie Wischniowiezki war, oder aber eine Krähe. Kennst du den General von Podolien?«

»Ein mächtiger Mann und ein trefflicher Soldat, aber ein wenig nachlässig.«

»Ich weiß, ich kenne ihn; ich habe es ihm manchmal vorgeworfen. Herr Potozki wünschte vorzeiten, ich sollte mit ihm zu seiner Erziehung ins Ausland reisen, damit er unter meiner Leitung gute Sitten lerne; aber ich antwortete: »Ich reise nicht mit ihm, er ist zu nachlässig; er hat an keinem Stiefel zwei Ösen und würde an den Höfen in den meinigen erscheinen müssen – und Saffian ist teuer.« Dann, zurzeit Maria Ludwika, trug er sich französisch. Aber die Strümpfe fielen ihm immer herunter und ließen die nackten Knöchel sehen. – Er reichte dem Wischniowiezki nicht bis an die Hüfte.«

»Die Kaufleute in Kamieniez fürchten auch die Belagerung. Sie würden es gern mit den Türken halten, wenn sie nur ihren Kram nicht zu schließen brauchen.«

»Die Schufte!« sagte Sagloba.

Bekümmernis erfaßte beide um das künftige Geschick von Kamieniez. Persönlich waren sie in schwerer Sorge um Bärbchen, die für den Fall der Übergabe der Festung das Los aller Einwohner teilen mußte.

Plötzlich schlug sich Sagloba an die Stirn.

»Ums Himmels willen«, sagte er, »was grämen wir uns, wozu nach dem lausigen Kamieniez gehen und uns dort einschließen? Ist es nicht besser, bei dem Hetman zu bleiben und auf freiem Felde den Feind zu bekämpfen? Und dann kann doch Bärbchen nicht mit zur Fahne; sie muß fort und zwar nicht nach Kamieniez, sondern weit von hier, sei es auch zu den Skrzetuskis. Michael, Gott schaut in mein Herz und sieht, wie es von Begierde gegen die Heiden glüht – aber für dich und für Bärbchen tue ich es, ich geleite sie fort von hier.«

»Ich danke Euch«, antwortete der kleine Ritter, »gewiß, wenn ich nicht in Kamieniez sein soll, wird auch Bärbchen nicht drängen. Aber was tun, wenn der Befehl vom Hetman kommt?«

»Was tun, wenn der Befehl kommt? Ei, so hole der Henker alle Befehle! Was tun? … Warte, ich will einmal scharf nachdenken. – Weißt du, man muß dem Befehl zuvorkommen.«

»Und wie das?«

»Schreibe sofort an Herrn Sobieski, tue, als ob du ihm neues mitzuteilen habest, und zum Schluß sage, daß du angesichts des herannahenden Krieges aus Liebe zu ihm in seiner Nähe bleiben und im offenen Felde kämpfen wollest. Bei Gott, ein trefflicher Gedanke! Denn erstens ist es ja unmöglich, daß er einen solchen Streifzügler, wie du bist, hinter Mauern halte, anstatt ihn im Felde zu gebrauchen, und zweitens wird dich der Hetman für einen solchen Brief noch mehr lieb gewinnen und an seiner Seite haben wollen. Er wird auch ergebene Soldaten nötig haben … Höre, wenn Kamieniez nicht standhält, so fällt der Ruhm dem General von Podolien zu, und was du im Felde tust, das geschieht zum Ruhme des Hetmans. Fürchte dich nicht, der Hetman wird dich nicht an den General abtreten, eher tritt er ihm einen anderen ab, aber dich und mich nicht … Schreibe den Brief, bringe dich ihm in Erinnerung; – ha, mein Witz ist doch etwas mehr wert, als daß ihn die Hühner auf dem Kehrichthaufen aufpicken. Michael, laß uns bei der Gelegenheit eins trinken, nicht? Schreibe den Brief!«

Michael war in der Tat sehr erfreut; er umarmte Sagloba, dachte eine Weile nach und sagte:

»Und dabei hintergehe ich weder Gott noch das Vaterland, noch den Hetman, denn gewiß, im offenen Felde werde ich viel leisten können. Ich danke Euch von ganzem Herzen; auch ich glaube, der

Hetman wird mich zur Seite haben wollen, besonders nach diesem Brief. Aber wißt Ihr, was ich tun will, um auch Kamieniez nicht im Stich zu lassen? Ich statte auf meine Kosten ein Häuflein Fußvolk aus und schicke es hin; auch das will ich dem Hetman gleich schreiben.«

»Noch besser. Aber Michael, wo willst du die Leute hernehmen?«

»Ich habe in dem Keller an vierzig Räuber, die will ich nehmen. Stets wenn ich einen hängen lassen wollte, hat mich Bärbchen gequält, ihm das Leben zu schenken. Bärbchen hat mir manchmal geraten, aus den Banditen Soldaten zu machen; ich aber wollte es nicht, denn man mußte ein Exempel geben, aber nun sitzt uns der Krieg im Nacken, nun ist alles erlaubt. Es sind tüchtige Kerle, die schon Pulver gerochen haben. Ich will auch verkünden lassen, daß allen, die sich freiwillig aus den Schluchten und Klüften zum Regiment stellen, ihre Räubereien geschenkt sein sollen. Es werden sich wohl an die hundert Mann finden, und Bärbchen wird auch zufrieden sein. Ihr habt mir eine schwere Last vom Herzen genommen.«

Noch an diesem Tage schickte der kleine Ritter einen neuen Boten zum Hetman und verkündete den Banditen Gnade, wenn sie sich zum Fußvolk stellten. Sie gingen freudig darauf ein und versprachen, noch andere heranzuziehen. Bärbchen war über die Maßen erfreut. Es kamen Schneider aus Uschyz heran, aus Kamieniez und anderen Orten, um die Mannschaft einzukleiden. Die früheren Räuber wurden auf dem Maidan von Chreptiow in Reih und Glied gestellt. Michael lachte das Herz im Leibe bei dem Gedanken, daß er im offenen Felde kämpfen, daß er die Gattin nicht den Gefahren der Belagerung aussetzen und doch Kamieniez und dem Vaterland einen großen Dienst erweisen werde.

Die Arbeiten hatten schon einige Wochen gedauert, als eines Abends der Bote mit einem Brief vom Hetman Sobieski zurückkam. Er schrieb wie folgt:

»Mein geliebter und sehr werter Wolodyjowski!

Daß Du mir so fleißig alles Neue mitteilst, dafür danke ich Dir, dafür muß Dir das Vaterland dankbar sein. Der Krieg ist gewiß. Ich habe auch von anderen die Nachricht, daß auf den Feldern von Kantschukar eine große Macht steht, mit der Horde etwa dreimalhunderttausend Mann. Die Horden können jeden Augenblick losrücken. Auf nichts hat es der Sultan so abgesehen wie auf Kamieniez. Die

Verräter, die Lipker, werden den Türken alle Wege zeigen und sie über Kamieniez unterrichten. Ich habe die Hoffnung, daß Gott die Natter, den Tuhaj-Bey-Sohn, in Deine oder in Nowowiejskis Hände liefern wird, dessen Schmerz ich tief empfinde. *Quod attinet* Deinen Wunsch, an meiner Seite zu sein, so weiß Gott, wie lieb es mir sein würde; aber es kann nicht sein. Der Herr General von Podolien hat mir zwar nach der Wahl zwiespältige Freundlichkeit erwiesen, aber ich will ihm den besten Soldaten schicken. Denn mir ist der Fels von Kamieniez teuer wie mein Augapfel. Es wird dort viele geben, die ein- oder zweimal im Leben den Krieg erfahren haben, aber nur so wie jemand, der einmal ein treffliches Gericht genossen hat, das er dann sein Leben lang in Erinnerung behält; aber ein Mann, der es genossen hat wie sein täglich Brot, und der mit erfahrenem Rate dienen könnte, fehlt dort; und wenn welche dort sind, so mangelt ihnen die nötige Würde. Darum schicke ich Dich dorthin, denn Ketling ist ein guter Soldat, aber weniger gekannt. Auf Dich aber wird die Bürgerschaft der Stadt ihr Auge gerichtet halten, und ich denke, wenn auch das Kommando in eines anderen Händen ist, so werden sie doch, was Du sagst, gern befolgen. Gefährlich ist dieser Dienst in Kamieniez, aber wir sind es gewohnt, im Regen naß zu werden, vor dem andere Schutz suchen. Uns ist genügender Lohn der Ruhm und die dankbare Erinnerung. Die Hauptsache ist das Vaterland, zu dessen Rettung ich Dich nicht anzuregen brauche.«

Dieser Brief, der vor den versammelten Offizieren verlesen wurde, machte einen tiefen Eindruck, denn sie alle hätten lieber im Felde gedient als in der Festung. Michael ließ den Kopf sinken.

»Was denkst du, Michael?« fragte Sagloba.

Wolodyjowski erhob sein Antlitz, das wieder völlig den alten Ausdruck gewonnen hatte, und sagte mit so ruhiger Stimme, als ob er keinerlei Enttäuschung erfahren habe: »Wir werden nach Kamieniez gehen ... was soll ich denken?«

Und man konnte glauben, es sei nie ein anderer Gedanke in seinem Kopfe entstanden. Nach einer Weile warf er den Kopf zurück und sagte:

»He, Genossen, wir ziehen nach Kamieniez und wollen es halten, bis wir selbst fallen.«

»Bis wir fallen«, wiederholten die Offiziere; »einmal muß der Mensch sterben.«

Sagloba schwieg eine Weile; er ließ seine Blicke über die Anwesenden schweifen, und da er sah, daß alle auf das warteten, was er wohl sagen werde, sprach er:

»Ich gehe mit euch, hol' mich der Teufel!«

19. Kapitel

Als der Boden trocken war, und die Gräser emporschossen, rückte der Khan in eigener Person mit fünfzigtausend Mann von der krimschen und der astrachanischen Horde dem Dorosch und den aufständischen Kosaken zu Hilfe. Der Khan selbst, die ihm verwandten Sultane und alle hervorragenden Mirzen und Beys trugen Kaftane, die ihnen der Padischah zum Geschenk gemacht hatte. Sie zogen nicht wie vorzeiten um Beute und Gefangene gegen die Republik aus, sondern in einen heiligen Krieg zur »Vernichtung«, zur Ausrottung des ganzen Lechistan[14] , der ganzen Christenheit.

Ein zweites, größeres Gewitter zog sich bei Adrianopel zusammen, und gegen die ganze Flut bot nur der eine Fels von Kamieniez Schutz; sonst lag die Republik wie eine offene Steppe da, ja wie ein kranker Mann, unfähig, nicht nur sich zu verteidigen, sondern auch fest auf den Füßen zu stehen. Sie war erschöpft durch die vorhergegangenen, wenn auch am Ende siegreichen Kriege mit Schweden, Preußen, den Moskowitern, den Kosaken und Ungarn, durch die Konföderationen und die Empörung Lubomirskis, und jetzt hatten sie zum Überfluß die inneren Zwistigkeiten entkräftet, die Unfähigkeit des Königs, die Zwietracht der Mächtigen, die Verblendung des unvernünftigen Adels und der Schrecken des Bürgerkrieges. Vergeblich warnte der große Sobieski vor der drohenden Gefahr. Niemand wollte ernstlich an die Möglichkeit des Krieges glauben. Man vernachlässigte die Mittel zur Verteidigung, und so hatte der Schatz kein Geld, der Hetman kein Heer. Der Heeresmacht, welcher die Verbündung aller christlichen Nationen kaum hätte Trotz bieten können, vermochte der Hetman nur einige tausend Mann entgegenzustellen.

14   Lechistan = Polen.

Im Osten dagegen, wo alles dem Willen des Padischahs untertan war, und die Völker wie ein Mann mit dem Schwert in der Faust bereit standen, geschah gerade das Gegenteil. In dem Augenblicke, da man das Banner des Propheten entfaltete, die Roßschweife an dem Tore des Serails und auf dem Turme des Seraskierats aufpflanzte, da die Ulemas anfingen, den heiligen Krieg zu predigen, erhob sich halb Asien und der ganze Norden Afrikas. Der Padischah selbst war zu Beginn des Frühlings auf den Ebenen von Kantschukar zur Stelle und musterte eine Macht, wie sie seit Jahrhunderten die Welt nicht gesehen hatte. Zehntausend Spahis und Janitscharen, die Blüte des türkischen Heeres, umgaben zunächst seine geheiligte Person; dann zog man Heere aus den entferntesten Ländern und Besitzungen herbei. Die europäischen waren zuerst erschienen, dann kamen die berittenen Heeresmassen der bosnischen Beys; ihre Farbe glich dem Morgenrot, ihre Kriegslust dem Blitz. Dann zogen die wilden albanesischen Krieger heran, die zu Fuß mit den Handscharen kämpften, ein Volk, das an den Ufern der Donau und hinter ihr, von jenseits des Balkan bis hinunter zu den griechischen Bergen, wohnte. Jeder Pascha führte ein ganzes Heer, das allein imstande war, die wehrlose Republik zu überfluten. Walachen und Moldauer, die Tataren der Dobrudscha und Bialogrods in mächtiger Zahl, etliche tausend Lipker und Tscheremissen waren zur Stelle, letztere geführt von dem furchtbaren Asya, dem Sohn des Tuhaj-Bey, dem besten Führer in den unglückseligen Landstrichen, die sie so gut kannten.

Dann kam das ganze Aufgebot aus Asien herbeigeströmt; die Paschas von Siwas, Brussa, Aleppo, Damaskus, Bagdad brachten außer dem regelmäßigen Heere bewaffnete Massen der wilden Bevölkerung mit, welche die zederbewachsenen Berge Kleinasiens bewohnte, mit Einschluß der dunkelfarbigen Völker der Euphrat- und Tigrisländer. Auf den Ruf des Kalifen waren auch die Araber herbeigeeilt, deren Burnusse die kantschukarischen Gefilde wie mit Schnee bedeckt erscheinen ließen. Unter ihnen befanden sich Nomaden der sandigen Wüste und Städtebewohner von Medina bis Mekka. Auch die Lehnsmacht Ägyptens war nicht daheim geblieben; die in dem volkreichen Kairo wohnten, die allabendlich die rot übergossenen Pyramiden anschauten und in den Ruinen von Theben umherirrten, die in den nebeligen Ländern hausten, wo der heilige Nil seine Quellen hat, und denen die Sonne das Antlitz schwarz wie Ruß gebrannt – sie alle pflügten jetzt mit der Waffe die Scholle von Adrianopel und beteten allabendlich um den Sieg des Islam, um die Vernichtung des Landes, das seit Jahrhunderten allein den Rest der Welt vor den Bekennern des Propheten schützte.

Tausende Bewaffneter folgten, Hunderttausende von Pferden wieherten auf der Flur; Hunderttausende von Büffeln, Schafen, Kamelen weideten neben den Herden der Rosse. Man hätte glauben können, ein Engel habe auf Befehl des Herrn die Völker aus Asien vertrieben, wie einst Adam aus dem Paradiese, und habe sie veranlaßt, dorthin zu ziehen, wo die Sonne blasser herniederscheint, und die Steppe sich im Winter mit Schnee bedeckt. So zogen sie dahin mit ihren Herden, eine unabsehbare Schar weißer, brauner, schwarzer Krieger. Wieviel Zungen schwirrten da durcheinander, wieviel Trachten erglänzten in der Frühlingssonne! Die Völker staunten sich gegenseitig an; fremd waren sie untereinander an Sitten, verschieden ihre Waffen, ihre Kriegsführung, nur der Glaube verband diese wandernden Geschlechter. Wenn die Mu'ezzins sie zum Gebet aufriefen, wandten sich diese hundertzüngigen Heerscharen mit dem Antlitz gen Osten und riefen wie aus einem Munde Allah an.

Die Dienerschaft am Hofe des Sultans allein war zahlreicher als die bewaffnete Macht der Republik. Dem Heere der ausgerüsteten Freiwilligen folgten Scharen von Krämern, die jegliche Ware feilboten; ihre Wagen nahmen mit denen des Heeres den Weg zu Wasser.

Zwei Paschas an der Spitze hatten nichts anderes zu tun, als die Heeresmasse mit Speise zu versorgen, und es war an allem Überfluß. Der Sandschak von Sangritanien führte die Aufsicht über die Pulvervorräte; zweihundert Kanonen geleiteten das Heer, zehn davon waren Sturmgeschosse, so groß, wie sie kein König in der Christenheit besaß. Die Begler-Beys von Asien standen am rechten, die von Europa am linken Flügel. Die Zelte nahmen einen so großen Raum ein, daß Adrianopel dagegen als eine kleine Stadt erschien; die des Sultans, die von Purpur und Seidenschnüren, von Atlas und Goldstickereien glänzten, bildeten gleichsam eine besondere Stadt. Zwischen ihnen wogten die bewaffneten Wachen, die schwarzen Eunuchen aus Abessinien in ihren gelben und blauen Kaftanen, die riesengroßen Hamals vom Kurdischen Stamme, die als Lastträger mitgingen, die jungen Burschen aus dem Geschlecht der Usbeks mit ihren über die Maßen schönen Gesichtern, die sie mit Seidenfransen schützten, und eine

Menge anderer Dienerschaft, in bunte Farben gekleidet, wie die Blumen der Steppe, für den Marstall, für den Dienst der Tafel, zum Tragen der Lampen und zu wichtigeren Dienstleistungen für die Umgebung des Sultans.

Auf dem geräumigen Maidan rings um den Hof des Sultans, der in seinem Prunk und Glanz die Gläubigen an das Paradies erinnerte, lagen, nicht gleich prachtstrotzend, aber doch königlichen gleichend, die Höfe des Veziers, der Ulemas und des Paschas von Anatolien, des jungen Kaimakams Kara-Mustapha, auf welchen die Augen des Sultans und aller im ganzen Lager schauten, wie auf die zukünftige »Sonne des Krieges«. Vor den Zelten des Padischah sah man die glänzenden Wachen des »polachischen« Fußvolks in so hohe Turbane gekleidet, daß ihre Träger wie Riesen erschienen. Sie waren mit Wurfspießen bewaffnet, die auf langen Kolben saßen, und mit kurzen, krummen Schwertern; ihre linnenen Schutzzelte stießen an die Zelte des Sultans. Dann kam das Lager der furchtbaren Janitscharen, die, mit Musketen und Speeren bewaffnet, der Kern der türkischen Macht waren. Weder der Kaiser von Deutschland noch der König von Frankreich konnte sich eines Fußvolkes rühmen, das an Zahl und Kriegstüchtigkeit diesem glich. Im Kriege konnte das im allgemeinen weichere Volk des Sultans sich nicht mit dem regulären Heere der Republik messen, oft erdrückte es nur durch seine ungeheure Übermacht, und gewann so den Sieg. Aber die Janitscharen wagten auch der geschulten Fahne der Reiterei die Stirn zu bieten. Sie erweckten Furcht in der ganzen christlichen Welt, ja in Stambul selber; oft zitterte selbst der Sultan vor diesen Prätorianern, und der oberste Aga dieser »Widder« war einer der einflußreichsten Würdenträger im Divan.

Den Janitscharen folgten die Spahis, die regulären Truppen der Paschas; dann kam die große Masse des Pöbels. Dieses ganze Lager stand schon seit Monden bei Konstantinopel und harrte nur, bis sich ihre Macht aus den fernsten Ländern der türkischen Herrschaft ergänzte, bis die Frühlingssonne die Feuchtigkeit aus dem Boden gesogen und den Weg nach Lechistan öffnete.

Und die Sonne, als ob auch sie dem Willen des Sultans untergeben sei, leuchtete in hellen Farben. Vom Beginn des April bis zum Mai feuchteten nur wenige Male warme Regen die Auen von Kantschukar, sonst spannte sich das blaue Himmelsgewölbe wolkenlos über dem Zelte des Sultans; der Glanz des Tagesgestirns spielte auf dem weißen

Linnen, auf den hochgetürmten Kopfbunden, den vielfarbigen Kepi's, den glänzenden Helmen, den Fahnen und Speeren und übergoß alles – das Lager, die Zelte, die Menschen und die Herden – mit einem Meer von leuchtendem Glanz. Abends schimmerte am wolkenlosen Himmel die Sichel des Mondes und nahm die Tausende, die unter seinem Zeichen auszogen, immer neue Lande zu erobern, in ihren stillen Schutz; dann stieg er immer höher und erblaßte bei dem Widerschein der Lagerfeuer. Wenn diese über die ganze unermeßliche Fläche hin erglänzten, wenn die Araber aus Damaskus und Aleppo, die man gewöhnlich die Massala-Dschilaren nannte, die grünen, roten, gelben, blauen Lampen an den Zelten des Sultans und der Veziere anzündeten, dann war's, als sei ein Stück des Himmels auf die Erde herabgefallen, und als glänzten und schimmerten Sterne auf den Auen. Musterhafte Ordnung und Manneszucht herrschte unter diesen Scharen. Die Paschas beugten sich wie das Rohr vor dem Willen des Sultans, und vor ihnen beugte sich das Heer. Es fehlte nicht an Speise und Trank für Menschen und Vieh, alles war in reichstem Maße vorhanden, alles zur rechten Zeit. In musterhafter Ordnung kamen und gingen die Stunden der Kriegsübungen, die Stunden der Stärkung und des Gebets. In dem Augenblick, da die Mu'ezzins auf den in Eile erbauten hölzernen Türmchen zum Gebet aufriefen, wandte sich das ganze Heer mit dem Antlitz gen Osten; jeder breitete vor sich ein Fell oder einen Fußteppich aus, und das ganze Heer sank wie ein Mann in die Kniee. Bei dem Anblick solcher Ordnung und Zucht wuchs der Menge der Mut, die Herzen erfüllte Siegeszuversicht. Der Sultan kam gegen das Ende des April ins Lager, brach aber nicht sogleich auf; er wartete über einen Monat, bis die Wasser getrocknet waren. Indessen übte er das Heer, gewöhnte es an das Lagerleben, führte seine Regierungsgeschäfte, empfing Abgesandte und hielt Gericht unter dem purpurnen Baldachin. Kasseka, seine erste Gemahlin, schön wie ein Traum, begleitete ihn, und mit ihr zog ein Hof, der dem Paradies anzugehören schien.

Ein goldener Wagen trug die Herrin unter einem purpurnen Zelt; diesem folgten andere Wagen, weiße syrische Kamele, die auf Purpurdecken kostbare Schreine trugen. Huris und Bajaderen sangen ihre Lieder, wenn sie fuhr. Die süßen Töne leiser Instrumente erklangen, sobald sie, müde vom Wege, ihre seidenen Wimpern schloß, und wiegten sie in Schlaf. Während der Hitze des Tages wehten Fächer aus Straußen- und Pfauenfedern vor ihrem Antlitz, die kostbarsten Düfte des Orients dampften in indischen Schalen vor ihren Zelten. Alle Schätze, Wunder und Reichtümer waren in ihrem Geleit, die der Osten hervorbringen und die Macht des Sultans herbeischaffen konnte. Die Huris, die Bajaderen, die schwarzen Eunuchen, die bediensteten engelgleichen Knaben, die syrischen Kamele, die Pferde aus den arabischen Wüsten, kurz, die ganze Umgebung glänzte; kostbare Linnen, Gold und Silber funkelten in allen Regenbogenfarben von Diamanten, Rubinen, Smaragden und Saphiren. Die Völker sanken in die Kniee vor ihr und wagten nicht, ihr ins Gesicht zu schauen, wozu nur der Pascha das Recht hatte – und ihre ganze Umgebung erschien wie ein überirdisches Gesicht oder wie eine Wirklichkeit, die Allah selbst aus der Welt der Träume auf die Erde gezaubert hatte.

Die Sonne schien immer heißer, und endlich kamen die schwülen Tage. Da, eines Abends, wurde die Fahne auf den hohen Mast vor dem Zelte des Sultans aufgezogen, und ein Kanonenschuß verkündete den Heeren und Völkern, daß der Aufbruch nach Lechistan beginne. Die große, heilige Trommel erklang, alle anderen wiederholten ihre Zeichen, die Pfeifen ließen ihre gellenden Töne erschallen. Die frommen, halbnackten Derwische brüllten, und der Zug setzte sich in Bewegung. Es war Nacht, man mußte die Hitze des Tages vermeiden. Das Heer selbst brach einige Stunden nach der ersten Verkündigung auf; erst kamen die Wagenburg, die beiden Paschas, welche die Ernährung des Heeres beaufsichtigten, ganze Legionen von Handwerkern, welche die Zelte aufzustellen und abzubrechen hatten, die Lasttiere und das zum Schlachten bestimmte Vieh. Der Zug sollte in dieser und in der folgenden Nacht sechs Stunden dauern und in der Weise vor sich gehen, daß das Heer, sobald es Halt machte, immer Stärkungsmittel und gesicherte Ruhe vorfand.

Als endlich die Zeit des Aufbruchs für das Heer gekommen war, ritt der Sultan eine Anhöhe hinan, um seine ganze Macht zu überschauen und sich an ihrem Anblick zu erfreuen. Mit ihm war der Vezier, die Ulemas und der junge Kaimakam Kara-Mustapha, »die aufgehende Sonne des Krieges« und die Leibwache vom polachischen Fußvolk. Die Nacht war schön und hell, der Mond schien glänzend – und der Sultan hätte mit einem Blicke seine Heerscharen überschauen können, wenn überhaupt ein menschliches Auge vermocht hätte, sie alle auf einmal zu erfassen, die in einem langen Zuge, wenn auch dicht aufeinander folgend, einige Meilen einnahmen.

Sein Herz schwoll vor Freude, er schob die duftenden Sandelholzperlen der Gebetschnur und erhob die Augen dankbar zu Allah, der ihn zum Herrn so vieler Heere, so vieler Völker gemacht hatte. Plötzlich, als die Wagenburg schon ganz in der Ferne entschwunden war, unterbrach er sein Gebet und wandte sich an den jungen Kaimakam, den schwarzen Mustapha, und fragte:

»Wer ist es doch, der an der Spitze der Vorhut geht?«

»Glanz des Paradieses«, antwortete Kara-Mustapha, »in der Vorhut gehen Lipker und Tscheremissen, und der sie führt, ist dein Liebling Asya, der Sohn des Tuhaj-Bey.«

Asya, Tuhaj-Beys Sohn, war nach langem Stillstand auf dem Felde von Kantschukar wirklich mit den Lipkern, an der Spitze des Zuges aller türkischen Heere, gegen die Grenzen der Republik ausgerückt.

Nach dem schweren Schlag, den er und seine Pläne von Bärbchens kühner Hand erhalten hatten, schien ihm wieder ein günstiger Stern zu leuchten. Zunächst genas er. Seine Schönheit war zwar für immer vernichtet: das eine Auge war ihm gänzlich ausgeflossen, die Nase zerschlagen, und sein Haupt, einst dem Kopfe eines Falken ähnlich, war widerwärtig und entsetzlich geworden; aber gerade der Schrecken, den es den Menschen einflößte, verschaffte ihm noch größere Achtung unter den wilden Tataren der Dobrudscha. Seine Ankunft ward bald im ganzen Lager bekannt, und seine Taten wuchsen in dem Munde der Krieger riesenhaft an. Es hieß, er habe alle Lipker und Tscheremissen in den Dienst des Sultans gebracht, er habe die Lechen hintergangen, wie sie noch nie jemand hinterging, er habe alle Städte an der Dniestr-Heerstraße in Brand gesteckt, ihre Besatzungen niedergehauen und unerhörte Beute fortgeschleppt.

Diejenigen, die erst nach Lechistan gehen sollten, diejenigen, die aus dem fernsten Winkel des Orients gekommen und nie lechische Waffen erprobt hatten, die, deren Herzen unruhig pochten bei dem Gedanken, daß sie bald Aug' in Auge der furchtbaren Reiterei der Ungläubigen gegenüberstehen würden, sahen in dem jungen Asya einen Krieger, der den Lechen schon die Stirn geboten hatte, der sie nicht fürchtete, ja, der sie besiegt und so den glücklichen Beginn des Krieges bezeichnet hatte. Der Anblick des »Recken« erfüllte aller Herzen mit Mut, da aber Asya der Sohn des furchtbaren Tuhaj-Bey war, dessen

Name im ganzen Osten bekannt, so richteten sich aller Augen um so mehr auf ihn.

Lechen haben ihn erzogen, hieß es, aber er ist der Sohn eines Löwen, er hat sie gebissen und ist in den Dienst des Padischahs zurückgekehrt.

Der Vezier selbst war begierig, ihn zu sehen, »und die aufgehende Sonne des Krieges«, der junge Kaimakam Kara-Mustapha, der für Kriegsruhm und wilde Krieger schwärmte, gewann ihn lieb. Beide fragten ihn lebhaft aus über die Republik, über den Hetman, über die Heere, über Kamieniez und freuten sich über seine Antwort, aus der sie sahen, daß der Krieg leicht sein werde, daß dem Sultan der Sieg, den Lechen die Niederlage zufallen müsse, und daß er ihnen beiden den Zunamen Ghazi, d. h. Eroberer, eintragen werde. So hatte Asya denn späterhin oft Gelegenheit, vor dem Vezier sein Knie zu beugen, an der Schwelle des Zelts des Kaimakam zu sitzen und von beiden reichliche Geschenke an Kamelen, Pferden und Waffen zu empfangen.

Der Großvezier schenkte ihm einen Kaftan aus silberfarbigen Lamafellen, dessen Besitz ihn in den Augen aller Lipker und Tscheremissen hoch erhob. Krytschynski, Adurowitsch, Morawski, Grocholski, Tworkowski, Alexandrowitsch, kurz, alle Hauptleute, die einst in der Republik gelebt und ihr gedient hatten und jetzt zum Sultan zurückgekehrt waren, stellten sich ohne Widerspruch unter Tuhaj-Beys Kommando, indem sie gleichzeitig in ihm die fürstliche Abstammung und den Krieger ehrten, der den Kaftan empfangen hatte. Er ward also ein bedeutender Mirza, und über zweitausend Krieger, weitaus tüchtiger als die Tataren sonst, gehorchten seinem Winke. Der herannahende Krieg, in dem es dem jungen Mirza leichter als irgend einem anderen war, sich auszuzeichnen, konnte ihn hoch emporbringen, er konnte Würde, Ruhm und Macht erwerben.

Und doch trug Asya Gift im Busen. Zunächst kränkte seinen Stolz, daß die Tataren den Türken, besonders den Janitscharen und Spahis gegenüber, nicht viel mehr bedeuteten, als die Jagdhunde neben den Jägern. Er selbst hatte große Bedeutung, aber die Tataren im allgemeinen betrachtete man als niedrigen Troß. Der Türke brauchte sie, fürchtete sie bisweilen, aber im Lager verachtete er sie. Als Asya das bemerkte, schloß er seine Lipker von der großen Masse der Tataren aus wie einen besonderen, besseren Teil des Heeres; doch dadurch erzürnte er die anderen Massen der Dobrudscha und Bialogrods und vermochte doch nicht den verschiedenen türkischen Offizieren die

Überzeugung einzuflößen, daß die Lipker wirklich etwas Besseres seien als die Männer der Horde. Andererseits konnte er, der in christlichen Landen erzogen war, unter Adel und Rittertum, sich an die Sitten des Orients nicht gewöhnen. In der Republik war er nur ein gewöhnlicher Offizier und nicht gerade vornehmen Ranges gewesen, und doch brauchte er, wenn er mit den Vorgesetzten, mit dem Hetman selbst zusammentraf, sich nicht so zu erniedrigen wie hier, wo er ein Mirza und der Führer aller Lipker war. Hier vor dem Vezier mußte man auf das Gesicht fallen, in dem befreundeten Zelte des Kaimakam das Knie beugen, vor den Paschas, den Ulemas und dem obersten Aga der Janitscharen zur Erde sinken. Asya war dessen ungewohnt, er konnte nicht vergessen, daß er der Sohn eines Kriegshelden war, sein Busen war voll wilden Stolzes, der so hoch strebte, wie der Flug des Adlers, und das verursachte ihm tiefen Schmerz.

Am meisten aber wütete in seinem Busen die Erinnerung an Bärbchen. Nicht, daß eine schwache Hand ihn vom Pferde geworfen, ihn, der bei Brazlaw, bei Kalnik und in hundert anderen Schlachten die gefürchtetsten saporogischen Kämpfer herausgefordert und zu Leichen gemacht hatte, nicht die Schande war es, die an ihm nagte – was kümmerte ihn Schande! Aber er liebte dieses Weib grenzenlos, wahnsinnig. Er wollte sie in seinem Zelte haben, sie anschauen, schlagen, küssen dürfen. Hätte man ihm die Wahl gestellt, Padischah zu werden und die halbe Welt zu regieren, oder sie in seine Arme zu schließen, ihr warmes Blut an seinem Herzen zu fühlen, ihren Atem einzusaugen, seine Lippen auf die ihren zu drücken – er hätte sie Stambul, dem Bosporus und dem Titel des Kalifen vorgezogen. Sie begehrte er, weil er sie liebte, sie begehrte er, weil er sie haßte, je ferner sie ihm war, je reiner, treuer, unantastbarer sie sich erwies, desto heftiger begehrte er sie. Manchmal, wenn er im Zelte saß und sich zurückerinnerte, daß er einmal im Leben nach der Schlacht gegen Asba-Bey ihre Augen geküßt, daß er bei Raschkow ihre Brust an die seine gedrückt hatte, da erfaßte ihn eine wahnsinnige Begier. Er wußte nicht, was mit ihr geschehen war, und ob sie unterwegs umgekommen sei; manchmal empfand er es wie eine Linderung seiner Schmerzen, daß sie gestorben sein könne, dann wieder erfaßte ihn ein unermeßliches Leid. Es gab Augenblicke, wo er dachte, es wäre besser gewesen, sie nicht zu rauben, Raschkow nicht in Flammen zu setzen, nicht hierherzukommen, sondern als Lipker in Chreptiow zu bleiben – nur um sie anschauen zu dürfen.

Dafür war aber die unglückliche Sophie Boska bei ihm im Zelte. Ihr Leben ging in Sklavendiensten dahin, in Schmach, in beständiger Angst, denn in Asyas Herzen war auch nicht ein Fünkchen Mitleid mit ihr. Er peinigte sie, bloß weil sie nicht Bärbchen war. Ihr war die Süßigkeit und der Zauber einer Feldblume eigen, sie besaß Jugend und Schönheit, und darum sättigte er sich an ihrer Schönheit; aber oft stieß er sie ohne Grund mit den Füßen oder geißelte mit dem Ziemer ihren weißen Körper. In einer ärgeren Hölle hätte sie nicht leben können, denn sie lebte ohne Hoffnung. Ihr Leben war in Raschkow wie der Frühling erblüht, in der Liebe zu dem jungen No-wowiejski. Sie liebte ihn mit ganzer Seele, sie liebte die edle, ritterliche und zugleich biedere Natur, und hier war sie das Gespött und die Sklavin dieses blinden Ungeheuers. Zitternd wie ein geschlagener Hund mußte sie sich zu seinen Füßen krümmen, seine Blicke verfolgen, seine Hände beobachten, ob sie nicht nach der Geißel faßten, und ihren Atem, ihre Tränen zurückhalten.

Sie wußte wohl, daß es für sie kein Mitleid gebe und geben werde. Denn wenn sie auch ein Wunder diesen entsetzlichen Händen entrissen hätte, so war sie nicht mehr die frühere Sophie, weiß wie der erste Schnee und fähig, durch ihre Reinheit und Unberührtheit für Liebe zu entgelten. All das war unwiederbringlich verloren, und weil sie an dieser entsetzlichen Schmach, in der sie jetzt lebte, nicht die geringste Schuld trug, weil sie im Gegenteil bis dahin immer ein Mädchen, makellos wie ein Lämmchen, sanft wie eine Taube, vertrauensvoll wie ein Kind, schlicht und liebevoll gewesen war, begriff sie nicht, warum ihr dieses entsetzliche Unrecht geschehen, das nie wieder gut gemacht werden konnte, warum über ihr so unerbittlich der Zorn Gottes walte; dieser Seelenkampf vergrößerte ihren Schmerz, ihre Verzweiflung. So flossen ihr die Tage, die Wochen, die Monate dahin. Asya war im Winter auf das Feld von Kantschukar gekommen, und der Ausmarsch gegen die Republik begann erst im Juni; all' die Zeit war Sophie in Schmach, in Qual und Arbeit hingegangen, da Asya sie trotz ihrer Schönheit und Liebenswürdigkeit, trotzdem er sie in seinem Zelte hielt, nicht liebte; ja, da er sie haßte, lediglich darum, weil sie nicht Bärbchen war, und sie wie eine gewöhnliche Sklavin betrachtete, mußte sie auch arbeiten wie eine Sklavin. Sie tränkte seine Pferde und

Kamele am Flusse, sie brachte das Wasser herbei zu den Waschungen, sie holte Holz zur Feuerung, sie breitete die Felle für die Nacht aus, sie kochte das Essen. In anderen Abteilungen des türkischen Heeres traten die Frauen nicht aus den Zelten heraus aus Angst vor den Janitscharen oder aus Gewohnheit, aber das Lager der Lipker lag abseits, und die Sitte, die Frauen zu verbergen war unter ihnen nicht verbreitet; sie hatten, da sie einst in der Republik gewohnt, andere Sitten, und die Sklavinnen der gemeinen Soldaten, soweit diese Gefangene besaßen, bedeckten nicht einmal ihr Gesicht mit Jaschmaks.[15] Den Frauen war es zwar nicht erlaubt, sich aus den Grenzen des Lipkischen Maidans zu entfernen, denn jenseit dieser Grenzen hätte man sie sicherlich geraubt; aber im Maidan selbst konnten sie überallhin gefahrlos gehen und den wirtschaftlichen Arbeiten des Lagers obliegen.

Trotz der schweren Arbeit war es Sophie sogar ein gewisser Trost, Holz zu holen oder an den Fluß zu gehen, um die Pferde und Kamele zu tränken, denn im Zelt fürchtete sie sich zuweilen, und auf dem Wege konnte sie ihren Tränen ungestraft freien Lauf lassen. Einst, da sie mit der Holztrage hinausging, begegnete sie der Mutter, die Asya dem Halim geschenkt hatte. Sie fielen sich in die Arme, und man mußte sie mit Gewalt auseinanderreißen. Obgleich Asya Sophie nachher geißelte, obgleich er sich nicht scheute, mit dem Ziemer ihren Kopf zu schlagen, war ihr diese Begegnung doch ein Labsal. Ein andermal, da sie Asyas Tücher und Fußlappen an der Furt wusch, bemerkte Sophie in der Ferne Evchen, die mit Wassereimern herkam. Evchen stöhnte unter der Last der Eimer. Ihre Gestalt war schon sehr verändert, schwerfällig geworden, aber ihre Züge erinnerten Sophie, obwohl sie mit dem Jaschmak verhüllt waren, an Adam – und ihr Herz erfaßte ein solcher Schmerz, daß sie auf einen Augenblick die Besinnung verlor. Sie sprachen vor Angst kein Wort miteinander.

Diese Angst ertötete allmählich alle Empfindungen Sophiens, bis sie endlich als die einzige zurückblieb an Stelle der früheren Wünsche, Hoffnungen und Erinnerungen. Nicht geschlagen zu werden – das war's allein, wonach sie strebte. Bärbchen hätte an ihrer Stelle Asya mit seinem eigenen Dolche am ersten besten Tage getötet, ohne Rücksicht auf das, was nachher hätte geschehen können. Aber die furchtsame Sophie, die noch ein halbes Kind war, hatte nicht Bärbchens

15   Jaschmak = türkisches Schleiertuch.

Blut, und so kam es endlich dahin, daß sie es für eine Gnade ansah, wenn der entsetzliche Asya, von augenblicklicher Begierde hingerissen, sein häßliches Gesicht an ihre Lippen legte. Wenn sie im Zelte saß, wandte sie kein Auge von ihrem Herrn und suchte zu erkennen, ob er zornig oder nicht zornig war, folgte jeder seiner Bewegungen, um seine Wünsche zu erraten.

Wenn sie dieselben falsch erriet, wenn, wie dereinst dem alten Tuhaj-Bey, die Hauer unter seinem Schnurrbart aufblitzten, dann krümmte sie sich fast bewußtlos vor Schrecken zu seinen Füßen, drückte ihre blassen Lippen an seine Stiefel, umfaßte krampfhaft seine Knie und schrie wie ein gemartertes Kind: Schlage mich nicht, Asya, vergib, schlage mich nicht! – Er vergab ihr fast nie; er peinigte sie nicht bloß, weil sie nicht Bärbchen war, – war sie doch einst die Verlobte Nowowiejskis gewesen! Asya hatte ein unerschrockenes Herz; aber so furchtbar war die Abrechnung zwischen ihm und Nowowiejski, daß den jungen Lipker bei dem Gedanken an diesen Riesen mit der Rache im Herzen eine gewisse Unruhe erfaßte. Der Krieg stand bevor, sie konnten sich begegnen, ja, es war wahrscheinlich, daß sie aufeinanderstießen. Asya vermochte nicht, sich von diesen Gedanken zu befreien, und da dieselben ihm sehr oft kamen, wenn er Sophie sah, so nahm er an ihr Rache dafür, als wollte er die eigene Unruhe durch die Streiche vertreiben, mit welchen er sie peinigte.

Endlich war der Augenblick gekommen, da der Sultan den Befehl zum Aufbruch gab. Die Lipker und mit ihnen der ganze Troß der Tataren der Dobrudscha und Nowogrods sollten den Vortrab bilden; so war es zwischen dem Sultan, dem Vezier und dem Kaimakam abgemacht. Aber zu Anfang, besonders bis zum Balkan, gingen sie alle zusammen. Der Marsch war nicht lästig, denn wegen der beginnenden Hitze marschierten sie nur in der Nacht sechs Stunden lang und machten dann Halt. Pechtonnen erhellten ihren Weg, und die Massaldschiralen leuchteten dem Sultan mit ihren bunten Fackeln. Das Menschenmeer ergoß sich über die endlosen Ebenen, füllte, den Heuschrecken gleich, die tiefen Täler und bedeckte die Höhen der Berge. Dem bewaffneten Volk zogen die Wagenburgen mit dem Harem nach; ihnen folgten zahllose Herden. Aber in den Brüchen vor dem Balkan war der goldige und purpurne Wagen Kassekas so tief eingesunken, daß zwanzig Büffel ihn nicht aus dem Sumpfe ziehen konnten. »Ein böses Vorzeichen, Herr, für dich und dein ganzes Heer«, sagte der höchste Mufti zum Sultan. – Ein böses Vorzeichen! wiederholten im Lager die halb wahnsinnigen Derwische. Und der Sultan erschrak und beschloß, alle Frauen, auch die wunderschöne Kasseka, aus dem Lager zu entfernen.

Der Befehl wurde dem Heere verkündet. Diejenigen der Soldaten, die nicht wußten, wo sie ihre Sklavinnen hinschicken sollten, und die aus Liebe sie nicht der Wollust preisgeben mochten, zogen es vor, sie zu töten; andere wurden zu Tausenden von den Bazaren der Karawanserai aufgekauft und später auf den Märkten Stambuls und in den Städten des nahen Asiens verhandelt. Drei Tage dauerte der große Jahrmarkt. Asya stellte ohne Zögern Sophie zum Verkauf. Sofort erstand sie für gutes Geld ein reicher, alter Südfruchthändler aus Stambul für seinen Sohn. Es war ein guter Mensch, denn als Sophie weinte und ihn darum beschwor, kaufte er auch von Halim, freilich für einen sehr geringen Preis, ihre Mutter. Am folgenden Tage wanderten sie beide den Weg nach Stambul mit einer großen Zahl anderer Frauen. In Stambul ward Sophies Los, ohne weniger schmachvoll zu sein, doch ein besseres. Der neue Besitzer hatte sie gern und erhob sie nach Verlauf einiger Monate zur Würde seiner Gemahlin. Ihre Mutter verließ sie nicht mehr.

Viele Menschen, unter ihnen auch viele Frauen, pflegten, oft sogar nach langer Sklaverei, in die Heimat zurückzukehren. Es soll auch jemand mit allen Mitteln, mit Hilfe von Armeniern, von griechischen Kaufleuten, von Boten der Republik, Sophie gesucht haben, aber ohne Erfolg. Später brachen die Nachforschungen nach ihr plötzlich ab, und Sophie sah ihre Heimat und ihre Angehörigen nie wieder.

Sie verblieb bis an ihr Lebensende im Harem.

20. Kapitel

Noch ehe die Türken von Adrianopel ausgerückt waren, herrschte ein lebhaftes Treiben in allen Grenzwarten am Dniestr; besonders nach Chreptiow, das Kamieniez am nächsten lag, kamen häufig Berittene vom Hetman und brachten allerlei Befehle, die der kleine Ritter entweder selbst ausführte oder, wenn sie ihn nicht betrafen, durch zuverlässige Leute vermitteln ließ. Die Folge war, daß die Besatzung von Chreptiow sich stark verminderte; Motowidlo zog mit den Seinen bis nach Human, Hanenko zu Hilfe, der mit einer Handvoll Kosaken, die der Republik treu geblieben waren, Doroschenko und der mit ihm verbündeten krimschen Horde trotzte, so gut es ging. Muschalski, der unvergleichliche Bogenschütze, Snitko, Nienaschyniez und Hromyka führten die genossenschaftliche Fahne und die Linkhausenschen Dragoner nach Batoh unseligen Angedenkens, wo Luschezki stand, der in Gemeinschaft mit Hanenko Doroschenkos Bewegungen beobachten sollte. Bogusch erhielt den Befehl, so lange in Mohylow auszuhalten, bis er mit bloßem Auge die herannahenden Tatarenscharen erblicke; auch den berühmten Ruschtschyz suchten die Befehle des Hetmans auf, ihn, der nur von Michael Wolodyjowski im Scharmützel übertroffen wurde. Aber Ruschtschyz war an der Spitze von hundert Mann in die Steppe gezogen und spurlos verschwunden. Erst später hörte man von ihm; es verbreiteten sich seltsame Gerüchte, daß um Doroschs Wagenburg und die Horde ein böser Geist kreise, der täglich einzelne Krieger und kleinere Banden wegraffe. Man vermutete, es sei Ruschtschyz, der den Feind überliste, denn kein anderer, mit Ausnahme des kleinen Ritters, hätte ihn so zu hintergehen vermocht. Wirklich war es auch so.

Herr Michael sollte, wie schon früher bestimmt war, nach Kamieniez gehen, denn dort brauchte ihn der Hetman, der wohl wußte, er gehöre zu denjenigen Kriegern, deren Anblick Mut in die Herzen goß und die Begeisterung der Einwohner wie der Besatzung mit sich riß. Der Hetman war überzeugt, daß Kamieniez sich nicht halten werde, aber es war ihm darum zu tun, es solange wie möglich zu verteidigen, so lange besonders, bis die Republik Kräfte zu seinem Entsatz gesammelt hatte. In dieser Überzeugung schickte er den berühmtesten Ritter der Republik und zugleich den beliebtesten Krieger in den sicheren Tod. In den Tod schickte er den bewährtesten Krieger, und es tat ihm nicht wehe. Der Hetman dachte immer so, wie er später in Wien sagte, daß die Kriegsgöttin wohl Männer gebären, der Krieg aber sie nur töten könne. Er selbst war bereit zu sterben und hielt die Todesbereitschaft für die einfachste Pflicht des Kriegers. Wenn er durch den Tod einen großen Dienst leisten kann, so ist dieser Tod eine Gunst und ein besonderer Lohn. Der Hetman wußte auch, daß der kleine Ritter ebenso denke wie er selber.

Zudem war es nicht an der Zeit, an die Schonung des einzelnen zu denken, da die Gefahr Kirchen, Städte, Länder, die ganze Republik bedrohte, und der Osten sich mit nie erlebter Machtentfaltung gegen Europa erhob, um die ganze Christenheit zu unterwerfen, die, gedeckt von der Brust der Republik, nicht daran dachte, ihr zu Hilfe zu eilen. Darum wollte der Hetman, daß erst Kamieniez die Republik schütze, und diese dann den Rest der Christenheit.

Das hätte auch geschehen können, wenn sie Kraft gehabt, wenn nicht die Mißwirtschaft sie zerfressen hätte. Der Hetman besaß nicht einmal genügende Streitkräfte zur Vorpostenaussendung, geschweige denn zu einem Kriege. Hatte er eine Anzahl Soldaten an einen Ort geworfen, so entstand alsbald an einem anderen eine Bresche, durch welche der Strom der Übermacht sich ohne Behinderung ergießen konnte. Die Wachen, welche der Sultan zur Nachtzeit in seinem Lager aufstellte, waren zahlreicher als die Fahnen des Hetmans; die Flut kam von zwei Seiten; vom Dniestr und von der Donau, und da Dorosch mit der ganzen krimschen Horde näher war, die schon das Land sengend und mordend überflutete, so zogen die Hauptfahnen gegen ihn; für die andere Richtung fehlte es an Mannschaften selbst zur Auskundschaftung.

In dieser schweren Bedrängnis schrieb der Hetman an Herrn Wolodyjowski folgende wenige Zeilen:

»Ich habe es schon hin und her erwogen, ob ich Dich nicht von Raschkow aus dem Feind entgegenschicken soll; aber ich fürchte, wenn die Horde in sieben Armeen sich vom Moldauischen Ufer her ergießt und das Land überströmt, so wird es Dir nicht gelingen, Dich nach Kamieniez durchzuschlagen, und dort bist Du durchaus nötig. Erst gestern fiel mir Nowowiejski ein; er ist ein erfahrener Soldat und ein entschlossener Mann, und da der Mensch in seiner Verzweiflung alles wagt, so hoffe ich, er wird mir gute Dienste leisten. Was Du an leichter Reiterei entbehren kannst, schicke ihm hin, er aber rücke soweit wie möglich vor, zeige sich überall, verbreite das Gerücht von unserem großen Heere, und wenn der Feind in Sicht ist, soll er ihm hier und da vorüberhuschen, ohne sich fassen zu lassen. Es ist bekannt, welchen Weg sie nehmen, wenn er aber etwas Neues bemerkt, soll er Dir sofort Mitteilung machen, und Du schickst die Nachricht unverzüglich zu mir und nach Kamieniez. Nowowiejski soll bald ausrücken, und auch Du halte Dich bereit, nach Kamieniez aufzubrechen; warte aber noch, bis von Nowowiejski die Mitteilungen von der Moldau kommen.«

Da Nowowiejski augenblicklich in Mohylow weilte, und da es hieß, er werde ohnehin nach Chreptiow kommen, ließ ihm der kleine Ritter nur melden, er solle seine Reise beschleunigen, da seiner in Chreptiow ein Auftrag von seiten des Hetmans harre.

Nowowiejski kam zwei Tage darauf. Seine Freunde erkannten ihn kaum und dachten, Bialoglowski habe ihn nicht mit Unrecht ein Gerippe genannt. Das war nicht mehr der prächtige Junge, der übergroße und heitere, der einst dem Feinde mit einem Lachen entgegenstürzen konnte, das dem Wiehern des Pferdes glich, und der mit einem Schwunge um sich hieb, als ob sich Windmühlenflügel bewegten. Er war hager, gelblich, düster geworden, und in dieser Hagerkeit erschien er noch riesenhafter; er blinzelte die Menschen an, als ob er seine besten Bekannten nicht wiedererkenne; man mußte ihm auch zwei-, dreimal dasselbe wiederholen, denn er schien nicht zu begreifen. In seinen Adern schien Gram statt Blut zu rinnen; offenbar bemühte er sich, an gewisse Dinge nicht zu denken, und zog vor, zu vergessen, um nicht wahnsinnig zu werden.

Zwar gab es in diesen Gegenden kaum einen Menschen, kaum eine Familie, kaum einen Offizier im Heere, den nicht ein Unglück von heidnischer Hand betroffen hätte, der nicht irgend einen seiner Bekannten, seiner Freunde, den eigenen Teuren beweinte; aber über Nowowiejski war geradezu ein Wolkenbruch von Unglück niedergegangen. An einem Tage hatte er den Vater, die Schwester, die Braut verloren, die er mit allen Fasern eines reichen Herzens liebte. Wäre doch die Schwester und das süße, geliebte Mädchen lieber gestorben, wäre sie lieber vom Schwerte oder von der Flamme vernichtet! Aber ihr Schicksal war ein solches, daß der Gedanke an sie die furchtbarste Pein für Nowowiejski bedeutete. Er gab sich die erdenklichste Mühe ihn abzuwehren, denn er empfand, daß die Erinnerung an Wahnsinn grenze; – aber er konnte nicht, wie er wollte.

So war seine Ruhe nur eine scheinbare. In seinem Herzen fand Ergebenheit durchaus keinen Raum, und auf den ersten Blick konnte man leicht erraten, daß unter dieser Starrheit etwas Unheildrohendes, Entsetzliches sich verberge, und daß dieser Riese, wenn es zum Ausbruch kam, furchtbare Taten vollbringen werde, wie das entfesselte Element. Das stand so deutlich auf seiner Stirn geschrieben, daß selbst die Freunde sich ihm nur mit einer gewissen Scheu näherten, und in der Unterhaltung mit ihm jede Erwähnung dessen, was geschehen war, vermieden.

Der Anblick Bärbchens in Chreptiow weckte in ihm den leicht verharschten Schmerz; da er zum Willkommen ihre Hände küßte, begann er zu stöhnen, wie ein verwundeter Auerochs; seine Augen überzogen sich blutigrot, und die Adern an seinem Hals schwollen wie Stricke an. Und als Bärbchen in Tränen ausbrach und mit der Innigkeit einer Mutter mit ihren Händen seinen Kopf umfaßte, fiel er ihr zu Füßen, und man konnte ihn lange nicht von ihr reißen. Als er aber vernahm, welchen Auftrag der Hetman ihm gegeben, belebte er sich sichtlich, ein Strahl furchtbarer Freude blitzte in seinen Zügen auf, und er sagte:

»Das will ich tun, das will ich und noch mehr!«

»Und wenn du den tollen Hund dort triffst, so zieh' ihm das Fell über die Ohren«, warf Sagloba ein.

Nowowiejski sagte kein Wort, er blickte nur Sagloba an; plötzlich leuchtete der Wahnsinn in seinen Augen auf, er erhob sich und ging auf den alten Edelmann zu, als wolle er sich über ihn stürzen.

»Und glaubt Ihr's wohl, daß ich diesem Menschen in meinem Leben nichts Böses zugefügt habe, daß ich ihm immer freundlich begegnet bin?«

»Ich glaube, ich glaub's«, antwortete Sagloba hastig und zog sich klüglich hinter den kleinen Ritter zurück. »Ich selbst ginge mit dir, aber das Podagra kneift mich in den Füßen.«

»Nowowiejski«, sagte der kleine Ritter, »wann willst du ausrücken?«

»Heute nacht.«

»Ich gebe dir hundert Dragoner; ich selbst bleibe mit dem zweiten Hundert und dem Fußvolk hier. Komm' auf den Maidan.«

Und sie gingen hinaus, um die Befehle zu erteilen. An der Schwelle stand, schnurstracks aufgerichtet, Sydor Luschnia. Das Gerücht von der Expedition hatte sich schon verbreitet, darum bat der Wachtmeister in seinem und seiner Kompagnie Namen den kleinen Hauptmann, er möge ihm gestatten, mit Nowowiejski zu gehen.

»So, also du willst mich verlassen?« fragte Michael verwundert.

»Herr Kommandant, wir haben es diesem Schurken geschworen, vielleicht fällt er in unsere Hände.«

»Ja, Ihr habt recht, Sagloba hat mir davon erzählt«, antwortete der kleine Ritter. Luschnia wandte sich an Nowowiejski.

»Herr Kommandant!«

»Was willst du?«

»Wenn wir ihn bekommen, überlaßt ihn mir.«

In dem Gesicht des Masuren malte sich eine so furchtbare, tierische Wut, daß Nowowiejski sich sogleich vor Michael verbeugte und bittend sagte:

»Gebt mir diesen Mann.«

Michael erhob keinen Widerspruch, und an demselben Abend, gegen Anbruch der Nacht, rückten hundert Berittene unter Nowowiejskis Führung ab.

Sie benutzten die bekannte Heerstraße über Mohylow und Jampol. In Mohylow stießen sie auf die alte Besatzung von Raschkow, von der sich zweihundert Mann auf Grund eines Befehls vom Hetman mit Nowowiejski verbanden; der Rest sollte unter Führung Bialoglowskis nach Mohylow gehen, wo Bogusch stand. Nowowiejski zog nach Raschkow hinab.

Die Umgegend von Raschkow war schon eine völlige Wüste; das Städtchen selbst hatte sich in einen Aschenhaufen verwandelt, den die Winde in alle vier Himmelsrichtungen trieben. Die wenigen Einwohner waren vor dem Schrecken des Unwetters geflohen. Es war zu Anfang Mai, und die Horde konnte jeden Tag in Sicht kommen, darum war es gefährlich am Orte zu bleiben. In Wirklichkeit standen die Horden mit den Türken noch in der Ebene von Kantschukar, aber davon wußte man nichts in den Schluchten von Raschkow, und deshalb brachte ein jeder Einwohner dieses Ortes, welcher der letzten Metzelei entgangen war, sein Haupt in Sicherheit, wo er sie finden konnte.

Luschnia überdachte den ganzen Weg die Mittel und Kniffe, deren nach seiner Meinung Nowowiejski sich bedienen mußte, wenn er mit Erfolg seine Überlistung ins Werk setzen wollte. Diese seine Gedanken teilte er gnädig den Gemeinen mit.

»Ihr Pferdeköpfe«, sagte er zu ihnen, »ihr versteht das freilich nicht, aber ich alter Bursch verstehe mich darauf. Wir kommen nach Raschkow; dort verbergen wir uns in den Schluchten und warten. Die Horde kommt an die Furt; erst werden sie einige Streifzüglerscharen übersetzen, wie das bei ihnen Brauch ist, und die ganze Schar steht und wartet, bis jene ihnen melden, daß keine Gefahr vorhanden. Dann schleichen wir hinter ihnen einher und jagen sie bis nach Kamieniez.«

»So werden wir den Schurken nicht bekommen können«, bemerkte einer von den Soldaten.

»Halts Maul!« versetzte Luschnia. »Wer soll sonst in der Vorhut gehen, wenn nicht die Lipker?«

Des Wachtmeisters Vermutung schien sich zu bewahrheiten. Nowowiejski ließ die Soldaten, sobald Raschkow erreicht war, ausruhen. Sie waren schon alle fest überzeugt, daß sie dann zu den Höhlen ziehen, an denen die ganze Gegend so reich war, und daß sie dort die Ankunft der ersten feindlichen Streifzügler erwarten würden.

Aber am zweiten Tage der Rast rief der Kommandant die Fahne schon auf und führte sie bis hinter Raschkow.

»Bis nach Jahorlik gehen wir also«, sagte sich der Wachtmeister.

Inzwischen hatten sie sich unmittelbar hinter Raschkow dem Flusse genähert, und wenige Minuten darauf standen sie an der sogenannten »blutigen Furt«. Nowowiejski sprach kein Wort; er trieb sein Pferd ins Wasser und setzte an das andere Ufer über. Die Soldaten sahen sich verwundert an. – »Wie, gehen wir ins Türkenlager?« – fragte einer den anderen; aber sie waren nicht die »Herren« vom allgemeinen Aufgebot, die stets zu Beratungen und Protesten bereit waren, es waren schlichte Soldaten, gewöhnt an die eiserne Zucht der Grenzwachten. So trieben sie denn ihre Pferde ins Wasser dem Kommandanten nach, erst die erste Reihe, dann die zweite und dritte; es gab auch nicht das geringste Zögern. Sie wunderten sich, daß sie mit ihren dreihundert Pferden ins türkische Reich gehen sollten, dem die ganze Welt nicht beikommen konnte, aber sie gingen. Bald begann das aufgerührte Wasser die Seiten der Pferde zu schlagen, und sie hörten auf, sich zu wundern und dachten nur daran, daß die Speise- und Futterbeutel nicht naß wurden.

Erst am anderen Ufer sahen sie einander von neuem an. – »Bei Gott, so sind wir im Moldauischen!« – ging es leise von Mund zu Mund. Sie blickten hinter sich über den Dniestr, der in der untergehenden Sonne funkelte wie ein goldiges, rotes Band. Die höhlenreichen Felsen am Ufer badeten sich ebenfalls im hellen Schein; sie erhoben sich wie eine Mauer, die in diesem Augenblick eine Handvoll Menschen von ihrem Vaterland trennte. Für alle von ihnen bedeutete dies gewiß den letzten Gruß.

Luschnias Kopf durchschwirrte der Gedanke, der Kommandant sei vielleicht von Sinnen; aber des Kommandanten Sache war es, zu befehlen, die seine, zu gehorchen.

Die Pferde hatten das Wasser durchschritten und begannen heftig zu wiehern. – »Glückauf!« riefen alsbald die Soldaten, denn man betrachtete es als ein günstiges Vorzeichen, und ihre Herzen erfüllte Tapferkeit.

»Vorwärts!« kommandierte Nowowiejski.

Die Reihen rückten vor; sie zogen der untergehenden Sonne entgegen, jenen Tausenden, jenem Menschengewimmel, jenen Völkerschaften, die auf der Ebene von Kantschukar standen.

Nowowiejskis Übergang über den Dniestr und der Zug seiner dreihundert Degen gegen die Macht des Sultans, die Hunderttausende von Kriegern zählte, waren Taten, die ein Mensch, der des Krieges unkundig ist, für Taten des Wahnsinns halten könnte. Und doch war es nur ein kühn unternommener Kriegszug, der zudem Aussicht auf Erfolg hatte. Denn es begegnete den Streifzüglern jener Zeit öfter, gegen hundertfach zahlreichere Scharen von Tataren zu kämpfen, ihnen die Stirn zu bieten, um dann zu fliehen, und den Verfolgern ein Blutbad zu bereiten, wie der Wolf oft die Hunde hinter sich herlockt, um sich im gegebenen Augenblick umzuwenden und den gefährlichsten Kläffer abzuschlachten. Das Wild ward im Augenblick zum Jäger; es floh, es verbarg sich, aber eben noch verfolgt, ward es selbst zum Verfolger, machte einen unvermuteten Überfall und biß mit tödlicher Wunde. Das war die sogenannte »Tatarenlist«; es kam darauf an, einander an Schlauheit und Verwegenheit zu übertreffen. Den größten Ruhm in solcher Tatarenlist hatte Herr Wolodyjowski erworben, dann Ruschtschyz, Piwo und Motowidlo; aber auch Nowowiejski, der von Jugend auf in der Steppe lebte, gehörte zu denen, die man unter den Berühmtesten nannte. So war es auch höchst wahrscheinlich, daß er der Horde die Spitze bieten und sich nicht werde umzingeln lassen.

Sein Zug hatte auch darum Aussicht auf Erfolg, weil jenseits des Dniestr wüste Länder sich hinzogen, in denen man leicht ein Versteck fand. Hier und da nur erhoben sich an den Flußufern menschliche Ansiedelungen; im allgemeinen aber war das Land wenig bewohnt, in der Nähe der Ufer felsig und hügelig, weiterhin steppenreich und von Wäldern bedeckt, in denen sich zahlreiche Herden von Wild aufhielten, von dem wilden Büffel bis zu Hirschen, Rehen und wilden Schweinen.

Da der Sultan vor dem großen Heereszug »seine Kräfte messen wollte«, zogen auch die an der Dniestr-Niederung lebenden Horden von Bialogrod und die noch weiter wohnenden der Dobrudscha auf Befehl des Padischahs weit über den Balkan hin; ihnen folgten die Kalaraschen der Moldau, so daß das Land noch öder ward, und daß man ganze Wochen wandern konnte, ohne von einem Menschen erblickt zu werden.

Nowowiejski kannte indessen zu gut die Gebräuche der Tataren, um nicht zu wissen, daß, wenn ihre Scharen einmal die Grenze der Republik überschritten hatten, sie vorsichtig eindringen und sorgsam nach allen Seiten Ausschau halten würden. Hier aber, in ihrem eigenen Bereiche, pflegten sie in breiten Gliedern zu marschieren, ohne jegliche Vorsicht. Dem Tode zu begegnen, wäre den Tataren wahrscheinlicher gewesen, als mitten in Bessarabien, an der äußersten Grenze der tatarischen Lande auf Heere derselben Republik zu stoßen, die Mangel an Kriegern zur Verteidigung der eigenen Grenzen litt.

Nowowiejski hoffte daher, daß sein Streifzug zunächst den Feind in Erstaunen setzen und daher noch größeren Nutzen bringen werde, als der Hetman erwartete, dann, daß er für Asya und die Lipker verderblich sein könne. Der junge Hauptmann konnte leicht erraten, daß die Lipker und Tscheremissen, welche die Republik vortrefflich kannten, in der Vorhut gehen würden, und auf diese sichere Vermutung baute er seine Hoffnung. Den verhaßten Asya plötzlich zu überfallen und zu fassen, ihm vielleicht die Schwester und Sophie zu entreißen, sie aus der Sklaverei zu entführen, seine Rache zu nehmen und dann selbst im Kampfe unterzugehen – das war alles, was sein zerrissenes Herz begehrte.

Unter dem Eindruck dieser Gedanken und Hoffnungen ward Nowowiejski allmählich von seiner Starrheit befreit, er lebte wieder auf. Der Marsch durch die unbekannten Landstriche, die großen Mühsale, der frische Wind, der durch die Steppen strich, der Zauber der letzteren, und die Gefahren des kühnen Unternehmens kräftigten seine Gesundheit und gaben ihm die alte Stärke wieder. Der Streifzügler in ihm triumphierte über den gebrochenen Menschen. Bisher hatte nichts in ihm Raum als Erinnerung und Pein, – nun waren seine Gedanken den ganzen Tag darauf gerichtet, wie der Feind zu hintergehen und zu dezimieren sei.

Als sie den Dniestr durchschritten hatten, gingen sie seitwärts in der Richtung des Pruth hinab, den Tag häufig in Wäldern und Schilf verborgen, die Nacht in geheimnisvollen Eilmärschen. Das Land, das jetzt noch wenig bewohnt ist, und das zu jenen Zeiten hauptsächlich von Nomaden bevölkert wurde, war zum größten Teil wüst. Sehr selten stieß man auf Kukuruzfelder, an die sich Ansiedelungen anlehnten. Auf ihren geheimen Wegen bemühten sie sich, größere Ansiedelungen zu umgehen, doch kehrten sie auch kühn in kleinere ein, die aus einer, zwei, drei oder selbst einigen zehn Hütten bestanden, denn sie wußten, daß es keinem der Einwohner einfallen würde, ihnen vorauszueilen nach Budschiak, um die Tataren zu warnen. Luschnia achtete übrigens darauf, daß dies nicht geschehe; bald aber gab er auch diese Vorsicht auf, denn er überzeugte sich, daß die wenigen Ansiedler, die allerdings Untertanen des Sultans waren, selbst in Angst das Herannahen der türkischen Heere erwarteten, daß sie ferner gar keine Ahnung hatten, welcher Herkunft die Leute waren, die zu ihnen kamen, und die ganze Abteilung für Karalaschen hielten, die mit anderen auf Befehl des Sultans vorüberkamen.

Es wurden ihnen auch ohne Widerstand Kukuruzkuchen, gedörrtes Büffelfleisch und getrocknete Kornelkirschen gereicht. Jeder Ansiedler hatte sein Häuflein Schafe, Büffel und Pferde, die an den Flüssen versteckt gehalten wurden. Von Zeit zu Zeit stießen sie auch auf sehr zahlreiche Herden halbwilder Büffel, die von Hirten gehütet wurden. Letztere zogen in der Steppe umher und blieben am Orte in Zelten nur so lange, als Futter reichlich vorhanden war. Oft stießen sie auf alte Tataren. Nowowiejski umzingelte diese »Büffelhüter« mit solcher Vorsicht, als handelte es sich um Tatarenbanden. Den Umzingelten entzog er die Nahrung, damit sie nicht nach Budschiak das Gerücht von ihrem Anmarsch verbreiteten. Besonders gegen die Tataren war er erbarmungslos. Erst fragte er sie nach allen Wegen aus, oder richtiger nach den unwegsamsten Richtungen, dann ließ er sie ohne Mitleid niedermetzeln, damit auch nicht einer entkomme; sodann nahm er aus der Herde soviel Stück, als er brauchte, und setzte seinen Weg fort. Je weiter sie nach dem Süden vordrangen, um so häufiger begegneten sie zahlreichen Herden, die fast stets von Tataren gehütet waren. Im Laufe eines zweiwöchentlichen Marsches umzingelte Nowowiejski drei Hirtenbanden und rieb sie gänzlich auf. Die Dragoner nahmen ihnen ihre von Ungeziefer starrenden Schafpelze ab, reinigten sie über dem Feuer und legten sie selbst an, um so den wilden »Tschabantschuken«[16] und Schafhirten ähnlich zu werden. In der zweiten Woche waren sie fast alle schon tatarisch gekleidet und sahen ganz aus wie eine Bande Tataren. Nur die gleichmäßige Waffe der regulären Reiterei war ihnen geblieben; die Reitkoller verbargen sie unter den Gerätschaften, um sie auf dem Rückweg wieder anzulegen. In der Nähe hätte man an den hellen, masurischen Schnurrbärten und den blauen Augen ihre Herkunft erkennen können, aber aus der Entfernung mußte das geübteste Auge bei ihrem Anblick sich irren, um so mehr, als sie auch noch die Herden vor sich hertrieben, deren sie zu ihrer Ernährung bedurften.

Als sie in die Nähe des Pruth kamen, gingen sie am linken Ufer des Flusses stromabwärts. Da die Heerstraßen von Kutschmin völlig verwüstet waren, konnte man leicht vorhersehen, daß die Scharen des Sultans und ihnen voraus die Horden über Falesi, Husch, Kotimore und dann die walachische Heerstraße ziehen würden, um entweder auf den Dniestr zu einzubiegen oder schnurstracks durch ganz Bessarabien und in der Gegend von Uschyz sich über die Grenzen der Republik zu ergießen. Nowowiejski war dessen so sicher, daß er immer langsamer vorrückte, der Zeit nicht achtend, und immer vorsichtiger, um nicht allzu plötzlich auf die Tataren zu stoßen. Als er endlich in das Flußdelta gelangte, das von der Sarata und dem Tektisch gebildet wird, blieb er dort lange liegen, erstens um Pferden und Menschen Ruhe zu gönnen, und zweitens, um an diesem gut geschützten Orte die Vorhut der Horde abzuwarten. Der Ort war wirklich gut gewählt, denn das ganze Flußdelta und die äußeren Ufer waren teils mit gemeiner Kornelkirsche bepflanzt, teils von Hundsbeere bewachsen. Das Wäldchen zog sich hin, so weit das Auge reichte, und bedeckte den Boden hier mit undurchsichtigem Dickicht, dort mit Gestrüpp, durch welches öde Flächen grau hindurchschimmerten, die sich zur Anlegung des Maidans eigneten. Um diese Zeit standen die Bäume und Sträucher schon in grünem Schmuck; zu Beginn des Frühlings aber mußte hier ein Meer von gelben und weißen Blüten sich ausbreiten. Der Hain war vollkommen menschenleer, dafür wimmelte er von allerlei Getier: Hirschen, Rehen, Hasen und Geflügel. Hier und da am Saume von Quellen entdeckten die Soldaten auch Spuren von Bären; ein solcher

16 Tschabantschuken = halbwilde, tatarische Büffelhirten.

hatte bald nach der Ankunft der Vorposten-Abteilungen mehrere Schafe getötet. Deshalb nahm sich Luschnia vor, Jagd auf ihn zu machen; da aber Nowowiejski, der ganz im geheimen lagern wollte, die Anwendung der Muskete nicht gestattete, machten sich die Soldaten gegen den Räuber mit Knüppeln und Äxten auf.

Später fand man am Wasser auch Spuren von Herdfeuern, aber sie waren alt, vermutlich aus dem vergangenen Jahre. Offenbar kamen die Nomaden mit ihren Herden des öfteren hierher, vielleicht auch waren es Tataren, die hier die Kirschbäume fällten, um Schäfte daraus zu machen. Aber selbst die sorgfältigsten Nachforschungen vermochten nicht zur Entdeckung eines lebenden menschlichen Wesens zu führen.

Nowowiejski beschloß, nicht weiter zu gehen und hier die Ankunft der türkischen Heere abzuwarten.

Man legte also eine Art Maidan an, es wurden Hütten gebaut, und das Warten begann. An den Rändern des Hains standen nun Wachen, von welchen die einen Tag und Nacht nach Budschiak ausschauten, die anderen nach dem Pruth in der Richtung von Falesi. Nowowiejski wußte, daß er an gewissen Anzeichen das Herannahen der türkischen Heere erraten werde; er schickte überdies kleine Vorposten-Abteilungen aus, an deren Spitze er meist selbst stand. Das Wetter war der Rast in diesem trockenen Lande sehr günstig; die Tage waren glühend, aber in dem Schatten des Dickichts konnte man sich leicht vor der Hitze bergen; die Nächte waren hell, still, vom Monde erleuchtet und vom Gesang der Nachtigallen erfüllt. In solchen Nächten litt Nowowiejski am meisten, denn er konnte nicht schlafen und dachte an das alte Glück und an die trübe Gegenwart. Er lebte nur in dem einen Gedanken, daß, wenn erst das Herz sich an der Rache gesättigt haben würde, er glücklicher, zufriedener sein werde. Und immer näher kam der Zeitpunkt, da er seine Rache ausüben oder untergehen sollte.

So ging Woche um Woche hin, während sie in der Wüste hausten und wachten. In dieser Zeit durchforschten sie alle Wege, alle Schluchten, alle Felder, alle Flüsse und Ströme, raubten sie wieder zahlreiche Herden, metzelten kleinere Haufen von Nomaden nieder und lauerten beständig in diesem Dickicht, wie das wilde Tier auf Beute. Endlich kam der erwartete Augenblick. Eines Morgens sahen sie Scharen von Vögeln, die hoch oben, in den Wolken, und unten über der Erde hinzogen. Trappen, Schneehühner, blaufüßige Wachteln schlichen durch das Gras in das Dickicht; hoch oben flogen Krähen,

Raben, selbst Sumpfvögel, die offenbar an den Ufern der Donau oder aus den Sümpfen der Dobrudscha aufgescheucht waren. Bei diesem Anblick sahen die Dragoner sich an, und – »Sie kommen, sie kommen!« ging es von Mund zu Mund. Die Gesichter belebten sich, die Augen erglänzten, aber in dieser Erregung lag keine Unruhe, denn es waren alles Leute, denen ein Menschenleben in »Tatarengängen« verflossen war; sie hatten ungefähr die Empfindung der Jagdhunde, wenn sie das Wild wittern. Die Wachtfeuer wurden in derselben Minute ausgelöscht, damit der Rauch die Anwesenheit der Menschen nicht verrate, die Pferde gesattelt, und die ganze Abteilung stand marschbereit.

Nun galt es, die rechte Zeit zu finden, um in dem Augenblick über den Feind herzufallen, da er Halt machen würde. Nowowiejski begriff wohl, daß die Heere des Sultans gewiß nicht in kompakter Masse marschierten, besonders, da sie sich im eigenen Lande befanden, wo die Gefahr einer Überrumpelung unwahrscheinlich war. Er wußte auch, daß die Vorhut immer eine oder gar zwei Meilen der Hauptmacht voraus war, und er erwartete mit Recht, daß an der Spitze die Lipker marschierten.

Eine Zeitlang schwankte er, ob er ihnen auf dem geheimen, ihm wohlbekannten Wege entgegengehen, oder ob er ihre Ankunft im Kirschwald erwarten solle. Er entschloß sich zu dem letzteren, da man aus dem Walde leichter in jedem Augenblick einen unerwarteten Überfall wagen konnte. Es verging noch ein Tag, dann eine Nacht, während welcher nicht nur Vögel, sondern auch Landtiere scharenweise ins Dickicht flohen. Am folgenden Morgen kam der Feind schon in Sicht.

Vom südlichen Rande des Kirschwäldchens zogen sich breite, hüglige Auen hin, die am fernen Horizont verschwanden; auf diesem Felde zeigte sich der Feind und näherte sich dem Tekitsch mit ziemlicher Schnelligkeit. Die Dragoner sahen aus dem Dickicht auf die dunkle Masse hin, die bald den Augen entschwand, bald wieder in ihrer ganzen Ausdehnung auftauchte.

Luschnia, der ein vorzügliches Auge hatte, beobachtete lange Zeit angestrengt die heranziehenden Massen; dann näherte er sich Nowowiejski. »Herr Kommandant«, sagte er, »Menschen sind dort nicht viele, nur Herden werden auf die Weide geführt.«

Nowowiejski überzeugte sich bald, daß Luschnia recht hatte, und sein Gesicht leuchtete freudig auf.

»Das heißt, sie machen eine oder zwei Meilen von hier Rast«, sagte er.

»So ist's«, versetzte Luschnia, »sie marschieren offenbar in der Nacht, um die Hitze zu vermeiden, und ruhen am Tage. Ihre Pferde schicken sie bis zum Abend auf die Weide.«

»Siehst du viel Bewachung bei den Pferden?«

Luschnia ging wieder an den Waldsaum und kam erst nach einiger Zeit zurück.

»Anderthalbtausend Pferde können es sein und fünfundzwanzig Menschen sind bei ihnen. Sie fühlen sich im eigenen Lande und fürchten nichts, darum stellen sie keine Wachen aus.«

»Kannst du die Menschen unterscheiden?«

»Sie sind noch fern, aber es sind Lipker. Sie sind unser.«

»So ist's«, sagte Nowowiejski.

Er war überzeugt, daß ihm keiner dieser Leute entgehen werde. Für einen Scharmützler, wie er war, und für solche Soldaten, wie er sie führte, war die Aufgabe nur allzu leicht.

Inzwischen hatten die Pferdehüter ihre Herden immer näher an das Kirschwäldchen herangetrieben. Luschnia ging noch einmal an den Waldsaum; als er zurückkam, leuchtete sein Gesicht vor Freude und Grausamkeit.

»Herr, Lipker sind's, ganz gewiß«, sagte er leise.

Nowowiejski schrie nach Art des Habichts auf, und sofort zog sich die Abteilung Dragoner in das tiefe Dickicht zurück. Dort teilte er seine Mannschaften in zwei Abteilungen; die eine stürzte in den Engpaß, um von dort hinterrücks die Herden und die Lipker zu überfallen, die zweite bildete einen Halbkreis und wartete. Alles das geschah in solcher Stille, daß auch das geübteste Ohr keinen Laut vernommen hätte. Kein Schwert, kein Sporn klirrte, kein Pferd wieherte; die dichten Gräser, die auf dem Boden des Wäldchens wuchsen, dämpften das Getrappel der Hufe. Auch die Pferde schienen zu begreifen, daß der Erfolg des Überfalles von der Stille abhänge, denn sie verrichteten nicht zum ersten Male solchen Dienst. Aus den Engpässen und Dickichten erhoben sich nur die Stimmen der Habichte, immer seltener, immer vereinzelter.

Die Lipkische Herde machte vor dem Wäldchen Halt und verteilte sich in größeren und kleineren Haufen über das Feld. Jetzt stand Nowowiejski selber am Waldsaum und folgte allen Bewegungen der Hirten. Der Tag war schön, es war um die Zeit vor dem Mittag; die Sonne stand hoch und strahlte glühend auf den Boden herab. Die Pferde näherten sich dem Dickicht, und die Hirten kamen an den Wald heran; sie saßen ab und ließen ihre Pferde an der Schlinge grasen; sie selbst gingen Schatten und Kühlung suchend in den Wald hinein und nahmen unter einem größeren Strauche Platz.

Ein Wachtfeuer wurde angezündet, und als die trockenen Reiser Kohlen und Asche ablagerten, legten die Hirten ein halbes Füllen auf die Kohlen; sie selbst setzten sich ein wenig abseits von der Glut. Die einen streckten sich auf den Rasen, andere schwatzten, die Füße in türkischer Art untereinanderschlagend. Ein Pferdehüter blies auf einer Flöte. Im Dickicht herrschte vollkommene Stille, von Zeit zu Zeit schrie ein Habicht auf.

Der Duft des röstenden Fleisches kündigte endlich an, daß der Braten fertig sei, und so zogen zwei Mann ihn aus der Asche und schleppten ihn an das schattige Gebüsch. Dort setzten sie sich im Kreise herum, zerfetzten ihn mit ihren Messern und verschlangen mit tierischer Gefräßigkeit die halbrohen Streifen, deren Blut an ihren Fingern haften blieb und an ihren Bärten herabsickerte. Nachdem sie dann saure Stutenmilch aus Lederbechern getrunken hatten, fühlten sie sich gesättigt; sie plauderten noch eine kurze Weile, dann wurden ihnen Kopf und Glieder schwer. Der Mittag kam und mit ihm eine furchtbare Glut. Der Boden des Waldes schillerte bunt in lichten, zitternden Fleckchen, welche die Sonnenstrahlen bildeten, die durch das dichte Laub fielen. Die Natur war verstummt, selbst die Habichte hatten aufgehört zu schreien.

Einige von den Lipkern erhoben sich und schlichen träge dem Waldsaum zu, um nach den Pferden zu schauen; die anderen lagen hingestreckt wie Leichen, und bald hatte sie die Müdigkeit übermannt. Aber der Schlaf nach dem Fraß mußte schwer und erregend sein, denn bald hörte man es tief aufseufzen, bald sah man einen und den anderen die Augen öffnen und wiederholen: Allah Bismillah!

Plötzlich ließ sich vom Waldsaum her ein leises, aber entsetzliches Echo vernehmen, wie das kurze Röcheln eines erwürgten Menschen, der nicht mehr Zeit gehabt hatte aufzuschreien. Waren die Ohren der

Pferdehüter so wachsam oder warnte sie eine Art tierischer Instinkt vor der Gefahr, oder schwebte endlich der Tod über ihnen in eisigem Wehen, – sie sprangen alle in einem Augenblick aus dem Schlummer auf.

»Was ist das, – wo sind die von den Pferden?« fragte einer den anderen.

Da sagte eine Stimme, die von den Kirschbäumen herkam:

»Die kehren nicht mehr wieder.«

In demselben Augenblick stürzten hundertfünfzig Mann über die Pferdehirten, die vor Entsetzen so starr waren, daß sie keinen Laut von sich geben konnten. Kaum, daß der eine oder der andere nach dem Handschar griff; der Kreis der Angreifer umzingelte sie, das Gebüsch erbebte von dem Andrang der menschlichen Körper, die in ungeordneten Haufen sich hin und her wälzten; man hörte ein scharfes Pfeifen, ein Schnarchen, ein Stöhnen oder Röcheln, aber es dauerte nur einen Augenblick, dann ward alles wieder stumm.

»Wieviel sind am Leben?« fragte eine Stimme aus der Mitte der Angreifer.

»Fünf, Herr Kommandant.«

»Die Körper untersuchen, damit sich keiner noch lebend verberge, und jedem zur Vorsicht mit dem Messer über die Gurgel fahren. Die Gefangenen zum Wachtfeuer!«

Der Befehl wurde sofort ausgeführt, die Leichen wurden am Boden mit ihren eigenen Dolchmessern festgenagelt. Den Gefangenen band man Stöcke an die Füße und legte sie um das Wachtfeuer herum; Luschnia schürte dasselbe, so daß die unter der Asche verborgenen Kohlen an die Oberfläche kamen. Die Gefangenen sahen auf diese Vorbereitungen und auf Luschnia mit stieren Blicken. Es waren unter ihnen drei Lipker aus Chreptiow, und diese kannten den Wachtmeister sehr gut. Auch er erkannte sie und sagte: Nun, Kameraden, nun sollt ihr pfeifen lernen; auf gebratenen Sohlen werdet ihr in das Jenseits einziehen. Aus alter Freundschaft will ich die Kohlen nicht sparen. Bei diesen Worten warf er trockene Reiser in das Feuer, das bald lichterloh brannte.

Aber Nowowiejski kam heran und begann sie auszuforschen. Die Aussage der Gefangenen bestätigte, was der junge Hauptmann zum Teil erraten hatte. Die Lipker und Tscheremissen waren in der Vorhut der Horde und aller Heere des Sultans. Ihr Führer war Asya, Tuhaj-

Beys Sohn, dessen Kommando sie alle unterstanden. Sie marschierten wegen der großen Hitze, wie das ganze Heer, in der Nacht; am Tage führten sie ihre Herden auf die Weide. Sie übten keine Vorsicht, weil niemand vermutete, daß irgend ein Heer sie überfallen könne und in der Nähe des Dniestr, geschweige denn am Pruth in unmittelbarer Nähe, sich verborgen halte. Sie marschierten sorglos mit Herden und Kamelen, welche die Zelte der Oberen trugen. Das Zelt des Mirzen Asya sei leicht zu erkennen, an seiner Spitze sei ein Roßschweif befestigt, und die Häscher pflanzten während der Rastzeit Fahnen auf. Das Lipkische Regiment sei eine kleine Meile zurück, es zähle zwanzig Köpfe, aber ein Teil der Leute sei bei der Horde von Bialogrod zurückgeblieben, die wiederum auf eine Meile Entfernung von der Lipkischen Schar heranziehe.

Nowowiejski fragte sie noch nach dem Wege aus, welcher am leichtesten zu dem Regiment führe, ferner wie die Zelte aufgestellt seien, und endlich begann er nach dem zu forschen, was ihm am meisten nahe ging.

»Sind Frauen im Zelte?« fragte er.

Die Lipker zitterten für ihr Leben. Diejenigen von ihnen, die einst in Chreptiow gedient hatten, wußten sehr wohl, daß Nowowiejski der Bruder der einen dieser Frauen und der Verlobte der anderen sei. Sie begriffen also auch, welche Wut ihn erfassen mußte, wenn er die ganze Wahrheit erführe. Diese Wut konnte sich zunächst gegen sie richten: sie zögerten also erst, aber Luschnia sagte:

»Herr Kommandant, heizen wir diesen Hunden die Sohlen, so werden sie schon sprechen.«

»Rücke ihnen die Füße ins Feuer«, sagte Nowowiejski.

»Erbarmen!« rief Eliasewitsch, ein alter Lipker aus Chreptiow. »Ich will Euch alles sagen, was meine Augen gesehen haben.«

Luschnia sah den Kommandanten fragend an, ob er trotz dieses Versprechens seine Drohung ausführen solle; aber dieser winkte mit der Hand und sagte zu Eliasewitsch:

»Sprich, was hast du gesehen?«

»Wir sind unschuldig, Herr«, antwortete Eliasewitsch, »wir gingen auf Kommando. Unser Mirza hat Ew. Liebden Schwester Herrn Adurowitsch geschenkt, der sie bei sich im Zelte hatte; ich habe sie auf dem Kantschukarischen Felde gesehen, wie sie mit dem Eimer nach Wasser ging, und ich half ihr tragen, denn sie war schwanger ...«

»Wehe!« flüsterte Nowowiejski.

»Das andere Fräulein hat unser Mirza selbst im Zelte gehabt; wir haben sie nicht so oft gesehen, wir haben sie aber manchmal schreien hören, denn der Mirza schlug sie, wenn er sie auch zur Wollust bei sich hatte, täglich mit dem Ochsenziemer und stieß sie mit den Füßen ...«

Nowowiejskis Lippe bebte, Eliasewitsch hörte kaum seine Frage:

»Wo sind sie jetzt?«

»Nach Stambul verkauft.«

»An wen?«

»Das weiß der Mirza selbst gewiß nicht. Es kam der Befehl vom Padischah, daß im Lager keine Frauen gehalten werden sollten; da verkauften sie alle in die Bazare, und der Mirza verkaufte auch.«

Die Nachforschungen waren beendet, und um das Feuer herum herrschte Stille. Von Zeit zu Zeit nur erhob sich ein warmer Südwind und spielte mit den Kirschzweigen, die immer lauter rauschten. Die Luft wurde drückend, am Horizont zeigten sich Wolken, die in der Mitte dunkel waren und an den Rändern kupferfarben glänzten. Nowowiejski entfernte sich vom Feuer und ging wie ein Irrsinniger, ohne zu wissen wohin. Endlich warf er sich mit dem Gesicht auf die Erde und begann den Boden mit den Nägeln zu kratzen, dann biß er sich in die Hände und röchelte, als liege er im Todeskampf. Ein Krampf schüttelte seinen Riesenkörper, und so lag er stundenlang. Die Dragoner sahen ihm aus der Ferne zu, aber selbst Luschnia wagte nicht, sich zu nähern.

Der furchtbare Wachtmeister aber sagte sich, der Kommandant werde nicht zürnen, wenn er die Lipker nicht verschone; er steckte ihnen bloß aus angeborener Grausamkeit Rasen in den Mund, um ihr Schreien zu verhüten, und schlachtete sie ab wie Rinder. Nur den einen, Eliasewitsch, verschonte er, weil er glaubte, er werde ihnen als Führer notwendig sein. Als er mit der blutigen Arbeit fertig war, zog er die noch zitternden Körper vom Feuer fort und legte sie der Reihe nach hin; dann ging er, um nach dem Kommandanten zu sehen.

»Und wenn er wahnsinnig geworden wäre«, brummte er vor sich hin, »wir müssen doch den da bekommen.«

Die Mittagsstunde ging vorüber, der Nachmittag ebenfalls – der Tag neigte sich dem Ende zu. Jene anfänglich kleinen Wolken nahmen das ganze Firmament ein, sie wurden immer dichter und dunkler, ohne den kupferfarbenen Glanz an den Säumen zu verlieren. Sie bewegten sich schwerfällig wie Mühlsteine um ihre eigene Achse; bald gingen sie ineinander über, bald stießen sie eine die andere und kamen in dichten Haufen immer tiefer zur Erde herab. Der Wind fuhr von Zeit zu Zeit mit einem mächtigen Stoße vorüber, wie der Flügelschlag eines Raubvogels, und beugte die Kirschbäume und Hundsbeerensträucher zu Boden, wirbelte eine Staubwolke von Blättern auf und warf sie rasend umher; bald hielt er wieder ein, als sei er in die Erde versunken. In diesem Augenblicke der Stille hörte man in den geballten Wolken ein unheilverkündendes Zischen, Pfeifen und Rauschen. Es war, als sammelten sich die Heerscharen des Donners, als stellten sie sich in einer Schlachtreihe auf, als wollten sie mit dumpfem Knurren ihre eigene Wut und Raserei anstacheln, ehe sie ausbrachen und gegen den verzagten Erdball ihre Keile schleuderten.

»Ein Sturm naht«, flüsterten sich die Dragoner einander zu.

Der Sturm kam, es wurde immer dunkler. Da erhob sich im Osten, von der Dniestrseite her, ein Donner und fuhr mit furchtbarem Getöse über den Himmel weithin gegen den Pruth; dort verstummte er eine Weile, aber bald erhob er sich wieder, dröhnte über die Steppen des Budschiak und verbreitete sich endlich über den ganzen Horizont. Die ersten großen Regentropfen fielen auf den versengten Rasen.

In diesem Augenblick erschien Nowowiejski vor den Dragonern.

»Aufs Pferd!« schrie er mit Donnerstimme.

Kurz darauf rückte er an der Spitze von hundertfünfzig Reitern ab; am Ende des Wäldchens verband er sich mit der anderen Hälfte seiner Leute, welche bei der Herde darauf geachtet hatten, daß keiner der Pferdehirten sich zum Lager stehle. Die Dragoner umritten in einem Augenblick die Herde, indem sie den wilden, den tatarischen Hirten eigenen Schrei ausstießen, und stürmten vorwärts, die aufgeschreckten Pferde vor sich herjagend.

Der Wachtmeister führte Eliasewitsch an der Schlinge und schrie ihm ins Ohr, so laut, daß er das Getöse des Donners übertönte:

»Führe uns, Hundeblut, den ganzen Weg, sonst stoße ich dir das Messer in die Kehle.«

Inzwischen hatten sich die Wolken so tief gesenkt, daß sie fast die Erde berührten. Plötzlich brach es hervor wie Glut aus dem Ofen, und ein entsetzlicher Orkan erhob sich. Blendende Helligkeit zerriß das Dunkel, der Donner krachte, in der Luft verbreitete sich ein Schwefelgeruch. Wieder herrschte Dunkelheit. Entsetzen erfaßte die Pferde; von hinten her durch die wilden Ausrufe der Dragoner aufgescheucht, trieben sie mit offenen Nüstern und fliegender Mähne dahin, ohne die Erde im Laufe zu berühren; der Donner ruhte nicht einen Augenblick, der Wind heulte, und die Reiter jagten rasend dahin in diesem Sturm, in dieser Finsternis, in diesem drohenden Gepolter, von dem die Erde zu bersten schien, getrieben von der Rache, und glichen in dieser öden Steppe dem entsetzlichen Reigen der Vampire oder bösen Geistern.

Der Raum schwand vor ihnen hin, sie brauchten keinen Führer, denn die Herde lief schnurstracks in das Lager der Lipker, das immer näher und näher kam. Noch ehe sie es erreichten, war der Sturm so entfesselt, als wäre Himmel und Erde in Raserei. Der ganze Horizont stand in Feuer. Bei dem Glanze dieser Helligkeit erblickten sie schon aus der Ferne die Zelte in der Steppe. Die Welt bebte vom Donnergepolter. Es schien, als müßten die Wolkenballen jeden Augenblick bersten und über der Erde zusammenstürzen; alle Schleusen des Himmels öffneten sich, und der Regen ergoß sich in Strömen über die Steppe. Eine Meereswoge hüllte die Welt ein, so daß man auf wenig Schritte Entfernung nichts sehen konnte; von der glühenden, versengten Erde erhob sich dichter Dunst.

Einen Augenblick noch, und die Herde und die Dragoner sind im Lager. Aber unmittelbar vor dem Zelte stoben die Pferde in wilder Scheu nach beiden Seiten auseinander. Dreihundert Menschen entrang sich ein furchtbarer Schrei, dreihundert Schwerter erglänzten im Feuerschein der Blitze, und die Dragoner stürzten in die Zelte.

Die Lipker hatten vor dem Ausbruch des Regens beim Schein der Blitze die heranreitende Herde wahrgenommen, aber niemand hatte vermutet, welch furchtbare Hirten sie vor sich hertrieben. Verwunderung und Unruhe ergriff sie darüber, daß die Pferde in gerade Linie auf die Zelte zueilten; sie begannen zu schreien, um die Pferde zu erschrecken. Asya selbst schob den Linnen-Vorhang zur Seite und trat trotz des Regens drohenden Antlitzes hinaus. Aber gerade in diesem Augenblick war die Herde auseinandergestoben, und unter den Strömen des Regens und den Ausdünstungen des Bodens tauchten dunkle, entsetzliche Gestalten in weit größerer Anzahl als die Pferdehirten auf, und ein dröhnender Schrei erklang:

»Schlagt, mordet!«

Es war keine Zeit zu verlieren, ja, es war weder Zeit dazu, nachzudenken, was geschehen war, noch zum Erschrecken. Ein Orkan von Menschen, schrecklicher und wütender als der Sturm, fuhr über das Lager her; ehe Tuhaj-Beys Sohn vermochte, mit einem Schritt in das Zelt zurückzutreten – man hätte glauben können, eine übermenschliche Kraft habe ihn vom Boden erhoben – empfand er plötzlich, daß ihn zwei eiserne Arme umklammert hielten, daß sich seine Knochen unter dieser Umarmung bogen, daß seine Rippen brachen. Einen Augenblick sah er im Nebelscheine ein Gesicht, das furchtbarer als das Antlitz des Teufels anzuschauen war, und ihn verließ das Bewußtsein.

Unterdessen hatte die Schlacht, oder richtiger ein blutiges Schlachten begonnen. Der Sturm, die Dunkelheit, die unbekannte Zahl der Angreifer, die Plötzlichkeit des Überfalles, das Auseinanderstieben der Pferde hatten verursacht, daß sich die Lipker fast gar nicht wehrten; es hatte sie geradezu eine Raserei der Angst ergriffen; niemand wußte, wohin er entfliehen, niemand, womit er sich schützen solle. Viele hatten gar keine Waffen bei sich, viele hatte der Überfall im Schlafe überrascht, und so drängten sie sich betäubt, irre vor Entsetzen, in dichten Haufen zusammen, wälzten sich fort, indem sie einander zu Boden warfen und mit Füßen traten. Die Pferde drängten sie zusammen und warfen sie mit der Brust zu Boden, die Säbel hieben auf sie ein, die Hufe traten sie in den Staub. Der Sturm bricht und verwüstet die junge Waldanpflanzung nicht in gleicher Weise, die Wölfe wüten nicht so in der Herde aufgescheuchter Schafe, wie die Dragoner die Lipker niedertraten und niederhieben. Verwirrung von der einen Seite, Wut und Rachedurst von der anderen machten das Maß der Niederlage voll. Ströme Blutes vermischten sich mit dem Regen; den Lipkern war, als stürze der Himmel über sie ein, als tue sich die Erde zu ihren Füßen auf. Das Krachen der Donner, das Leuchten der Blitze, das Rauschen des Regens, die Finsternis, das Entsetzen des Sturmes begleiteten das furchtbare Echo der Metzelei. Die Pferde der Dragoner, gleichfalls von Schrecken erfaßt, stürzten sich wie wahnsinnig in das Menschengewühl und mähten die Feinde nieder. Endlich begannen kleinere Haufen zu entweichen, aber sie hatten in so hohem Grade die Kenntnis des Ortes verloren, daß sie im Kreise auf das Schlachtfeld wieder zurückritten, anstatt geradeaus zu fliehen, – sie prallten oft aufeinander, wie zwei entgegengesetzte Wogen, rieben sich gegenseitig auf und kamen unter das eigene Schwert. Endlich hatte man die Reste völlig zerstreut, nach allen Seiten gejagt, auf der Flucht während der Verfolgung ohne Gnade niedergemacht, und auch nicht einen lebendig eingefangen, bis endlich die Trompeten im Lager die Verfolger zurückriefen.

Nie war ein Überfall unerwarteter, nie eine Niederlage furchtbarer. Dreihundert Mann hatten nahezu zweitausend trefflicher Krieger der Reiterei, die unendlich die gewöhnlichen Tatarenscharen an Gewandtheit übertrafen, in alle vier Winde zerstreut. Der größere Teil lag hingestreckt inmitten der roten Pfützen, die der Regen, vermischt mit dem Blute, bildete; der Rest hatte zerstreut Schutz gefunden, dank der Dunkelheit, und war zu Fuß geflohen, blindlings, ohne zu wissen, ob er nicht wieder dem feindlichen Schwerte begegne. Den Siegern hatte der Sturm und der Nebel geholfen, als ob der Zorn Gottes auf ihrer Seite gekämpft hätte gegen den Verräter.

Schon war die Nacht hereingebrochen, als Nowowiejski an der Spitze der Dragoner zu den Grenzen der Republik zurückritt. Zwischen dem jungen Hauptmann und dem Wachtmeister Luschnia ging ein Tatarenpferd, auf dessen Rücken, mit Stricken gebunden, bewußtlos und mit gebrochenen Rippen, aber lebendig, der Führer aller Lipker, Asya, Tuhaj-Beys Sohn, lag.

Sie blickten unverwandt nach ihm, als ob sie einen Schatz mit sich führten, den sie zu verlieren fürchteten.

Der Sturm ging allmählich vorüber, am Himmel eilten in schnellem Zuge noch die Wolken dahin, aber zwischen ihnen begannen die Sterne zu schimmern, und sie spiegelten sich in den Teichen, die der Wolkenbruch in den Steppen gebildet hatte.

In der Ferne, dort, wo die Grenzen der Republik waren, grollte noch von Zeit zu Zeit der Donner.

Die Lipkischen Flüchtlinge brachten die Kunde von der Niederlage zur Horde von Bialogrod, und hier vermittelten Boten sie nach Orduihamajun, an das kaiserliche Lager, wo sie einen außerordentlichen Eindruck machte.

Nowowiejski hätte eigentlich nicht gar so schnell mit seiner Beute nach der Republik zu eilen brauchen, denn nicht nur im ersten Augenblick, sondern auch die folgenden Tage setzte ihm niemand nach. Der Sultan war so bestürzt, daß er nicht wußte, was er beginnen sollte; er schickte zunächst Scharen von der Bialogroder und Dobrudscha-Horde aus, um festzustellen, welche Heere in der Umgegend seien.

Sie gingen ungern, denn sie waren um die eigene Haut besorgt. Diejenigen der Bewohner des inneren Asiens oder Afrikas, die nie einen Feldzug gegen Lechistan mitgemacht hatten, und die aus Erzählungen von der furchtbaren Reiterei der Ungläubigen gehört hatten, erfaßte ein Schrecken bei dem Gedanken, daß sie sich schon angesichts dieses Feindes befänden, der nicht im eigenen Lande auf sie wartete, sondern sie sogar im Reiche des Padischahs aufsuchte. Der Großvezier selbst und die »zukünftige Sonne des Krieges«, der Kaimakam Kara-Mustapha, wußten auch nicht, was sie von dem Überfall denken sollten. Wie konnte diese Republik, von deren Ohnmacht sie so genaue und zuverlässige Mitteilungen hatten, als Angreiferin auftreten? Das konnte kein türkischer Kopf erraten; kurz, der Anmarsch schien ihnen von jetzt ab schon weniger sicher, schon weniger einem leichten Triumphzug ähnlich. Der Sultan empfing im Kriegsrat den Vezier und den Kaimakam mit drohendem Antlitz.

»Ihr habt mich getäuscht«, sagte er, »die Lechen können nicht so schwach sein, wenn sie uns hier in unserem eigenen Lande aufsuchen. Ihr waret der Meinung, daß Sobieski Kamieniez nicht verteidigen werde, und nun steht er uns wohl gar mit einem ganzen Heere gegenüber ...«

Der Vezier und der Kaimakam bemühten sich, dem Herrn zu erklären, daß es irgend eine lose Räuberbande gewesen sein könne; aber angesichts der vorgefundenen Musketen und Gerätschaften, unter welchen sich auch Dragonerkoller befanden, glaubten sie selbst nicht daran. Der über alle Maßen kühne und siegreiche Zug, den Sobieski jüngst in der Ukraine unternommen hatte, ließ vermuten, daß der drohende Feldherr auch jetzt darauf ausging, den Feind zu überraschen.

»Er hat kein Heer«, sagte nach Beendigung des Kriegsrats der Großvezier zu dem Kaimakam, »aber es wohnt ein Löwe in ihm, der keine Furcht kennt. Wenn er nur einige Zehntausend bei sich hat und zur Stelle ist, so werden wir nur im Blute watend nach Chozim vordringen.«

»Ich würde mich gern mit ihm messen«, sagte der junge Kara-Mustapha.

»Daß Gott dann das Unheil von dir wende!« gab der Großvezier zurück.

Bald aber hatten sich die Scharen von Bialogrod und der Dobrudscha überzeugt, daß nicht nur keine größeren Trupps in der Nähe waren, sondern daß überhaupt kein Heer hier lag. Man hatte aber die Spuren einer Abteilung entdeckt, die ungefähr dreihundert Pferde zählen mochte, und die eilig nach dem Dniestr geritten war. Die Tataren, welchen das Schicksal der Lipker in der Erinnerung stand, folgten ihnen nicht, aus Furcht vor einem Hinterhalt; der Überfall der Lipker blieb etwas Erstaunliches und Unerklärliches, aber allmählich war die Ruhe in Orduihamajun wieder eingekehrt – und die Heerscharen des Padischahs begannen wieder ihren Vormarsch wie eine große Flut.

Inzwischen war Nowowiejski glücklich mit seiner lebendigen Beute nach Raschkow zurückgekehrt. Er war erst schnell geritten, aber die erfahrenen Streifzügler erkannten schon am zweiten Tage, daß sie nicht verfolgt wurden, und ritten also trotz der Eile so, daß sie ihre Pferde nicht allzusehr ermüdeten. Asya ritt stets zwischen Nowowiejski und Luschnia, mit Stricken an den Rücken des Pferdes festgebunden. Da ihm zwei Rippen gebrochen und seine Kräfte sehr geschwächt waren, da ferner die Wunde, die ihm Bärbchen im Gesicht beigebracht, sich während des Ringens mit Nowowiejski und infolge des Rittes mit herabhängendem Kopfe wieder geöffnet und verschlimmert hatte, bemühte sich der furchtbare Wachtmeister um ihn, damit er vor der Ankunft in Raschkow nicht sterbe und die Rache vereitle. Der junge Tatar wollte aber sterben, denn er wußte, was seiner harrte. Endlich beschloß er, sich durch Hunger den Tod zu geben, und wollte keinerlei Nahrung zu sich nehmen; Luschnia aber riß ihm die zusammengebissenen Zähne mit dem Dolch auseinander und flößte ihm mit Gewalt Branntwein und moldauischen Wein ein, in den er geriebenen Zwieback aufgelöst hatte. An den Raststellen übergoß er ihm das Gesicht mit Wasser, damit die Wunden in Aug' und Nase, in die sich während des Rittes Fliegen und Bremsen festsetzten, nicht in Eiterung übergingen und dem unglücklichen Kriegsmann zu früh den Tod gäben. Nowowiejski sprach auf dem Wege kein Wort zu ihm. Einmal nur, gleich bei Beginn des Rückzuges, als Asya um den Preis seiner Freiheit und seines Lebens versprach, Sophie und Evchen zurückzugeben, rief ihm der Hauptmann zu: »Du lügst, Hund! Du hast beide nach Stambul verkauft an einen Händler, der sie im Bazar losschlagen will.«

Man stellte Asya Eliasewitsch gegenüber, der in aller Gegenwart wiederholte:

»So ist's, Effendi, du hast sie verkauft; du weißt selbst nicht an wen, und Adurowitsch hat die Schwester des Herrn verkauft, obwohl sie schon schwanger von ihm war.«

Bei diesen Worten schien es Asya einen Augenblick, als werde Nowowiejski ihn auf der Stelle mit seinen entsetzlichen Händen in Stücke reißen; darum beschloß er später, als er schon jede Hoffnung aufgegeben hatte, den jungen Riesen dahin zu bringen, daß er ihn im Zorn töte, um den ihm bevorstehenden Qualen zu entgehen. Da Nowowiejski aber beständig neben ihm ritt, um ihn nicht einen Moment aus den Augen zu verlieren, begann er sich zu brüsten und schamlos zu prahlen mit dem, was er vollbracht. Er erzählte, wie er den alten Nowowiejski abgeschlachtet, wie er Sophie Boska bei sich im Zelte gehabt, wie er sich an ihrer Unschuld satt genossen, wie er endlich ihren Leib mit dem Ziemer geschlagen, und wie er sie mit Füßen gestoßen habe. Nowowiejski floß der Schweiß in großen Tropfen über das blasse Antlitz; er hörte zu und hatte nicht die Kraft, nicht den Willen, sich zu entfernen; er hörte gierig zu, seine Hände bebten, seinen Körper ergriff ein krampfhaftes Schütteln – aber er beherrschte sich und schlug ihn nicht tot.

Übrigens peinigte Asya, indem er den Feind peinigte, auch sich selbst, denn seine Erzählungen ließen ihm den Jammer der Gegenwart doppelt qualvoll erscheinen. Vor kurzem war er noch der Befehlende, lebte er in Wollust, war er Mirza, der Liebling des jungen Kaimakam – und nun ritt er, an den Rücken des Pferdes gefesselt, und bei lebendigem Leibe von den Fliegen zerfressen, einem entsetzlichen Tode entgegen. Am wohlsten war ihm jetzt, wenn er von dem Schmerz, den ihm die Wunden verursachten, und durch die Ermüdung das Bewußtsein verlor; und das geschah immer häufiger, so daß Luschnia zu fürchten anfing, er werde ihn nicht lebendig heimbringen. Aber sie ritten Tag und Nacht und ließen die Pferde nur so lange ruhen, als durchaus nötig war, und so kam Raschkow immer näher. Die zähe Tatarenseele wollte den zerstörten Körper nicht verlassen. Indessen fieberte Asya in den letzten Tagen beständig; von Zeit zu Zeit verfiel er in tiefen Schlaf. Bisweilen träumte ihm in diesem Fieber oder im Schlaf, er sei noch in Chreptiow, er solle mit Wolodyjowski gemeinsam in den großen Krieg ziehen; dann wieder, daß er Bärbchen nach Raschkow geleite, daß er sie entführt und in seinem Zelte habe. Oft durchlebte er in seinen Fieberträumen Schlachten und Metzeleien, bei welchen er als Hetman der polnischen Tataren unter dem Roßschweif Befehle erteilte. Aber bald kam das Erwachen, und mit ihm das Bewußtsein; dann öffnete er die Augen und sah in das Gesicht Nowowiejskis und Luschnias, sah die Helme der Dragoner, die nunmehr die Widdermützen der Pferdehirten weggeworfen hatten – und diese ganze Wirklichkeit, die so entsetzlich war, daß sie ihm wie ein Gespenst erschien. Bei jeder Bewegung des Pferdes durchzuckte ihn ein Schmerz; seine Wunden brannten immer heftiger, und wieder verlor er das Bewußtsein. Dann brachten sie ihn zu sich, aber er verfiel bald wieder in Fieber, vom Fieber in schweren Schlaf – um dann wieder zu erwachen.

Es gab Augenblicke, in welchen er nicht glauben mochte, daß er dieser unselige Asya sein solle, der Sohn Tuhaj-Beys, und daß sein Leben, so reich an unerhörten Ereignissen, die ihm eine große Bestimmung zu verheißen schienen, so schnell, so elendiglich enden sollte. Oft wieder ging es ihm durch den Kopf, daß er gleich nach Qual und Tod ins Paradies kommen werde; da er aber einst den Glauben Christi bekannt und lange unter Christen gelebt hatte, erfaßte ihn ein Schrecken bei dem Gedanken an Christus. Er dachte, daß er kein Erbarmen mit ihm haben werde; wäre aber der Prophet stärker als Christus, so würde er ihn nicht in Nowowiejskis Hände geliefert haben. Doch könnte der Prophet sich noch seiner erbarmen und die Seele zu sich nehmen, ehe sie ihn zu Tode peinigten.

Inzwischen waren sie ganz in die Nähe von Raschkow gekommen; sie betraten das felsige Land, das die Nähe des Dniestr ankündigte. Asya war gegen Abend in einen fiebernden Zustand bei halbem Bewußtsein verfallen, in dem sich Phantasie und Wirklichkeit vermischten. Es war ihm, als seien sie am Ziel, als machten sie Halt, als hörte er, wie sie zu einander sagten: »Raschkow, Raschkow!« Dann wieder hörte er dumpf den Widerhall von Äxten, die Bäume fällten.

Plötzlich fühlte er, daß man ihm den Kopf mit kaltem Wasser spüle, dann goß man ihm lange, sehr lange, Branntwein in den Mund. Er kam zu vollem Bewußtsein. Über ihm breitete sich die sternenhelle Nacht aus, um ihn schimmerten zahlreiche Fackeln. An sein Ohr schlugen die Worte:

»Bei Bewußtsein?«

»Bei Bewußtsein; er sieht klar ...«

In diesem Augenblick bemerkte er über sich Luschnias Gesicht.

»Nun, Brüderchen«, sagte der Wachtmeister mit ruhiger Stimme, »deine Zeit ist gekommen.«

Asya lag auf dem Rücken und atmete regelmäßig, denn seine Arme waren zu beiden Seiten des Kopfes ausgestreckt, so daß seine mächtige Brust freieren Spielraum hatte, als da er auf den Rücken des Pferdes gebunden war. Die Hände konnte er nicht bewegen, sie waren hinter seinem Haupte an einen mit beteertem Stroh umwundenen Baumstamm gebunden, auf dem er selbst ausgestreckt lag. Asya begriff sofort, weshalb dies geschehen war, und bemerkte zugleich noch andere Vorbereitungen, die ihm verkündeten, daß seine Qualen lang und furchtbar sein würden. Von der Mitte seines Körpers bis zu den Füßen war er entkleidet, und da er ein wenig seinen Kopf aufrichtete, nahm er zwischen seinen Knieen eine frisch bearbeitete Pfahlspitze wahr; das stärkere Ende dieses Pfahles war gegen den Baumstamm gestützt. An jeden seiner Füße war ein Strick mit einem Wagholz befestigt, und vor jedes Wagholz war ein Pferd gespannt. Asya sah beim Scheine der Fackeln nur den Hinterteil der Pferde und die beiden Männer an ihrer Seite, die sie offenbar am Halfter hielten. Der unglückselige Recke erfaßte mit einem Blick all' die Vorbereitungen, dann schaute er, Gott weiß warum, gen Himmel und erblickte über sich die Sterne und die glänzende Sichel des Mondes.

– Sie werden mich pfählen – dachte er.

Er biß die Zähne so kräftig zusammen, daß ein Krampf seine Kinnladen erfaßte. Schweiß trat auf seine Stirn, und zugleich fühlte er eine eisige Kälte im Kopf, denn alles Blut war daraus gewichen. Dann war es ihm, als entzöge sich ihm der Halt unter dem Rücken, als sinke sein Körper endlos in eine unergründliche Tiefe. Einen Augenblick verließ ihn das Bewußtsein von Zeit und Raum und allem, was um ihn her vorging; der Wachtmeister sperrte wieder seine Zähne mit dem Dolch auseinander und goß ihm Branntwein in den Schlund.

Asya hustete und spie die brennende Flüssigkeit aus; aber zum Teil mußte er sie verschlucken. Da verfiel er in einen seltsamen Zustand: er war nicht betrunken, im Gegenteil, nie war sein Unterscheidungsvermögen klarer, sein Denken geschärfter; er sah, was um ihn her vorging, er begriff alles, und es erfaßte ihn eine unwiderstehliche Erregung, eine qualvolle Ungeduld, daß dies alles so lange währe und nicht in Tätigkeit treten wolle.

Da wurden schwere Schritte vernehmbar, und Nowowiejski stand neben ihm. Bei diesem Anblick pochten dem Tataren alle Adern. Luschnia fürchtete er nicht, er verachtete ihn zu sehr; aber Nowowiejski konnte er nicht verachten, vielmehr erfüllte jeder Blick in sein Gesicht Asyas Seele mit abergläubischer Angst, mit Widerwillen und Entsetzen. Der Gedanke: »Ich bin in seiner Gewalt«, bemächtigte sich seiner ganz, er fürchtete ihn, und das war ein so schreckliches Gefühl, daß Asyas Haare sich sträubten.

Nowowiejski sagte: »Für das, was du getan hast, sollst du in Qualen enden.«

Der Lipker antwortete nichts, er keuchte nur laut.

Nowowiejski trat zurück, es wurde still rings umher, nur Luschnia brach das Schweigen.

»Gegen die Herrin hast du deine Hand erhoben«, sagte er mit ruhiger Stimme, »aber die Herrin ist jetzt schon bei dem Herrn in der Kammer; du aber bist in unserer Hand, deine Zeit ist gekommen.«

Bei diesen Worten begann für Asya die Pein. Dieser entsetzliche Mensch erfuhr in der Stunde des Todes, daß sein Verrat und alle seine Verbrechen fruchtlos gewesen waren; wenn wenigstens Bärbchen auf dem Wege gestorben wäre, so hätte er den Trost gehabt, daß sie, wenn nicht sein, so doch keines anderen war. Nein, auch diesen Trost hatte man ihm jetzt genommen, da der Pfahl eine Elle von ihm entfernt war; alles war vergeblich gewesen, soviel Blutvergießen, Rachehoffnungen – um nichts, um gar nichts ... Hätte Luschnia geahnt, um wieviel schwerer diese Worte den Tod für Asya machten, er hätte sie während des ganzen Weges wiederholt. Aber jetzt war keine Zeit mehr zu Seelenqualen, denn alles mußte weichen angesichts der Exekution. Luschnia neigte sich herab, erfaßte mit beiden Händen Asyas Hüften und rief den Leuten zu, welche die Pferde hielten:

»Vorwärts, langsam, beide zugleich!«

Die Pferde zogen an; die gespannten Stricke zerrten an Asyas Füßen, sein Körper ward einen Augenblick gehoben und traf auf den spitzigen Holzpfahl; die Spitze drang in den Leib, und nun geschah etwas Entsetzliches, der Natur und allen menschlichen Empfindungen Zuwiderlaufendes. Die Knochen des Unglückseligen dehnten sich auseinander, sein Körper wurde nach zwei Seiten gezerrt, und ein unsäglicher Schmerz, so entsetzlich, daß er an ungeheuerliche Wollust grenzte, durchschauerte seinen Körper. Der Pfahl drang tiefer und tiefer. Asya biß die Kinnbacken zusammen, aber endlich verließ ihn seine Kraft; die Zähne traten hervor, und röchelnd schrie er »Ah ... ah ... ah!« dem Krächzen eines Raben ähnlich.

»Langsam!« kommandierte der Wachtmeister.

Asya wiederholte seinen entsetzlichen Schrei immer schneller.

»Krächzest du?« fragte der Wachtmeister, dann rief er den Leuten zu:

»Halt! – da hast du's«, fügte er, zu Asya gewandt, hinzu; aber dieser war plötzlich verstummt, und atmete nur noch röchelnd.

Schnell spannte man die Pferde aus; dann richtete man den Pfahl auf, ließ sein dickes Ende in eine Grube hinab und begann sie mit Erde zu füllen. Asya sah von der Höhe herab dieser Tätigkeit zu, er war bei Bewußtsein. Diese entsetzliche Art der Strafe war um so grauenhafter, weil die Opfer, die auf dem Pfahle steckten, bisweilen noch drei Tage hindurch lebten. Asyas Kopf hing auf die Brust herab, seine Kiefer bewegten sich lallend, als kaue er etwas. Er fühlte eine namenlose Schwäche, und sah einen endlosen, weißlichen Nebel vor sich, der ihm entsetzlich schien, ohne daß ihm klar war weshalb. Aber durch den Nebel unterschied er die Gesichter des Wachtmeisters und der Dragoner, wußte er, daß er auf dem Pfahle stecke, fühlte er, wie er durch die Last des Körpers immer tiefer in den Pfahl sank. Endlich begannen seine Füße zu erstarren, und er wurde wieder unempfindlich gegen den Schmerz.

Auf Augenblicke hüllte Dunkelheit den entsetzlichen weißen Nebel ein; dann blinzelte Asya mit seinem einen Auge, um alles zu beobachten und zu sehen bis zum Moment des Todes. Sein Blick schweifte mit sonderbarer Hartnäckigkeit von Fackel zu Fackel, es war ihm, als bilde sich um diese Flammen ein siebenfarbiger Lichtkreis.

Aber noch waren die Qualen für ihn nicht erschöpft. Bald trat der Wachtmeister an den Pfahl heran mit einem Bohrer in der Hand und rief den Umstehenden zu:

»Hebt mich in die Höhe!«

Zwei stämmige Burschen hoben ihn auf; Asya sah ihn ganz nahe, blinzelte beständig mit dem Auge, als wollte er erkennen, wer der Mensch sei, der zu seiner Höhe hinaufklettere. Der Wachtmeister aber sagte:

»Unsere Herrin hat dir ein Auge ausgeschlagen, ich habe gelobt, dir das andere auszubohren.«

Bei diesen Worten senkte er die Spitze des Bohrers in den Augapfel, drehte ihn ein und das andere Mal, und als das Lid und die zarte Bindehaut sich um die Windungen des Bohrers legten, riß er ihn zurück.

Da drangen aus beiden Augenhöhlen Asyas zwei Quellen Blutes hervor und flossen über seine Wangen herab.

Sein Gesicht wurde bleich und immer bleicher. Die Dragoner löschten schweigend die Fackeln, als erfasse sie Scham, daß das Licht so entsetzliche Taten beleuchte, und nur von der Mondsichel fielen silberne, nicht allzu helle Strahlen auf Asyas Leib. Sein Kopf war ganz über die Brust herabgesunken; nur die Hände, die an das Holz gebunden und mit beteertem Stroh umwunden waren, starrten in die Höhe, als rufe dieser Sohn des Ostens die Rache des türkischen Halbmondes auf seine Häscher herab.

»Aufs Pferd!« ertönte Nowowiejskis Stimme.

In dem Augenblick, da sie aufsaßen, zündete der Wachtmeister als letzte Fackel die erhobenen Hände des Tataren an; dann ritt die Abteilung auf Jampol zu, und mitten unter den Schutthaufen Raschkows, in Nacht und Wüste, blieb allein auf hohem Pfahle Asya, der Sohn des Tuhaj-Bey, – und leuchtete, leuchtete .....

21. Kapitel

Drei Wochen später, um die Mittagsstunde, hatte Nowowiejski Chreptiow erreicht. Der Weg von Raschkow hatte darum so lange gedauert, weil er noch häufig auf die andere Seite des Dniestr hinübersetzte, um die Tataren und Perkulaben, die den Fluß entlang in den verschiedenen Grenzwarten standen, zu überraschen. Diese erzählten dann den heranrückenden Heeren des Sultans, daß sie überall polnische Trupps gesehen, und daß sie von großen Heeren gehört, die sicherlich, ohne den Anmarsch der Türken gegen Kamieniez abzuwarten, ihnen in den Weg treten und sich in einer Hauptschlacht mit ihnen messen würden. Der Sultan, dem man immer wieder die Ohnmacht der Republik geschildert hatte, war sehr erstaunt und rückte, die Lipker, die Walachen und die Donauhorden vor sich hersendend, langsam vorwärts, denn trotz seiner ungeheuren Macht scheute er doch eine Schlacht mit den regulären Heeren der Republik sehr.

In Chreptiow traf Nowowiejski Herrn Wolodyjowski nicht an, denn der kleine Ritter war Motowidlo gefolgt und mit dem Heere von Podlachien gegen die krimschen Horden und gegen Doroschenko ausgezogen. Dort fügte er immer neuen Ruhm zu dem alten und vollbrachte große Taten. Den grausamen Korpan demütigte er und ließ seinen Leichnam dem wilden Getier zum Fraße auf dem Felde, ebenso den drohenden Drost, den tapferen Malyschka, die beiden Brüder Siny, berühmte kosakische Streifzügler, und viele kleinere Banden und Scharen.

Frau Wolodyjowska machte sich gerade in dem Augenblicke, als Nowowiejski eintraf, mit dem Rest der Leute und der Wagenburg auf den Weg nach Kamieniez, denn Chreptiow mußte aufgegeben werden. Nur ungern verließ sie das Blockhaus, in dem sie zwar manches Schwere durchgemacht, in dem sie aber auch die glücklichsten Tage ihres Lebens verbracht hatte, – an der Seite ihres Mannes mitten unter berühmten Kriegern, die ihr herzlich ergeben waren. Nun sollte sie auf ihre eigene Bitte nach Kamieniez reisen, einem unbekannten Schicksal und Gefahren entgegen, wie sie die Belagerung mit sich brachte. Ihr mutiges Herz ergab sich der Wehmut nicht; sie wachte über allen Vorbereitungen, über den Soldaten und dem Gesinde. Sagloba, der in jeder Fährlichkeit alle anderen an Verstand übertraf, war ihr bei alledem behilflich, auch Muschalski, der unvergleichliche Bogenschütze, der tapfere und erfahrene Krieger.

Sie alle waren hocherfreut über Nowowiejskis Ankunft, obwohl sie gleich aus dem Gesichte lasen, daß er weder Evchen noch die anmutige Sophie aus der Gefangenschaft befreit habe. Bärbchen vergoß bittere Tränen über das Schicksal der beiden Mädchen, denn nun mußte sie diese schon für verloren halten; verkauft an einen Unbekannten, mochten sie schon vom Markte in Stambul nach Kleinasien fortgeschleppt sein, nach den Inseln, die unter türkischer Herrschaft standen, oder nach Ägypten, und dort im verschlossenen Harem leben. In diesem Falle aber konnte man sie nicht auslösen, ja, es war unmöglich, überhaupt etwas über sie zu erfahren, und Bärbchen weinte, es weinte der besonnene Sagloba, es weinte Muschalski, der unvergleichliche Schütze, – nur Nowowiejski hatte trockene Augen, denn er hatte keine Tränen mehr.

Als er zu erzählen begann, wie er hinausgezogen sei, zur Donau hin bis nach Tykitsch, wie er dort die Lipker in unmittelbarer Nähe der

Horde und des Sultans auseinandergesprengt, wie er den furchtbaren Asya gefangen, da schlugen die alten Ritter an die Säbel und riefen:

»Bring' ihn her, hier in Chreptiow soll er sein Ende finden!«

Nowowiejski erwiderte: »Nicht in Chreptiow, in Raschkow hat er den Tod gefunden, denn dort kam es ihm zu; und Qualen hat ihm der Wachtmeister ersonnen, die wahrlich nicht leicht waren.«

Nun erzählte er, welchen Todes Asya, Tuhaj-Beys Sohn, gestorben war, und sie hörten voll Entsetzen, aber ohne Mitleid zu.

»Daß Gott die Verbrechen verfolgt, weiß jeder«, sagte Sagloba, »aber wunderbar ist es, daß der Teufel seine Diener so schlecht behütet.«

Bärbchen seufzte fromm auf, hob die Augen gen Himmel und sagte nach kurzer Überlegung:

»Weil ihm die Macht fehlt, der Kraft Gottes standzuhalten.«

»O, Ihr habt das Richtige getroffen, Herrin!« rief Muschalski, »denn wenn der Teufel, was Gott verhüte, stärker wäre als der liebe Herrgott, so würde alle Justiz, und mit ihr die Republik, in ein Nichts versinken.«

»Darum fürchte ich auch die Türken nicht; erstens sind sie Teufelskinder, und zweitens Kinder Belials«, versetzte Sagloba.

Alle schwiegen. Nowowiejski saß auf einer Bank mit gefalteten Händen und sah gläsernen Auges auf den Boden. Da wandte sich Muschalski zu ihm:

»Es hat doch wohl Erleichterung gebracht«, sagte er, »denn es gewährt unendlichen Trost, eine derartige Rache zu vollführen.«

»Sagt, hat es Euch wirklich Trost gebracht, ist Euch jetzt besser?« fragte Bärbchen in mitleidigem Tone.

Der Riese schwieg noch eine Weile, als ränge er mit seinen eigenen Gedanken; endlich sagte er, gleichsam mit großer Verwunderung und so leise, daß man ihn kaum hörte:

»Denkt Euch, bei Gott, ich habe selbst geglaubt, es werde mir besser sein, wenn ich ihn erst vernichtet habe, und ich habe ihn selbst am Pfahl stecken sehen, ich habe es mit angesehen, wie ihm das Auge ausgebohrt wurde, ich habe mir selbst eingeredet, daß mir besser sei, – aber es ist nicht wahr, es ist nicht wahr ...«

Hier faßte Nowowiejski seinen Kopf mit beiden Händen und sprach durch die zusammengebissenen Zähne:

»Leichter war ihm auf dem Pfahle, leichter mit dem Bohrer im Auge, leichter mit dem Feuer an den Händen, als mir mit dem, was in mir ist, was in mir sinnt und grübelt. Nur der Tod bringt mir Trost, nur der Tod, der Tod!«

Als Bärbchen das hörte, erhob sie sich plötzlich, legte dem Unglückseligen ihre Hand aufs Haupt und sagte:

»O, gäbe Gott dir doch den Tod – bei Kamieniez, denn du hast recht, er ist der einzige Trost.«

Und er schloß die Augen und sagte: »So ist's. Gott vergelt's Euch!«

Noch am selben Abend rückten sie alle nach Kamieniez aus.

Bärbchen sah lange, nachdem sie über die Wassermühle hinausgelangt waren, nach dem Blockhaus zurück, das im Lichte des Abendrots strahlte, und sagte endlich, indem sie ein Kreuz über der Brust schlug: »O, kehrten wir noch einmal mit Michael zu dir zurück, liebes Chreptiow! Gebe Gott, daß unser nichts Schlimmeres harre!«

Und zwei Tränen fielen über ihre rosigen Wangen. Eine seltsame Betrübnis bedrückte aller Herzen – und sie ritten schweigend weiter. Inzwischen war es dunkel geworden.

Langsam rückten sie vorwärts, denn die Wagenburg bewegte sich schwerfällig; die Wagen, die Herden der Pferde, Rinder, Büffel, Kamele und das Gesinde, das die Herden bewachte, folgten nach. Viele aus dem Gesinde und von den Soldaten hatten sich in Chreptiow beweibt, und so fehlte es auch an Frauen nicht in der Wagenburg. Die Zahl der Soldaten war so groß wie die Nowowiejskis, außer zweihundert ungarischen Fußsoldaten, die Abteilung, die der kleine Ritter auf eigene Kosten ausgerüstet und kriegstüchtig gemacht hatte. Ihre Protektorin war Bärbchen, ihr Führer ein tüchtiger Offizier, Kaluschewski. Echte Ungarn waren in dieser Abteilung gar nicht; sie hieß nur deshalb die ungarische, weil sie magyarische Uniform führte. Unteroffiziere waren »gediente« Dragoner; die Gemeinen rekrutierten sich aus den früheren »Räubern« und Fahrenden, die von den beutemachenden Banden eingefangen und zum Strange verurteilt waren. Man hatte ihnen das Leben geschenkt unter der Bedingung, daß sie zu Fuß dienten und durch Treue und Tapferkeit ihre alten Verbrechen vergessen machten. Auch an Freiwilligen fehlte es unter ihnen nicht, die die Schluchten und Felsen und ähnliche Räuberunterschlupfe aufgegeben hatten und vorzogen, in den Dienst des »kleinen Falken von Chreptiow« zu treten, statt sein Schwert über ihrem Haupte zu wissen. Es war ein Völkchen mit geringer Zucht und geringer Kriegstüchtigkeit, aber tapfer, an Mühsale, Gefahren und Blutvergießen gewöhnt. Bärbchen liebte diese

Abteilung sehr, weil sie ein Werk Michaels war, und in den wilden Herzen dieser Männer war schnell die Anhänglichkeit an die wunderschöne, gute »Herrin« erwachsen. Jetzt gingen sie rings um ihren Wagen, die Gewehre auf der Schulter, die Säbel an der Seite, stolz darauf, die Herrin zu bewachen, bereit, sie wütend zu verteidigen, wenn eine Tatarenschar ihnen den Weg verlegen sollte.

Aber der Weg war noch frei, denn Wolodyjowski war vorsichtiger als alle anderen, und er liebte überdies seine Frau zu sehr, als daß er sie durch Verzögerung unnütz einer Gefahr hätte aussetzen sollen. Die Reise ging also ruhig von statten. Sie waren um Mittag aus Chreptiow abgereist, waren bis zum Abend unterwegs, dann die ganze Nacht, und am Nachmittag des folgenden Tages erblickten sie schon die ragenden Felsen von Kamieniez.

Bei ihrem Anblick und angesichts der Bollwerke und Türme der Festung, welche die Spitzen der Felsen krönten, erfüllte Mut die Herzen; es schien unmöglich, daß eine andere Hand als die Gottes diesen Adlerhorst zerstören könne, der hier auf der Felsspitze, rings umgeben von den Abhängen des Flusses, eingenistet war. Es war ein wunderbarer Sommertag; die Spitzen der Kirchen leuchteten wie Riesenlichter, Friede, Ruhe und Heiterkeit lagerte über den hellen Fluren.

»Bärbchen«, sagte Sagloba, »schon oft haben die Horden sich an diesen Mauern die Schädel eingerannt, – ha, wieviel Male habe ich selbst gesehen, wie sie sich davonmachten und sich die Köpfe hielten, weil sie ihnen weh taten; gäbe Gott, daß auch diesmal also geschehe!«

»Ja gewiß!« antwortete Bärbchen strahlend.

»Ist doch schon einer von ihren Sultanen hier gewesen: Osman. Ich erinnere mich, als ob es heute wäre. Es war im Jahre 1621, da kommt er, der Bube, von Chozim her, jenseits Smotrytsch; er sperrt die Glotzaugen auf, reißt das Maul auf und glotzt, und glotzt. Endlich sagt er: »Wer hat die Festung so aufgebaut?« – »Gott!« antwortet ihm der Vezier. – »So mag sie Gott erobern, ich bin kein Narr«, sprach's und wandte sein Pferd.«

»Ja, sie hatten's sogar eilig, ihre Pferde umzudrehen«, warf Muschalski ein.

»Weil wir sie mit unseren Lanzen in den Weichen kitzelten«, fügte Sagloba hinzu, »und mich trug die Ritterschaft damals auf ihren Händen zu Lubomirski.«

»So, wart Ihr bei Chozim?« fragte der unvergleichliche Bogenschütze; »man sollte gar nicht glauben, wo Ihr überall dabei gewesen seid, und was Ihr nicht alles getan habt!«

Sagloba war ein wenig gekränkt und antwortete:

»Nicht bloß dort gewesen bin ich, ich habe auch eine Wunde empfangen, die ich Euch *ad oculos* vorführen kann, wenn Ihr neugierig seid, aber ein wenig abseits, denn in Gegenwart der Frau Hauptmann ziemt es mir nicht, mich damit hervorzutun.«

Der berühmte Bogenschütze sah bald ein, daß er gefoppt wurde. Da er sich aber nicht kräftig genug fühlte, mit Saglobas Witz zu wetteifern, hörte er auf zu fragen und wandte das Gespräch anderen Dingen zu.

»Es ist wahr, was Ihr sagt. Wenn man so in der Ferne hört, wie die Leute schwatzen, Kamieniez sei nicht gerüstet, Kamieniez müsse fallen, so erfaßt einen ein Schrecken. Wenn man aber Kamieniez sieht, so ist man gleich mit Mut erfüllt.«

»Und wenn erst Michael in Kamieniez sein wird!« rief Bärbchen.

»Herr Sobieski muß Hilfe schicken.«

»Gott sei Dank, es steht nicht so schlimm! Ja, es stand schon schlimmer, und wir gaben nicht nach.«

»Und wäre es noch so schlimm, die Hauptsache ist, nicht den Mut verlieren! Sie haben uns nicht gefressen und werden uns nicht fressen, solange der Geist der Tapferkeit in uns ist«, schloß Sagloba.

Unter dem Eindruck dieser ermutigenden Gedanken verstummten sie. Aber das Schweigen wurde auf schmerzliche Weise unterbrochen. Plötzlich war Nowowiejski mit seinem Pferde dicht an Bärbchens Wagen herangekommen; sein Gesicht, das sonst furchtbar und düster war, lächelte und blickte heiter. Er richtete die Augen unverwandt auf das im Sonnenglanz gebadete Kamieniez und lachte unaufhörlich. Die beiden Ritter und Bärbchen sahen ihn erstaunt an, denn sie konnten nicht begreifen, wie der Anblick der Festung so plötzlich alle Last von seiner Seele genommen habe; er aber sagte:

»Gelobt sei der Herr! Groß war das Leid, aber auch die Freude ist uns bereitet.« Hier wandte er sich zu Bärbchen: »Sie sind beide bei dem polnischen Dorfschulzen Tomaschewitsch; es ist gut, daß sie sich dorthin geflüchtet haben, denn in einer solchen Festung wird ihnen der Mörder nichts tun können.«

»Von wem sprecht Ihr?« fragte Bärbchen beklommen.

»Von Sophie und Evchen.«

»Gott steh' dir bei!« rief Sagloba, »laß dich nicht vom Bösen umgarnen!«

Nowowiejski aber sprach weiter: »Was sie von meinem Vater sagen, daß ihn Asya abgeschlachtet, ist auch nicht wahr.«

»Er hat den Verstand verloren«, flüsterte Muschalski.

»Gestattet Ihr mir, Herrin«, sagte Nowowiejski, »vorauszureiten? Ich habe sie so lange nicht gesehen, und mir ist so bange. O, man sehnt sich, wenn man liebt!« Er nickte mit seinem riesigen Kopfe nach beiden Seiten, gab dem Pferde die Sporen und sprengte voraus.

Muschalski winkte einigen Dragonern und folgte ihm, um den Wahnsinnigen im Auge zu behalten. Bärbchen aber verbarg ihr rosiges Gesicht in den Händen, und heiße Tränen flossen durch ihre Finger. Da sagte Sagloba:

»Ein Bursch', so lauter wie Gold! Aber dies Unglück geht über menschliche Kraft … und die Rache wird sein Herz nicht zur Ruhe bringen ...«

In Kamieniez rüstete man sich eifrig zur Verteidigung. An den Mauern des alten Schlosses und an den Toren, besonders am reußischen, arbeiteten die »Nationen«, welche die Stadt bewohnten, unter ihren Schulzen; unter diesen nahm der polnische Schulze Tomaschewitsch den ersten Platz ein, wegen seines unerschütterlichen Mutes und seiner Tüchtigkeit im Kanonenschießen. Man arbeitete mit Schaufel und Karre; Lechen, Reußen, Armenier, Juden und Zigeuner wetteiferten miteinander. Die Offiziere der verschiedenen Regimenter hatten die Aufsicht über die Arbeiten; die Wachtmeister und die Soldaten halfen den Einwohnern, selbst der Adel arbeitete mit und vergaß, daß Gott seine Hände nur für das Schwert geschaffen und jegliche andere Arbeit den Leuten »gemeinen« Standes überlassen habe. Herr Laurentius Humiezki, der Fahnenträger von Podolien, gab selbst das Beispiel und entlockte so den anderen Tränen, wenn er mit eigenen Händen den Karren mit Steinen schob. In der Stadt und im Schloß wogten die Arbeitenden. Zwischen den Gruppen gingen Dominikaner, Jesuiten, Franziskaner und Karmeliter umher und segneten das menschliche Bemühen. Frauen trugen den Arbeitern Speise und Trank zu, die schönen Armenierinnen, die Frauen und Töchter der reichen Kaufleute, und die noch schöneren Jüdinnen aus Karwasseri, Swanek, Sinkowiez und Dünaburg zogen die Augen der Soldaten auf sich.

Am lebhaftesten aber wandte sich die Aufmerksamkeit der Menge dem Einzuge Bärbchens zu. Es gab gewiß viele höher gestellte Frauen in Kamieniez, aber es gab keine, deren Gatten ein größerer Kriegsruhm umstrahlte. Man hatte in Kamieniez von der Gattin Wolodyjowskis als von einer tapferen Frau gehört, die sich nicht gescheut hatte, in der Würstenwarte inmitten einer verwilderten Bevölkerung zu wohnen, die mit ihrem Gatten Kriegszüge unternahm, die von dem Tataren entführt, ihn zu Boden geschlagen und heil aus seinen räuberischen Händen entkommen war. Auch ihr Ruhm war groß; aber diejenigen, die sie bisher nicht gekannt und gesehen hatten, stellten sich vor, sie müsse eine Riesin sein, die Hufe zerbrechen und Panzer zerreißen könne. Wie groß war daher ihr Erstaunen, als sie ihr vorgeneigtes, zierliches, halb kindliches Gesichtchen erblickten. »Ist das die Frau Oberst selber oder nur ihre Tochter?« ging es von Mund zu Mund fragend durch die Menge. »Sie ist es selbst!« antworteten diejenigen, die sie kannten, und verwundert blickten die Bürger, die Frauen, die Geistlichen, die Soldaten. Mit nicht geringerer Verwunderung betrachtete man das unüberwindliche Kommando von Chreptiow, die Dragoner, an deren Spitze ruhig lächelnd, mit abwesendem Blick, Nowowiejski ritt, und die furchtbaren Gesichter der Banditen, die in die ungarische Infanterie umgewandelt waren. Es geleiteten Bärbchen aber auch etliche hundert vortreffliche Krieger von Beruf, so daß bei ihrem Anblick der Mut wuchs. »Das ist eine ungewöhnliche Macht, die können den Türken dreist in die Augen sehen!« rief man in der Menge. Einige von den Bürgern, ja auch von den Soldaten, besonders vom Regiment des Bischofs Trebizki, das soeben nach Kamieniez gekommen war, dachten, Herr Michael selbst befinde sich im Zuge, und sogleich erhoben sich Rufe:

»Es lebe Herr Michael Wolodyjowski!« »Es lebe unser Verteidiger, der Ruhm der Ritterschaft!« »Vivat Wolodyjowski, vivat!«

Bärbchen hörte es, und ihr Herz schwoll, denn nichts schmeichelt einer Frau mehr, als der Ruhm ihres Mannes, besonders wenn der Mund des Volkes in einer großen Stadt von ihm widerklingt. »So viele Ritter sind hier, – dachte Bärbchen – und keinem gelten die Rufe als meinem Michael!« Am liebsten hätte sie selbst mit im Chor geschrieen: Vivat Michael Wolodyjowski! – aber Sagloba hielt sie zurück; sie müsse sich würdevoll benehmen, wie es einer Person ihrer Bedeutung zieme, und nach beiden Seiten grüßen, wie die Königinnen tun, wenn sie in die Residenz einziehen. Er selbst grüßte auch, bald mit der Mütze, bald mit der Hand, und wenn die guten Bekannten auch in einen Vivatruf zu seiner Ehre ausbrachen, wandte er sich sprechend zur Menge.

»Meine Herren, wer Sbarasch überstanden hat, wird auch Kamieniez überstehen!«

Nach Herrn Michaels Instruktion hielt der Zug vor dem neuerbauten Kloster der Dominikanerinnen. Der kleine Ritter hatte ein eigenes Häuschen in Kamieniez; weil aber das Kloster an einem steilen Orte lag, wo die Kanonenkugeln nicht leicht hinschlagen konnten, zog er es vor, hier sein liebes Bärbchen unterzubringen, um so mehr, als er, ein Wohltäter des Klosters, gute Aufnahme erwarten durfte. Die Oberin, Mutter Viktoria, die Tochter Stephan Potozkis, des Wojewoden von Brazlaw, empfing denn auch Bärbchen mit offenen Armen; ebenso Tantchen Makowiezka, die sie schon seit vielen Jahren nicht gesehen hatte. Beide weinten, auch der Truchseß von Latytschow, dessen Liebling Bärbchen immer gewesen war, weinte. Kaum hatten sie die Tränen der Rührung getrocknet, da eilte Christine Ketling herbei, und es begannen neue Begrüßungen; dann umringten Bärbchen die Schwestern und die Adelsfräuleins, Bekannte wie Unbekannte. Die einen, wie Frau Bogusch, fragten nach den Männern, andere, was Bärbchen von dem türkischen Riesenheer denke, und ob Kamieniez nach ihrer Meinung sich werde halten können. Bärbchen nahm mit großer Freude wahr, daß man sie für eine Art Autorität in Kriegssachen hielt und aus ihrem Munde Trost erwarte. Darum war sie auch nicht karg damit: »Es ist gar nicht daran zu denken«, sagte sie – »daß wir den Türken nicht standhalten sollten; Michael kommt ja her, heute, morgen, spätestens in einigen Tagen; wenn er die Verteidigung übernimmt, dann könnt ihr ruhig schlafen, denn auch die Festung ist tüchtig, ich versteh' mich darauf, Gott sei Dank.«

Bärbchens Zuversicht erfüllte die Herzen der Frauen mit Trost, besonders beruhigte sie die Zusage von Michaels Ankunft. Sein Name war so hochgeehrt, daß sogleich, obwohl es Abend war, die Offiziere des Ortes mit dem üblichen Ehrengruß zu Bärbchen kamen; und alle fragten gleich nach der ersten Begrüßung, wann der kleine Ritter zurückkehre, und ob er sich wirklich in Kamieniez einzuschließen denke. Bärbchen empfing nur den Major Kwasibrozki, der das Fußvolk des Bischofs von Krakau führte, den Herrn Schreiber Rschewuski, der jetzt an Stelle des Herrn Lontschynski an der Spitze des Regiments stand, und Ketling. Vor den anderen öffnete sich an diesem Tage die Tür nicht mehr, denn die Herrin war müde vom Wege und mußte sich überdies Herrn Nowowiejski widmen. Dieser unglückselige Jüngling war unmittelbar vor dem Kloster vom Pferde gestürzt und bewußtlos in eine Zelle gebracht worden. Man holte sofort den Medikus herbei, denselben, der Bärbchen in Chreptiow behandelt hatte; er sagte eine schwere Krankheit des Gehirns voraus und gab wenig Hoffnung auf Leben. Bis zum späten Abend sprachen Bärbchen, Muschalski und Sagloba über dieses Ereignis und erwogen das Schicksal des unglücklichen Ritters.

»Der Medikus hat mir gesagt«, sprach Sagloba, »wenn er es überlebt, so werde nach wirksamen Aderlässen sein Verstand klar sein, und er werde dann mit leichterem Herzen das Unglück tragen.«

»Für ihn gibt es keinen Trost mehr«, antwortete Bärbchen.

»Oft würde es für den Menschen besser sein, er besäße kein Bewußtsein«, bemerkte Muschalski, »aber die Tiere sind auch davon nicht frei.«

Der Alte aber schalt den berühmten Bogenschützen ob dieser Bemerkung:

»Wenn Ihr kein Bewußtsein hättet, dann könntet Ihr nicht zur Beichte gehen, dann wäret Ihr den Lutherischen gleich und des höllischen Feuers wert. Euch hat auch schon Priester Kaminski ob Eurer Lästerung gerügt, – aber lehr' den Wolf das *pater*, er will doch lieber die *mater*, besonders wenn es eine Ziegenmutter ist.«

»Ich – ein Wolf?« entgegnete der treffliche Bogenschütze, »Asya, das war der Wolf.«

»Habe ich das nicht gleich gesagt?« fragte Sagloba. »Wer hat zuerst gesagt, er ist ein Wolf? Nowowiejski hat mir erzählt«, sagte Bärbchen, »er höre Tag und Nacht, wie Evchen und Sophie ihm zurufen: »Rettung!« Ja, wo gibt es hier Rettung! Es hat so enden müssen, denn solchen Schmerz hätte niemand ertragen. Ihren Tod hätte er überlebt, ihre Schmach wird er nicht überleben.«

»Nun liegt er da, wie ein Stück Holz, und weiß von Gottes Welt nichts«, sagte Muschalski, »und das ist schade, denn er ist ein so vortrefflicher Krieger.«

Das Gespräch wurde durch einen Burschen unterbrochen, der mit der Nachricht kam, daß in der Stadt ein ungeheurer Lärm herrsche;

die Menschen laufen zusammen, um den General von Podolien zu sehen, der soeben mit einem bedeutenden Gefolge und mit dem Fußvolk eingezogen ist.

»Das Kommando ist sein«, sagte Sagloba. »Es ist recht von Herrn Nikolaus Potozki, daß er es vorzieht, hier zu sein, als wo anders, aber ich sähe lieber, er wäre nicht hier. Ha, er war ein Gegner des Hetmans und glaubte nicht an den Krieg, und nun, weiß Gott, ob es ihm nicht den Kopf kosten wird.«

»Vielleicht kommen auch die anderen Herren Potozki ihm nach«, sagte Muschalski.

»Dann sind auch die Türken nicht mehr weit«, antwortete Sagloba, – »im Namen des Vaters und des Sohnes und des heiligen Geistes! O, wäre der General ein zweiter Jeremias, und Kamieniez ein zweites Sbarasch!«

»So muß es sein, sonst sterben wir«, sagte eine Stimme an der Schwelle.

Bärbchen sprang bei dem Klang dieser Stimme auf, rief: »Michael!« und stürzte dem kleinen Ritter in die Arme.

Michael brachte viele wichtige Nachrichten mit, die er erst, ehe er sie im Kriegsrat kundgab, seiner Gattin in der stillen Zelle mitteilte. Er selbst hatte einige kleinere Tatarenscharen bis auf den letzten Mann aufgerieben und war mit großem Ruhm bis ganz in die Nähe des Krimschen und Doroschenkos Lager herangeschlichen. Er hatte auch eine Anzahl Gefangener mitgebracht, von welchen man Nachricht über die Streitkräfte des Khans und Doroschs erlangen konnte.

Die anderen Streifzügler hatten weniger Glück gehabt; der Herr von Podlachien, der an der Spitze bedeutender Streitkräfte stand, war in einer mörderischen Schlacht aufgerieben worden; Herrn Motowidlo, der die Walachische Heerstraße gezogen war, hatte Krytschynski mit Hilfe der Horde von Bialogrod und des Restes der Lipker, die sich nach der Niederlage bei Tykitsch geflüchtet hatten, geschlagen. Michael hatte, ehe er nach Kamieniez gekommen war, einen Umweg über Chreptiow gemacht; noch einmal wollte er, wie er sagte, diesen Ort seiner Glückseligkeit schauen.

»Ich war dort«, sagte er, »unmittelbar nach Eurer Abreise. Noch war Euer Platz warm, und ich hätte Euch leicht erreichen können, aber ich setzte in Uschyz ans Moldauische Ufer hinüber, um dort in der Steppe Kundschaft einzuziehen. Einige Scharen waren bereits vorüber, und sie fürchteten bei Pokuta auf »Unerwartete« zu stoßen; andere gehen in der Vorhut des türkischen Heeres und werden bald hier sein. Es wird eine Belagerung geben, mein süßes Täubchen, da hilft nichts, aber wir werden standhalten, denn hier verteidigt man nicht nur sein Vaterland, sondern auch sein eigenes Gut.« Dabei schloß er sein Weib in die Arme und küßte sie auf die Wangen.

An diesem Tage sprachen sie nicht mehr. Am anderen Morgen wiederholte Michael seine Neuigkeiten bei dem Bischof von Landskron vor dem Kriegsrat, zu welchem außer dem Bischof noch der General von Podolien, der Kämmerer von Podolien, der podolische Schreiber Rschewuski, der Fahnenträger Humiezki, Ketling, Makowiezki, der Major Kwasibrozki und einige Militärs gehörten. Zunächst mißfiel Herrn Michael, daß der General von Podolien erklärte, er wolle das Kommando nicht übernehmen, sondern vertraue es dem Rate an. »In unvorhergesehenen Fällen muß ein Kopf und ein Wille sein«, hielt ihm der kleine Ritter entgegen; »bei Sbarasch waren drei Regimentarier, welchen von Amts wegen die Macht zustand; und doch legten sie dieselbe in die Hände des Fürsten Jeremias, weil sie mit Recht sagten, in der Gefahr sei es besser, einem zu gehorchen.«

Aber diese Worte fruchteten nichts. Vergeblich wies der gelehrte Ketling auf die Römer als Muster hin, die als die größten Krieger der Welt die Diktatur ersonnen haben, – der Bischof von Landskron, der Ketling nicht sonderlich leiden mochte, weil er sich, Gott weiß warum, einbildete, er müsse als Schotte im Grunde seiner Seele ein Ketzer sein, erwiderte: »Die Polen brauchen nicht von Fremden Geschichte zu lernen; sie brauchen aber auch nicht, da sie ihren eigenen Verstand haben, den Römern nachzuahmen, denen sie übrigens an Mut und Beredsamkeit in nichts oder doch nur wenig nachstehen.« »Wie ein ganzes Bündel Holz«, sagte er, »eine größere Flamme gibt, als ein Scheit, so sind auch viele Köpfe klüger als einer«, und er lobte die »Bescheidenheit« des Generals von Podolien – zwar meinten andere, es sei dies nur Scheu vor der Verantwortung – und riet seinerseits zu Verhandlungen. Als dies Wort gefallen war, sprangen die Soldaten, wie von der Tarantel gestochen, von ihren Sitzen auf; Wolodyjowski, Ketling, Makowiezki, Kwasibrozki, Humiezki, Rschewuski begannen mit den Zähnen zu knirschen und mit den Schwertern zu rasseln. »Meiner Treu!« ließen sich Stimmen vernehmen, »nicht zum Verhandeln sind wir hergekommen!« – »Den Vermittler schützt sein geistliches

Gewand.« Kwasibrozki schrie sogar: »In die Kirche, nicht in den Rat!« und ein ungeheurer Lärm entstand. Da erhob sich der Bischof und sagte mit mächtiger Stimme: »Ich wäre der erste, der bereit ist, sein Leben hinzugeben für die Kirche und für meine Herde, und wenn ich von Verhandlungen spreche und Verzögerung wünsche, so geschieht es, Gott ist mein Zeuge, nicht, um die Festung zu übergeben, sondern um dem Hetman Zeit zur Heranziehung von Hilfstruppen zu gewähren. Sobieskis Name ist den Heiden ein Schrecken, und wenn er auch die nötigen Streitkräfte nicht hätte, wenn nur das Gerücht umläuft, daß er kommt, so werden die Türken Kamieniez meiden.« Als er dies mit mächtiger Stimme gesagt hatte, schwiegen alle, manche freuten sich sogar, da sie hörten, daß der Bischof an Übergabe nicht gedacht hatte.

Da sprach Michael: »Ehe der Feind Kamieniez belagert, muß er erst Swaniez niederwerfen oder in Trümmer legen, denn unmöglich kann er das befestigte Schloß im Rücken liegen lassen. Nun denn, mit Erlaubnis des Herrn Kämmerers von Podolien erkläre ich mich bereit, mich in Swaniez einzuschließen und mich genau so lange Zeit dort zu halten, als der Herr Bischof mit Hilfe von Verhandlungen zu gewinnen denkt. Ich nehme sichere Leute mit, und, solange ich am Leben bin, so lange wird auch Swaniez stehen.«

Da riefen alle: »Das darf nicht sein, du bist hier nötig. Ohne dich läßt der Bürger den Mut sinken, ohne dich werden die Soldaten nicht mit gleicher Lust kämpfen, das darf keineswegs geschehen. Wer hat hier die größte Kriegserfahrung, wer hat Sbarasch mitgemacht? Wer soll die Führerschaft haben, wenn es zu einem Ausfall kommt? Du wirst für Swaniez untergehen, und wir werden ohne dich hier untergehen.«

»Das Kommando hat mir zu gebieten«, antwortete Michael.

»Nach Swaniez könnte man irgend einen jungen, kecken Ritter schicken, der mir zur Seite stände«, versetzte der Kämmerer von Podolien.

»So mag Nowowiejski hingehen«, riefen einige Stimmen.

»Nowowiejski kann nicht fort, sein Kopf brennt«, erwiderte Herr Michael; »er liegt zu Bett und weiß von Gott und der Welt nichts.«

»Indessen laßt uns beraten, an welchen Platz ein jeder stehe, und welches Tor er verteidigen soll«, sagte der Bischof.

Aller Augen wandten sich auf den General von Podolien; der aber sprach: »Ehe ich Befehle erteile, höre ich gern die Ansichten erfahrener

Krieger, und da Herr Michael Wolodyjowski an Kriegserfahrung allen hier voransteht, so rufe ich ihn zuerst zum Worte auf.«

Wolodyjowski riet zunächst, die Schlösser, die vor der Stadt lagen, zu besetzen, weil er glaubte, daß gerade gegen diese Schlösser sich der Hauptangriff der Feinde richten werde. Auch andere traten seiner Meinung bei; man verfügte über zehntausend Mann Fußvolk, die man so verteilte, daß Myslischewski die rechte Seite des Schlosses, Humiezki, berühmt durch seine Taten bei Chozim, die linke Seite besetzte; in der Richtung auf Chozim, am gefährlichsten Punkte, sollte Wolodyjowski selbst Stellung nehmen, weiter unten wurde die Abteilung der Serdjuken aufgestellt, die Sinkowiezer Seite schützte Major Kwasibrozki, den Süden Herr Wonsowitsch und die Schloßseite Kapitän Bukar mit den Leuten des Herrn Krasinski. Es waren dies alles nicht etwa Freiwillige, sondern Soldaten von Beruf, treffliche, ausdauernde Krieger, die das Kanonenfeuer leichter ertrugen, als mancher andere den Brand der Sonnenstrahlen. Sie hatten überdies im Dienste der Republik, deren Heere immer gering an Zahl waren, von Jugend auf gelernt, zehnfach überlegenen Feinden Widerstand zu leisten, und hielten dies für etwas Selbstverständliches. Die Oberaufsicht über die Artillerie des Schlosses hatte der schöne Ketling, der in der Kunst, die Kanonen zu richten, alle anderen übertraf. Das Oberkommando im Schlosse sollte in den Händen des kleinen Ritters liegen, dem der General von Podolien sogleich volle Freiheit gab, Ausfälle zu unternehmen, so oft die Notwendigkeit oder Gelegenheit sich darbieten würde. Die anderen freuten sich, da sie erfuhren, wie einem jeden sein Platz angewiesen war; sie erhoben ein lautes Geschrei, schlugen mit Getöse an die Rapiere, um so ihre Zustimmung und Kampfeslust zu bezeigen. Als der General von Podolien das hörte, sagte er zu sich selber:

– Ich habe nicht geglaubt, daß wir imstande sein werden, uns zu verteidigen; ohne Hoffnung kam ich hierher, nur meinem Gewissen folgend, – und doch, wer weiß, ob es uns mit solchen Kriegern nicht gelingen wird, den Feind zurückzuschlagen. Großer Ruhm wird mir werden; als einen zweiten Jeremias wird man mich begrüßen; wer weiß, ob mich nicht ein glücklicher Stern hierher geführt hat. – Und wie er bisher an der Verteidigung gezweifelt, so begann er nun an der Einnahme von Kamieniez zu zweifeln; sein Mut wuchs, und er begann schon eifriger über die Besetzung der Stadt Rat zu pflegen.

Es wurde also beschlossen, daß in der Stadt selbst, am reußischen Tore, Makowiezki stehen sollte, mit einem Häuflein adliger polnischer Bürger, die in der Schlacht standhafter waren als andere, ferner mit einer Anzahl Armenier und Juden. Das Tor von Luzk wurde Herrn Grodezki überwiesen, den Befehl über die Kanonen übernahmen Schuk und Matschynski. Die Platzwache vor dem Rathaus bekam Lukas Dsiewanowski, und Chozimirski übernahm jenseits des reußischen Tores die Führerschaft über das lärmende Volk der Zigeuner. Von der Brücke bis zum Schlosse des Herrn Sinizki führte die Wache Herr Kasimir Humiezki, der Bruder des tapferen Laurentius; weiter hinauf sollten Stanischewski am lechischen Tore, Martin Bogusch an der Bastei von Spisch, Georg Skarschynski und Jazkowski unmittelbar am Bialoblodsker Loch ihre Quartiere einnehmen. Dubrowski und Pietraschewski erhielten die Bastei von Rscheschnik, die große Stadtschanze ward Tomaschewitsch, dem Schulzen polnischer Gerichtsbarkeit, übertragen, die kleinere Jazkowski. Es erging noch der Befehl, eine dritte aufzuschütten, von der aus später ein Jude, ein geübter Bogenschütze, den Türken viel zu schaffen machte.

Nachdem dies festgestellt war, kamen alle freudig zur Abendmahlzeit bei dem Herrn Hetman von Podolien zusammen. Dieser ehrte besonders während der Festlichkeit Herrn Michael sowohl durch den Platz, den er ihm anwies, als durch Wein, Gerichte und durch eine Rede, in der er voraussagte, daß die Nachwelt dem Beinamen des kleinen Ritters nach der Belagerung den Titel eines Hektors von Kamieniez hinzufügen werde. Herr Michael aber erklärte, er hoffe, ehrlichen Ritterdienst zu leisten, und wolle sich zu diesem Zwecke mit einem bestimmten Gelübde im Dome binden; darum bat er den Bischof, es möge ihm gestattet sein, dies morgen zu tun. Der Bischof, welcher einsah, daß dieses Gelübde dem Gemeinwohl Nutzen bringen werde, sagte gern zu.

Am anderen Tage war großer Gottesdienst im Dome. Mit Andacht und Begeisterung lauschten die Ritter, der Adel, die Soldaten und das Volk. Michael und Ketling lagen kniend vor dem Altar, Christine und Bärbchen knieten am Gitter und weinten, denn sie wußten, daß dieses Gelübde das Leben ihres Gatten in Gefahr bringen mußte. Nach Beendigung der Messe wandte sich der Bischof mit der Monstranz zum Volke. Da erhob sich der kleine Ritter, kniete auf den Stufen des Altars nieder und sagte mit gerührter, wenn auch ruhiger Stimme:

»Für die besondere Güte und die ungewöhnliche Huld, die ich von Gott dem Herrn und seinem eingeborenen Sohne empfangen habe, fühle ich mich zu besonderer Dankbarkeit verpflichtet und gelobe und schwöre, daß, wie er und sein Sohn mir beigestanden, auch ich bis zum letzten Atemzuge das heilige Kreuz verteidigen werde und, da mir das Kommando des alten Schlosses übertragen ist, daß ich, solange ich lebe und Hände und Füße rühren kann, keinen heidnischen Feind in das Schloß einlassen werde, daß ich von den Mauern nicht weichen, daß ich die weiße Fahne nicht aufstecken werde, und sollte ich unter den Trümmern des Schlosses begraben werden. So helfe mir Gott und das heilige Kreuz – Amen!«

Eine feierliche Stille herrschte in der Kirche; dann ertönte Ketlings Stimme:

»Für die besondere Güte«, sagte er, »die ich in diesem Vaterland erfahren habe, gelobe ich, bis zum letzten Blutstropfen das Schloß zu verteidigen und mich unter seinen Trümmern begraben zu lassen, ehe der Feind den Fuß über seine Schwelle setzt. Und so wahr, wie ich aus reinem Herzen und aus reiner Dankbarkeit diesen Eid schwöre, so wahr helfe mir Gott und das heilige Kreuz – Amen!«

Hier neigte der Priester die Monstranz und reichte sie erst Michael, dann Ketling zum Kusse dar. Bei diesem Anblick erhoben die anwesenden Ritter Lärm in der Kirche, es ertönten die Rufe: »Wir schwören alle!«, »Wir sterben einer nach dem anderen!«, »Die Feste wird nicht fallen!«, »Wir schwören – wir schwören!« »...Amen, amen, amen!« Die Säbel und Rapiere flogen mit Geklirr aus den Scheiden, und die Kirche erglänzte vom Widerschein der gezückten Schwerter. Der Schimmer fiel auf die drohenden Gesichter, auf die glühenden Augen, und ein gewaltiger, unbeschreiblicher Feuereifer erfaßte den Adel, die Krieger, das Volk. Alle Glocken läuteten, die Töne der Orgel schwollen mächtig, und der Geistliche intonierte: »*Sub tuum praesidium.*« Hundert Stimmen fielen machtvoll ein, und so betete man für die Feste, welche die Schutzwarte der Christenheit, der Schlüssel der Republik war.

Nach Beendigung des Gebets gingen Ketling und Michael Arm in Arm aus der Kirche. Man sandte ihnen Segenswünsche nach, denn niemand zweifelte daran, daß sie eher sterben als das Schloß ausliefern würden. Und doch, nicht der Tod schien über ihnen zu schweben, sondern Sieg und Ruhm, und unter der ganzen großen Menge wußten wohl nur sie allein, mit welchem furchtbaren Eidschwur sie sich gebunden. Vielleicht ahnten auch zwei liebende Herzen die große Gefahr, die über ihren Häuptern schwebte, denn weder Bärbchen noch Christine konnten sich beruhigen, und als Michael sich endlich im Kloster bei seiner Frau einfand, flüchtete sie schluchzend und weinend wie ein kleines Kind an seinen Busen und sagte in abgerissenen Worten:

»Michael ... Michael! ... wenn ... Gott behüte! ... ein Unglück dich trifft ... so ... so ... weiß ich nicht ... was ... mit mir ... geschieht!«

Ihr ganzer Körper schüttelte sich vor Schluchzen. Auch der kleine Ritter war tief bewegt; endlich sagte er:

»Bärbchen, ... es mußte sein.«

»Ich möchte lieber sterben«, sagte Bärbchen.

»Still, Bärbchen, still!« wiederholte der kleine Ritter immer wieder, um sein über alles geliebtes Weib zu beruhigen.

»Denkst du noch, als dich mir der liebe Gott zurückgegeben hatte, was ich da dachte? Ich sagte: »Was du, Herrgott, auch von mir forderst, ich will es geben. Nach dem Kriege, wenn ich ihn überlebe, will ich eine Kapelle erbauen, aber während des Krieges muß ich etwas Großes tun, um dir nicht mit Undank zu lohnen.« Was bedeutet das Schloß! Wenig genug für so große Wohltaten. Nun ist die Zeit gekommen; ziemt es sich, daß der Erlöser sage: »Versprochen und nicht gehalten?« Eher mögen mich die Mauern des Schlosses begraben, ehe ich das Ehrenwort, das ich Gott gegeben, breche. Es muß sein, Bärbchen; und damit genug. Vertrauen wir auf Gott!«

Noch an demselben Tage machte sich Herr Wolodyjowski mit der Fahne auf, um Herrn Wasilkowski zu Hilfe zu eilen, der gen Hryntschuk geeilt war, weil, einer Nachricht zufolge, die Tataren dort plötzlich hereingebrochen waren, die Einwohner in Fesseln gelegt, das Vieh fortgetrieben und die Dörfer in Brand gesteckt hatten, um alle Spuren ihrer Anwesenheit zu tilgen. Der Herr von Wasilkowski hatte sie sogleich geschlagen, ihnen Beute und Gefangene abgenommen. Letztere brachte Michael nach Swaniez und trug Herrn Makowiezki auf, sie auf die Folter zu spannen und ihre Aussagen sorgfältig niederzuschreiben, damit diese dem Hetman und dem König übersandt werden könnten. Die Tataren sagten aus, daß sie auf Perkulabischen Befehl die Grenzen überschritten und Hilfskräfte unter der Führung des walachischen Hauptmanns Stingan gehabt hätten. Sie vermochten aber trotz aller Qualen nichts darüber auszusagen, in welcher Entfernung sich gegenwärtig der Sultan mit seiner ganzen Macht befinde, da sie, in losen Abteilungen marschierend, keine Verbindung mit dem Hauptlager unterhalten hatten. Alle aber sagten übereinstimmend aus, daß der Sultan mit Macht gegen die Republik heranziehe, und wahrscheinlich in kürzester Zeit bei Chozim Halt machen werde. Es lag in diesen Aussagen nichts Neues für die zukünftigen Verteidiger von Kamieniez; da man aber in Warschau am Hofe des Königs an den Krieg nicht glaubte, beschloß der Kämmerer von Podolien, die Gefangenen samt ihren Neuigkeiten nach Warschau zu senden.

Die vorausgeschickten Streifzügler kehrten befriedigt von ihrer ersten Unternehmung zurück. Inzwischen war am Abend der Sekretär seines Bruderschafters Habareskul, des ältesten Perkulaben von Chozim, zu Herrn Michael gekommen; er brachte keinen Brief, denn der Perkulab fürchtete, etwas Schriftliches von sich zu geben; er hatte aber aufgetragen, seinem Bruderschafter Michael, seinem Augapfel und Herzensbruder, mündlich zu sagen, er möge sich wohl in acht nehmen, und, wenn Kamieniez nicht genügend Soldaten zur Verteidigung habe, unter irgend einem Vorwand die Stadt verlassen, denn der Kaiser werde schon am folgenden Tage in Chozim mit der ganzen Kriegsmacht erwartet.

Herr Michael ließ Perkulab Dank sagen, belohnte den Sekretär und schickte ihn zurück. Er selbst aber setzte sogleich den Kommandanten von der herannahenden Gefahr in Kenntnis.

Die Nachricht machte, obgleich man sie jede Stunde erwartet hatte, einen großen Eindruck. Der Eifer bei den städtischen Arbeiten wurde verdoppelt; Hieronymus von Landskron aber rückte unverzüglich nach seinem Swaniez ab, um dort ein Auge auf Chozim zu haben.

Eine Zeit ging in Erwartung hin; endlich, am frühen Morgen des zweiten August, erschien der Sultan bei Chozim. Die Regimenter breiteten sich aus wie ein uferloses Meer, und bei dem Anblick der letzten Stadt, die in den Grenzen des Herrschaftsgebiets des Padischahs lag, ertönte aus Hunderttausenden von Kehlen der Ruf: Allah, Allah! Jenseits des Dniestr lag die wehrlose Republik, welche die ungezählten Heere wie eine Sintflut überströmen, wie eine Flamme verzehren sollten. Die Kriegerscharen, die in der Stadt nicht Raum finden konnten, lagerten auf den Feldern, auf denselben Feldern, wo vor etlichen Jahren eine gleich große Armee des Propheten von den polnischen Schwertern zerschmettert worden war. Nun schien die Zeit der Rache gekommen, und unter den wilden Heerscharen ahnte niemand, vom Sultan bis hinab zum Lagerknecht, daß diese Felder zweimal unheilbringend für den Halbmond sein sollten. Die Hoffnung, ja die Gewißheit des Sieges belebte aller Herzen, die Janitscharen und die Spahis, die Scharen vom Balkan, von Rodope, von Rumelien, vom Ossa und Pelion, vom Karmel und Libanon, aus den Wüsten Arabiens, von den Ufern des Tigris, aus den Niederungen des Nil und den glühenden Sandmeeren Afrikas – sie alle erhoben ein wildes Geschrei und begehrten, daß man sie sofort nach dem »ungläubigen Ufer« hinüberführe. Da begannen die Mu'ezzins auf den Minaretten von Chozim zum Gebet zu rufen, und still ward es ringsumher. Ein Meer von Köpfen, in Turbanen, Kapuzen, Fez', in Burnussen, Kepis und Stahlhelmen neigte sich zur Erde, und über die Felder ging ein dumpfes Murmeln des Gebets, dem Gesurre eines unermeßlichen Bienenschwarmes vergleichbar – und flog, vom Winde getragen, hinüber über den Dniestr in die Republik hinein.

Dann ertönten die Trommeln, die Krummhörner, die Pfeifen und gaben das Zeichen der Ruhe. Obgleich die Heere langsam und bequem marschiert waren, wollte ihnen der Padischah doch nach dem langen Wege von Adrianopel bis hierher die gewohnte Ruhe geben. Er selbst nahm Waschungen vor in dem hellen Quell, der unweit der Stadt floß, und fuhr in den Konak von Chozim. Auf den Feldern wurden die Zelte der Regimenter aufgeschlagen, die bald wie der Schnee des Winters die unabsehbare Fläche bedeckten.

Der Tag war schön gewesen, und der Abend war heiter. Nach den letzten Abendgebeten begann das Lager zu ruhen; Tausende, Hunderttausende von Feuern erglänzten, und ihr Flackern wurde vom gegenüberliegenden Schlößchen von Swaniez mit Sorge bemerkt, denn sie nahmen einen so ungeheuren Raum ein, daß die Soldaten, die auf Kundschaft ausgegangen waren, sagten, als sie Rechenschaft gaben von dem, was sie gesehen, die ganze Moldau scheine im Feuer zu liegen. Aber je höher der helle Mond an dem gestirnten Himmel emporstieg, desto mehr erbleichten die Lagerfeuer; endlich brannten nur noch die Feuer der Wachen, das Lager wurde still, und durch die Ruhe der Nacht ertönte nur das Wiehern der Pferde und das Brüllen der Büffel, die auf den Fluren von Taraban weideten.

Am anderen Morgen. – es dämmerte kaum – sandte der Sultan Janitscharen, Tataren und Lipker aus; sie sollten den Dniestr überschreiten und Swaniez nehmen, das Städtchen und das Schloß. Der tapfere Hieronymus von Landskron erwartete sie nicht hinter den Mauern, sondern griff mit vierzig von seinen Tataren, achtzig Kijanern und einigen Genossenschaftsfahnen die Janitscharen beim Übergang über den Fluß an und brachte dies treffliche Fußvolk in solche Verwirrung, daß es sich in wilder Unordnung zurückzog. Inzwischen aber war eine Tatarenschar, von Lipkern unterstützt, seitwärts über den Fluß gesetzt und in die Stadt gedrungen. Der aufsteigende Rauch und lärmende Rufe kündigten dem tapferen Kämmerer an, daß die Stadt bereits in den Händen der Feinde war. Er gab also Befehl, sich zurückzuziehen, um den unglücklichen Einwohnern zu Hilfe zu kommen. Die Janitscharen konnten ihn nicht verfolgen, da sie zu Fuß dienten, er aber sprengte in vollem Galopp zu Hilfe. Schon war er angelangt, als plötzlich seine Leibtataren ihre Fahnen hinwarfen und zum Feinde übergingen, ein höchst gefahrdrohender Augenblick. Die Tatarenschar, von den Lipkern unterstützt, fiel, in der Voraussetzung, daß der Verrat Verwirrung erzeugt habe, mit großer Wucht über den Kämmerer her; zum Glück leisteten die Kijaner, durch das Beispiel ihres Führers ermutigt, tüchtigen Widerstand. Die Genossenschaftsfahne brach bald den Angriff des Feindes, der übrigens nicht imstande war, der regulären polnischen Reiterei Widerstand zu leisten. Der Boden vor der Brücke bedeckte sich bald mit Leichen, besonders mit Lipkern, denn diese hielten dauernder stand als die von der Horde. Noch viele von ihnen wurden in den Straßen niedergemetzelt; dann suchte Herr von Landskron, als er sah, daß Janitscharen vom Wasser herkamen, Schutz hinter den Mauern und schickte einen Boten nach Kamieniez um Hilfe aus.

Der Padischah gedachte anfangs an diesem Tage das Schloß von Swaniez nicht einzunehmen, denn er war mit Recht der Ansicht, daß er es bei dem allgemeinen Übergang des Heeres über den Fluß in einem Augenblick niederwerfen werde. Er wollte nur die Stadt einnehmen, und da er voraussetzte, daß die Abteilungen, die er ausgeschickt hatte, vollkommen ausreichend seien, sandte er weder Janitscharen noch Kosaken nach. Die aber, welche schon diesseits des Flusses waren, nahmen, als der Kämmerer sich hinter die Mauer zurückzog, von neuem die Stadt ein. Sie steckten diese nicht in Brand, damit sie ihnen und den anderen Abteilungen in Zukunft als Schutz diene, und begannen darin zu wirtschaften mit Schwert und Dolch. Die Janitscharen ergriffen die jungen Weiber zu soldatischer Wollust, die Männer und die Kinder wurden mit Beilen niedergehauen. Die Tataren waren mit Beutemachen beschäftigt.

Da bemerkte man von der Bastei des Schlößchens, daß von Kamieniez her Reiterei herankomme. Als der Herr von Landskron das hörte, trat er hinaus auf die Bastei mit einigen Genossen, legte das Perspektiv durch die Schießscharte und sah lange und aufmerksam hinaus; endlich sagte er: das ist die leichte Reiterei aus der Besatzung von Chreptiow, dieselbe, an deren Spitze Wasilkowski nach Hryntschuk gegangen ist; sicher hat man ihn nun selbst hergeschickt.

Dann blickte er wieder durch das Perspektiv. »Ich sehe Freiwillige, gewiß Laurentius Humiezki.« Und nach einer Weile: »Gott sei Dank, auch Michael ist dabei; ich sehe Dragoner. Meine Herren, machen wir einen Ausfall aus den Mauern, mit Gottes Hilfe werden wir den Feind nicht nur aus der Stadt, sondern über das Wasser hinauswerfen.«

Mit diesen Worten lief er eiligst hinunter, um seine Kijaner und seine Genossen zu ordnen. Inzwischen waren die heranziehenden Fahnen von Tataren in der Stadt bemerkt worden; sie riefen entsetzt Allah an und begannen sich zu scharen. Durch alle Straßen ertönten die Trommeln und Pfeifen, die Janitscharen standen sofort in bester Ordnung da, mit einer Schnelligkeit, in der keine Infanterie der Welt ihnen gleichkam. Die Schar stürmte wie ein Orkan zur Stadt hinaus und fiel über die leichte Reiterei her. Die Tataren allein, außer den Lipkern, welchen der Herr von Landskron vielen Schaden zugefügt hatte, waren dreifach zahlreicher als die Besatzung von Swaniez und die heranziehenden Hilfsfahnen. Darum zögerten sie auch nicht, Herrn Wasilkowski anzugreifen; aber dieser, ein ungezügelter Jüngling, der ebenso kampfbegierig wie blind, sich jeglicher Gefahr entgegenwarf, befahl den Leuten, sofort mit größter Wut anzugreifen, und flog wie eine Windhose, die Übermacht des Feindes nicht achtend, der Schar entgegen. Diese Kühnheit machte die Tataren, die im allgemeinen ein plötzliches Treffen nicht gern sahen, völlig verdutzt. Sie brachten auch sogleich, trotz des Geschreis der hinter ihnen herreitenden Massen, trotz des entsetzlichen Lärmens der Pfeifen und Trommeln, welche zum »Kensim«, d. h. zum Morden der Ungläubigen anfeuerten, die Pferde zum Stehen; Mut und Kriegslust schien nachzulassen, und endlich stoben sie in der Entfernung eines Bogenschusses von der Fahne nach beiden Seiten auseinander, indem sie den heraneilenden Reitern eine Wolke von Pfeilen entgegensandten.

Herr Wasilkowski, der von der Anwesenheit der Janitscharen, die sich jenseits der Häuser in Schlachtordnung aufgestellt hatten, nichts wußte, eilte mit gleicher Wucht hinter den Tataren her, oder richtiger, hinter der Hälfte der Schar; er hatte sie bald eingeholt und metzelte diejenigen nieder, die nicht schnell genug entfliehen konnten, weil sie schlechtere Pferde hatten. Da wandte sich die andere Hälfte der Tatarenschar zurück, um ihn zu umzingeln; aber in diesem Augenblick kamen die Freiwilligen heran, und gleichzeitig machte der Unterkämmerer mit den Kijanern einen Ausfall. Die Tataren, von vielen Seiten gedrängt, stoben in einem Augenblick wie Spreu auseinander, und es begann ein Handgemenge, die Verfolgung eines Häufleins durch das andere, eines Mannes durch den anderen, bei dem die Horde viele Leichen zurückließ, besonders unter dem Schwerte Wasilkowskis, der blindlings auf ganze Scharen niederfuhr wie der Falke auf eine Schar Sperlinge.

Wolodyjowski aber, der vorsichtige, kühle Soldat, ließ die Dragoner nicht aus der Hand. Wie der Jäger, der die Meute an festen Riemen hält, sie nicht auf jedes beliebige Wild hetzt, sondern erst dann von der Koppel befreit, wenn er der glühenden Augen und der weißen Hauer des wilden Ebers ansichtig wird, so schaute auch der kleine Ritter, die flüchtigen Horden verachtend, aus, ob hinter ihnen nicht Spahis, Janitscharen oder ein anderes diszipliniertes Heer anrücke.

Da kam Hieronymus von Landskron mit seinen Kijanern auf ihn zu.

»Freund!« rief er, »die Janitscharen stehen am Flusse, hauen wir sie nieder!«

Herr Michael zog das Rapier aus der Scheide und kommandierte: »Vorwärts!«

Die Dragoner zogen die Zügel an, um die Pferde sicher in der Gewalt zu haben, dann bog die Reihe ein und rückte in solcher Ordnung vorwärts, wie auf dem Übungsplatz. Erst ritten sie im Trab, dann im Galopp, aber sie spornten die Pferde noch nicht zu schnellstem Laufe. Erst als sie an den Wirtschaften vorüber waren, die östlich vom Schlosse am Wasser lagen, sahen sie die weißen Filzmützen der Janitscharen und erkannten, daß sie es nicht mit Dschamaken, sondern mit regulären Truppen zu tun hatten.

»Drauf!« schrie Michael.

Und die Pferde griffen aus; den Leib fast am Boden, warfen sie mit den Hufen die Schollen des harten Erdreichs in die Luft.

Die Janitscharen, welche nicht wußten, wie groß die Streitmacht war, die Swaniez zu Hilfe eilte, wandten sich wirklich dem Flusse zu. Eine Abteilung, die über zweihundert Mann zählte, war schon am Ufer, und ihre ersten Reihen betraten gerade die Prahme; die zweite Abteilung, in gleicher Stärke, kam im schnellsten Lauf, aber in vortrefflicher Ordnung heran; als sie die Reiterei erblickte, machte sie Halt und bot im Augenblick dem Feinde die Stirn. Die Gewehre neigten sich, und eine Salve erdröhnte wie bei der Musterung; ja mehr noch, die wütenden Krieger, welche darauf bauten, daß die Genossen vom Ufer her sie mit Gewehrfeuer unterstützen würden, wichen nicht nur nicht vor dem Kugelregen zurück, sondern stürmten mit lautem Schrei nach der Richtung des Kampfes zu, stürzten mit gewaltigem Anprall, die Säbel schwingend, auf die Reiterei, die beim besten Willen die Pferde nicht zu halten vermochte, und durchbrachen ihre Reihen mit Blitzesschnelle, Schreck und Verderben unter sie tragend.

Unter der Wucht des Reiterangriffes fiel die erste Reihe wie die Ähren unter der Sense des Schnitters. Viele sanken nur durch die Gewalt des Angriffs zu Boden und sprangen wieder auf, um zerstreut an das Ufer des Flusses zu rennen, von wo aus die zweite Abteilung immer wieder Feuer gab, indem sie hoch zielte, um über die Köpfe der Kampfgenossen hinweg die Dragoner zu treffen. Einen Augenblick herrschte unter den Janitscharen, die an den Prahmen standen, sichtlich ein Zögern, eine Unschlüssigkeit darüber, ob die Prahme bestiegen werden sollten oder ob, dem Beispiel der zweiten Abteilung folgend, sofort die Reiterei anzugreifen sei. Von diesem letzten Schritt hielt sie jedoch der Anblick der fliehenden Haufen zurück, welche die Reiterei vorwärts drängte, und so furchtbar niedermetzelte, daß ihre Wut nur mit ihrer Gewandtheit verglichen werden konnte. Bisweilen wandte sich ein solcher Haufe, wenn er zu sehr in die Enge getrieben war, in der Verzweiflung zurück und begann zu beißen, wie ein in die Enge getriebenes Wild, wenn es sieht, daß es kein Entrinnen mehr gibt. Aber gerade in solchen Augenblicken konnten die am Ufer Stehenden deutlich erkennen, daß dieser Reiterei mit blanker Waffe nicht stand zu halten war, so sehr war sie in ihrem Gebrauch überlegen. Die Widerstandleistenden wurden mit solcher Geschicklichkeit und Schnelligkeit niedergehauen, daß das Auge kaum die Bewegung des Säbels wahrnahm. Wie wenn das Gesinde, in einer reichen Wirtschaft das trockene Getreide dreschend, eifrig und schnell den Flegel in Bewegung setzt, so daß die ganze Scheuer vom Echo der Schläge widerhallt, und das befreite Korn nach allen Seiten spritzt – so tönte auch von den Schwertstreichen das ganze Ufer wider, und die Haufen der Janitscharen stoben unter mitleidslosen Hieben nach allen Seiten hin.

Herr Wasilkowski stürmte an der Spitze seiner leichten Reiterei einher, unbekümmert um die eigene Sicherheit. Aber wie der gewandte Schnitter den stärkeren, aber minder geübten Knecht übertrifft, der leicht müde wird und von Schweiß überströmt, während jener langsam schreitend vorwärts geht, gleichmäßig die Ähren vor sich niedermähend, so übertraf Michael den tollkühnen Jüngling. Unmittelbar vor dem Zusammenstoß mit den Janitscharen hatte er die Dragoner vorangeschickt; er selbst blieb ein wenig zurück, um die ganze Schlacht zu beobachten, und so in der Entfernung stehend, schaute er sorgenvoll hin und stürzte sich auch unter die Menge, schlug, richtete, dann blieb er wieder ein wenig zurück, beobachtete und schlug wieder dazwischen. Wie gewöhnlich im Kampfe mit dem Fußvolk, geschah es auch diesmal, daß die Reiterei im Sturmlauf die Fliehenden umging. Viele von ihnen wandten sich, da ihnen der Weg zum Flusse abgeschnitten war, auf der Flucht der Stadt zu, um sich unter den Sonnenblumen zu verbergen, welche vor den Wirtschaften wuchsen. Aber Michael hatte sie bemerkt, die ersten beiden erreicht, durch zwei leichte Streiche stürzten sie zu Boden und hauchten ihren Geist aus. Da dies ein dritter sah, schoß er aus seiner Janitscharenbüchse auf den kleinen Ritter, dieser aber fuhr ihm mit der Schneide zwischen Nase und Mund, und nahm ihm so das liebe Leben. Dann sprengte er unverzüglich den anderen nach. Nicht schneller macht der Dorfjunge die Pilze nieder, die in Haufen wachsen, als er die Feinde, ehe sie die Sonnenblumen erreichten. Nur die beiden letzten ergriffen die Leute von Swaniez, und der kleine Ritter befahl ihnen, sie in sicheren Gewahrsam zu bringen.

Er selbst war warm geworden, und als er bemerkte, daß die Janitscharen kräftig an den Fluß gedrängt wurden, mischte er sich in das Gewirr der Schlacht und begann in gleicher Linie mit den Dragonern zu arbeiten. Bald schlug er vor sich hin, bald wandte er sich nach rechts oder links, gab einen flachen Streich, ohne hinzusehen, wo er traf, und bei jedem Schlage taumelte eine weiße Kapuze zu Boden. Die Janitscharen begannen in ihrer Angst mit lärmendem Geschrei zu drängen; er aber verdoppelte die Schnelligkeit der Hiebe, und obgleich er selbst ruhig blieb, konnte doch kein Auge den Bewegungen seines Rapiers folgen und erkennen, wann er Hieb oder Stich anwandte, denn der Degen schien nur einen leichten Kreis um ihn herum zu beschreiben.

Herr von Landskron, der zwar lange von ihm als von einem Meister aller Meister gehört, der ihn aber noch nicht in der Schlacht gesehen hatte, hörte auf zu kämpfen und schaute verwundert zu; er wollte seinen Augen nicht trauen, daß ein Mensch, sei er auch ein Meister, sei er auch berühmt als der beste Ritter, soviel wirken und schaffen könne. Er griff sich an die Stirn, und die Genossen um ihn her hörten, wie er beständig wiederholte: »Es war noch zu wenig, was ich gehört, bei Gott!« und andere schrieen: »Schaut hin, denn das seht ihr in der Welt nicht wieder!« Michael aber hieb fort und fort.

Jetzt hatte man die Janitscharen an den Fluß gedrängt, und sie stürmten in wilder Unordnung auf die Prahme. Da es an Prahmen nicht fehlte, und von der Besatzung weniger zurückkehrten, als gekommen waren, so fanden sie schnell und bequem Platz. Die schweren Ruder setzten sich bald in Bewegung; zwischen den Janitscharen und den Dragonern lag eine große Wasserfläche, die sich mit jedem Augenblick erweiterte. Von den Prahmen ertönten nun die Janitscharengewehre, und die Dragoner antworteten mit kräftigen Schüssen. Wie eine Wolke erhob sich der Rauch über dem Wasser, dann bildete er lange, schmale Streifen. Die Prahme mit den Janitscharen entfernte sich immer mehr. Die Dragoner, die das Feld behauptet hatten, erhoben einen furchtbaren Schrei und riefen, die Fäuste drohend erhoben, den Abfahrenden nach: »Schert euch, Hunde, schert euch!« Herr von Landskron nahm, obgleich die Kugeln noch fielen, Michael in seine Arme.

»Ich habe meinen Augen nicht getraut«, sagte er, »Wunderwerke sind das, lieber Freund, einer goldenen Feder würdig!«

Michael antwortete: »Angeborene Gewandtheit und Übung, nichts weiter; wieviel Kriege hat man nicht schon mitgemacht!« Damit erwiderte er die Umarmung des Herrn von Landskron, entzog sich seiner Freundlichkeit, blickte nach dem Ufer hin und rief:

»Seht dorthin, Ew. Liebden, so werdet Ihr eine neue Merkwürdigkeit erblicken.«

Der Kämmerer wandte sich um und sah einen Offizier, der am Ufer den Bogen spannte. Es war Muschalski.

Der berühmte Bogenschütze hatte bisher unter den anderen gekämpft und im Handgemenge den Feind niedergemacht. Jetzt, als die Janitscharen sich schon so weit entfernt hatten, daß die Kugeln sie nicht mehr erreichten, nahm er den Bogen von seiner Seite, suchte sich ein Plätzchen, wo das Ufer ein wenig erhöht war, versuchte mit den Fingern die Sehne, und als sie vernehmlich erklang, legte er den geflügelten Pfeil auf und zielte.

Gerade in diesem Augenblick sahen Michael und Herr von Landskron ihm zu. Ein wunderbares Bild! Der Bogenschütze saß zu Pferde; er hatte die linke Hand vor sich hingestreckt und hielt mit ihr den Bogen wie mit Klammern fest; die rechte zog er immer stärker bis in die Gegend der Brustwarze heran, daß ihm die Adern an der Stirn hervortraten, und zielte ruhig. In der Ferne sah man, in eine Rauchwolke gehüllt, zahlreiche Prahme, die den Fluß hinanglitten, der infolge der Schneeschmelzen in den Bergen angeschwollen war, und an diesem Tage so durchsichtig schimmerte, daß die Prahme und die Janitscharen-Besatzung sich in ihm widerspiegelten. Die Büchsen am Ufer waren verstummt, aller Augen waren auf Muschalski geheftet oder schauten nach der Richtung, die der tödliche Pfeil nehmen sollte. Da plötzlich ertönte laut die Sehne, und der geflügelte Todesbote schwirrte durch die Luft. Kein Auge konnte seinem Fluge folgen, aber alle bemerkten deutlich, wie der am Ruder stehende kräftige Janitschar plötzlich die Arme auseinanderstreckte, sich auf dem Flecke umdrehte, und platschend ins Wasser fiel. Die helle Flut spritzte unter seiner Last auf.

Muschalski aber sagte: »Für dich, Dydiuk!« Dann griff er nach einem anderen Pfeil. »Dem Herrn Hetman zu Ehren!« wandte er sich an die Genossen. Sie hielten den Atem inne, und wieder schwirrte es durch die Luft, und ein zweiter Janitschar stürzte auf den Boden des Prahms.

Auf allen Prahmen begannen nun die Ruder sich lebhafter zu bewegen, mächtig warfen sie die helle Woge zurück. Der unvergleichliche Bogenschütze aber wandte sich jetzt lächelnd an den kleinen Ritter:

»Zu Ehren der würdigen Gattin Euer Gnaden!«

Zum dritten Male zog er die Sehne an, zum dritten Male schoß er den bitteren Pfeil ab, und zum dritten Male senkte dieser sich tief in einen menschlichen Körper. Ein Triumphgeschrei ertönte am Ufer, ein Wutgeheul von den Prahmen; dann zog sich Muschalski zurück

und hinter ihm die anderen Sieger des Tages – und eilten in die Stadt.
Zufrieden schauten sie auf die Ernte des heutigen Tages zurück. Von
der Horde waren nur wenige gefallen, denn sie hatten sich kaum einmal gehalten, – schnell aufgescheucht hatten sie sich schnell über den
Fluß zurückgezogen; aber die Janitscharen lagen in großer Zahl auf
dem Schlachtfelde wie schön zusammengebundene Garben. Manche
zeigten noch Leben, aber alle waren bereits durch das Gesinde des
Kämmerers ausgeplündert.

Michael betrachtete sie und sagte:

»Ein tüchtiges Fußvolk; das stürmt gegen das Feuer wie ein Wild-
schwein! – aber doch nicht halb so tüchtig wie die Schweden.«

»Und doch haben sie eine Salve abgefeuert, als ob es Nußknacken
wäre«, versetzte der Kämmerer.

»Das geschah zufällig, nicht durch ihre Disziplin, denn in der Regel
halten sie keine Übungen ab. Das war die Garde des Sultans, diese
exerziert noch ein wenig; außer ihnen gibt es aber noch irreguläre Janitscharen, die sind weit schlimmer.«

»Wir haben ihnen ein *pro memoria* gegeben. Gelobt sei Gott, daß
wir mit einem so schönen Siege diesen Krieg eröffnen!«

Aber der erfahrene Herr Michael war anderer Ansicht.

»Das ist ein unbedeutender Sieg, kein schöner«, antwortete er. »Gut
ist er zur Hebung des Mutes bei den weniger erfahrenen Leuten und
bei den Einwohnern, andere Folgen aber wird er nicht haben.«

»Glaubt Ihr nicht, daß dies den Mut der Heiden schwächen wird?«

»Nein«, sagte Michael.

Unter solchem Gespräche waren sie in die Stadt gelangt, wo ihnen
die beiden gefangenen Janitscharen, die Michaels Schwert unter den
Sonnenblumen zu entrinnen hofften, vorgeführt wurden. Der eine war
leicht verwundet, der zweite ganz heiter und voll hohen Mutes. Der
kleine Ritter befahl Makowiezki, ihn auszuforschen, denn obwohl er
selbst das Türkische gut verstand, sprach er es doch nicht geläufig.
Makowiezki befragte ihn also, ob der Sultan in eigener Person schon
in Chozim sei, und in welcher Zeit er nach Kamieniez zu kommen
gedenke.

Der Türke machte seine Aussagen klar, aber trotzig.

»Der Padischah ist in eigener Person da«, sagte er; »im Lager hieß
es, die Paschas Halil und Murad sollen morgen mit den Mehentis ans

andere Ufer übersetzen und sogleich Gräben ziehen; morgen oder übermorgen kommt über Euch das Verderben.«

Der Gefangene stemmte die Hände in die Seiten und brüstete sich mit der Macht des Sultans.

»Wahnsinnige Lechen, wie konntet ihr wagen, in unmittelbarer Nähe des Herrn seine Leute zu überfallen? Glaubt ihr, ihr werdet der furchtbaren Strafe entgehen? Soll dieses Schlößchen euch schützen? Was andere werdet ihr in wenigen Tagen sein, als Sklaven, – was seid ihr heute? – Hunde, die dem Herrn ins Angesicht kläffen.«

Makowiezki schrieb sorgfältig alles nieder; Michael aber, den die Kühnheit des Gefangenen reizte, schlug ihm bei den letzten Worten ins Gesicht. Der Türke war verdutzt und bekam Respekt vor dem kleinen Ritter; er begann auch bald sich ziemlicher auszudrücken. Als man ihn nach der Beendigung des Verhörs aus dem Saal führte, sagte Michael:

»Man muß die Gefangenen und ihre Aussagen unverzüglich nach Warschau senden, denn dort am Hofe des Königs glauben sie noch immer nicht an den Krieg.«

»Was sind diese Mehentis, mit welchen Halil und Murad übersetzen sollen?« fragte Herr von Landskron.

»Mehentis sind Ingenieure, welche die Verschanzungen und Auf-schüttungen für die Kanonen vorbereiten«, versetzte Makowiezki.

»Und was denkt Ihr, Herren, hat dieser Gefangene die Wahrheit gesagt oder war alles erlogen?«

»Wenn's Euch beliebt«, antwortete Herr Michael, »kann man ihm die Fußsohlen einheizen; ich habe einen Wachtmeister, der an Asya eine Exekution vollzogen hat, und der in solchen Dingen vorzüglich ist. Aber nach meiner Ansicht spricht der Janitschar in allem die Wahrheit. Der Übergang über den Fluß wird sogleich beginnen, und wir könnten ihn nicht hinhalten, wenn wir auch hundertmal zahlreicher wären. Es bleibt uns nichts übrig, als uns aufzumachen und die Nachricht nach Kamieniez zu bringen.«

»Es ist mir so gut bei Swaniez ergangen, daß ich gern im Schlößchen bliebe«, sagte der Kämmerer, »wenn ich nur die Gewißheit hätte, daß Ihr mir von Zeit zu Zeit von Kamieniez her beispringt. Geschehe dann, was da wolle.«

»Sie haben zweihundert Kanonen«, antwortete Michael, »und wenn sie zwei schwere Geschütze herbeibringen, hält das Schlößchen nicht einen Tag aus. Ich wollte selbst drin bleiben, aber jetzt, wo ich es untersucht habe, sehe ich, daß es zwecklos ist.«

Die anderen schlossen sich der Ansicht des kleinen Ritters an. Herr von Landskron widersprach noch eine Weile; er wollte durchaus in Swaniez bleiben; aber er war doch schließlich ein allzu erfahrener Soldat, um Michael nicht recht zu geben. Da stürzte Herr Wasilkowski eilig ins Schloß und unterbrach alle seine Erwägungen.

»Meine Herren«, rief er, »man sieht den Fluß nicht mehr, der ganze Dniestr ist von Flößen bedeckt!«

»Setzen sie über?« fragten alle.

»Bei Gott, die Türken sind auf den Flößen, und die Tataren die Furten entlang.«

Herr von Landskron zögerte nicht mehr, sondern befahl sofort die alten Schloßhaubitzen einzuschmelzen; die übrigen Sachen ließ er, so gut es ging, verbergen oder nach Kamieniez bringen. Michael bestieg sein Pferd und ritt an der Spitze seiner Leute voraus, um von einer entfernten Anhöhe den Übergang zu beobachten.

Halil und Murad setzten wirklich über den Fluß; so weit das Auge reichte, sah man Prahme und Flöße, deren Ruder mit regelmäßigen Schlägen das helle Wasser zurückwarfen. Die Janitscharen und Spahis kamen gleich in großer Zahl an, denn die Kähne zum Übersetzen hatte man seit langer Zeit in Chozim ausgerüstet. Außerdem standen am Ufer in der Nähe ungeheure Heeresmassen. Michael vermutete, daß sie einen Brückenbau vornähmen, aber der Sultan hatte die Hauptmacht noch nicht in Bewegung gesetzt. Inzwischen war Herr von Landskron mit seinen Leuten herangekommen, und nun ritten beide nach Kamieniez. In der Stadt erwartete sie Potozki. In seinem Quartier waren die höheren Offiziere versammelt, vor dem Hause standen Haufen von Menschen beiderlei Geschlechts in Unruhe, Sorge und Neugier. »Der Feind setzt über den Fluß, und Swaniez ist genommen«, sagte der kleine Ritter.

»Die Arbeiten sind fertig, wir warten«, antwortete Potozki.

Die Nachricht ging durch die Menge, und sie begann zu wogen wie eine Wasserflut. »An die Tore, an die Tore!« schallte es durch die Stadt, »der Feind ist in Swaniez!«

Bürger und Bürgerinnen liefen zu den Festungstürmen, weil sie glaubten, von hier aus den Feind zu sehen, aber die Soldaten verwehrten ihnen den Zutritt zu den für den Kriegsdienst bestimmten Orten.

»Geht in eure Häuser!« riefen sie der Menge zu; »wenn ihr unser Verteidigungswerk stören wollt, so werden eure Frauen gar bald die Türken aus nächster Nähe kennen lernen.«

Im übrigen herrschte keine Furcht in der Stadt, denn schon war die Kunde von dem heutigen Siege überall verbreitet und dieser natürlich vergrößert worden. Die Übertreibung war das Werk der Soldaten, die Wunderdinge von dem Treffen erzählten.

»Herr Michael hat die Janitscharen aufs Haupt geschlagen, – die Garde des Sultans!« wiederholte aller Mund. »Die Heiden können sich nicht messen mit Herrn Michael, den Pascha selbst hat er niedergehauen! Der Teufel ist nicht so schwarz, wie man ihn malt; sie haben doch unserem Heer nicht standhalten können. Recht so, euch Hundesöhnen! Ein Pereat euch und euerm Sultan!«

Noch einmal erschienen die Bürgersfrauen bei den Schanzen auf den Basteien und Türmchen, jetzt aber beladen mit Flaschen Weins, Branntwein und Met. Diesmal begrüßte man sie freudig, und die Soldaten ließen sich's wohlschmecken. Herr Potozki hatte nichts gegen ihre Fröhlichkeit, denn er wollte die Soldaten bei guter Laune erhalten, und da in der Stadt und auf dem Schlosse an Munition Überfluß war, gestattete er auch, Salven abzugeben, in der Hoffnung, daß ihr Schall den Feind nicht wenig verwirren werde, wenn er ihn überhaupt hörte.

Herr Michael, der das Herannahen des Abends im Quartier des Generals von Podolien erwartet hatte, bestieg nun ein Pferd und schlich sich in Begleitung eines Burschen nach dem Kloster, um so schnell als möglich seine Gattin zu begrüßen. Aber die List half nichts; man erkannte ihn, und sogleich umringten zahlreiche Haufen sein Pferd. Rufe und Vivats erschallten, die Mütter hoben ihre Kinder in die Höhe. »Seht, das ist er, seht und merkt es euch!« wiederholten viele Stimmen. Man bewunderte ihn außerordentlich; am meisten aber setzte die Leute, die des Krieges unkundig waren, seine winzige Gestalt in Erstaunen. Es wollte dem Völkchen nicht in den Kopf, wie ein so kleiner Mann mit so heiterem Gesicht der gefürchtetste Soldat der Republik sein könne, mit dem sich niemand zu messen wagte. Er aber ritt ruhig durch die Menge und verzog von Zeit zu Zeit lächelnd den Mund, denn es schmeichelte ihm doch. Endlich gelangte er ans Kloster und stürzte in Bärbchens geöffnete Arme.

Sie hatte schon von seinen heutigen Taten und von all' den Meisterhieben gehört, denn soeben war der Herr Kämmerer von Podolien bei ihr gewesen und hatte ihr als Augenzeuge ausführlichen Bericht erstattet. Bärbchen aber hatte gleich zu Beginn der Erzählung alle Frauen im Kloster zusammengerufen, die Fürstin Potozki, die Frauen Makowiezka, Humiezka, Christine Ketling, Chozimirska, Bogusch, und je weiter der Kämmerer in seiner Erzählung fortschritt, desto mehr brüstete sie sich vor ihnen. Michael kam gerade in dem Augenblick, da die Frauen sich getrennt hatten.

Nachdem sie sich lange genug umfangen gehalten, setzte sich der kleine Ritter abgemattet zur Abendmahlzeit nieder. Bärbchen rückte an seine Seite, legte ihm das Essen auf den Teller und goß ihm Bier in den Becher; er aß und trank eifrig, denn er hatte den ganzen Tag fast nichts genossen. Zwischendurch erzählte er auch ein wenig, und Bärbchen hörte mit funkelnden Augen zu, schüttelte nach ihrer Gewohnheit das Köpfchen und fragte wißbegierig:

»Aha! Und dann, und dann?«

»Es sind tüchtige Kerle unter ihnen, aber einen Türken, der fechten kann, trifft man kaum«, sagte der kleine Ritter.

»So könnte auch ich mich mit jedem messen?«

»Ei gewiß, aber du wirst dich nicht messen, denn ich nehme dich nicht mit!«

»Wenigstens mit einem im Leben! Weißt du, Michael, wenn du hinausgehst vor die Mauern, habe ich gar keine Furcht; ich weiß, daß dir niemand etwas anhaben kann ...«

»Aber können sie mich nicht totschießen?«

»O, sprich nicht so, – lebt denn der liebe Gott nicht? Niederstechen wirst du dich nicht lassen, das ist die Hauptsache.«

»Wenn einer oder zwei kommen, gewiß nicht.«

»Auch dreie nicht, Michael, auch vier nicht.«

»Auch viertausend nicht«, sagte Sagloba ironisch. »Wenn du wüßtest, Michael, was sie angegeben hat während der ganzen Erzählung des Kämmerers. Ich habe geglaubt, ich müsse bersten vor Lachen. Wahrhaftig, mit der Nase arbeitete sie wie eine Ziege, und den Weibern sah sie ins Gesicht, einer nach der anderen, ob sie auch genügend entzückt seien.«

Der kleine Ritter streckte sich nach dem Essen ein wenig hin, denn er war übermüde. Plötzlich rief er seine Gattin zu sich und sagte:

»Meine Wohnung im Schloß ist schon hergerichtet, aber ich mag nicht gern dahin zurück ... Bärbchen, ich bleibe lieber hier ...«

»Wie es dir lieber ist, Michael«, antwortete Bärbchen und senkte die Augen zu Boden.

»Ha!« rief Sagloba, »mich hält man hier für einen Pilz, nicht für einen Mann, denn die Fürstin gestattet mir, im Kloster zu wohnen; aber sie wird's bedauern, meinen Kopf darauf! Habt Ihr gesehen, wie Frau Chozimirska mit mir liebäugelt? … eine junge Witwe … das laß ich mir gefallen … na, ich will weiter nichts sagen!«

»Wahrhaftig, ich bleibe lieber«, sagte der kleine Ritter.

Bärbchen antwortete:

»Wenn du dich nur gut ausruhest.«

»Warum sollte er sich nicht gut ausruhen?« fragte Sagloba.

»Weil wir schwatzen werden, schwatzen, ohne Ende schwatzen!«

Sagloba suchte nach seiner Mütze herum, um sich auch zur Ruhe zu begeben; als er sie endlich fand, drückte er sie auf den Kopf und sagte:

»Ihr werdet nicht schwatzen, nicht schwatzen, nicht schwatzen!« und damit ging er.

22. Kapitel

Am anderen Morgen in der Dämmerung ritt der kleine Ritter nach Kniahin, wo er ein Treffen mit den Spahis hatte, und Bulik-Pascha, einen berühmten türkischen Krieger, gefangen nahm. Der ganze Tag ging ihm bei der Arbeit auf dem Schlachtfeld hin, ein Teil der Nacht im Kriegsrat bei Herrn Potozki, und erst, als die Hähne krähten, legte er sein Haupt zum Schlummer nieder. Aber kaum war er in Schlaf gesunken, als ihn der Donner der Geschütze weckte; gleichzeitig trat Pientka, ein Smudzer Knecht und treuer Diener Wolodyjowskis, in das Gemach. »Herr«, rief er, »der Feind ist vor der Stadt!«

Der Ritter sprang auf.

»Was für Geschütze sind das?«

»Die Unsrigen reizen die Heiden; ein bedeutender Vortrab ist da, der das Vieh auf den Feldern raubt.«

»Janitscharen oder Reiterei?«

»Reiterei, Herr, lauter Schwarze; sie scheuchen sie mit dem Kreuze fort, denn Gott weiß, ob es nicht Teufel sind.«

»Teufel oder nicht, wir müssen hin«, antwortete der kleine Ritter. »Du laufe zur Herrin und sage ihr, daß ich im Felde bin. Wenn sie aufs Schloß kommen will, um zuzusehen, so kann sie kommen, aber mit Herrn Sagloba, denn ich baue auf seine Klugheit.«

Eine halbe Stunde später machte Michael einen Ausfall an der Spitze der Dragoner und der adligen Freiwilligen, welche hofften, im Zweikampf Ruhm zu ernten. Vom alten Schlosse sah man ganz genau die Kavallerie. Es mochten zweitausend Mann sein, bestehend aus Spahis, in überwiegender Zahl aber aus der ägyptischen Garde des Sultans. In dieser letzteren dienten die reichen und tapferen Mamelucken vom Nil; ihre blinkenden, hell leuchtenden Rüstungen, die goldgestickten Kepis auf ihren Köpfen, die weißen Burnusse und die reich besetzte Waffe machten sie zur glänzendsten Reiterei der Welt. Sie führten Speere, deren Schaft aus Rohr bestand, krumme Damascener und Dolchmesser. Auf ihren Rossen, die wie auf Flügeln des Windes dahinzueilen schienen, flogen sie wie eine buntfarbige Wolke über das Feld, mit lautem Geheul, die mörderischen Spieße in der Hand drehend. Vom Schlosse aus konnte man sich gar nicht satt sehen an ihrem Anblick.

Herr Michael rückte ihnen mit seiner Reiterei entgegen. Indessen kam es zu keiner Schlacht mit blanker Waffe, denn die Schloßkanonen hielten die Türken zurück; sie waren zu groß an Zahl, als daß der kleine Ritter es hätte wagen dürfen, ihnen entgegenzusprengen, um sich mit ihnen außerhalb der Schußlinie seiner Kanonen auseinanderzusetzen. So blieben sie eine Zeitlang fern voneinander, indem sie die Waffe drohend erhoben und aus Leibeskräften schrieen. Endlich wurden die feurigen Söhne der Wüste der leeren Drohungen überdrüssig, einzelne Reiter rissen sich von der großen Masse los und näherten sich dem Feinde, indem sie ihn zum Kampfe aufriefen. Sie zerstreuten sich über das Feld und tauchten hier und da auf, wie Blumen, die der Wind nach allen Richtungen zerstreut hat.

Herr Michael sah sich nach seinen Getreuen um.

»Sie fordern uns heraus, meine Herren, wer versucht den Zweikampf?«

Da sprengte zuerst Herr Wasilkowski, ein feuriger Kavalier hervor, ihm folgte Muschalski, der unfehlbare Bogenschütze, der auch im Handgemenge ein trefflicher Kämpe war; dann folgten Miasga, vom Wappen Prus, der im schnellsten Ritt jeden Ring mit seinem Speere auffing, Theodor Paderewski, und noch viele andere treffliche Kämpfer, auch von den Dragonern ein Häuflein, denn die Hoffnung auf reiche Beute, und besonders die vorzüglichen Pferde der Araber lockten sie. An der Spitze der Dragoner ritt der furchtbare Luschnia; er kaute an seinen Bartenden und suchte sich schon aus der Ferne den Reichsten aus.

Der Tag war schön, und man konnte den Feind deutlich sehen. Die Kanonen auf den Wällen verstummten eine nach der anderen; endlich ward es ganz still, denn die Schützen fürchteten, einen der ihrigen zu verletzen. Sie wollten auch lieber der Schlacht zuschauen, als auf die zerstreuten Kämpfer schießen. Diese ritten nun schrittweise gegen einander los, dann schneller, aber nicht in grader Linie, sondern zerstreut, wie der Zufall es fügte. Endlich, da sie sich um ein bedeutendes genähert hatten, hielten sie die Pferde an und begannen aufeinander zu schimpfen, um Zorn und Mut in ihren Herzen zu wecken.

»Ihr sollt an uns nicht fett werden, Heidenhunde!« riefen die polnischen Kämpfer; »kommt nur heran, euer elender Prophet wird euch nicht schützen!«

Die von drüben schrien auf türkisch oder arabisch; viele von den polnischen Reitern, die, wie der berühmte Bogenschütze, eine schwere Gefangenschaft durchgemacht hatten, verstanden beide Sprachen. Als nun die Heiden besonders schmachvoll die heilige Jungfrau lästerten, da sträubte sich das Haar auf den Köpfen der getreuen Diener Marias, und sie gaben den Pferden die Sporen, um die Schmach ihres Namens zu rächen.

Wer war es, der den ersten Feind fällte? Es war Muschalski, der den jungen Bey mit dem Purpurkepi und der silbernen Rüstung, die wie Mondschein erglänzte, mit dem Pfeile traf. Das schmerzbringende Geschoß haftete unter dem linken Auge und war bis zur Hälfte in den Kopf gedrungen. Er warf sein edles Haupt zurück, breitete die Arme aus und sank vom Pferde. Der Bogenschütze aber nahm den Bogen zur Seite, sprengte auf ihn zu und durchbohrte ihn noch mit dem Schwerte; dann nahm er ihm die treffliche Waffe, trieb das Pferd zu den Seinigen und sprach in arabischer Sprache:

»Wäre es des Sultans Sohn, er müßte hier faulen, ehe ihr ihm das letzte Geleit spielet!«

Als die Türken und Ägypter das hörten, waren sie außerordentlich gekränkt, und sogleich sprengten zwei Beys auf Muschalski zu.

Luschnia vertrat ihnen von der Seite den Weg, einem Wolfe gleich an Blutgier, und traf einen von ihnen auf dem Flecke tödlich; erst hieb er ihm über die Hand, und als jener sich nach dem gekrümmten Säbel neigte, trennte er ihm mit einem gewaltigen Streich in den Nacken fast ganz den Kopf vom Rumpfe. Als der zweite das sah, wandte er sein schnelles Roß zur Flucht; inzwischen aber hatte Muschalski Zeit gehabt, seinen Bogen zu spannen und dem Fliehenden einen Pfeil nachzusenden. Er traf ihn im Laufe und fuhr ihm tief zwischen die Schulterblätter.

Der dritte, der seinen Gegner niederwarf, war Schmlud-Plozki, der ihm mit scharfer Schneide über das Visier fuhr; das Silber und der Sammet, von dem das Blech zusammengehalten wurde, lösten sich bei dem Streiche, und das Ende des Säbels fuhr so tief in die Knochen, daß Schmlud-Plozki es eine Zeitlang nicht herausziehen konnte. Andere kämpften mit wechselndem Glück, aber der Sieg war zum größten Teil auf der Seite des im Einzelkampf geübten Adels. Zwei Dragoner fielen von der Hand des mächtigen Hamdi-Bey, der dann Owsian mit dem krummen Damascener über das Maul hieb und zu Boden streckte. Der Fürst tränkte seinen Heimatsboden mit seinem Blut, Hamdi aber wandte sich Herrn Scheluta zu, dessen Pferd mit einem Fuße in einem Hamsterloche festsaß. Scheluta sah den unfehlbaren Tod vor Augen und sprang vom Pferde, um sich zu Fuß mit dem furchtbaren Reiter zu messen. Aber Hamdi warf ihn mit der Brust seines Pferdes nieder und traf den Sinkenden mit dem Ende seines Damasceners in den Arm. Die Hand erlahmte ihm; der Bey aber sprengte davon und suchte neue Gegner. Nur wenige hatten den Mut, sich ihm zu stellen, so sehr überragte er offenbar alle an Kraft. Der Wind hob seinen weißen Burnus und entfaltete ihn weit wie Flügel eines Raubvogels; seine goldige Rüstung warf einen prächtigen Abglanz auf sein fast völlig schwarzes Gesicht mit den wilden, leuchtenden Augen, der krumme Säbel blinkte über seinem Haupte, wie die Sichel des Mondes.

Der berühmte Bogenschütze hatte schon zwei Pfeile gegen ihn abgesandt, aber beide waren mit stöhnendem Klirren von der Rüstung abgeprallt und wirkungslos ins Gras gesunken. Muschalski erwog nun, ob er noch den dritten Pfeil auf den Hals seines Pferdes abschicken, oder ob er mit seinem Schwerte gegen den Bey losgehen solle. Aber während er darüber nachdachte, hatte ihn jener bemerkt und war zuerst mit seinem schwarzen Hengstfohlen auf ihn losgestürzt.

Sie trafen sich mitten im Felde; Muschalski wollte seine große Kraft zeigen und Hamdi lebendig einfangen. Er schlug von unten her mit einem mächtigen Streich den Damascener in die Höhe, ergriff ihn mit der einen Hand an der Kehle, mit der anderen am Visier und zog ihn mit voller Kraft an sich. Da sprang ihm der Riemen am Sattelholz auseinander, und der unvergleichliche Bogenschütze glitt mit ihm zusammen ab und stürzte zu Boden. Hamdi schlug mit dem Griffe seines Damasceners nach seinem Kopfe und betäubte ihn auf der Stelle. Die Spahis und Mamelucken schrieen vor Freude auf, denn sie waren schon in Sorge um Hamdi gewesen; die Polen aber empfanden tiefes Leid, und die Kämpfer sprengten in dichten Haufen gegeneinander los, die einen, um den Bogenschützen fortzuschleppen, die anderen, um wenigstens seine Leiche zu verteidigen.

Der kleine Ritter hatte bisher an den Einzelkämpfen keinen Anteil genommen; die Würde eines Kommandanten gestattete ihm dies nicht. Da er aber Muschalski unterliegen und Hamdi-Bey triumphieren sah, beschloß er, den Bogenschützen zu rächen und zugleich den Mut der Seinigen zu heben. Von diesem Gedanken belebt, gab er seinem Pferde die Sporen und schoß so schnell dahin, wie der Sperber auf eine Schar Kibitze, die im Roggenfelde nisten. Bärbchen hatte ihn durch das Glas bemerkt; sie stand auf den Zinnen des alten Schlosses und rief sogleich Sagloba, der neben ihr stand, zu:

»Michael, seht Michael!«

»Hier erkennst du ihn«, rief der alte Krieger. »Sieh' nur hin, wo er zuerst losschlägt; fürchte nichts.« Das Glas zitterte in Bärbchens Händen. Da auf dem Felde weder mit Bogen noch mit Büchsen geschossen wurde, sorgte sie selbst wenig um das Leben ihres Gatten, vielmehr hatte sie Eifer, Neugier und Unruhe ergriffen. Ihr Herz und ihre Seele flogen in diesem Augenblick ihrem Gatten zu, ihre Brust atmete schnell, helles Rot übergoß ihr Gesicht; einen Augenblick neigte sie sich über die Zinnen, so daß Sagloba sie um die Hüfte fassen mußte, damit sie nicht in den Graben falle, und schrie:

»Zweie kommen auf Michael los!«

»So gibt es zwei Menschenleben weniger«, sagte Sagloba trocken.

In der Tat, zwei hochgewachsene Spahis warfen sich auf den kleinen Ritter; aus seiner Tracht schlossen sie, daß es ein Mann von Rang sein müsse, und da sie die kleine Gestalt des Reiters sahen, hofften sie leichten Ruhm zu erwerben. Die Törichten! Sie ritten in den sicheren Tod, denn als sie in der Nähe der anderen Reiter sich aneinander schlossen, hielt der kleine Ritter nicht einmal sein Pferd zurück, sondern teilte wie beiläufig zwei Hiebe unter sie aus, scheinbar leichte, wie eine Mutter ihren Kindern so nebenher einen Schlag versetzt. Jene aber sanken zu Boden, krallten die Finger in die Schollen und bebten wie ein paar Luchse, die in demselben Augenblick von tödlichen Pfeilen erreicht werden. Der kleine Ritter aber stürmte vorwärts, den Reitern entgegen, die auf dem Felde tummelten, und richtete furchtbare Verheerungen an. Wie nach Beendigung der Messe der Knabe in die Kirche tritt und mit dem blechernen Hütchen ein Licht nach dem anderen vor dem Altar verlöscht und ihn in dichtes Dunkel hüllt – so verlöschte er rechts und links das Leben der glänzenden türkischen und ägyptischen Reiter und tauchte sie in die Dämmerung des Todes. Die Heiden erkannten den Meister aller Meister, und ihr Mut sank. Einer nach dem anderen warf sein Pferd zurück, um mit dem furchtbaren Manne nicht zusammenzutreffen; der kleine Ritter aber stürmte den Fliehenden nach wie eine wütige Hornisse und traf mit seinem Stachel immer wieder neue Reiter.

Die Soldaten an der Schloßkanone schrieen vor Freude auf, als sie das sahen, einige eilten zu Bärbchen hin und küßten in ihrer Begeisterung den Saum ihres Kleides; andere fluchten den Türken. »Bärbchen, mäßige dich!« rief Sagloba ein über das anderemal, und hielt sie fest; sie aber hatte Lust zu lachen und zu weinen, in die Hände zu klatschen und aufzuschreien, zuzusehen und ihrem Gatten nachzueilen in die Schlacht.

Dieser aber riß die Spahis und die ägyptischen Beys mit sich fort, als plötzlich der Ruf über das ganze Feld erscholl: »Hamdi!« Die Bekenner des Propheten riefen mit lauter Stimme den tüchtigsten ihrer Krieger heran, damit er sich endlich mit diesem furchtbaren kleinen Ritter messe, welcher der verkörperte Tod zu sein schien.

Hamdi hatte schon längst den kleinen Ritter bemerkt, aber da er seine Taten sah, erschrak er im ersten Augenblick. Er scheute sich, den großen Ruhm und das junge Leben gegen diesen Feind aufs Spiel zu setzen, und darum beachtete er ihn absichtlich nicht und ritt am anderen Ende des Feldes umher. Dort hatte er gerade Herrn Jalbrik und Herrn Kos ergriffen, als die verzweifelten Rufe »Hamdi, Hamdi!«

an sein Ohr schlugen. Er sah ein, daß es unmöglich war, sich länger zu verbergen, daß er entweder unermeßlichen Ruhm zu gewinnen oder sein Leben zu verlieren habe, und er erhob einen so furchtbaren Schrei, daß alle Abhänge vom Echo widerhallten, und stürmte mit der Schnelligkeit des Windes gegen den kleinen Ritter los.

Wolodyjowski hatte ihn aus der Ferne bemerkt und gab seinem braunen Wallach die Sporen. Die anderen ließen die Waffen ruhen, und Bärbchen hinter den Zinnen des Schlosses ward, da sie alle Siege des furchtbaren Hamdi-Bey mit angesehen hatte, trotz des blinden Vertrauens in die unbesiegbare Kraft des kleinen Ritters ein wenig bleich. Sagloba aber war vollkommen ruhig.

»Ich möchte lieber der Erbe dieses Heiden sein, als er selber«, sagte er zu Bärbchen. Pientka, der getreue Smudzer, war seines Herrn so sicher, daß sein Antlitz auch nicht die geringste Sorge um ihn trübte. Ja, er summte, als er den heranstürmenden Hamdi erblickte, eine Volksweise vor sich hin:

> Ei, du dummer, dummer Hund,
> Kommt der Wolf aus Waldesgrund,
> Und der Wolf ist fürchterlich,
> Trolle dich, sonst frißt er dich.

Die beiden Kämpfer waren mitten im Felde unter den Augen der zuschauenden Reihen zusammengetroffen. Aller Herzen standen für einen Augenblick still, – da leuchtete ein schlangenartiger Blitz im hellen Sonnenschein über den Häuptern der Kämpfenden: der krumme Damascener war wie ein von der Sehne geschnellter Pfeil Hamdis Händen entflogen, er selbst neigte sich auf seiner Satteldecke, als sei er vom Schwerte getroffen, und schloß die Augen. Michael aber faßte ihn mit der linken Hand im Nacken und trieb ihn, die Spitze des Rapiers in die Seite stemmend, zu den Seinigen. Hamdi leistete keinen Widerstand; er gab vielmehr selbst dem Pferde die Sporen, denn er fühlte die Spitze zwischen seinem Körper und der Rüstung – und ritt wie betäubt dahin; die Hände hingen ihm kraftlos herab, und aus den Augen traten ihm die Tränen. Michael lieferte ihn in die Hände des schrecklichen Luschnia und wandte sich selbst zum Schlachtfeld zurück.

In den Reihen der Türken ertönten Trompeten und Pfeifen; das war für die Kämpfer das Zeichen, daß es Zeit sei, die Reihen zu schließen, und so eilten sie zu den ihrigen zurück, mit Schmach bedeckt, voll Grames und mit dem Andenken an den furchtbaren Reiter im Herzen.

»Das war der Satan!« sagten die Spahis und Mamelucken zueinander, »wer mit ihm zusammentrifft, dem ist der Tod gewiß«, – »der Satan, kein anderer.« Die polnischen Reiter verweilten noch einen Augenblick, um zu zeigen, daß sie das Feld behauptet hatten; dann erhoben sie ein dreifaches Siegesgeschrei und zogen sich endlich unter dem Schutze der Kanonen, die Potozki wiederum in Tätigkeit treten ließ, zurück. Auch die Türken wichen weit zurück; einen Augenblick glänzten ihre Burnusse, ihre farbigen Kepis und die schimmernden Visiere in der Sonne, dann verdeckte sie der blaue Horizont. Auf dem Schlachtfeld blieben nur die Türken und die Polen, die das Schwert getroffen hatte. Die Knechte kamen aus dem Schlosse, um die Leichen zu sammeln und sie zu begraben, und zuletzt flogen die Raben herbei, um auch den gefallenen Heiden den letzten Dienst zu erweisen. Aber ihr Leichenschmaus währte nicht lange, denn noch an demselben Abend scheuchten sie neue Heerscharen des Propheten von ihrem Mahle auf. –

Am folgenden Tage ritt der Vezier selbst an die Mauern von Kamieniez heran an der Spitze eines zahlreichen Heeres von Spahis, Janitscharen und vom allgemeinen Aufgebot. Bei der großen Zahl seiner Truppen konnte man anfangs meinen, er werde einen Sturm versuchen; er wollte indessen nur die Mauern der Stadt in der Nähe besichtigen. Die Ingenieure, die ihn begleiteten, untersuchten denn auch die Festung und die Erdaufschüttungen. Diesmal trat dem Vezier Herr Myslischewski mit dem Fußvolk und einer Abteilung freiwilliger Berittener entgegen, und wieder kam es zu Einzelkämpfen, die für die Belagerten erfolgreich, wenn auch nicht so glänzend endeten wie am vergangenen Tage. Endlich befahl der Vezier den Janitscharen, zum Schein gegen die Mauern vorzurücken. Der Donner der Geschütze erschütterte Stadt und Schlösser, die Janitscharen kamen bis an das Quartier des Herrn Podtschaski heran und gaben unter ungeheurem Lärm alle gleichzeitig eine Salve ab. Aber da auch Herr Podtschaski von oben her mit wohlgezielten Schüssen antwortete, und zu befürchten stand, daß die Reiterei die Janitscharen seitwärts umgehen könne, so rückten diese ohne Zögern auf dem Wege von Swaniez ab und kehrten zum Haupteer zurück.

Am Abend schlich sich ein Böhme in die Stadt, der bei dem Janitschar-Aga Pajuk diente und nach einer Geißelung entflohen war. Man erfuhr von ihm, daß der Feind sich bereits in Swaniez befestigt hatte und die weiten Felder vom Dorfe Dluschek ab in Besitz habe. Der Überläufer wurde eingehend über die Ansicht, die unter den Türken in bezug auf die Einnehmbarkeit von Kamieniez herrsche, ausgefragt. Er antwortete, daß im Heere ein guter Geist walte, und daß die Prophezeiungen günstig gewesen seien. Vor wenigen Tagen habe sich vor dem Zelte des Sultans plötzlich eine Rauchsäule vom Erdboden erhoben, unten dünn, oben immer breiter werdend, wie ein riesenhafter Blumenstrauß. Die Muftis deuteten die Erscheinung so, daß der Ruhm des Padischahs die Höhen des Himmels erreichen werde, und daß gerade er der Herrscher sei, der die bisher uneinnehmbare Feste von Kamieniez fällen werde. Dieses günstige Vorzeichen habe den Mut des Heeres sehr gehoben. Die Türken – fuhr der Überläufer fort – fürchten den Hetman Sobieski und seine Entsatzung; von alters her sei ihnen die Gefahr eines Kampfes auf offenem Felde mit den Herren der Republik in Erinnerung, und sie seien geneigter, mit den Venezianern, mit den Ungarn oder mit einem anderen Volke zusammenzutreffen. Da sie aber Kunde davon hätten, daß die Republik keine Heere besaß, so herrsche allgemein die Ansicht, daß Kamieniez, wenn auch nicht ohne Mühen, fallen werde. Der Kaimakam Kara-Mustapha habe geraten, die Mauern unverzüglich zu stürmen, aber der besonnenere Vezier ziehe es jetzt vor, mit regulären Arbeiten die Stadt zu umgeben und mit Geschossen zu überschütten. Der Sultan sei nach den ersten Scharmützeln der Ansicht des Veziers beigetreten, und darum sei eine ordnungsmäßige Belagerung zu erwarten.

Herrn Potozki schmerzte diese Mitteilung sehr; auch der Bischof, der Kämmerer von Podolien, Michael und die anderen Offiziere waren betrübt darüber. Sie hatten auf Stürmen gerechnet, und bei der Wehrhaftigkeit des Ortes gehofft, den Feind mit großem Verlust zurückzuwerfen. Sie wußten recht wohl, daß beim Stürmen der Belagerer empfindliche Verluste erleidet, daß jeder zurückgeworfene Angriff seinen Mut erschüttert, und die Zuversicht der Belagerten kräftigt. Ähnlich wie die von Sbarasch würden sich die Ritter an Widerstand, an Schlachten, an Ausfälle gewöhnt haben, und auch die Bürger von Kamieniez konnten Liebe zum Kampfe gewinnen, besonders, wenn jeder Angriff mit einer Niederlage der Türken, und mit einem Siege der Männer von Kamieniez geendet hätte. Eine reguläre Belagerung indessen, bei welcher die Herstellung von Gräben und Minen und die Aufstellung der Geschütze alles bedeutet, konnte die Belagerten nur ermüden, ihren Mut sinken lassen und sie zu Verhandlungen geneigter machen. Auf Ausfälle durfte man nicht rechnen, denn man konnte unmöglich die Mauern von Soldaten entblößen. Der Troß aber und die losen Truppen konnten außerhalb der Mauern den Janitscharen keinesfalls standhalten.

Bei diesen Erwägungen fühlten die älteren Offiziere bitteren Gram, und der Erfolg der Verteidigung schien ihnen zweifelhaft. Er war in der Tat auch wenig wahrscheinlich, nicht nur im Hinblick auf die Übermacht der türkischen Streitkräfte, sondern auch in bezug auf sie selber. Herr Michael war ein unvergleichlicher und ruhmbedeckter Krieger, aber ihm fehlte die Majestät der Größe; wer die Sonne in sich trägt, vermag alle zu erwärmen, wer aber eine Flamme bedeutet, und sei sie auch die glühendste, der erwärmt nur die allernächsten. Und so war es mit dem kleinen Ritter; er verstand und vermochte es nicht, Fernstehenden seinen hohen Mut einzuflößen, ebensowenig wie seine Gewandtheit im Einzelkampf. Herr Potozki, der oberste Führer, war kein Krieger; überdies fehlte ihm der Glaube an sich selbst, an andere und an die Republik. Der Bischof baute hauptsächlich auf die Verhand-lungen; sein Bruder hatte eine schwere Hand und einen schwerfälligen Geist. Auf Entsatz konnte nicht gerechnet werden, denn der Hetman Sobieski, so bedeutend er war, war zurzeit ebenso machtlos wie der König und die ganze Republik.

Am 16. August kam der Khan mit der Horde, und Doroschenko mit seinen Kosaken heran; sie betrachteten die ungeheure Fläche der Felder von Oryni. Sufankas-Aga berief am selben Tage Herrn Mysli-schewski zu einer Unterredung und riet, die Stadt zu ergeben. Geschähe dies unverzüglich, so könne er so günstige Bedingungen erwirken, wie sie in der Geschichte der Belagerungen unerhört seien. Der Bischof hätte diese Bedingungen gern erfahren, aber man schrie ihn im Rate an und sandte eine abschlägige Antwort. Am 18. August begannen die Türken heranzuziehen, mit ihnen der Kaiser selbst.

Sie wogten heran, das polachische Fußvolk, Janitscharen und Spahis, wie das unermeßliche Meer. Jeder Pascha führte das Heer seines Pa-schaliks, und so drängten sie heran, die Bewohner Europas, Asiens und Afrikas. Ihnen folgte eine riesige Wagenburg mit Lastwagen, die von Mauleseln und Büffeln gezogen wurden. Wie ein tausendfarbiger Ameisenschwarm, in den mannigfaltigsten Rüstungen und Trachten, zog es endlos daher. Von der Morgendämmerung bis zum Abend rückten ohne Unterbrechung Heere heran, zogen von einem Ort zum anderen, schlugen bald hier, bald dort Zelte auf, und bedeckten eine so ungeheure Fläche, daß man von den Türmen und höchsten Orten in Kamieniez keine von Zeltdächern freie Stelle erspähen konnte. Die Leute meinten, es sei Schnee gefallen und habe die ganze Gegend bedeckt. Die Aufstellung der Wagenburg erfolgte unter dem Knalle der Büchsen, denn die Abteilung Janitscharen, welche den Arbeiten zur Deckung diente, hörte nicht auf gegen die Mauern zu feuern. Von den Mauern her ward ihnen Antwort durch ein ununterbrochenes Geschützfeuer; das Echo hallte die Felsen entlang, Rauchsäulen stiegen zum Himmel auf und verdeckten das blaue Firmament. Bis zum Abend war Kamieniez so eingeschlossen, daß höchstens die Tauben heraus konnten; das Feuer verstummte erst, als die ersten Sterne am Himmel erglänzten.

Die folgenden Tage hindurch dauerte das Feuer von und nach den Mauern beständig mit großem Verlust für die Belagerer fort; sobald sich ein größerer Haufe von Janitscharen in Schußweite angesammelt hatte, erhob sich ein weißer Dampf auf den Mauern, die Kugeln fielen zwischen die Janitscharen, und diese stoben auseinander wie eine Schar Sperlinge, wenn jemand eine Handvoll Schrot unter sie schießt. Die Türken hatten, da sie offenbar nicht wußten, daß in beiden Schlössern und in der Stadt selbst weittragende Kanonen standen, ihre Zelte zu nahe aufgeschlagen; auf den Rat des kleinen Ritters hatte man sie gewähren lassen, und erst, als mit dem Herannahen der Rastzeit die Soldaten schutzsuchend vor der Sonne sich in das Innere der Zelte zurückzogen, erdröhnten die Mauern in ununterbrochenem Donner. Ein Schrecken entstand; die Kugeln zerrissen die Stäbe, verwundeten die Soldaten, warfen scharfe Felsstücke umher; die Janitscharen zogen sich in Verwirrung und Unordnung, unter großem Lärm weiter zurück, warfen auf der Flucht die entfernteren Zelte um und weckten überall Furcht und Sorge. Gegen die so in Verwirrung Gebrachten wagte Michael einen Ausfall mit der Reiterei und hieb unter sie, bis ihnen Hilfe von ihrer Reiterei ward. Ketling war es hauptsächlich, der das Geschützfeuer leitete; neben ihm hatte der lechische Schulze Cyprian die größten Verwüstungen unter den Heiden angerichtet. Er selbst neigte sich über jede Kanone, er selbst legte die Lunte an; dann hielt er die Hand über die Augen, sah nach dem Erfolg seines Schusses und freute sich im Herzen, daß er so glücklich wirke.

Die Türken legten Gräben an, errichteten Schanzen und besetzten sie mit schweren Kanonen. Ehe sie aber zu schießen begannen, kam ein Abgesandter der Türken an die Wälle herangeritten, steckte ein kaiserliches Schreiben an die Rohrlanze und zeigte es den Belagerten; die abgesandten Dragoner ergriffen sofort den Boten und brachten ihn auf das Schloß. Der Kaiser forderte die Stadt zur Übergabe auf, indem er seine Macht und seine Gnade in den Himmel erhob. – Mein Heer – schrieb er – kann mit dem Laub an den Bäumen, mit dem Sande am Ufer des Meeres verglichen werden; schauet in den Himmel, und wenn Ihr die unzählbaren Sterne seht, so erwecket Furcht in Euren Herzen und saget einer zum anderen: Also ist die Macht der Gläubigen! Aber da ich über alle Könige ein gnädiger König und ein Enkel des lebendigen Gottes bin, darum beginne ich meine Handlungen mit Gott. Wisset denn, daß ich den Trotzigen hasse; widerstrebt also meinem Willen nicht und übergebet die Stadt. Wollt Ihr aber Trotz bieten, so kommt Ihr alle unter das Schwert, und gegen mich wird keine menschliche Stimme sich zu erheben wagen. –

Man pflog lange Rates, welche Antwort auf dieses Schreiben zu geben war – und man verwarf den unhöflichen Rat Saglobas, einem Hunde den Schwanz abzuhacken und ihn als Antwort hinzusenden. Man schickte endlich einen gewandten Mann, Inriza, der gut türkisch sprach, mit einem Brief, der lautete wie folgt:

– Wir wollen den Kaiser nicht kränken, aber auch ihm zu gehorchen ist nicht unsere Pflicht, denn wir haben nicht ihm, sondern unserem Herrn geschworen. Kamieniez geben wir nicht, denn uns bindet ein Eid, die Festung und die Kirchen bis zum Tode zu verteidigen. –

Nachdem die Antwort gegeben war, zerstreuten sich die Offiziere auf die Mauern; das benutzte der Bischof von Landskron und der General von Podolien, und sie sandten einen neuen Brief an den Sultan, in welchem sie um einen Waffenstillstand auf vier Wochen baten. Als die Nachricht von diesem Briefe bekannt wurde, begann ein Lärm und ein Säbelrasseln. »Ei, das wäre!« sagte der eine und der andere, »wir sollen uns hier bei den Kanonen schinden, und jene schicken hinter unserem Rücken Briefe ab, ganz ohne unser Wissen, obwohl wir zum Rate gehören?« – Und nach der Abendparole gingen die Offiziere vereint zum General, geführt von dem kleinen Ritter und Herrn Makowiezki, die beide durch das Geschehene schwer gekränkt waren.

»Wie«, rief der Truchseß, »denkt Ihr schon an Ergebung, daß Ihr einen neuen Boten hingesandt habt? Warum ist dies ohne unser Wissen geschehen?«

»Fürwahr«, fügte der kleine Ritter hinzu, »wenn wir zum Rate berufen waren, ziemt es sich nicht, ohne unser Wissen Briefe abzuschicken; von Ergebung gestatten wir nicht zu reden, wer aber Ergebung wünscht, der trete ab von seinem Amte.« Drohend bewegten sich seine Lippen, denn er war ein Krieger von strengster Disziplin, und es schmerzte ihn tief, gegen die Vorgesetzten zu sprechen. Doch er hatte geschworen, das Schloß bis in den Tod zu verteidigen und glaubte so sprechen zu müssen.

Der General von Podolien antwortete verwirrt:

»Ich war der Meinung, es geschähe dies mit allgemeiner Zustimmung.«

»Keine Zustimmung, hier wollen wir untergehen!« riefen viele Stimmen.

»Das höre ich gern, denn auch mir ist der Glaube teurer als das Leben, und Feigheit ist mir fremd. Bleibet hier zum Abendbrot, Herren, so werden wir schneller zur Einigkeit kommen.« Aber sie wollten nicht bleiben. »An den Toren ist unser Platz, nicht am Tische«, versetzte der kleine Ritter.

Inzwischen war der Bischof herangekommen, und da er hörte, worum es sich handle, wandte er sich sogleich zu Herrn Makowiezki und an den kleinen Ritter.

»Brave Männer«, sagte er; »ein jeder fühlt im Herzen wie Ihr, und niemand hat von Ergebung gesprochen. Ich habe hingesandt, und um einen Waffenstillstand auf vier Wochen nachgesucht. Ich habe geschrieben, in dieser Zeit wollen wir zu unserem König senden und um Entsatz und Instruktionen bitten; und dann komme, was Gott uns schickt.«

Als das der kleine Ritter hörte, verzog er wieder drohend den Mund, diesmal aber, weil ihn gleichzeitig Wut und ein wüstes Lachen fortriß über solche Auffassung des Kriegsdienstes. Er, der von Kindesbeinen an Soldat war, traute seinen Ohren nicht, daß jemand dem Feinde einen Waffenstillstand vorschlagen wolle, um Zeit zum Entsatze zu gewinnen. Er blickte Herrn Makowiezki und die anderen Offiziere an, und diese wiederum sahen ihn an. »Scherz oder Ernst?« fragten einige, dann verstummten alle.

»Ehrwürden«, sagte endlich Herr Michael, »ich habe mit den Tataren, mit den Kosaken, mit den Moskowitern, mit den Schweden gekämpft – aber von solchen Dingen habe ich nie gehört. Denn der Sultan ist hierhergekommen, nicht um uns, sondern um sich zu nützen, und wie soll er seine Zustimmung geben zu einem Waffenstillstand, wenn man ihm schreibt, daß man in dieser Zeit hübsch bequem auf Entsatz warten will!«

»Wenn er nicht darauf eingeht, so wird es eben sein, wie es jetzt ist«, antwortete der Bischof.

»Wer um Waffenstillstand bittet, der zeigt offenkundig seine Angst und seine Schwäche, und wer auf Entsatz rechnet, der traut den eigenen Kräften nicht; das hat der Heidenhund aus diesem Briefe ersehen, und das ist ein unberechenbarer Schaden«, antwortete Michael.

Als der Bischof das hörte, ward er sehr betrübt.

»Ich konnte wo anders sein«, sagte er, »und da ich in der Not meine Herde nicht verlassen habe, muß ich jetzt Vorwürfe ertragen.«

Dem kleinen Ritter tat es weh um den würdigen Prälaten, er umfaßte seine Kniee, küßte seine Hand und antwortete:

»Das verhüte Gott, daß ich hier Vorwürfe machte, aber da wir *consilium* halten, sage ich, was meine Erfahrung mir vorschreibt.«

»Was soll geschehen? *Mea culpa* denn, gut, wie läßt sich die Sache wieder gut machen?« fragte der Bischof.

»Gut machen?« wiederholte Michael.

Er sann ein wenig nach, dann hob er heiter den Kopf empor. »Nun es geht, folgt mir, meine Herren.«

Er ging, die Offiziere folgten ihm; eine Viertelstunde später erbebte Kamieniez von dem Donner der Kanonen. Michael machte mit den Freiwilligen einen Ausfall gegen die in den Gräben schlafenden Janitscharen und hieb unter sie, bis sie auseinanderstoben und nach der Wagenburg flohen.

Dann kehrte er zum General zurück, bei dem er noch den Bischof von Landskron traf.

»Ehrwürden«, sagte er freudig, »es ist gut gemacht!«

Die ganze Nacht hindurch wurde geschossen, wenn auch mit starken Unterbrechungen. In der Morgendämmerung wurde gemeldet, einige Türken ständen am Schlosse und wünschten, daß man ihnen jemand zu Verhandlungen entgegenschicke; man mußte auf alle Fälle erfahren, was sie wollten, und darum bestimmten die Oberen im Rate Herrn Makowiezki und Herrn Myslischewski, sich mit den Heiden zu verständigen.

Einen Augenblick später schloß sich ihnen Kasimir Humiezki an, und sie gingen hinaus. Drei Türken waren da: Muktar-Bey, Salomi, der Pascha von Rustschuk und Kosra, der Dolmetsch, als dritter. Sie trafen sich unter freiem Himmel hinter dem Schloßtor. Als die Türken die Abgesandten erblickten, begannen sie zu grüßen, indem sie gleichzeitig die Fingerspitzen an Herz, Mund und Stirn legten; die Polen begrüßten sie höflich und fragten, was sie brächten. Salomi sagte: »Meine Teuren, unserem Herrn ist ein großes Unrecht geschehen, das alle, welche Gerechtigkeit lieben, beweinen müssen, und für welches der Ewige euch bestrafen wird, wenn ihr es nicht bald gut macht. Habt ihr doch selbst Juriza abgeschickt, der vor unserem Vezier das Knie beugte und ihn um Waffenstillstand bat; und als wir dann, eurer Tugend vertrauend, die Verschanzung verließen, habt ihr die Geschütze gegen uns gerichtet, habt einen Ausfall aus den Mauern gemacht und den Weg mit Leichen gesäet bis zu dem Zelte des Padischah. Dies Vergehen kann nicht ohne Strafe bleiben, es sei denn, daß ihr sogleich Schloß und Stadt übergebt und Reue und Schmerz zeiget.«

Darauf antwortete Makowiezki:

»Juriza ist ein Hund, der die Instruktionen überschritten hat. Er ließ seine Knaben die weiße Fahne schwenken und wird dafür gerichtet werden. Der Herr Bischof hat privatim angefragt, ob ein Waffenstillstand möglich sei, da aber auch ihr nicht aufgehört habt, während jenes Briefwechsels die Schanzen zu beschießen, was ich selbst bezeugen kann, denn mich haben die herumfliegenden Steine ins Auge getroffen – so hattet ihr auch kein Recht, von uns eine Unterbrechung im Schießen zu verlangen. Kommt ihr jetzt mit dem bewilligten Waffenstillstand, gut, wo nicht, so sagt eurem Herrn, daß wir wie bisher Mauer und Stadt verteidigen werden, bis wir zugrunde gehen, oder, was sicherer ist, bis ihr an diesen Felsen zugrunde gehet. Weiter, meine Lieben, haben wir euch nichts zu sagen, außer dem Wunsche, daß der Herr eure Tage vermehre und euch ein hohes Alter erreichen lasse.«

Gleich nach dieser Unterredung gingen die Abgesandten auseinander. Die Türken kehrten zum Vezier zurück, die polnischen Herren auf das Schloß, wo man sie mit Fragen bestürmte, wie sie die Boten abgefertigt hätten. Sie teilten den Bescheid der Türken mit.

»Ihr nehmt es nicht an, geliebte Brüder«, sagte Kasimir Humiezki, »in kurzen Worten, diese Hunde wollen, daß wir vor dem Abend die Schlüssel der Stadt ausliefern.«

Darauf antworteten zahlreiche Stimmen, eine beliebte Redewendung wiederholend: »Der Heidenhund soll an unserem Fleische nicht fett werden. Wir jagen ihn heim, wir wollen nicht!«

Nach diesem Beschluß gingen sie alle auseinander, und das Geschützfeuer begann sogleich wieder. Den Türken war es schon gelungen, viele schwere Geschütze aufzufahren, und ihre Kugeln fielen über die Brustwehr in die Stadt. Die Kanoniere arbeiteten in der Stadt und in den Schlössern im Schweiße ihres Angesichts den Rest des Tages und die ganze Nacht. Fiel einer, so konnte niemand für ihn eintreten; es fehlte auch an solchen, die Kugeln und Pulver herbeischafften. Erst vor der Abenddämmerung ließ das Getöse etwas nach. Aber kaum begann der Tag zu grauen, kaum zeigte sich am östlichen Himmel der rosige Goldstreif des Morgenrots, als in beiden Schlössern Alarm geblasen wurde. Wer schlief, erwachte; die schlaftrunkene Menge tummelte sich in den Straßen und horchte auf. »Der Sturm bricht los!« sagten die einen zu den anderen und zeigten auf das Schloß, und: »Ist Herr Michael dort?« fragten unruhige Stimmen. »Ja, er ist dort«, antworteten andere.

In den Schlössern wurden die Kapellenglocken geläutet, die Trommelwirbel ertönten von allen Seiten. Im Zwielicht, da die Nacht sich vom Tage schied, und die Stadt verhältnismäßig ruhig war, klangen diese Töne geheimnisvoll und feierlich. In demselben Augenblick bliesen die Türken die Reveille. Von einer Kapelle sprang es zur anderen über, und wie ein Echo durchflog es das ungeheure Lager. Der heidnische Ameisenhaufen begann sich zwischen den Zelten zu regen. Als der Tag anbrach, tauchten aus dem Dunkel die terrassenförmigen Schanzen, die Aufschüttungen und Gräben auf, die sich in langer Zeile um das Schloß herumzogen. Bald brüllten in der ganzen Länge die schweren türkischen Kanonen, mit donnerndem Echo antworteten ihnen die Felsen von Smotrytsch, und das Toben wuchs so entsetzlich an, daß es schien, als hätten am Firmament alle Blitze, die dort lagerten, gezündet und prasselten mitsamt dem Himmelsgewölbe zur Erde. Es war ein Artilleriekampf. Die Stadt und die Schlösser gaben mächtig

Antwort; bald verdeckten die Rauchwolken die Sonne, man sah weder die türkischen Befestigungen, noch Kamieniez, man sah nur noch eine riesige, graue Wolke, in der es donnerte und krachte. Aber die Stimme der türkischen Kanonen war dröhnender als die der städtischen. Bald begann der Tod in der Stadt seine Ernte. Einige Kartaunen waren zerstört; von der Bedienung beim groben Geschütz fielen sie zu zweien, zu dreien; dem Franziskaner, der die Schanzen entlang ging und die Kanonen segnete, wurde die Nase und ein Teil vom Munde fortgerissen, neben ihm sanken zwei Juden, kühne Männer, die beim Richten halfen, tot zu Boden.

Aber hauptsächlich trafen die Kanonen in die Schanzen der Stadt. Dort saß Kasimir Humiezki, einem Salamander gleich, im größten Feuer und Rauch; die Hälfte seiner Leute war gefallen, die übrigen waren fast alle verwundet. Er selbst hatte die Sprache und das Gehör verloren, aber er hatte mit Hilfe des polnischen Schulzen die feindliche Batterie wenigstens so lange zum Schweigen gezwungen, bis man an Stelle der alten Kanonen neue gebracht hatte.

Ein Tag verging, ein zweiter, ein dritter, und das entsetzliche »Colloquium« der Geschütze ruhte nicht einen Augenblick. Bei den Türken wechselten die Kanoniere viermal am Tage; in der Stadt aber mußten dieselben Männer ohne Schlaf, fast ohne Speise aushalten, vom Rauch halb erstickt, viele von ihnen von den herumfliegenden Steinen und den Splittern der Lafetten verwundet. Die Soldaten hielten aus, aber den Bürgern sank der Mut; man mußte sie endlich mit Stöcken zu den Kanonen treiben, bei welchen übrigens viele als Leichen niedersanken. Zum Glück wandte sich am Abend und in der Nacht zum dritten Tage, von Donnerstag auf Freitag, der Hauptangriff gegen die Schlösser.

Beide, besonders das alte, wurden mit einem Granatenregen aus den Mörsern überschüttet, der indessen keinen Schaden anrichtete, da in der Finsternis jede Granate sichtbar ist, und der Mensch ihr leicht entrinnen kann. Erst am Morgen, als die Leute eine so große Ermattung erfaßte, daß sie vor Müdigkeit nicht mehr stehen konnten, fielen sie in dichten Haufen.

Der kleine Ritter, Ketling, Myslischewski und Kwasibrozki antworteten auf das türkische Feuer von den Schlössern. Der General von Podolien sah von Zeit zu Zeit nach ihnen und schritt mitten durch den Kugelregen hin, vergrämt und der Gefahr nicht achtend.

Gegen Abend, als das Feuer noch ärger wurde, trat der General Potozki an Michael heran.

»Herr Oberst«, sagte er, »wir werden uns hier nicht halten können.«

»Solange sie nur schießen«, antwortete der kleine Ritter, »werden wir uns halten, aber sie werden uns durch Minen in die Luft sprengen, denn sie graben rüstig.«

»Graben sie wirklich?« fragte der General beunruhigt.

Michael antwortete: »Siebenzig Kanonen sind in Tätigkeit, und der Lärm wird kaum einen Augenblick unterbrochen; aber es gibt doch Momente der Ruhe. Wenn ein solcher kommt, so spitzt nur recht das Ohr und Ihr werdet hören.«

Sie brauchten auf einen solchen Augenblick nicht lange zu warten. Ein Zufall kam ihnen zu Hilfe. Eine von den türkischen Sturmkanonen platzte; das rief eine Verwirrung hervor. Von den anderen Schanzen schickte man hin, um anzufragen, was geschehen sei, und so entstand eine Unterbrechung im Schießen. Da traten Potozki und Michael an das äußerste Ende einer der Ausbuchtungen und horchten. Nach kurzer Zeit drang an ihre Ohren ziemlich deutlich der laute Widerhall von Spitzhacken, die in die Felswand eindrangen. »Sie arbeiten«, sagte Potozki. »Sie arbeiten«, wiederholte der kleine Ritter.

Dann verstummten sie beide. Auf dem Antlitz des Generals lag große Sorge. Er erhob die Hände und umfaßte seine Schläfen. Michael aber sagte:

»Das ist ein gewöhnliches Ding bei jeder Belagerung. Bei Sbarasch haben sie Tag und Nacht unter uns gewühlt.« Der General erhob den Kopf: »Und was hat Wischniowiezki getan?«

»Wir haben uns von den entfernteren Wällen auf die engeren zurückgezogen.«

»Und was müssen wir tun?«

»Wir müssen die Kanonen und mit ihnen, was sonst möglich ist, nach dem alten Schloß bringen, denn das alte ist auf solchen Felsen erbaut, die nicht unterminiert werden können. Ich war immer der Ansicht, daß das neue nur dazu dienen wird, dem Feinde den ersten Widerstand zu leisten, dann werden wir es selbst von fernher in die Luft sprengen müssen, und die rechte Verteidigung wird erst im alten beginnen.«

Ein kurzes Schweigen trat ein, und der General senkte wieder sorgenvoll den Kopf.

»Wenn wir aus dem alten Schlosse werden weichen müssen – wohin?« fragte er mit gebrochener Stimme. Der kleine Ritter reckte seine winzige Gestalt in die Höhe und wies mit dem Finger zu Boden.

»Ich nur dorthin!« sagte er.

In diesem Augenblick brüllten die Kanonen von neuem los, und ein Hagel von Granaten flog in das Schloß. Da bereits Dämmerung eingetreten war, sah man sie ganz deutlich. Michael reichte dem General die Hand zum Abschied und ging die Mauern entlang von einer Batterie zur anderen, überall anfeuernd und Rat erteilend. Endlich traf er Ketling und sagte: »Nun?«

»Die Granaten erleuchten alles taghell«, erwiderte dieser, indem er die Hand des kleinen Ritters drückte; »sie kargen nicht mit dem Feuern.«

»Eine mächtige Kanone ist drüben geplatzt, hast du sie in die Luft gesprengt?«

»Ja, ich.«

»Mich schläfert furchtbar.«

»Mich auch, aber es ist jetzt nicht Zeit.«

»Bah«, sagte Wolodyjowski, »auch unsere armen Frauen müssen in Sorge sein; bei solchen Gedanken flieht uns der Schlaf.«

»Sie beten für uns«, sagte Ketling und richtete die Augen auf die vorüberfliegenden Granaten.

»Schenke Gott der meinen und der deinen Gesundheit! Unter allen Frauen«, begann Ketling, »gibt es keine ...«

Er beendete seine Rede nicht, denn plötzlich wandte sich der kleine Ritter dem Innern des Schlosses zu und schrie mit lauter Stimme: »Um Gottes willen, was seh' ich!«

Und er tat einen weiten Satz. Ketling sah sich erstaunt um; in der Entfernung von einigen Schritten sah er auf dem Schloßhofe Bärbchen in Begleitung Saglobas und des Smudzers Pientka.

»An die Mauer, an die Mauer!« schrie der kleine Ritter und zog sie, so schnell er konnte, unter die Turmzinnen. »Um des Himmels willen! ...«

»Ha!« sagte Sagloba keuchend und in abgerissenen Worten, »werde du mal fertig mit der! – Ich bitte sie, ich rede ihr zu: du richtest mich und dich zugrunde! – ich kniee – alles hilft nichts! Sollte ich sie allein gehen lassen, wie? ... Uff! Es hilft gar nichts –: Ich will hingehen ... was soll ich tun?«

Auf Bärbchens Antlitz lag die Angst, und ihre Lider bebten wie vor dem Weinen. Nicht die Granaten fürchtete sie, nicht das Donnern der Kanonen, nicht die umherfliegenden Steine, sondern den Zorn ihres Gatten, und sie faltete ihre Hände wie ein Kind, das Strafe fürchtet, und rief mit schluchzender Stimme:

»Ich konnte nicht anders, Michael, so wahr ich dich liebe, ich konnte nicht anders; mein lieber Michael, zürne nicht! Ich kann doch nicht still sitzen, während du hier in Gefahr schwebst, ich kann nicht, ich kann nicht!«

Er zürnte tatsächlich und rief:

»Bärbchen, fürchte doch Gott!«

Aber bald ergriff ihn die Rührung, die Stimme stockte ihm in der Kehle, und erst, als das teure, süße Köpfchen an seiner Brust ruhte, sagte er:

»Mein treuer Gefährte bis in den Tod ... mein Lieb!« Und er umfaßte sie mit seinen Armen.

Sagloba hatte sich unterdessen in einen Vorsprung der Mauer gedrängt und sagte hastig zu Ketling:

»Auch deine wollte mitkommen; wir haben ihr aber gesagt, daß wir nicht hergingen, – wie wär's auch möglich bei ihrem Zustand! Ein General der Artillerie wird dir geboren, – ein Schelm will ich sein, wenn's kein General ist ... Auf der Brücke vor der Stadt zum Schloß fallen die Granaten wie die reifen Birnen ... Ich dachte, ich müsse bersten vor Wut, nicht vor Angst ... Ich bin auf die scharfen Scherben gepurzelt und habe mir das Fell zerrissen; eine ganze Woche werde ich dran zu leiden haben. Die Nonnen müssen mich mit Salbe schmieren und ihre Keuschheit beiseite lassen ... Uff! Diese Schufte schießen, daß sie das Donnerwetter hole ... Herr Potozki will mir das Kommando übergeben ... Gebt den Soldaten zu trinken, denn sie halten's nicht mehr aus ... seht die Granate da – wahrhaftig, sie wird ganz in der Nähe niederfallen, – schützt Bärbchen! wahrhaftig, ganz nah!«

Doch die Granate fiel nicht in der Nähe nieder, sondern auf das Dach der Lutherischen Kapelle im alten Schloß. Weil die Kuppel eine sehr starke war, hatte man hier die Munition untergebracht; aber der Schuß hatte jene durchbohrt, und das Pulver entzündet. Ein mächtiger Knall, stärker als der Donner der Kanonen, erschütterte die Grundmauern beider Schlösser. Auf den Zinnen ertönten Schreie des Entsetzens, und die polnischen und die türkischen Kanonen verstummten.

Ketling ließ Sagloba, Michael Bärbchen stehen, und beide eilten, so schnell sie laufen konnten, auf die Mauern. Einen Augenblick hörte man beide mit keuchender Brust Befehle erteilen, aber ihr Kommando wurde von den Trommeln auf den türkischen Verschanzungen übertönt.

»Sie werden zum Angriff schreiten«, sagte leise Sagloba.

Wirklich glaubten die Türken, da sie den Knall hörten, beide Schlösser seien in Trümmer gegangen, und die Verteidiger zum Teil im Schutte begraben, zum anderen Teile vom Schrecken gelähmt. Darum rüsteten sie sich zum Sturm. Die Törichten! Sie wußten nicht, daß nur die Lutherische Kapelle in die Luft geflogen war, und daß die Entzündung des Pulvers außer der gewaltigen Erschütterung keinen Schaden angerichtet hatte, ja daß nicht einmal eine einzige Kanone auf dem neuen Schloß aus der Lafette gefallen war. Das Gerassel der Kanonen auf den Schanzen wurde immer stärker, Haufen von Janitscharen stürmten die Schanzen herab und liefen im Schnellschritt gegen das Schloß. Die Feuer auf dem Schlosse und in den türkischen Gräben erloschen zwar, aber die Nacht war hell, und bei dem Licht des Mondes konnte man die dichte Masse der weißen Janitscharenmützen sehen, die im Laufe hin und her wogten wie sturmbewegte Wellen. Einige tausend Janitscharen waren es, und einige hundert »Dschamaken«. Viele von ihnen sollten nie mehr die Minarets von Stambul, die hellen Gewässer des Bosporus und die dunklen Cypressen seines Friedhofes sehen; aber jetzt stürmten sie wütend dahin, die Hoffnung des sicheren Sieges im Herzen.

Michael lief, so schnell er konnte, die Mauern entlang.

»Nicht schießen, das Kommando abwarten!« rief er bei jeder Kanone.

Die Dragoner legten sich mit den Musketen platt auf die Zinnen und keuchten vor Wut. Stille trat ein, nur der Widerhall des schnellen Schrittes der Janitscharen tönte herauf wie gedämpfter Donner. Je näher sie kamen, desto sicherer glaubten sie, mit einem Streiche beide Schlösser zu nehmen. Viele meinten, die Überreste der Verteidiger hätten sich schon in die Stadt zurückgezogen, und auf den Zinnen sei alles menschenleer. Als sie an die Laufgräben gekommen waren, warfen sie Strauchhölzer und Strohsäcke hinein, und im Augenblick waren sie verschüttet. Auf den Mauern herrschte beständig vollkommene

Ruhe. Aber als die ersten Reihen in den Laufgraben traten, knallte an einer Stelle der Turmzinne ein Pistolenschuß, und eine gellende Stimme rief:

»Feuer!«

Gleichzeitig erglänzten alle Scharten in einem langen, flammenden Blitz. Kanonendonner erfüllte die Luft, Musketen und Feuergewehre krachten, das Geschrei der Angreifer antwortete ihnen. Wie wenn ein Speer, mit kräftiger Hand geworfen, bis zur Hälfte in den Leib des Bären eindringt und das Tier sich zusammenballt, brüllt und tobt, dann wieder sich reckt und von neuem sich zusammenballt – so drängten sich die Haufen der Janitscharen und Dschamaken zusammen. Nicht ein Schuß der Gegner fehlte. Die Kanonen, die mit Kartätschen geladen waren, streckten die Menschen wie die Ähren hin, die ein gewaltiger Sturmwind mit einem Wehen niederlegt. Diejenigen, die auf die Ausbuchtungen losgestürmt waren, welche die Forts miteinander verbanden, befanden sich zwischen zwei Feuern. Von Entsetzen erfaßt, drängten sie sich in der Mitte zu einem ungeordneten Haufen zusammen, sanken tödlich getroffen nebeneinander nieder und bildeten so förmliche Leichenhügel. Ketling ließ die Kartätschen aus zwei Kanonen kreuzweise in den Haufen schießen, und als sie endlich zu fliehen begannen, verschloß er mit einem Regen von Eisen und Blei den schmalen Ausgang zwischen den Ausbuchtungen.

Der Angriff wurde auf der ganzen Linie zurückgeworfen. Als nun die Janitscharen und Dschamaken, den Laufgraben verlassend, wie wahnsinnig mit einem Gebrüll des Entsetzens flohen, begann man von den türkischen Verschanzungen brennende Teerfässer zu werfen und künstliche Pulverfeuer zu entzünden, so daß die Nacht zum Tage wurde, um den Fliehenden den Weg zu beleuchten, und in dem erwarteten Ausfall die Verfolgung zu erschweren.

Als Herr Wolodyjowski den in die Enge getriebenen Feind sah, rief er seine Dragoner zusammen und stürmte auf ihn los. Noch einmal versuchten die Unglücklichen, sich durch den Ausgang zu drängen, aber Ketling überschüttete sie mit einem so furchtbaren Kugelregen, daß er von einem Leichenhügel wie von einem hohen Walle verstopft ward. Wer noch am Leben geblieben war, mußte sterben, denn die Verteidiger wollten keine Gefangene machen; sie mußten sich also verzweifelt wehren. Tüchtig, wie sie waren, verdichteten sie sich zu kleinen Häufchen, zu zweien, dreien und fünfen, deckten sich mit den

Schultern und hieben mit Speeren, Yataganen, Säbeln und Streitäxten rasend um sich. Die Angst, das Entsetzen, der sichere Tod, die Verzweiflung hatten sich in ein Gefühl rasender Wut verwandelt. Eine mächtige Kampfbegeisterung hatte sie ergriffen; manche warfen sich einzeln in blinder Selbstvergessenheit auf die Dragoner, und im Augenblick waren sie von den Schwertern zerrissen. Es war ein Kampf zweier Furien, denn auch die Dragoner erfüllte vor Mühsalen, Schlaflosigkeit und Hunger eine tierische Wut gegen diesen Feind. Da sie aber im Kampf mit blanker Waffe den Gegner bedeutend übertrafen, richteten sie ein furchtbares Blutbad an. Ketling, der das Schlachtfeld erleuchten wollte, befahl gleichfalls Pechtonnen anzuzünden, und in ihrem Scheine sah man die unbezähmbaren Masuren mit den Janitscharen einen Säbelkampf führen, indem sie einander bei den Köpfen und bei den Bärten hielten. Besonders wütete der furchtbare Luschnia, einem wilden Stiere ähnlich. Am Ende des zweiten Flügels kämpfte Michael selber, und da er wußte, daß Bärbchen von der Mauer ihm zuschaute, übertraf er sich selbst. Wie das bissige Wiesel, wenn es in den Getreideschober eindringt, den ein Rudel Mäuse bewohnt, ein fürchterliches Blutbad darin anrichtet, so stürzte der kleine Ritter, dem Geiste des Verderbens gleich, unter die Janitscharen. Sein Name war schon bekannt unter den Türken aus den vorangegangenen Kämpfen und aus den Erzählungen der Türken von Chozim. Schon war allgemein die Ansicht verbreitet, daß kein Mensch, der ihm im Kampfe begegne, dem Tode entgehe – darum versuchte, wenn er ihn vor sich sah, mancher der Janitscharen, die jetzt zwischen die Vorsprünge eingekeilt waren, gar nicht erst, sich zu verteidigen, sondern er schloß die Augen und starb unter dem Streiche des Rapiers, das Wort »Kismet« auf den Lippen. Endlich erlahmte der Widerstand; der Rest warf sich dem Wall von Leichen entgegen, der den Ausgang hemmte, und fand hier seinen Tod. Die Dragoner kehrten jetzt über die ausgefüllten Laufgräben mit Gesang und Geschrei zurück; sie dampften, und der Hauch des Blutes haftete an ihnen. Dann wurden noch einige Kanonenschüsse von den türkischen Schanzen und vom Schlosse gegeben, und endlich verstummte alles. So endete jener Kanonenkampf, der einige Tage gedauert und den der Sturm der Janitscharen beschlossen hatte.

»Gott sei Dank!« sagte der kleine Ritter; »wenigstens bis zur Reveille morgen früh werden wir Ruhe haben, – sie kommt uns redlich zu.«

Aber diese Ruhe war nur bedingt, denn als noch tiefere Nacht eintrat, hörte man durch die Stille den Klang der Spitzhämmer, die in die Felswand eindrangen.

»Das ist schlimmer als die Kanonen«, sagte Ketling aufhorchend.

»Ja, könnte man einen Ausfall machen«, bemerkte der kleine Ritter, »– aber es ist unmöglich. Die Mannschaften sind zu ermüdet, sie haben weder geschlafen noch gegessen, obwohl es an Essen nicht fehlte; aber die Zeit war zu kurz, und überdies steht bei den Mineuren immer eine Wache von gewöhnlich tausend Dschamaken und Spahis, damit sie von unserer Seite nicht behindert werden. Wir können nichts anderes tun, als selbst das neue Schloß in die Luft sprengen und in dem alten Schutz suchen.«

»Heute noch nicht«, antwortete Ketling. »Sieh’, die Leute sind wie die Garben hingesunken und schlafen einen eisernen Schlaf. Die Dragoner haben nicht einmal die Säbel abgewischt.«

»Bärbchen, geh’ in die Stadt und schlafe!« sagte plötzlich der kleine Ritter.

»Gut, lieber Michael«, antwortete Bärbchen demütig, »ich will gehen, – wie du befiehlst. Aber das Kloster dort ist schon verschlossen, – so möchte ich lieber hierbleiben und über deinem Schlafe wachen.«

»Seltsam«, sagte der kleine Ritter; »nach solcher Mühe flieht mich der Schlaf, – ich habe gar keine Lust, mich hinzulegen.«

»Weil dein Blut in Wallung ist durch das Spiel mit den Janitscharen«, sagte Sagloba. »So ging es mir auch immer, nach der Schlacht konnte ich nie schlafen. Was aber Bärbchen betrifft, – ehe sie in der Nacht zu der verschlossenen Pforte gehen soll, – so mag sie schon lieber hierbleiben bis zum Morgen.«

Bärbchen umarmte Sagloba vor Freude. Der kleine Ritter aber sagte, als er sah, wie sehr es ihr darum zu tun war:

»So laßt uns in die Kammern gehen!«

Sie gingen hinein; aber hier war alles voll Kalkstaub, den die Kugeln aufgetrieben hatten. Es war unmöglich, darin zu verbleiben, und Bärbchen kehrte mit ihrem Gatten nach einiger Zeit wieder auf die Mauer zurück. Sie ließen sich in einer Nische nieder, die nach dem Zumauern des alten Tores geblieben war.

Sie schmiegte sich an ihn, wie ein Kind an die Mutter. Die Augustnacht war warm und mild, der Mond beleuchtete mit seinem Silberglanz die Vertiefung, so daß das Gesicht des kleinen Ritters und

Bärbchens in Glanz gebadet war. Unten im Schloßhof erspähte man die schlafenden Soldaten, und auch die Leichen der Gefallenen lagen noch da, denn man hatte noch keine Zeit gefunden, sie zu bestatten. Das stille Licht des Mondes glitt über die Leichenhaufen hin, als wollte der himmlische Einsiedler erfahren, wer nur vor Ermüdung, und wer zur ewigen Ruhe entschlummert sei. Weithin war die Mauer des Hauptgeländes sichtbar, deren schwarzer Schatten über die Hälfte des Hofes fiel. Von außerhalb der Mauer, wo zwischen den Vorsprüngen die vom Schwerte erschlagenen Janitscharen lagen, drangen menschliche Stimmen herein. Die Knechte und diejenigen von den Dragonern, welche den Raub dem Schlafe vorzogen, plünderten die Leichen. Ihre Laternen schimmerten über das Schlachtfeld wie Johanniskäfer. Manchmal riefen sie leise einander zu, und einer sang mit halber Stimme ein liebliches Lied, das wenig zu der Beschäftigung paßte, der sie im Augenblick oblagen:

> Was frag' ich viel nach Gold und Tand,
> Was gilt der Reichtum mir!
> Und stürb' ich auch am Wiesenrand –
> Bist du, Lieb', nur bei mir.

Aber nach einiger Zeit wurde es draußen ruhiger, und endlich trat vollkommene Stille ein. Nur der entfernte Widerhall der Spitzhämmer, die den Felsen brachen, und die Rufe der Wachen auf den Mauern störten die Ruhe. Diese Stille, das Licht und die herrliche Nacht berauschten den kleinen Ritter und Bärbchen. Es ward ihnen bang zumut; sie wußten nicht warum: sie waren traurig in ihrer Seligkeit. Bärbchen erhob zuerst ihre Augen zu ihrem Gatten, und da sie sah, daß er die Lider nicht geschlossen hielt, fragte sie: »Michael, schläfst du nicht?«

»Seltsam, ich bin gar nicht schläfrig.«

»Und ist's dir hier wohl?«

»Gewiß! Und dir?«

Bärbchen wandte ihm ihr blondes Köpfchen zu.

»Ach, Michael, so wohl, ach, so wohl! Hast du gehört, was der dort gesungen hat?«

Hier wiederholte sie die letzten Worte des Liedes:

Und stürb' ich auch am Wiesenrand –
Bist du, Lieb', nur bei mir.

Wieder trat eine Pause ein, die der kleine Ritter unterbrach.

»Bärbchen, höre nur!«

»Was, Michael?«

»Nicht wahr, uns beiden ist sehr wohl miteinander; ich denke, wenn eines von uns fiele, das andere müßte über die Maßen bangen.«

Bärbchen begriff sehr wohl, daß der kleine Ritter, da er, »wenn eines von uns fiele« sagte, statt »stürbe«, nur sich meinte. Ihr kam der Gedanke, daß er vielleicht nicht hoffe, lebendig dieser Belagerung zu entkommen, daß er sie mit dem schweren Gedanken vertraut machen wolle; eine entsetzliche Ahnung schnürte ihr Herz zusammen, sie faltete die Hände und sagte:

»Michael, habe Erbarmen mit mir und mit dir!«

Die Stimme des kleinen Ritters klang ein wenig bewegt, wenn auch ruhig.

»Siehst du, Bärbchen, daß du nicht recht hast«, sagte er, »denn wenn man's recht erwägt – was bedeutet dieses Leben? Wem könnte hier Glückseligkeit und Liebe zur Genüge werden, wenn alles morsch ist wie ein welker Zweig?«

Aber Bärbchen schüttelte sich vor Weinen und rief ein über das andere Mal:

»Ich will nicht – ich will nicht – ich will nicht!«

»So wahr ich Gott liebe, du hast nicht recht«, wiederholte der kleine Ritter. »– Sieh, dort in der Höhe hinter dem stillen Mond, dort ist das Land der ewigen Glückseligkeit. Von solchem Glück wollen wir sprechen. Wer an jenen Rastort gelangt, erst der ruht aus, wie nach einer langen Reise und weidet friedlich. Wenn meine Zeit kommt – und die kommt bei einem Krieger schnell – so mußt du dir sagen: Michael ist fortgereist, gewiß weit, sehr weit, weiter als von hier nach Litauen, – aber das tut nichts, denn ich reise ihm nach. Nicht doch, Bärbchen, still, weine nicht, wer zuerst abreist, der wird dem anderen ein Quartier bereiten – das ist alles.«

Es kam über ihn wie ein Schauen der Zukunft, er hob die Augen zum glänzenden Mond und sprach weiter: »Was ist alles Irdische! Denken wir, ich sei schon dort und es klopft jemand an die Himmelstür; der heilige Petrus öffnet, ich blicke hin – wer ist's? Mein Bärbchen!

Ums Himmels willen! Ich eile auf sie zu, ich schreie auf … lieber Gott, die Worte versagen mir, es gibt kein Weinen, sondern ewige Freude, und es gibt keine Heiden und keine Kanonen, und keine Mine unter den Mauern, – nur Friede, nur Glückseligkeit! Hörst du, Bärbchen?«

»Michael, Michael!« wiederholte Bärbchen, und wieder herrschte Stille, nur unterbrochen von dem fernen, eintönigen Klang der Spitzhacken. Endlich sagte Michael: »Bärbchen, sprechen wir ein Paternoster!«

Und diese beiden Seelen, rein wie Gold, begannen zu beten, und mit jedem Worte des Gebetes ergoß sich neuer Friede in ihre Herzen. Dann überwand sie der Schlummer, und sie schliefen bis zum ersten Morgengrauen.

Vor der ersten Morgenandacht führte Wolodyjowski Bärbchen bis zur Brücke, welche das alte Schloß mit der Stadt verband und sagte ihr beim Abschied:

»Denke daran, Bärbchen – es tut nichts!«

23. Kapitel

Kanonendonner erschütterte gleich am frühen Morgen Schloß und Stadt. Schon hatten die Türken das Schloß entlang einen Graben von fünfhundert Ellen Länge ausgehöhlt, an einer Stelle waren sie sogar schon an der Mauer selbst in die Tiefe gelangt. Von dem Graben aus richteten sie ein ununterbrochenes Feuer aus den Janitscharenbüchsen gegen die Mauern. Die Belagerten deckten sich durch Lederbeutel, die mit Wolle gefüllt waren; aber von den Schanzen wurden ununterbrochen Granaten geschleudert. Die Mannschaft bei den Kanonen lichtete sich unheimlich schnell; bei einer Kanone tötete eine Granate sechs Mann von Michaels Fußtruppen mit einem Schlage, bei anderen fielen die Kanoniere einer nach dem anderen. Am Abend sahen die Führer ein, daß sie sich unmöglich zu halten vermochten, um so weniger, als die Mine jeden Augenblick losspringen konnte. Nun versammelten sich in der Nacht die Rottenführer mit ihren Mannschaften und brachten unter beständigem Gewehrfeuer alle Kanonen, Pulver und Lebensmittel in das alte Schloß. Dieses konnte sich, weil es auf Felsen gebaut war, länger halten, und es war besonders schwierig, es zu unterminieren. Michael, der darüber im Rate befragt wurde, sagte, wenn niemand Verhandlungen anknüpfe, sei er bereit, ein ganzes Jahr sich zu verteidigen. Seine Worte gelangten in die Stadt und gossen neuen Mut in die Herzen der Bürger, denn man wußte, daß der kleine Ritter sein Wort halten werde, und sollte er es auch mit dem eigenen Leben bezahlen.

Als sie das neue Schloß verließen, legten sie tüchtige Minen unter beide Seitenflügel und die Front. Die Minen sprangen mit großem Getöse um die Mittagsstunde in die Luft, aber sie fügten den Türken wenig Schaden zu; die Lehre von gestern hatte sie klug gemacht, und sie hatten deshalb noch nicht gewagt, den verlassenen Ort zu besetzen. Indessen aber bildeten die beiden Seitenflügel, die Front, der Hauptteil des neuen Schlosses, einen riesigen Wall von Schutt. Die Schutthaufen erschwerten zwar den Zutritt zu dem alten Schloß, aber sie gaben den Schützen und, was schlimmer war, den Mineuren eine vortreffliche Deckung. Diese letzteren begannen sofort, vor dem Anblick des mächtigen Felsens nicht zurückschreckend, eine neue Mine zu graben. Die Arbeiten leiteten erfahrene italienische und ungarische Ingenieure, die im Dienste des Sultans standen, und die Arbeit ging rüstig fort. Die Belagerten konnten den Feind weder mit Kanonen noch mit Musketen »beunruhigen«, denn man sah ihn nicht. Herr Wolodyjowski dachte an einen Ausfall, aber man konnte ihn nicht sogleich ins Werk setzen; die Soldaten waren allzusehr ermüdet. Die Dragoner hatten an den rechten Armen von dem beständigen Drücken der Kolben blaue Anschwellungen, so groß, wie ein Laib Brot, manche von ihnen konnten den Arm kaum bewegen, und indessen ward es immer deutlicher, daß, wenn das Minenlegen noch eine Weile ununterbrochen fortdauerte, das Haupttor des Schlosses unzweifelhaft in die Luft gesprengt werden würde. Michael sah dies voraus; er ließ hinter dem Tor einen hohen Wall aufschütten und sagte, ohne den Mut zu verlieren:

»Was tut's; fliegt das Tor in die Luft, so werden wir uns hinter dem Wall verteidigen. Fliegt der Wall in die Luft, so schütten wir einen zweiten auf – und so fort, solange wir noch Grund unter den Füßen spüren.«

Aber der General von Podolien, der alle Hoffnung verloren hatte, sagte: »Und wenn auch diese Stelle nicht mehr da ist?«

»Dann sind auch wir nicht mehr da.«

Indessen ließ er den Feind mit Handgranaten überschütten, die große Verluste anrichteten. Am tüchtigsten bei dieser Arbeit erwies sich der Hauptmann Dembinski, der zahllose Türken hinmähte, bis ihm endlich eine allzufrüh entzündete Granate in der Hand platzte und diese mit sich riß. Auf ähnliche Weise fand Kapitän Schmidt den Tod. Viele sanken hin, von Kanonenkugeln getroffen, viele von der Handwaffe, welche die Janitscharen gebrauchten, die hinter dem Schutt des neuen Schlosses aus dem Verborgenen schossen. Während dieser Zeit wurde aus den Schloßkanonen wenig geschossen, was die Herren vom Rat sehr verdutzt machte. Sie schießen nicht mehr, offenbar verzweifelt auch Wolodyjowski an der Möglichkeit der Verteidigung – dies war die allgemeine Stimme. Von den Soldaten wagte niemand zuerst auszusprechen, daß nichts anderes übrig bleibe, als möglichst feste Bedingungen zu erlangen; aber der Bischof, der alles ritterlichen Ehrgeizes bar war, sprach es laut aus. Vorher aber schickte man noch Herrn Wasilkowski zu dem General, um Nachrichten aus dem Schlosse einzuholen. Jener schrieb: – Nach meiner Ansicht hält sich das Schloß nicht bis zum Abend, aber hier denkt man anders. –

Nachdem sie diese Worte gelesen hatten, sagten auch die Soldaten: »Wir haben getan, was in unserer Macht lag, niemand von uns hat sich geschont, aber was unmöglich ist, ist unmöglich – wir müssen um die Bedingungen verhandeln.« Diese Worte drangen in die Stadt und verursachten eine große Zusammenrottung; die Menge stand vor dem Rathaus, unruhig, stumm; sie war Unterhandlungen eher ab- als zugeneigt. Einige reiche armenische Kaufleute freuten sich im geheimen, daß die Belagerung ein Ende habe, daß der Handel wieder beginnen werde; andere Armenier aber, die seit uralten Zeiten in der Republik ansässig waren und sie sehr liebten, ferner die Lechen, die Ruthenen wollten die Verteidigung fortsetzen. – Wenn wir uns ergeben wollen, so hätten wir es lieber gleich getan – murrte man hier und da – da hätte sich viel gewinnen lassen; jetzt werden die Bedingungen keine günstigen sein, und so lassen wir uns lieber unter den Trümmern begraben.

Das Murren der Mißvergnügten wurde immer lauter, bis es sich plötzlich und unerwartet in Rufe der Begeisterung und in Vivats umwandelte.

Was war geschehen? Herr Michael war auf dem Markte in Begleitung des Herrn Humiezki erschienen. Der General hatte sie absichtlich hinausgeschickt, damit sie selbst Rechenschaft von den Vorgängen im Schlosse gäben. Die Menge ergriff eine feurige Begeisterung. Die einen schrieen, als seien die Türken schon in die Stadt gedrungen, anderen traten Tränen in die Augen bei dem Anblick des vergötterten Ritters, dem man die außerordentlichen Anstrengungen anmerkte. Sein Gesicht war vom Pulverdampf geschwärzt und abgemagert, seine Augen gerötet und eingefallen, aber er blickte heiter drein. Als Herr Michael und Humiezki endlich durch den Menschenandrang hindurchgekommen waren und in den Rat eintraten, begrüßte man sie auch hier freudig. Der Erzbischof aber begann sogleich:

»Geliebte Brüder! *Nec Hercules contra plures!* Der Herr General hat uns schon geschrieben, daß ihr euch ergeben müßt.«

Darauf antwortete Humiezki, der sehr lebhaften Temperaments und überdies von hervorragender Familie war und sich wenig um das Urteil der Menge kümmerte, heftig:

»Der Herr General hat den Kopf verloren; er besitzt nur die Tugend, daß er ihn preisgibt. Was die Verteidigung betrifft, so trete ich das Wort Herrn Michael Wolodyjowski ab, weil er das besser zu sagen weiß.«

Aller Augen richteten sich auf den kleinen Ritter.

»Bei Gott, wer spricht hier von Ergebung! Haben wir nicht dem lebendigen Gotte geschworen, daß wir einer über des anderen Leiche fallen wollen?«

»Wir haben geschworen, daß wir tun werden, was in unserer Macht steht, und wir haben alles getan«, antwortete der Bischof.

»Wer etwas versprochen hat, soll auch dafür einstehen. Ich und Ketling, wir haben geschworen, daß wir das Schloß bis in den Tod verteidigen werden, und wir werden es verteidigen; denn wenn ich die Pflicht habe, jedem Menschen mein Ritterwort zu halten, um wie viel eher Gott, der alle an Majestät überragt.«

»Nun, und wie steht's mit dem Schlosse? Wir haben gehört, daß unter dem Tore eine Mine liegt. Wie lange haltet Ihr's aus?« fragten zahlreiche Stimmen.

»Die Mine ist unter dem Tore oder sie wird bald dort sein; aber auch ein artiger Wall erhebt sich schon vor dem Tore, und ich habe auch Kanonen auffahren lassen. Geliebte Brüder, um des Himmels willen bedenkt, wenn wir uns ergeben, müssen wir die Kirchen in die Hände der Heiden liefern, die sie in Moscheen umwandeln werden, um Gräuel darin zu verüben. Wie könnt ihr so leichten Herzens von Ergebung sprechen? Mit welchem Gewissen wollt ihr dem Feind die Pforte zu dem Herzen des Vaterlandes öffnen? Seht, ich sitze im Schlosse und fürchte die Mine nicht, – und ihr fürchtet sie in der Stadt, fern von dort? Bei Gott, ergeben wir uns nicht, solange Leben in uns ist! Laßt die Erinnerung an diese Verteidigung fortleben unter unseren Nachkommen, wie die von Sbarasch in unserem Gedächtnis lebt.«

»Das Schloß werden die Türken in einen Trümmerhaufen verwandeln«, antwortete eine Stimme.

»Mögen sie es verwandeln – auch von einem Trümmerhaufen kann man sich verteidigen.« Hier verließ den kleinen Ritter die Geduld. »Ich werde mich auf diesem Trümmerhaufen verteidigen, so wahr mir Gott helfe! Und nun mein letztes Wort: Ich übergebe das Schloß nicht! Habt ihr's gehört?«

»Du willst die Stadt ins Verderben stürzen?« fragte der Bischof.

»Ehe sie den Türken in die Hände fällt, will ich sie lieber verderben – ich hab's geschworen. Ich will kein Wort mehr verlieren, und ich gehe zurück unter die Kanonen, denn die verteidigen die Republik, sie verkaufen sie nicht.«

Er sprach's und ging hinaus; Humiezki folgte ihm und warf die Türe gellend ins Schloß. Eilig gingen sie beide dahin, denn sie fühlten sich in der Tat wohler unter Trümmerhaufen, Leichen und Kugeln, als unter den kleingläubigen Menschen. Auf dem Wege hatte sie Makowiezki eingeholt.

»Michael«, sagte er, »sag' mir die Wahrheit: hast du vom Widerstand nur gesprochen, um den Leuten Mut zu machen, oder hoffst du dich wirklich im Schlosse halten zu können?«

Der kleine Ritter zuckte die Achseln.

»So wahr ich Gott liebe, wenn sie die Stadt nicht übergeben, – ich will mich ein Jahr lang verteidigen.«

»Warum schießt Ihr nicht? Das hat die Leute erschreckt und darum sprechen sie von Übergabe.«

»Wir schießen nicht, weil wir damit beschäftigt sind, Handgranaten unter den Feind zu werfen, die den Mineuren große Verluste bringen.«

»Hör' Michael, habt Ihr im Schlosse solche Verteidigungsmittel, daß Ihr auch hinter das Reußentor schießen könnt? Wenn nämlich, was Gott verhüte, die Türken den Damm durchbrechen, so gelangen sie ins Tor. Ich bewache es aus allen Kräften, aber mit Bürgern allein, ohne Soldaten, bring' ich's nicht fertig.«

Da versetzte der kleine Ritter:

»Gräme dich nicht, teurer Bruder, ich habe schon fünfzehn Kanonen nach dieser Seite gerichtet; auch um das Schloß seid beruhigt. Wir werden nicht bloß uns verteidigen, sondern, wenn nötig, auch Euch Hilfe an die Tore schicken.«

Als Makowiezki das hörte, freute er sich sehr und wollte schon davongehen, als der kleine Ritter ihn zurückhielt und noch fragte:

»Höre, du bist doch häufiger dort bei den Beratungen: wollen sie uns nur auf die Probe stellen, oder denken sie wirklich daran, Kamieniez in die Hände des Sultans zu liefern?«

Makowiezki senkte den Kopf.

»Michael«, sagte er, »so sage doch aufrichtig: muß es nicht so enden? Eine Zeitlang werden wir uns halten, eine Woche, zwei, einen Monat, zwei Monate, – aber das Ende wird stets dasselbe sein.«

Michael blickte ihn finster an; dann erhob er die Hände und rief aus:

»Brutus, auch du gegen mich? Ha, so werdet Ihr allein Eure Schmach tragen, für mich ist diese Bürde nicht.« Und sie schieden mit Groll im Herzen.

Die Mine unter dem Haupttor des alten Schlosses explodierte kurz nach Herrn Michaels Ankunft. Ziegelsteine flogen durch die Bresche, wie eine Schafherde durch die offene Tür in die Hürde flutet, wenn der Hirt und die Futterknaben ihnen mit Peitschen folgen. Ketling aber pfiff unter die Menge mit Kartätschen aus sechs Geschützen, die er vorher auf dem Walle in Bereitschaft gestellt hatte; er pfiff ein über das andere Mal und fegte den Hof rein. Michael, Humiezki, Myslischewski waren mit dem Fußvolk und den Dragonern herangeeilt und sie besetzten den Wall so dicht, wie Fliegen an heißen Sommertagen das Aas eines Rindes oder Pferdes besetzen. Es begann ein Kampf aus Musketen und Büchsen, die Kugeln fielen so dicht auf den Wall, wie Regen oder Getreidekörner, die der rüstige Bauer mit der Schaufel in die Höhe wirft. Die Türken wimmelten zwischen den Trümmern des neuen Schlosses; in jeder Vertiefung, hinter jedem Bruch, hinter jedem Stein, hinter jeder Trümmergrube saßen sie zu zweien, zu dreien, zu fünfen, zu zehnen und feuerten ohne Unterlaß. Von Chozim her strömten ihnen immer neue Hilfskräfte zu, Regiment auf Regiment kam heran, stürmte auf die Trümmer los und eröffnete sofort das Feuer. Das ganze neue Schloß war wie mit Turbanen gepflastert. Manchmal erhoben sich diese Massen von Turbanen plötzlich mit entsetzlichem Geschrei und stürmten gegen die Breschen; aber da ergriff Ketling das Wort, – der dröhnende Baß der Kanonen überdröhnte das Krachen der Feuergewehre, und Heere von Kartätschen flogen pfeifend und surrend durch die Luft unter die Menge, streckten sie zu Boden und füllten die Bresche mit Haufen von zuckenden Menschenkörpern. Viermal stürmten die Janitscharen vorwärts, viermal warf Ketling sie zurück und streute sie in alle Winde, wie der Sturm das Laub zerstreut. Er selbst stand mitten im Feuer, im Rauch, umherflatternden Erdschollen und platzenden Granaten da, dem Engel des Krieges vergleichbar. Seine Augen waren auf die Bresche geheftet, und auf seiner lichten Stirn sah man nicht die geringste Besorgnis. Bald entriß er einem Kanonier die Lunte und hielt sie an die Kanone, dann die Hand über die Augen, um nach dem Erfolg des Schusses zu spähen, und von Zeit zu Zeit wandte er sich lächelnd zu den polnischen Offizieren und sagte:

»Sie kommen nicht herein.«

Nie war die Wut eines Angriffes an einer solchen Furie der Verteidigung zerschellt. Offiziere und Soldaten wetteiferten; die Aufmerksamkeit dieser Menschen schien auf alles gerichtet, nur nicht auf den Tod. Der Tod aber streckte Mann auf Mann danieder, Humiezki Mokoschyzki, der Kommandant der Kijaner, fiel. Endlich griff auch der blonde Kaluschewski stöhnend an seine Brust, Michaels alter Freund, ein Soldat, mild wie ein Lämmchen und furchtbar wie ein Löwe. Michael fing den Fallenden auf, er aber sagte: »Gib mir die Hand, schnell, gib mir die Hand«; dann fügte er hinzu: »Gott sei Dank!« und sein Gesicht wurde so weiß wie sein Bart. Es war vor dem vierten Angriff. Eine Bande der Janitscharen war gerade durch die Bresche gelangt oder vielmehr, sie konnte wegen des dichten Kugelregens nicht wieder heraus. Michael sprang ihnen an der Spitze des Fußvolkes entgegen und schlug sie im Augenblick mit Kolben und Messer.

Stunde um Stunde verrann, das Feuer ließ nicht nach. Inzwischen gelangte in die Stadt das Gerücht von der heldenhaften Verteidigung und erregte Begeisterung und Kampfesmut. Die lechische Bürgerschaft, besonders die jugendliche, lief in der Stadt zusammen und feuerte einander an. Eilen wir denen im Schloß zu Hilfe! Kommt hin, lassen wir die Brüder nicht, vorwärts Burschen! – so tönte es über den Markt, an den Toren, und bald rückten einige hundert Leute, schlecht ausgerüstet, aber mit Mut im Herzen, nach der Brücke. Sofort richteten die Türken auf sie ein furchtbares Feuer, so daß sie mit Leichen wie übersät war, aber ein Teil drang hinüber und begann vom Wall aus mit frischem Mute den Kampf gegen die Türken.

Endlich wurde auch der vierte Angriff mit so schwerem Verlust für die Türken zurückgeschlagen, daß ein Augenblick der Erschöpfung einzutreten schien. Vergebliche Hoffnung! Das Geknatter der Janitscharenbüchsen hörte nicht auf; erst am späten Abend verstummten die Kanonen, und die Türken verließen die Trümmer des neuen Schlosses. Die übriggebliebenen Offiziere kamen nach der anderen Seite vom Schlosse herab; der kleine Ritter befahl ohne einen Augenblick Zeitverlust die Bresche zu verbauen; was nur irgend vorhanden war, sollte vorgeschüttet werden, Holz, Kloben, Faschinen, Schutt, Erde. Das Fußvolk, die Genossen, die Dragoner, die Linie, die Offiziere – alles arbeitete um die Wette ohne Unterschied des Ranges. Man erwartete, daß die türkischen Kanonen jeden Augenblick wieder aufblitzen würden; aber schließlich war dieser Tag ein Tag großen Sieges der Belagerten über die Belagerer, und darum strahlten alle Gesichter, glühten alle Herzen von Hoffnung und Lust nach ferneren Siegen.

Nach Beendigung der Arbeit gingen Ketling und Michael Arm in Arm um den Maidan und um die Mauern, sie lugten über die Zinnen, um nach dem Hofe des neuen Schlosses zu spähen, und freuten sich über die reichliche Ernte.

»Leiche auf Leiche«, sagte der kleine Ritter, indem er auf die Trümmerhaufen wies, »und an der Bresche Haufen, daß man mit den Leitern hinauf muß. Ketling, das ist das Werk deiner Kanonen.«

»Das beste«, antwortete der Ritter, »ist, daß wir die Bresche so verbaut haben, daß den Türken der Zutritt wieder verschlossen ist, und sie viele neue Minen legen müssen. Ihre Macht ist unerschöpflich wie das Meer, aber eine Belagerung wie diese müssen sie in einem oder zwei Monaten satt bekommen.«

»Während dieser Zeit kommt der Hetman, – und schließlich, was auch kommen mag, wir sind durch einen Eid gebunden«, sagte der kleine Ritter.

In diesem Augenblick sahen sie einander in die Augen, und Michael fragte mit gedämpfter Stimme:

»Hast du getan, was ich dir auftrug?«

»Alles ist vorbereitet«, antwortete ebenfalls flüsternd Ketling. »Aber ich denke, es kommt nicht dazu, denn wir können wirklich hier noch sehr viele solcher Tage wie den heutigen haben.«

»Gebe Gott ein solches Morgen.«

»Amen!« antwortete Ketling und richtete die Augen zum Himmel empor.

Ihr Gespräch wurde von Kanonendonner unterbrochen. Wieder fielen Granaten in das Schloß. Viele von ihnen platzten in der Luft und erloschen sofort wie Wetterleuchten. Ketling sah mit dem Auge des Kenners hin.

»Auf der Schanze dort, von der die Schüsse kommen«, sagte er, »sind die Zünder bei den Granaten zu stark geschwefelt.«

»Auch auf den anderen beginnt's zu dampfen«, antwortete Michael.

Es war wirklich so. Wie, wenn ein Hund durch die nächtliche Stille anschlägt, sogleich die anderen mitkläffen und schließlich das ganze Dorf vom Bellen widerhallt, so weckte die eine Kanone auf den türkischen Schanzen alle benachbarten, und die belagerte Stadt umgab ein Kranz von Granatschüssen. Dieses Mal beschoß man hauptsächlich die Stadt, nicht das Schloß. Dafür aber hörte man von drei Seiten das Graben von Minen; obwohl der mächtige Fels den Arbeiten der Mineure fast unüberwindlichen Widerstand entgegensetzte, hatten die Türken offenbar beschlossen, dieses Felsennest durchaus in die Luft zu sprengen.

Auf Ketlings und Michaels Befehl begann man wieder Granaten zu werfen, und zwar dorthin, woher der Widerhall der Spitzhacken drang. Aber im Dunkel der Nacht ließ sich schwer erkennen, ob diese Art der Verteidigung den Belagerten irgend einen Verlust bringe. Zudem hatten alle ihre Augen und ihre Aufmerksamkeit auf die Stadt gerichtet, die von einer ganzen Schar flammender Vögel umflattert wurde. Manche Geschosse platzten in der Luft, andere umschrieben einen feurigen Bogen am Firmament und fielen mitten in die Häuserreihen der Stadt. Plötzlich zerriß ein blutiger Feuerschein an mehreren Stellen das nächtliche Dunkel. Die Katharinenkirche stand in Flammen, die griechische Georgskirche in dem reußischen Stadtteil, und gleich darauf ging auch die armenische Kathedrale in Feuer auf, die übrigens schon am Tage gebrannt hatte und jetzt, unter dem Granatenregen, sich von neuem entzündete. Der Brand wuchs mit jedem Augenblick und erhellte die ganze Gegend. Das Geschrei aus der Stadt drang bis an das alte Schloß, man konnte glauben, die ganze Stadt stehe in Flammen.

»Schlimm«, sagte Ketling, »die Bürger werden den Mut sinken lassen.«

»Und wenn alles in Flammen aufgeht«, antwortete der kleine Ritter, »wenn nur der Fels nicht birst, von dem wir uns verteidigen können.«

Das Geschrei schwoll immer mächtiger; von der Kathedrale sprang das Feuer auf die armenischen Warenlager über, die auf dem armenischen Markte standen; große Reichtümer in Gold-, Silberteppichen, Fellen und kostbaren Stoffen gingen in Flammen auf. Nach kurzer Zeit züngelten die Flammen über den Häusern.

Michael erschrak aufs äußerste.

»Ketling«, sagte er, »beobachte das Granatenwerfen und störe soviel du kannst die Mienenarbeiten; ich will in die Stadt sprengen, denn mir gerinnt das Blut, wenn ich an die Dominikanerinnen denke. Gott sei gedankt, daß sie das Schloß in Ruhe lassen, und daß ich mich entfernen kann ...«

Im Schloß war in diesem Augenblick wirklich nicht viel zu tun, und so bestieg der kleine Ritter sein Pferd und sprengte davon. Erst nach zwei Stunden kehrte er wieder. Muschalski begleitete ihn; er war von der Verletzung, die ihm Hamdis Faust beigebracht hatte, schon genesen und kam jetzt aufs Schloß, weil er glaubte, bei dem Stürmen den Heiden mit seinem Bogen Verluste bereiten zu können.

»Ich grüße Euch«, sagte Ketling, »ich war schon beunruhigt. Was gibt's dort bei den Dominikanerinnen?«

»Alles steht gut«, antwortete der kleine Ritter, »nicht eine Granate ist dort geplatzt; der Ort ist abgelegen und sicher.«

»Gelobt sei Gott! Ängstigt sich Christine nicht?«

»Sie ist ruhig, als sei sie daheim. Sie sitzt mit Bärbchen in einer Zelle; Sagloba ist bei ihnen, auch Muschalski ist dort; er hat sein klares Bewußtsein wieder erlangt und bat mich, ihn mit aufs Schloß zu nehmen; aber er steht kaum fest auf seinen Füßen. Ketling, reite du jetzt hin, ich will dich hier vertreten.«

Ketling hatte Michael erwartet, denn sein Herz zog ihn zu seiner geliebten Christine, und er ließ sofort sein Pferd bringen. Aber ehe es kam, fragte er noch den kleinen Ritter aus, was es in der Stadt gäbe.

»Die Bürger löschen das Feuer mit großem Mut«, antwortete der kleine Ritter; »aber die weisen armenischen Kaufleute haben, als sie ihre Waren in Flammen aufgehen sahen, eine Deputation an den Bischof geschickt und drängen ihn, die Stadt zu übergeben. Da ich das hörte, ging ich in den Rat, obgleich ich mir versprochen hatte, nie wieder hinzugehen. Dort schlug ich einem, der am dringendsten die Übergabe forderte, ins Gesicht; der Bischof sah mich dafür schief an. Schlimm, Bruder; den Leuten sinkt der Mut immer mehr, und immer wohlfeiler erscheint ihnen unser Verteidigungswerk. Sie tadeln uns, sie loben uns beileibe nicht, sie sagen, wir setzen die Stadt unnütz der Gefahr aus. Ich habe auch gehört, daß sie über Makowiezki hergefallen sind, weil er sich den Verhandlungen widersetzt hat. Der Bischof selbst hat gesagt: »Wir verraten weder den Glauben, noch den König, was kann uns der Widerstand noch nützen?« Du siehst, die Tempel sind geschändet, ehrliche Mädchen der Schande preisgegeben, unschuldige Kinder in die Sklaverei geführt, durch Unterhandlung aber – sagte er – können wir noch ihr Schicksal wenden und uns freien Abzug sichern.« So sagte der Bischof, und der General schüttelte den Kopf und wiederholte: »O, fände ich lieber den Tod – aber es ist wahr!«

»Gottes Wille geschehe!« antwortete Ketling.

Michael rang die Hände. »Wenn es noch wahr wäre!« schrie er auf, »aber Gott ist unser Zeuge, daß wir uns wohl verteidigen können.«

Inzwischen war das Pferd gebracht. Ketling saß eilig auf, Michael aber rief ihm noch auf den Weg nach:

»Vorsicht! Auf der Brücke dort fallen die Granaten in dichten Haufen!«

»In einer Stunde bin ich zurück«, sagte Ketling und sprengte davon.

Herr Michael und Muschalski machten nun einen Gang um die Mauer.

An drei Stellen wurden Granaten geworfen, und an drei Stellen hörte man die Minenarbeiten. Auf der linken Seite des Schlosses leitete Luschnia die Arbeit.

»Wie geht es hier?« fragte Michael.

»Schlimm, Herr Kommandant«, antwortete der Wachtmeister, »die Hunde sitzen schon im Felsen, und kaum, daß mal einem beim Eingang das Fell gestreift wird. Wir haben nicht viel ausgerichtet ...«

An den anderen Stellen stand es noch schlimmer, um so schlimmer, als der Himmel umwölkt war, und ein Regen niederging, der die Zünder der Granaten feucht machte, auch hinderte die Dunkelheit die Arbeiten.

Herr Michael führte Muschalski ein wenig auf die Seite, plötzlich blieb er stehen und sagte:

»Was meint Ihr, wenn wir versuchten, diese Maulwürfe in ihren Höhlen zu erwürgen.«

»Das ist, glaube ich, der sichere Tod, denn ganze Regimenter von Janitscharen decken sie. Doch – versuchen wir's!«

»Wohl wahr, die Regimenter decken sie, aber die Nacht ist sehr dunkel, und sie sind leicht in Verwirrung zu bringen. Überlegt nur, in der Stadt denken sie an Übergabe, – weshalb? Sie sagen: die Minen sind unter unseren Füßen, ihr werdet euch nicht halten. So würden wir ihnen die Mäuler stopfen, wenn wir noch heute nacht hinmeldeten: Es gibt keine Mine mehr. Das lohnt wohl, sein Leben aufs Spiel zu setzen, – oder etwa nicht?«

Muschalski sann eine Weile nach, dann rief er aus: »Wohl, bei Gott, es verlohnt!«

»An der einen Stelle haben sie erst unlängst zu graben begonnen; die wollen wir in Ruhe lassen. Aber von dieser und von der anderen Seite sind sie schon sehr tief eingedrungen. Ihr nehmt fünfzig Dragoner, ich nehme ebensoviel; wir wollen versuchen, ihnen den Garaus zu machen. Habt Ihr Lust?«

»O gewiß, und welche Lust! Ich stecke ein paar Nägel in den Gurt, die Geschütze zu vernageln, wenn wir vielleicht unterwegs auf Geschütze stoßen.«

»Ich zweifle daran, obwohl in der Nähe Kanonen stehen; aber nehmt nur die Nägel mit. Wir wollen auf Ketling warten, denn er weiß besser als die anderen, wie er uns im Falle der Not zu Hilfe kommen kann.«

Ketling kam, wie er versprochen hatte. Auch nicht eine Minute hatte er versäumt, und eine halbe Stunde später kamen zwei Abteilungen Dragoner von je fünfzig Mann an die Bresche herangerückt und schlichen auf die andere Seite hinüber. Sie verschwanden in der Finsternis. Ketling ließ noch eine Zeit hindurch Granaten werfen, aber bald unterbrach er die Arbeit und wartete. Sein Herz schlug unruhig, denn er war sich der Kühnheit des Unternehmens voll bewußt. Eine Viertelstunde verging, eine halbe, eine ganze Stunde; es schien, als müßten sie schon den Ort erreicht haben und beginnen; und doch konnte man, wenn man das Ohr auf den Boden hielt, deutlich die ruhige Minenarbeit hören.

Plötzlich ertönte am Fuße des Schlosses ein Pistolenschuß, der übrigens infolge der herrschenden Feuchtigkeit der Luft und des ununterbrochenen Kugelwechsels von den Schanzen her nicht allzu laut knallte und vielleicht verpufft wäre, ohne die Aufmerksamkeit der Besatzung zu erregen, wäre nicht sofort ein entsetzlicher Lärm entstanden. Sie sind am Ziel, dachte Ketling, aber ob sie wiederkehren? – Drüben ertönte das Geschrei von Menschen, das Getöse der Kanonen, die Stimmen der Pfeifen und endlich das Geknatter der Janitscharenbüchsen, eilig, ungeordnet. Von allen Seiten wurde geschossen; offenbar waren ganze Abteilungen den Mineuren zu Hilfe geeilt. Aber wie Michael vorausgesehen, hatte sich der Janitscharen eine große Verwirrung bemächtigt; sie fürchteten, sich gegenseitig zu verwunden, und riefen sich mit lauter Stimme an, indem sie blindlings, ja zum Teil in die Luft feuerten. Mit jedem Augenblick wuchs der Lärm der Stimmen und der Geschosse. Wie wenn der blutdürstige Marder im Frieden der Nacht unter das schlafende Federvieh dringt, plötzlich in dem stillen Hühnerhaus eine entsetzliche Verwirrung und angstvolles Gackern entsteht – so brach auch um das Schloß herum ein furchtbarer Wirrwarr los. Von den Verschanzungen wurden Granaten auf die Mauer geworfen, um die Dunkelheit zu lichten; Ketling ließ die Kanonen auf die türkischen Vorposten richten und antwortete mit Kartätschen. Die türkischen Gräben, die Mauern leuchteten auf, in der Stadt wurde Lärm geschlagen, denn man glaubte allgemein, die Türken seien in die Festung eingedrungen. Auf den Schanzen glaubte man gerade das Gegenteil, daß ein gegen die Arbeiten gerichteter wütender Ausfall der Belagerten geplant sei, und so entstand ein allgemeiner Alarm. Die Nacht begünstigte das kühne Unternehmen Michaels und Muschalskis, denn es war sehr finster geworden. Die Kanonenschüsse und die Granaten erhellten nur auf Augenblicke den dunklen Schleier, der dann um so schwärzer wurde; endlich öffneten sich plötzlich die Schleusen des Himmels und gossen strömenden Regen herab. Donnerschläge übertönten das Geschützfeuer und hallten heulend in entsetzlichem Echo von den Felsen wieder. Ketling sprang von dem Wall hinab, eilte an der Spitze einer kleinen Mannschaft an die Bresche und wartete.

Es dauerte nicht lange, so wimmelte es von dunklen Gestalten zwischen den Balken, welche die Öffnung schützten.

»Wer da?« rief Ketling.

»Michael Wolodyjowski!« ertönte die Antwort, und die beiden Ritter stürzten sich in die Arme.

»Was ... wie steht's dort?« fragten die Offiziere, die immer zahlreicher zur Bresche geeilt kamen.

»Gott sei Dank! Die Mineure sind bis auf den letzten Mann aufgerieben, die Werkzeuge zerbrochen und in alle Winde gestreut; ihre ganze Arbeit war vergeblich!«

»Gott sei Dank, Gott sei Dank!«

»Ist Muschalski mit den Seinigen zur Stelle?«

»Er ist noch nicht zurück!«

»Sollen wir ihm zu Hilfe eilen? Wem beliebt's, meine Herren?«

In diesem Augenblick tauchten neue Gestalten in der Bresche auf. Muschalskis Leute kamen eiligst zurück, wenn auch in bedeutend verringerter Zahl; es waren viele von ihnen unter den Kugeln geblieben; aber die Freude über den günstigen Erfolg glänzte auf ihren Gesichtern. Einige von den Soldaten brachten Spitzhacken, Bohrer, Keilhauen als Beweisstücke, daß sie wirklich in den Minen gewesen waren, mit.

»Wo ist Muschalski?« fragte Michael.

»Ja, wo ist Muschalski?« wiederholten mehrere Stimmen.

Die Leute vom Kommando des berühmten Bogenschützen sahen sich einander an; da meldete sich einer von den Dragonern, der schwer verwundet war, und sagte mit schwacher Stimme:

»Muschalski ist gefallen; ich sah, wie er fiel; ich sank neben ihm nieder, aber ich erhob mich wieder, – er blieb ...«

Die Ritter waren tief bewegt durch den Tod des Bogenschützen, denn er war einer der ersten Krieger in dem Heere der Republik. Man fragte den Dragoner noch aus, wie das gekommen sei, aber er konnte nicht Rede stehen, denn sein Blut floß in Strömen, und endlich sank er wie eine Garbe zu Boden.

Die Ritter klagten über den Tod Muschalskis.

»Sein Gedächtnis wird fortleben im Heere«, sagte Kwasibrozki; »wer diese Belagerung überlebt, der wird seinen Namen rühmen.«

»Ein solcher Bogenschütze wird nicht mehr geboren«, sagte eine andere Stimme.

»Er war der Stärkste in ganz Chreptiow«, ließ sich der kleine Ritter vernehmen; »einen Taler drückte er mit einem Finger tief in ein breites Brett hinein. Nur der eine Longinus, der Litauer, übertraf ihn an Kraft, aber der fiel bei Sbarasch, und von den Lebenden gleicht ihm höchstens Nowowiejski an Stärke der Arme.«

»Ein großer, großer Verlust«, sagten andere; »nur in alten Zeiten wurden solche Krieger geboren.«

Nachdem sie so das Andenken des Bogenschützen geehrt hatten, bestiegen sie den Wall. Michael schickte sofort einen Berittenen mit der Nachricht an den General und den Bischof, daß die Mine zerstört und die Mineure durch einen Überfall aufgerieben seien. Mit großem Erstaunen nahm man diese Nachricht in der Stadt auf, aber – wer hätte es für möglich gehalten – mit verhohlenem Unwillen. Sowohl der General wie der Bischof waren der Ansicht, daß diese augenblicklichen Triumphe die Stadt nicht retten und den grausamen Löwen nur noch mehr reizen würden. Sie hätten nur in dem einen Falle nützen können, wenn man trotz ihrer der Übergabe zustimmte, und so beschlossen denn auch die beiden obersten Führer, die Verhandlungen fortzusetzen.

Aber weder Ketling noch Michael glaubten, daß die glücklichen Nachrichten, die sie hinsandten, keinen Erfolg haben sollten; sie waren der Überzeugung, daß jetzt auch die verzagtesten Herzen Mut erfüllen, und daß alle in neuer Lust zu hartnäckigem Widerstand entbrennen würden, denn die Stadt konnte nicht eingenommen werden, solange das Schloß standhielt. Solange also das Schloß nicht nur Widerstand leistete, sondern sogar dem Feinde noch Schaden zuzufügen vermochte, befanden sich die Belagerer noch keineswegs in der Zwangslage, zu Verträgen ihre Zuflucht zu nehmen. An Vorräten war Überfluß, ebenso an Pulver; man brauchte nur die Tore zu bewachen und die Brände in der Stadt zu löschen.

Während der ganzen Belagerung war dies die freudigste Nachricht für den kleinen Ritter und für Ketling. Sie hatten große Hoffnung, selbst heil aus dieser türkischen Umklammerung hervorzugehen und die teuren Häupter ihrer Lieben heimzuführen.

»Noch ein paar Stürme«, sagte der kleine Ritter, »und so wahr Gott lebt, die Türken werden müde werden und uns durch Hunger zwingen wollen. Es fehlt uns an Lebensmitteln nicht; der September steht vor der Tür, in zwei Monaten beginnen die Regen und der Winter, und ihr Heer ist wenig abgehärtet; wenn sie einmal ordentlich frieren, gehen sie drauf.«

»Viele von ihnen stammen aus den äthiopischen Ländern«, antwortete Ketling, »oder aus anderen, wo der Pfeffer wächst, und die frißt jeder Frost auf; zwei Monate halten wir im schlimmsten Falle sogar unter Stürmen aus. Es ist auch unmöglich, daß kein Ersatz komme; endlich muß die Republik erwachen, und wenn auch der Hetman keine große Heeresmacht sammelt, so wird er die Türken im Kleinkrieg reizen.«

»Ketling, ich glaube, unsere Stunde ist noch nicht gekommen.«

»Das steht in Gottes Hand; aber auch ich glaube, dazu kommt es noch nicht.«

»Es müßte denn einer von uns fallen, wie Muschalski, – ja, was kann man dagegen tun? … Schmerzt mich sehr, Muschalskis Tod, wenn er auch wie ein Held gefallen ist.«

»Gebe uns Gott keinen schlechteren Tod, nur jetzt noch nicht, denn ich sage dir, Michael, es wäre mir leid um … Christine.«

»Ja, und mir um Bärbchen … Nun, wir tun, was in unseren Kräften steht, die göttliche Barmherzigkeit waltet über uns. Ich bin hocherfreut im Herzen, ich muß auch morgen etwas Bedeutendes unternehmen.«

»Die Türken haben hölzerne Schutzwehren aus Bohlen auf den Schanzen errichtet; ich habe mir ein Mittel erdacht, wie es zum Anzünden der Schiffe benutzt wird. Die Lappen werden schon mit Pech getränkt, und ich trage Hoffnung, daß morgen bis zum Mittag all ihre Arbeiten in Flammen aufgegangen sind.«

»Ha«, sagte der kleine Ritter, »so wage ich einen Ausfall; bei dem Brande entsteht ohnehin Verwirrung, und es wird ihnen gar nicht in den Sinn kommen, daß ein Ausfall am hellen, lichten Tage unternommen werden könnte. Es kann morgen noch besser kommen als heute, Ketling.«

So sprachen sie, das Herz von Freude erfüllt; dann begaben sie sich zur Ruhe, denn sie waren sehr müde. Aber der kleine Ritter hatte noch nicht drei Stunden geschlafen, als ihn der Wachtmeister Luschnia weckte.

»Herr Kommandant, es gibt Neuigkeiten«, sagte er.

»Was gibt's?« rief der wachsame Krieger und sprang mit einem Satz in die Höhe.

»Herr Muschalski ist da.«

»Bei Gott, was sagst du?«

»Er ist da; ich stand an der Bresche, da hörte ich, wie einer von drüben in unserer Sprache ruft: »Nicht schießen, ich bin's!« Ich höre hin, – da kommt Muschalski, als Janitschar verkleidet, an.«

»Gott sei gedankt«, sagte der kleine Ritter.

Er eilte hinaus, den Schützen zu begrüßen. Der Tag dämmerte schon; Muschalski stand diesseits des Walles in weißer Kapuze und Rüstung, so völlig einem Janitscharen ähnlich, daß man den eigenen Augen nicht traute. Als er den kleinen Ritter erblickte, sprang er auf ihn zu, und sie begrüßten sich freudig.

»Wir haben Euch schon beweint«, rief Herr Michael.

Inzwischen waren einige andere Offiziere herbeigekommen, unter ihnen auch Ketling. Alle waren sehr erstaunt und fragten den Bogenschützen um die Wette aus, wie er zu der türkischen Verkleidung gekommen sei: er ergriff das Wort und erzählte:

»Ich purzelte rückwärts taumelnd über die Leiche eines Janitscharen und schlug mit dem Kopf an eine Kugel, die am Boden lag, und obwohl meine Mütze mit Draht versehen ist, ward es mir doch neblig um die Sinne, da mein Gehirn von dem Schlage, den mir Hamdi versetzt hatte, noch sehr empfindlich ist. Dann später erwache ich – sieh' da, ich liege auf einem toten Janitscharen, weich wie im Bette. Ich fühle nach meinem Kopfe: er tut ein wenig weh, aber nicht einmal eine Beule ist zu spüren; ich nehme die Mütze ab, der Regen kühlt mir den Kopf, ich denke bei mir: Gut so. Da fällt mir ein: wenn ich dem Janitscharen so den ganzen Plunder abnähme und unter die Türken ginge? Ich spreche ja türkisch wie meine Muttersprache, niemand wird mich erkennen, und mein Gesicht verrät mich auch nicht. Ich will hingehen und sie belauschen. – Wohl packte mich auch die Angst; ich dachte an die alte Gefangenschaft, aber ich ging doch hin. Die Nacht war dunkel, nur an einigen Stellen war Licht; und so ging ich, sag' ich euch, unter ihnen einher wie unter den eigenen Landsleuten. Viele von ihnen lagen in den Gräben unter Decken; ich ging auch zu ihnen. Einer und der andere fragte mich: Was schlenderst du umher? – Ich mag nicht schlafen, antwortete ich. Andere schwatzten über die Belagerung. Es herrscht große Verwunderung unter ihnen, ich habe es mit eigenen Ohren gehört, wie sie unsere Kommandanten hier geschmäht haben« – bei diesen Worten verneigte sich Muschalski vor Michael. »Ich wiederhole ihre *ipsissima* verba, denn Feindes Tadel ist das größte Lob. – Solange dieser kleine Hund – so nannten die

Hundsfötter Ew. Gnaden – solange dieser kleine Hund das Schloß verteidigt, kriegen wir es nimmermehr. – Er ist kugel- und eisenfest, sagte ein anderer, und der Tod weht vor ihm die Menschen an wie die Pest. – Da begannen sie alle zu klagen: Wir allein müssen in den Kampf, und die anderen Heere tun gar nichts, die Dschamaken liegen auf dem Rücken, die Tataren plündern, die Spahis schlendern im Bazar umher, – und zu uns sagt der Padischah: Meine lieben Schäfchen; aber wir scheinen ihm doch nicht gar so sehr ans Herz gewachsen zu sein, wenn man uns hier wie zur Schlachtbank führt. Wir halten's aus – sagten sie –, aber nicht lange; dann gehen wir nach Chozim zurück, und wenn wir den Urlaub nicht bekommen, so kann manches große Haupt fallen.«

»Hört ihr's, Herren?« rief Michael. »Wenn die Janitscharen sich empören, wird dem Sultan der Schreck in die Glieder fahren, und er gibt die Belagerung auf.«

»So wahr Gott lebt, ich sage die volle Wahrheit«, sprach Muschalski. »Bei den Janitscharen ist eine Rebellion leicht gemacht, und sie sind schon mißvergnügt. Ich meine, sie halten's noch ein oder zwei Stürme aus, dann werden sie die Zähne fletschen gegen die Janitschar-Aga und den Kaimakam, ja, gegen den Sultan selber.«

»So ist's«, riefen die Offiziere, »mögen sie noch zwanzigmal den Sturm versuchen, – wir sind bereit.«

Sie schlugen an die Säbel und blickten mit glühenden Augen zu den Verschanzungen hinüber; der kleine Ritter aber flüsterte Ketling begeistert zu: »Ein zweites Sbarasch, ein zweites Sbarasch!«

Muschalski fuhr fort:

»Das habe ich gehört; ich ging ungern fort, denn ich hätte noch mehr hören mögen, aber ich fürchtete, der Tag werde mich überraschen. Ich ging also zu den Verschanzungen, von denen nicht geschossen wurde, um in der Dämmerung durchschleichen zu können. Da sah ich eine Stelle, wo keine ordentliche Bewachung war. Die Janitscharen schlichen in Haufen herum. Ich ging an eine mächtige Kanone heran; niemand rief mich an … der Herr Kommandant weiß, daß ich beim Überfall Nägel zur Vernagelung der Kanonen mitgenommen habe. Schnell schob ich einen in die Öffnung, – er wollte ohne Hammer nicht hinein; da mir aber der liebe Herrgott Kraft in der Faust gegeben hat – die Herren haben meine Experimente ja oft gesehen –, so drückte ich ihn mit der bloßen Hand hinein. Es knarrte ein wenig, aber der Nagel drang bis an den Kopf in die Öffnung ... Ich hatte eine höllische Freude daran!«

»Bei Gott, das habt Ihr getan? Ihr habt die große Kanone vernagelt?« fragte es von allen Seiten.

»Das habe ich getan und noch mehr. Denn als alles glatt abging, war es mir wieder leid, fortzugehen, und ich schlich zur zweiten Kanone ... Die Hand tut mir weh, – aber die Nägel sind richtig drin.«

»Werte Herren!« rief Michael, »niemand hat Größeres vollbracht, niemand sich mit solchem Ruhme bedeckt – Vivat Muschalski!«

»Vivat, vivat!« fielen die Offiziere ein, und in den Ruf der Offiziere die Soldaten. Die Türken hörten es in den Verschanzungen und erschraken, und immer tiefer sank ihnen der Mut. Der Bogenschütze aber verneigte sich voll Freude vor den Offizieren; er erhob seine mächtige, einem Spaten ähnliche Hand, an der zwei blaue Flecken sichtbar waren, und sagte:

»Bei Gott, ich habe die Wahrheit gesprochen – hier das Zeugnis!«

»Wir glauben's!« riefen alle, »danke dem Höchsten, daß du glücklich zurückgekehrt bist.«

»Ich schlich durch die Gerüste hindurch«, versetzte der Bogenschütze; »und hätte gern die Arbeiten in Brand gesteckt, aber mir fehlte der Zündstoff.«

»Weißt du wohl, Michael«, rief Ketling, »meine Lappen sind fertig, ich muß anfangen an die Gerüste zu denken; sie sollen erfahren, daß wir sie zuerst angreifen.«

»Recht so, recht so!« rief Michael.

Er selbst eilte zum Zeughaus und sandte eine neue Nachricht in die Stadt: »Muschalski ist beim Ausfall nicht getötet worden; er ist zurückgekommen, ja, er hat zwei große Kanonen vernagelt. Er war mitten unter den Janitscharen, die von Rebellion sprachen. In einer Stunde stecken wir die Holzbauten in Brand, und wenn es möglich ist, machen wir einen zweiten Ausfall.«

Noch war der berittene Bote nicht über die Brücke gekommen, als die Mauern von Kanonendonner erdröhnten. Diesmal begann das Schloß die brüllende Zwiesprache. Im blassen Lichte des Morgens flogen die flackernden Fetzen wie brennende Fahnen und fielen auf dem Gerüst nieder; die Feuchtigkeit, mit der der Nachtregen das Holz genetzt hatte, erwies sich als zu schwach, bald fingen die Bohlen Feuer und brannten in hellen Flammen. Den brennenden Lappen schickte

Ketling Granaten nach. Die abgematteten Janitscharenhaufen verließen im ersten Augenblick die Schanzen. Man hörte keine Musik, der Vezier selbst kam herangeritten an der Spitze neuer Heerscharen; aber auch in sein Herz schien Verzweiflung sich eingeschlichen zu haben, denn die Paschas hörten, wie er murmelte:

»Der Kampf ist ihnen lieber als die Ruhe; – was sind das für Menschen, die in diesem Schlosse hausen!«

Unter den Soldaten aber hörte man von allen Seiten angstvoll wiederholen:

»Der kleine Hund beginnt zu beißen, der kleine Hund beißt um sich!«

24. Kapitel

Als diese glückliche Nacht, die voll von Anzeichen des Sieges war, endete, brach ein Tag an, der in der Geschichte dieses Krieges entscheidend werden sollte. Im Schlosse erwartete man eine große Kraftanstrengung der Türken. Bei Sonnenaufgang vernahm man auch wieder die Minenarbeit links vom Schlosse so laut und kräftig wie nie bisher. Die Türken bohrten offenbar in großer Eile eine neue Mine, die mächtigste von allen. Große Heeresabteilungen bewachten die Arbeit. Auf allen Verschanzungen wurde es lebendig; aus der Menge der bunten Sandschaks, die von Dluschek her wie ein Blumenfeld sichtbar wurden, sah man den Vezier selbst heranreiten, um den Sturm zu leiten. Auf die Verschanzungen hatten die Türken neue Kanonen aufgepflanzt; außerdem hielten ihre unzähligen Scharen das neue Schloß besetzt, indem sie sich in den Laufgräben und hinter den Trümmern verbargen, um zum Handgemenge bereit zu sein.

Wie schon erzählt, begann das Schloß das Geschützfeuer mit so gutem Erfolge, daß eine augenblickliche Verwirrung auf den Schanzen entstand; aber die Bim-Baschis führten die Janitscharen eiligst zurück, gleichzeitig ertönten die türkischen Kanonen. Kugeln, Granaten, Kartätschen flogen, auf die Häupter der Verteidiger stürzte Schutt, Ziegel, Mörtel. Der Rauch mischte sich mit dem Staub, die Glut des Feuers mit der Glut der Sonne. Der Brust fehlte der Atem, den Augen der freie Ausblick; der Donner der Kanonen, das Krachen der Granaten, das Aufschlagen der Kugeln gegen die Mauersteine, das Lärmen der

Türken, das Geschrei der Verteidiger floß in ein entsetzliches Geheul zusammen, welches das Echo der Felsen wiederholte. Das Schloß, die Stadt, alle Tore, alle Basteien wurden mit Geschossen überschüttet. Aber das Schloß verteidigte sich verzweifelt, beantwortete Donner mit Donner, erbebte in seinen Grundfesten, leuchtete auf, rauchte, dröhnte, spie Feuer, Tod und Verderben, als habe ein göttlicher Zorn es erfaßt, als rase es durch die Flammen, als wolle es den türkischen Donner übertönen und in die Erde versinken oder siegen.

Im Schlosse, mitten unter dem Regen der Kugeln, unter Feuer, Staub und Rauch flog der kleine Ritter von Kanone zu Kanone, von Mauer zu Mauer, von Ecke zu Ecke, selbst einer der verzehrenden Flammen ähnlich; er schien sich verdoppelt, verdreifacht zu haben, er war überall, er munterte auf, rief allen zu; wenn ein Kanonier fiel, vertrat er ihn; hatte er hier Mut zugesprochen, eiligst war er wieder an anderer Stelle. Sein Eifer teilte sich den Kämpfenden mit; sie waren überzeugt, es sei dies der letzte Sturm, dem Friede und Ruhm folgen werde. Der Glaube an den Sieg erfüllte die Herzen ganz, sie wurden hart und trotzig, und eine Kampfesraserei hatte die Gemüter ergriffen. Rufe und Herausforderungen flogen herüber und hinüber; vieler hatte sich eine solche Wut bemächtigt, daß sie über die Mauer hinaus stürzten, um die Janitscharen in der Nähe zu fassen.

Diese waren zweimal unter dem Schutze der Rauchwolken in festgefügter Masse an die Bresche herangekommen und zweimal in Unordnung zurückgewichen, den Boden mit Leichen bedeckend. Um die Mittagszeit schickte man ihnen vom allgemeinen Aufgebot und den Dschamaken Hilfe; aber die weniger geschulten Haufen heulten nur, obwohl man sie mit Speeren anstachelte, mit entsetzlichem Gebrüll auf und wollten nicht gegen das Schloß vorgehen. Der Kaimakam kam heran – vergebens, jeden Augenblick drohte eine allgemeine, an Wahnsinn grenzende Auflösung. Endlich zog man die Leute zurück; nur die Kanonen arbeiteten ohne Unterlaß wie früher und sendeten Donner auf Donner, Blitz auf Blitz aus.

So verstrichen lange Stunden; die Sonne sank schon vom Zenith und schaute dem Kampfe strahlenlos, rötlich und rauchig zu, als sei sie mit einem Schleier umgeben. Um drei Uhr nachmittags erreichte der Kanonendonner eine solche Stärke, daß man innerhalb der Mauer nicht hören konnte, wenn man sich laut in die Ohren schrie; die Luft im Schlosse wurde glühend wie im Ofen, das Wasser, das man über die erhitzten Kanonen goß, dampfte brodelnd auf, vermischte sich mit dem Rauch und hüllte die Welt in Schatten. Die Kanonen aber donnerten unaufhörlich fort. Gleich nach drei Uhr wurden die beiden größten türkischen Feldschlangen zertrümmert. Der Mörser, der neben ihnen stand, barst wenige Minuten später; die Kanoniere fielen wie die Fliegen. Mit jedem Augenblick ward es offenbarer, daß das unüberwindliche Schloß den Platz behaupten werde, daß es den Donner der türkischen Geschütze übertönen, daß es das letzte Wort sprechen werde, – das Wort des Sieges.

Das Feuer der Türken wurde allmählich schwächer.

»Es geht zu Ende!« rief Michael mit voller Kraft Ketling ins Ohr; »so denke auch ich«, antwortete Ketling, »morgen oder später?«

»Vielleicht später; – heut' ist der Sieg unser.«

»Und durch uns.«

»An die neue Mine müssen wir denken.«

»Immer kräftiger die Kanonen!« rief Michael und sprang mitten unter die Kanoniere.

»Feuer, Burschen!« schrie er, »bis die letzte türkische Kanone zu spielen aufhört. Gott und der heiligen Jungfrau zu Ehren, der Republik zur Ehre!«

Die Soldaten, welche sahen, daß auch dieser Sturm dem Ende entgegengehe, schrien unter lautem, freudigem Zurufen und donnerten mit wachsendem Eifer gegen die türkischen Schanzen.

»Wir spielen euch einen Abendtrauermarsch auf, Hundesöhne! Wir spielen euch den Trauermarsch!« schrien zahlreiche Stimmen.

Plötzlich geschah etwas Seltsames. Alle türkischen Kanonen verstummten auf einmal, wie auf ein gegebenes Zeichen. Auch das Knattern der Janitscharenbüchsen im neuen Schloß verstummte. Das alte Schloß erdröhnte noch eine Zeitlang unter dem Kanonendonner, aber endlich begannen die Offiziere sich umzuschauen und fragten sich gleichzeitig:

»Was ist das? Was ist geschehen?«

Ketling war ein wenig beunruhigt und stellte ebenfalls das Schießen ein. Da sagte einer der Offiziere laut:

»Sie sind mit der Mine unter uns und können sie bald entzünden!«

Wolodyjowski durchbohrte den Sprecher mit einem drohenden Blicke.

»Die Mine ist nicht fertig; im übrigen sprengt sie nur den linken Flügel des Schlosses in die Luft, und auf den Trümmern werden wir uns verteidigen, so lange Atem in unserer Brust ist – versteht Ihr?«

Nun ward es still, kein Schuß unterbrach das Schweigen, weder aus der Stadt noch von den Schanzen. Nach dem Getöse, welches die Mauern und Grund und Boden erschüttert hatte, lag in dieser Stille etwas Feierliches, zugleich aber auch etwas Unheilverkündendes. Aller Augen schauten angestrengt von den Schanzen herab, aber durch die Rauchwolken war nichts zu sehen.

Plötzlich tönten von der linken Seite her die regelmäßigen Schläge der Spitzhacken.

»Habe ich's nicht gesagt, daß sie die Mine erst graben?« bemerkte Herr Michael.

Hier wandte er sich an Luschnia.

»Wachtmeister, nimm zwanzig Mann und wirf einen Blick in das neue Schloß.«

Luschnia führte eilig den Befehl aus; in einem Augenblick verschwand er mit seinen Leuten durch die Bresche.

Wieder entstand ein Schweigen, nur unterbrochen von dem Röcheln oder Schluchzen Sterbender und von dem Widerhall der Spitzhacken.

Man wartete ziemlich lange; endlich kam der Wachtmeister zurück.

»Herr Kommandant«, sagte er, »im neuen Schloß ist keine lebende Seele.«

Michael blickte Ketling erstaunt an.

»Sollten sie von der Belagerung abgelassen haben? Durch den Rauch kann man nichts sehen.«

Plötzlich wurde der Rauch von einem Windstoß zerteilt, und der dichte Wolkenschleier über der Stadt zerriß; in diesem Augenblick schrie eine gellende Stimme von der Bastei herab:

»Auf den Toren stecken weiße Fahnen, wir ergeben uns!«

Als die Soldaten und Offiziere das hörten, wandten sie sich zur Stadt zurück. Ein sprachloses Erstaunen lag in ihren Zügen, die Worte erstarben ihnen auf den Lippen, und sie schauten durch die Rauchsäulen nach der Stadt.

In der Tat, auf dem reußischen und dem lechischen Tore wehten Fahnen; eine weitere sah man noch auf der Bastei Bathory.

Da wurde das Gesicht des kleinen Ritters so weiß wie jene Fahne, die in der Luft flatterte.

»Ketling, siehst du?« flüsterte er und wandte sich um zu dem Freunde. Auch Ketlings Gesicht war bleich geworden.

»Ich seh's«, sagte er.

Sie sahen einander in die Augen und sagten sich mit Blicken, was zwei solche Krieger ohne Furcht und Tadel sich sagen konnten, die nie in ihrem Leben ihr Wort gebrochen und die vor dem Altar geschworen hatten, eher zu sterben, als das Schloß zu übergeben. Jetzt, nach solcher Gegenwehr, nach solchem Kampfe, der an die Tage von Sbarasch erinnerte, nach der glücklichen Abwehr des Sturmes und nach dem Sieg, hieß man sie den Eid brechen, das Schloß übergeben und am Leben bleiben!

Wie noch kurz vorher todbringende Kugeln über das Schloß geflogen waren, so jagten jetzt tödliche Gedanken durch ihre Köpfe; ein unermeßlicher Schmerz preßte ihre Herzen zusammen, der Schmerz um zwei liebende Wesen, der Schmerz um das Leben, um das Glück, und so sahen sie einander an wie Irre, wie Tote, nur bisweilen richteten sie ihre verzweiflungsvollen Blicke nach der Stadt, als wollten sie sich überzeugen, ob ihre Augen sie nicht täuschten, ob wirklich ihre letzte Stunde gekommen sei.

Inzwischen ertönte Pferdegetrappel von der Stadt her, und bald darauf stürzte Horaim, der getreue Knappe des Generals von Podolien, herein.

»Ein Befehl an den Herrn Kommandanten!« rief er, indem er vom Pferde sprang. Michael nahm den Befehl, las ihn schweigend und sprach, während ihn Grabesstille umgab, zu den Offizieren:

»Meine Herren, die Kommissare haben mit einem Boot den Fluß überschritten und sich nach Dluschek begeben, um den Vertrag zu unterzeichnen; in wenigen Minuten werden sie diesen Weg hier zurückkommen ... Vor Abend sollen wir das Heer aus dem Schlosse führen und unverzüglich die weiße Fahne hissen ...«

Niemand sprach ein Wort, nur beschleunigtes Atmen ward vernehmbar.

Endlich meldete sich Kwasibrozki:

»Wir müssen die Fahne aufhissen, ich will die Leute sogleich sammeln.«

Bald ertönten hier und da die Kommandos. Die Soldaten stellten sich in Reih' und Glied, Gewehr auf Schulter, und der Klang der

Trommeln und ihr regelmäßiger Schritt hallte in dem schweigsamen Schlosse wider.

Ketling trat ganz nah' an Michael heran.

»Ist es Zeit?« fragte er.

»Warten wir auf die Kommissare, hören wir die Bedingungen ... übrigens will ich selbst dort hinuntersteigen.«

»Nein, ich will hinunter; ich kenne die Keller besser, ich weiß, wo alles ist.«

Das Gespräch ward durch die Rufe unterbrochen: »Die Kommissare kommen zurück! Die Kommissare kommen!«

Nach einiger Zeit erschienen die drei unglückseligen Boten auf dem Schlosse; es war der podolische Richter Gruschezki, der Truchseß Rschewuski und der Fahnenträger von Tschernihowski Myslischewski. Sie schritten düster, mit gesenktem Haupte daher. Auf ihren Rücken glänzten die goldgewirkten Kaftane, die sie vom Vezier zum Geschenk erhalten hatten.

Michael erwartete sie, auf die noch warme, rauchende Kanone gestützt, die auf Dluschek gerichtet war. Die drei Begrüßten ihn schweigend; aber er fragte:

»Welches sind die Bedingungen?«

»Die Stadt soll nicht ausgeraubt, den Bewohnern Leben und Gut gesichert werden; ein jeder, der nicht hier bleiben will, soll das Recht haben, fortzugehen, wohin ihm beliebt.«

»Und Kamieniez?«

»... Gehört dem Sultan ... für ewige Zeiten.«

Darauf gingen die Kommissare, nicht in der Richtung der Brücke, denn dort hatten Volkshaufen ihnen den Weg versperrt, sondern seitwärts, durch das südliche Tor. Sie gingen hinab und bestiegen ein Boot, das sie zu dem lechischen Tor bringen sollte. In der Niederung, die zwischen den Felsen den Fluß entlang sich erstreckte, erschienen bereits Janitscharen, von der Stadt her strömten immer größere Volkswogen heran und besetzten den Platz gegenüber der alten Brücke. Viele wollten auf das Schloß eilen, aber die herauskommenden Regimenter hielten sie auf Befehl des kleinen Ritters zurück.

Michael hatte das Heer abgefertigt und rief nun Muschalski zu sich.

»Alter Freund, erweise mir einen Dienst; geh' sofort zu meiner Gattin und sage ihr in meinem Namen ...« Hier stockte seine Stimme einen Augenblick, »und sage ihr in meinem Namen – Es tut nichts«, fügte er schnell hinzu.

Der Bogenschütze ging, ihm folgte langsam das Heer. Herr Michael saß zu Roß und beobachtete den Ausmarsch. Das Schloß entleerte sich nur stockend, weil Schutt und Trümmer den Weg behinderten.

Ketling trat an den kleinen Ritter heran.

»Ich gehe hinab«, sagte er und biß die Zähne aufeinander.

»Geh', aber warte, bis das Heer aus dem Schlosse ist. Geh'!« Sie schlossen sich in die Arme und hielten sich lange Zeit umschlungen. Die Augen leuchteten beiden in außerordentlichem Glanze ... endlich sprang Ketling hinunter.

Michael nahm den Helm vom Haupte; noch einen Augenblick schaute er auf diese Ruinen, auf dieses Feld seines Ruhmes, auf die Trümmer, die Leichen, auf die Mauersplitter, auf den Wall und die Kanonen, dann richtete er die Augen gen Himmel und begann zu beten ... Seine letzten Worte waren:

»Gib ihr, Gott, die Kraft, geduldig zu tragen, gib ihr Frieden! ...«

Ach! ... Ketling hatte sich beeilt; er hatte kaum den Abzug der Regimenter abgewartet, denn in diesem Augenblick schwankten die Bastionen, ein furchtbarer Donner erschütterte die Luft, Zinnen, Türme, Mauern, Pferde, Kanonen, Lebende und Tote, Erdmassen – alles ward von einer Flamme erfaßt, untereinander geworfen und wie eine furchtbare Ladung in die Luft gesprengt.

So fiel Michael Wolodyjowski, der Hektor von Kamieniez, der erste Krieger der Republik.

In der Stiftskirche zu Stanislawow stand ein hoher Katafalk. Hunderte Kerzen beleuchteten ihn, und in einem bleiernen Sarg, der von einem hölzernen umgeben war, lag Michael Wolodyjowski. Die Deckel waren schon geschlossen, und die Bestattungsfeierlichkeit begann. Es war ein Herzenswunsch der Witwe, daß sein Leib in Chreptiow ruhte, aber da ganz Podolien in den Händen des Feindes war, sollte er vorläufig in Stanislawow bestattet werden, denn hierher waren unter türkischer Begleitung die Kriegsgefangenen von Kamieniez geschickt und in die Hände der Hetmansheere ausgeliefert worden.

Alle Glocken des Stifts ertönten, die Kirche war von Adel und Kriegern angefüllt, alle wollten auf den Sarg des Hektors von Kamieniez und des besten Ritters der Republik noch einen letzten Blick werfen. Man flüsterte einander zu, der Hetman selbst werde zum Begräbnis kommen, da man ihn aber bisher nicht sah, und da jeden Augenblick die Tataren hereinbrechen konnten, hatte man beschlossen, die Feierlichkeit nicht hinzuhalten.

Alte Krieger, die Freunde oder Untergebenen des Verstorbenen, bildeten einen Kreis um den Katafalk; unter ihnen sah man Muschalski, den Bogenschützen, Motowidlo, Snitko, Hromyka, Nienaschyniez, Nowowiejski und viele andere alte Offiziere aus der Grenzwarte. Es war ein merkwürdiger Zufall, daß fast keiner von denen fehlte, die einst an den Abenden in Chreptiow um den Herd herumsaßen: alle hatten ihre Häupter heil aus diesem Kriege heimgebracht, nur er, der ihr Führer und Vorbild gewesen war, der gute und gerechte Ritter, der Schrecken der Feinde, die Freude der Seinigen, nur jener Kämpfer über alle Kämpfer, der Held mit dem Taubenherzen, er lag hier auf hohem Katafalk, lichtumflossen, in unermeßlichem Ruhme, aber im Schweigen des Todes. Die im Kriege verhärteten Herzen zerflossen in Schmerz bei diesem Anblick, gelber Schimmer der Kerzen beleuchtete die furchtbar verhärmten Gesichter der Krieger und spiegelte sich in blitzenden Funken in den Tränen, die ihren Augen entströmten. Mitten im Kreise dieser Krieger lag auf dem Fußboden Bärbchen, neben ihr, alt, schwächlich, gebrochen, zitternd – Sagloba. Sie war zu Fuß von Kamieniez hergekommen, dem Wagen folgend, der den teuren Toten trug, und nun war der Augenblick gekommen, da man den Sarg der Erde übergeben sollte. Den ganzen Weg war sie wie abwesend, als gehöre sie nicht zu dieser Welt, einhergegangen und hatte jetzt bei diesem Katafalk bewußtlos die Worte hergesagt: »Es tut nichts – es tut nichts«, denn so hatte er, der Geliebte, befohlen, dies waren die letzten Worte, die er ihr melden ließ. Aber diese Worte, die sie beständig wiederholte, waren nur Töne ohne Inhalt, ohne Wahrheit, ohne Bedeutung, ohne Hoffnung. »Es tut nichts«, sagte sie, aber es tat weh. Was sie empfand, war Schmerz, Finsternis, Verzweiflung, Starrheit, unsagbares Elend, ein Leben, das getötet und gebrochen war, ein unklares Bewußtsein, daß es für sie kein Erbarmen, keine Hoffnung mehr gäbe, nichts als Leere, ewige Leere, die nur Gott ausfüllen konnte, wenn er ihr den Tod sandte.

Die Glocken tönten, am Hochaltar war die Messe beendet. Die Stimme des Priesters schallte laut, als rufe er aus dem Abgrund: »Re-

quiescat in pace!« Ein Fieberschauer schüttelte Bärbchen, und in ihrem wirren Kopfe lebte nur ein Gedanke: Jetzt ... jetzt tragen sie ihn fort! – Aber das Ende der Feierlichkeit war noch nicht gekommen. Die Ritterschaft hatte zahlreiche Reden vorbereitet, die gehalten werden sollten, wenn der Sarg ins Grab gesenkt würde. Jetzt bestieg Priester Kaminski die Kanzel, derselbe, der in Chreptiow bei ihnen gewesen war, und der während Bärbchens Krankheit sie auf den Tod vorbereitet hatte.

Die anwesende Menge räusperte sich und hustete, wie dies gewöhnlich vor der Predigt geschieht; dann verstummte sie, und aller Augen richteten sich auf die Kanzel.

Da ertönte von der Kanzel Trommelwirbel.

Die Zuhörer waren erstaunt. Der Priester Kaminski schlug die Trommel wie zum Sturme. Plötzlich brach er ab, und es entstand Totenstille. Wieder ein Wirbel ... ein dritter; plötzlich warf Kaminski die Schlegel auf den Boden der Kirche, erhob beide Hände zum Himmel und rief:

»Herr Oberst Wolodyjowski!«

Ein krampfhafter Schrei Bärbchens antwortete ihm, es ward entsetzlich drückend in der Kirche; Sagloba richtete sich auf und trug, von Muschalski unterstützt, das ohnmächtige Weib aus der Kirche.

Der Priester aber rief von neuem:

»Um des Himmels willen, Herr Wolodyjowski, der Sturm bricht los ... in den Krieg! ... der Feind ist im Lande, – und du greifst nicht zu den Waffen, du fassest nicht das Schwert, du steigst nicht zu Roß ... was ist dir geschehen, Krieger? Hast du der alten Tugend vergessen, daß du uns allein in Harm und Angst zurücklässest?«

Die Brust der Ritter bebte, und ein allgemeines Weinen erfüllte die Kirche und wurde immer wieder vernehmbar, als der Priester die Tugenden, die Vaterlandsliebe und den hohen Mut des Verstorbenen pries, und auch den Priester selbst rissen die eigenen Worte fort. Sein Gesicht war bleich, seine Stirn von Schweiß bedeckt, seine Stimme bebte. Ihn riß der Schmerz um den kleinen Ritter hin, der Schmerz um Kamieniez, der Schmerz um die Republik, die in die Hände der Bekenner des Halbmondes ausgeliefert war, und er schloß seine Rede mit dem Gebet:

»O Herr, die Kirchen werden sie in Moscheen verwandeln und den Koran absingen, wo bisher das Evangelium gepredigt wurde. Du hast uns in Leid versenkt, Herr, du hast dein Antlitz von uns gewandt und hast uns in die Hand des niedrigen Türken gegeben. Unerforschlich, Herr, sind deine Wege! Aber wer wird ihm jetzt Widerstand leisten, welches Heer wird ihn bekämpfen an den Grenzen? Du, dem nichts in der Welt verborgen ist, du weißt am besten, daß unsere Reiterei unübertroffen ist. Und solcher Verteidiger begibst du dich, in deren Schutz und Schirm die ganze Christenheit deinen Namen rühmen konnte! Allgütiger Vater, verlaß uns nicht, erweise uns dein Erbarmen, schicke uns den Verteidiger herab, schicke den Überwinder Mahomeds herab! O, lasse ihn hierherkommen, laß ihn unter uns treten, daß er die gesunkenen Herzen erhebe! Sende ihn herab, o Herr!«

In diesem Augenblick entstand eine Bewegung an der Pforte, und in die Kirche trat der Hetman Sobieski. Aller Augen richteten sich auf ihn, und ein Schauer schüttelte die Menschen; er schritt mit klirrenden Sporen auf den Katafalk zu, majestätisch und gewaltig, mit den Zügen eines Cäsar. Eine Schar gepanzerter Ritter folgte ihm.

»Salvator!« rief ihm der Priester mit prophetischer Begeisterung zu.

Sobieski kniete an dem Katafalk nieder und betete für Wolodyjowskis Seele.

Epilog

Ein Jahr und darüber war verflossen nach dem Falle von Kamieniez; die Zwietracht der Parteien verstummte allmählich, und die Republik raffte sich endlich zur Verteidigung ihrer östlichen Grenzen als Angreiferin auf. Der große Hetman Sobieski ging mit einunddreißigtausend Mann, Berittenen und Fußvolk, in die Lande des Sultans nach Chozim, um die bei weitem zahlreicheren Heerscharen Hussein-Paschas anzugreifen, welche bei dieser Festung standen.

Schon der Name Sobieski war dem Feinde furchtbar; er hatte in diesem Jahre, welches dem Falle von Kamieniez folgte, mit einigen tausend Soldaten solche Taten vollbracht, die ungezählten Scharen des Pascha dermaßen gelichtet, so viele Tatarenhaufen aufgerieben, so vielen Gefangenen die Freiheit zurückgegeben, daß der alte Hussein, obgleich die Zahl seiner Heere größer war, obgleich er an der Spitze einer trefflich geübten Linie stand, obwohl er durch Kaplan-Pascha unterstützt wurde, nicht wagte, dem Hetman im offenen Felde die Stirn zu bieten, und beschloß, sich in einem verschanzten Lager zu verteidigen.

Der Hetman umringte das Lager mit seinen Heeren, und es war allgemein bekannt, daß er die Absicht habe, es im ersten Ansturm zu nehmen. Zwar meinten viele, es sei in der Geschichte der Kriegstaten ein unerhörtes Unternehmen, sich mit dieser kleineren Macht gegen die große zu wagen, die überdies durch Wälle und Gräben geschützt war. Hussein hatte hundertzwanzig Kanonen, im ganzen polnischen Lager waren nur fünfzig. Das türkische Fußvolk übertraf die Macht des Hetmans dreifach. Von Janitscharen allein, die im Handgemenge so furchtbar waren, standen in den türkischen Verschanzungen über achtzehntausend; aber der Hetman glaubte an seinen Stern, an den Zauber seines Namens – und endlich auch an die Heere, die er führte.

Seine Regimenter waren geprüft und gehärtet im Feuer; es waren Leute, die von Jugend auf im Kriegslärm gelebt, die unzählige Kriegszüge, Unternehmungen, Belagerungen, Schlachten mitgemacht hatten. Viele von ihnen erinnerten sich noch der furchtbaren Zeiten Chmielniezkis, an Sbarasch und Berestetschs, viele hatten alle schwedischen, reußischen, moskowitischen, den Bürgerkrieg, den dänischen und ungarischen Krieg überdauert. Da gab es Herren und Troßvolk, Veteranen, Soldaten aus den Grenzwarten, für welche der Krieg der gewöhnliche Zustand, die gewohnte Lebensweise geworden war. Unter dem Wojewoden von Reußen standen fünfzehn Fahnen Husaren, eine Reiterei, die selbst Ausländer für unvergleichlich hielten, und an deren Spitze der Hetman schon nach dem Falle von Kamieniez den zerstreuten Tatarenhaufen soviel zu schaffen gemacht hatte. Es kämpften endlich auch Bauern zu Fuß mit, welche sich ohne Schuß mit den Kolben auf die Tataren warfen.

Der Krieg hatte diese Leute in die Zucht genommen, denn er hatte in der Republik ganze Geschlechter auferzogen; sie waren aber bis heute zerstreut oder standen in Diensten feindlicher Parteien. Jetzt, da sie die innere Eintracht in einem Lager und unter einem Kommando zusammenhielt, hoffte der Hetman, mit ihnen die Übermacht Husseins und den nicht minder übermächtigen Kaplan zu erdrücken. Geführt wurden die Leute von erprobten Führern, deren Namen gleichfalls in die Annalen der letzten Kriege eingetragen waren, in der wechselvollen Reihe von Niederlagen und Siegen.

Der Hetman selbst glich einer Sonne, stand an der Spitze aller und regierte Tausende mit seinem Willen. Und wie hießen die anderen Führer, die in diesem Lager von Chozim unsterblichen Ruhm erringen sollten?

Es waren zwei litauische Hetmane, der Hetman Paz und der Feldhetman Michael Kasimir Radziwill. Diese hatten sich wenige Tage vor der Schlacht mit den Kronheeren verbunden und standen jetzt unter Sobieskis Befehl auf den Anhöhen, welche Chozim mit Swaniez verbinden. Zwölftausend Krieger, darunter zweitausend auserwähltes Fußvolk gehorchten ihrem Befehl. Vom Dniestr gen Süden standen die verbündeten walachischen Regimenter, die am Tage vor der Schlacht das türkische Lager verlassen hatten, um sich mit den Christen zu vereinigen; neben den Walachen stand mit der Artillerie Kontski, unvergleichlich in der Eroberung befestigter Plätze, im Aufschütten von Wällen und in der Richtung von Kanonen. In fremden Ländern hatte er sich in dieser Kunst geübt, aber bald übertraf er in ihr seine Lehrer. An Kontski schlossen sich die reußische und die masurische Infanterie Koryzkis an, dann kam der Feldhetman Dimitr Wischniowiezki, des kranken Königs Vetter. Er hatte die leichte Reiterei unter sich; neben diesen hatte sich mit den eigenen Fahnen zu Fuß und zu Pferde Andreas Potozki aufgestellt, einst des Hetmans Gegner, heute ein Verehrer seiner Größe. An ihn und Koryzki schlossen sich unter Führung Jablonowskis, des reußischen Wojewoden, fünfzehn Husarenfahnen in leuchtenden Panzern und Helmen, die drohende Schatten über die Gesichter warfen. Ein Wald von Speeren starrte über ihnen, sie aber standen ruhig, in sicherem Vertrauen auf ihre unerschütterliche Kraft, in der festen Überzeugung, daß die Entscheidung des Sieges bei ihnen liege.

Weniger hervorragende Krieger – nicht an Mut, wohl aber an Bedeutung – waren der Burgvogt Luschezki von Podlachien, dem die Türken in Bodsanow einen Bruder enthauptet hatten, wofür er ihnen ewige Rache geschworen, der Kronfeldsekretär Stephan Tscharniezki, des großen Stephan Bruderssohn; er war es, der während der Belagerung von Kamieniez bei Golembin an der Spitze eines Adelshaufens, der auf der Seite des Königs stand, beinahe einen Bürgerkrieg erregt hätte; jetzt strebte er, durch Mut auf einem besseren Kampfplatze zu glänzen. Ebenso waren Gabriel Silnizki, dem das Leben im Kriege dahingegangen war und das Alter schon das Haupt gebleicht hatte, und viele andere Wojewoden und Burgvögte aus den früheren Kriegen, weniger bekannt, weniger berühmt, aber um so mehr nach Ruhm begierig.

Unter der Ritterschaft leuchtete, wenn auch nicht mit der Würde eines Senators angetan, über alle anderen Skrzetuski, der berühmte Kämpfer von Sbarasch, ein Soldat, den man der Ritterschaft zum Muster vorhielt, ein Mitkämpfer in allen Kriegen, welche die Republik seit dreißig Jahren geführt hatte. Ehrwürdiges Grau bedeckte ihm das Haupt, aber dafür umgaben ihn sechs Söhne, an Kraft sechs Ebern ähnlich; die älteren von ihnen kannten den Krieg schon, die beiden jüngeren sollten jetzt die Feuertaufe erhalten, und darum glühten sie von solcher Schlachtbegier, daß der Vater mit besonnenen Worten ihre Ungeduld zügeln mußte.

Mit großer Hochachtung sahen die Genossen auf den Vater und die Söhne; noch größere Bewunderung aber erweckte Jarozki, der auf beiden Augen blind war, wie einst König Johann von Böhmen, und nichtsdestoweniger mutig in den Krieg zog.

Er hatte weder Kinder noch Anverwandte; die Knechte führten ihn am Arme, und er hegte nur die Hoffnung, in der Schlacht das Leben zu lassen, dem Vaterland zu dienen und Ruhm zu erwerben. Da war auch Rschetschyzki, dem Vater und Bruder in diesem Jahre gefallen waren, Motowidlo, der, kaum der tatarischen Sklaverei entflohen, sogleich wieder ins Feld zog, Seite an Seite mit Herrn Myslischewski. Der erstere wollte sich für die Sklaverei rächen, der zweite für die Schmach, die er in Kamieniez erfahren hatte, wo ihn die Janitscharen gegen Vertrag und Adelswürde mit Stöcken geschlagen hatten. Es waren auch ältere Ritter aus den Grenzwarten am Dniestr da, der verwilderte Ruschtschyz und der unvergleichliche Bogenschütze Muschalski; dieser war heil aus Kamieniez hervorgegangen, da ihn der kleine Ritter mit der Meldung zu seiner Gattin geschickt hatte; endlich Snitko, Nienaschyniez, Hromyka, und der Unglücklichste von allen, der junge Nowowiejski.

Ihm hatten selbst Freunde und Verwandte den Tod gewünscht, denn es gab für ihn keinen Trost mehr; nachdem er genesen war, hatte er ein ganzes Jahr hindurch mit Glück die Tatarenhaufen bekriegt, besonders wütend die Lipker verfolgend. Nachdem Krytschynski Motowidlo aufgerieben hatte, folgte er ihm durch ganz Podolien, ließ ihn nicht zu Atem kommen und saß ihm furchtbar schwer im Nacken. Bei diesen Unternehmungen ergriff er Adurowitsch und ließ ihm das Fell abziehen; den Gefangenen ließ er weder Speise noch Trank zukommen; – aber er empfand dennoch keinen Trost in seinem Leid. Einen Monat vor der Schlacht trat er in die Reiterei des Wojewoden von Reußen ein.

Mit solcher Ritterschaft stand Sobieski vor Chozim. Für die Schmach, die der Republik angetan war, in erster Reihe aber auch für ihre eigene Schmach wollten diese Krieger Rache nehmen; denn in den beständigen Kämpfen mit den Heiden hatte wohl ein jeder in diesem blutgetränkten Lande ein geliebtes Haupt verloren, trug wohl ein jeder eine Erinnerung an ein furchtbares Unglück in seinem Busen. Der Großhetman eilte zur Entscheidung, denn er sah, daß die Mordlust in den Herzen seiner Soldaten der Begierde einer Löwin glich, welcher leichtfertige Jäger die Jungen raubten.

Am 9. November 1673 begannen die Einzelkämpfe. Scharen von Türken kamen am frühen Morgen aus den Verschanzungen hervor; Scharen polnischer Ritterschaft eilten ihnen kampfbegierig entgegen. Auf beiden Seiten gab es Tote; der größere Verlust aber war auf der türkischen Seite. Von hervorragenden Türken oder Polen fielen nur wenige. Herrn Maj durchbohrte gleich zu Beginn des Treffens ein hühnenhafter Spahi mit dem krummen Schwert; aber der jüngste

Skrzetuski schlug ihm mit einem Streich fast den Kopf vom Rumpfe und erwarb dafür das Lob des besonnenen Vaters und großen Ruhm.

So traf man sich zu Haufen oder einzeln, und denen, welche dem Kampfe zusahen, wuchs der Mut und die Kampfbegier. Inzwischen stellten sich die Abteilungen des Heeres rings um das türkische Lager auf, wo ihnen der Hetman die Plätze anwies. Er selbst stand hinter dem Fußvolk Koryzkis auf dem alten Wege nach Jassy und umfaßte mit den Augen das ganze ungeheure Lager Husseins. Auf seinem Antlitz lag die ungetrübte Ruhe, die den Meister kennzeichnet, der seiner Kunst sicher ist, ehe er an das Werk schreitet. Von Zeit zu Zeit schickte er Ordonnanzen mit Befehlen aus und sah nachdenklich dem Kampfe der einzelnen zu. Gegen Abend kam der Wojewode von Reußen zu ihm.

»Die Wälle sind so ausgedehnt«, sagte er, »daß es unmöglich ist, sie gleichzeitig von allen Seiten zu stürmen.«

»Morgen werden wir auf den Wällen sein, und übermorgen werden wir diese Mannschaften niederhauen«, sagte ruhig Sobieski.

Inzwischen brach die Nacht herein. Die Kämpfer zogen sich zurück, der Hetman befahl allen Abteilungen, in der Dunkelheit sich den Wällen zu nähern. Hussein wollte dies nach Kräften verhindern, indem er aus Kanonen großen Kalibers schoß; aber vergeblich. Am Morgen gingen die polnischen Abteilungen wieder ein wenig vorwärts; die Fußsoldaten begannen kleine Schanzen aufzuschütten, einige Regimenter drangen bis auf einen guten Pfeilschuß heran. Da gaben die Janitscharen ein tüchtiges Feuer, auf Befehl des Hetmans erwiderte man jedoch dieses Feuer fast gar nicht, das Fußvolk rüstete vielmehr zu einem Angriff auf Kolben. Die Soldaten erwarteten nur den Befehl, um loszustürmen. Über ihre langgezogene Linie flogen pfeifend und surrend die Kartätschen. Kontskis Artillerie, die in der Dämmerung den Kampf begonnen hatte, war bisher nicht eine Minute verstummt; nach der Schlacht erst zeigte sich, welche furchtbaren Verwüstungen ihre Geschosse angerichtet hatten, die gerade dort niedergefallen waren, wo die Zelte der Spahis und Janitscharen am dichtesten standen.

So war der Mittag herangekommen; aber da der Tag kurz war, ein Novembertag, so tat Eile not. Plötzlich erklangen alle Trommeln, Kesselpauken und Krummhörner, aus tausend Kehlen erscholl es in einem Rufe, und das Fußvolk, unterstützt von der leichten nachfolgenden Reiterei, stürmte in dichter Masse zum Angriff.

Von fünf Seiten gleichzeitig erfolgte der Angriff auf die Türken. Johann von Dänemark, Christophorus de Bohan, alles erfahrene Krieger, führten die ausländischen Regimenter. Der erstere, von leichter Erregbarkeit, stürmte so wütend vorwärts, daß er vor den anderen an die Wälle gelangte, und das Regiment nahezu ins Verderben geführt hätte, da er die Salve von vielen tausend Büchsen ertragen mußte. Er selbst fiel; die Soldaten begannen zu wanken, aber gerade in diesem Augenblick kam ihnen de Bohan zu Hilfe und verhinderte die Auflösung. Er hatte mit ruhigem Schritte, wie bei der Musterung und als folge er dem Takte der Kapelle, die ganze Fläche bis zu den türkischen Wällen durchmessen, antwortete auf die Salve, und als der Graben mit Faschinen gefüllt war, durchschritt er ihn zuerst unter einem Hagel von Kugeln, grüßte die Janitscharen mit dem Hute und traf zuerst ihren Fahnenträger. Die Soldaten, angeeifert durch das Beispiel eines solchen Führers, eilten vorwärts, und ein furchtbares Ringen begann, in welchem Zucht und Übung mit dem wilden Mut der Janitscharen um die Palme stritt. Die Dragoner führten von der Wiese her Taraban Tetwin und Dönhoff, das zweite Regiment Aswer Greben und Hajdepohl, alles treffliche Krieger, die außer Hajdepohl noch unter Tscharniezki in Dänemark unermeßlichen Ruhm errungen hatten. Die Mannschaften waren stämmig, kräftig, aus den Leuten in den königlichen Besitzungen gewählt, ausgezeichnet geübt im Kampfe zu Fuß und zu Pferd. Die Tore verteidigten gegen sie die Dschamaken, das sind die irregulären Janitscharen; sie gerieten, obgleich ihre Haufen ungeheuer groß waren, alsbald in Unordnung, sie wichen zurück, und als es zum Handgemenge kam, verteidigten sie sich nur insoweit, als sie keinen Platz zum Rückzuge hatten. Dieses Tor wurde zuerst erobert, und von hier konnte die Reiterei in das Innere des Lagers eindringen.

An der Spitze des polnischen Landfußvolkes stürmten an drei anderen Stellen gegen die Wälle Kobylezki, Schebrowski, Piotrkowtschik und Galezki. Der fürchterlichste Kampf wütete am Haupttore, das auf den Weg nach Jassy hinausführte, wo die Masuren mit der Garde Hussein-Paschas zusammengestoßen waren. Um dieses Tor war es ihm hauptsächlich zu tun, denn hier konnte die polnische Reiterei ins Lager gelangen. Darum beschloß er, es hartnäckig zu verteidigen, und trieb immer neue Janitscharen-Abteilungen dorthin. Die polnische Infanterie hatte das Tor schnell erobert und strengte nun alle Kräfte an, um es zu behaupten; die Kanonen und ein Hagel von Büchsenkugeln trieb sie zusammen, und aus den Rauchwolken traten immer neue anstürmende Kriegerscharen hervor. Da warf sich Kobylezki, ohne ihr Herannahen abzuwarten, wie ein wütender Bär ihnen entgegen, und zwei Menschenmauern trafen aufeinander, drängten, wogten in Blutströmen und auf Leichenhügeln hin und her. Man kämpfte mit jeglicher Waffe, mit Säbeln, Messern, Kolben, Musketen, Spaten, Stangen, Achsen, man warf sich mit Steinen, manchmal entstand ein solches Gedränge, daß sich die Menschen um die Hüften faßten und mit Faust und Zähnen kämpften. Hussein versuchte zweimal mit Hilfe eines gewaltigen Reiterangriffs das Fußvolk zu durchbrechen, aber die Infanterie trat ihm jedesmal mit so außergewöhnlicher Entschiedenheit entgegen, daß er sich in Unordnung zurückziehen mußte. Endlich erbarmte sich Sobieski ihrer und schickte ihnen den gesamten Lagertroß zu Hilfe.

An der Spitze stand Motowidlo; der Haufe, der gewöhnlich nicht in der Schlacht verwendet wurde und schlecht bewaffnet war, stürmte jedoch mit solcher Kampfeslust vorwärts, daß er selbst die Bewunderung des Hetmans herausforderte; vielleicht, daß sie die Beutegier anfeuerte, oder daß die Begeisterung, die an diesem Tage das ganze Heer belebte, auch sie ergriff, genug, sie stürmten so mächtig gegen die Janitscharen, daß sie diese gleich auf die Entfernung eines Bogenschusses vom Tore zurücktrieben. Hussein warf neue Regimenter in das Kampfgewühl, und der Kampf, der sich im Augenblick erneuerte, dauerte ganze Stunden. Aber in dieser Zeit hatte Koryzka an der Spitze der ausgewählten Regimenter das Tor tüchtig besetzt, und aus der Ferne kamen die Husaren wie ein riesiger Vogel, der sich schwerfällig zum Fluge erhebt, heran, und näherten sich allmählich dem Tore. Gleichzeitig kam eine Ordonnanz zum Hetman von der Westseite des Lagers her.

»Der Wojewode von Belz ist in den Verschanzungen!« rief der Bote aus keuchender Brust.

Da kam ein zweiter: »Die litauischen Hetmane sind in den Verschanzungen!«

Dann kamen andere, immer mit derselben Nachricht. Schon bedeckte Dämmerung die Erde, aber von dem Antlitz des Hetmans leuchtete es hell auf. Er wandte sich an Herrn Bidsinski, der in diesem Augenblick an seiner Seite war, und sagte: »Jetzt kommt die Reiterei an die Reihe, aber das geschieht erst morgen.«

Niemand jedoch im polnischen und im türkischen Lager wußte oder vermutete, daß der Hetman den allgemeinen Sturm aller Kräfte auf den anderen Morgen zu verlegen gedenke, vielmehr sprengten die Ordonnanzoffiziere zu den Hauptleuten mit der Weisung, jeden Augenblick bereit zu sein. Das Fußvolk stand in geordneten Reihen da, den Reitern brannten Säbel und Speere in den Händen, alle erwarteten den Befehl mit Ungeduld, denn die Leute waren ausgehungert und erfroren; aber die Stunden vergingen, und der Befehl kam nicht. Eine dunkle, schwarze Nacht brach herein; schon am Tage war das Wetter schlecht gewesen, und um Mitternacht zog ein Sturm heran mit eisigem Regen und Schnee. Seine Schläge machten das Mark in den Beinen gefrieren, die Pferde konnten kaum feststehen, die Menschen erstarrten vor Kälte. Der größte Frost, wenn er trocken ist, kann nicht so peinigen, wie dieser Sturm mit Schnee und Regen, der den menschlichen Körper wie eine Geißel trifft. In der beständigen Erwartung des Losungswortes konnte man an Essen und Trinken oder an das Anzünden der Wachtfeuer nicht denken. Mit jeder Stunde wurde es entsetzlicher. Es war eine denkwürdige Nacht, eine Nacht der Qual und des Zähneklapperns. Die Rufe der Hauptleute: Halt! – Halt! ließen sich jeden Augenblick hören, und die zuchtgewohnten Scharen standen in vollster Bereitschaft ohne Bewegung geduldig da.

Gegenüber, in Regen, Sturm und nächtlichem Dunkel, standen in gleicher Bereitschaft die Regimenter der Türken. Niemand von ihnen unterhielt ein Feuer, niemand aß, niemand trank; der Angriff der gesamten polnischen Streitkraft wurde jeden Augenblick erwartet, und so konnten die Spahis den Säbel nicht aus der Hand legen, und die Janitscharen standen wie eine Mauer mit ihren Büchsen da, jeden Augenblick zum Schusse bereit. Der ausdauernde polnische Soldat, an die Härte des Winters gewöhnt, konnte eine solche Nacht überstehen, aber diese Mannschaften, aufgezogen in dem milden Klima Rumeliens oder unter den Palmen Kleinasiens litten mehr, als ihre Kräfte vertragen konnten. Hussein wurde es endlich klar, weshalb Sobieski den Sturm nicht beginne. Dieser eisige Regen war der beste Bundesgenosse der Lechen. Es war für jedermann offenkundig: wenn die Spahis und Janitscharen zwölf Stunden so dastehen sollten, würden sie morgen wie die Garben hinsinken, ohne den Versuch einer Gegenwehr, bis zu dem Zeitpunkt wenigstens, da sie die Glut der Schlacht erwärmt haben würde.

Den Polen wie den Türken ward dies klar. Um die vierte Stunde der Nacht kamen zwei Paschas zu Hussein: Janisch-Pascha und Kiaja, Führer der Janitscharen, ein alter, erfahrener, ausgezeichneter Krieger. Beider Antlitz war voll Trauer und Sorge.

»Herr«, sprach Kiaja zuerst, »wenn meine Schäfchen bis morgen so dastehen, dann bedarf es keiner Kugeln und Schwerter mehr für sie.«

»Herr«, sagte Janisch-Pascha, »die Spahis erfrieren mir und werden sich morgen nicht schlagen können.«

Hussein fuhr sich in den Bart; er sah die Niederlage und den eigenen Untergang voraus. Aber was sollte er tun? Wenn er auch nur auf eine Minute gestattet hätte, die Schlachtordnung zu lockern und Feuer anzuzünden, damit die Leute sich mit warmer Speise erquickten, so würde der Angriff unverzüglich erfolgen. Auch so ertönten schon von Zeit zu Zeit von den Wällen her die Trompeten, als wolle die Reiterei vorrücken.

Kiaja und Janisch-Pascha sahen nur einen Ausweg: den Sturm nicht abzuwarten, sondern selbst sofort mit der ganzen Macht den Feind anzugreifen. Es bedeute wenig, daß er kampfbereit dastehe, denn da er selbst anzugreifen beabsichtige, erwarte er keinen Angriff. Es gelinge vielleicht, ihn aus den Verschanzungen herauszudrängen, und im äußersten Falle sei bei einer nächtlichen Schlacht eine Niederlage wahrscheinlich, am anderen Tage aber gewiß. Hussein aber wagte nicht, dem Rate der alten Krieger zu folgen.

»Wie«, sagte er, »ihr habt den Maidan mit Gräben durchzogen, weil ihr darin die einzige Rettung vor dieser höllischen Reiterei gesehen habt, sollen wir jetzt selbst die Gräben überschreiten, um uns ins offenbare Verderben zu stürzen. Euer Rat war es, eure Warnung, jetzt sprecht ihr anders.«

Er gab nur den Befehl, Kanonenfeuer gegen den Wall zu richten, worauf Kontski in demselben Augenblick mit großem Erfolge antwortete. Der Regen wurde immer eisiger und peitschte immer furchtbarer, der Wind tobte, heulte, drang bis auf die Haut und verwandelte das Blut in den Adern zu Eis. So ging diese lange Novembernacht hin, die Kräfte der Verteidiger des Islam wurden gebrochen, und Verzweiflung, gepaart mit dem Vorgefühl der Niederlage, ergriff ihre Herzen.

Im Augenblicke der Dämmerung begab sich Janisch-Pascha noch einmal zu Hussein mit dem Rate, sich in Schlachtordnung bis zur Dniestrbrücke zurückzuziehen und dort vorsichtig ein Geplänkel zu eröffnen. »Denn wenn das Heer – sagte er – der Wucht der Reiterei nicht standhält, so werden sie sich jenseits der Brücke flüchten, und der Fluß wird ihnen Schutz geben!« Kiaja, der Führer der Janitscharen, war indessen anderer Ansicht, er meinte, für des Janisch Rat wäre es schon zu spät. Er fürchtete auch, daß, wenn der Befehl des Rückzuges verkündet würde, sogleich das ganze Heer ein Schrecken ergreifen müsse. »Die Spahis werden mit Hilfe der Dschamaken den ersten Anprall der Reiterei der Ungläubigen aushalten, und wenn sie alle zugrunde gehen sollten. Inzwischen werden ihnen die Janitscharen zu Hilfe kommen, und Gott ihnen vielleicht den Sieg senden.«

So riet Kiaja, und Hussein folgte seinem Rat. Die berittenen Haufen der türkischen Linie ritten vor, die Janitscharen und die Dschamaken stellten sich hinter ihnen, rings um die Zelte Husseins auf. Ihre großen Scharen boten einen prächtigen und drohenden Anblick dar. Der weißbärtige Kiaja, »der Löwe Gottes«, der bis zum heutigen Tage seine Krieger nur zu Siegen geführt hatte, flog auf seinem Rosse die Reihen entlang, sprach ihnen Mut zu und richtete ihre Herzen auf, indem er der alten Kämpfe und Siege erwähnte. Ihnen war auch die Schlacht lieber, als das tatenlose Stehen im Unwetter, im Regen, im Abwarten und in diesem Mark und Bein durchdringenden Sturm, und obwohl ihre erstarrten Hände kaum die Büchsen und Lanzen halten konnten, freuten sie sich doch darauf, sich in der Schlacht zu erwärmen. Mit minder großem Mute erwarteten die Spahis den Angriff, erstens, weil sie die erste Wucht aushalten sollten, und zweitens, weil unter ihnen viele Bewohner Kleinasiens und Ägyptens dienten, die gegen Kälte sehr empfindlich sind und in der stürmischen Nacht halb tot gefroren waren. Auch die Pferde hatten sehr gelitten, und obgleich sie im stattlichen Schmucke dastanden, hielten sie doch die Nüstern gegen den Boden und hauchten förmliche Dampfsäulen aus. Die Mannschaft mit den blaugefrorenen Gesichtern und dem erloschenen Blick glaubte kaum noch an Sieg. Sie dachten nur daran, daß der Tod besser sei als eine Qual, wie die in der letzten Nacht, und das beste die Flucht zu den alten Nestern unter den Strahlen der südlich glühenden Sonne.

Im polnischen Heere waren einige Leute, die mangelhaft bekleidet waren, gegen Morgen auf den Wällen erfroren. Im allgemeinen aber ertrug das Fußvolk und die Reiterei die Kälte bei weitem besser als die Türken, denn sie hielt die Hoffnung auf Sieg aufrecht, und der nahezu blinde Glaube, daß, wenn der Hetman beschlossen habe, im

Sturmwetter auszuhalten, diese Qual unzweifelhaft zu ihrem Glück und den Türken zum Unheil und zum Verderben gereichen müsse. Trotzdem begrüßten auch sie die ersten Morgenstrahlen mit Freude.

Um diese Zeit erschien Sobieski auf den Wällen; kein Morgenrot stand am Himmel, aber Morgenrot lag auf seinem Antlitz, denn als er merkte, daß der Feind ihm eine Schlacht im Lager liefern wolle, war er überzeugt, daß dieser Tag Mohammed eine furchtbare Niederlage bringen werde. Er ritt von Regiment zu Regiment und wiederholte: »Für die geschändeten Kirchen, für die Lästerung der heiligen Jungfrau in Kamieniez, für die Schmach, die der Christenheit und der Republik angetan ward, für Kamieniez!« Und die Soldaten schauten drohend drein, als wollten sie sagen: Wir halten es kaum noch aus auf unseren Plätzen; befiehl, großer Hetman, und du sollst sehen. – Der Schimmer und das fahle Licht des Morgens wurden immer heller, aus dem Nebel traten immer deutlicher die Reihen der Pferdeköpfe hervor, die Gestalten der Menschen, die Lanzen, die Fahnen, endlich die Regimenter des Fußvolks. Diese begannen auch zuerst den Anmarsch und strömten im Nebel dem Feind entgegen, wie zwei Flüsse zu beiden Seiten der Reiterei. Dann rückte die leichte Reiterei los, sie ließ nur in der Mitte einen breiten Streifen frei, durch welchen im geeigneten Augenblick die Husaren heransprengen sollten.

Jeder Regimentsführer von der Infanterie, jeder Rottenführer hatte schon seine Instruktion und wußte, was er zu tun habe. Kontskis Artillerie ließ sich immer kräftiger vernehmen und rief von der türkischen Seite ebenso kräftige Antworten hervor. Da ertönte ein Musketenschuß, ein ungeheurer Schrei scholl über das ganze Lager – der Angriff war eröffnet.

Eine neblige Luft hüllte den Horizont ein, aber das Echo der Schlacht drang bis dorthin, wo die Husaren standen. Man hörte Waffengeklirr und Schlachtgeschrei. Der Hetman, der bisher bei den Husaren geblieben war und mit dem Wojewoden von Reußen sprach, verstummte plötzlich und horchte auf; dann sagte er zu dem Wojewoden:

»Das Fußvolk kämpft mit den Dschamaken, die in den kleinen Schanzen zerstreut sind.«

Nach einer Weile wurde der Widerhall der Schüsse allmählich schwächer, als plötzlich unerwartet eine ungeheure Salve erdröhnte, gleich darauf eine zweite. Offenbar hatten die leichten Fahnen die Kette der Spahis durchbrochen und standen den Janitscharen gegenüber. Der Hetman gab seinem Pferde die Sporen und sprengte wie der Blitz an der Spitze seiner Leibwache in die Schlacht; der Wojewode von Reußen blieb allein mit fünfzehn Fahnen Husaren zurück, die in Schlachtordnung dastanden und nur auf das Zeichen warteten, welches ihnen befahl, heranzusprengen und das Los der Schlacht zu entscheiden.

Inzwischen brodelte und heulte es inmitten des Lagers immer fürchterlicher; die Schlacht schien sich bald nach rechts, bald nach links zu wenden, bald dorthin, wo die litauischen Krieger standen, bald nach der Seite des Wojewoden von Belz, ganz wie im Sturmwetter die Blitze am Himmel sich hierhin und dorthin wenden. Das Kanonenfeuer der Türken wurde immer unregelmäßiger, Kontskis Artillerie aber schoß mit verdoppelten Kräften. Nach Verlauf einer Stunde glaubte der Wojewode von Reußen zu erkennen, daß der Schwerpunkt der Schlacht wieder nach der Mitte zurückgekehrt sei, gerade seinen Husaren gegenüber.

In diesem Augenblick kam der Großhetman an der Spitze seiner Leute herangeeilt, Feuer sprühte aus seinen Augen, er hielt vor dem Wojewoden von Reußen und rief:

»Vorwärts, mit Gottes Hilfe!«

»Vorwärts!« schrie der Wojewode von Reußen.

Die Rottenführer wiederholten das Kommando; mit furchtbarem Getöse senkte sich wie mit einem Schlage ein Wald von Speeren zu den Köpfen der Pferde nieder; fünfzehn Fahnen dieser Reiterei, welche gewohnt waren, alles auf ihrem Wege niederzuwerfen, rückten wie eine einzige riesige Masse vorwärts.

Seit der Zeit, da in der dreitägigen Schlacht bei Warschau die litauische Reiterei unter Führung Polubienskis wie ein Keil die ganze schwedische Armee auseinandergetrieben hatte, war kein Reiterangriff mit solcher Wucht geführt worden. Im Trabe rückten die Fahnen von der Stelle; auf zweihundert Schritt aber kommandierten die Rottenführer: »Sturm!« und die Reiter brachen in ein mächtiges Geschrei aus: »Schlagt nieder, schlagt nieder!«, wiegten sich in ihren Satteldecken, und die Pferde flogen im Sturmlauf dahin. Diese lebendige Mauer feurig heranstürmender Rosse, eiserner Krieger und gesenkter Lanzen hatte etwas vom entfesselten Element an sich; sie wogte wie eine Sturmflut mit Krachen und Toben. Die Erde bebte unter ihrer Last, und es war klar, daß sie, wenn auch nicht einer von ihnen die Lanze einlegte oder den Säbel aus der Scheide zog, durch die bloße Wucht alles vor sich her niederwerfen, erdrücken und zertreten müsse, wie eine Windhose den Wald knickt und hinstreckt. So gelangten sie bis zu dem blutgetränkten, leichenbesäten Felde, auf welchem die Schlacht tobte. Die leichten Fahnen rangen auf beiden Flügeln mit der türkischen Reiterei, die sie schon tüchtig zurückgeworfen hatten, aber in der Mitte standen noch, einer unerschütterlichen Mauer gleich, die tiefen Reihen der Janitscharen. Zu wiederholten Malen hatten sich einzelne leichte Fahnen an ihnen gebrochen wie eine Woge, die von der hohen See herkommt, am felsigen Ufer. Sie zu erschüttern, sie niederzuwerfen, war jetzt die Aufgabe der Husaren.

Tausende von Janitscharenbüchsen knallten auf einmal »als habe sie *ein* Mensch gelöst«; noch einen Augenblick: die Janitscharen stellten sich immer fester auf die Füße; einige zwinkern mit den Augen bei dem Anblick der furchtbaren Lawine, anderen fliegen die Hände, welche die Lanzen halten, aller Herzen pochen wie Hämmer; sie beißen die Zähne zusammen und heben schweratmend die Brust. Schon sind sie da, schon hört man den scharfen Atem der Pferde – und es stürmt das Verderben, der Untergang, der Tod heran.

Allah! – Jesus Maria! Diese Rufe, so entsetzlich, als kämen sie nicht aus der Brust von Menschen, tönen wirr durcheinander. Die lebende Mauer wankt und neigt sich, das trockene Krachen brechender Lanzen übertönt auf einen Augenblick alles andere, dann folgt Knirschen von Eisen, ein Ton, wie von tausend Hämmern, die mit voller Kraft den Ambos treffen, Schläge, wie wenn tausend Dreschflegel an eine Wölbung schlagen, Rufe einzelner und Rufe von Scharen, Stöhnen, abgerissene Schüsse aus Büchsen und Pistolen; ein Heulen des Entsetzens. Angreifer und Angegriffene, wirr untereinander gemengt, ballen sich zu grauenerregenden Knäueln. Eine Metzelei folgt, aus dem Menschengewirre strömt warmes, dampfendes Blut und erfüllt die Luft mit rohem Geruche.

Die erste, zweite, dritte und die zehnte Reihe der Janitscharen liegt hingestreckt am Boden, von Hufen zertreten, von Lanzen durchstochen, vom Schwerte niedergehauen. Aber der weißbärtige Kiaja, der »Löwe Gottes«, wirft alle folgenden in das Gewirr der Schlacht. Was tut's, daß sie hinsinken, wie das Getreide vor dem Sturm – sie kämpfen. Die Wut erfaßt sie, sie atmen Tod, sie lechzen nach dem Tode. Die Mauer der Pferde drängt sie, neigt sie hin und her und stürzt sie; sie stechen den Pferden mit dem Messer nach dem Bauch. Tausend Schwerter fahren ohne Unterbrechung hernieder – und sie hauen, stechen den Reitern nach den Füßen, nach den Knieen, schlängeln sich heran und beißen wie ein giftiges Gewürm – sie fallen und rächen sich.

Kiaja, der »Löwe Gottes«, wirft immer neue Scharen in den Rachen des Todes, mit lautem Rufe ermutigt er zum Kampf und stürzt selber, den krummen Säbel in hoch erhobener Faust schwingend, ins Gewirr. Da stürmt ein hünenhafter Husar, alles vor sich her, einer Flamme gleich, vernichtend, gegen den weißbärtigen Greis an, hebt sich in den Steigbügeln, um desto wirksamer auszuholen und läßt mit einem furchtbaren Streiche die Schneide auf das ehrwürdige Haupt niedersausen. Weder der Säbel noch die Damascener-Rüstung vermochten den Streich aufzuhalten – Kiaja fällt, mittendurch gespalten, wie von einem Donnerkeil getroffen, zu Boden.

Nowowiejski – denn er war es – hatte schon vorher furchtbares Verderben verbreitet; niemand konnte seiner Kraft und seiner finsteren Wut widerstehen. Jetzt aber hatte er der Schlacht den größten Dienst geleistet, indem er den Greis fällte, der ganz allein den wütenden Kampf bisher aufrecht erhalten hatte. Die Janitscharen schrieen entsetzt auf, da sie den Feldherrn fallen sahen, und richteten, zehn zugleich, ihre Büchsen auf die Brust des jungen Ritters. Er aber wandte sich gegen sie, der düsteren Nacht ähnlich, Schüsse knallten; Nowowiejski riß sein Pferd zurück und neigte sich über die Satteldecke. Zwei Genossen fingen ihn in ihren Armen auf; ein Lächeln, ein ungewohnter Gast in seinen Zügen, erhellte sein düsteres Gesicht; die Augen drehten sich in ihren Höhlen, und der bleiche Mund flüsterte einige Worte, die man im Getümmel der Schlacht nicht hören konnte. Inzwischen waren die letzten Reihen der Janitscharen ins Wanken gekommen.

Der tapfere Janisch-Pascha wollte die Schlacht noch fortsetzen, aber schon hatte eine Raserei des Schreckens die Mannschaften erfaßt, schon waren alle Anstrengungen vergeblich. Die Reihen waren in Unordnung geraten und konnten, von allen Seiten gedrängt, gehauen, getreten, nicht mehr in Schlachtordnung gebracht werden. Endlich barsten sie, wie eine allzu straff gespannte Kette – und die Leute flogen wie sprühende Feuerbrände nach allen Seiten, heulten, schrieen, warfen die Waffen fort und schützten die Häupter mit den Händen. Da sie keinen freien Raum zu loser Flucht fanden, ballten sie sich immer wieder zu Haufen zusammen, und die Reiter saßen ihnen im Nacken und badeten sich im Blute. Den tapferen Janisch-Pascha hieb Muschalski, der wehrhafte Bogenschütze, mit dem Säbel in den Nacken, daß ihm das Mark aus dem gespaltenen Grat hervorquoll, und die seidenen Gewänder und silbernen Schuppen der Rüstung befleckte.

Die Janitscharen, die von der polnischen Infanterie geschlagenen Dschamaken und ein Teil der gleich zu Beginn der Schlacht zerstreuten Reiterei, kurz, die ganze türkische Masse floh jetzt in die gegenüberliegende Seite des Lagers, wo über einen tiefen Abhang ein viele hundert Fuß hoher Fels starrte. Dorthin trieb die Angst die Rasenden. Viele stürzten sich in den Abgrund, »nicht um dem Tode zu entgehen, sondern um nicht in die Hände der Polen zu fallen.« Dieser verzweifelten Menge vertrat Bidsinski den Weg; doch die Menschenlawine riß ihn mit sich in die Tiefe des Abgrundes, der sich in kurzer Zeit fast bis an den Rand mit Toten, Verwundeten und Erdrückten füllte.

Aus dem Abgrund erhob sich ein entsetzliches Stöhnen. Hingestreckte Körper zitterten in Krämpfen, stießen sich gegenseitig mit den Füßen und fuhren sich im furchtbaren Todeskampf mit den Nägeln ins Gesicht. Dann wurde dies Stöhnen immer langsamer, immer schwächer, bis beim Morgengrauen alles verstummt war.

Furchtbar waren die Folgen des Husarenangriffes. Achttausend Janitscharen lagen, von Schwertern niedergehauen, an dem Graben, der die Zelte Hussein-Paschas umgab, außer denen, welche auf der Flucht oder auf dem Boden des Abgrundes den Tod gefunden hatten. Die polnische Reiterei war in ihren Zelten, Sobieski triumphierte, die Trompeten und Krummhörner verkündeten mit heiseren Lauten den Sieg, als plötzlich, ganz unerwartet, die Schlacht von neuem begann.

Der Großhetman der Türken, Hussein-Pascha, war an der Spitze seiner berittenen Garde und dem Rest der gesamten Reiterei nach der Niederwerfung der Janitscharen durch das Tor von Jassy ins Weite geflohen; als ihm aber dort Dimitr Wischniowiezkis – des Feldhauptmanns – Fahnen entgegentraten und ohne Mitleid niederzuhauen begannen, war er zurückgekehrt ins Lagers, um einen anderen Ausweg zu suchen, ganz wie ein Wild, das, im Forst umringt, einen Spalt sucht, durch den es entkommen kann. Er war aber mit solcher Wucht herangekommen, daß er im Augenblick eine leichte Fahne durchbrach, das Fußvolk, das zum Teil schon mit der Plünderung des Lagers beschäftigt war, in Verwirrung brachte – und »auf einen halben Pistolenschuß« bis zum Hetman selbst gelangte.

»Wir waren schon«, schrieb Sobieski später im Lager selbst, »der Niederlage nahe; wenn es gut endete, ist dies der außerordentlichen Entschiedenheit der Husaren zuzuschreiben.« In der Tat war der Anprall der Türken furchtbar gewesen, denn er wurde unter dem Eindruck der höchsten Verzweiflung unternommen, und kam gänzlich unerwartet. Aber die Husaren, die vom Schlachtfeuer noch nicht abgekühlt waren, rückten ihnen im schnellsten Laufe entgegen; erst kam Prusinowskis Fahne heran und gebot den Angreifern Halt, dann folgte Skrzetuski mit den Seinigen, ferner ein ganzes Heer von Reitern, Fußvolk, Lagertroß, wie und wo sie gerade standen – alles stürzte sich in größter Wut auf den Feind, und es entstand ein ungeordneter, aber an Wucht dem Angriff der Husaren nicht nachstehender Kampf.

Mit Bewunderung gedachten nach Beendigung der Schlacht die Ritter des Mutes der Türken, die, als Wischniowiezki und die litauischen Hetmane herankamen, von allen Seiten umringt, sich so rasend wehrten, daß man kaum ein Häuflein von Gefangenen machen konnte; denn der Hetman hatte die Erlaubnis gegeben, sie lebendig zu fangen. Als die schweren Fahnen sich endlich nach halbstündiger Schlacht aufgelöst hatten, kämpften noch einzelne Haufen, ja einzelne Reiter, Allah anrufend, bis zum letzten Atemzuge. Viele glänzende Taten geschahen hier, deren Gedächtnis unter den Nachkommen nicht ausstirbt. Hier hieb der Feldhetman von Litauen mit eigener Hand den mächtigen Pascha nieder. Dieser hatte vorher Rudomin, Kimbar und Rdultowski ergriffen; aber der Hetman ritt ihn von hinten an und hieb ihm mit einem Streiche den Kopf ab. Hier hieb Sobieski einen Spahi, der einen Pistolenschuß auf ihn abfeuerte, vor den Augen des ganzen Heeres nieder, hier stürzte sich Bidsinski, der durch ein Wunder sich aus dem Abgrund gerettet hatte, zerschlagen und verwundet wie er war, sofort in das Getümmel der Schlacht und kämpfte, bis ihn die Erschöpfung niederwarf. Er war lange darauf krank, aber als er nach einigen Monaten seine Gesundheit wiedergewonnen hatte, zog er nochmals in den Krieg und erntete großen Ruhm.

Von minder Hervorragenden wütete am gräßlichsten Ruschtschyz. Er schleppte die Gefangenen fort, wie der Wolf die wolligen Widder.

Auch Skrzetuski vollbrachte Wunder. Um ihn her kämpften seine Söhne wie wütende Löwen. Mit Trauer und Schmerz gedachten diese Ritter dessen, was an einem solchen Tage Wolodyjowski, der Kämpfer aller Kämpfer, vollbracht hätte, wenn er nicht schon seit einem Jahre nur noch in glorreichem Angedenken fortlebte; die anderen aber, die in seiner Schule groß geworden waren, ernteten reichen Ruhm für ihn wie für sich selbst auf diesem blutgetränkten Felde.

In dieser erneuerten Schlacht fielen von den Rittern von Chreptiow außer Nowowiejski noch Motowidlo und Muschalski, der unfehlbare Bogenschütze. Motowidlo hatten mehrere Kugeln zu gleicher Zeit die Brust durchbohrt, und er stürzte nieder wie eine Eiche, deren Lebenslauf beendet ist. Augenzeugen sagten, er sei von der Hand der Kosakenbrüder gefallen, welche unter Führung Hohols in Husseins Reihen bis zum letzten Atemzuge gegen die Mutter und gegen die Christenheit gekämpft hatten. Muschalski aber – wunderbare Schickung! – fiel, von einem Pfeil getroffen, den ein Türke auf der Flucht gegen ihn aussendete; er durchbohrte ihm den Hals gerade in dem Augenblicke, da er nach der völligen Niederlage der Heiden mit der Hand den Köcher ergriff, um den Fliehenden noch einige unfehlbare Todesboten nachzusenden. Seine Seele muß sich mit Dydiuks Seele vereint haben, um die auf der türkischen Galeere geschlossene Freundschaft durch die Bande der Ewigkeit zu befestigen. Die alten Kameraden von Chreptiow fanden nach der Schlacht die drei Leichen und nahmen unter strömenden Tränen von ihnen Abschied, obgleich sie ihnen den so rühmlichen Tod neideten. Nowowiejski lag, ein Lächeln auf den Lippen und eine stille Heiterkeit in den Zügen. Motowidlo schien friedlich zu schlafen, und Muschalski hatte die Augen zum Himmel erhoben, als ob er betete. Man begrub sie zusammen auf dem ruhmreichen Felde von Chozim unter einem Felsen, in den man zum ewigen Gedächtnis ihre drei Namen unter einem Kreuze einmeißelte.

Der Führer der ganzen türkischen Armee, Hussein-Pascha, entkam durch die Flucht auf einem schnellen anatolischen Pferde, aber nur, um in Stambul aus der Hand des Sultans die seidene Schnur zu empfangen. Von dem glänzenden türkischen Heere gelang es nur einzelnen, kleinen Haufen, heil aus der Metzelei zu entkommen. Die letzten Scharen der Husseinschen Reiterei warfen die Heere der Republik einander in die Hände, so daß der Feldhetman sie dem Großhetman zutrieb, dieser wieder jenem, und so ging es abwechselnd, bis sie fast bis auf den letzten Mann aufgerieben waren. Von den Janitscharen war nahezu nicht einer davongekommen; das ganze ungeheure Lager strömte von Blut über, das sich mit dem Regen und Schnee vermischte, und der Leichen lagen so viele da, daß nur der Frost, die Raben und die Wölfe die Pest verhinderten, welche faulenden Leichen zu entströmen pflegt. Die polnischen Heere hatte ein solcher Kriegseifer ergriffen, daß sie, kaum erholt von der großen Schlacht, Chozim eroberten. Im Lager selbst fiel den Siegern unermeßliche Beute zu. Hundertzwanzig Kanonen und dreihundert Fahnen und Standarten schickte der Großhetman heim von diesem Felde, auf welchem schon zum zweiten Male im Laufe eines Jahrhunderts das polnische Schwert einen glänzenden Triumph erfochten hatte.

Sobieski selbst stand in Husseins Lager, das von Gold und kostbaren Stoffen erglänzte, und sandte durch geflügelte Boten von hier aus Nachrichten von dem glücklichen Siege nach allen Richtungen. Dann versammelte sich die Reiterei und das Fußvolk, alle polnischen, litauischen und kosakischen Fahnen, und das ganze Heer stellte sich in Schlachtordnung auf. Ein Dankgottesdienst wurde abgehalten, und auf demselben Maidan, auf welchem noch tags zuvor die Mu'ezzins Allah il Allah gerufen hatten, ertönte heute das Lied: *Te deum laudamus*. Der Hetman lag am Boden und hörte der Messe und dem Liede zu, und als er sich erhob, strömten ihm Tränen der Freude über das erhabene Antlitz. Bei diesem Anblick brachen die Ritterscharen, die sich noch nicht vom Blute gereinigt hatten, die noch von der Anstrengung der Schlacht zitterten, in einen dreifachen stürmischen Ruf aus: »*Vivat Joannes Victor!*« …

Zehn Jahre später, als die Majestät König Johannes III. die türkische Macht bei Wien in den Staub geworfen, hallte dieser Ruf wieder von Meer zu Meere, von Berg zu Berge, überall durch die Welt, wo Glocken die Gläubigen zur Andacht riefen …

Ende.

Biographie

1846	*5. Mai:* Henryk Sienkiewicz wird in Wola Okrzejska, im russischen Teil von Polen, geboren.

Die Familie seines Vaters nimmt aktiv an den revolutionären Kämpfen für die polnische Unabhängigkeit teil, Tatsache, die das starke patriotische Element in Sienkiewicz' Familie beweist. Historische Gelehrsamkeit kommt andererseits aus der Familie seiner Mutter.

Wegen der ökonomischen Schwierigkeiten verkauft die Familie ihren Landbesitz und zieht nach Warschau.

1866 Sienkiewicz studiert in Warschau an der Universität (Szkola Glowna), aber ohne irgendwelche sichtbaren Resultate. Er studiert Jura und Medizin, neuere Geschichte und Literatur. Sein Talent als Autor wird bald entdeckt.

Seine frühen Arbeiten sind satirische Skizzen und verraten eine starke Sozialgewissenhaftigkeit.

Angespornt durch die Romane von Sir Walter Scott und Alexandre Dumas schreibt Sienkiewicz seine erste historische Geschichte, »Ofiara« (»Das Opfer«), von dem kein Manuskript erhalten geblieben ist.

Ab 1870 Nach dem Studium mittellos, verlässt er die Universität ohne Abschluß. Er arbeitet als unabhängiger Journalist und schreibt kurze Geschichten und Romane.

1872 »Na Marne« (»In Nichtigem«).

1874 Er ist Mitinhaber und Herausgeber der zweiwöchentlichen Zeitschrift »Niwa«.

1876 Er macht eine Reise nach Amerika und reist bis nach Kalifornien. Seine Eindrücke werden in den polnischen Zeitungen als »Listy z Podrozy do Ameryki« veröffentlicht und werden sehr positiv aufgenommen.

Seine Briefe veröffentlicht er in der Zeitung »Gazeta Polska«.

»Hania«.

»Selim Mirza«.

1879 Er kommt nach Warschau zurück.

1881 »Janko Muzykant«.

»Za chlebem«.

»Na jedna karte«.

1882   Auf seinen Reisen gewinnt er Inspiration und Material für einige Arbeiten, unter ihnen die kurze Geschichte »Latarnik« (»Der Leuchtturmwächter«).

Er wird Miteditor der konservativen Zeitung »Slowo« (bis 1887), wo er seine frühen Romane veröffentlicht.

»Bartek Zwyciezka«.

1884–1888 Nach seiner Rückkehr nach Polen, widmet sich Sienkiewicz historischen Studien, deren Resultat seine große Trilogie über Polen im siebzehnten Jahrhundert ist.

»Ogniem I mieczem« (»Mit Feuer und Klinge«), »Potop« (»Die Überschwemmung«) und »Wanne Wolodyjowski« (»Wanne Michael«) werden 1884, 1886 und 1888 veröffentlicht.

1891   Den historischen Romanen folgen Arbeiten über zeitgenössische Themen: »Bez dogmatu« (»Ohne Dogma«), eine psychologische Studie eines hoch entwickelten dekadenten Mannes.

Er reist nach Afrika und besucht Italien, um Material für seinen Roman »Quo Vadis?« zu sammeln.

1894   »Rodzina Polanieckich« (»Kinder des Bodens«) ist ein ländlicher Roman.

1895   Sienkiewicz veröffentlicht seinen größten Erfolg, »Quo Vadis«, einen Roman über die Christen –Verfolgungen zur Zeit Neros.

Seine stark katholische Weltsicht kennzeichnet tief sein Schreiben.

1899   Er ist Gründungsmitglied der »Mianowski Stiftung« und Mitbegründer und Präsident der »Literarischen Stiftung.«

1900   In seinen neueren Romanen kommt er wieder zu den historischen Themen zurück. In »Krzyzacy« beschäftigt er sich mit einer Periode der mittelalterlichen Geschichte, mit dem Sieg der Polen über die Teutonischen Ritter.

Sienkiewicz ist unermeßlich populär. Eine Bürgersubskription bringt genügend Kapital ein, daß er das Schloß zu kaufen kann, in dem seine Vorfahren gelebt haben.

1905   Er erhält den Nobelpreis für Literatur.

1906	»Na polu chwaly« (»Auf dem Feld des Ruhmes«) ist eine Folge zu seiner Trilogie des siebzehnten Jahrhunderts.
1910	»Wiry« (»Strudel«).
1912	»W pustyni I W puszczy« (»Im Ödland und in der Wildnis«) handelt wieder von zeitgenössischen Themen.
1916	Er flieht in die Schweiz.
	15. November: Henryk Sienkiewicz stirbt in Vevey. Sein Körper wird acht Jahre später nach Polen zurückgebracht.